KŒNIGSMARK

Paru dans Le Livre de Poche :

PIERRE BENOIT
DE L'ACADÉMIE FRANÇAISE

Kœnigsmark

ALBIN MICHEL

Ces vieux châteaux de la Saxe galante et du Hanovre électoral, ces gothiques palais, mornes et silencieux audehors, féeriques au-dedans, avec leurs lambris d'or massif, leurs tentures de brocart, leurs lourdes portières de tapisseries, quel étrange et fantastique spectacle ne deviennent-ils pas pour nous ? La tragédie s'y confond avec la pastorale : à chaque porte heurte l'intrigue ; le long des corridors à demi éclairés, l'amour mène sa sarabande...

BLAZE DE BURY.

AU DOCTEUR LÉON LASCOUTX

AVANT-PROPOS

Longtemps j'ai hésité à rendre à la vie le dépôt que je tenais de la mort. Et puis, songeant que le lieutenant Vignerte et celle qu'il aima sont rentrés dans l'ombre éternelle, j'ai pensé qu'il n'y avait plus aucune raison de faire le silence sur les tragiques événements dont fut le théâtre, dans les mois qui précédèrent immédiatement la Grande Guerre, la cour allemande de Lautenbourg-Detmold.

P. B.

PROLOGUE

« Rompez les faisceaux. »

D'elle-même, avec cette habitude qui économise les commandements, la masse sombre de la compagnie fit à droite par quatre.

La nuit tombait, désolante et froide, striée de longues raies liquides. Il avait plu tout le jour. Au milieu de la clairière, des flaques d'eau reflétaient, encore pâles, le ciel vert-de-gris.

Un ordre tomba : En avant.

La petite troupe se mit en marche. J'étais en tête.

A la lisière du bois se dressait un pavillon, sorte de folie dix-huitième siècle ; deux ou trois obus à peine en avaient ébréché les ailes. Les lustres de la grande pièce du rez-de-chaussée, multipliés dans les glaces, étincelant à travers les hautes vitres, rendaient plus sinistre et plus noire cette nuit descendante d'octobre.

Cinq ou six ombres, avec de longues pèlerines, se profilaient au-dehors sur cette lumière.

« Quelle compagnie, lieutenant ?

— 24e du 218e, mon général.

— Vous prenez les tranchées au Blanc-Sablon ?

— Oui, mon général.

— Bien. Dès que votre monde sera casé, vous irez chercher les ordres au poste de commandement. Votre chef de bataillon les a... Et bonne chance.

— Merci, mon général. »

Dans l'obscurité, les hommes avaient d'extraordinaires silhouettes de bossus, courbés sur leurs bâtons, avec, au dos, l'étonnant chargement des sacs où ils avaient brellé les objets les plus hétéroclites. La tranchée est une île déserte. Sait-on de quoi on y aura besoin ? Aussi les soldats y emménagent-ils tout ce qui est transportable.

Ils observaient un silence grave et bourru, le silence qu'on garde en allant occuper un secteur dont on n'a pas l'habitude. Et puis, le Blanc-Sablon avait mauvaise réputation. La tranchée ennemie était assez éloignée, sans doute — trois ou quatre cents mètres —, mais la nature du terrain n'avait permis de creuser que de déplorables abris, sans cesse effondrés, maintenus à grand-peine avec des rondins. En outre, c'était un lieu boisé, raviné, où l'on ne voyait pas à cinquante mètres devant soi. Et rien n'est énervant, à la guerre, comme le mystère de l'invisible.

Une voix dit :

« Qui sait si au moins on pourra allumer les bougies ? »

Allumer les bougies, cela veut dire jouer aux cartes. On le peut, quand les trous sont suffisamment profonds, avec de bonnes toiles de tente pour en voiler l'entrée.

Un autre murmura :

« Pour combien de temps descend-on là-bas ? »

Cette question demeura sans réponse. En octobre 1914, la guerre n'était pas encore devenue une chose administrative, avec relèves fixes, permissions... On ignorait le nombre de jours qu'on resterait dans de mauvaises tranchées, qu'on ne pouvait se résoudre à améliorer : ce n'est pas la peine. Il y a déjà un mois qu'on est arrêté. Avant la fin de la semaine, on sera sûrement reparti de l'avant.

De mon bâton, je fouillais le sentier forestier, éclairé à trois pas par la pauvre lanterne qu'un soldat cachait sous sa pèlerine. C'est une chose redoutable que d'être guide, dans la forêt, dans la nuit, sur un chemin inconnu. Derrière vous, les hommes, les chefs eux-mêmes, suivent comme des moutons, attentifs seulement à ne pas, dans un arrêt brusque, venir se cogner le nez contre le sac de son prédécesseur, qui est tout leur horizon. Les autres pouvaient penser à la relève, à leur partie de cartes, à chez eux, à n'importe qui... Moi, je n'avais qu'un souci : ne pas fourvoyer cette foule aveugle.

Pas d'autre bruit que le piétinement sourd qui serpentait indéfiniment derrière moi. Les arbres au-dessus de nous faisaient un dôme noir. De temps en temps, en passant dans une clairière, on levait la tête ; mais le ciel était aussi sombre que la voûte des branches.

« Où est le lieutenant ?

— En tête, mon lieutenant. »

Une main se posa sur mon épaule : celle de Vignerte.

Depuis que notre capitaine, après Craonne, nous avait quittés pour être chef de bataillon dans un autre régiment, Raoul Vignerte, plus ancien que moi, avait pris le commandement de la compagnie. C'était un garçon de vingt-cinq ans, mince, avec une admirable tête brune. Deux mois de guerre nous avaient liés plus que n'auraient pu le faire dix ans de paix. Sans nous connaître avant l'août de 1914, nous n'en avions pas moins des souvenirs communs. J'étais Béarnais, il était Landais. J'avais préparé en Sorbonne l'agrégation d'allemand. Il y avait préparé deux ans plus tard l'agrégation d'histoire. Tour à tour gai et taciturne, il était, en toutes circonstances, un merveilleux commandant de compagnie. Les soldats le trouvaient parfois un peu distant, un peu lunatique, mais ils aimaient sa tranquille bra-

voure, le souci constant où il était de leur bien-être. Vignerte ne dormait pas, comme moi, avec les hommes. Mais ceux-ci savaient que, s'il l'habitait seul, c'était toujours l'abri le plus démoli, le moins riche en paille, le plus exposé qu'il choisissait.

A mon égard, il n'y avait pas une attention qu'il n'eût, pour me faire oublier que, plus jeune de deux ans, il était mon chef. Pour ma part, enchanté d'avoir à obéir à un tel camarade, j'étais en outre ravi d'échapper à la responsabilité de tous les instants qu'est celle d'un commandant de compagnie. L'établissement des états, les discussions avec le sergent-major et le fourrier, la comptabilité, si réduite qu'elle soit en campagne, ne m'auraient que médiocrement réjoui. Vignerte qui, pendant la retraite, n'avait pas dormi une heure par nuit, qui était sorti le dernier de Guise en flammes et rentré le premier dans La Ville-aux-Bois rasée, ce même Vignerte s'acquittait des plus infimes détails avec une activité méthodique. Par moments, quand je voyais ce charmant intellectuel mettre à ces insupportables besognes toute son attention, il m'était arrivé de penser : Quel dérivatif cherche-t-il ? A quelles idées noires veut-il donc se soustraire ?... Alors, comme redoutant d'être deviné, il venait à moi avec quelque plaisanterie, et le régiment ne comptait pas de la journée de compagnon plus gai, plus insouciant.

Ce soir, il était dans ses heures de gravité. Quoi d'étonnant, avec la charge de répondre de deux cent cinquante hommes, dans un nouveau secteur ? Et puis, il avait peut-être des ordres que j'ignorais encore.

« Où en sommes-nous ? demanda-t-il.

— Encore dix minutes de marche pour arriver au poste de commandement », dis-je. Et, plus bas, je l'interrogeai : « Y a-t-il du nouveau ?

— Une compagnie du bataillon doit, je crois, effectuer une opération. Mais ce n'est pas à notre tour de marcher. D'ailleurs, je vais rester au poste de commandement. Vous ferez la relève sans moi. J'arriverai un quart d'heure après, avec les ordres. »

C'était vraiment un endroit lugubre, que ce Blanc-Sablon. Au flanc d'un ravin, une forêt naine, défoncée d'obus, avec des saillants boisés, des trous d'ombre et, devant, un chemin barricadé de branchages qui filait vers le village occupé à quelque cent mètres par l'ennemi.

Les soldats, muets jusqu'alors, ne purent se défendre de brefs commentaires.

« Eh bien, vrai ! C'est du propre. Ça n'arrive qu'à nous, ces endroits-là...

— Silence ! »

La relève a quelque chose d'une figure de cotillon. Commandant de compagnie, chefs de section, caporaux, soldats, doivent immédiatement trouver leur vis-à-vis, le commandant, le chef de section, le caporal, le soldat dont *chacun a à prendre la place. Cela s'opère en cinq minutes, sans bruit, sinon l'artillerie ennemie aurait tôt fait de prendre sous son feu ces hommes entassés, dont la moitié n'est pas abritée, et de les anéantir.*

Le silence, relativement aisé à obtenir de ceux qui arrivent, s'obtient beaucoup moins aisément de ceux qui partent. La joie de bientôt dormir à l'abri, de se reposer quelques jours à l'arrière, les rend loquaces. Ils donnent des conseils à leurs successeurs :

« Et puis, ne te risque pas à ce créneau. Il y a un citoyen qui m'en veut, en face. J'y ai tiré trois fois dessus, aujourd'hui ; s'il n'est pas mort, il doit vouloir se venger. Alors...

— Silence, donc ! »

Vraiment, quel ignoble secteur : quatre, cinq petits postes à fournir, douze sentinelles, sans compter les patrouilles. Ah ! mes pauvres diables ne vont pas beaucoup dormir.

« Au revoir, monsieur.

— Au revoir, et merci de votre amabilité. »

C'est l'officier de la compagnie relevée qui prend congé : la rumeur s'efface dans le bois.

Il était temps : voici la lune.

Triste, embuée de brouillard jaune, elle roule au milieu d'un floconnement gris.

Elle éclaire le navrant paysage blanchâtre, les troncs déchiquetés, les glaises labourées. Les hommes ont disparu dans leurs abris. Les sentinelles inclinent vers la terre leur fusil dont il ne faut pas que reluise la baïonnette.

Derrière nous, de petits tertres aplatis, avec de touchantes grilles de bois tordu, hautes comme la main, surgissent.

Ce sont les tombes.

Les soldats ne les ont pas vues. Tant mieux ! Il est préférable qu'ils ne les aperçoivent que demain, au jour, quand ils seront habitués, quand le soleil versera sur notre monde sa relative gaieté.

☆

Mes cinq petits postes, mes douze sentinelles sont placés. La compagnie est installée dans ses taupinières. La moitié qui n'est pas de veille ronfle déjà.

Avec deux hommes de bonne volonté — on en trouve toujours d'éveillés et de curieux — je pars en patrouille.

« Vous direz au lieutenant Vignerte que je suis allé faire la liaison avec la 23e — qu'il m'attende dans mon abri. Je serai de retour dans un quart d'heure. »

Nous nous coulons le long des haies. A intervalles réguliers, une chandelle lumineuse s'élève de la tranchée allemande, et retombe dans un halo bleu et blafard.

« Qui vive !

— Masséna.

— Melun.

— C'est l'officier de la 24e qui vient faire la liaison. Rien de nouveau chez vous ?

— Non, mon lieutenant. Si ce n'est qu'on

s'est accroché avec une patrouille allemande. C'est les coups de fusil que vous avez entendus tout à l'heure. On en a tué un. »

Un corps gît dans l'herbe. Je me penche. Sur la patte d'épaule il y a le numéro 182.

« Et ses papiers ?

— Le capitaine les a.

— Bien. Vous avez notre petit poste de droite à cent mètres, ici, dans le boqueteau... Ah ! à deux heures, une patrouille passe. Pas de blagues, n'est-ce pas ?

— Bien, mon lieutenant.

— Au revoir. »

Je trouve en rentrant Vignerte dans mon abri. Il fume une cigarette.

Je lui demande : « Rien de nouveau ?

— Rien, me répond-il, du moins pour cette nuit. Par exemple la 22e va peut-être écoper. Il y a, devant elle, une corne de bois où nous avons de bonnes raisons pour croire qu'on mijote une sape. La 22e doit aller voir, et mettre, si possible, du désordre dans ce travail. A six heures du matin, une section part ; le reste suit pour appuyer le coup de main. Dès que les détonations retentiront, la 23e doit donner de la mousqueterie sur la tranchée en face pour la fixer. Nous, nous n'avons à bouger que si les choses se gâtent. Mais, en tout cas, la 23e contre-attaque avant nous. Donc, nuit calme. Et vous, rien de nouveau ?

— La compagnie est installée, dis-je. Si mal, d'ailleurs, que je suis sûr qu'il n'y a pas à se

méfier. Il y aura toujours une bonne partie d'éveillée. J'ai fait la liaison à droite ; là, rien d'important non plus, si ce n'est qu'ils ont eu maille à partir avec une patrouille allemande. Ils en ont démoli un.

— Ah ! dit Vignerte. Un fantassin ? Un chasseur ?

— Un fantassin. Infanterie prussienne, 182e régiment.

— Je suis curieux, dit mon camarade, de savoir d'où viennent les gens que nous avons en face de nous. »

En disant ces mots, il tirait un petit mémento Lavauzelle :

« 160e, Posen — 180e, Altona — 181e, Lippe — 182e, Lautenbourg... Lautenbourg...

— Eh bien ? »

Il répéta encore :

« Lautenbourg.

— Vous connaissez cela, Lautenbourg ? dis-je, un peu étonné par le son de sa voix.

— Oui, répondit-il gravement. Vous êtes bien sûr du numéro ?

— Mais oui, dis-je un peu impatienté. Et puis, qu'est-ce que cela peut faire ? De Lautenbourg ou d'ailleurs !

— Evidemment, murmura-t-il. Qu'est-ce que cela peut faire ! »

Je le regardai, d'autant plus facilement qu'absorbé comme il était, il ne prêtait aucune attention à moi.

« Vignerte, lui dis-je, qu'y a-t-il ? Vous ne me

paraissez pas normal. Quelque mauvaise nouvelle ? »

Mais déjà il s'était repris, et haussant les épaules :

« Mon pauvre ami ! Une mauvaise nouvelle ? Et de qui, s'il vous plaît ? Je suis seul au monde. Vous le savez bien.

— C'est égal, insistai-je. Vous êtes nerveux ce soir. Je préfère que vous restiez avec moi. Vous pouvez établir où vous voulez votre poste de commandement.

— Il est vrai, interrompit-il, je suis un peu nerveux. Quelle heure est-il ?

— Sept heures.

— Eh bien, jouons aux cartes. »

La proposition était si inattendue de sa part que les deux soldats que j'avais pour compagnons levèrent la tête, abasourdis. Jamais, à la compagnie, on n'avait vu le lieutenant Vignerte toucher une carte.

« Holà ! dit-il, vous deux, Damestoy, Henriquez, vous avez des cartes, n'est-ce pas ? »

Ils firent un signe affirmatif. Comment n'auraient-ils pas eu de cartes ?

« A quoi savez-vous jouer ?

— A la bourre, *mon lieutenant.*

— Eh bien... jouons à la bourre. *»*

Ce fut une étrange partie. Au bout d'une heure, Vignerte avait copieusement bourré. *Les deux pauvres soldats se regardaient ahuris, se demandant ce qu'il y avait de plus extraordinaire dans leur aventure, de l'honneur que leur avait fait le lieutenant Vignerte, ou de la somme — une dizaine de francs — qu'ils lui avaient gagnée.*

Je le regardai avec de plus en plus d'inquiétude.

Nerveusement il jeta les cartes.

« Ce jeu est stupide ; il est huit heures, je vais surveiller la première relève.

— Je vous accompagne. »

Je n'oublierai jamais cette nuit. Le ciel peu à peu s'était dépouillé de sa toison de nuées. La lune, presque en son plein, brillait dans l'azur bleu et froid. Sous elle, les groupes sombres des boqueteaux, le sable et les tranchées faisaient de longues traînées blanches. L'ascension des fusées lumineuses, devenues inutiles, s'était arrêtée.

Un grand silence régnait. Par moments, une balle perdue, avec un bourdonnement aigu, passait près de nous. Et l'on entendait, après, la détonation du fusil, là-bas, dans la vallée.

A voix basse, nous échangions le mot avec nos sentinelles, les unes aplaties dans un trou d'obus, les autres accroupies derrière un buisson. La compagnie était déployée sur un front immense : cinq cents mètres au moins. L'inspection nous en prit une bonne heure.

Quand nous fûmes au bout, Vignerte me demanda :

« Où est le dernier poste de la 23e ? »

Nous y allâmes. Les quatre soldats étaient en train d'enterrer aussi profondément que possible le corps de l'Allemand tué tout à l'heure.

D'un geste, Vignerte les écarta et, se penchant sur la fosse, il fouilla le sable qu'ils étaient en train de rejeter. Le cadavre apparut.

« 182ᵉ. C'est bien cela », murmura-t-il.

Puis il me dit avec un frisson :

« Rentrons, je commence à avoir froid.

Damestoy et Henriquez dormaient dans la cahute où étaient venus les retrouver les trois hommes de liaison. Avec la grande déférence des soldats, ils nous avaient arrangé la meilleure place. Deux trous dans une paille abondante, sous un amas de couvertures brunes. La respiration enfantine de ces braves gens rompait seule le silence et, par moments, le petit piaulement d'un de ces minuscules mulots attirés par la paille toute pourvue encore d'épis. Je ne voyais pas Vignerte, étendu à mon côté, mais je le sentais qui ne dormait pas. La porte de la cahute s'ouvrait en un trou bleu sur le firmament, au fond duquel pendait, comme une larme, une étoile d'argent. Une heure passa ainsi, peut-être. Vignerte n'avait pas bougé. Il avait dû s'endormir, ce mystérieux camarade que la guerre m'avait envoyé. Pourquoi était-il si troublé, ce soir ? Quel souvenir était venu usurper une pensée qu'il pliait sauvagement aux mille détails de la guerre, comme pour l'empêcher de va-

gabonder à travers des mondes interdits ?...

Et soudain, j'entendis un grand soupir, tandis qu'une main saisissait la mienne.

« Vignerte, pour Dieu, qu'avez-vous ? »

Je n'eus d'autre réponse qu'un serrement plus convulsif de sa main.

« Mon ami, mon cher ami, vous savez si j'ai le droit de vous donner ce titre. Eh bien, ne me laissez pas avec cette inquiétude sur votre compte. Vous souffrez, ce soir. Dites-moi votre souffrance. Si nous étions à Paris, n'importe où, je n'en userais pas avec cette indiscrétion. Mais telle confidence qui nous ridiculiserait ailleurs, ici devient sacrée. Nous allons peut-être nous battre demain, Vignerte ! Demain, peut-être, quatre soldats nous creuseront la fosse de sable où dort maintenant l'Allemand de tout à l'heure. Ne me parlerez-vous pas, Vignerte, ne me direz-vous pas... ? »

Je sentis sa main mollir dans la mienne.

« Ce serait long, mon pauvre ami. Et comprendrez-vous ? Je veux dire : ne me prendrez-vous pas pour une sorte de fou ?

— Je vous écoute, dis-je impérieusement.

— Allons, soit. Aussi bien ces souvenirs m'étouffent, et vraiment il en est qu'il serait égoïste d'emporter avec moi. Tant pis pour vous, vous ne dormirez pas cette nuit... »

Et voici donc la bizarre histoire que me raconta, ce soir du 30 octobre 1914, le lieutenant Vignerte, à l'endroit que ceux qui l'ont occupé ont appelé le Carrefour de la Mort.

I

Vous êtes universitaire, commença-t-il. Vous ne m'en voudrez pas si le début de ce récit n'est pas exempt de quelque amertume envers l'Université dont je n'ai pu faire partie. Amertume injustifiée sans doute, puisque je lui suis redevable, pour ne m'avoir pas accepté dans son sein, de souvenirs que, somme toute, je n'échangerais pas contre une chaire en Sorbonne.

J'ai fait les études de ceux qui ont un peu d'intelligence et pas du tout de fortune. J'ai été boursier. C'est-à-dire que je me suis engagé chaque année à passer d'une certaine façon des examens, à acquérir un état d'esprit particulier, avec, comme couronnement, l'agrégation et un poste dans un lycée de province.

J'ai d'abord répondu aux espérances que fondait sur moi le conseil général de mon département. Ma bourse au lycée de Mont-de-Marsan est devenue une bourse de rhétorique supérieure au lycée Henri-IV. C'est là, en 1912, que je me présentai à l'Ecole normale supérieure. Trente-cinq élèves furent reçus. Je fus classé trente-septième. A titre de fiche de consolation, j'obtenais une bourse, de licence cette fois, près de la Faculté des lettres de l'université de Bordeaux.

Je fis alors un coup de tête qui fut jugé sévèrement par les quelques personnes qui s'étaient intéressées à moi. Pendant mon année d'internat, à peu près comme le détenu qui aperçoit la campagne à travers le croisillon de sa cellule, j'avais entrevu Paris. En juin, un jour de Grand Prix, je me rappelle, pauvre lycéen, avoir assisté, aux Champs-Elysées, au retour du cortège des millionnaires. Chacune des carrosseries de ces automobiles qui, en fleuve brillant, déferlaient dans l'avenue, coûtait dix fois plus que toute ma pauvre personne n'avait coûté depuis sa venue au monde. Il y avait là-dessus une admirable lumière jaune et mauve. J'étais ébloui. Je n'avais contre ce luxe aucune des pensées qui, des impuissants, font des révoltés. Ah ! seulement, en avoir ma part un jour ! « Balzac est un admirable réaliste », ânonnait mon professeur de rhétorique supérieure. Elles sont donc réelles, de l'aveu même de ce brave homme borné, ces aventures des jeunes héros de province qui, plutôt que d'accepter la médiocrité dans un coin de leur pays natal, sont venus à la Grande Ville, l'ont domptée, en ont fait la respectueuse servante de leurs passions...

Et maintenant, on voulait me renvoyer là-bas. On m'avait passé sur l'aire, on me trouvait trop léger. Eh bien, on verrait.

Ce fut ainsi que j'envoyai ma démission de boursier et que je résolus de m'inscrire à la Sorbonne pour y faire ma licence ès lettres.

Une voix me disait : « N'entre pas dans l'Université. Mais n'en néglige pas les titres. Ils n'ont de valeur que lorsqu'on n'y est pas entré. En dehors d'elle, ils constituent d'excellents attrape-nigauds. »

Au bout d'un an, j'avais passé ma licence, vivant de leçons données de-ci, de-là, puisant dans ces besognes un désir plus puissant d'être libre ; et puis, finalement vaincu, je me résignai au sort dont j'avais fait fi.

Je posai ma candidature à une bourse de diplôme d'études supérieures d'histoire, demandant Bordeaux, et je dis adieu à Paris.

Le comité consultatif de l'enseignement public, qui a pour mission de se prononcer sur ces sortes d'affaires, se réunit d'ordinaire dans les premiers jours d'octobre. Les deux mois que j'avais à attendre, je les passai dans les Landes, dans un village maritime, chez un vieux curé (excusez le cliché, mais c'est la vérité) qui, en souvenir de mes parents qu'il avait connus, m'offrait sa pauvre maison.

C'est là, mon ami, que j'ai connu les jours les plus calmes de mon existence. Libre, vaquant à ma volonté à travers la grande nature sylvestre, n'ayant d'autre contrainte que les heures des repas, ne lisant, pour la première fois, que des choses qui ne figuraient pas au programme de l'examen ou du concours de fin d'année, attentif seulement au miracle de la belle saison finissante.

Le presbytère était au bout de l'étang qui communique avec la mer par un mince canal engorgé d'herbes aquatiques. Le matin, dans ma chambre ouverte, j'étais éveillé par la rumeur de la marée montante. De ma fenêtre, je voyais, sous un ciel gris et rose, le gonflement progressif de la grande eau verte. Des volées de macreuses et de courlis tournaient au-dessus avec des cris plaintifs. Ah ! rester là. Voir s'y dérouler la calme ronde des saisons. N'avoir pas, quelque part, un état civil, un dossier, un lien avec la vie. Courir tous les jours le long des dunes rectilignes, où les grandes lames se succèdent dans le vent, où, sur le cordon argenté du sable, les méduses échouées ont l'air d'immenses pendentifs d'améthyste !...

Un matin d'octobre, je reçus deux lettres : l'une venait de l'Académie de Bordeaux, et m'apprenait que le comité consultatif « n'avait pas cru devoir réserver à ma demande de bourse un accueil favorable ».

L'autre était signée de M. Thierry, professeur de langue et littérature germaniques à la Sorbonne. Pendant un an, j'avais eu pour maître cet excellent homme, ce consciencieux érudit ; c'est lui qui avait corrigé le mémoire que j'avais présenté en juillet pour la licence sur *Clausewitz et la France,* s'il vous plaît. Jamais je n'avais eu qu'à me louer de lui. Je sentais qu'il me portait une amitié qu'il se reprochait peut-être un peu.

Il faisait partie du comité. Sa lettre essayait de justifier la décision. Personnellement, il avait fait ce qu'il avait pu. Mais certains membres avaient émis des doutes sur ma vocation universitaire, et lui-même, sur ce point, avouait qu'il avait manqué de conviction pour défendre ma cause. Au reste, il valait mieux qu'il en eût été ainsi. Il ne me voyait pas bien étudiant en province. « Revenez immédiatement, concluait-il, il y a peut-être un moyen d'arranger tout cela et qui vous permettra de rester à Paris. »

Je quittai mon brave homme de curé en lui promettant de revenir aux vacances de janvier, et le surlendemain je débarquai à la gare d'Orsay.

C'était déjà l'hiver. Le Luxembourg dépouillé laissait dénombrer ses statues grises. Dans le petit appartement de la rue Royer-Collard où habitait M. Thierry le feu était allumé.

« Mon cher enfant, me dit-il — et, seul comme je l'étais, je lui sus un gré infini de ce préambule —, il ne faut pas en vouloir au comité. Mes collègues ont le devoir de veiller strictement aux intérêts de l'Université, et vous-même avouerez que vous avez souvent, dans vos études, fait preuve d'une — comment dirai-je ?... — fantaisie, oui, fantaisie propre à alarmer des esprits aussi... sérieux. Moi, je vous connais, c'est autre chose. Je sais que de cette fantaisie bien dirigée, il ne restera qu'une heureuse originalité. Mais, d'abord une question. Avez-vous réellement la vocation d'une carrière universitaire ? »

Que voulez-vous qu'on réponde, quand on a exactement en poche cent sept francs et des centimes ? J'affirmai énergiquement ma vocation.

« Eh bien, reprit-il, j'ai votre affaire. La bourse vous aurait donné 1 200 francs tout au plus. Je vous ai recommandé à un vieil ami qui dirige aux Ternes une institution libre. Il lui faut un professeur d'histoire : six heures par semaine, cent soixante-quinze francs par mois et la possibilité d'avoir des répétitions. Par exemple, il vous faudra travailler ferme pour poursuivre parallèlement vos études en Sorbonne. Mais je vous connais, je réponds de vous. C'est aujourd'hui mardi. Si cela vous agrée, vous commencerez vendredi prochain. »

Je sentais, âpre et froide, la gaine universitaire m'enserrer jusqu'au cou. Ah ! les Champs-Elysées ! les femmes en fourrures, avec, derrière elles, un sillage adorable de parfum ! Mais comment « cela » eût-il pu ne pas « m'agréer » ? Cent sept francs et des centimes...

Je me confondis en remerciements.

Il se frotta les mains.

« Je vois M. Berthomieu ce soir. Repassez demain à dix heures, je vous fixerai rendez-vous. »

☆

Mardi, 21 octobre 1913. — La nuit tombait. Rue Auguste-Comte, je me heurtai aux groupes d'enfants qui sortaient du lycée Montaigne. Ah ! petits élèves, petits boursiers, étudiez les mathématiques, entrez aux Arts et Métiers, mettez-vous derrière un comptoir, si vous ne voulez pas un jour être cette ombre falote qui tourne le Luxembourg et s'engage dans la rue d'Assas.

Toujours cette fantaisie, que me reprochait mon bon maître. Allons, pauvre fille, accordons-lui sa dernière joie. Menons-la dîner rive droite.

A cet instant de son récit, Vignerte s'interrompit. Puis :

« Tout à l'heure, continua-t-il, une balle a sifflé, là ; c'était juste au-dessus de nos têtes. Avez-vous pensé, cher ami, que si, à ce moment, il vous était venu l'idée de mettre le nez dehors, elle vous aurait étendu raide ? Que dites-vous du rôle du hasard dans la vie ?

— L'autre jour, répondis-je, la onzième escouade était en effervescence. Personne ne voulait aller à la corvée d'eau. Chacun prétein-

dait que ce n'était pas son tour. Comme le bruit gagnait, je suis intervenu. J'ai envoyé le premier qui m'est tombé sous la main, celui qui criait le plus fort. Il est parti en maugréant, protestant que c'était une injustice. Il laissait sa capote à sa place. Quand il est revenu, il ne l'a plus retrouvée. Un obus l'avait pulvérisée en même temps que ses douze camarades.

— Nous sommes d'accord », dit Vignerte.

Et il poursuivit :

Moi qui jamais, le soir, ne passais les ponts, me contentant des tristes joies du Quartier latin, quelle force me poussa ce soir ? Je me rappelle avoir fait une orgie solitaire au Grand U ; puis l'envie me vint d'aller prendre mon café à la terrasse de Weber. Prétendant ne me rien refuser, je passai devant les lampions de l'Olympia avec la ferme intention de m'y octroyer ensuite un promenoir. Un peu excité par ma bouteille de Barsac, je marchais très droit, en regardant avec aplomb les passantes.

Il faisait froid. Je rentrai chez Weber, et tout de suite, les lumières et la foule me rendirent ma timidité. Je m'assis humblement dans un coin, avec la maladresse de ceux qui craignent qu'on voie qu'ils n'ont pas l'habitude.

En face de moi, un groupe de jeunes gens menait grand bruit. Je regardai avec envie leur aplomb, leur mise, tout ce bonheur auquel je n'atteindrais peut-être jamais. Ah ! vraiment, comme il était peu fait pour l'Université, ce jeune homme que laissaient sceptique les étalages d'érudition, les bibliographies, les références, et à qui la vue d'un veston bien coupé, d'une cravate savamment nouée, de fines chaussettes devinées sous le rempli du pantalon donnait presque des battements de cœur !

Ils étaient quatre, dont une femme, rose et jolie sous les fourrures réapparues. Un peu fardée peut-être, mais cela ne m'a jamais déplu. Assise sur la banquette, avec un des beaux jeunes gens, elle me faisait vis-à-vis. Les deux autres me tournaient le dos, mais, dans les glaces, je voyais leurs faces légèrement échauffées par un bon dîner finissant.

Etre celui qui vient prendre son café dans un grand restaurant, je compris ce soir cette humiliation : « Ah ! me disais-je, il valait mieux rester chez toi, dîner de n'importe quoi et te coucher ; dormir, dormir. Le sommeil est le refuge du pauvre. Il ne fallait pas venir ici. »

Et pourtant...

Je commençais à peine à remarquer qu'un des convives qui me tournaient le dos me regardait dans la glace avec insistance, lorsque, s'étant levé, il vint vers moi :

« Vignerte !

— Ribeyre ! »

J'avais connu ce Ribeyre en rhétorique supérieure. Déjà licencié, il préparait aussi Normale, mais avec toute la désinvolture que peuvent donner un peu de fortune et d'autres ambitions.

« Que fais-tu là ?

— Tu vois », dis-je, déjà gêné.

J'ajoutai vite :

« Et toi ? quoi de nouveau depuis Henri-IV ?

— Ah ! mon cher, ne me parle pas de cette sale boîte. Et on dit qu'on y instruit la jeunesse ! Ils m'auraient fait manquer ma vie, si je les avais écoutés... »

Il ajouta, lui aussi :

« Et toi ?

— J'ai été forcé de les écouter. Et je le suis encore, répondis-je avec amertume. Mais que fais-tu, maintenant ? Tu n'as pas l'air de t'ennuyer.

— Mon vieux, toutes les chances. Secrétaire d'un député qui, six mois après, devient ministre des Affaires étrangères. Je l'ai suivi au Quai d'Orsay. Et voilà. Mais quitte ton coin. Je vais te présenter à des amis des ministères. »

Ribeyre me présenta en effet : « Mon ami Vignerte. Un travailleur, celui-là. Diplômé, un tas de choses. Agrégé peut-être ? Non, tant mieux pour toi. Mais qui en sait sûrement plus que nous trois réunis, sans compter Clotilde. »

Clotilde salua d'un air pincé et me jeta un regard ironique.

J'étais au supplice. Ah ! ce panégyrique allait

bien avec mes pauvres pantalons bosselés aux genoux.

Tous d'ailleurs furent charmants ! La louange de mon savoir n'était-elle pas plutôt un éloge de leur savoir-faire, à eux, de leur art à mater la vie ?

Bientôt Ribeyre se leva.

« A demain, les amis ! Mes respects, Clotilde. Tu viens avec moi, Vignerte, tu me pousseras un bout de chemin. »

Dehors, il me prit le bras.

« Je rentre au Quai d'Orsay. Quelques lettres du vieux à expédier. Accompagne-moi. »

La rue Royale étincelait. Des femmes emmitouflées dans de longues capes de soie descendaient des automobiles arrêtées devant un restaurant. Ce luxe m'enivrait, me fouettait, me poussait à essayer de tirer parti de la rencontre de Ribeyre. Je sentais celui-ci disposé à m'étonner de sa nouvelle fortune. Qui sait ? peut-être arriverais-je à profiter de son désir de me manifester sa puissance. Que ne peut-on obtenir de la vanité des gens !

Quelle sotte vanité me prit moi-même lorsque je montai avec lui le perron de droite du Palais des Affaires étrangères ? Un grand laquais nous ouvrit l'ascenseur. Un autre nous reçut au premier étage.

« Pas de coup de téléphone, Fabien ?

— Si, monsieur, un du ministre du Commerce. Il doit dîner demain avec le ministre. C'est pour lui dire qu'ils se retrouveront à la Chambre. J'ai pris la communication par écrit. »

Une minute après, nous étions dans un adorable petit cabinet gris et or.

Ribeyre frappa sur la table.

« Le bureau de Vergennes, dit-il négligemment.

« Tu permets ? » continua-t-il en s'asseyant.

Et il se mit à décacheter des lettres, sur lesquelles, au fur et à mesure, il traçait des signes au crayon rouge.

« Ne te gêne pas pour me parler. Ce n'est pas une besogne bien absorbante. Voyons, dis-moi ce que tu fais ? Où en es-tu avec l'Université ? »

Je le lui dis, je lui dis tout, depuis mon départ d'Henri-IV jusqu'à ma prochaine entrée chez M. Berthomieu.

Il leva la tête :

« Et tu as accepté ça ?

— Le moyen de faire autrement ? répondis-je avec âpreté. Il ne faut pas mourir de faim. »

La faim. Ce mot résonna étrangement au milieu de ces Gobelins, de ces meubles Boule, de ces Sèvres.

Ribeyre se leva. J'eus l'intuition que j'étais sauvé.

« Mon cher, il ne faut pas entrer chez Berthomieu. On se coule avec ces histoires. Je te connais. Je te jure que tu n'es pas fait pour l'Université. Ce qu'il te faut, c'est cela. »

Il désigna d'un geste circulaire ce luxe de

puissance qui nous environnait. Quel psychologue, ce Ribeyre !

« Ecoute, me dit-il en venant s'asseoir sur le bras de mon fauteuil. Consentirais-tu momentanément à t'expatrier ? Je dis momentanément, car c'est à Paris que se joue la partie et qu'elle se gagne. Mais quoi, tu n'as pas un sou. Ici, l'avenir pourrait être à un garçon comme toi qui a devant lui de quoi vivre un an sans s'occuper de la matérielle.

— Eh bien ? » dis-je, haletant.

Il continua, savourant le plaisir de me paraître si grand.

« Voilà. C'est un service que tu me rendras aussi bien que je t'en rendrai un. J'ai déjeuné ce matin à l'ambassade d'Allemagne avec Marçais. Tu ne connais pas Marçais ? C'est notre ministre à Lautenbourg. Connais-tu Lautenbourg, l'agrégé de géographie ?

— C'est un des Etats allemands.

— Grand-duché de Lautenbourg-Detmold. Prince souverain, Son Altesse Frédéric-Auguste, dit-il doctoralement. Cette altesse-là est affligée d'un héritier d'une quinzaine d'années, pour lequel elle recherche un précepteur. Or, tu sais que le français fait prime dans toutes les cours du monde. Tu es licencié ?

— Oui.

— Parfait ! sais-tu l'allemand ?

— A peu près, pour la Sorbonne.

— Bah ! ils parlent tous français, là-bas. Eh bien, le grand-duc a chargé Marçais partant pour Paris de lui dénicher ce précepteur. Marçais est un homme charmant, et d'un distingué !... Charvet lui confectionne des cravates exclusives. Après, il brise la planche aux assignats. Mais ce n'est pas un reproche : comme débrouillard, il y a mieux. Hier, au hasard, il m'a confié son embarras. Demain, il doit aller au ministère de l'Instruction publique. Tu comprends que là, il en trouvera à revendre, des précepteurs, surtout avec les appointements qu'offre le grand-duc, 10 000 marks par an.

— 10 000 marks ? répétai-je ébloui.

— Il faut régler la question tout de suite. Tiens, j'écris un pneumatique à Marçais. »

Il m'en donna lecture. Je n'avais qu'à rougir devant les compliments qui m'étaient décernés.

« Marçais l'aura demain matin. C'est un garçon rangé, il se lève à neuf heures, ce sera pour te convoquer. Ah ! ton adresse ?

— 7, rue Cujas.

— Eh bien, n'oublie pas d'y repasser, à ta rue Cujas, pour ne pas manquer son rendez-vous.

— Donne-moi le pneumatique, dis-je. Je veux le mettre moi-même. »

Ma fièvre, visiblement, le flattait. Il sourit vaniteusement.

« Ah ! mon gaillard ! Au lieu des soupes du père Berthomieu, tu vas goûter la vie de château, de palais. Lautenbourg est une exquise résidence, paraît-il. Marçais refuse depuis deux ans de l'avancement pour y rester. Le grand-duc est aimable. La grande-duchesse court le renard mieux qu'un homme. Marçais m'a dit avoir crevé son meilleur cheval à la suivre. Sache te faire ta place là-bas, voilà tout. »

Ce disant, je vis qu'il jetait un coup d'œil sur ma pauvre mise.

« Ne crains rien », dis-je avec une autorité qui l'étonna.

Il me regarda, sourit encore : « Eh ! eh ! je crois que je viens de révéler quelqu'un à lui-même. Lutte là-bas, mon enfant. Reviens-nous avec quelques billets de mille. Le patron est solide ici, et s'il coule, je quitterai le vaisseau avant. On se retrouvera. Vois-tu, pour que les gens vous rendent utilement service, il faut n'avoir plus besoin d'eux. Les cabinets de ministres, il n'y a rien de mieux. Mais il faut avoir de quoi attendre, pouvoir tenir le coup. Sinon, on est forcé de se faire bazarder conseiller de préfecture, à 2 000 francs. Six mille marks de côté, cela ne te sera pas difficile. Défrayé de tout là-bas, emploie le reste à te nipper. C'est de l'argent toujours placé à cent pour cent. En cela, tu peux copier Marçais. S'il n'était pas si bien mis, il y a longtemps qu'il aurait débarqué. »

Telles furent les paroles d'Etienne Ribeyre. Entre autres précieux conseils, il venait de me donner la démonstration que, dans la vie, il peut arriver qu'un indifférent fasse pour vous davantage qu'un ami.

Oh ! l'admirable lune d'octobre sur Paris ! La Seine coulait dans une douce brume mauve. Au coin de la Chambre des Députés, je déposai mon pneumatique à la poste de la rue de Bourgogne. Puis, j'eus besoin de marcher, d'être seul avec moi-même. Dix mille marks, 12 500 francs. L'argent ne fait pas le bonheur ! Qui le fait donc, je vous le demande ? Qui me donnerait cette démarche assurée, cette confiance, cette joie ?

La rue de Varenne, la rue Barbet-de-Jouy, le boulevard Montparnasse purent successivement admirer ma superbe. Je ne voyais pas les passants, j'étais splendide. Je ne sais comment mes yeux s'arrêtèrent, près de l'Observatoire, sur une ombre mouvante et craintive, sous un réverbère. C'était une mince fille, avec d'énormes cheveux blond rouge. Ma joie était trop lourde ce soir pour pouvoir la porter seul. Mais, pas un instant, je ne pensai, près d'elle, que son corps lui appartînt en propre. Il était, ce mince corps, celui des femmes des Champs-Elysées, des élégantes de Maxim's, et de celles, combien plus belles, qui sans doute devaient m'attendre dans une certaine cour allemande, au bord d'un fleuve wagnérien, en murmurant, pour tromper leur impatience, les plus molles strophes de l'*Intermezzo*.

☆

Dix heures du matin. Et le rendez-vous de M. Thierry que j'allais oublier.

Il lisait au coin de son feu. Quand j'entrai, il vint vers moi avec un sourire ravi.

« Tout est entendu, mon cher ami, avec M. Berthomieu. Vous entrez chez lui.

— Mon cher maître, répondis-je, je crois bien que je vais vous avoir dérangé pour rien. »

Et je lui fis le récit de la veille, sans pouvoir, malgré mon désir de lui paraître calme, arriver à cacher ma joie.

J'eus du dépit à ne pas le voir la partager immédiatement. Il me regardait étonné, avec même, me parut-il, une pointe de désapprobation.

« Les universitaires sont tous les mêmes, pensai-je. Hors de l'Université, point de salut. » Et je sortis de la mesure où je m'étais tenu si difficilement pour manifester très haut mon orgueil de ma nouvelle situation.

« Enfin, conclus-je, je me demande combien il me faudrait passer d'examens, de concours et attendre d'années pour arriver à la situation qui m'est offerte du premier coup : 10 000 marks par an.

— Evidemment », murmura-t-il, rêveur.

Il regarda un moment les charbons de son feu, puis se leva pour aller à la bibliothèque, d'où il revint avec un gros volume relié en une de ces toiles de couleur crue, plates, dorées, qui caractérisent beaucoup d'ouvrages anglais ou allemands.

« C'est bien au nom du grand-duc de Lautenbourg-Detmold que vous est faite la proposition dont il s'agit ? me demanda-t-il.

— Oui, dis-je, au nom du grand-duc Frédéric-Auguste.

— C'est bien cela. Pour être précepteur de son fils unique, le duc Joachim. »

Ce fut ainsi que j'appris le nom de mon futur élève.

Mon vieux maître réfléchit quelques secondes encore, et, levant vers moi ses lorgnons pâles :

« Et... puis-je vous demander si vous êtes déjà lié par un engagement formel ?

— A vrai dire, pas encore. Mais ma résolution est formelle, et ce n'est que si on m'en préfère un autre que je ne partirai pas.

— Dans ce cas, n'en parlons plus », dit M. Thierry en remettant son volume en place.

J'étais intrigué, et quelque peu irrité.

« Mon cher maître, lui dis-je, voulez-vous me parler avec franchise ? Je vous sais trop soucieux de mon intérêt pour me déconseiller d'accepter des offres aussi brillantes, si vous n'avez pour cela les motifs les plus sérieux. En outre, je dois vous dire qu'en venant ce matin chez vous je comptais obtenir de votre connaissance unique des hommes et des choses de l'Allemagne contemporaine des détails précieux sur la cour de Lautenbourg-Detmold. Ces détails, mon cher maître, je vois que vous les possédez sans doute encore mieux que je ne pouvais me le figurer. Je dois voir tout à l'heure M. de Marçais, notre ministre à Lautenbourg. Mais il me sera assez difficile de le questionner. Et un diplomate est sans doute tenu à certaines réserves que vous n'avez pas les mêmes raisons d'observer vis-à-vis de moi. En un mot, laissez-moi vous poser une question qui résumera tout ce débat : si vous aviez un fils, monsieur Thierry, le laisseriez-vous faire ce que je vais faire ? Le laisseriez-vous partir pour Lautenbourg ? »

Il me regarda fixement et me répondit d'une voix ferme :

« Jamais. »

J'avoue que mon étonnement commençait à faire place à un peu d'inquiétude. Je discernais très bien que ce n'était pas un enfantin dépit de ne pas me voir plier à la situation qu'il m'avait trouvée qui guidait un homme aussi pondéré.

« Vous devez avoir des motifs bien sérieux, maître, lui dis-je d'une voix un peu tremblante, pour me faire une réponse aussi catégorique.

— Je les ai, en effet, me répondit-il.

— Pourriez-vous me dire le sujet de l'investigation à laquelle vous venez de vous livrer dans ce livre ?

— Mon cher enfant, vous pensez qu'il ne peut y avoir dans cet annuaire des maisons régnantes aucun détail de nature à justifier les craintes que peut me donner votre sort là-bas ; j'ai vérifié un nom, certains souvenirs, voilà tout, il est vrai que je possède sur la maison de Lautenbourg-Detmold quelques renseignements particuliers, qu'il serait permis à M. de Marçais lui-même d'ignorer, si ce diplomate était doué de plus de perspicacité qu'il est réputé en avoir. D'ailleurs, il n'y a pas bien longtemps qu'il est à Lautenbourg. Il n'a pas connu feu le grand-duc Rodolphe.

— Qui est ce grand-duc Rodolphe ?

— Vous ignorez même ce détail ! C'était le frère aîné du grand-duc actuel. Mort il y a quelques années. Deux ans, si je ne me trompe.

— C'est sa mort qui a fait hériter le grand-duc Frédéric-Auguste ?

— Pas directement. La constitution de l'Etat de Lautenbourg-Detmold est particulière. La loi salique n'y est pas appliquée. La couronne ducale, à la mort du grand-duc, revenait à sa femme, la grande-duchesse Aurore-Anna-Eléonore.

— Alors, elle a épousé son beau-frère ?

— Exactement. Et c'est ainsi, comme il n'y a pas d'enfants du grand-duc Rodolphe, que votre futur élève, le duc Joachim, fils du grand-duc Frédéric-Auguste et d'une comtesse allemande quelconque, est devenu l'héritier présomptif de l'Etat de Lautenbourg-Detmold. Il faudrait, pour qu'il cessât de l'être, que le mariage de son père avec la grande-duchesse Aurore fût honoré d'un gage, chose qui paraît assez improbable.

— Il me semble me rappeler, dis-je. N'y a-t-il pas eu, il y a deux ou trois ans, un grand-duc allemand qui s'en est allé mourir en Afrique, au Congo, dans un voyage d'études ?

— Exactement, répondit M. Thierry. C'était le grand-duc Rodolphe. Il avait toujours chéri les études géographiques. Son voyage n'était d'ailleurs pas parfaitement désintéressé. En pensant que, quelques mois après, c'était Agadir et pour nous la perte du Congo, j'ai bien souvent songé que le grand-duc de Lautenbourg était allé accomplir là-bas une mission pour le compte de son auguste cousin, le Kaiser. Il n'eut d'ailleurs pas le temps de la mener à bien, puisqu'il mourut au Congo, peu de temps après son arrivée. Il serait curieux...

— Je ne vois pas, en tout cas, mon cher maître, dis-je en l'interrompant, quoi que ce soit, dans ces histoires, de nature à justifier les craintes que vous me manifestiez tout à l'heure. »

Il parut gêné.

« Mon cher enfant, me dit-il avec un effort, le devoir d'un historien est évidemment de n'accepter pour certain que ce qu'il a pu dûment contrôler. A ce point de vue, je vous avouerai que je ne sais que des choses assez vagues et difficilement vérifiables. Certains bruits, certaines allusions, quelques détails enfin que m'a donnés il y a quelque temps un ami dont je dois taire le nom, et c'est tout. Mais je crois assez le proverbe selon lequel il n'y a pas de fumée sans feu.

— Ne pourriez-vous un peu plus me préciser l'objet de ces bruits ?

— Vous garderez absolument cela pour vous, me dit-il, vous me le promettez ?

— Je vous en donne ma parole.

— Eh bien, il paraît qu'on ne meurt pas toujours de mort naturelle à la cour de Lautenbourg-Detmold. »

Ma curiosité était à son comble.

« Qu'est-ce à dire ? demandai-je.

— Hélas ! ou plutôt heureusement, rien de précis. Mais enfin on est bien forcé de constater que deux personnes séparaient de la couronne le duc Frédéric-Auguste.

— Puisque le grand-duc Rodolphe est mort d'insolation au Congo, dis-je : tous les journaux l'ont raconté.

— Evidemment. Cette mort-là fut naturelle. On ne peut pas, paraît-il, en dire autant de celle de la comtesse de Tepwitz, la première femme du grand-duc actuel, la mère du duc héritier Joachim.

— Est-ce donc au grand-duc qu'on impute cette mort ?

— C'est un homme bien curieux, reprit M. Thierry, que le grand-duc Frédéric-Auguste. Intelligent, fort instruit, mais d'une dissimulation redoutable. Joue-t-il pour lui ? Pour le compte du roi de Wurtemberg, son suzerain direct ? De l'empereur ? J'ai étudié la question du point de vue politique allemand. Elle n'est pas simple. Frédéric-Auguste est ambitieux. Et je crois qu'il ne recule devant aucun moyen.

— Il a dû tenir compte, dans ses calculs, de la grande-duchesse héritière, dis-je. Il lui a fallu pourtant son consentement pour l'épouser. »

M. Thierry eut un sourire.

« Ils pouvaient être d'accord. J'avoue ne pas connaître ce côté de la question. Je ne sais rien de la grande-duchesse, si ce n'est son âge, dit-il en reprenant son livre bleu et or, ses prénoms : Aurore-Anna-Eléonore ; son origine russe et qu'elle est née princesse Tumène. Les Tumène sont les seigneurs les plus puissants du gouvernement d'Astrakan. A-t-elle joué d'accord avec le grand-duc actuel, c'est possible. Vous savez cependant que la raison d'Etat entraîne parfois bien des mariages. Mais, encore une fois, je ne sais rien d'elle.

— Tout cela ne me paraît pas bien clair, dis-je, un peu déçu. Mais, de toute façon, je ne vois pas en quoi un modeste précepteur pourrait avoir à souffrir des démêlés de ces hauts personnages.

— Ce que vous dites a une apparence de raison. Sait-on cependant jamais ce qu'il peut advenir au milieu de ces louches affaires ? On se trouve parfois mêlé, sans le savoir, à bien des intrigues ; et savez-vous même ce qu'on attend de vous là-bas ? Tenez, je vous dirai le fond de ma pensée. C'est 10 000 marks d'appointements qui vous sont offerts, n'est-ce pas ? Eh bien, je ne puis m'empêcher de trouver ce chiffre exagéré. Votre ami Bouvelet, normalien et agrégé, n'en avait que 8 000 chez le roi de Saxe. »

Je vis très nettement que le vieux professeur avait certains motifs très précis de me parler de la sorte, mais que la peur de se compromettre l'empêchait d'en dire davantage. D'ailleurs, je crois que la chose eût été inutile. Ma curiosité était piquée à vif. Un besoin d'aventure s'éveillait en moi. Et ce fut avec la voix la plus résolue que je lui dis :

« Je vous remercie, mon cher maître, de m'avoir mis en garde, mais mon parti est pris. Avec le soin constant de me tenir à l'écart, de ne jamais sortir de mes attributions, je crois que j'éviterai n'importe quel danger. Et avouez que rien n'est moins certain que j'en coure. Vous me permettez d'ailleurs une prière.

— Dites !

— Si jamais quelque chose me semble suspect, je vous en écrirai, je solliciterai vos conseils, et il sera alors temps...

— Gardez-vous-en bien, mon pauvre ami ! s'écria-t-il. Mettez-vous dans la tête que là-bas vous serez immanquablement entouré d'espions. N'écrivez jamais une lettre qui ne puisse être lue par le grand-duc, car vous pouvez être assuré que, si l'envie lui en prend, il ne vous en demandera pas la permission. Une fois à Lautenbourg, vous serez absolument isolé de tout. Je connais le palais ducal. Son luxe ne l'empêche pas de ressembler plutôt à une forteresse qu'à un château.

— J'aurai toujours M. de Marçais. »

M. Thierry sourit, d'un sourire qui me rappela le mot de Ribeyre : comme débrouillard, il y a mieux.

« Enfin, dit-il, je vous vois absolument décidé. Après tout, mes craintes sont peut-être exagérées. Et puis, vous êtes jeune, seul. Vous avez de l'à-propos, de la volonté. Je ne sais moi-même si j'ai raison de blâmer votre besoin d'aventure. Sur ce point, je suis un peu prisonnier de mes goûts de vieil universitaire : une vie calme, une bibliothèque. Par exemple, acheva-t-il, vous aurez à Lautenbourg une des plus belles bibliothèques du monde à votre disposition. La collection du grand-duc est célèbre. Il y a les manuscrits d'Erasme et la plupart de ceux de Luther. Allez donc, mon cher enfant.

« Pourtant, dit-il, revenez me voir après avoir vu M. de Marçais. Peut-être pourrai-je vous donner quelques conseils pratiques sur la meilleure façon de comprendre votre rôle de précepteur. »

A mon hôtel Cujas m'attendait un pneumatique, délicatement scellé de cire mauve. M. de Marçais m'informait qu'il serait ravi de me voir chez lui, le jour même, à trois heures.

En me rendant rue Alphonse-de-Neuville, où habitait le ministre de France à Lautenbourg, je ne fis que repasser les détails de mon entretien avec M. Thierry. Il en sait sûrement plus long qu'il n'ose en dire, pensais-je. Est-ce que je fais une folie ? Bah ! on verra. Il n'y a pas pire folie que laisser passer à vingt-cinq ans 12 000 livres de revenus pour traîner une vie médiocre et sans issue...

Après ce qui m'est arrivé, mon opinion reste la même à cet égard.

☆

Le comte Mathieu de Marçais avait à peu près la figure et la prestance sous lesquelles on peut imaginer M. de Marcellus, et, par-dessus tout, cet air réservé, plein de sous-entendus des diplomates. Avec un air pareil, on peut se payer le luxe d'un cerveau parfaitement cave. Personne ne pourra y trouver rien à redire.

Une sympathique quadragénaire était occupée, avec un grand luxe de matériel, à faire les ongles du ministre plénipotentiaire lorsque je fus introduit auprès de lui.

« Monsieur, me dit-il avec des façons vraiment exquises, je ne saurais trop m'excuser du sans-gêne avec lequel je vous reçois. Mais le temps, cher monsieur, le temps à Paris, vous savez quelle denrée précieuse il est pour tous. Pensez combien je dois le ménager, moi qui ne suis dans cette chère ville que quinze jours par an. »

Il me débita ainsi une demi-douzaine de lieux communs, se regardant dans la glace, m'observant à la dérobée. Je crus deviner que ce premier examen, si important pour un homme de son intelligence, ne m'était pas défavorable. Mais je devinai aussi que je ne réformerais pas précisément l'opinion sévère qu'il pouvait avoir de la façon qu'ont les universitaires de s'habiller.

Comme une de ses mains, terminée, baignait mollement dans une eau tiède et rose, il se décida à en venir au fait.

« Je ne me serais pas permis, cher monsieur, de vous convoquer pour vous faire subir une sorte d'examen probatoire, besogne dont je suis d'ailleurs tout à fait incapable. Je sais que vous possédez toutes les garanties scientifiques nécessaires. Les garanties morales et intellectuelles — avant que j'aie été à même de les constater par moi-même —, la recommandation de notre ami Ribeyre me les avait par avance fournies. »

Je m'inclinai. Il s'inclina. Il paraissait ravi d'avoir si bien parlé.

« Vous serez sans doute aise de savoir en quoi consistera votre tâche à Lautenbourg. Oh ! pas grand-chose. Le duc Joachim a un précepteur pour la partie scientifique. Le commandant major de Kessel est chargé de son instruction militaire. Il vous restera l'enseignement du français et de l'histoire, l'histoire universelle, bien entendu. Ah ! cependant, il y a une chose que le grand-duc m'a particulièrement recommandée... »

« Nous y voici », me dis-je, en pensant aux soupçons de M. Thierry.

« Lisez-vous bien les vers ? »

Je restai un peu dérouté par cette question pourtant si inoffensive et simple.

« Mon Dieu, je ne sais trop, il m'est difficile...

— Cela, c'est essentiel ; le grand-duc m'a dit d'y veiller. En voici la cause. La grande-duchesse Aurore est férue de poésie française. Il se peut que de temps en temps on vous prête à elle. C'est une surprise que compte faire Son Altesse à sa femme qui se plaint sans cesse du peu de ressources qu'offre Lautenbourg sous ce rapport. « Mon cher comte, m'a-t-il dit, je « vous sais lettré et de goût sûr, je m'en rap- « porte à vous. » Excusez-moi donc, cher monsieur, si sur ce point c'est une véritable épreuve que je vous demande.

« Tenez, ajouta-t-il, en me montrant de sa main humide une vitrine. Il y a là d'excellents poètes. Choisissez et lisez au hasard. »

Il n'y avait, à vrai dire, que des auteurs bien périmés dans cette vitrine. Je fus obligé de me rabattre sur un volume de Casimir Delavigne. Tant bien que mal, je lus l'admirable poème des *Limbes* :

Ils volent, mais on n'entend pas
Battre leurs ailes.

« Parfait, parfait, opina en connaisseur M. de Marçais, n'est-ce-pas, madame Mazerat ? »

La manucure eut un gloussement pénétré pour prouver l'extase où l'avait laissée cette lecture. J'ai vu dans ma vie des scènes ridicules ; plus, jamais.

« Tout va pour le mieux, donc, dit le comte en se levant. Je n'ai pas besoin de vous dire que là-bas vous serez traité avec toute la déférence désirable. Le grand-duc est un homme exquis. La grande-duchesse... — il leva les yeux — une Russe, monsieur, c'est tout dire pour la beauté. Le prince Joachim est très docile, un peu lent d'esprit peut-être. Mais on ne peut exiger des Allemands la vivacité française. Enfin la cour est peuplée d'hommes charmants et de femmes ravissantes. Montez-vous à cheval ? »

Je fis signe que non.

« Vous apprendrez. Vous monterez avec Kessel. Un cavalier hors ligne... Et vous viendrez déjeuner à la légation. J'ai là-bas une petite folie dessinée par Poiret dont vous me direz des nouvelles. Vous la verrez à mon retour ; dans dix jours ; car vous partirez avant moi. On vous attend le plus tôt possible. En partant après-demain soir à dix heures, vous serez à Lautenbourg dimanche matin vers neuf heures.

— C'est entendu, dis-je.

— C'est entendu. Rappelez-moi respectueusement au souvenir du grand-duc, et veuillez mettre mes hommages aux pieds de Son Altesse la grande-duchesse. Ah ! mon Dieu, quel étourdi je fais ! »

Il se leva, prit dans son portefeuille une enveloppe cachetée.

« Le grand intendant, M. de Soldau, m'a chargé de vous remettre ceci, dit-il discrètement. Frais de voyage. Bonne chance, et à bientôt. Excusez-moi, madame Mazerat. Me voici tout à vous. »

☆

Je n'avais jamais fait à Paris la dépense d'une voiture que lorsque, partant en vacances ou en revenant, j'y étais contraint par ma malle. Dès que je fus sorti, cependant, j'en pris une pour rentrer chez moi, tellement était grande ma hâte de voir ce que contenait cette enveloppe que je n'osais ouvrir dans la rue.

Vraiment, je commençais à sentir les bénéfices que procure la société des grands de la terre. « Prière à Monsieur le Précepteur, disait un papier à en-tête de la chancellerie ducale, de vouloir bien trouver ici le premier trimestre de ses honoraires, plus mille marks à titre d'indemnité pour frais de voyage. » A cette gracieuse invitation étaient joints trois mille cinq cents marks.

Plus de quatre mille francs, je possédais plus de quatre mille francs, moi qui hier à Paris débarquais sans savoir comment je vivrais dans huit jours !

La visite à M. Thierry me pesait. Je résolus de m'en débarrasser sur l'heure, en lui disant que je partais le lendemain matin.

Je le trouvai dans son cabinet de travail.

« A votre air radieux, me dit-il, je vois que tout a marché suivant vos désirs. Tant mieux, j'ai eu peut-être tort de vous effrayer. Quand partez-vous ?

— Demain, dis-je.

— Alors, mon cher enfant, c'est votre visite d'adieu. Que vous dirais-je ? Je suis sûr que vous vous tirerez admirablement de vos fonctions pédagogiques. Rappelez-vous le grand principe que pose le père de Pascal : Essayez de tenir toujours votre élève au-dessus de sa tâche. C'est une règle impossible à appliquer pour un professeur de lycée qui est obligé de se conformer à la force moyenne d'une classe. Mais quand on a la chance d'avoir un seul élève, on le peut et on le doit. »

L'excellent homme me donna ensuite quelques conseils relatifs au choix des livres dont j'aurais à me servir pour préparer mes cours. Il me remit son Histoire de la littérature allemande qui me fut si souvent là-bas d'un précieux secours.

« Ne me remerciez pas, me dit-il, comme je murmurais quelques mots de reconnaissance. C'est peut-être moi qui serai votre obligé. Je vous ai dit que vous alliez avoir à Lautenbourg une admirable bibliothèque. Son conservateur, le professeur Cyrus Beck — que j'ai eu l'occasion de connaître dans divers congrès —, la surveille jalousement. Mais c'est un scientifique. Je ne doute pas que vous aurez la libre disposition des ouvrages et manuscrits qui n'intéressent pas directement le grand travail qu'il poursuit sur l'histoire des théories de la transmutation des métaux. Or, vous savez peut-être que je suis moi-même en train d'écrire un livre sur les mœurs à la cour de Hanovre à la fin du XVIIe siècle. J'ai pu voir à la Nationale, dans le catalogue de la bibliothèque ducale de Lautenbourg, qu'il y a là des documents d'une importance capitale. J'ai couru ce matin, en vous quittant, dresser les notes des principaux ouvrages que je vous serai reconnaissant de consulter pour moi. Je suis sûr d'ailleurs que cette besogne vous intéressera. Voici ma liste. Je vous signale principalement cet ouvrage : *Stattmutter der Kœniglichen Haeuser Hannover und Preussen*, par la grande-duchesse de Ahlde, édité à Leipzig en 1852. Nous n'en avons à Paris qu'une réimpression incomplète ; je vous recommande aussi les livres de Cramer et de Palmblad, ainsi que l'*Octavie romaine* (*die Roemische Octavia*), du duc Ulric de Wolfenbüttel.

« Malheureusement, continua-t-il tandis que je serrais précieusement le papier, je n'ai pu inscrire que les imprimés. Les manuscrits de Lautenbourg ne sont pas inventoriés. C'est en les parcourant, mon cher enfant, que vous pouvez me rendre les plus précieux services. Nul doute que vous y découvrirez des documents inestimables sur cette société féodale du XVIIe siècle, raffinée en apparence, au fond violente et cruelle plus qu'on ne l'a jamais imaginé. »

Il me tenait les deux mains ; son émotion me faisait comprendre qu'il avait encore quelque chose à me dire.

« Je ne veux, pour rien au monde, revenir sur notre entretien de ce matin, murmura-t-il enfin. Mais, mon enfant, vous savez l'intérêt que je vous porte. Je m'en rends compte davantage en vous quittant. Eh bien, je vous en conjure, ne cédez jamais au désir, aux invitations même qui pourraient vous être faites de sortir de votre rôle pédagogique. Il y a à Lautenbourg une assez riche matière pour ceux qui, comme nous, ont mission d'écrire l'histoire. Ecrivons-la, en nous gardant de la tentation d'y participer. »

J'étais de bonne foi lorsque je lui jurai d'avoir toujours ses derniers conseils présents à la mémoire.

« Ecoutez encore. A part le prince Joachim, le grand-duc et la grande-duchesse, M. de Marçais, j'ignore totalement les êtres de Lautenbourg. Pourtant il y a eu autrefois là-bas un certain baron de Boose. S'il y est encore, voyez cet homme le moins possible. Défiez-vous-en, défiez-vous-en. »

Je voulus avoir la raison de cette recommandation suprême. Mais il était redevenu l'historien consciencieux, le fonctionnaire timoré.

« Non, non, me dit-il. Ce sont des impressions trop personnelles. Quoi qu'il en soit, si cet homme n'est plus à Lautenbourg, ne posez aucune question à son sujet. Attendez qu'on en parle, qu'on fasse allusion à lui... Allons, cher ami. Il faut nous quitter. »

Nous nous embrassâmes. Je ne l'ai plus revu depuis.

☆

La dépression que m avait laissée cette visite disparut vite chez le changeur où je réalisai en billets français la moitié de mes billets de la *Deutsche Bank*. Le reste de la soirée se passa en courses chez les tailleurs, les bottiers, les chemisiers.

Pour la première fois de ma vie, je connus la joie admirable et amère de l'argent dépensé sans compter. De taille ordinaire, je n'eus pas de peine à trouver à *Old England* un complet, un pardessus, des chaussures à ma taille. On fit un paquet de mes pauvres nippes qu'on renvoya rue Cujas.

Alors, confiant en moi-même, je me risquai chez un grand tailleur. Avec l'autorité que me donnait mon portefeuille, je commandai un habit, une redingote, un autre veston. Je payai d'avance les 800 francs demandés sur la promesse que tout me serait livré le surlendemain soir.

Sept heures du soir. Merveille du boulevard des Capucines en octobre. Joie de s'y sentir bien habillé, avec de l'argent, le maître de tout, vous entendez, de tout. Les grelots bleus de l'Olympia faisaient un effroyable tintamarre de lumière. Les fiacres roulaient, les taxis cornaient. La Madeleine, vaguement aperçue, élevait dans le brouillard son énorme entablement d'ombre.

Allons, allons. C'est après-demain que nous quittons tout cela. Jouissons de notre éphémère royauté.

Sensation étrange. J'avais de l'argent. Mais je ne pouvais pas exiger de lui qu'il me donnât des relations à la minute. J'avais de l'argent, mais si je n'avais aucun ami pour le prouver, c'était comme si je n'en avais pas eu.

Une idée lumineuse me vint alors avec un brusque souvenir. J'entrai chez Weber. N'était-ce pas là que, tout à l'heure, se réuniraient Ribeyre et ses amis de la veille ? La pensée de Clotilde m'obsédait. Elle avait hier un grand manteau de velours noir d'où émergeait sa tête rose aux bandeaux blonds étrangement lisses. Quelle joie de me montrer à elle avec mes nouveaux avantages !

Ribeyre était déjà là.

« Eh bien, mon cher ! tout est pour le mieux. Je viens de voir Marçais qui est ravi. Il paraît que tu as une voix de charmeur ! Diable, tu n'as pas perdu de temps », dit-il en remarquant ma transformation.

Quand Mme de Rénal fait abandonner à Julien Sorel sa petite veste de ratine, quand Lucien Chardon, pour s'y muer en Rubempré, arrive à Paris avec Mme de Villeneuve-Bargeton, née de Négrepelisse d'Espard, ces jeunes gens trouvent immédiatement leur chemin de Damas. Il n'y a pas eu pour eux d'étape dans le dandysme. Je crus saisir une nuance d'étonnement moqueur chez Ribeyre. Je pensai à Baudelaire dont Gauthier disait qu'il râpait avec du papier de verre ses nouveaux habits pour leur ôter cet éclat du neuf, si cher aux philistins et aux bourgeois. Mon assurance en vacilla, mon plaisir risqua de s'en trouver du coup gâté. Puis : « Bah ! pensai-je. Ce n'est que de la confection. Je ne pouvais pourtant venir ici avec mes souliers éculés et mon veston d'il y a deux ans. Ils verront bien dans deux jours. » Et la certitude d'être allé chez un des tailleurs les plus coûteux me rendit toute ma confiance.

Clotilde survint. Elle portait une fourrure de renard blanc qui me parut bien, ce soir-là, le comble du luxe et du bon goût. Quand j'eus acheté pour elle toutes les violettes d'une misérable qui vint les lui offrir, elle daigna s'occuper de moi et me fit comprendre que j'étais beaucoup plus de son gré.

« Clotilde, dit Ribeyre, si tu m'aimes, tu tromperas ce soir Surville avec mon ami Vignerte. Il a de l'argent et il part après-demain, deux choses que les femmes ont coutume d'apprécier. »

Un quart d'heure plus tôt, cette plaisanterie d'homme m'eût paru terriblement déplacée. Mais l'horrible porto blanc faisait son œuvre ; puis Clotilde riait, amusée, ne disant pas non.

Surville arrivait avec l'autre, un nommé Mouton-Massé. Ils étaient tous les deux au cabinet du ministre de l'Intérieur, l'un attaché, l'autre chef adjoint.

« Nous n'allons pas encore rester dans cette boîte, dit le grand Surville. Deux fois, en suivant, c'est trop. Charmé, monsieur, vous dînez avec nous.

— Mon ami Vignerte me charge de vous prier de vouloir bien accepter à dîner, dit Ribeyre. Il part après-demain pour la cour de Lautenbourg et désire nous faire goûter à ses frais de voyage. »

Le petit Mouton-Massé fit comprendre qu'il admettait fort bien mon désir.

« Où va-t-on ? »

Ces messieurs discutèrent dix bonnes minutes, se renvoyant comme des volants des noms qui m'étaient absolument inconnus : Viel, les Sergents, la Tour, entremêlés de bizarres vocables d'animaux : le Coucou, l'Escargot, l'Ane rouge.

Je n'écoutais pas. Un troisième porto me versait une infinie béatitude. Cette chaude atmosphère de café me grisait. Je songeais avec mépris à ma destinée d'hier, aux bourses d'études, à l'agrégation, aux doyens des quatre facultés, au vice-recteur dans son cabinet de la rue des Ecoles. Ces femmes élégantes, ces jeunes gens pleins de morgue qui tournaient autour de moi sous la lumière me rappelaient le froid couloir de la Sorbonne et la fresque d'Henri Martin : celle où M. Anatole France, vêtu comme un explorateur, dans un paysage plein de confetti, expose à une dizaine de jeunes agrégés mal habillés sa conception personnelle de la destinée humaine.

« La véritable conception de la vie, la voilà ! » pensai-je voluptueusement en contemplant Clotilde qui piquait le bouquet mauve et vert sur sa fourrure blanche.

Ribeyre et ses amis s'étant enfin mis d'accord, nous montâmes dans un taxi qui nous déposa place Gaillon, devant un restaurant dont j'ai oublié le nom.

A l'intérieur, de lourdes tentures dérobaient aux passants la vue de la salle, jalousement. Surville, qui connaissait l'endroit, nous mena dans un petit cabinet où cinq couverts furent rapidement dressés.

J'étais à côté de Clotilde, ou du moins de la femme qui portait ce nom. C'était pour moi l'essentiel. Ce qu'on servit dans ce fameux dîner, je l'ai à vrai dire oublié. Sans doute, des choses qui poivraient la bouche, car nous bûmes énormément. « Tu me donnes carte blanche ? » me demandait Ribeyre, en me désignant alternativement d'un coup d'œil moqueur Clotilde et Surville. Un petit sommelier noir prenait les commandes avec onction. Sans pouvoir l'affirmer, je crois que ce Ribeyre s'y connaissait. Pas de champagne, avait-il déclaré. Je ne sais plus. On avait débuté par un petit pouilly sec comme du verglas, à cause des huîtres. Puis Mouton-Massé, qui était de par là, avait réclamé du saint-émilion 1892. Sur quoi, Clotilde, qui était comme par hasard de Beaune, insista pour du vin de son pays. Je ne manquai pas cette occasion de lui faire la cour et osai interpeller le sommelier pour avoir le meilleur. Là-dessus Ribeyre trouva de circonstance de faire apporter, dans un de ces vases à long col et d'étroite embouchure, du wolxheim. Je dois ajouter que le succès fut pour moi qui réclamai en fin de compte du vin de sable des Landes. Aucun de nos compagnons n'avait jamais goûté de ce redoutable cru, qui puise sur nos maigres dunes le pâle et jaune dépôt du soleil marin, qui laisse la tête libre, le buste alerte, mais sape impitoyablement les jambes.

Surville et Mouton-Massé me tutoyaient. Clotilde m'appelait Raoul et me faisait jurer de lui envoyer des cartes postales. Ribeyre, plus fort, en conversation constante avec le petit homme noir, me faisait signe de l'œil : « Ne te gêne pas. »

J'étais semblable aux dieux, avec en plus la conscience de ma rapide ascension. Je revoyais la pauvre guimbarde qui m'emportait deux jours plus tôt vers la gare perdue de la Lande. Une seule lanterne dans cette nuit ; et du vent, du vent. Celui de la mer. Et en moi, plus de nuit encore.

Or liquide, le sauternes brillait dans les verres. Les abat-jour des lampes électriques se reflétaient en lui comme de petites tulipes roses. Je voyais les dents de Clotilde luire sur le cristal où elle buvait, à petits traits, avec des rires qui soulevaient sa gorge blanche. Sa main, posée sur la mienne, me transmettait les sursauts de ce doux animal sans malice. Ribeyre exultait. Mouton-Massé mangeait des crêpes au kirsch. Surville buvait.

Il y eut une scène au moment des liqueurs, que Surville voulait absolument faire servir dans des verres à bordeaux. Mouton-Massé avait beau lui faire observer que les verres à dégustation suffisaient, puisque les bouteilles restaient sur la table. Il s'obstinait. On lui en donna un.

Les maîtres d'hôtel étaient partis. La fumée des cigares atténuait l'électricité. Les fleurs mouraient sur la table. Surville ronflait. Mouton-Massé avait tiré son calepin et s'efforçait à je ne sais quelle addition dans laquelle il s'embrouillait en jurant, et Ribeyre, qui n'avait pas lâché son idée, son bras droit passé sous mon bras gauche, son bras gauche sous le droit de Clotilde renversée, nous attirant l'un contre l'autre, parlait à l'oreille de la jeune femme qui riait, les lèvres humides, le dos secoué de petits frissons.

☆

Le vendredi soir 24 octobre 1913, tout était prêt pour mon départ. Mes effets étaient emballés dans une grande malle neuve ; une caisse plus petite contenait mes livres. Je n'avais rien voulu jeter des pauvres vieilles choses ramassées dans ma chambre d'hôtel et qui résumaient trois ans d'une vie laborieuse et triste. Le tout, empaqueté proprement dans l'antique malle qui avait été celle de ma mère, y compris mon uniforme d'officier de réserve déjà râpé par deux périodes d'instruction — les pauvres gens en ont toujours fait volontairement de supplémentaires —, le tout, dis-je, j'étais allé le porter à la gare d'Orsay, à l'adresse du vieux prêtre qui m'avait hébergé en vacances.

A cinq heures, je finissais une lettre pour lui faire part de mon nouveau sort ; j'avais fait mes comptes. Il me restait un peu plus de deux mille trois cents francs, y compris dix louis que j'avais été heureux de prêter à Ribeyre. Je résolus d'adresser une somme équivalente à mon vieux curé pour sa misérable église croulante au milieu des dunes.

Après avoir jeté ma lettre à la poste de la rue de Tournon, je remontai par le Luxembourg, je passai devant la pâle fontaine Médicis où j'avais attendu tant de fois des élues imaginaires. Le garde républicain était enfoui dans sa guérite, invisible. Jamais le grand jardin royal n'avait été plus désert qu'en ce soir d'automne incliné sur l'hiver.

Au milieu des arbres dénudés, sous un ciel jaune et mourant, le cercle frileux des reines arrondissait ses socles de marbre, étrangement blancs dans la nuit qui venait.

Cinq heures et demie sonnèrent à l'horloge du Sénat. Au cœur de Paris, c'était la mort et l'abandon.

La grande vasque octogone, dont le jeu d'eau s'était tu, étendait son miroir, plus clair — par quel miracle ? — que le ciel. Un homme, le seul avec moi dans le parc illustre, était arrêté au bord avec des gestes bizarres de semeur. Il jetait du pain aux oiseaux. Il y avait là trois douzaines de moineaux, de ramiers gris et lourds, aux allures gauchement colères.

C'était un vieillard, avec un paletot verdi, au col de fourrure élimé. Un sac était posé à ses pieds.

Je m'approchai, les oiseaux s'envolèrent.

Le vieux me regarda d'un air de reproche, jeta son sac sur son épaule et s'en alla.

Quand je sortis moi-même du jardin, la nuit était complètement tombée.

Quatre heures après, je prenais à la gare de l'Est l'express Paris-Berlin.

II

Au ciel d'acier bleu, la froide étoile qui brillait tout à l'heure avait disparu.

Vignerte eut un sursaut : « Quelle heure est-il ?

— Minuit moins dix », répondis-je, ayant fait jouer une lampe électrique.

Je réveillai les deux hommes de communication :

« Henriquez, va à la troisième section. Dis à l'adjudant de surveiller la relève du deuxième peloton. Qu'il vienne rendre compte ici, au lieutenant Vignerte. Toi, Damestoy, va à la deuxième section, dis au chef de faire de même pour le premier peloton. Ah ! qu'il n'oublie pas, pour deux heures, la patrouille. C'est la onzième escouade qui la fournit, caporal Toulet. C'est compris ? Allons, réveillez-vous un peu. »

Les deux soldats se hissèrent au-dehors. Pendant deux secondes, nous ne vîmes plus le trou de ciel bleu.

Quelle étrange nuit calme ! A peine, de-ci,

de-là, un coup de fusil égaré ; pas un coup de canon.

Vignerte continua son récit.

Avez-vous lu le *Baron de Heidenstamm ?* Meyer Forster y a pillé un peu Tolstoï — (tout le chapitre de la course pour la coupe de l'empereur est pris à *Anna Karénine*) — et beaucoup, hélas ! notre Octave Feuillet. Malgré cela, cependant, lisez les pages consacrées à Hanovre, à la vie de garnison allemande, au parc royal sous la neige. Il y a des impressions qui sont bien celles que je ressentis en arrivant à Lautenbourg, le dimanche 26 octobre 1913, à dix heures du matin.

Depuis huit heures, j'avais vu disparaître peu à peu les cimes du Harz walpurgique, noyées au sud dans des nuées cuivrées. Ce furent alors des plaines fertiles, sans beauté, sans caractère. Puis, lorsque le train eut traversé l'Aller, le paysage s'accidenta. Alors, bondissant dans son lit basaltique, apparut la sinueuse rivière Melna, qui se jette dans l'Aller à une soixantaine de kilomètres en aval de Lautenbourg. On approchait.

Le ciel était triste et blanc. La ville, accrochée aux pentes d'une colline autour de laquelle tournait la Melna, avait quelque chose de Pau, ou mieux, à cause des briques roses des maisons, de Saint-Gaudens. Tout en haut, de très loin, dans un fouillis d'arbres, je vis une haute tour. Je devinai le château.

Comme un cheval qui sent l'écurie, le train forçait sa vapeur. Nous longions et traversions des ruisseaux qui coulaient entre deux rangées de saules ; à voir les eaux blanchir aux petits rochers, secouer les herbes aquatiques, on devinait le doux frisselis qu'on n'entendait pas. Un paysage assez pur et tranquille en somme, un peu Ile-de-France, même. Mon Dieu, après tout, on pouvait être heureux là.

La gare de Lautenbourg, par exemple, était franchement ignoble. La fameuse gare de Metz, en plus petit et en plus excentrique. Je n'eus pas d'ailleurs le loisir de la détailler.

« Monsieur le professeur Vignerte ? » venait de me murmurer avec obséquiosité l'employé à casquette à qui j'avais remis mon billet.

Marçais avait télégraphié mon arrivée.

L'homme à la casquette fit un signe. Deux grands diables de laquais en livrée noir et or se dressèrent devant moi.

Tandis que l'un prenait mon bulletin de bagages, l'autre me faisait monter dans une énorme limousine qui démarra immédiatement.

En dix minutes, nous avions traversé Lautenbourg et pénétrions à toute allure dans la grande cour du château. Une sentinelle, à tout hasard, me porta les armes.

« Si monsieur le professeur veut se donner la peine de descendre », dit le laquais en ouvrant la portière, tandis que le chauffeur cornait.

Un gros maître d'hôtel rubicond parut sur le perron. Il s'inclina trois ou quatre fois.

« Monsieur le professeur a fait bon voyage ? Que monsieur le professeur veuille bien me suivre. Je vais le conduire à son appartement. »

Avec toutes les agrégations réunies, je n'aurais pas été salué en France de ce titre de professeur autant de fois en dix ans que je le fus à Lautenbourg dans la seule matinée de mon arrivée.

Mes bagages étaient dans ma chambre. Je vis avec un certain plaisir qu'une collation de la meilleure mine était disposée sur le guéridon.

« Si monsieur le professeur a besoin de la moindre chose, il n'a qu'à sonner. Ludwig, le valet de chambre de monsieur le professeur, est à côté, à sa disposition. »

Sur le point de sortir, le gros homme s'inclina encore plus bas, me tendant une enveloppe largement cachetée de rouge.

« Si monsieur le professeur veut bien prendre connaissance de la lettre qu'a laissée pour lui M. le commandant de Kessel. »

M. le commandant de Kessel, gouverneur de Son Altesse le duc héritier, m'adressait ses excuses pour n'avoir pu m'accueillir à mon arrivée. Mais toute la cour de Lautenbourg était à la chasse, et lui-même avait dû accompagner son élève. Il m'invitait en conséquence à disposer de ma journée pour prendre mes habitudes au palais. Il aurait l'honneur de m'attendre le lendemain, lundi, à dix heures moins le quart, pour me présenter à dix heures au grand-duc Frédéric-Auguste.

Désirant entrer immédiatement dans l'exercice de mes prérogatives, je sonnai. — Ludwig parut.

« Ah ! toi, pensais-je, rien qu'à te voir M. Thierry se sentirait rassuré. »

Ce garçon, âgé d'une trentaine d'années, avait la figure la plus prodigieusement inexpressive qu'il m'ait été donné de contempler avant mon entrée en Allemagne. Depuis, je me suis familiarisé avec ces bonnes boules de son blondes, aux yeux bleus. C'est la tête que nous voyons à neuf sur dix de nos prisonniers.

Je ne pus arracher à Ludwig qu'un renseignement, c'est que je prendrais mes repas au rez-de-chaussée (mon appartement étant au premier étage), dans une salle à manger réservée à la maison civile et militaire du duc héritier, c'est-à-dire à moi, au commandant de Kessel et au professeur Cyrus Beck, de l'Université de Kiel, chacun de nous ayant d'ailleurs la latitude de se faire servir chez soi.

Vignerte, qui, depuis le début de son récit, avait parlé de la même voix égale, retrouvant sans difficulté les moindres détails d'une histoire avec laquelle il vivait visiblement nuit et jour, Vignerte, ici, fit une pause :

Je sens, mon cher ami, que mes souvenirs ne vous ennuient pas. Mais, ici, je commence à me rendre compte de la difficulté de ma tâche de narrateur. Jusqu'à présent, l'ordre chronologique suffisait. Je crois maintenant, que, sous peine de tout brouiller et de vous obscurcir les idées, avec une nuée de petits faits, il m'y faut momentanément renoncer. Permettez donc que je vous présente analytiquement Lautenbourg et ses habitants. Quand tout cela sera en place, nous reviendrons aux événements. Ils se chargeront de la synthèse.

§ I. — DU PALAIS.

Ce n'est pas le palais, c'est les palais qu'il faudrait dire, puisque la résidence des grands-ducs de Lautenbourg-Detmold est formée par la réunion d'un château Renaissance, bâti au flanc d'un donjon gothique, et d'un palais Louis XIV, copié sans vergogne sur Versailles. Pris à part, chacun de ces édifices ne manque pas de style. Mais leur amalgame a coûté une peine infinie à l'architecte du grand-duc Ulrich, grand-père du prince actuel, qui fut chargé de la fusion de ces édifices incompatibles. Il s'en est tiré en jetant par terre une aile à gauche, une tourelle de flanquement à droite, et en élevant au milieu une espèce de hall qui tient de la gare d'Orsay et de la chapelle de Versailles. J'avoue que le problème était scabreux, mais pourquoi est-ce en Allemagne que se posent toujours ces insolubles cas de conscience architecturaux ?

Telle qu'elle est, cette énorme construction

sert de salle de conseil et de salle des fêtes ; je dois dire que, communiquant avec la galerie du palais et la salle d'honneur du château, elle tient assez bien ce rôle.

Le palais se soude au château par le milieu, donnant au plan général de l'édifice la forme d'un *T*. Le tout est situé sur une hauteur qui domine la ville, abrupte au pied du château, lentement déclive derrière le palais. La Melna, après avoir traversé Lautenbourg, tourne autour du château dans un ravin assez profondément encaissé, cent pieds environ, puis elle s'éloigne et clôt le jardin à la française qui s'étend derrière le palais.

Du côté de la ville, montant vers la résidence ducale, se trouve une immense esplanade, toujours dans le style de celle de Versailles. C'est aussi la place d'armes. On y passe les revues. Une grille dorée part de l'aile gauche du palais pour venir se souder, formant une cour triangulaire, à l'aile droite du château, dont elle laisse en dehors la maîtresse tour.

C'est cette tour, seule survivance du manoir gothique des vieux burgraves de Lautenbourg, qui porte à son sommet la bannière blanche et noire au léopard d'or, avec la devise de Lautenbourg : *Summum decus, flectere.* Cette tour est naturellement déshonorée, comme le reste du château, par un luxe de motifs ornementaux dans le mode d'Augsbourg. Si le donjon est plaqué de mâchicoulis de fer-blanc, le perron d'entrée, dont l'escalier possède pourtant des rampes admirables, est surmonté d'un fronton corinthien.

Le côté qui donne sur la Melna est moins abîmé. Le gouffre l'a préservé, je pense, et les artistes en carton-pâte ont sans doute regardé à deux fois avant d'y venir coller leurs embellissements. Le lierre les a remplacés, ainsi que les énormes hêtres, poussés au bord de la rivière, et qui balancent leurs masses sombres sous les grandes fenêtres lancéolées.

Je n'ai pas besoin de vous décrire le palais : Versailles étriqué, Versailles avec vingt-cinq fenêtres de façade au lieu de quatre-vingt-neuf, mais Versailles assez bien imité, somme toute, une copie encore majestueuse de la majesté. Le parc français, sous le ciel hanovrien, parle malgré tout à l'âme. Les seigneurs du lieu y ont visiblement appliqué tous leurs soins. La discipline allemande a fait merveille. Tout est droit et lisse. Un tapis vert impeccable conduit au bassin de Perséphone, un assez bon morceau d'Ernout, assez bon élève lui-même de Coysevox. On a d'ailleurs le secret de cette noblesse générale dès qu'on sait que le plan de ce jardin est dû à la Quintinie, qui envoya pour l'exécuter son meilleur ouvrier.

Si le grand-duc Georges-Guillaume, pensionné par le roi de France, fut un grand admirateur de Louis XIV, son petit-fils Frédéric reste un des plus beaux produits du despotisme éclairé. Il reçut Voltaire à son passage, et connut Rousseau chez Grimm. C'est à lui que l'on doit les jardins à l'anglaise qui entourent le parc français élevé par son grand-père et descendent en des lacis non dénués de pittoresque vers la Melna. La claire et bondissante rivière est traversée par un pont de bois qui a gardé le nom de pont de la Meilleraie, assez large pour y laisser passer les cavalcades qui s'en vont chasser dans la splendide forêt du château, l'Heerenwald, dont on voit, des terrasses, les frondaisons onduler à l'infini.

§ 2. — De mon appartement.

Deux grandes pièces boisées, au premier étage, dans la partie nord du château, c'est-à-dire celle qui est opposée à la place.

Une des deux chambres, celle où je travaille, donne sur la terrasse. Par la fenêtre ouverte, j'aperçois la mer noire des arbres sous le ciel jaune. Un calme immense.

L'autre, plus gaie, a ses deux fenêtres qui donnent sur le ravin où mugit la Melna, mais par-delà, voici le Kœnigsplatz, la caserne du 182e d'infanterie, la cathédrale, violemment coloriée. Un flocon blanc roule sur deux parallèles bleues : le train de Hanovre qui m'a amené.

Je bénis la décision qui m'a logé dans ce corps de bâtiment. Une gigantesque cheminée, de curieuses ferronneries ; tout cela date du temps où le goût lautenbourgeois n'était pas encore irrémédiablement compromis.

Je suis tout au bout du château, juste au-dessus de la salle dite des armures. Cette salle, la plus curieuse, est aujourd'hui à peu près désaffectée. On lui a retiré les belles armures des grands burgraves éponymes, celle de Goetz de Vertheidigen-Lautenbourg qui fut le bras droit d'Albert l'Ours, celle de Miltiade Bussmann, qui blessa Henri de Lion, celle de Cadwalla nommé par Hugo, dont le heaume porte encore la marque du terrible coup de massue qu'y assena, à Bouvines, le colossal Guillaume des Barres.

§ 3. — De leurs altesses.

Le grand-duc Frédéric-Auguste a ses appartements au premier étage du palais. Sa chambre, comme celle de Louis XIV, est au milieu du corps de logis. Son cabinet de travail est à droite, en regardant le parc.

C'est là que Kessel m'a amené, le lendemain de mon arrivée, à dix heures du matin.

Le grand-duc travaillait devant un bureau Louis XV, très simple.

Il s'est levé et m'a tendu la main.

« Monsieur Vignerte, je n'ai pas besoin de vous dire le bien que contient de vous la lettre de M. de Marçais. Je sais que c'est le ministre des Affaires étrangères de France qui vous a désigné à son choix éclairé. J'aurais tort de ne pas me déclarer pleinement satisfait de telles références. Je souhaite simplement que vous trouviez à Lautenbourg un peu du plaisir que nous avons à vous y accueillir. »

Le grand-duc est de taille élevée, d'un an plus jeune seulement que son frère aîné, feu le grand-duc Rodolphe. Né en 1868, il a donc aujourd'hui quarante-cinq ans. Blond, un peu chauve, entièrement rasé, il a un œil bleu qu'il laisse d'abord peser sur vous, puis qui devient vague. Sauf dans les grandes circonstances, je ne l'ai jamais vu vêtu que de l'uniforme de petite tenue de général de division, bleu foncé, à collet rouge, sans décorations.

Ses mains sont fines. Il les regarde avec complaisance.

« M. de Kessel, continue-t-il, vous a peut-être déjà averti de ce que sera votre tâche. Inutile de vous dire, monsieur, que j'entends vous laisser sur la façon de la comprendre la plus grande liberté. Vous savez que mon fils est inscrit à l'Université de Kiel ; je tiens à ce qu'il y prenne ses grades. Vous serez donc forcé de vous inquiéter des programmes. Cela dit, conformez-vous à la méthode qu'il vous plaira. Vous avez surtout la charge de l'histoire et de la littérature. Je ne connais pas vos opinions politiques, monsieur, ajouta-t-il en souriant. Je me les figure un peu libérales. Ne vous croyez pas obligé d'en changer. Le libéralisme n'est redoutable que pour les démocraties. Un chef d'Etat avisé a toujours su en tirer un excellent parti. »

Il sonna.

« Prévenez le duc Joachim que je l'attends dans mon cabinet. »

Mon élève était un grand jeune homme blond pâle, à l'air un peu endormi. Je compris que sa vivacité d'esprit ne m'obligerait jamais à la tempérer.

« Joachim, dit le grand-duc d'une voix moins amène que celle dont il s'était servi pour moi, voici M. Vignerte, votre nouveau professeur de lettres. J'espère que les progrès que vous ferez avec lui seront plus rapides que ceux qu'a obtenus de vous M. Ulricht. Quelle note a-t-il eue, Kessel, à sa dernière interrogation de tactique ?

— 8 sur 20, Altesse, répondit Kessel.

— Ce n'est pas assez. Je veux que la prochaine fois, vous ayez la moyenne. Vous pouvez vous retirer. »

Le jeune homme sortit avec une joie mal dissimulée.

« Vous voyez, monsieur, dit le grand-duc en revenant vers nous, que vous pourrez absolument compter sur mon autorité. Notez mon fils strictement, sévèrement même. Vous aurez toujours mon approbation. »

Il fit un geste pour nous congédier.

« A propos, dit-il en me rappelant, Marçais vous a-t-il prévenu que vous aurez peut-être l'occasion d'utiliser parfois votre talent de lecteur auprès de la grande-duchesse ? Oh ! ajouta-t-il, c'est peut-être un excès de précaution de ma part de vous en prévenir. Il se peut très bien que ma femme ne fasse pas appel à vous. Elle est pour le moment revenue à sa passion du cheval. Mais enfin, il faut tout prévoir, et rassurez-vous, termina-t-il avec un sourire qu'il savait rendre exquis, je saurai veiller à ce qu'on n'attente pas à votre liberté outre mesure.

— Je serai heureux de me mettre à l'entière disposition de la grande-duchesse, quand il lui plaira.

— Merci », dit-il, en se remettant au travail.

Dans le corridor, Kessel me dit :

« Si la grande-duchesse avait la fantaisie de vous voir, il faudrait que je puisse vous avertir tout de suite. Je laisserai un mot à votre valet de chambre. Ne manquez pas de repasser chez vous. »

Ce fut ainsi que, depuis le lendemain de mon arrivée au château, jusqu'au jour de la fête des hussards de Lautenbourg, où je la vis pour la première fois, je remontai journellement cinq et six fois chez moi, plus vexé que je ne voulais me l'avouer de n'y jamais trouver la convocation par laquelle la grande-duchesse Aurore-Anna-Eléonore me manifesterait son bon plaisir.

§ 4. — De la cour.

Est-ce cour qu'il faut dire en parlant de l'entourage des ducs de Lautenbourg ? Le mot est un peu bien gros. Mais je n'en trouve pas d'autre et il cadre assez bien avec l'étiquette rigide qui régnait au château.

Je vous ai déjà parlé du commandant comte Albert de Kessel, du 11e d'artillerie prussienne, en garnison à Kœnigsberg.

Sorti premier de la *Kriegs Akademie* de Berlin, Kessel est sans doute un des meilleurs officiers de l'armée allemande ; officier, il l'est dans l'âme. Mais, préoccupé uniquement de son métier, il n'affecte que juste ce qu'il faut de l'insupportable morgue de caste. Il m'a toujours traité avec la courtoisie la plus parfaite, et je n'ai jamais eu qu'à me louer des conseils qu'il m'a donnés et de l'influence qu'il exerce sur le duc héritier.

Le gros colonel de Wendel, des cuirassiers de Hanau, cumule les fonctions de gouverneur du palais et de chef de la maison militaire du grand-duc. A ce dernier titre, il a sous ses ordres le capitaine Müller, des chasseurs wurtembergeois, les lieutenants Bernhardt et de Choisly, des uhlans, officiers d'état-major du grand-duc.

C'est un brave homme qui passe son temps à crier quand le grand-duc n'est pas là, et à trembler lorsqu'il y est, comme une feuille morte. Je crois que Kessel a pour lui un profond dédain. Lui-même respecte infiniment Kessel, qui est du grand Etat-Major. Il ne lui viendrait jamais à l'idée que sa double fonction lui permît de donner un ordre à ce taciturne artilleur.

En revanche, sa bête noire est le petit lieutenant de Hagen, des hussards de Lautenbourg, officier d'ordonnance de la grande-duchesse. Maintes fois il y a eu des conflits entre le colonel et le lieutenant. Mais ce dernier est soutenu par la grande-duchesse qui ne peut s'en passer. Le grand-duc ne veut absolument pas d'histoire de ce côté. Wendel a dû plier. Dès les premiers jours de mon arrivée, j'ai senti l'animosité de ces deux hommes. Sans être allé jusqu'aux confidences, le gouverneur du château a eu deux ou trois mots amers sur les difficultés de sa charge. Je sens que si je le poussais... Mais j'ai juré de rester chez moi et de ne jamais me mêler de leurs histoires.

Pourtant ce petit Hagen me déplaît terriblement, avec son monocle, sa façon de vous dévisager, sa suffisance d'homme qui se sent gardé à carreau. La grande-duchesse se l'est attaché depuis deux ans. Il paraît qu'au moment où elle l'a pris aux hussards de Lautenbourg, il était sur le point de se faire sauter la cervelle pour une histoire de jeu.

Les autres sont généralement aimables. Ils le sont devenus beaucoup plus depuis qu'ils ont su que j'étais officier de réserve. Ce jour-là le colonel de Wendel m'a invité à dîner. Mme de Wendel, une tendre rousse de quarante ans, m'a appelé tout le temps M. le lieutenant. Au dessert, pendant que le sergent-major venait « communiquer », elle m'a demandé d'une voix humide si j'avais lu *La Fiancée de Messine.*

Après tout, je préfère passer ainsi mes journées qu'à la Sorbonne, au cours de M. Seignobos. Je dis celui-là comme j'aurais dit tout autre.

§ 5. — De la bibliothèque et du bibliothécaire.

La première tient une place si considérable dans ce récit qu'il me semble impossible de ne pas lui consacrer quelques détails.

Quant au second, le professeur Cyrus Beck, de l'Université de Kiel, n'est-il pas équitable d'apporter un bref hommage à l'homme dont j'ai involontairement causé la mort ?

La bibliothèque est actuellement installée au château, dans la chapelle désaffectée. On a refait dans le palais une chapelle de style légèrement jésuite. L'admirable salle ogivale, qui coupe à angle droit les salles d'honneur et des armures, est devenue libre. La porte de gauche donne dans la salle des armures. On pénètre dans la bibliothèque par la porte du fond de la salle d'honneur.

En trois ou quatre fois plus grand, elle rappelle la bibliothèque du château de Montesquieu à Labrède, avec cette différence que, si mes souvenirs sont bons, à Labrède la voûte est romane. Sauf ce détail de structure, même agencement général. Au milieu, une immense vitrine, avec les plus curieux échantillons de numismatique. Il y a une médaille d'or de Conradin qui est un chef-d'œuvre.

Cinq ou six lutrins ont été transformés en bureaux roulants, fort pratiques pour le travail. Un grand jeu d'électricité rend les recherches très commodes. La salle est en effet tellement sombre qu'on n'y saurait lire ou écrire sans ce secours.

N'attendez pas que je vous donne le plus léger aperçu des richesses amoncelées ici depuis Gutenberg. Je crois qu'on ne saurait écrire un ouvrage quelconque sur l'Allemagne sans avoir recours à la bibliothèque de Lautenbourg ; le registre où l'on demande aux visiteurs qui sont venus travailler ici de vouloir bien apposer leur signature porte les noms les plus illustres ; j'y ai relevé ceux de Leibniz et de Humboldt, d'Ottfried Müller et de Curtius de Schleiermacher et de Renan.

Plus précieux encore sont les trésors que contient la sacristie. C'est là, dans les armoires boisées réservées jadis aux chasubles et aux calices, que sont empilés les inestimables manuscrits qui proviennent, soit des archives publiques et privées des ducs de Lautenbourg, soit des acquisitions effectuées par ceux de ces ducs qui se sont intéressés à ces choses ; c'est au frère du grand-duc actuel, au grand-duc Rodolphe, que l'on doit quelques-unes des pièces les plus importantes. M. Cyrus Beck, bibliothécaire, chargé du classement, les tient jalousement sous clef.

M. Cyrus Beck, professeur en congé de l'Université de Kiel, a été prêté voilà dix ans au grand-duc Rodolphe par le recteur Etlicher pour la classification de ses manuscrits.

Le grand-duc actuel l'a maintenu dans lesdites fonctions en lui demandant de vouloir bien réserver quatre heures par semaine à initier le duc Joachim aux sciences exactes.

Le vieux professeur passe une moitié du temps qui lui reste dans la sacristie, au milieu des manuscrits, l'autre dans son laboratoire, au milieu des fourneaux et cornues. Ce laboratoire est situé dans le triangle formé par la salle des armures, la chapelle et la muraille du château. Comme ma chambre, il a vue sur le ravin de la Melna, ou plutôt sur les arbres qui obstruent à peu près tout coup d'œil.

La première fois que je pénétrai dans ce laboratoire, conduit par Kessel qui venait me présenter à notre collègue, j'y fus reçu à peu près comme Gulliver, parmi les toiles d'araignée de l'académie de Laputa.

Une voix criarde commença par nous intimer violemment l'ordre de fermer la porte, affirmant que le courant d'air allait éteindre les fourneaux.

Puis un petit bonhomme surgit furieusement du milieu d'une fumée âcre. Le docteur Cyrus Beck avait un crâne chauve, poli, comme passé aux acides les plus virulents. Un long sarrau jaunâtre, couvert de tâches chimiques, l'entourait de la tête aux pieds. Au milieu de son attirail, il était véritablement très hoffmanesque.

La vue de Kessel le calma. Il s'excusa et nous dit qu'il en était à une expérience décisive de ses travaux sur l'isolation de... (un corps dont j'ai oublié le nom). Il était devenu presque aimable lorsque mon compagnon lui apprit que je comptais poursuivre moi-même certaines recherches dans le département des manuscrits. Il s'inclina, le commandant ayant ajouté que le grand-duc le priait de me donner sur ce point les plus grandes facilités, mais je vis bien qu'il ne favoriserait pas précisément ma tâche.

« Bah ! pensais-je avec insouciance, ce vieil hurluberlu est plein de manies, je saurai bien, à la longue, découvrir celle qu'il faut flatter. »

Rien ne me pressait. Je m'étais donné deux semaines avant de me mettre à travailler pour le compte de M. Thierry, et, éventuellement, pour le mien.

§ 6. — De l'Etat de Lautenbourg-Detmold.

Le grand-duché de Lautenbourg-Detmold, un des vingt-sept Etats de la confédération allemande, s'étend du nord au sud sur une longueur d'environ cent kilomètres. Sa largeur, de l'est à l'ouest, varie entre vingt et quarante kilomètres. Sa population est de 280 000 habitants.

Le Schwarzhugel, dernier contrefort du

Harz, est le seul système orographique qui rompe avec la monotonie de la plaine hanovrienne.

Du point de vue des eaux, le grand-duché est limité par la Weser, traversé par l'Aller. La Melna est la rivière la plus importante quant au nombre de kilomètres où elle coule en territoire lautenbourgeois.

Une forêt de hêtres et de sapins, l'Heerenwald, qui commence au nord de Lautenbourg, couvre un bon tiers de son territoire. Le reste est constitué par des terrains sablonneux, assez rebelles à l'agriculture, mais tout à fait propres à la chaufournerie, qui est la ressource principale du pays.

Deux villes : Sandau, cité exclusivement industrielle, dans la plaine, au nord, 22 000 habitants ; Lautenbourg, capitale du grand-duché, 40 000 habitants, siège de l'évêché, de la cour d'appel ; une brigade de cavalerie, formée du 11ᵉ dragons et du 7ᵉ hussards ; un régiment d'infanterie, le 182ᵉ ; un demi-régiment d'artillerie ; un détachement du 3ᵉ génie.

La constitution est monarchique ; les grands-ducs de Lautenbourg-Detmold se succèdent par ordre de primogéniture, les femmes n'étant pas exclues de la succession. A la fin du XVIIIᵉ siècle, la grande-duchesse Charlotte-Augusta a exercé seule le pouvoir. Aujourd'hui, le grand-duc Frédéric-Auguste le doit à son mariage avec la grande-duchesse héritière.

Le grand-duc de Lautenbourg est vassal immédiat du roi de Wurtemberg, vassal médiat de l'empereur d'Allemagne.

L'Etat de Lautenbourg élit trois députés au Reichstag. Deux de ces députés sont agrariens ; l'autre, celui de Sandau, est socialiste. Tous les trois font, de droit, partie de la diète ducale, qui se réunit deux fois l'an, au château de Lautenbourg. Font également partie de droit de la diète le président du conseil municipal de Lautenbourg et deux conseillers désignés par leurs collègues. Les autres membres de la diète sont élus, au suffrage restreint, par la population du grand-duché. Le grand-duc en est président. Une délégation permanente de six membres, analogue à nos commissions départementales, assure, en dehors des sessions, l'expédition des affaires courantes.

§ 7. — Récapitulation : de la vie a Lautenbourg.

Quatre fois par semaine, je donne mes leçons au duc héritier : deux leçons d'histoire, une de philosophie, une de littérature. Je me rends à cet effet dans son appartement, situé dans l'aile droite du palais, la partie centrale, on se le rappelle, appartenant à son père, l'aile gauche étant réservée strictement à la grande-duchesse Aurore.

Le cabinet de travail du duc Joachim a ses murs tapissés de cartes allemandes, signées Kiepert, les meilleures. Deux portraits, celui du grand-duc, et celui de sa première femme, née comtesse de Tepwitz, une brave Bavaroise, avec la croix de Luther, morte voici trois ans. Le duc Joachim lui ressemble trait pour trait.

Pas d'élève plus docile que ce jeune duc allemand. Il sait déjà beaucoup de choses. Toutes sont malheureusement sur le même plan. A la mort du grand-duc Frédéric-Auguste, si l'Etat de Lautenbourg devient terre d'Empire, je ne m'en étonnerai pas outre mesure.

Les gens qui n'ont jamais manqué de rien peuvent s'offusquer qu'une vie confortable en tous points suffise à rendre heureux. Je suis heureux. Je n'ai qu'à penser à mes cours. Deux ou trois manuels, inconnus ici, en font les frais.

Je suis heureux, vous dis-je. Un de ces jours, je déjeunerai chez le grand-duc. En attendant, j'ai dîné trois fois chez le colonel de Wendel. Sa femme m'a réellement pris en amitié. Je lui ai prêté quelques-uns des livres que j'avais apportés à destination de la grande-duchesse. C'est une aimable femme, et il vaut mieux être en bons termes avec le colonel.

Je déjeune généralement avec Cyrus Beck, Kessel et l'état-major. Le petit Hagen vient de temps en temps. Les autres rient sous cape en le voyant, ils disent que c'est le jour où la grande-duchesse lui a donné congé. Le soir, tout le monde s'éclipse : ces messieurs ont des relations en ville. Je reste seul avec le professeur, et parfois, pas toujours, le taciturne Kessel. La conversation est alors remplie des récriminations de Cyrus Beck. Son élève ne fait pas de progrès. Et puis, ce n'est pas son métier à lui. Ah ! comme feu le grand-duc Rodolphe savait mieux comprendre le professeur. C'était un érudit. Il paraît que comme géographe il n'avait pas son pareil.

Kessel, finissant son marc, répond tranquillement :

« Un géographe qui ne connaissait pas le maniement d'une pièce de 77. »

Cyrus interroge avec dépit :

« Alors vous préférez le grand-duc actuel ?

— Je n'ai pas connu Son Altesse le grand-duc Rodolphe, répond placidement Kessel. Je sais seulement que le rôle d'un grand-duc est d'être grand-duc, de connaître l'artillerie, la lourde et la légère, afin de permettre aux géographes de travailler en paix. »

Chose étrange, le professeur se plaint à Kessel, qu'il redoute visiblement, pas à moi, qui suis Français. Je vous dis que le loyalisme de ces gens est chose incommensurable.

Nous, nous ne sommes contents que lorsque nous avons figure d'opposants.

Dans la journée, j'éprouve le plus vif des plaisirs à me promener dans Lautenbourg. Les beaux uniformes allemands me ravissent ; cette énorme discipline m'inquiète un peu. La musique du 182e joue deux fois par semaine sur la place royale, en face du théâtre. Je m'amuse à la gaucherie charmante des groupes de jeunes filles que je croise. Je me souviens, je vérifie la justesse de ce que le vieux général de cavalerie von Dewitz disait à son aide de camp :

« Ce sont des jeunes filles qui ont de la race, mon cher ami, et l'on a vraiment de la joie à les regarder ! Ce ne sont pas de ces demi-femmes factices, ce sont des mères ! J'en réponds pour des générations entières ! Regardez donc cette blonde qui passe là-bas ! Voyez ces joues empourprées et cette démarche ! Des pas d'un mètre vingt. Pour un vieux soldat comme moi, c'est un régal ; je me délecte à les voir [1]. »

Moi aussi, je me délecte, je me réjouis, et devant cette absence complète d'insubordination, cette notion parfaite de ce à quoi elles sont destinées, je me rappelle le mot des officiers français de Sedan, ceux qui ayant signé le *revers* sont venus en captivité par ici :

« Priez une Allemande de s'asseoir, elle se couchera ! »

Le soir tombe, mauve et jaune ; les brasseries s'allument à grand bruit. Une marchande de fleurs passe. Je dîne ce soir chez le colonel. Tiens, si j'apportais un bouquet de *Vergissmein-nicht* à Mme de Wendel ?...

1. W. Meyer-Forster : *Le Baron de Heidenstamm.* Première partie, I.

III

Un matin de décembre, j'étais en train de préparer ma leçon de l'après-midi, assis confortablement au coin de mon immense feu de bois. Il faisait un froid sec et clair. Aux vitres, le jeune soleil d'hiver fondait les buées nocturnes en gouttelettes opales.

On frappa à la porte.

« Entrez ! »

Sur le seuil se tenait Otto, le chef du service intérieur, ancien sous-officier, tenant le milieu entre les fonctionnaires du palais et la kyrielle des valets, ouvriers, hommes de peine, qu'il faisait marcher militairement.

Son plastron blanc, sa grosse figure rouge se détachaient violemment sur l'obscurité du couloir. Derrière lui, deux hommes apparaissaient vaguement, porteurs d'un attirail bizarre.

« Que monsieur le professeur m'excuse. Peut-être vais-je déranger monsieur le professeur.

— Mais non, Otto, qu'y a-t-il ? »

Il entra, suivi des deux hommes. Ceux-ci avaient les bras encombrés de faisceaux de drapeaux.

« C'est demain la fête du 7e hussards de Lautenbourg, monsieur le professeur. Grande réjouissance pour la ville. Le palais est tout entier pavoisé, et je viens pour accommoder vos trois fenêtres. »

Je jetai un coup d'œil au-dehors. Sur le Kœnigsplatz, des hommes minuscules s'occupaient effectivement à disposer tout un matériel de fête : des poteaux, des faisceaux, des bannières.

« Faites donc, je vous en prie. »

Posément, ils procédèrent à leur installation. Trois énormes faisceaux, où l'étendard allemand tenait le milieu, entre le drapeau blanc et rouge de Wurtemberg et la bannière de Lautenbourg-Detmold, blanche et noire, au léopard d'or. Le tout était relié aux fenêtres voisines par de gigantesques guirlandes de moleskine verte, imitant les couronnes de distribution de prix.

Tout en surveillant le travail, Otto me donnait quelques détails sur la cérémonie du lendemain.

« C'est toujours une très grande fête, monsieur le professeur. Dès ce soir, le palais sera illuminé. Il y aura retraite aux flambeaux après l'arrivée de S.M. le roi de Wurtemberg et de

Son Excellence le général Eichhorn, qui représente Sa Majesté l'Empereur.

— Il est d'usage que l'Empereur se fasse représenter à toutes les fêtes des régiments ?

— Pas à toutes, monsieur le professeur. Mais le 7e hussards n'est pas un régiment comme les autres. Son étendard est décoré. Le prince Eitel y est capitaine. Et puis, surtout, c'est parce qu'il a pour colonel Son Altesse notre grande-duchesse, cousine de l'empereur. Alors vous comprenez...

— Je comprends que cela va être très beau, Otto, et que vous devez avoir bien de l'ouvrage.

— Monsieur le professeur peut le dire. Mais c'est fini, allons, vous autres. Tous nos remerciements à monsieur le professeur pour son amabilité. »

J'étais d'autant plus heureux de la nouveauté qui allait me permettre de voir une de ces fastueuses parades allemandes que, vers onze heures, un laquais m'apporta un mot du major de Kessel.

Le gouverneur du prince m'avertissait que son élève devait passer, l'après-midi, avec le grand-duc, la revue préparatoire de la garnison ; il me priait de vouloir bien, en conséquence, remettre ma leçon au surlendemain.

Au déjeuner, le docteur Cyrus Beck, plus hoffmanesque que jamais, descendit en retard et l'air très surexcité.

Je voulus avoir de lui quelques renseignements.

« Il s'agit bien de cela, répondit-il avec colère. Avez-vous lu ce pamphlet, monsieur ? »

Il me tendait *La Peau de Chagrin.*

« Un pamphlet ? dis-je, assez étonné.

— Oui, un pamphlet, une sottise. Il faut avoir toute la légèreté d'un Français pour traiter de certains sujets avec une pareille désinvolture. C'est la science elle-même qui est ridiculisée, ici, monsieur. Voilà : on passe sa vie à étudier deux ou trois questions, on casse des cornues, on se brûle la figure aux creusets, on risque mille fois de se faire sauter avec son laboratoire, tout cela pour qu'un coquin de romancier, en quelques mots d'un dédain qu'il juge définitif, vienne vous dire votre fait, vous tourner en risée devant le public.

— Je ne sais pas précisément à quel passage de *La Peau de Chagrin* va votre courroux, lui dis-je ; et je n'aurais d'ailleurs pas la compétence voulue pour défendre Balzac sur ce point. Permettez-moi cependant de vous dire qu'il était généralement assez bien documenté. La partie historique de son œuvre est une source précieuse. J'ai entendu d'autre part un excellent avocat d'affaires dire que la faillite de César Birotteau, le transfert de titres Roguin sont, au point de vue juridique, des chefs-d'œuvre. Enfin...

— Monsieur, reprit-il de plus en plus furieux, ni le droit ni l'histoire n'ont jamais prétendu être des sciences exactes. Un esprit faux comme votre Balzac y peut exceller. Mais la science, monsieur...

— Mon cher monsieur Beck, lui dis-je agacé, si *La Peau de Chagrin* vous produit cet effet, que direz-vous quand vous aurez lu *La Recherche de l'Absolu ?* Il y a là un certain Balthazar Claës qui poursuit, lui aussi, le grand œuvre, avec un aussi vaste luxe d'expériences que vous ; et, qui sait ? pourtant, vous y trouverez peut-être des indications précieuses. »

Il ne savait pas très bien si je me moquais ou parlais sérieusement. Mais prudemment, il inscrivit sur sa manchette le titre de l'ouvrage. Puis ses lèvres allèrent à la recherche de sa cuiller qui ne quittait pas la surface de son potage, à la mode allemande.

« Irez-vous demain à la revue ? » lui demandai-je.

Je m'attendais à une nouvelle dénégation. Ma surprise fut grande lorsqu'il me répondit qu'il n'aurait garde de manquer cette cérémonie.

« Nous avons nos places réservées dans la tribune d'honneur, me dit-il avec orgueil, à côté du corps diplomatique. »

Ce savant casanier qui montrait une joie d'enfant à avoir sa place assignée officiellement dans une parade militaire me combla d'aise. « Combien ce bonhomme diffère de nos Bergerets antimilitaristes ! » pensai-je, sans savoir, en définitive, laquelle des deux conceptions était la bonne.

Tout le palais était dans un branle-bas extraordinaire. Les officiers, déjà en grande tenue, s'évertuaient de tous côtés. Je croisai Kessel fort affairé : « Le roi arrive à neuf heures, me dit-il ; allez à la gare. Ce sera curieux pour vous. En attendant, si vous voulez, vous pouvez assister à la revue que passe le grand-duc à trois heures sur l'esplanade. »

Je le remerciai, mais ne voulant pas déflorer le spectacle du lendemain et me trouvant vraiment trop bousculé et trop ridicule, seul encore, parmi ces gens en uniformes multicolores, j'allai m'enfermer dans la bibliothèque. Là, je me mis à jeter quelques notes relatives à la prochaine leçon que je devais donner au jeune duc, sur l'histoire de la philosophie alexandrine.

Quand j'en sortis, la nuit était venue ; je décidai d'aller faire un tour dans la ville. Elle était déjà illuminée. Lorsque je fus au milieu de la place d'armes, je me retournai, et le château tout entier m'apparut, dans un embrasement. Le plaisir enfantin que produisent les feux de couleurs, les verres bigarrés, m'empêcha de remarquer que cette illumination ne péchait peut-être pas par excès de goût. Mais, que m'importait ! Sans savoir pourquoi, j'étais heureux.

Au centre, l'aigle impérial, immense, en lampions jaunes, avait bien dix mètres de haut. A gauche, c'était le lion wurtembergeois, en rouge ; à droite, le léopard lautenbourgeois, en vert. La difficulté qu'il y a à différencier par des lampions électriques ces animaux avait dû mettre à une rude épreuve l'artiste illuminateur. Mais enfin, on les distinguait assez bien.

Autour de moi, des groupes noirs, montait une rumeur admirative et confuse. Au fond de la place d'armes, la tribune d'honneur était déjà dressée pour la revue du lendemain.

La rue de Hanovre, la plus belle de Lautenbourg, était bondée de monde. Cette foule allait et venait sur les trottoirs, selon un mouvement de tiroir remarquablement ordonné. Soudain, les quartiers déconsignés y mêlèrent tout le luxe des uniformes. Les dolmans rouges des hussards de Lautenbourg alternaient avec les dolmans bleus des dragons de Detmold et les tuniques sombres des fantassins. Des étudiants, venus tout exprès de Hanovre, promenaient leurs casquettes différentes et leurs estafilades avec une arrogance qui tombait soudain lorsqu'ils croisaient un officier.

L'approche de la Noël surchargeait les devantures des magasins éclairés bruyamment d'une foule d'objets inattendus, naïfs à faire pleurer. Les rôtisseries étaient bourrées d'oies gracieusement décorées aux couleurs des vingt-sept Etats allemands. L'oie barrée de bleu de Rudolstadt voisinait avec l'oie rouge du Wurtemberg. Les charcuteries étalaient des pyramides de saucisses façonnées à l'image des monuments les plus illustres de l'empire : le Reichstag, la gare de Berlin, la cathédrale de Cologne. Mais le gros succès était pour un arc de triomphe en saindoux, avec bas-reliefs en gélatine rose et entablement de foie gras.

Des jeunes filles passaient, se tenant par les bras, en groupes de trois ou quatre, baissant des yeux soumis sous les regards dominateurs des officiers.

Je dînai à la taverne de Lohengrin, la plus grande, la plus dorée de Lautenbourg. Vous rappelez-vous les chevaux de bois de notre enfance ? La partie où sont cachés la musique et le vieux cheval chassieux, rutilante de dorures, rien ne ressemble plus à une riche taverne allemande. Seuls, je pense, les fumeurs peuvent s'attabler là sans être incommodés. Les nuages de tabac qui vagabondent au plafond font penser à un Walhalla pantagruélique.

Huit heures sonnaient lorsque les : hoch ! hoch ! frénétiques poussés dans la rue amenèrent sur la porte tous les hôtes de la taverne ; dans un flamboiement de sabres passait l'escadron de dragons qui devait, à la gare, rendre les honneurs au roi de Wurtemberg et au général von Eichhorn.

La foule était tellement considérable aux abords de la gare que je renonçai à trouver une place. Ce fut au coin de la Roonstrasse que je pus, dans un éclair, au milieu des dragons, apercevoir l'automobile où le grand-duc Frédéric-Auguste et le roi de Wurtemberg faisaient face à mon élève et au général von Eichhorn.

☆

Le pasteur Silbermann au temple de la Siegstrasse, Mgr Kreppel à la cathédrale célébrèrent à huit heures les offices de leur culte respectif, auxquels furent conduits par détachements les soldats des confessions catholique et réformée. Puis, à dix heures, ce fut la revue.

Le temps favorisait le 7e hussards de Lautenbourg. Le soleil brillait, clair et froid. De la place, on voyait, sous la petite bise qui soufflait de l'ouest, les feuilles noires se détacher des arbres du château et tomber lentement dans la Melna.

J'ai dit que, de ma chambre, je ne voyais pas la place d'armes où allait se dérouler la revue. Mais, levé au jour, j'avais aperçu le 182e d'infanterie prussienne, dont deux compagnies devaient assurer le service d'ordre, traverser le Kœnigsplatz pour aller occuper ses emplacements. Le grand concours du peuple mettait à mon cœur la joie suffisante de ceux qui savent leur place gardée.

A sept heures, j'étais prêt, bien décidé cependant à n'arriver que beaucoup plus tard, au moins au moment où la tribune serait à moitié occupée. Je pris un livre quelconque, essayant de m'y intéresser, me rendant assez peu compte des raisons de l'énervement que je sentais croître en moi.

A neuf heures, la rumeur du dehors montant

à ma chambre et l'emplissant, je crus pouvoir, sans ridicule, m'acheminer.

Comme je me sentis petit en traversant l'immense place, rendue encore plus vide par l'énorme foule qui se pressait tout autour, canalisée par un cordon d'infanterie, baïonnette au canon.

Les tribunes étaient aux trois quarts pleines lorsque j'arrivai. J'aurais assez malaisément découvert la place qui m'était assignée, si je n'avais vu, agité au bout d'un bras, un chapeau me faire signe : M. de Marçais.

« Je suis votre voisin, me dit l'aimable diplomate. Tant mieux. Nous causerons en attendant. »

Fier de m'éblouir, il me donna les noms des personnages de marque qui nous entouraient. Le ministre d'Autriche-Hongrie, le comte Bela, disparaissant sous un invraisemblable amoncellement de fourrures, avec un bonnet d'astrakan à aigrette d'argent. M. Nekludoff, ministre de Russie, en habit, très simple, Mgr Kreppel, avec sa lourde croix d'or sur sa ceinture violette. Le recteur Etlicher, de l'académie de Kiel.

Soudain, je lui pris le bras.

Une admirable jeune femme venait de s'installer juste devant nous, au premier rang de la tribune. Elle pouvait avoir vingt ou vingt-cinq ans. Brune, très mate de peau, d'allure lasse, elle portait un tailleur à grandes basques, bleu, bordé de skungs. Une de ses mains, inerte le long de son corps, était enfoncée dans un de ces gigantesques manchons plats comme on les faisait alors. Une toque de skungs encadrait ses lourds bandeaux noirs.

Elle aperçut Marçais qu'elle salua d'un geste langoureusement fatigué.

« Qui est-ce ? murmurai-je.

— Comment, me répondit-il, ravi. Vous ne connaissez pas la demoiselle d'honneur, l'inséparable, la confidente de la grande-duchesse Aurore, Mlle Mélusine de Graffenfried ? Eh, à quoi avez-vous donc employé votre temps depuis que vous êtes ici ?

— Comme elle est belle ! dis-je.

— Oui, bien belle ! Vous n'êtes pas le premier à le trouver. Mais vous savez, mon cher, ajouta-t-il en me lançant un coup d'œil étrangement narquois, il n'y a rien à faire. Au reste, vous ne la verrez plus dès que la grande-duchesse sera là. En attendant, cela ne coûte rien, n'est-ce pas... »

Et joignant le geste à la parole, il touchait délicatement l'épaule de notre belle voisine :

« Mademoiselle de Graffenfried. Il y a des emplois qui sont bien mal tenus au château. Voici un de ses habitants qui ne vous a pas encore été présenté, et qui sollicite l'honneur de l'être. Mon compatriote, M. Raoul Vignerte, précepteur de Son Altesse le duc héritier. »

L'adorable fille se retourna, et, m'enveloppant d'un regard angélique qui, je ne sais pourquoi, me remplit de la plus bizarre confusion :

« Je vous remercie, mon cher comte, de me

faire connaître M. Vignerte autrement que de réputation. Et vous, monsieur, laissez-moi espérer que nous nous reverrons sans qu'il soit besoin pour cela d'occasions aussi solennelles. Mais il paraît que vous travaillez beaucoup. »

Ce n'était pas la première fois que je constatais combien des imbéciles distingués ont plus d'à-propos que les gens réputés intelligents. M. de Marçais m'en donna une nouvelle preuve, en répliquant à ma place :

« C'est peut-être, chère amie, soit dit sans vous offenser, qu'il est plus facile de pénétrer dans la bibliothèque du château que dans votre intimité. »

Les paupières de Mélusine battirent imperceptiblement.

« Il n'y a rien d'offensant dans vos paroles, au contraire, dit-elle en souriant, et M. Vignerte qui est un véritable érudit vous dira que les bibliothèques les plus précieuses sont celles où l'on est admis avec le plus de difficultés, n'est-ce pas, monsieur Beck », dit-elle en s'adressant au vieux savant, notre voisin, qui venait d'arriver et contemplait avec un intérêt étonnant la concentration des troupes aux deux extrémités de la place.

J'admirai l'art infini avec lequel elle faisait dévier une conversation qui menaçait de devenir scabreuse.

« Vous avez absolument raison, mademoiselle, s'empressa de répondre mon vieux collègue avec cette absolue naïveté des savants,

M. Vignerte sait d'ailleurs que toute la bibliothèque est à sa disposition, manuscrits compris.

— Chut ! dit Mlle de Graffenfried en se retournant, voici le roi. »

Un groupe de cavaliers venait d'apparaître en face de nous, de l'autre côté de la place, dans la cour du château.

Immédiatement des commandements brefs crépitèrent. Cavaliers et fantassins se raidirent au garde-à-vous. Avec un bruit de toile métallique qu'on déchire, les baïonnettes apparurent au bout des canons. Trois mille sabres surgirent, trois mille éclairs gris.

Trompettes et fifres attaquaient une marche lente, une espèce de sonnerie aux champs, aigre et stridente, bien en harmonie avec cette âpre matinée de décembre.

Quand elle cessa, l'énorme acclamation populaire retentit, sourde et rauque, soutenue, comme une vague qui roule et ne se brise pas.

Le petit groupe de cavaliers s'avançait au pas dans l'immense place vide. Le roi de Wurtemberg, en uniforme de feld-maréchal, venait en tête, sur un cheval noir. A sa droite, le grand-duc Frédéric-Auguste, en uniforme de général, très simple. A la gauche du roi, le général von Eichhorn étalait tout le luxe du grand Etat-Major. Il avait près de lui le jeune duc héritier, très beau dans sa tunique bleue de lieutenant aux dragons de Detmold.

Derrière eux, c'était un scintillement des plus brillants uniformes de l'armée allemande ; un gigantesque officier de cuirassiers blancs ; un officier d'artillerie de la garde, noir et or avec les parements amarante ; des hussards gris ; un uhlan vert.

« Et la grande-duchesse ? murmurai-je à Marçais.

— Comment ? et vous êtes officier de réserve, mon cher ! Où est, je vous en prie, la place d'un colonel dans une revue ? A la tête de son régiment. Tenez, regardez le colonel von Mudra au 182ᵉ. C'est par son régiment que commence la revue. Le voilà qui vient au-devant de l'état-major. Il rentrera dans le rang quand son unité aura été inspectée. »

Au galop de chasse, le peloton royal passait entre les compagnies du régiment brusquement espacées. Les étendards blancs écartelés de noir s'inclinaient au passage. Puis, un nouvel ordre. Le régiment se resserra. C'était le tour des dragons de Detmold.

Mince et raide, ayant très grand air sous l'habit bleu aux buffleteries blanches, la tête fine dans le casque noir à pointe et à aigle d'argent, le colonel von Becker vint au-devant du roi qu'il salua largement du sabre, en lui présentant son magnifique régiment, planté superbement sur d'énormes chevaux rigides.

Cette masse immobile donnait une telle impression de puissance, de force, que je serrai anxieusement la main de Marçais.

« Hum, murmurai-je, nos cuirassiers et nos spahis auront de l'ouvrage, si ça vient jamais. »

Un ordre, répété par les commandants majors, les capitaines, les lieutenants de pelotons, et la terre trembla sous le trot du 11ᵉ dragons de Detmold qui s'en allait, vers la droite, derrière le 182ᵉ d'infanterie, occuper sa place pour le défilé.

Ce fut au tour de Marçais de me serrer le bras.

« Regardez », me dit-il.

Devant nous, au premier banc, Mlle Mélusine de Graffenfried, accoudée à la balustrade, souriait.

Sur la place, au-devant du roi, deux cavaliers s'avançaient.

L'un était le petit Hagen ; guindé, un peu pâle, il guidait son cheval à huit ou dix pas en arrière du colonel des hussards de Lautenbourg.

Je ne pouvais, à vrai dire, distinguer nettement les traits de la grande-duchesse Aurore. Je ne voyais encore que sa mince silhouette. Elle allait, au pas d'un petit cheval magnifiquement caparaçonné. Elle portait, avec l'amazone, le dolman des hussards de Detmold, rouge à brandebourgs jonquille. Le colback noir, à flamme jonquille, dressait sur sa tête une longue aigrette d'or.

Du sabre, elle aussi salua le roi de Wurtemberg. Celui-ci poussa en avant son cheval et, s'inclinant devant la grande-duchesse, lui baisa la main.

Une immense acclamation partit de la foule :

Hoch pour la grande-duchesse. Hoch pour le roi. Hoch pour le kaiser.

Marçais toucha discrètement du doigt la fourrure de Mélusine.

« La grande-duchesse me paraît bien calme aujourd'hui comme écuyère, lui dit-il.

— Y pensez-vous, répondit la jeune fille, haussant les épaules sans retourner la tête. Elle a fait verser deux bouteilles d'*extra-dry* dans l'avoine de Tarass-Boulba. C'est vous dire.

— Tarass-Boulba. C'est son cheval ? demandai-je.

— Oui, un sacré petit barbe, vous le voyez, poilu comme une descente de lit. Elle a ramené ça des marais de la Volga. Laid, méchant, têtu. Toujours est-il qu'il n'y a qu'elle qui peut le monter. Il menace d'enlever la figure aux palefreniers. Elle, elle en fait ce qu'elle veut.

— Taisez-vous, dit Mélusine, regardez. »

Les hussards venaient, au grand trot, de se ranger derrière les dragons, rangés eux-mêmes derrière l'infanterie.

Nous tournant le dos, le roi de Wurtemberg et le général von Eichhorn, adossés à l'estrade, faisaient face au grand-duc Frédéric-Auguste et au duc Joachim qui, à l'autre bout de l'esplanade, leur présentaient les troupes qui défilaient.

Je n'ai aucun parti pris en faveur du pas de parade prussien. Mais je vous jure que, si l'on peut s'en moquer en France, il s'harmonise parfaitement avec l'ambiance allemande.

Par lignes de colonnes de compagnie, le 182e défila. On eût entendu une mouche voler.

Au galop, les six batteries d'artillerie de 77 suivirent. Sur les casques noirs, les boules de cuivre étincelaient.

Puis, gardant par peloton un alignement impeccable, les dragons de Detmold s'avancèrent, suivis, à deux cents mètres, par les hussards de Lautenbourg.

La grande-duchesse chevauchait entre les deux régiments. Le petit Hagen, plus roide que jamais, paraissait aux anges. Une sourde haine me monta au cœur contre ce lieutenant.

Le défilé était fini. Tandis que le grand-duc Frédéric-Auguste et le duc Joachim venaient rejoindre le roi de Wurtemberg et le général von Eichhorn devant la tribune, les deux régiments de cavalerie se massaient, à la place que les princes venaient de quitter, pour la charge finale.

« Attention, me dit Marçais, vous allez voir la manière cosaque. »

A droite, un régiment bleu, à gauche, un régiment rouge, plus petit. Devant, à vingt pas, deux cavaliers, presque côte à côte.

Le gros cheval bai du colonel von Becker s'ébrouait. Tarass-Boulba, ramassé rageusement, était immobile.

Accoudée, Mélusine de Graffenfried regardait d'un œil à la fois fixe et vague.

Deux sabres se dressèrent ; alors, dans une clameur immense, le flot déferla.

Maintenant, un seul cheval était en tête, Tarass-Boulba. Combien cela dura-t-il ? Peut-être dix secondes, et soudain ce fut l'arrêt brusque devant la tribune de trois mille chevaux, de trois mille cavaliers. Des hurlements, des crépitements de sabots. Le sol parut s'effondrer.

Jamais je n'oublierai ce spectacle. A droite, von Becker, en arrière sur sa selle, son cheval arc-bouté des quatre fers, saluait de l'épée les princes.

A gauche, dressé sur les deux pieds arrière, Tarass-Boulba.

A cinq mètres, peut-être six, je voyais la grande-duchesse sur son cheval cabré ; son visage pâle ne devait à cette course incroyable aucune rougeur. Son énorme colback noir cachait entièrement ses cheveux. Ses yeux verts resplendissaient. Espèce de Murat androgyne, elle tenait au-dessus d'elle son sabre levé.

Elle nous souriait.

En même temps un cri d'admiration sortit de trois poitrines. Mélusine de Graffenfried, Marçais et moi, nous eûmes la gloire de déchaîner l'immense acclamation.

Alors Tarass-Boulba retomba sur ses deux pieds de devant. D'une main, Aurore de Lautenbourg flattait son cou embroussaillé, tandis qu'elle tendait l'autre au roi Albert, qui la baisa de nouveau.

☆

Un carton, remis par Ludwig lorsque je rentrai chez moi, me faisait savoir que j'étais invité au dîner qui aurait lieu à huit heures, dans la galerie des glaces, en l'honneur de S. M. le roi de Wurtemberg et de S. E. le général von Eichhorn. Place 23, troisième table.

Je passai l'après-midi dans ma chambre, en tête-à-tête avec un vague trésor, ouvrant des livres que je ne pouvais lire.

A sept heures, je descendis dans le parc. Deux heures auparavant, j'avais entendu des cors, lointains d'abord, venir expirer dans le ravin de la Melna. C'est là qu'avait pris fin la chasse conduite par le roi et la grande-duchesse.

Le palais était rayonnant de lumières. A travers les larges fenêtres, je voyais les immenses tables, croulantes sous les fleurs et les cristaux.

La plupart des hauts fonctionnaires, tous les officiers de Lautenbourg étaient invités. Trois cents couverts se répartissaient en douze tables.

J'étais entre un commandant de dragons et la femme d'un conseiller de la cour. Ils ne m'adressèrent pas un mot durant tout le repas.

La musique du 182ᵉ jouait, entre les services, dans la salle de la diète.

Je ne voyais ni la grande-duchesse, ni le roi, ni les ducs, la première table m'étant cachée par les fleurs.

Dans le brouhaha des toasts et du champagne, je m'éclipsai et gagnai la salle de la diète, puis la salle d'honneur : de là, j'aurais le spectacle de l'entrée des souverains.

Une voix chantante me tira des réflexions où je m'abîmais.

« Eh bien, monsieur Vignerte, pourquoi cet isolement ? »

J'étais seul dans l'immense salle avec Mlle de Graffenfried.

« Mais vous-même, mademoiselle ?

— Oh ! moi : c'est différent, la grande-duchesse m'a priée de faire un tour ici avant les autres. Les valets sont si bêtes. Elle tient à ce que ses fleurs soient bien arrangées. »

Je regardai l'admirable décoration de fleurs qui nous entourait. Des iris violets et des roses jaunes, mais énormes, mais plus beaux qu'on n'en verra jamais.

« Ce sont des fleurs de chez elle, des iris de la Volga et des roses du Daghestan. C'est un véritable wagon qui les apporte tous les mois. Elle dit que les fleurs d'ici sont insignifiantes », m'expliqua Mélusine.

« N'est-ce pas que celles-ci sont belles ? » dit-elle en respirant une touffe de roses.

« Elle est bien belle aussi ! » murmurai-je sans savoir ce que je disais.

Mon interlocutrice me regarda en souriant. Mlle Mélusine de Graffenfried était vêtue d'une robe de satin ivoire, recouverte d'une tunique de tulle brodée de perles irisées. Pas de bijoux, seulement, à son cou mat, un collier de perles roses.

Elle souriait toujours, dans une espèce de langueur de tout son être nonchalant et parfumé.

« N'est-ce pas ? » murmura-t-elle seulement.

Et, avec une ironie subite :

« Et vous êtes venu penser à elle au milieu de ses fleurs ? Je le lui dirai tout à l'heure.

— Mademoiselle, je vous en prie...

— Non, non ! je veux que vous la connaissiez, que vous veniez nous voir. Nous nous ennuyons, vous savez. Rien que le petit Hagen. Il n'est pas toujours drôle.

— Il l'aime, n'est-ce pas ? » dis-je en me rapprochant d'elle.

Mélusine éclata de rire :

« Il est assez ennuyeux pour cela.

— Et elle ?

— Monsieur Vignerte, dit Mélusine en riant plus fort, vous passez d'un extrême à l'autre, du plus grand effacement à la plus grande indiscrétion. Savez-vous que vous n'êtes, en tout cas, pas très galant pour moi avec vos questions ? »

Elle se pencha. J'eus tout contre moi sa belle gorge ; ses cheveux noirs m'effleurèrent la joue.

« N'est-ce pas, me dit-elle tout bas, que vous me trouviez bien plus jolie, ce matin, avant de l'avoir vue, elle ? »

Elle m'avait pris le bras, et, presque impérieusement :

« Eh bien, regardez-la maintenant ! »

Au milieu d'un cliquetis de sabres, d'éperons, le cortège entrait dans la salle d'honneur où mille lampes électriques venaient de s'allumer à la fois.

☆

Les réceptions des cours allemandes ont l'incomparable éclat que donnent les splendides uniformes de l'Empire. A mes yeux éblouis s'étalait la prodigieuse gamme des dolmans bleus, rouges, noirs rehaussés de fourrure, scintillants d'or.

La haie des hussards de Lautenbourg présentait les sabres.

Devant, donnant le bras au roi de Wurtemberg, la grande-duchesse Aurore s'avançait.

Un enroulement de velours vert Metternich laissait nue toute l'épaule gauche, dans un décolleté extraordinairement risqué. Je voyais serpenter derrière elle sa longue traîne brodée de fines arabesques d'argent. Elle avait à la main droite un solitaire retenu par un cercle de platine, à la gauche une émeraude sertie de brillants.

Le matin, je n'avais pas vu ses cheveux. Elle m'apparaissait maintenant, cette frondaison blond fauve, foulée en torsade autour de la tête, l'engainant dans une espèce de calotte d'or, sur laquelle un étrange et barbare diadème d'émeraude arrondissait son demi-cercle.

Une seconde ses yeux rencontrèrent les miens. Je crus comprendre que ce qu'elle y lut ne lui déplut pas. J'étais probablement le seul de cette assistance, abrutie par l'étiquette, à oser, sans le savoir, contempler ainsi cette femme.

Vous rappelez-vous, mon cher ami, la *Fée aux griffons* de Gustave Moreau ? Vous rappelez-vous cet être ambigu, dans ce paysage céruléen, moins profond que les prunelles vertes d'Aurore de Lautenbourg ? Il vous donnera une idée approchée de la grande-duchesse. Même indéfini, même mystère angoissant des formes, Mélusine, si affinée, si inquiétante cependant, paraît presque grossière à côté de cette Titania.

Ce que la toile de Moreau ne vous expliquera pas, c'est le mélange enfantin et décidé qui est toute l'allure de cette princesse. Sorte de créole boréale, à la fois langoureuse et brusque, elle a l'éclat dur et la mollesse de la neige au soleil. La hanche que l'on devine un peu pointue est assez haute. On sent que, si elle consentait à l'emprisonner, sa taille serait extraordinairement fine. Mais la gaine de velours garde toute la souplesse que donne le contact immédiat de la chair. De la frénésie vous prend à l'idée que, hors de ce fourreau, ce corps va surgir comme un lis froid et pur.

Au milieu de tous ces visages où les vins ont posé les marbrures des congestions commençantes, cette pâle statue à moitié nue demeure miraculeusement nette et blanche.

Ses lèvres sont fardées, ses yeux sont cernés, à vrai dire, ses ongles sont bien roses. Mais comme on sent qu'elle s'est amusée à ces procédés par lesquels les autres s'efforcent de créer leur beauté. On voit la sienne sourire d'y avoir eu recours. Elle ne les emploie que pour mieux prouver qu'ils ne sauraient lui être indispensables.

Sourire... celui qui erre sur sa pâle figure est tout de convention. Prisonnière de l'étiquette, elle s'est composé un visage de circonstance. Qui l'observe le devine d'autant mieux que par moments une expression aussitôt morte que née dérange cette belle ordonnance grave et voulue. Cette expression doit mêler autant de sentiments que le prisme a de couleurs. Si je connais un jour mieux Son Altesse, j'arriverai peut-être à les analyser. En attendant, j'ai discerné dans cet éclair deux tonalités indiscutables, l'ironie et l'ennui.

Cette femme molle et lassée, est-ce bien la fantastique amazone de ce matin ? Je la préférais ainsi. Il me déplaît que cette épaule soit si nue. Je voudrais la recouvrir de la lourde pelisse d'hermine. Ils sont une douzaine autour d'elle. Oh ! je sais bien que c'est leur souveraine, et que leurs yeux ont devant elle presque la rigidité du garde-à-vous. Mais s'ils ne se croyaient pas vus, comme ils se départiraient de cette réserve.

Et qu'est-ce que c'est précisément que ce petit hussard rouge qui, là-bas, caché par une gerbe de fleurs, laisse traîner sur la belle épaule un regard effroyablement goulu ?... Va-t'en, rustre. Retourne à tes lourdes et dociles Allemandes, qui ont des bras boudinés et des tailles en forme de diabolos. Celle-ci n'est pas de ta race. Ce n'est pas pour toi, vilain !

Je te déteste, et je t'envie. J'envie ton dolman ponceau, tes fourragères jonquille, tout l'or dont tu rutiles, ton grade de lieutenant au 7e hussards, qui, à défaut d'un autre, crée un lien hiérarchique entre toi et ton angoissant colonel. Je pourrais alors m'approcher d'elle et lui débiter, comme ils le font maintenant, des compliments sur la charge de ce matin.

Le visage presque enfoui dans le bouquet d'iris qu'elle porte vers ses narines, elle remercie faiblement ses officiers qui la félicitent.

« Mais non. Vous exagérez. Tout le mérite revient à Tarass-Boulba. C'est moi qui vous admire de pouvoir le suivre avec vos montures. A côté de lui, les chevaux d'ici sont des chevaux de brasseurs. »

Est-ce une illusion, mais il ne me semble pas possible qu'elle ne puisse, si elle le voulait bien, parler allemand avec moins d'accent étranger.

A gauche, dans un bosquet de verdure, la musique du 182e commence une valse. Le bal s'ébauche.

« Nous usurpons la place des danseurs,

messieurs. Allez retrouver vos danseuses qui doivent m'en vouloir. Comte, menez-moi à ma place », dit-elle en prenant le bras du général von Eichhorn.

Ils tournent, ces Allemands et ces Allemandes, avec une gravité, avec une componction recueillie. Le cliquetis des éperons résonne. Les belles couleurs de l'Empire s'emmêlent sous les lustres en un étincelant kaléidoscope.

« Monsieur Vignerte, vous ne valsez pas !

— C'est que, mademoiselle, je sais assez mal ; puis, comme c'est pauvre et ridicule, un habit, au milieu de tous ces uniformes.

— Ce n'est pas une raison, rétorque Mélusine. Tenez, je vois là-bas cette bonne Mme de Wendel qui s'accommoderait fort bien de votre habit. Allez donc l'inviter.

— Danser pour danser, je préférerais que ce fût avec vous.

— Moi, je n'ai pas le temps. Il faut que je surveille, que je case les pauvres jeunes filles dépourvues et les danseurs timides. Prenez mon bras, vous m'accompagnerez. »

Cette jolie femme que je sens contre moi me donne l'assurance qui me manquait.

« Mademoiselle de Graffenfried ! Monsieur Vignerte ! »

La voix de Marçais.

Suprême d'élégance, il est assis auprès de la grande-duchesse. Ciel ! il me fait signe d'approcher.

« On ne pourra donc jamais vous atteindre ? me dit-il en riant. Arrivez, monsieur. »

Il me présente à la grande-duchesse.

« C'est un peu pour vous, madame, que j'ai ramené M. Vignerte. Mais vous semblez peu pressée de vous servir des cadeaux qu'on vous fait. »

Elle répond avec nonchalance :

« Moi ! mais je ne demande qu'à connaître M. Vignerte. Il paraît qu'il est charmant. Excusez-moi, monsieur, si je dis : il paraît ; je n'ai pu m'en rendre compte encore par moi-même. Vous travaillez beaucoup, me dit-on ? »

La même phrase que m'a jetée Mélusine. Ignominie ! Te traînerai-je toujours après moi, robe des cuistres ? Serai-je toujours celui qui travaille beaucoup, moi dont les nuits se passent à rêver de choses dont personne ne soupçonnera jamais l'immense volupté ?

Je vais répondre. Je sens que je vais lui dire, à cette méprisante, quelque chose de définitif. Mais elle se lève.

« Excusez-moi ! Il faut pourtant que je danse au moins une fois !

— Monsieur de Hagen », appelle-t-elle.

Il est là, le petit hussard rouge. Il s'avance, à la fois humble et ravi. Oh ! je sais qu'un jour viendra où je le souffletterai.

Dans la salle, il s'est fait un vide ! La valse de la grande-duchesse Aurore est comme un maelström. Il semble qu'on redoute d'être attiré dans son orbe. Les danseurs laissent la place libre.

Ils valsent. C'est d'abord la valse lente allemande, à trois temps. Puis la mesure s'accélère. Il n'y a plus que deux temps. Ce n'est même plus le boston, c'est un tournoiement éperdu et harmonique. L'assistance murmure d'admiration. Le grand-duc Frédéric-Auguste regarde le beau tourbillon avec un sourire qui est presque un sourire d'orgueil.

Ce n'est plus Hagen, si svelte et agile pourtant, qui mène la course ronde. C'est le grand corps vert et blanc. Nonchalante toujours, elle tourne, tourne, tourne.

Hagen se laisse entraîner. Une ineffable joie colore sa face d'adolescent blond. Il s'abandonne à sa souveraine. Rouge, vert, rouge, vert, puis tout se brouille. La couleur complémentaire apparaît. Ils tournent, tournent, tournent...

En France, on aurait applaudi.

Elle regagne sa place, toujours aussi liliale et lasse. Dans un mouvement qu'elle fait pour remonter l'épaulette droite de sa robe, son beau bouquet d'iris mauves, qu'elle n'a pas quitté, tombe à terre. Je me précipite, je le ramasse.

« Merci, monsieur », dit-elle négligemment.

Puis, volontairement, cette fois, elle laisse retomber les fleurs.

« Mon Dieu ! Elles sont déjà toutes fanées. »

. . . .

Je suis rentré dans ma chambre. J'ai ouvert

la fenêtre et, accoudé, les yeux aux étoiles froides, je crois que j'ai pleuré.

J'ai compris. Elle m'est irrémédiablement hostile. Qu'y a-t-il ? Qu'ai-je fait ? Jc ne sais pas.

Et j'ai le mot des pauvres diables : Travaillons.

De vagues musiques me viennent encore. Sur le Kœnigsplatz, des limousines passent, avec des phares violents. Ceux qui sont dedans sont heureux. Ils l'ont vue depuis que je l'ai vue.

Travaillons...

IV

EH BIEN, Raoul Vignerte ! A quoi prétends-tu donc ? Quelle aberration est la tienne ! Quoi ! il y a quelques semaines, tu étais soucieux le matin de ta nourriture du soir. Tu ne supposais pas de plus grand bonheur que d'être assuré de celle du lendemain. Te voilà maintenant certain d'elle, et de celle de dans un mois, et de celle de toujours même. Tu n'as qu'à te donner au travail. Le travail, la seule chose que l'on ne regrette jamais. Et tu n'es pas heureux, pourtant ! Que dis-je, heureux, tu souffres. Plus que quand tu arrivais à la gare d'Orsay, tâtant dans ta poche si tu avais pour le pourboire du porteur de malle assez de sous sans démonétiser la pièce qui filera ensuite trop vite, tu souffres. De quoi ? De ta maudite imagination. Ne sens-tu pas désormais que le sort pourrait t'offrir vainement les femmes de Paris, les trésors d'Iranie, sans satisfaire le rêve composé des nuées que tu portes en toi ? Elle, cette femme, la grande-duchesse ? Pauvre idiot ! Tu te disais classique. Tu parlais en ricanant du théâtre romantique, et te voilà disposé, du moment que c'est pour ton compte, à trouver naturelle l'aventure de Ruy Blas, laquais de monseigneur le marquis de Finlas. Est-ce toi qui faisais tes dieux de Le Play et d'Auguste Comte ? Tiens, tu m'amuses ! La reine de ton rêve, elle est moins pour toi que pour le petit hussard rouge, qui a l'habitude de l'oisiveté, du grade et du blason...

Et je me suis mis à travailler et, peu à peu, il est vrai que la poussière de la bibliothèque a feutré mon envie, ma haine, mon chagrin.

Je ne mettrai jamais les pieds dans l'aile gauche du palais. J'ai plaisir à penser qu'elle s'y ennuie, avec sa Mélusine. Je ne suis pas fait pour vivre ici, moi.

De mon séjour à Lautenbourg, je prendrai tout ce que j'ai intérêt à prendre, posément.

Dans deux ans, j'aurai cinq à six mille francs d'économies, la matière de trois ou quatre livres, et je rentrerai à Paris, et avec ma méthode, et avec le souvenir de ce qui m'a manqué, Paris sera à moi. Et Paris vaut mieux que cette méprisante barbare.

M. Thierry m'avait fourni un admirable plan de travail, je m'en rendais mieux compte à mesure que je fouillais dans la bibliothèque. L'histoire des dynasties tudesques parallèles à Louis XIV paraphrase à merveille la sienne, en en faisant mieux ressortir l'aborigène beauté.

Copier le roi de France, tel était l'unique souci de ces princes allemands de la fin du XVIIe siècle. S'attacher les artistes ou les élèves des artistes qui avaient travaillé pour lui fut un moyen dont ils usèrent le plus communément.

Mais, tandis que chaque seigneur français mettait un point d'honneur à posséder exclusivement un artiste, à le faire travailler pour lui seul, c'est chose amusante de voir les Allemands réaliser des sortes de sociétés pour commanditer plus économiquement tel peintre, tel sculpteur, tel jardinier. Ils rappellent ces humbles ménages parisiens qui s'associent pour acheter aux Halles un sac de légume ou un agneau.

J'ai retrouvé dans les archives la plupart des devis des peintres et architectes français qui travaillèrent non seulement pour les ducs de Lautenbourg et de Detmold, mais aussi pour ceux de Lünebourg-Celle et pour les électeurs de Hanovre. Ernout a sculpté la plupart des groupes en marbre des jardins. Gourvil, élève de La Quintinie, les a dessinés. Lesigne, élève de Lebrun, a été chargé de l'exécution des panneaux. Un Catalan, Giroud, a assumé les travaux de serrurerie et de ferronnerie. Zeyer, peintre en laque, professeur de la princesse Sophie-Dorothée, a orné de charmants motifs les portes de l'*Herrenhausen* de Hanovre et du palais de Lautenbourg.

Leurs comptes sont discutés avec âpreté par les intendants des princes. Souvent ces derniers eux-mêmes n'ont pas dédaigné d'appuyer autographiquement des demandes en réduction. J'ai parcouru avec curiosité un énorme mémoire de Giroud, produit par cet artiste devant le présidial de Hanovre, pour justifier, en 1690, le chiffre de la facture à laquelle il faisait monter la pose, à l'*Herrenhausen,* d'un certain nombre de serrures à secret. Le duc Ernest-Auguste, le futur électeur, fut débouté de sa demande en réduction. Il y avait, à cette date du moins, des juges à Hanovre.

J'étais décidé en principe à borner mes recherches à l'influence française sur les cours allemandes du XVIIe siècle. J'avais devant moi une mine de documents suffisant à satisfaire complètement M. Thierry, et à me fournir à moi-même les éléments d'un livre. C'est à ce Zeyer, peintre en laque, professeur de la princesse Sophie-Dorothée, que je dois d'avoir élargi mon dessein primitif. Je découvris, mêlées à ses comptes, les minutes de son témoignage devant la commission d'enquête qui jugea l'infortunée souveraine du Hanovre. Il porte ainsi la responsabilité des événements qui vont suivre.

Vignerte s'arrêta, réfléchit un moment, et me posa cette question inattendue :

« Connaissez-vous la dramatique histoire du comte Philippe-Christophe de Kœnigsmark ? »

En réponse, je lui récitai ces deux strophes :

Comte de Kœnigsmark, amoureux d'une reine,
Puis son amant, ainsi du moins dit la rumeur,
Dans la chambre royale où brûlaient des verveines,
A l'heure où le jour naît, à l'heure où le jour meurt.

Qui pourra dire toutes les folles pensées
Qu'elle se plaisait tant à dérouler pour vous,
Celle qui mêlait les jacinthes aux pensées,
Dans la masse de ses cheveux d'or un peu roux ?

« L'auteur de ces vers, dit Vignerte, avait lu le livre de Blaze de Bury. C'est le seul livre français convenable sur ce drame. Vous le rappelez-vous ?

— J'avoue, dis-je, que bien des détails m'en sont sortis de l'esprit.

— Eh bien, il faut que je vous précise cette histoire. Elle ne vous expliquera pas mon aventure, à moi. Elle vous la rendra plus étrange encore. »

Vous vous rappelez certainement quelle était la situation de l'Etat de Hanovre en 1680. Il avait à sa tête un homme aussi débauché que profond politique, Ernest-Auguste, successivement évêque d'Osnabrück, duc, puis électeur de Hanovre.

Son frère, Georges-Guillaume, était duc de Brunswick-Lünebourg.

Ernest-Auguste avait un fils, Georges ; Georges-Guillaume une fille, Sophie-Dorothée.

L'ambition d'Ernest-Auguste portait sur deux points.

D'abord : réunion à sa famille des Etats de son frère. Il n'y avait qu'un moyen : marier Georges à Sophie-Dorothée. Le mariage eut lieu en 1682. La duchesse de Brunswick-Lünebourg n'avait que seize ans.

L'autre ambition d'Ernest-Auguste était plus haute : c'était la couronne d'Angleterre. La fortune travailla pour lui : successivement les douze enfants de la reine Anne furent moissonnés par la mort. Si Ernest-Auguste ne vit pas le triomphe de sa politique — il mourut en 1698 — son fils Georges en recueillit les fruits. En 1714, à la mort de la reine Anne, il montait sur le trône de Grande-Bretagne sous le nom de George Ier. Il y montait seul : dix-huit ans plus tôt, à la suite d'une infâme machination, il s'était séparé de sa femme, et lorsque son époux ceignait la couronne d'Angleterre, l'infortunée Sophie-Dorothée achevait ses jours dans le château de Ahlde, moins palais que prison.

Excusez-moi de dessécher ainsi ces faits : l'essentiel est d'être clair.

L'histoire du divorce de Sophie-Dorothée, c'est l'histoire du meurtre du comte Philippe-Christophe de Kœnigsmark.

Appartenant à une des plus nobles familles suédoises, ami du prince électeur de Saxe, aussi brun et beau que Sophie-Dorothée était belle et blonde, le comte Philippe et la duchesse de Brunswick-Lünebourg s'étaient dans leur enfance connus à Celle et naïvement fiancés. La vie les avait séparés. Philippe était parti mener à la cour de Jacques II, à celle de Louis XIV, à Dresde, à Venise, son existence aventureuse de beau condottiere suédois.

Le mariage de Sophie-Dorothée réveilla-t-il son ancien amour, blessa-t-il sa vanité ? Toujours est-il qu'un beau matin Hanovre vit arriver le comte Philippe de Kœnigsmark.

La cour de l'électeur était un lieu de débauches, un fumier sur lequel se fanait lentement ce beau lis qu'était Sophie-Dorothée.

Trompée par un mari qu'elle avait toujours méprisé, contrainte de faire bonne mine à cette terrible comtesse de Platen, l'abjecte favorite d'Ernest-Auguste, elle vivait de son mieux dans la solitude, occupée uniquement de l'éducation de ses deux enfants, un fils qui devait être roi d'Angleterre, une fille qui sera reine de Prusse.

Mais voici Kœnigsmark qui arrive à Hanovre, et le drame commence.

Le comte Philippe est venu pour se venger, pour reconquérir le cœur de Sophie-Dorothée. Mais avant même qu'il puisse la voir, la comtesse de Platen s'éprend de lui. Il juge politique de ne pas froisser la toute-puissante favorite. Mais il faut aller très loin pour ne pas froisser cette femme, Messaline et Lady Macbeth réunies. Le comte Philippe va aussi loin que possible : compromise, elle sera en son pouvoir. C'est lui qui est entre ses mains.

Alors commence la belle idylle de Philippe de Kœnigsmark et de Sophie-Dorothée. Le sombre palais de l'*Herrenhausen* est témoin de leurs éphémères amours. Sophie-Dorothée a cru d'abord que le beau comte n'était venu à Hanovre que pour y voir malheureuse et délaissée celle qui a été contrainte par la volonté paternelle d'en épouser un autre. La liaison presque publique de Philippe avec la comtesse de Platen ajoute à son martyre. Mais, un matin, se rendant avec sa dame de compagnie au bosquet du parc de l'*Herrenhausen* où elle a coutume de s'asseoir chaque jour, elle aperçoit le comte s'en échapper. Un rouleau de papier est resté sur le banc, avec ces vers à la manière de Benserade :

Que j'étais autrefois un volage berger !
À tout moment sur la fougère
J'allais de bergère en bergère
Me faire un plaisir de changer ;
Mais, depuis que j'ai vu la charmante Sylvie,
Contraint de l'aimer constamment,
Par un extrême changement
Je ne veux changer de ma vie.

Sophie-Dorothée a-t-elle été la maîtresse de Kœnigsmark ? Même après la lecture de leur correspondance dans les archives de la Gardie, j'en doute encore. Ce que je reconnais, c'est qu'il était impossible d'en douter dans une cour aussi corrompue que celle de Hanovre, où l'on savait que la femme du duc héritier recevait chaque nuit dans son appartement le bel aventurier suédois.

La vindicative comtesse de Platen apprit la dernière qu'elle était la risée de tout le château. Mais ce jour-là, la perte du comte et de la duchesse fut décidée.

Le samedi soir 1er juillet 1694, Kœnigsmark, rentrant chez lui, trouva sur la table un billet contenant ces simples mots tracés à la hâte au crayon :

« Ce soir, après dix heures, la princesse Sophie-Dorothée attendra le comte de Kœnigsmark. »

Ce billet, ce faux, imitant l'écriture de Sophie-Dorothée était l'œuvre de la comtesse de Platen.

Insouciant et brave comme Bussy d'Amboise, Kœnigsmark se rendit chez la princesse. A deux heures du matin, il la quittait.

Le lendemain, dans la matinée, Sophie-Dorothée vit de son balcon deux hommes, aux allures inquiètes, qui erraient dans le parc. C'étaient les serviteurs du comte Philippe qui cherchaient leur maître. Ni eux ni personne ne devaient plus le revoir.

Voilà la tragédie, mon ami. Voilà le dénouement, et c'est le divorce de Sophie-Dorothée. Cette jeune femme de vingt-huit ans a affaire à un monde d'ennemis. Elle veut quitter son mari qui lui fait horreur. Elle se heurte à la malédiction de son père ; le vieux duc Georges-

Guillaume a imposé à sa fille un mariage de raison d'Etat. Une amourette malheureuse ne doit pas briser de beaux calculs au bout desquels il y a peut-être le trône d'Angleterre. L'infortunée ne veut rien entendre. Elle est dangereuse d'ailleurs : le comte suédois avait des relations. Finalement, après le procès le plus avilissant pour elle, le divorce est prononcé contre elle. Ses enfants lui sont retirés. La femme du roi d'Angleterre, redevenue simple duchesse, mourra en 1726, prisonnière dans son château de Ahlde. Alors seulement, la malédiction paternelle fléchira. Le caveau du château où elle est née s'ouvrira devant son cadavre. Il est, au donjon de Celle, dans le recoin le plus obscur de la crypte, un humble cercueil sans inscription. C'est le cercueil qui contient les restes de Sophie-Dorothée, femme de l'électeur Georges-Louis de Hanovre, roi d'Angleterre sous le nom de George Ier.

Je vous ai résumé, aussi brièvement que possible, l'histoire de Philippe de Kœnigsmark et de Sophie-Dorothée. Inutile de vous dire que bien des points de ce drame demeurent dans l'ombre. L'assassinat du comte est certainement l'épisode dont les détails sont les plus mal connus. Les témoignages concordent sur le fait que c'est la comtesse de Platen qui prépara le guet-apens où il périt. Dix sbires le percèrent de leurs épées. L'horrible comtesse lui porta le dernier coup. Mais que devint le corps ? Ici, le mystère commence. Les avis sont partagés. Le comte, comme le veulent les uns, fut-il enterré dans une fosse creusée dans le parc ? Ou, suivant une autre version, que j'ai des raisons pour croire la bonne, recouvert de chaux, fut-il enfoui sous la dalle de la salle dite des Chevaliers ? Fut-il tout simplement jeté dans les latrines dont le tuyau communiquait avec la Leine qui coule au pied du château, ainsi que le prétend l'auteur de l'*Histoire secrète*[1] ? Son cadavre est-il celui, comme l'affirme Horace Walpole, qui fut découvert quelque vingt ans plus tard, sous le plancher d'un cabinet de toilette de l'*Herrenhausen ?* Je ne pose ces questions que pour vous expliquer, bien qu'à moi encore elle me paraisse inexplicable, l'espèce de fièvre qui me prit de les résoudre. Il faut comprendre que ce problème se présentait à moi avec une acuité plus passionnante qu'à quiconque, en raison du milieu où je me trouvais, si semblable à celui où s'était déroulé le drame, et des inestimables documents que la

1. *Histoire secrète de la duchesse de Hanovre,* notice publiée à Londres, en 1732, sans nom d'auteur et attribuée au baron de Bielefeld, chargé d'affaires de la Cour de Prusse à Hanovre. Pour cette indication bibliographique et les suivantes, j'ai complété les souvenirs que m'a laissés le récit de Vignerte à l'aide des articles de Blaze de Bury, parus dans la *Revue des Deux Mondes,* et réunis en 1855 en un volume intitulé : *Episode de l'Histoire du Hanovre, Les Kœnigsmark.*

bibliothèque ducale mettait à ma disposition.

La source la plus précieuse que l'on connaissait alors est la correspondance de Kœnigsmark et de Sophie-Dorothée, qui se trouve actuellement dans les archives de la bibliothèque de la Gardie, à Loeberod, en Suède. Cette correspondance fut découverte par le professeur Palmblad, qui en publia en 1851 des extraits à Upsal. En me signalant, lorsqu'il prit congé de moi, les travaux de Palmblad, M. Thierry espérait qu'il me serait possible de mettre la main à Lautenbourg sur une partie de cette correspondance qui erra assez longtemps en Allemagne avant de venir échouer à Loeberod. Je ne trouvai rien de ce côté, mais cet échec fut compensé par une découverte autrement précieuse.

La fille de Sophie-Dorothée, je vous le rappelais à l'instant, avait épousé le prince royal de Prusse, le futur Roi-Sergent Frédéric Ier : « Mari fort rude et tyrannique, nous dit Blaze de Bury ; son premier acte, une fois monté sur le trône, fut de défendre formellement à sa femme toute espèce de rapport avec la prisonnière de Ahlde. Ce ne fut que lorsque Sophie-Dorothée eut hérité de sa mère d'un revenu de vingt-huit mille écus, somme assez ronde pour l'époque, que l'avare souverain lui témoigna quelque amitié, amitié du reste très intéressée, car elle se fondait uniquement sur les droits que pouvait faire valoir sa femme à l'héritage, droits qui furent longuement établis par les consultations du célèbre jurisconsulte Thomasius [1]. »

L'humble femme qu'était la reine de Prusse, poussée secrètement par son confesseur, s'était toujours fait un reproche de n'oser pas prendre ouvertement le parti de sa mère adoptive, dont elle pressentait l'innocence. Elle profita des dispositions meilleures de son redoutable mari, et commença à réunir les pièces nécessaires à un procès en réhabilitation. Hélas, en 1726, Sophie-Dorothée mourait. Sa royale fille n'en poursuivit pas moins sa pieuse entreprise. Par ses soins, avec l'aide éclairée de ce même jurisconsulte Thomasius, un énorme dossier, comprenant douze cents documents environ, fut constitué. Il établissait nettement l'innocence de Sophie-Dorothée, l'ignominie de la comtesse de Platen.

Ce monument de piété filiale ne devait servir à rien. Une notice anonyme, placée en tête de ce dossier, indique que, sur les représentations de George II, roi d'Angleterre, transmises à son beau-frère, Frédéric Ier de Prusse, par le ministre de Grande-Bretagne, le procès en réhabilitation de Sophie-Dorothée ne fut pas entamé. Le roi d'Angleterre faisait remarquer à sa sœur, non sans justesse, que tout ce qui serait établi à la décharge de la princesse leur mère le serait à la charge du roi leur père.

1. Blaze de Bury : *Episode de l'Histoire du Hanovre.* Notes et pièces justificatives, p. 378.

Devant la raison d'Etat, la faible reine de Prusse s'inclina. Le dossier, désormais inutile, par des avatars divers, mentionnés dans cette notice, finit par échouer, en 1783, entre les mains de la grande-duchesse Charlotte-Augusta de Lautenbourg, nièce de la souveraine.

C'est ce dossier que, vers la fin de janvier 1914, j'eus le bonheur de découvrir parmi les manuscrits non encore inventoriés de la bibliothèque ducale.

Depuis le compte rendu authentique de l'interrogatoire de Mlle de Knesebeck, confidente de Sophie-Dorothée, jusqu'à la minute de la confession de la comtesse de Platen [1], il y avait dans ce dossier de quoi refaire entièrement l'histoire du drame mystérieux de l'*Herrenhausen.* Avec la désinvolture habituelle des érudits vis-à-vis des pièces non inventoriées, je transportai dans mon appartement les six chemises in-folio qui relataient par le détail la ténébreuse histoire.

Que d'amour et de chevalerie, que de crimes et de galanterie, quel luxe, quelle frénésie de vie et de mort dans ces feuillets jaunis, dans ces minutes grossoyées en langues diverses ! La nuit, quand tout dans le château était endormi, je roulais ma table devant le confortable feu de bûches de la cheminée, et je tra-

1. Le double de cette confession, intitulée *Oraison funèbre de la comtesse C. E. de Platen,* figure en pièce manuscrite dans les archives de Vienne.

vaillais avec une espèce de fièvre ardente. Je touchais là l'histoire, la vivante, non pas celle, de deuxième ou troisième main, qui m'était distillée, suivant un programme déterminé, par la bibliothèque de la Sorbonne. A vrai dire, à la sèche érudition se mêlaient dans mon cerveau les fumées d'un étrange romantisme. La Cour de Hanovre dansait devant mes yeux, fantasmagorique et cruelle : Ernest-Auguste, le silène politique ; Georges-Louis, débauché et borné ; la comtesse de Platen, la redoutable Messaline, qui, malgré tout, avait dû être belle et désirable ; Kœnigsmark, l'aventurier brun, son pourpoint saumon et or taché de sang, et surtout Sophie-Dorothée, blonde, élancée et pure, dans les brocarts d'argent qu'elle portait le jour de ses noces.

D'argent, vraiment ? Cela, c'était l'histoire, la description livresque. Mais non ! Combien plus belle je me l'imaginais, et plus réelle, avec une autre robe, une autre robe déjà vue. Une robe de velours vert !

C'était la fin de l'hiver, un hiver déjà incliné sur le printemps. Par ma fenêtre, entrouverte pour activer le tirant de ma cheminée, montaient des bouffées d'air qui étaient déjà des effluves. Je sentais, noirs dans l'ombre, les rameaux décharnés des arbres mollir pour les bourgeons de demain.

Alors plusieurs fois, mon ami, mon cher ami — on peut bien s'avouer, quand la mort de toute part plane, ces folies qui sont le prix et l'honneur de la vie d'hommes tels que nous —, fasciné par le souvenir du bel aventurier assassiné, de la belle reine morte, conduit par un instinct dont plus tard j'ai compris la sûreté, j'ouvrais, le cœur battant, la porte de ma chambre. Le corridor était noir. L'escalier antique criait sous mes pas. Souvent j'ai vu, dans la salle d'honneur, la lanterne endormie de la ronde. Qu'aurais-je dit, je vous le demande, si on m'avait apostrophé ?

La porte ouverte sur le parc était un grand rectangle d'un bleu cruel où tremblait, au milieu, la mystérieuse Cassiopée. Longeant les boulingrins embués de lune, me dissimulant dans l'ombre en losange des ifs, j'allais. Une fenêtre brillait dans la partie centrale du palais : comme le grand-duc Frédéric-Auguste travaille tard !

Tout était sombre dans l'aile gauche. Mais quand, arrivé à l'extrémité du bâtiment, je me collais contre la muraille, je savais bien que, là non plus, tout le monde ne dormait pas.

Ce n'était pas encore le printemps. Mais vraiment, on sentait que le rossignol allait bientôt chanter. Rose et longitudinale, une raie lumineuse s'étendait, mince, sur le gravier ratissé, décelant là aussi, écrasée de tentures, voilée de rideaux, une autre fenêtre éclairée.

Le rossignol ne chantait pas encore dans le parc français, bâti en cette Allemagne où me menait le destin. Mais, derrière la fenêtre, une plainte, vibrante, poignante, coupée par intervalles de silences injustifiés qui tenaillaient mes nerfs des plus bizarres soupçons, une lente et molle plainte filtrait de l'intérieur du palais jusque dans mon cœur... et c'était Mlle Mélusine de Graffenfried qui, sur son violon, jouait à sa maîtresse les plus inguérissables berceuses de Schumann.

V

Les *Petermanns Mittheilungen* sont la plus formidable compilation géographique du monde, et, il faut l'avouer, la plus précieuse. Nos *Annales de Géographie* n'en sont qu'un pâle reflet. Les Russes ont un admirable géographe, Woïkow. Nous avons Vidal de la Blache, dont la préface à l'*Histoire de France* de Lavisse est un chef-d'œuvre. Mais ce sont là des isolés. Ils n'ont pu tout embrasser. Les *Petermanns Mittheilungen* déconcertent par leur documentation universelle. Mes maîtres de la Sorbonne — je ne citerai pas leurs noms, cela les désobligerait aujourd'hui — m'ont cent fois affirmé qu'on ne pouvait mener à bien rien de sérieux en géographie sans le secours de cette puissante machine.

Je ne veux pas exagérer la valeur ni l'étendue de l'enseignement que je donnais à mon élève, en vous faisant croire que chacune de mes leçons était travaillée avec l'aide des *Mittheilungen.* Mais toutes les fois que j'avais des raisons d'insister sur tel ou tel point, je ne manquais pas de me référer à la précieuse collection.

Ce fut ainsi que je l'appelai à mon aide lorsque j'eus à parler au duc héritier d'une question particulièrement à l'ordre du jour, celle du Cameroun et des récentes acquisitions allemandes au Congo. Il y avait juste deux ans que le célèbre traité issu des pourparlers Cambon Kiderlen-Waechter avait donné à l'Empire le fameux *bec de canard* et la région du Togoland. Il me sembla tout naturel de consacrer quelque développement à la région à propos de laquelle le Kaiser avait assené un aussi formidable coup de poing sur la table diplomatique.

Jamais je n'oublierai ce jour. C'était le lundi 2 mars. Il va y avoir huit mois.

Après avoir consulté les tables des *Mittheilungen,* je retins le nom et les cotes de six articles sur le Cameroun et le Congo. Le second que je notai, signé du professeur Heidschütz, de l'Université de Berlin, était consacré aux voies de pénétration (naturelles et artificielles).

Posant sur le bureau de la bibliothèque le tome qui le contenait, je m'apprêtai à prendre des notes.

Comme je venais d'ouvrir le volume à la page de l'article en question, un papier s'en échappa et tomba à terre.

C'était une feuille déjà jaunie, pliée en quatre. Elle était recouverte d'une écriture haute, épaisse, volontaire. De l'allemand en caractères latins. Point de signature. Je n'en avais pas besoin, j'avais immédiatement deviné de quoi il s'agissait et qui avait écrit ce papier.

Il contenait un véritable plan de voyage dans une des régions les plus désertes du Congo, le long de la trop célèbre rivière Sangha. Les itinéraires étaient soigneusement arrêtés, grâce aux renseignements puisés dans l'article du professeur Heidschütz, qui, je ne m'étais pas trompé, donnait sur cette région les plus récentes précisions : routes praticables, gués, ressources pour un voyage d'exploration dans le pays, et cela depuis le débarquement à Libreville jusqu'au rembarquement. Chaque halte était repérée : Ouesso, deux jours — poste français, eau, porteurs ; Manna, un jour, porteurs ; Gléglé, sur la N'Sagha, pirogues, etc.

Une joie sourde me prit. Ainsi le hasard mettait entre mes mains le plan qu'avait arrêté lui-même le grand-duc Rodolphe de ce voyage d'étude dans la région où la maladie devait le terrasser. Ce n'était point, je le sentais, joie d'historien de découvrir un document curieux, une preuve incontestable, vu la qualité de l'explorateur, de la préméditation du coup d'Agadir. Ah ! mes soucis historiques, comme ils étaient loin en cette minute ! Tous les travaux que j'avais accomplis depuis la fameuse fête où la grande-duchesse m'avait infligé un affront qui me semblait avoir été remarqué de tout le monde, comme je voyais que je ne m'y étais attelé que par dépit !

Pour comprendre bien la nature des sentiments qui m'assaillaient tandis que je déchiffrais en détail le précieux papier, il faut vous dire les échafaudages que mon imagination n'avait cessé de bâtir depuis cette date. En vain, je voulais haïr la grande-duchesse : je ne pouvais pas. Cet effort ne servait qu'à me faire désirer davantage l'approcher, me faire remarquer d'elle, la convaincre que mon plus cher désir était de me dévouer pour elle. Me dévouer ! je vous le demande ! Qu'est-ce qui pouvait bien me pousser à croire que cette femme éblouissante et hautaine avait besoin de mon dévouement obscur... C'est ici, ami, que mon imagination avait fait des siennes. A vrai dire, elle ne tournait pas absolument à vide. Les confidences d'un homme de la pondération de M. Thierry, vous pensez bien que, dans mes longues nuits solitaires, je ne les avais pas oubliées. Quelle amplification, au contraire, ne leur avais-je pas donnée ! Vaguement, je me sentais entouré de mystère. Je sentais, comme je vous sens à mon côté, dans l'ombre, qu'un drame était à l'origine du malaise qui me prenait parfois sourdement. A cette méfiance, mes recherches, mes nuits consacrées à la ténébreuse histoire des Kœnigsmark n'avaient fait qu'ajouter. Roman, direz-vous. Fumées d'un cerveau exalté par le travail solitaire, et, peut-être, par un sentiment plus fort. Vous auriez raison de penser ainsi, si les événements n'étaient venus justifier cette exaltation.

Quoi qu'il en soit, mon ami, avant la découverte du plan du grand-duc Rodolphe, j'en étais arrivé à me forger de toutes pièces un roman satisfaisant ma sensibilité. Le grand-duc Frédéric-Auguste, si correct, si bienveillant pour moi, je me le représentais comme le bourreau de sa femme, cette adorable grande-duchesse ; la beauté me rendait profondément injuste. Elle me faisait attribuer à l'homme à qui je devais ma vie actuelle, qui avait bien ses agréments, des forfaits imaginaires, tandis que je dressais dans mon âme un piédestal à la femme qui m'avait un jour publiquement méprisé, et qui, depuis, chaque fois que j'avais pu l'entretenir, n'avait jamais semblé faire attention à ma présence. « Comme si elle a l'air d'une martyre, disais-je dans mes minutes de froide lucidité, cette indifférente, qui passe ses nuits à faire de la musique avec sa Mélusine, ses journées à monter à cheval, à chasser avec son petit hussard rouge ! Ce Hagen... Voyons, ne crève-t-il pas les yeux que c'est le grand-duc qui est à plaindre et à aimer !... Oh ! je n'aurais pas sa patience. »

Vaines tentatives pour être calme, pour oublier... Une seconde après, revenant à mes chères chimères, j'imaginais Aurore de Lautenbourg demandant à la violence du cheval, à la chasse, à la musique, à tout, l'atténuation de la douleur que lui avait causée la disparition de son premier époux, beau, brave, qui l'aimait, qu'elle devait adorer... et la jalousie qui naissait de ces rêveries me les rendait plus chères encore.

Maintes conversations avaient eu beau me démontrer leur fragilité, Mme de Wendel, avec sa sourde haine contre la grande-duchesse, avait eu beau me parler avec des soupirs de ce pauvre cher grand-duc Rodolphe, qui avait été si malheureux, je biffais résolument tout ce qui venait contrarier l'équilibre de mes constructions imaginatives.

Traitez-moi de fou. Mais, en tout cas, cette folie était un point acquis, comprenez la fièvre avec laquelle, ayant remis en place le volume des *Mittheilungen* et serré dans mon portefeuille le précieux papier, je remontai dans ma chambre.

Sésame, ouvre-toi ! Je possédais donc, maintenant, la clef mystérieuse qui allait me permettre de m'introduire chez la grande-duchesse, de forcer son ressentiment. « En voyant ces lignes tracées de la main d'un époux bienaimé, elle comprendra que celui qui les a découvertes, qui les lui apporte, ne mérite pas l'injuste indifférence qu'elle lui marque. Peut-être m'en demandera-t-elle pardon... Alors, j'aurai des mots définitifs pour arrêter sur ces belles lèvres les paroles d'excuse. Elle n'en sera que plus étonnée d'avoir pu être jusqu'ici telle pour moi. »

Deux fois, je chiffonnai et jetai dans la cheminée la lettre commencée, qui devait accompagner le document. L'une ne me semblait pas assez respectueuse, l'autre était trop pénétrée de l'importance de ma découverte. En fin de compte, je m'arrêtai à une rédaction aussi simple que possible :

Madame,

Le hasard m'a fait découvrir un document qui ne peut manquer de toucher Votre Altesse. Qu'elle me permette de le lui remettre sous ce pli, en témoignage du respectueux dévouement que lui porte son humble serviteur.

Je pensais confier le tout, avec deux mots d'explication, à Mlle de Graffenfried, qui ne s'était jamais départie à mon égard de la plus flatteuse amabilité. Un contretemps m'attendait : Mélusine venait de sortir dans Lautenbourg ; ce fut à une vieille femme de chambre russe, à moitié idiote, que je dus abandonner mon enveloppe. La vieille la prit avec méfiance et disparut en marmottant quelques mots inintelligibles.

Je rentrai immédiatement chez moi. Là, ma fièvre tomba aussitôt. J'en vins presque à me faire des représentations sur ma démarche. A quoi rimait-elle ? De quoi me mêlais-je ? Je crois que je souhaitai presque que la vieille Russe, plus idiote encore qu'elle ne m'avait paru, égarât ma lettre.

Des pas retentirent dans le corridor. On frappa à ma porte. Ludwig entra.

« Que monsieur le professeur veuille m'excuser. On demande monsieur le professeur. »

S'effaçant, il introduisit un laquais. Je pensai m'effondrer en reconnaissant la livrée bleu et or de la grande-duchesse.

« Si monsieur le professeur veut bien m'accompagner », dit cet homme.

Abasourdi de l'effet si rapide de ma démarche, je le suivis, sans même penser à prendre mon chapeau.

Nous traversâmes de biais le parc. Où me menait-il ? Nous arrivions au jardin anglais que nous descendîmes. Nous longions maintenant la Melna, rose entre les saules, au soleil couchant.

D'un fourré de châtaigniers, un coup de fusil partit. Il me sembla entendre un frémissement dans les branches, comme la dégringolade d'un oiseau.

« Que monsieur le professeur veuille bien passer. »

J'étais maintenant dans une espèce de chambre de verdure. Son fusil encore fumant à la main, la grande-duchesse s'y tenait debout.

«Excusez-moi, monsieur, je m'amuse à tirer quelques grives », dit-elle simplement.

Et, d'un geste, elle congédia son laquais.

✡

J'étais seul avec la reine de mes rêves. Je

savais que cette entrevue viendrait, mais je n'eusse jamais prévu qu'elle aurait pour théâtre cette tonnelle auprès de laquelle, en me promenant, j'avais si souvent passé sans la soupçonner.

Pendant quelques secondes, elle me dévisagea en silence. Mon trouble était au-dessus de tout ce que je pourrais vous dire. Ce n'est que plus tard, beaucoup plus tard, que je compris combien il m'avait servi. Un interlocuteur aussi tremblant ne pouvait être un adversaire.

D'une voix très douce, si douce que je ne la reconnaissais pas, elle parla enfin.

« Je vous remercie, monsieur Vignerte, de votre communication. Vous avez eu raison de penser qu'aucun souvenir de feu le grand-duc Rodolphe ne pouvait m'être indifférent. »

Elle ajouta :

« Pouvez-vous me dire la façon dont ce papier est tombé entre vos mains ? »

Par le détail, je lui contai ma découverte. Il devait y avoir tant d'émotion et de candeur dans mon récit que je la sentis touchée.

« Monsieur, dit-elle — et ses paroles avaient une infinie douceur —, si, comme je l'espère, nous sommes appelés à nous connaître davantage, vous finirez, j'en suis sûre, par ne plus m'en vouloir de certaines façons un peu brusques que j'ai pu avoir vis-à-vis de vous. Non, ne vous récriez pas. Ces manières étaient voulues, monsieur. L'indifférence est toujours feinte chez les femmes. Sachez que, pour me comprendre, il faut des éléments qui sont loin d'être en votre possession. »

Où étaient les belles protestations par lesquelles je m'étais promis de répondre à cette phrase que j'avais, malgré tout, prévue ?

« Travaillez-vous toujours autant, monsieur Vignerte ? me dit Aurore avec un sourire qui n'était pas exempt d'une douce ironie.

— Madame, murmurai-je, navré.

— Oh ! je ne prétends pas vous arracher à votre élève sérénissime. Mais je me rappelle cependant que le grand-duc, en vous faisant venir ici, avait eu l'aimable dessein de vous prêter à moi de temps en temps. Je ne puis que m'en prendre à moi-même de n'avoir pas profité jusqu'à ce jour de cette attention. »

Le doute où je me trouvais de savoir si elle parlait sérieusement me clouait au sol, muet.

Elle me demanda :

« Savez-vous jouer au bridge ?

— Mon Dieu, à peu près, balbutiai-je, bénissant Kessel et le vieux colonel de Wendel à qui j'étais redevable de cette récente acquisition.

— Eh bien, cher monsieur, nous faisons un bridge chaque soir, Mlle de Graffenfried, le lieutenant de Hagen et moi. Vous ferez le quatrième. C'est un service beaucoup plus grand que vous ne vous figurez, dit-elle en souriant. Inutile d'ajouter que vous viendrez quand vous voudrez. »

Elle continua :

« Je me suis laissé dire en outre que vous avez quelques livres français des plus intéressants. Je lis assez ; j'aurais un grand plaisir à les connaître, si toutefois je ne dois pas trop priver cette bonne Mme de Wendel. »

Je rougis violemment.

« C'est donc entendu, dit-elle sans s'en apercevoir. Vous viendrez quand vous voudrez, monsieur Vignerte, mais si c'est une façon de vous prouver de nouveau ma reconnaissance que de vous adresser une prière, laissez-moi vous dire que je serais heureuse de vous avoir ce soir chez moi, vers neuf heures et demie. »

M'étant incliné, je me retirais, quand elle me fit signe de m'approcher d'elle :

« Monsieur, me dit-elle, bas, d'une voix grave, il est bien entendu que tout ce qui concerne ceci doit demeurer entre nous. »

Elle me montrait, en parlant, ma lettre, qu'elle venait de prendre dans une des poches de sa jaquette noire, à grandes basques.

Je m'inclinai encore.

« Eh bien, à ce soir donc, monsieur Vignerte, et si vous vouliez mettre le comble à votre amabilité, en vous en allant, tâchez de faire le moins de bruit possible, pour ne pas effaroucher les grives. »

Je rentrai au palais, en faisant un détour, le long de la Melna. Un martin-pêcheur, rasant l'eau mauve, allait et revenait. Il avait la couleur de l'émeraude que, pendant qu'elle me parlait, je voyais au doigt pâle d'Aurore de Lautenbourg-Detmold.

☆

La table de bridge de la grande-duchesse était installée au premier étage, dans un étrange petit salon Louis XV. Deux toiles de Boucher, un Largillière et un admirable Watteau en faisaient le plus grand mérite. Et des fleurs partout, des masses de fleurs.

Songeant que Hagen y serait, j'avais mis un point d'honneur à ne pas arriver le premier. De fait, il était bien dix heures moins le quart quand je frappai aux appartements d'Aurore de Lautenbourg.

Ce fut Mélusine qui vint m'ouvrir.

« Que je suis heureuse ! » murmura l'aimable fille en me prenant la main.

Le grande-duchesse m'accueillit d'un sourire en m'indiquant la table où elle avait déjà pris place avec Hagen.

Il me sembla que le hussard rouge était de bien mauvaise humeur. Cette constatation me combla d'aise, et, durant la partie, j'eus pour lui les prévenances les plus délicates.

Aurore de Lautenbourg avait une espèce de tunique de soie noire, bordée au col, aux manches, de chinchilla, largement décolletée, toute soutachée d'or ; une résille filigranée d'or retenait ses énormes cheveux fauves.

Elle jouait avec une nonchalance hardie,

gagnant presque toujours, ne manquant jamais un *contre*. Mélusine aussi jouait bien. Je faisais d'énormes fautes, coupant avec placidité les cartes maîtresses, et finissant, comme de juste, par gagner.

J'avais une immense joie à penser qu'il ne fallait rien de moins que la présence de la grande-duchesse pour que Hagen, à plusieurs reprises, ne me jetât pas ses cartes à la figure.

Comme onze heures sonnaient, la première partie prit fin. La grande-duchesse se leva.

« Mon petit, dit-elle familièrement à Hagen, les cartes vous perdront. Je n'oublie pas que vous avez demain revue du général inspecteur Hildenstein, et qu'il vous faut être sur pied à six heures du matin. »

Elle ajouta :

« Vous n'avez plus à craindre de nous laisser toutes deux seules, Mélusine et moi, puisque M. Vignerte consent aimablement à nous tenir compagnie. Allons, allez vous coucher. »

Maternelle, elle lui présentait son sabre. Il le boucla en me jetant un regard de haine que je feignis de ne pas voir.

Mélusine de Graffenfried, de son éternel sourire vague, souriait.

« Passons chez moi, voulez-vous ? dit Aurore. Monsieur Vignerte, prenez les livres que vous m'avez apportés. »

☆

Conformément aux préceptes posés par Edgar Poe dans sa *Psychologie de l'Ameublement*, la chambre de la grande-duchesse était de forme arrondie. Un large globe mauve, incrusté dans le plafond, épandait sa lumière nébuleuse, sans ombres.

Aux murs, quelques gravures de Burne Jones, de Constable et de Gustave Moreau.

Elle était pleine, cette chambre, des trois choses que je préfère à tout : les fleurs, les fourrures et les pierres précieuses.

Les fleurs débordaient de partout, et il me fallut cinq bonnes minutes pour m'accoutumer à leur violence. Puis, le doux apaisement s'étant emparé de moi, je pus à peu près les dénombrer.

Il y avait, naturellement, des roses et des lis. Mais, sur cette trame sublime, la flore de la Tcherna et du Caucase avait brodé les variations les plus inattendues.

Les molènes de Mongolie laissaient pendre le long des murs leurs grappes longues de près d'un mètre. Les centaurées roses encombraient les tables de leurs gerbes musquées. Les passiflores bleues, qui étonnent au printemps les bords désolés de la mer d'Aral, les tubéreuses d'Erivan, les scabieuses cramoisies, d'énormes œillets multicolores, les linaires et les amarantes, les balsamines et les nigelles, les primevères du Kasbeck, les grandes marguerites rouges des défilés de Dariel, l'immortelle de Colchide dans laquelle se blottit le mythique oiseau vert asfir, toutes ces fleurs connues ou inconnues chez nous composaient, dans cette chambre moite, un éternel printemps.

Mes regards s'arrêtaient surtout sur les iris, d'un violet presque noir, d'un parfum effréné.

La grande-duchesse le vit et sourit :

« Ce sont ceux que je préfère. Ils sont les frères de ceux que je cueillais, petite, au bord de la Volga. »

S'étant assise sur son lit, immense et bas, recouvert de deux peaux d'ours blanc, elle retira la résille qui retenait ses cheveux. L'énorme toison blonde s'écroula sur la fourrure blanche.

A ses pieds, Mélusine, accroupie sur une peau de tigre, son coude sur le gigantesque crâne du fauve, accordait une espèce de guzla d'où elle tirait des accords plaintifs et sourds.

La grande-duchesse, un à un, retirait ses bijoux, les posant sur les guéridons qui l'entouraient, au petit bonheur. Sur une commode à dessus d'onyx vert, peinte comme une boîte persane, je reconnus le diadème barbare qu'elle portait le jour de la fête du 7e hussards. A côté, il y avait le même, plus lourd encore et orné de saphirs.

Sur les fourrures qui jonchaient le sol, fourmillaient, comme des scarabées et des coccinelles, des petits bijoux roses et verts, d'origine arménienne. Un grand collier d'ambre et de turquoise, en forme de chapelet, pendait à la tête du lit, et, au-dessus, dans une petite niche sombre, il y avait une icône bleu et or devant laquelle brillait une veilleuse.

Deux grandes coupes d'argent, divinement ciselées, étaient près de la grande-duchesse. Dans l'une, il y avait des pétales fanés, dans l'autre une infinité de pierreries brutes. Elle y plongeait la main, et laissait s'enfuir ensuite, comme une poignée de sable ramassée au bord de la mer, la pluie mate et ardente des perles et des corindons, des calcédoines et des béryls, des sardoines et des péridots...

O Margravine de Lautenbourg, devant moi, vous étiez redevenue la princesse tartare, la fée orientale, la péri des flots mystérieux de la Volga.

☆

Elle me pria de lui raconter les circonstances qui m'avaient amené à Lautenbourg. Elle en savait déjà quelques détails par Marçais, mais au sourire qui accompagna cette phrase, je compris le cas qu'elle faisait de la perspicacité de ce diplomate.

C'était mon histoire qu'elle me demandait là. Je satisfis ce désir avec la plus grande simplicité possible. A la fin, comme je la sentais intéressée, favorablement disposée, je ne pus m'empêcher de lui dire avec émotion la peine que m'avait causée notre première rencontre, à moi qui, sitôt que je l'avais entrevue, n'avais plus eu au cœur que le désir de lui être agréable.

Les yeux fermés, envoyant au plafond des volutes de sa pâle cigarette, Mélusine de Graffenfried approuvait de la tête.

« Oublions tout cela, voulez-vous, monsieur Vignerte, dit la grande-duchesse, et donnez-moi la main. »

Et s'adressant à Mélusine, elle lui dit, en russe, ignorant que j'avais quelques notions de sa langue natale :

« Ce n'est pas encore sur celui-là qu'il faut compter pour mon admission à la *Kirchhaus.* »

Mlle de Graffenfried répondit par un hochement qui semblait signifier : Ne vous l'avais-je pas dit ?

« Mélusine, commanda la grande-duchesse, allume le samovar. »

Tandis que la jeune fille disposait les tasses à thé autour de la lourde tour bourdonnante de cuivre rouge, Aurore s'était levée et avait ouvert un petit secrétaire. Elle me fit signe d'approcher.

« Connaissez-vous cette écriture ? » demanda-t-elle en me tendant une lettre.

J'examinai le papier. Je n'avais jamais vu l'écriture en question.

« C'est celle de feu le grand-duc Rodolphe », me dit-elle simplement.

Mon étonnement toucha à la stupéfaction. Elle ne put s'empêcher de sourire.

« Mais alors, madame, excusez-moi, je ne

comprends plus. De qui est le papier que je vous ai remis, à qui je dois...

— Calmez-vous, calmez-vous, monsieur Vignerte ; le papier à qui vous devez mon estime, et déjà mon amitié, ce papier n'a pas été écrit par feu le grand-duc mon époux. Mais il n'est pas sans valeur pour moi. Qui sait, il en a peut-être une plus grande. »

Parlant ainsi, elle avait déplié le document.

« Je vois là un nom, dit-elle, Sangha. Savez-vous ce que c'est ?

— Oui, répondis-je, depuis ce matin : c'est une infime bourgade du Cameroun, le dernier poste allemand ; à dix lieues du fort Flatters, le premier poste français.

— C'est là, ajouta-t-elle, et, ce que vous semblez ignorer, c'est dans ce pauvre village que mourut d'insolation, le 10 mai 1911, le grand-duc Rodolphe. C'est là qu'il est enterré. Aussi comprenez mon émotion de lire, sur la liste même des étapes qui devait servir à son voyage, le nom de celle où il s'est arrêté pour toujours.

— Mais de qui est-elle, cette liste ? Qui l'a dressée ?

— Un ami ! répondit la grande-duchesse. Le fidèle compagnon de route du grand-duc. Celui qui, à deux reprises, lui a sauvé la vie au Congo. Celui qui, s'il n'a pu le sauver de la maladie, l'a veillé jusqu'au bout, lui a rendu les suprêmes devoirs.

— Il s'appelle ? demandai-je.

— Le baron Ulrich de Boose. »

Je poussai un cri.

Boose, c'était lui !

La grande-duchesse s'était levée, toute droite, un peu pâle. A ses pieds, Mélusine ne grattait plus la guitare, qui gisait sur le tapis.

« Monsieur, dit Aurore de Lautenbourg, que voulez-vous dire ? Expliquez-vous, je vous prie. »

Mais déjà j'avais repris un peu de mon sang-froid, j'avais vaguement conscience d'une faute. J'eusse voulu parler d'autre chose.

La grande-duchesse ne l'entendait pas ainsi :

« Vous connaissiez M. de Boose ?

— Madame, balbutiai-je, excusez-moi. Vraiment, je ne sais si je dois, si je peux...

— Qu'est-ce que vous ne devez pas, qu'est-ce que vous ne pouvez pas ? »

Je maudissais l'exclamation maladroite et prématurée qui risquait de compromettre en une seconde deux mois de patients travaux d'approche. Affolé, cherchant un appui, mes yeux rencontrèrent Mélusine.

La grande-duchesse parut se méprendre sur le sens de ce regard.

« Monsieur, me dit-elle, Mlle de Graffenfried est mon amie, et sachez que je n'ai plus de secret pour ceux à qui j'ai donné une fois ce titre. Vous pouvez parler devant elle, et même je vous en prie. »

La mise en demeure était indiscutable. Balbutiant comme ceux qui n'ont à formuler que des choses vagues, je lui fis, tant bien que mal, le récit de l'entretien avec M. Thierry au cours duquel j'entendis pour la première fois parler du baron de Boose.

Un pli barrait le front d'Aurore de Lautenbourg.

« Je comprends, murmura-t-elle enfin, ou plutôt, je crois comprendre, malgré les réticences volontaires de votre récit. »

Elle réfléchit un moment, puis me dit, ayant retrouvé tout son calme :

« Ceci est la preuve, cher monsieur, de combien on doit se défier des suppositions hâtives. Je ne sais pas où votre M. Thierry s'en est allé chercher les histoires dont il vous a farci la cervelle. Si, comme vous l'affirmez, c'est un historien consciencieux, il aurait agi, je pense, avec plus de considération s'il avait eu entre les mains ceci, et ceci. »

Elle me tendait la lettre de tout à l'heure, à laquelle elle en avait joint une autre.

« Ce sont, m'expliqua-t-elle, deux des dernières lettres qui me furent écrites du Congo par le grand-duc Rodolphe. Il m'y dit, dans la première, comment il fut sauvé par Ulrich de Boose d'un buffle qui avait éventré son cheval ; dans la seconde, comment ce même Boose le retira des mains de cinq ou six indigènes qui s'apprêtaient à lui faire passer un mauvais quart d'heure. »

Elle me regardait en souriant, tandis que je lisais les passages qu'elle soulignait.

Un peu penaud, je m'inclinai.

Nous bûmes, dans les tasses que Mélusine venait de remplir, un thé violent, où nageaient des zestes de cédrat. Puis je baisai la main de la grande-duchesse et serrai celle de Mélusine.

« Au revoir, ami, me dit Aurore, à demain. »

Je rentrai chez moi par le parc, après avoir aperçu en sortant, une ombre qui me parut bien être le lieutenant de Hagen.

☆

Un, puis un autre coup de feu, retentirent dans la nuit vide et claire. Nous prêtâmes l'oreille. Aucun autre ne suivit.

Vignerte haussa les épaules.

« Quelque sentinelle qui s'affole.

— Prêtez-moi votre lampe électrique », me demanda-t-il.

L'ayant allumée, il me tendit deux papiers.

« Qu'est cela ? dis-je.

— Cela, me répondit-il, c'est d'abord une des lettres adressées à Aurore de Lautenbourg par le grand-duc Rodolphe. Voici ensuite le document rédigé par M. de Boose, qui me valut, ainsi que je viens de vous le raconter, de rentrer en grâce auprès de la grande-duchesse. Il est bon, ajouta-t-il, que vous ne vous figuriez pas que vous rêvez en m'écoutant. Prenez un peu contact avec la réalité. »

Je regardai avidement ces deux papiers : l'un couvert de l'écriture énergique et forte de Boose, l'autre plein de ces caractères allongés, féminins, qui dénotent une nature inclinée moins sur l'action que sur le rêve. La lettre de ce grand-duc allemand qui reposait à cette minute par-delà les mers, dans les glaises calcinées du Congo, entre les barres rouges des tropiques, cette lettre m'émouvait infiniment. A la toucher, j'évoquais avec une incroyable précision celle à qui elle fut écrite. Aurore de Lautenbourg était près de nous. Il me semblait que je la connaissais depuis longtemps.

Vignerte éteignit la lampe, et le rectangle de ciel nocturne réapparut. Je lui rendis ses papiers. Il continua :

Parlant des *Lettres de Dupuis et de Cotonet*, Brunetière a dit qu'on y trouve moins d'esprit que de désir d'en avoir. Et c'est à peu près vrai de toutes les autres choses de Musset. Et rien ne peut mieux faire comprendre, par opposition, ce qu'était la conversation de la grande-duchesse. Cette femme orgueilleuse y était toujours elle-même. Et comme elle était un être d'exception, ce qu'elle disait était toujours exceptionnel. Hautaine dans ses jugements, jamais prétentieuse, jamais livresque, n'éveillant jamais l'écho « du fracas d'in-folio qui tombent ».

Elle répugnait au lieu commun autant que le chat à une bouillie d'herbes.

Dans l'ignorance où je me trouvais de ses goûts et de son savoir, je lui avais la veille apporté trois livres : *Le Voyage du Condottiere, les Eblouissements, Les Evocations.*

Le lendemain, elle me les rendit.

« J'ai lu tout cela, me dit-elle. Mais votre choix n'était pas mal fait. Je vois que vous aimez la poésie. »

Sur un sofa traînaient quelques volumes. Elle en prit un et me le tendit.

« C'est la *Revue du Caucase,* qui paraît à Tiflis. Il y a plus de beauté dans ces pages maladroites, dans ces naïfs récits de voyage aux régions immortelles que dans la plupart de vos poètes d'aujourd'hui. C'est la grande source où les poètes de demain viendront s'abreuver. »

Elle continua :

« Shakespeare est mort depuis trois siècles, et les landes où il vit Macbeth sont aujourd'hui rasées, pleines d'usines. Des commis voyageurs de par ici ont remplacé en Espagne Don Quichotte. En Italie, Carducci est une espèce d'Hugo imbécile. Vos paysages d'émotion sont devenus, comme la Suisse, un pays de touristes. Il y a des tourniquets au bas de toutes vos cimes.

« Suarès, dont vous m'avez prêté le livre, le sent, et quand il a parlé de notre Dostoïewsky, il s'est surpassé lui-même. Il faudrait qu'il vînt un peu aux gorges de Dariel. Je suis bien sûre qu'il les préférerait à celles de l'Ebre et du Douro, dont on voit des images dans toutes les gares.

« Mme de Noailles est sans doute votre plus grand poète. Mais pourquoi s'obstiner à la dire grecque ! Grecque, elle ne l'est pas plus que l'Ariane du Bacchus indien, ou la Médée de Circassie. Ce qu'elle a de meilleur, elle le doit à l'Arménie et à la Perse, qui sont des pays à nous. Grecque ! ils me font rire. Vous ne l'avez donc jamais vue ? J'ai déjeuné une fois avec elle, à Evian. Je puis dire qu'elle m'a plu, car elle est belle et méchante. Mais vraiment, je sais qu'elle n'a pas le type grec. Il y a chez nous un oiseau qu'on appelle le choucas. Il est sauvage, monte très haut, et mord. Ses plumes sont noires et bleues. Il est mince et nerveux. Mme de Noailles, c'est un choucas de Tartarie et non une lourde et grassouillette colombe d'Egine.

— Et celle-ci ? dis-je, lui tendant en même temps le volume de Renée Vivien.

— Celle-ci, me répondit-elle en baisant le livre, je vous en parlerais mal, car je l'adore. »

J'étais éperdu de joie d'écouter, dans un cadre qui satisfaisait mes plus impérieux besoins de luxe, cette femme que j'admirais avec une ferveur passionnée parler des choses qui me sont les plus chères. Je le lui dis simplement, comme on devrait toujours faire.

Elle en fut touchée, je crois. Posant sa main sur mon épaule, elle murmura, je ne me rappelle plus dans quelle langue :

« Tu es gentil et je t'aime bien, petit frère. »

Et, se tournant vers Mélusine, elle lui répéta la phrase russe de la veille :

« Non, vraiment, ce n'est pas encore sur celui-ci qu'il faut compter pour mon admission à la *Kirchhaus.* »

Puis, avec sa vivacité ordinaire :

« Je crois, ami, que je vous ai tutoyé. Il ne faut pas faire attention. Je mélange un peu tous les dialectes, et, chez nous, on tutoie presque toujours tout le monde, depuis les pauvres bêtes fidèles jusqu'au Tsar. »

Un long silence régna, coupé à intervalles cadencés par l'air bizarre dont Mélusine faisait résonner sa guzla.

Dans une coupe, une pastille d'encens fumait.

Par contenance je me mis à tourner, sans les lire, les pages d'un livre ouvert sur une petite table, à côté de moi.

« Vous aimez cela ? » me demanda Aurore.

Cela, c'était les *Reisebilder.*

Et comme je lui disais mon culte pour Heine :

« Moi, dit-elle, ce que je prise avant tout dans un poète, c'est une certaine qualité d'âme. C'est pourquoi je chéris Shelley et Lamartine, et c'est pourquoi ce Heine m'a toujours dégoûtée. Oh ! je sais ce que vous allez me dire, la *Nordsee* et le reste. Je connais mieux que personne ma dette envers lui. Mais il est comme ce Deutz, qui vendit votre duchesse de Berry, et j'ai toujours envie de prendre des pincettes pour lui tendre mon admiration. »

M'ayant pris le livre des mains, elle le parcourait.

Quelle heure pouvait-il être, je ne savais. Soudain, par la fenêtre ouverte derrière les portières, se glissa un peu de cet air froid précurseur de l'aube. La fumée d'encens oscilla, comme une colonne qui va se renverser.

Abîmée maintenant dans les *Reisebilder*, la grande-duchesse ne me voyait plus. Mélusine mit en souriant un doigt sur ses lèvres et me reconduisit sans que sa maîtresse se fût aperçue de notre sortie.

Dehors, il faisait froid. L'azur clair de la nuit se brouillait à l'est et devint lentement violet, puis vert, puis jaune. Je m'étais assis sur un banc, à côté de la porte, au-dessous de la fenêtre de la grande-duchesse, savourant une espèce de joie triste, à ce même endroit où j'étais venu tant de nuits avec l'unique raison d'être près d'elle.

Alors, lasse, monotone, mais pure comme l'eau glacée d'un torrent, une voix chanta.

Rythmée par la guzla de Mélusine, c'était la voix de la grande-duchesse. Nulle dissonance dans cet être. Sa voix était bien celle que j'avais pu rêver.

Elle chantait la romance d'Ilse, la plus belle des *Reisebilder*. Et, parce que nous venions d'en parler ensemble, il me semblait que j'étais encore un peu dans sa chambre.

Je suis la princesse Ilse, et j'habite la roche
[Ilsenstein.
Viens avec moi dans mon château, nous y serons
[heureux.

Je veux guérir ta tête avec mes vagues transpa-
[rentes,
Tu oublieras tes chagrins, pauvre garçon malade
[de soucis !

Je veux t'embrasser et te serrer comme j'ai serré
[et embrassé
Le cher empereur Henri, qui est mort mainte-
[nant.
Les morts sont morts. Et il n'est que les vivants
[qui vivent
Et je suis belle et florissante ; mon cœur rit et
[palpite.

Mon cœur rit et palpite... Viens chez moi, dans
[mon palais de cristal.
Mes demoiselles et mes chevaliers y dansent, la
[troupe des écuyers se livre à la joie.
Les longues robes de soie bruissent, les éperons
[d'or résonnent.
Les nains font retentir les timbales, jouent du vio-
[lon et sonnent du cor.
Mais toi, mon bras t'enlacera, comme il enlaça
[l'empereur Henri :

De mes mains blanches, je lui bouchai les oreilles,
[quand dehors la trompette sonna.

Il se fit un grand silence. Puis le jour naquit.

☆

J'étais en train de donner à mon élève sa leçon d'histoire ancienne quand le grand-duc entra.

Il nous fit signe de nous rasseoir, et à moi de continuer.

J'avais, ce matin-là, parlé au duc Joachim des successeurs d'Alexandre, depuis les combats dans les rues de Babylone, que se livrèrent les Epigones jusqu'à la bataille de Cyropédéon, qui assit, par la défaite de Lysimaque, les dynasties des Lagides et des Séleucides. J'avais essayé de camper devant mon jeune prince allemand les grandes et tragiques figures d'Eumène, le chef des Argyraspides, de Polysperchon, d'Antipater, d'Antigone Gonatas, de Démétrius Poliorcète. Il m'écoutait en prenant force notes, avec une docilité que j'eusse souhaitée moins complète...

Le grand-duc s'était assis, et écoutait lui aussi. Séduit par sa figure grave et intelligente, ce n'était plus pour le borné Joachim que je parlais, c'était pour Frédéric-Auguste. C'est à lui que s'adressa ma conclusion, lorsque j'essayais d'expliquer comment la poussière d'empire des Epigones devait faciliter la victoire de la Rome centralisatrice.

Comme, à un instant, mes paroles s'embarrassaient un peu :

« Que ma présence ne vous gêne pas, dit en souriant Frédéric-Auguste, si vous avez l'intention d'établir un parallèle entre Rome et la Prusse. »

J'étais en effet visiblement ennuyé d'insister, devant lui, sur la vassalité des souverains allemands confédérés vis-à-vis du roi de Prusse.

Je le fis néanmoins et il m'approuva :

« Puisse cette vassalité, dit-il, comme la soumission des pays alliés de Rome, assurer la grandeur de l'Allemagne et la paix du monde. »

Je terminai en indiquant à mon élève la bibliographie de la leçon que je venais de lui faire, et lui citai l'ouvrage essentiel : *L'Histoire de l'Hellénisme*, par Droysen.

« Pardon, monsieur, dit le grand-duc, n'y a-t-il aucun ouvrage français susceptible d'être utilisé à la place de celui de Droysen ? »

Je n'avais jamais ressenti en Sorbonne la honte que j'eus ici à répondre que non.

Onze heures sonnaient.

« Joachim, dit le grand-duc, vous pouvez vous retirer. Restez, monsieur Vignerte. »

Quand nous fûmes seuls :

« Monsieur, me dit-il de sa belle voix grave, un peu triste, vous avez jusqu'ici pu me croire avare des compliments que certainement vous sentez mériter. Mais j'ai la mauvaise habitude d'attendre assez longtemps avant de me prononcer. Ce moment est arrivé, monsieur. A votre insu, votre élève a subi hier un examen que lui a fait passer un professeur de l'Université de Kiel. Peu suspect de partialité envers les méthodes françaises, ce professeur n'a pu que s'incliner devant les résultats que vous avez obtenus. »

Il ajouta sur un ton qui n'était pas dénué d'amertume :

« Je sais que le moissonneur a d'autant plus

de mérite que sa moisson a poussé sur un terrain plus rebelle. Permettez-moi de vous adresser aujourd'hui mes remerciements, en vous exprimant le vœu que l'hospitalité de Lautenbourg soit assez de votre goût pour vous permettre d'y poursuivre jusqu'au bout une tâche si bien commencée.

— Monseigneur, répondis-je, véritablement ému, c'est moi qui suis confus de la bienveillance que me témoigne Votre Altesse.

— C'est moi, dit-il avec force, c'est moi qui suis votre débiteur. Je viens d'apprendre, monsieur Vignerte, que vous prélevez sur les maigres loisirs que vous laisse l'éducation de mon fils des heures que vous consacrez à une tâche qui m'est peut-être plus chère encore. Que tout ceci, à jamais, demeure entre nous. Je sais à quelles difficultés vous avez pu vous heurter avant d'obtenir de la grande-duchesse la confiance qu'elle vous a maintenant, je crois, octroyée. Je ne vous connaissais pas assez, monsieur, pour vous manifester dès l'abord, plus explicitement que je ne le fis, le désir où j'étais de la distraire, de l'arracher à des pensées noires, à une sorte de déséquilibre moral fatal à sa santé physique. Vous m'avez compris, et vous avez réussi mieux que je ne l'espérais. Vous voyez bien que c'est moi qui suis votre débiteur. »

Il y avait dans sa voix tant de tristesse majestueuse qu'une extraordinaire émotion me gagna :

« Monseigneur, murmurai-je, je vous promets... »

Il étendit la main.

« Je n'ai pas besoin de promesses, monsieur. Je vous connais à présent, et sens que tout ce qu'il sera en votre pouvoir de faire pour le bien de la grande-duchesse, vous le ferez. Ce sera la meilleure façon de justifier la confiance que je vous porte. Votre tâche ne sera peut-être pas toujours facile. Une femme, surtout lorsqu'elle a été éprouvée par la mort d'un être aimé, n'a pas cette égalité d'humeur dont nous autres hommes nous nous enorgueillissons. Faites pour le mieux, cher monsieur. »

Nous gardâmes un moment le silence. Puis il dit encore.

« J'ajouterais d'autres remerciements, si toute marque d'estime n'était superflue après celle que je viens de vous donner en vous parlant de la sorte. Vous me permettrez cependant de tenir compte du surcroît de dévouement que je trouve exiger de vous. Je viens de donner des ordres pour que vos appointements soient portés à 15 000 marks. »

Et, comme je me récriais :

« Allons ! me dit-il avec ce sourire qu'il savait rendre charmant, ne jouez-vous pas chaque soir maintenant au bridge, à cinq pfennigs le point ? »

☆

J'arrivai un peu en retard au déjeuner et

trouvai le professeur Cyrus Beck en grande discussion avec Kessel.

Ce dernier s'amusait visiblement à taquiner le vieux savant qui, des moins aptes à comprendre la plaisanterie, était cramoisi d'indignation.

J'avais trop de sujets de méditation à rouler dans ma tête pour prêter l'oreille à leurs propos. J'entendais vaguement le professeur affirmer que la chimie jouerait dans la prochaine guerre un rôle supérieur à celui de toutes les autres armes, et que lui, Cyrus Beck, était sur le chemin d'une découverte qui permettrait, avec un modeste laboratoire et quelques cornues, de réduire à néant un corps d'armée.

Il s'excitait énormément aux railleries que lui opposait Kessel.

A la fin, il en vint à m'appeler en témoignage contre le commandant, me demandant de lui citer le passage où Renan souhaite que les destinées de l'humanité soient remises entre les mains d'une commission de savants dépositaires d'explosifs assez forts pour faire sauter la Terre aux quatre coins du firmament, si ses habitants s'avisaient de broncher.

J'avoue que je n'avais qu'imparfaitement écouté son raisonnement.

« Evidemment, lui dis-je ! Permettez-moi, je vous prie, monsieur Beck, de vous demander maintenant un petit renseignement.

— A votre disposition.

— Pouvez-vous me dire ce que c'est que la *Kirchhaus* ? »

Le vieux s'était levé. A mon grand ébahissement, il me jeta un regard chargé de colère, et, avant que je fusse revenu de ma surprise, il sortit en faisant claquer la porte.

Je regardai Kessel. Cet homme, si froid et correct, se tordait littéralement de rire.

« Qu'y a-t-il ? demandai-je.

— Vous en avez de bonnes, put-il enfin dire. Pauvre homme ! Avez-vous vu son air furibond ? Lui qui croyait trouver en vous un appui.

— Mais pourquoi s'est-il fâché ? » demandai-je, et mon étonnement était si naturel que ce fut au tour de Kessel d'être surpris.

« Comment, me dit-il, vous ne l'avez pas fait exprès ?

— Quoi ?

— Ce n'est pas exprès que vous lui avez demandé ce que c'était que la *Kirchhaus* ?

— Je le lui ai demandé parce que je l'ignorais, et pour le savoir », dis-je, un peu agacé.

Il me regarda et se mit à rire encore plus fort.

« Ah ! bien, comme hasard, alors, jamais je n'ai rien vu de mieux. La *Kirchhaus*, mon cher ami, à Lautenbourg, vous ne savez donc pas ce que c'est ?

— Eh bien ?

— Eh bien, parbleu, c'est la maison des fous. »

☆

En toutes saisons, la grande-duchesse chassait.

De temps en temps, pour faire plaisir aux officiers du 7e hussards, elle condescendait à courir un renard ou un cerf. Mais ce qu'elle préférait à tout, c'était la chasse solitaire, à travers la pluie et le vent, sans piqueurs, sans valets ni rabatteurs ; la chasse avec un chien, et l'imprévu.

Que de fois, le soir, je l'ai vue, dans son petit salon, faire elle-même ses cartouches. Les belles douilles bleues, violettes, vertes, chamois, tricolores, étaient alignées devant elle, sur une table, où était vissé le sertisseur. Réglant méticuleusement les chargeurs de cuivre, elle donnait à chacune sa dose de poudre, sa bourre, sa dose de plomb, son petit carton blanc. Puis, quand elle les avait serties, elle inscrivait, sur chacune d'elles, le numéro du plomb.

Hagen était de toutes les parties de chasse, et, vraiment, il eût été difficile de l'en évincer, puisque c'était son service. Mélusine de Graffenfried, molle et mauvaise marcheuse, préférait rester au palais, allongée sur les fourrures, à fumer ses éternelles cigarettes blondes. En revanche, presque toujours, M. de Marçais venait avec nous. Ce lui était l'occasion d'exhiber des costumes de sport sensationnels, sur lesquels Aurore ne manquait jamais de le complimenter. Il était d'ailleurs un compagnon serviable, plein d'entrain, charmant.

Nous partions du château vers deux heures de l'après-midi, à cheval. Il fallait d'abord traverser l'*Herrenwald*. Des écureuils bondissaient dans les sapins, des faisans s'enlevaient pesamment dans les avenues. Au fond d'une gorge embroussaillée, c'était le vol invisible et tumultueux d'une bécasse.

Marçais aurait bien voulu demeurer là. Il aimait mieux la chasse en forêt, aux faisans, dans une clairière, avec, à ses côtés, un laquais pour lui recharger son fusil et lui annoncer le passage du gibier : un faisan à gauche, monsieur le comte ; une poule à droite.

Mais la grande-duchesse Aurore ne l'entendait pas de cette oreille, ayant horreur de tout ce qui rappelait la chasse officielle, et affichant d'ailleurs un goût prononcé pour le gibier d'eau.

Bientôt les arbres rabougris se clairsemaient. L'immense étendue palustre apparaissait, grise et vert pâle. Au-dessus, le soleil déjà bas était une grosse boule rose.

Deux valets nous attendaient dans un petit kiosque rustique : ils prenaient nos chevaux. Marçais avait son chien Dick, un grand braque bleu d'Auvergne, dur de la gueule, chassant un peu loin, mais tenant bien l'arrêt. L'épagneul de la grande-duchesse, noir et feu, assez laid, semblait le frère chien de Tarass-Boulba.

Avec quel bonheur, rejetant les brides, elle sautait à terre. Je vois encore le geste par lequel, ouvrant son *hammerless,* elle y faisait glisser les deux cartouches mauves. J'entends le bruit froid du laiton venant claquer contre l'acier du canon...

... Quand j'avais quinze ans, armé d'un vieux fusil à broche, j'avais déjà goûté à cette extraordinaire joie, la chasse dans un immense marais. Plus tard, au régiment, les tirs sur silhouettes disparaissantes m'ont été de l'enfantillage à côté des beaux doublés sur bécassines divergentes que je réussis alors.

Il y a, au nord de Dax, un marécage immense délimité par les misérables bourgades d'Herm et de Gourbera. On y pénètre par une gorge appelée la Cible, parce que les chasseurs de l'empereur y firent autrefois des tirs.

C'était la même étendue brumeuse. Oh ! la plainte mouillée du sable mou, de la terre fondante, les grandes herbes jaunes et tranchantes comme des sabres, qui scient la main maladroite qui s'y raccroche.

De cette boue, de ces traîtresses nappes de mousse verte, de ces trous entourés de roseaux, de ce paysage en apparence uniforme, je savais toute la diversité, et l'innombrable faune qui l'habite.

Comme la belle chasseresse des marais de la Volga, je connaissais tous les oiseaux de ces étendues pâles : le râle noir, ou râle d'eau, qui sautille dans les arbustes dépouillés ; le râle de genêt, ou râle rouge, qui court à perdre haleine à travers les grandes herbes, dépiste les meilleurs chiens, essouffle le chasseur et fait croire à la présence d'un lièvre, avant de se décider à s'envoler, pauvre oiseau alors malhabile, proie condamnée.

C'étaient les multiples espèces de canards, sur lesquels le plomb glisse, et qui filent vertigineusement, de leur vol oblique et rigide : souchets siffleurs, milouins, tadornes à belles têtes rouges ; aigres sarcelles qui naviguent par couples, et qui, sur leurs poitrines roussâtres, ont trois plumes en forme de trèfle noir...

C'étaient les vanneaux, noirs et blancs, comme des pies, qui montent dans l'air en croassant, et tout d'un coup chavirent vers la terre, pour éviter le coup de feu...

C'étaient les pluviers, si beaux, au printemps, dans leur simarre d'or...

C'étaient, enfin ! les reines du marais, le plus beau, le plus difficile coup de fusil, les bécassines : la petite, moins grosse qu'une alouette, que chez moi on appelle *sourde,* rayée de bleu et de vert ; la bécassine ordinaire, de la taille d'une caille, mais toute en nerf, et la plus rare, la double, qui a la taille d'une perdrix.

Avec leur cri triste et rauque, elles filent dans une vitesse qui éblouit, avec des crochets qui déconcertent. On vise à droite et, quand le vent a emporté la fumée, on voit à gauche, très loin, le petit oiseau gris qui disparaît.

Au milieu de ces marécages hanovriens, semblables à s'y méprendre aux marais landais, Aurore de Lautenbourg était plus belle encore qu'au palais, en toilette d'apparat. Une toque de grèbe sur ses cheveux, d'immenses et fines bottes la chaussant, elle allait, sautant avec la légèreté d'une bergeronnette sur les mottes croulantes. La buée jaune de cette atmosphère brouillée d'eau mettait à son profil un reflet mauve. Marçais tirait froidement, bien. Le petit Hagen s'énervait et lâchait toujours trop vite son coup de fusil. J'étais de beaucoup plus adroit qu'eux, mais quelle piètre figure je faisais à côté de la grande-duchesse.

Nous laissant les râles et les canards, elle ne s'en prenait qu'aux bécassines. Peu à peu, la nuit tombait sur l'étendue aquatique. Le bas de l'horizon se cuivrait dans un dernier embrasement. Les flaques d'eau brillaient d'un éclat vert qui se fonce et noircit. Des fusils, à chaque détonation, commençaient à sortir une pâle baguette de flamme qui, à mesure que l'obscurité tombait, devenait plus rouge.

C'était l'heure de la grande-duchesse. Son épagneul endiablé se multipliait. On entendait, sous ses arrêts répétés, s'envoler les bécassines. Ni Marçais, ni Hagen, ni moi, ne les voyions plus. Mais Aurore les voyait, elle ; chacun de ses coups de fusil abattait un petit oiseau gris.

On attendait, une seconde, puis, dans l'obscurité, c'était un bruit d'herbes écartées. Les yeux pleins de phosphore, trempé, luisant et noir, l'épagneul apparaissait, rapportant à sa maîtresse la bécassine qui venait de tomber.

Il faisait nuit. Au ciel bas, avec des cris lointains et rouillés, des files de grues invisibles passaient. La grande-duchesse prenait à son chien l'oiseau. Nous nous rapprochions. Je la voyais tâter le corps ténu, encore chaud. Pas une blessure apparente. Rien qui pût déceler le grain de plomb, l'imperceptible trou noir par où cette mince vie s'était envolée.

Alors, avec l'inconséquence qui est le propre de bien des chasseurs, portant à ses lèvres la petite bête inerte, Aurore de Lautenbourg y déposait un baiser.

VI

Ce fut le samedi soir, 16 mai 1914, que la grande-duchesse de Lautenbourg me fit l'honneur de me conter l'histoire de sa vie. Ce récit, permettez-moi de vous le refaire, moins en raison de l'utilité incontestable de certains de ses détails pour l'intelligence du drame qui va maintenant se précipiter, que pour la joie que j'ai à ouvrir ce coffret à bijoux, à manier les adorables pierreries barbares dont il déborde, et qui, toujours, si noire soit-elle, éclaireront ma nuit.

Hagen, obligé d'assister à un dîner que donnait le 7e hussards, n'était pas là. Je vis avec bonheur que, quelle que fût la désinvolture avec laquelle elle traitait cet amoureux taciturne et obstiné, elle était plus libre avec moi que devant lui.

Etendue à demi sur la peau d'ours blanc qui recouvrait sa chaise longue, elle était vêtue ce soir-là d'une tunique très vaste, très légère, de soie turque, jaune, avec des broderies mauves et argent. Par moments, elle froissait les grandes roses d'une coupe posée à côté d'elle sur un guéridon bas, et l'on entendait la chute molle des pétales sur le tapis bleu.

Mélusine, accroupie sur le tapis, les cheveux à demi déroulés, laissait sa tête languissante reposer sur les pieds nus de sa maîtresse, que, par moments, elle enlaçait.

Du fauteuil où j'étais assis, je voyais, dans l'entrebaîllement de son fichu de Valenciennes, se gonfler voluptueusement la fine gorge mate de la jeune fille. Derrière les tentures tirées, la fenêtre était ouverte, et la brise nocturne, les écartant parfois, mêlait à l'odeur entêtante de l'ambre, des roses et des cigarettes, les balsamiques parfums de l'*Herrenwald*.

Avec cette insouciance complète de l'effet, du style, mêlant trois langues, passant du voussoiement français à la troisième personne allemande, au tutoiement russe, Aurore parla.

« Tu sais, commença-t-elle, que je n'ai pas précisément monté en me mariant. De princesse, je n'ai plus été que grande-duchesse. Et pour être alliée aux Hohenzollern, la famille de mes maris n'est pas de beaucoup aussi ancienne que la mienne.

« Je suis une princesse Tumène. Je sais bien que vos histoires occidentales ne contiennent presque rien à notre sujet. Mais si tu allais à Samarkande, à Kara-Koroum, ou seulement à Tiflis, tu lirais dans les vieilles chroniques mongoles des choses qui te laisseraient rêveur sur l'antiquité de nos origines, et tu comprendrais que vos Broglie, vos Cumberland ne sont que des parvenus à notre côté.

« Il y a eu un prince Tumène décapité pour avoir résisté à Iaroslav le Grand, et je ne remonte pas plus haut pour ne pas t'ennuyer avec des noms à coucher dehors. Un autre, beaucoup plus tard, a donné tellement de fil à retordre à Ivan le Terrible, que celui-ci préféra traiter avec lui et lui envoyer des présents merveilleux, dont une grande pendule avec le zodiaque tout en saphirs. N'empêche que le fils de ce Tumène-là amena quarante mille cavaliers au Khan de Grimée, lorsqu'il alla assiéger Moscou, en 1571, je crois.

« Il ne faudrait pas croire que, parce que nous avons lutté d'abord contre le Tsar, nous étions des sauvages. Boris Godounov a eu bien besoin de nous contre les Tartares, les Tcherkesses et les Tchérémisses. C'est vrai que nous préférions nous battre contre les Européens. C'est Alexis Tumène, filleul de Pierre le Grand, qui a conduit la grande charge de Pultawa. En récompense, ce Tsar le laissa tranquille avec ses réformes. Il y a chez nous un tableau dans le style de votre Mignard qui le représente avec son bonnet de grèbe, sa touloupe d'or, brodée comme une chasuble, et ses longues moustaches que le Tsar avait fait couper à tous les autres.

« Le premier qui fut rasé fut Wladimir, mon

arrière-grand-père. C'est ce Wladimir qui faillit être fusillé par ordre de Barclay de Tolly, je ne me rappelle plus pourquoi. Il commandait le corps des cosaques d'Astrakan qui campèrent dans les Champs-Elysées et qui y firent du beau, paraît-il. Mon arrière-grand-père avait beaucoup pillé, mais il vendit tout pour avoir de l'argent qu'il s'empressa de perdre au Palais-Royal. Tu penses, il faisait paroli sur la rouge, et la noire est sortie quatorze fois.

« Le père de Wladimir avait été d'abord très bien avec Catherine II. Lorsqu'elle en eut assez, elle lui fit épouser une demoiselle d'Anhalt. C'est la première fois que ma famille s'est alliée avec des gens de par ici. J'espère que je clorai cette liste. Mélusine, je ne dis pas cela pour te peiner, mais cette Allemande était bête et économe. Par exemple, elle n'a pu faire à sa ressemblance un seul des sept enfants qu'elle donna à son mari. Tous des petits cosaques.

« Ma grand-mère était d'Erivan. On dit que je lui ressemble, mais elle était plus belle que moi. Elle se convertit pour épouser mon grand-père, dont elle était folle. Avant, elle adorait le feu, ce qui est bien la plus belle religion du monde.

« Papa, dont j'aurai l'occasion de te reparler, est le second de la famille qui se soit allié aux Allemands, et aux Hohenzollern encore. Mais il faut savoir comment cela s'est fait. Papa était, comme le grand-père Wladimir, abominablement joueur. Il avait juré de regagner en France ce que l'autre y avait perdu. En réalité, il s'y serait ruiné, si on peut être jamais ruiné avec des terres grandes comme six de vos départements, des cosaques dont on ne connaît pas le nombre et des troupeaux qui doublent tous les ans.

« Toujours est-il qu'il passait dix mois de l'année à Paris — il était du Jockey —, à Aix, à Nice, dans tous les endroits où l'on peut rencontrer des types comme lui. — C'est à Aix qu'il connut ma mère. C'était en été 1882. Il était un soir à la Villa des Fleurs avec le roi Georges de Grèce et le grand-duc Wassili. Ils avaient beaucoup bu et ne devaient pas être seuls. C'est alors que papa se mit à dire des femmes un tas d'horreurs, affirmant qu'elles se valaient toutes, et que lui, prince Tumène, obligé de se marier à cause du nom, était bien décidé à prendre n'importe laquelle, au hasard.

« — Alors, dit le grand-duc, épouse la pre-
« mière qui entrera ici.

« — Aussi bien, pourvu naturellement qu'elle
« ne soit pas déjà mariée », ajouta mon père, qui avait de la religion.

« — Je parie que non.

« — Combien ?

« — Cent mille roubles.

« — Tenu. »

« Jamais, paraît-il, le roi Georges ne s'était tant amusé. Pauvre homme, j'ai eu du chagrin, il y a six mois, quand on l'a assassiné. Mais, enfin, je voudrais que vous vous figuriez, Mélusine et toi, cette scène avec ces trois hommes attendant que la porte s'ouvre devant celle qui allait être princesse Tumène, car ils connaissaient bien l'entêtement de mon père et savaient qu'il aurait épousé la reine Pomaré ou Mme Dieulafoy plutôt que de perdre son pari.

« Ce fut ma mère qui entra, c'est-à-dire la duchesse Eléonore de Hesse-Darmstadt, alors âgée de seize ans et suivie de sa gouvernante anglaise. J'en frémis encore. Si l'Anglaise était entrée la première, papa l'aurait certainement épousée et j'aurais été bien moins jolie.

« Maman était en effet belle comme le jour. Une Mélusine blonde. Peut-être pourtant pas si belle que toi, ma chère Mélusine. Je l'ai peu connue, puisque je n'avais que cinq ans quand elle est morte. Elle ne put jamais bien s'habituer à la Tartarie. Je me rappelle, les premiers soirs d'automne, elle frémissait en entendant crier les courlis dans les marais de la Volga. Papa l'a beaucoup trompée. Elle ne savait que pleurer, et il paraît que c'est ce qui agace le plus les hommes.

« Comment ne pouvait-on pas se plaire dans notre palais, c'est ce que je me demande encore. Ne te figure pas, je te prie, que ce soit une demeure de sauvage. Vers 1850, une Française est venue chez nous. Tu peux lire le livre qu'elle a écrit : *Voyages dans les steppes de la Caspienne.* Il a paru à Paris. Elle s'appelait Mme Hommaire de Hell. Son mari était un ingénieur chargé de mission géodésique. Tu pourras vérifier cela dans tes bouquins. Elle fut reçue par mon grand-père. Elle a laissé une description assez exacte du palais.

« Ce palais était bâti dans une île de la Volga. Mes aïeux avaient fait cela à cause des nomades. Cette raison a disparu, mais le pittoresque est resté.

« Mon plus lointain souvenir est celui du bruit de la sirène du bateau à aubes qui, trois fois par semaine, faisait le service d'Astrakan. C'était une joie, parce qu'il y avait des visiteurs, le gouverneur, le ministre de France, un homme aussi aimable que Marçais, qui m'apportait des poupées et plus tard des livres. Comme les vrais seigneurs, papa était toujours de bonne humeur quand il avait du monde à recevoir.

« La fenêtre de ma chambre donnait sur le fleuve. Je voyais, sur l'eau jaune, les flottilles des canards sauvages descendre le courant, gravement, comme des jouets mécaniques vernis et cela, a-t-on idée, pendant que Mlle Jaufre, ma gouvernante, me serinait la règle des participes : quand le complément est placé avant, il s'accorde ; quand il est placé après... Moi, je me levais doucement, je prenais ma longue canardière, avec du n° 4, et pan, pan, dans la flottille. Les domestiques allaient en bateau me chercher les canards. Papa ne se fâchait que si je n'en avais pas tué au moins une demi-douzaine. Après cela, ne t'épate pas si je fais quelquefois des fautes d'accord.

« Pour le piano, j'avais un professeur italien. — Un républicain. Il aurait voulu faire croire, avec des sourires entendus, qu'il était fils naturel de Garibaldi. Je ne me rappelle que son prénom, Teobaldo. Un jour, j'avais quinze ans, il tournait derrière moi les pages de la partition que je déchiffrais, il m'embrassa dans le cou. Il faut dire que je l'avais un peu agacé, pour voir, tu comprends. Je me mis à me tordre de rire. Il prit ça pour des frissons et m'embrassa plus fort. Je riais, je riais. Papa entra, je crus que j'allais être grondée. Mais la pièce était sombre. Il ressortit en emportant son sertisseur qu'il avait laissé sur une table. Pour le petit gibier, papa faisait ses cartouches lui-même à cause du groupement.

« Le lendemain, j'étais avec Mlle Jaufre à me promener dans un petit bois de sapins, à la corne ouest de l'île, très fourré. Nous donnâmes presque de la tête dans une grande forme flasque qui se balançait pendue à un cèdre. C'était le pauvre Teobaldo. Mlle Jaufre s'enfuit en poussant un grand cri. Moi, je le retournai par les pieds, pour voir. Mais je m'enfuis bien vite aussi. Sa langue noire et tuméfiée pendait sur sa lavallière. Il avait les yeux blancs avec déjà, comme dans une vieille pomme, de grosses mouches, et, ce qu'il y a d'horrible, la même expression que quand il m'avait embrassée. Depuis, les hommes m'ont toujours dégoûtée.

« C'est alors que je devins rêveuse, pour avoir lu le *Démon*, de Lermontov, qui est un bien plus grand poète que votre Vigny et même que Byron. Je pâlis. Deux plaques roses marbrèrent mes joues. Un médecin vint d'Astrakan. Entre nous, je trouvai moyen de lui graisser la patte. Il m'ordonna les eaux de Piatigorsk. C'était précisément ce que je voulais, car c'est là, tu ne l'ignores pas, que fut tué en duel Lermontov.

« Les eaux de Piatigorsk sont des cascades qui rebondissent au flanc des murailles de granit noir et de mica étincelant. Cela a très grand air. Au bout de huit jours, je m'y ennuyais tellement que j'en avais recouvré la santé.

« Je crois que je n'aurais pu atteindre les quinze jours décrétés par papa sans la découverte que je fis d'un vieux Français extrêmement pittoresque, qui servait, à Piatigorsk, à guider les étrangers dans leurs promenades à travers la montagne. C'était un condamné politique. Je crois qu'il avait été l'ami de Vaillant. Bref, on l'avait expulsé de chez vous sous Carnot, et, comme ils font tous, il était venu se réfugier en Russie.

« Ce vieux était instruit, mais il avait des idées à lui. Je le pris en amitié surtout parce que Mlle Jaufre levait les bras au ciel en répétant : « Que dira Son Altesse ! » lorsqu'il me parlait d'un tas de gens que j'ignorais jusqu'alors : Saint-Simon, Enfantin, Bazard, et Karl Marx, et Lassalle, et la Loi d'airain. Que sais-je encore !

« Je n'avais jamais lu Tolstoï. Le vieux me prêta *Résurrection.* Je n'avais pas idée d'un tel monde. Pour faire endêver Mlle Jaufre, je me fis expliquer les idées sociales de Tolstoï. Le vieux jubilait : « Ah ! Mademoiselle ! Si « vous vouliez, quelle belle œuvre ! »

« Le résultat, c'est qu'en quittant Piatigorsk je ramenai avec moi le père Barbessoul. C'était son nom. Papa fut bien un peu étonné quand il nous vit revenir avec ce patriarche. Mais comme j'avais bonne mine, il ne dit rien. Et puis, il était habitué à mes fantaisies.

« Il fit plus. Il y avait à côté de l'île du château, dans la Volga, une autre petite île, d'une demi-verste carrée. Papa me la donna avec cinquante moujiks, hommes, femmes et enfants, pour y installer, d'après l'idée du vieux, un phalanstère, moitié Saint-Simon, moitié Tolstoï : suppression de la propriété individuelle, répartition des instruments de travail selon les besoins et les capacités, etc.

« D'abord, tout alla très bien. Je passais quatre heures par jour dans le phalanstère. Le vieux Barbessoul exultait. Il était dans cette organisation quelque chose comme pope et contremaître. Papa me croyait folle.

« Vous ne vous étonnerez pas si je vous dis

que j'en eus vite assez. D'ailleurs, les choses se gâtèrent : les gens du phalanstère allaient la nuit en barque voler les poulets des riverains, se sentant protégés par mon influence. Papa avait eu la bonté de leur supprimer les impôts et les journées de travail : c'est effrayant ce qu'ils buvaient de kvass. Il n'y avait que le vieux Barbessoul pour ne pas voir comme ils sentaient fort l'alcool, jusqu'aux femmes. Figure-toi qu'au bout de deux mois l'un d'entre eux avait fini par posséder tous les instruments agricoles ; les autres les avaient mis en gage pour avoir du kvass. Alors, comme ils ne pouvaient plus travailler, ils fainéantaient tout le jour, et la nuit allaient voler les moujiks de la plaine. Une nuit, il y eut bataille. Deux moujiks furent tués. Papa se fâcha tout rouge, me traita de sotte et voulut faire pendre le vieux Barbessoul. Sur mes instances, il n'en fit rien, mais le phalanstère fut dissous. Depuis, il ne faut plus me la faire avec le socialisme. Il est sûr que, sans les cosaques de papa, tous ces gens se seraient entr'égorgés.

☆

« Un jour de février 1909, je venais d'avoir vingt ans, j'étais en bateau sur un bras de la Volga, en train de tirer les macreuses, quand je vis sur la berge le cosaque préféré de papa qui faisait de grands gestes. Il avait mis au bout de son sabre son bonnet et l'agitait, l'agitait.

« Il criait aussi, mais je ne l'entendais pas. Je comprenais qu'il y avait un événement à la maison. Mais je voulais paraître indifférente, malgré toute la curiosité où j'étais de savoir quoi. Je ne ralliai la rive qu'une heure plus tard ; le pauvre homme était mort de fatigue, tellement il avait agité ses bras en s'époumonant. Il me dit que le Prince m'attendait dans son cabinet. Je m'y rendis le plus lentement possible, prévoyant d'ailleurs une bonne semonce.

« Il n'en fut rien. Papa avait l'air ravi. Il m'embrassa, puis me montrant une grande enveloppe scellée de rouge sur son bureau, il m'expliqua de quoi il s'agissait.

« C'était le Tsar qui écrivait à papa. Il lui annonçait qu'en mai l'empereur Guillaume devait venir à Saint-Pétersbourg, qu'il y aurait de grandes fêtes, et pour finir une revue à Tzarskoïe-Sélo ; qu'à ce propos, il était désireux d'y voir les cosaques d'Astrakan et de l'Aral, et qu'il priait le prince Tumène de lui en emmener une brigade. « La Tsarine, ajou« tait-il, sera heureuse de faire la connaissance « à cette occasion avec sa petite nièce. » J'ai oublié de vous dire que j'étais sa nièce, par suite du mariage de papa avec une grande-duchesse de Hesse-Darmstadt.

« Jamais, je puis vous l'affirmer, je n'avais trouvé longs les jours dans notre palais de la Volga. N'empêche qu'en écoutant mon père je sentis une immense joie et que, de ce moment, je n'eus plus qu'une idée : épater le Tsar, la Tsarine, et l'empereur d'Allemagne, et tout le monde. Je me regardais toute la journée dans la glace et, vraiment, je n'étais pas trop fâchée de l'image qu'elle me renvoyait.

« Jusque-là, je m'étais fait habiller à Astrakan, chez les sœurs Menjuzan, de fort bonnes couturières françaises, qui allaient une fois l'an à Paris pour les modèles et qui réalisaient de l'or avec les grandes dames tcherkesses. Papa m'ouvrit un crédit illimité, et je partis deux jours après avec Mlle Jaufré. Mais il faut te dire que j'avais mon idée.

« Je revins d'Astrakan en disant qu'il n'y avait rien du tout. Je pleurai devant papa en affirmant que je ne voulais pas paraître à la cour attifée comme une sauvagesse. Vous pensez que je n'allais pas lâcher ainsi la belle occasion qui s'offrait de voir Paris. Papa se fit bien un peu tirer l'oreille. Mais j'avais tout de suite compris qu'il ne serait pas fâché d'aller redire un mot à ses connaissances de jadis.

« Dans les premiers jours de mars, nous partîmes. En arrivant dans ce Paris dont on m'avait tant bourré la tête, je n'avais qu'une crainte, y paraître étonnée. De là les allures un peu extravagantes que j'affectai.

« Papa se découvrit tout de suite un tas de visites et de courses indispensables à faire. Au Ritz, je ne le voyais qu'à l'heure des repas, et encore.

« Il voulait m'envoyer chez Redfern. Par esprit de contradiction, j'allai chez Doucet. Jamais je n'ai rien vu d'aussi ridicule que Mlle Jaufre avec son pince-nez et sa robe de satin noir caparaçonnée de jais, au milieu de ces belles filles qui allaient, venaient, me saluaient, pour que je puisse bien faire mon choix.

« On m'avait demandé : « Que veut voir Son « Altesse ?

« — Toutes les collections », répondis-je froidement.

« En un rien de temps, j'avais commandé six robes du soir, une douzaine de tailleurs, deux amazones, et le reste à l'avenant.

« Jamais je ne me trouvai assez décolletée. Mlle Jaufre était verte. La première crut même devoir me faire remarquer que, pour une jeune fille, c'était peut-être un peu risqué. Je la renvoyai à ses essayages. D'ailleurs papa, qui était venu une fois, m'avait approuvée, en me regardant avec un air dont je m'étais sentie fière, car je le savais connaisseur.

« Ce soir-là, se reconnaissant un peu coupable de tout le temps me plaquer ainsi, il me dit que nous dînerions ensemble, et donna l'ordre à Mlle Jaufre de me conduire, à huit heures précises, avenue Gabriel, devant chez Laurent. Inutile de vous dire qu'à huit heures il n'y avait personne. J'attendis, assise sur un banc. Pour passer le temps, avec le petit poignard damasquiné que je portais en boucle de ceinture, je gravais mon nom sur ce banc. Il doit y être encore.

« A huit heures dix, voyant un vieux monsieur qui rôdait autour de nous, et ayant envie de détendre un peu mes nerfs, j'ordonnai à Mlle Jaufre d'aller m'acheter une boîte de *Mercédès* au bureau de tabac de l'avenue Matignon. Elle regimba un peu, mais partit. Le vieux alors s'approcha. Il avait des pantalons damier, un melon gris. Il me dit un tas de choses drôles, me parlant d'un petit appartement rue d'Offémont, avec un ascenseur doublé de toile de Jouy. Je tournais la tête pour ne pas qu'il me vît me tordre de rire, si bien que je fus fort étonnée en entendant le bruit d'une gifle formidable. En me retournant, j'aperçus papa. Le vieux partit avec dignité, murmurant que si on ne pouvait plus plaisanter... Sous la lune, je voyais son melon gris tout cabossé.

« Mlle Jaufre revenait avec les *Mercédès*. Papa lui dit froidement de rentrer dîner au Ritz et de se coucher.

« Chez Laurent, on dîne dehors, sous les beaux arbres, par petites tables avec des abat-jour. Il y avait un monde fou. Papa était là plus chez lui que dans notre palais de la Volga. Il me présenta à un tas de gens célèbres, Bunau-Varilla, Charles Derennes, M. de Bonnefon, la princesse Lucien Murat, Maurice Rostand. Celui-ci me plut beaucoup, avec son air d'enfant de chœur de messes roses. Nous nous écrivons toujours, et il doit venir me voir à Lautenbourg.

« A onze heures, papa me raccompagna au Ritz, et me dit qu'il avait besoin de passer rue de Grenelle, à l'Ambassade. Mais vous pensez comme j'avais envie de me coucher. Mlle Jaufre ronflait comme une toupie de Nuremberg, et je crus ne jamais pouvoir la réveiller. Si vous aviez vu son air ahuri quand je lui dis que papa avait donné rendez-vous à minuit, et qu'il fallait se lever.

« Rue de la Paix, nous prîmes un taxi. « *Au Grelot* », dis-je à l'homme. C'était un nom que j'avais entendu chez Laurent.

« Le *Grelot* est place Blanche. Je doute, cher petit ami, studieux et sérieux comme je te sais, que tu y sois jamais allé. Quand nous entrâmes, je fus un peu jalouse du succès qu'obtint le corsage de jais de Mlle Jaufre. Un petit viveur tout à fait soûl cria que c'était Mme Fallières. Alors toute la salle se mit à chanter en chœur une chanson célèbre, dont le refrain était :

La tante Julie,
La tante Octavie,
La tante Sophie,
Le cousin Léon,
L'oncle Théodule,
L'oncle Thrasybule,
Les cousins Tibulle
Et Timoléon.

« Moi, je riais, je riais, et ma gaieté naturelle en imposait à tout le monde qui, au moment de notre entrée, avait l'air de s'embêter ferme.

« Nous bûmes du champagne, énormément de champagne. Puis on dansa. Je montrai à ces Français ce que sait faire une princesse russe. Il n'y eut qu'un des tziganes qui arriva à valser convenablement avec moi. On nous fit une belle ovation.

« Un musicien nègre vint inviter Mlle Jaufre. Vous me croirez si vous voulez, elle accepta. Après le champagne, ce n'était plus la même femme. Deux danseuses étaient venues s'asseoir à côté de moi, l'une brune, Zita, avec une robe bleu argent, une autre, la Crevette, tout habillée de rose, qui m'appelait ma princesse, sans savoir que c'était vrai. Elles mangeaient mes croustilles et buvaient mon champagne. Moi, j'étais heureuse, heureuse, et déjà un peu partie, je répétais : « C'est beau, c'est beau, Paris. »

« Je vis tout d'un coup que plusieurs de ces pauvres filles avaient des reprises à leurs bas de soie, près du soulier verni. Alors, je criai qu'on fît attention, et je lançai en l'air une poignée de louis. Elles se précipitèrent et les retrouvèrent presque tous, à part cinq ou six sur lesquels des messieurs très chic avaient mis le pied.

« Je crois que j'aurais passé là toute la nuit, si tout d'un coup, dans la salle à côté, je n'avais entendu pousser de grands cris :

« — Lili, Lili, voilà Lili ! Vive Lili ! »

« Je regardai, et vis papa qui arrivait. C'est lui qu'on appelait Lili, à cause de son prénom qui était Wassili.

« Il était lui aussi excessivement gai, et avait à ses bras deux filles, tellement belles que j'en fus jalouse.

« Il était trop occupé pour me voir. Immédiatement, je me mis en devoir de filer. Mais pour emmener Mlle Jaufre, ce fut toute une histoire. Elle ne voulait pas se séparer du Nègre. Dans le taxi elle chantait à tue-tête :

Caroline, Caroline,
Mets tes p'tits souliers vernis.

« Puis tout d'un coup, appuyée à la vitre, elle se mit à pleurer à gros sanglots, disant que je ne l'avais pas respectée.

« Papa eut, chez Doucet, une note de trente-huit mille six cents francs. Il ne protesta pas, et il me sembla que les exigences de sa fille avaient encore été moindres que celles d'autres personnes, ce dont je conçus un certain dépit.

☆

« De retour en Russie, nous trouvâmes au palais une autre lettre du Tsar, avertissant papa que l'arrivée du Kaiser à Saint-Pétersbourg était fixée au 15 mai, et qu'il eût à se préparer en conséquence.

« Je ne peux vous dire le luxe avec lequel il fit équiper sa brigade. Les cosaques d'Astrakan ont le bonnet noir en forme de pain de sucre, comme les Arméniens, la pelisse rouge, bordée de fourrure, avec les cartouchières jaunes. Les Cosaques de l'Aral ont la pelisse bleu de ciel, avec les cartouchières blanches et le bonnet kalmouk rond, d'un diamètre de 75 centimètres, qui les fait appeler les « Grosses Têtes ». Ils sont armés du sabre recourbé, sur lequel ceux de l'Aral, qui sont mahométans, gravent des versets du Koran, du fouet à boules de plomb et de la grande lance.

« Papa fit remplacer tous les passepoils de laine par des parements d'or et d'argent. Un jour de fin avril, quand les petits crocus sortent de terre, il passa en revue ses escadrons. Il n'y avait qu'un mince soleil jaune, mais il suffisait à donner à ces magnifiques cavaliers un tel éclat qu'on pouvait imaginer ce que ça serait, sous la lumière de mai, à Tzarskoïe-Sélo.

« Le jour de leur départ pour Pétersbourg, il faillit y avoir du grabuge. Figurez-vous que ces pauvres gens, qui ne craignent ni les bouranes, ni les hommes, ni les esprits des marais et des eaux, ont peur du chemin de fer. Les chevaux sont comme eux. La moitié s'emballèrent, quand ils virent la petite locomotive ventrue, crachant et sifflant au milieu de la steppe. Sans le pope, qui bénit cet animal, personne n'aurait voulu monter.

« Ils partirent enfin, par douze trains successifs, qui mirent douze jours à leur faire traverser la grande Russie. Nous qui prenions l'express, nous ne quittâmes le palais que huit jours plus tard. Le Tsar avait fait mettre à notre disposition un wagon-salon. Nous y invitâmes les deux colonels et les six commandants. Le pope était avec Mlle Jaufre et Kounine, le cosaque préféré de papa ; je leur avais confié mes robes.

« Pétersbourg est une grande ville, avec des casernes et des églises, et d'immenses jardins. On voit que l'homme qui en a tracé le plan avait des idées nettes. Nous fûmes splendidement logés au palais d'Hiver et, dès le premier soir, reçus par le Tsar en audience privée. « Ah ! dit-il, voilà la « petite nièce », et je vis bien qu'il me trouvait belle. La Tsarine m'embrassa et appela mes cousines les grandes-duchesses pour nous présenter. Je remis à Olga et à Tatiana deux colliers de rubis du Caucase, qui ont à l'intérieur comme une larme de diamant, et aux petites des colliers de perles roses. Papa avait apporté au Tsarevitch une boucle d'aigrette pour le colback, faite d'un gros diamant, et un petit sabre cosaque avec le pommeau en saphirs et brillants.

« Le surlendemain, tous les bourdons de la capitale sonnant annoncèrent l'approche du Kaiser. Le Tsar, le Tsarevitch et les grands-ducs étaient allés à sa rencontre, à Kronstadt.

« J'ai revu depuis tant de fois des entrées de souverains dans les villes qu'elles sont parvenues, presque à me démolir, pierre à pierre, le souvenir de celle-là. C'est égal, ce fut bien beau.

« De mon balcon, j'assistai à l'arrivée au palais. Les cuirassiers blancs, avec les grands-ducs, galopaient aux portières. Les honneurs étaient rendus par le régiment Préobrajensky. Pendant ce temps, les cosaques de papa étaient parqués dans deux casernes, avec défense de sortir. Je fus d'abord vexée, mais je compris vite que c'était parce qu'ils étaient les plus beaux de toutes les Russies, et que le Tsar les cachait jalousement pour le grand coup d'épate final.

« Sous le doux ciel pommelé de Bothnie, les cuirasses et les sabres étaient bleus et jaunes.

« Le Kaiser était avec le Tsar, le Tsarevitch et le Kronprinz dans la première calèche. Il était en colonel de cuirassiers russes, avec, sur le casque d'argent, le grand aigle d'or éployé. Il saluait beaucoup, d'un air heureux. Frédéric-Guillaume portait l'uniforme des hussards noirs.

« L'Impératrice et la Tsarine venaient derrière, avec un tas de princes allemands et de généraux.

« Les présentations n'en finirent pas. J'eus mon succès. « Eh ! mais c'est la petite nièce », dit le Kaiser en me prenant la main et en m'emmenant à l'Impératrice. L'Impératrice, du fond de ses malines et de ses plumes d'autruche, m'embrassa en me disant qu'elle aimait beaucoup ma pauvre maman. Pendant ce temps Frédéric-Guillaume et Adalbert me reluquaient, je ne vous dis que ça.

« Je passai tout l'après-midi à me préparer pour le gala du soir. J'avais peur de ne pas faire de l'effet. J'étais nerveuse ; pour un rien je querellais Mlle Jaufre. On aurait dit que je pressentais tous les embêtements qui allaient fondre sur ma vie à la suite de cette maudite soirée.

« On ne peut s'imaginer la beauté d'une fête à Péterhof. Le Kaiser avait mis un deuxième uniforme, plus brillant encore que le premier. Mais si vous saviez la tête qu'il fit quand il vit celui de papa. Pour la richesse du costume, il n'y a rien à faire avec le prince Tumène. A côté des pierreries de la chaîne qui retenait sur l'épaule gauche sa pelisse rouge, les diamants de l'impératrice avaient l'air de rognures d'une pauvre petite bourgeoise de Moabit.

« Moi, quand je parus, je vis le Tsar réprimer un petit geste d'étonnement. J'eus peur une seconde de m'être trop décolletée. Puis cette crainte se volatilisa avec la sensation de l'effet que je produisais. Vous pensez, j'avais tiré le grand numéro un de Doucet, la robe de velours bleu saphir, très simple, mais moulée il fallait voir, et, comme bijoux, rien que des saphirs. Comme les enfants, je pensais déjà à mon effet du lendemain. « Quelle trompette ils vont tous

« faire, me disais-je, quand ils verront mon « numéro deux, ma robe rouge, avec rien que « des rubis. »

« On dansa. J'étais heureuse de voir ces Allemands, habitués aux valses lentes, perdre la mesure de notre valse russe, si nerveuse, et être obligés, à cloche-pied, de sauter jusqu'à deux temps pour la rattraper ; ou de l'attendre, comme des hérons.

« Je dansai avec le Kronprinz. Il me fit compliment de ma toilette, et me dit que l'empereur allemand n'était pas un souverain absolu, puisqu'il n'avait jamais pu obtenir des dames de sa cour qu'elles missent moins de six couleurs dans leurs robes. Espérant le vexer un peu, je lui dis que ce n'était pas étonnant, et que la mienne était de Paris. Mais il me dit que j'avais bien raison, qu'il n'y avait rien comme Paris, et me raconta un tas d'histoires tordantes sur cette ville, à tel point que, lorsqu'il me reconduisit à ma place, j'entendis l'impératrice lui murmurer au passage : « Fritz, de la tenue. »

« En même temps, elle me faisait signe de venir m'asseoir à son côté.

« Dès le matin, j'avais remarqué, parmi les officiers du Kaiser, un grand hussard, vêtu d'un uniforme ponceau, à brandebourgs jonquille. Il était roux, avec de bons yeux myopes, bleus et obstinés, qui, sous le lorgnon, ne me perdaient pas de vue une minute. Naturellement, tout le temps, j'avais fait semblant de ne pas le remarquer. On m'eut bien étonnée, à ce moment, si on m'était venu dire que cet uniforme ponceau serait un jour le mien.

« — Aurore, me dit l'Impératrice, voici mon « cousin Rodolphe, grand-duc de Lautenbourg-« Detmold, qui sollicite la faveur de vous faire « valser. »

« Il dansait abominablement, ce hussard rouge, tout en se donnant beaucoup de mal. Il crut devoir s'en excuser. Je lui répondis à peine et ne le remerciai même pas, quand la valse prit fin. Il revint prendre sa place derrière l'Impératrice, essuyant de temps en temps son binocle, avec un air si malheureux qu'il aurait attendri des pierres.

« Le lendemain, j'appris avec joie qu'il y aurait deux jours après une chasse au renard. Comme je me félicitais d'avoir emmené Tarass-Boulba, mon méchant petit cheval barbe ! J'allais le voir à la caserne de nos cosaques. Il avait été tellement insupportable qu'on l'avait mis tout seul dans une écurie dont il avait à moitié démoli la porte en ruant dedans.

« Quand il m'aperçut, il hennit de plaisir, et eut tôt fait d'avaler le sucre que je lui avais apporté.

« — Mon fils, lui dis-je en passant la main « dans sa longue crinière embroussaillée, il va « falloir être à la hauteur. Nous allons tous les « laisser derrière, pas vrai ? »

« Il me fit amicalement signe qu'il avait compris, et je sortis pour aller essayer mon amazone.

« En rentrant, je trouvai papa, qui avait un air grave et ravi. J'ai toujours eu horreur des surprises. Ce sont immanquablement des choses désagréables.

« Je voyais que papa ne savait par où commencer, ce qui acheva de me rendre méfiante.

« — Dépêchez-vous, lui dis-je, il faut que « j'aille m'habiller.

« — Ma fille, me dit-il, j'ai à te parler « sérieusement.

« — Ce n'est pas une raison pour ne pas vous « dépêcher.

« — Ma fille, cela te déplairait-il d'être reine ?

« — Reine de quoi ?

« — De Wurtemberg. »

« On a beau avoir été élevé chez les sauvages, on connaît son Gotha. Aussi je demandais à papa s'il avait l'intention de me faire épouser le roi de Wurtemberg, qui avait alors soixante-deux ans.

« — Ce n'est pas Sa Majesté le roi de « Wurtemberg, qui m'a fait l'honneur de me « demander ta main, c'est Son Altesse le grand-« duc de Lautenbourg-Detmold. »

« Papa, qui est prince pourtant, avait la bouche si pleine de cette Majesté, de cette Altesse, que j'en fus exaspérée.

« — Quoi ! criai-je. Celui qui a l'air d'un « homard au safran ? jamais de la vie.

« — Soyons sérieux, dit mon père.

« — Jamais de la vie, répétai-je en frappant

« du pied. D'ailleurs je ne vois pas le rapport « qu'il y a entre ce myope roux et la couronne « de Wurtemberg.

« — Il y a, dit mon père doctoralement, que « le roi Albert de Wurtemberg n'a pas d'enfant, « qu'il a soixante-deux ans, comme tu l'as très bien dit, le diabète, et que le grand-duc de « Lautenbourg est son héritier.

« — Je m'en contrefiche, répliquai-je. Je « préférerais épouser Kounine, et puis, je ne « veux pas me marier. »

« Papa commençait à se fâcher. Il me raconta toute une histoire. Rodolphe de Lautenbourg était amoureux fou. Il avait parlé à l'Impératrice, sa marraine, qui avait parlé au Kaiser, qui avait parlé au Tsar, qui venait de lui parler. De telles propositions, nonobstant ce qu'elles ont de flatteur, sont presque des ordres, et...

« — Et, vous avez dit oui avant de me « consulter ? éclatai-je.

« — Pas tout à fait, répondit-il avec embarras, « mais enfin, je n'ai pas pu ne pas remercier, « accepter...

« — Accepter quoi ?

« — Accepter, oh ! quelque chose qui n'engage « à rien, que le grand-duc soit ton cavalier dans « la chasse au renard d'après-demain.

« — Si ce n'est que cela, dis-je, vous pouvez « compter sur moi pour dégoûter cet Allemand « de venir chercher une héritière en Russie.

« — Promets-moi d'être convenable, sup- « plia mon père alarmé. Tu commences à

« me faire regretter la liberté que je t'ai « toujours laissée. Songe que c'est d'une « couronne royale, ni plus ni moins, qu'il « s'agit. »

« Une couronne royale ! Voir sa fille reine ! Il n'avait que cela en tête, le vieux Kalmouk.

« Le soir, au moment de monter en voiture pour la représentation de gala, je compris que papa s'était laissé engager beaucoup plus avant qu'il n'avait osé me l'avouer.

« — Voilà donc notre petite fiancée », dit le Kaiser en me prenant la main.

« L'impératrice, plus poule couveuse que jamais, m'embrassa sur le front. Il paraît que c'est un tic de famille.

« Il n'y eut pas jusqu'au Tsar qui ne se crut obligé d'ajouter, avec son pâle sourire, en s'adressant à Guillaume II :

« — Il ne te suffisait donc pas de m'inonder « de tes sujets ? Voilà, maintenant, que tu « viens me prendre mes sujettes ! »

« Moi, je souriais d'un air candide, mais je regardais à la dérobée mon hussard rouge, qui ne savait où se mettre, et je me disais :

« — Attends, mon bonhomme ! Tu paieras « tout cela après-demain. »

☆

« Le surlendemain arriva. Je n'avais qu'une peur, c'était que la chasse eût lieu dans un terrain trop peigné, trop ratissé. Je fus vite rassurée. Il y avait bien de grandes allées dans la forêt, certes, pour les dames, mais, à côté, des taillis bien épais, des ruisseaux, et, de-ci, de-là, quelques bonnes petites fondrières.

« Tarass-Boulba, à qui j'avais administré avant de partir une demi-livre de sucre humecté de whisky, était guilleret, mais très digne.

« Je mentirais, si je cachais que son apparition excita des exclamations. Le Kronprinz me demanda pourquoi je ne l'avais pas fait raser.

« — Laisse-les dire, vieux camarade », murmurai-je à mon petit cheval.

« Il comprenait, et secouait la tête d'un air goguenard.

« Le grand-duc Rodolphe était venu se mettre à mon côté. Je fus tellement aimable que le pauvre garçon, enhardi, me dit à voix basse :

« — Cela ne vous déplaît donc pas, made-« moiselle, que je sois votre cavalier ?

« — Avez-vous pu le croire, monsieur ? ré-« pondis-je. Cette cour est assommante. On « n'est jamais tranquille. Ici, on respire, on a « l'espace. Nous pourrons causer.

« — Vous aimez la nature ! murmura-t-il, « transporté. Que je suis heureux ! »

« Moi aussi, j'étais très contente, je sentais qu'il ne me quitterait pas d'une semelle.

« On lança le premier renard. Il n'y eut pas d'incident notable, si ce n'est que Tarass-Boulba, mis en gaieté par le bruit du cor, esquissa un pas de polka et vint poser ses pieds de devant sur la croupe de la jument d'Adalbert, qui faillit être désarçonné. A partir de ce moment, on se gara comme de la peste de mon petit barbe.

« Le grand-duc de Lautenbourg montait un de ces chevaux chers aux Allemands, un grand bai brun, avec des jarrets gros comme des jambonneaux, et un dos aussi large qu'un billard. De plus, j'eus vite fait de voir que ce vilain animal était dur de la bouche et galopait la tête entre les jambes.

« — Pauvre ami, pensais-je, tu vas rire, tout « à l'heure en sautant les fossés. »

« Le deuxième, puis le troisième renard furent abattus sans encombre. Tout à coup, le quatrième déboula entre moi et le grand-duc. Je le vis, maigre, presque sans queue. Je compris que c'était le bon.

« — A nous ! » criai-je à Rodolphe.

« Il éperonna son grand carcan qui prit le galop de charge.

« Le renard était à cent mètres en avant.

« Brave petite bête ! Il nous conduisait droit aux fourrés.

« De temps en temps, le grand-duc se retournait :

« — Je ne vais pas trop vite ? Vous pouvez « me suivre ? demandait-il, haletant.

« — Allez, allez », répondais-je.

« Et Tarass-Boulba reniflait comme pour dire :

« — Vas-y, vas-y. »

« Cette fois, c'était la pleine forêt. Alors, je touchai simplement le cou de mon barbe et lui lâchai les rênes. En une minute le grand-duc était dépassé.

« J'entrevis sa figure rougeaude, essoufflée... Il était maintenant à un quart de verste derrière moi.

« Tarass-Boulba, sur mon ordre, ralentit.

« — Vous m'avez fait peur, dit le pauvre « garçon en me rejoignant. J'ai cru votre cheval « emballé.

« — Attention ! » lui criai-je.

« Un ruisseau s'ouvrait sous mes pieds. Il le franchit tant bien que mal. Devant nous, dans une petite plaine rase, en pente, avec trois chiens à ses trousses, le renard filait.

« De nouveau les fourrés. J'étais baissée sur l'encolure et ne recevais à la figure aucune des branches où la tête de Tarass-Boulba faisait des trouées brusques, sitôt refermées. Mais mon pauvre compagnon avait déjà la figure en sang. Un petit chêne lui enleva son lorgnon. Je le sentis désemparé. Le gros cheval soufflait comme une cornemuse.

« — Hardi, criai-je, le renard se fatigue ! » et je touchai Tarass-Boulba de l'éperon.

« Le petit cheval n'aime pas ces plaisanteries. Il fit un bon énorme. Derrière, l'autre suivait péniblement dans un bruit effrayant de branches cassées.

« — Toi, me dis-je, tu commences à être « rendu. Tu rateras la prochaine. »

« La prochaine se présenta bientôt sous la forme d'une fondrière large de quinze pieds, profonde d'autant, avec des bords mal définis, traîtres en diable. Une seconde, je me demandai même si Tarass-Boulba, avec la course qu'il venait de fournir, en viendrait à bout. Mais, baste, s'enlevant comme une hirondelle, il avait déjà, mon brave petit cheval, franchi l'obstacle.

« Alors, je me retournai, sûre de ce qui allait arriver.

« C'était fait. Avec fracas, cheval et cavalier s'étaient abattus. Le premier avait manqué le bord, des deux pattes de derrière, envoyant l'autre à terre, sans ménagements.

« Je sautai sur le sol et m'approchai du grand-duc, avec la vague crainte d'avoir poussé un peu loin la plaisanterie.

« — Vous ne vous êtes pas fait mal ? m'écriai-je.

« — Je ne crois pas, murmura-t-il faible-« ment. J'ai eu si peur pour vous, en vous « voyant vous élancer par-dessus ce maudit « fossé. »

« Pauvre diable ! j'eus envie de lui demander pardon.

« — Voulez-vous que je vous aide à vous « relever ? dis-je, un peu confuse.

« — Je veux bien. »

« Mais ce fut vainement que j'essayai de le mettre debout.

« C'est alors que je m'aperçus de sa pâleur.

« — Vous avez la jambe droite cassée, « m'écriai-je.

« — Oh ! je ne pense pas, dit-il avec sa dou- « ceur désarmante, une entorse, tout au plus.

« — Je vous dis que c'est la jambe qui est « cassée, je m'y connais. »

« En même temps, de mon poignard de chasse, je fendis la botte. La jambe apparut, ballante.

« — Nous voilà propres, pensai-je, à six « verstes au moins de la chasse. »

« Lui ne disait plus rien, me regardant avec ses bons yeux d'une infinie douceur. On aurait dit qu'il était heureux.

« — Merci, murmura-t-il même.

« — De quoi ? éclatai-je. Je vous ai cassé la « jambe et vous me remerciez ! Attendez au « moins que je vous aie tiré d'affaire. »

« Il dit d'un air contrit :

« — Vous pouvez rentrer, et m'envoyer les « piqueurs.

« — C'est cela ! dis-je furieuse. Arriver là- « bas, sans le renard, et quand on me deman- « dera où est le grand-duc Rodolphe, je répon- « drai : Je l'ai laissé, au fond d'un trou, avec « une jambe en petits morceaux. Non, mon- « sieur !

« — Comme vous voudrez, dit-il faiblement. « Mais je ne sais pas bien comment vous vous « y prendrez.

« — Vous allez voir. »

« Le grand carcan était à quelques pas, broutant bêtement, sous l'œil goguenard de Tarass-Boulba.

« — Viens ici, sale bête ! »

« Quand je l'eus emmené, je compris que je n'aurais jamais la force d'y hisser le grand-duc.

« — Quelle idée de prendre des chevaux « hauts comme des échafaudages ! » dis-je, rageuse.

« Le blessé me regardait, avec son air perpétuel de s'excuser, qui finissait par être exaspérant.

« — Tarass-Boulba ! » appelai-je.

« Le petit barbe vint, mais en rechignant. Il se méfiait de ce qui allait lui arriver.

« Rodolphe de Lautenbourg ne put réprimer un mouvement de crainte.

« — Vous allez me hisser sur cet animal ? « murmura-t-il. J'aimerais autant rester ici.

« — Jamais, répétai-je en frappant du pied. « Et puis Tarass-Boulba est doux comme un « mouton. Tenez-vous bien. »

« Il était lourd, cet Allemand. Mais je l'enlevai tout de même et le fixai solidement sur la selle avec les rênes.

« Je montai moi-même sur le grand carcan.

« Vous pensez si, en revenant, je me traitai de sotte. Je n'avais réussi qu'à rendre pitoyable celui que je voulais haïr. Et puis, il y avait le regard étonné de Tarass-Boulba qui achevait de me mettre hors de moi :

« — Qu'ai-je donc fait, avait-il l'air de dire, « pour que tu me donnes à porter un Allemand,

« et pour me préférer ce vilain cheval brun,
« sans crinière, et qui a les sabots plus larges
« que des poêles à frire ? »

☆

« Il ne faut jamais casser les jambes des gens que l'on ne veut pas épouser. Je n'ai guère besoin de vous raconter ce qui arriva. Des numéros comme moi ne sont liés que par leurs actes, et je fus liée par mon sauvetage, alors que tous les kaisers du monde n'y auraient pu arriver.

« Ce fut une scène sensationnelle que mon retour sur le bai brun, suivi de Tarass-Boulba portant son grand-duc en bandoulière. La chasse fut arrêtée. On s'empressa. Je dus raconter l'histoire, ce que je fis avec le plus de brièveté possible, comme les choses dont on ne se sent pas très fier. Mais le blessé y ajouta force détails. Sa fièvre le rendait éloquent et me transformait en héroïne. J'eus à subir les félicitations de toute la cour.

« Le Kaiser, qui voit faux et grand, proclama :

« — Elle est adorable, cette enfant, qui le
« premier jour trouve moyen de sauver la vie
« à son fiancé. »

« L'Impératrice m'embrassa. C'est un tic de famille. Mon père était aux anges.

« — Tous mes compliments à Votre Ma-
« jesté », vint-il me dire à l'oreille.

« J'étais furieuse et souriante. Ma rage se passa sur Tarass-Boulba qui eut plus de coups de cravache, en rentrant au palais, qu'il n'en a reçu depuis.

« J'ai une qualité. J'aime les situations nettes. Consciente que, en grande partie par ma faute, j'étais désormais engagée de façon à ne plus pouvoir me libérer sans un de ces scandales auxquels toute princesse digne de ce nom répugne plus qu'à la certitude d'être malheureuse, je résolus de poser le soir même mes conditions à celui que la Cour appelait déjà mon fiancé.

« Je le priai de me recevoir, ce qu'il fit immédiatement, après avoir renvoyé le poseur de gouttière.

« Quand nous fûmes seuls, voilà à peu près comme je lui parlai :

« — Monsieur, ma démarche vous étonnera « peut-être. Mais j'ai et conserverai toujours « l'habitude de faire ce que je juge utile, sans « m'inquiéter de savoir si c'est convenable. « Or, je juge au suprême degré utile de vous « dire ceci :

« Je suis venue à Pétersbourg, pour accom- « pagner papa, pour voir de belles fêtes, « m'amuser en un mot, non pour y trouver un « mari. Des maris, j'en ai refusé, vous me ferez « l'honneur de me croire, autant qu'il y a de « provinces en Russie, et le dernier était un « prince persan, possesseur d'une montagne « où les émeraudes se trouvent avec la même

« facilité que les truffes en Périgord, et y sont
« plus grosses.

« Or, j'arrive ici. Je ne sais pas ce qui leur
« prend à tous. Bref, voilà qu'il faut me marier.
« Ce que je vous dis n'est pas pour vous déso-
« bliger. Mais enfin, monsieur, nous ne nous
« étions jamais vus il y a trois jours.

« Quoi qu'il en soit, je suis à peu près dans
« l'obligation de vous épouser. Les circonstan-
« ces dépassent l'homme que vous êtes et la
« fille que je suis. Il y a dans notre histoire
« quatre empereurs et impératrices, des cou-
« ronnes, sans doute des budgets à équilibrer ;
« je sens que papa fera une maladie si je ne
« suis pas reine, maintenant qu'il en a vu la
« possibilité. En outre, je vous ai cassé la
« jambe. »

« Il fit un geste : ne parlons pas de cela.

« — Parlons-en au contraire, puisque je vous
« le dis carrément, c'est cet accident dont je
« suis cause qui m'aura si vite déterminée à
« accepter une chose dont hier encore je ne
« voulais pas entendre parler. Grâce à lui je
« me donne l'impression de ne pas faire tout
« à fait un mariage de raison, ce qui, pour
« une fille de ma qualité, est assez agréable.

« — C'est l'autre jambe, et les bras, que je
« voudrais avoir brisés, dit-il avec une tris-
« tesse douce, pour ne pas vous entendre
« prononcer ce mot affreux, mariage de raison.

« — Je conclus, dis-je sans m'émouvoir.
« J'accepte d'être votre femme. Mais vous trou-

« verez bon que j'y mette une ou deux petites « conditions.

« — Parlez, parlez, dit-il avec force. Vous « savez que tout ce que vous demanderez est « accordé d'avance.

« — Oh ! oh ! dis-je en souriant. Vous trou« verez peut-être tout à l'heure que vous êtes « allé un peu vite. Eh bien, mon cher ami (j'in« sistai sur ce mot), j'ai joui dès mon enfance « de la plus grande liberté, et je prétends ne « pas l'aliéner en me mariant. Je veux qu'il « soit entendu que rien n'y soit changé, rien, « entendez-vous.

« — Comment pouvez-vous croire !...

« — Ne vous méprenez pas vous-même sur « le sens des mots, dis-je. Admettez que ce « n'est pas une jeune fille qui vous parle, ni « une femme, et comprenez que ma condition « est que notre union doit être, selon mon « inflexible volonté, un pacte d'amitié, exclusif « de toute autre chose. »

« Je ne sais pas si j'aurais continué à me bien tirer de ma petite allocution scabreuse, si sa balourdise masculine ne m'en avait fourni le moyen.

« — Vous aimez quelqu'un ! dit-il d'une voix rauque.

« — Soyez convenable, et surtout ne dites « pas de bêtises, répliquai-je doucement. Je « consens à vous dire que je n'aime personne, « si ce n'est — puisque ce mot aimer est un « Maître Jacques — mon pays natal, la chasse,

« papa, les fleurs, qu'on me fiche la paix, et « deux ou trois autres choses qui ne peuvent « réellement porter ombrage à une jalousie « regrettable à constater chez un homme in- « telligent. Êtes-vous satisfait ? »

« Il eut un pâle sourire.

« — Ceci, repris-je, c'est notre petit sous- « seing privé. Les chancelleries s'occuperont « des actes publics, de tout. Je m'en moque, « et j'espère que vous aussi. Je n'ai pas besoin « d'ajouter que vous aurez en moi une com- « pagne toujours digne de vous, à la hauteur « des circonstances, quelles qu'elles soient, et « capable, si Dieu en décide ainsi, de porter « comme il faut cette fameuse couronne de « Wurtemberg. Là-dessus, voici ma main. »

« Il la prit et la baisa avec ferveur. Dans ses yeux, la joie avait remplacé la fièvre. Je n'en revenais pas de lui avoir si facilement passé le lacet. Puis, soudain, je compris son raisonnement : « Je serai si bon, si prévenant pour elle, « si aimant, qu'il faudra bien, au bout d'un « temps que je ne veux même pas prévoir, « qu'elle finisse par en être touchée. »

« Il y avait tellement de naïveté dans cette pensée de pauvre hère, que je ne pus m'empêcher d'en être un peu émue. Nous nous quittâmes les meilleurs amis du monde.

« En regagnant mes appartements, j'entendis un vacarme du diable dans la cour d'honneur. C'était Tarass-Boulba qui, s'ennuyant dans sa cellule, avait défoncé la porte, assommé un palefrenier, deux sentinelles, et m'appelait en bas avec des hennissements terribles. J'eus beaucoup plus de peine à le convaincre de se tenir tranquille que je venais d'en avoir avec le grand-duc Rodolphe.

☆

« La première chose dont je m'occupai dès l'automne de 1909, lorsque je fus devenue grande-duchesse de Lautenbourg-Detmold, fut d'apporter ici les améliorations nécessaires pour avoir une demeure à peu près confortable. Les jardins étaient tenus à la va-comme-je-te-pousse, et quant au palais, il était rempli d'une collection d'horreurs dont n'aurait pas voulu un roi nègre.

« J'eus tôt fait de mettre bon ordre à tout cela.

« Mélusine, qui arriva vers l'été de 1910, peut te dire que ma vie était alors à peu près la même qu'aujourd'hui, sauf qu'à cette époque, quand le spleen me prenait, je pouvais filer en Russie me désankyloser les méninges.

« Qui changea, par exemple, ce fut le grand-duc Rodolphe. Non qu'il se soit jamais départi envers moi des attentions les plus touchantes, le pauvre homme ! Mais, au bout d'un an, quand il se fut bien rendu compte que son innocent petit calcul ne prenait pas, ne prendrait jamais, que je serais toujours pour lui ce que je lui avais dit, et rien de plus, il devint sombre, ne sortit plus. A Lautenbourg, on ne l'appela plus que Rodolphe le Taciturne.

« Pis que cela, il se mit mal avec le Kaiser. Guillaume II se croit un type dans le genre de Louis XIV. Il en veut aux princes allemands qui ne viennent pas faire la roue à Berlin, et les accuse de séparatisme. Or, Rodolphe ne mettait plus les pieds à la cour.

« A Lautenbourg, il ne voulait plus voir personne. Le 7e hussards était privé de son colonel. Les moitiés de ses journées et de ses nuits, il les passait dans la bibliothèque, à compulser des ouvrages de minéralogie, sa science favorite. Il y passa tout son temps, lorsque M. de Boose fut arrivé ici.

« Mélusine l'a connu, ce Boose, dont le nom te fait tressaillir. Dis-lui, Mélusine, qu'il n'y avait pas de plus exécrable joueur de bridge. Il ne connaissait que l'ordinaire, et ne voulut jamais se mettre même à l'opposition. Pour les enchères, il n'y fallait pas penser. J'avais prié le grand-duc de nous le prêter, pour faire le quatrième, mais il était si maladroit et si malhonnête que j'eus tôt fait de le renvoyer à ses chères études.

« Il était très savant, c'est une justice à lui rendre. Figure-toi bien qu'à trente-deux ans, simple lieutenant du génie, il était professeur de topographie à la *Kriegs Akademie*. Son livre, *L'Architectonique de la Plaine hanovrienne*, est apprécié partout en Europe. Un jour, à Berlin, il souffleta un commandant major qui prétendait qu'il y a dans le Harz des terrains d'origine quaternaire. Rodolphe, qui admirait ses travaux, alla témoigner pour lui devant le conseil de guerre. C'est bien grâce à son intervention qu'il n'eut que soixante jours d'arrêts de forteresse. A l'expiration de sa peine, mon mari obtint qu'il fût nommé au bataillon du 3e génie, à Lautenbourg.

« Au printemps de 1911, j'allai en Russie, chez papa, pour y passer les fêtes de Pâques. Ce fut là que je reçus du grand-duc Rodolphe la lettre que j'ai dû te montrer. Il me disait que le Kaiser l'avait fait appeler et lui avait demandé s'il ne consentirait pas à mettre au service de l'Empire ses connaissances scientifiques. Des recherches venaient d'établir l'existence au Cameroun d'immenses richesses minières. Il était utile de les mieux constater, et aussi de vérifier, avec toute la discrétion possible, les ressources minéralogiques des territoires limitrophes, afin de savoir si l'Allemagne aurait un véritable intérêt à se les annexer. Ces territoires, mon enfant, je regrette de te le dire, c'est la portion de Congo que la France a cédée à l'Allemagne par le traité de 1912.

« Rodolphe partait donc pour là-bas avec Boose. Il s'excusait, avec une froideur mal jouée, de quitter l'Europe, vu l'urgence des instructions impériales, sans m'avoir revue, ajoutant que s'il se permettait d'en user ainsi, c'est qu'il était certain que son voyage n'aurait aucune influence sur le cours normal de mon existence. En quoi il se trompait bien, le pauvre ami.

« De Paris, de Bordeaux, de Saint-Louis du Sénégal, je reçus ses lettres. Puis, du Congo, deux ou trois, celles que je t'ai montrées. Puis, un laps de temps assez long, puis, un jour, mon beau-frère Frédéric-Auguste arriva à Lautenbourg, porteur de la triste nouvelle. Le grand-duc, frappé d'insolation, était mort à Sangha, presque au terme de son voyage. Sa parole ultime avait été mon nom.

« Mélusine te le dira, j'ai pleuré Rodolphe, et non vraiment comme, s'il mourait demain, je pleurerais Tarass-Boulba. Je n'ai jamais eu de tort envers ce cheval. Vis-à-vis de Rodolphe, j'ai toujours été franche et loyale, et pourtant j'avais l'impression que j'étais pour quelque chose dans sa mort.

« A celui qui repose là-bas, sous la glaise craquelée par l'immense soleil blanc, je fis faire, à défaut de funérailles, un magnifique service. Le Kaiser, l'Impératrice, tous les princes allemands y assistaient. Les hussards rouges de Lautenbourg, un crêpe à leur sabre, rendaient les honneurs, et leur uniforme, pendant l'office religieux, me faisait songer au pauvre hussard rouge de Péterhof, qui dansait si mal, et était si bon.

« Chaque phrase de ce récit, ami, t'a donné la marque de la confiance que j'ai mise en toi. Tu vas maintenant en trouver la preuve dans chacun des mots qui suivront.

« Tu connais, et tu ne l'aimes pas beaucoup, Hagen, mon petit officier d'ordonnance. Je ne sais ce qui prévaut en lui, du dévouement ou de l'amour. Le dévouement nous permet de nous reposer de tout sur un être, mais l'amour lui donne, à l'égard de notre propre intérêt, des lucidités que nous n'avons pas.

« Ni moi ni Mélusine, six mois après la mort de Rodolphe, ne nous doutions de ce qui allait m'arriver. Astreinte à mes devoirs de souveraine, je m'en acquittais avec une ponctualité qui me surprenait. J'ai présidé la diète et les assemblées ; j'ai signé des décrets, évoqué des litiges, nommé des fonctionnaires, à la satisfaction de tous, je crois. Et jamais la ville de Lautenbourg n'a été mieux tenue que pendant mon principat.

«Hagen se méfiait, lui. Je le voyais chaque jour plus sombre. A la fin, détestant avoir autour de moi des figures longues d'une aune, je le sommai de s'expliquer, ou de partir en convalescence. Il tomba à mes pieds.

« — Comment ne serais-je pas comme je
« suis, sanglota-t-il, quand vous allez apparte-
« nir à un autre ? »

« Il n'en revenait pas, lorsque je lui affirmai que je ne comprenais rien à ce qu'il disait.

« — Est-ce possible, murmura-t-il, mais à
« Berlin, et même ici, il n'est bruit que de
« votre prochain mariage avec le duc Frédéric-
« Auguste. »

« Cette fois, c'était trop fort. La personne

que je me pique d'être, on peut la marier une fois, par surprise, mais deux !

« Quand Hagen, qui allait plusieurs fois par mois à Berlin, m'eut raconté son histoire, je compris néanmoins que c'était sérieux. Je le compris mieux le lendemain, quand je reçus une lettre de mon père. Il était trop visible qu'on l'avait amplement cuisiné, le prenant par son côté faible, l'élévation de sa fille à la couronne royale.

« Quel ennui d'entrer, pour te faire saisir ce qui suit, dans des détails dynastiques ! Qu'ils soient les plus brefs possible. Pourquoi étais-je devenue grande-duchesse de Lautenbourg ? Pour être, selon le désir de papa, reine de Wurtemberg, à la mort du roi Albert. La succession à Lautenbourg n'est pas réglée par la loi salique, c'est-à-dire que, Rodolphe mort, je n'en restais pas moins grande-duchesse. Mais l'accession au trône de Wurtemberg, elle, est réglée par cette loi. Résumons-nous : seul un grand-duc de Lautenbourg pouvait devenir roi de Wurtemberg. C'est-à-dire que, pour être reine de Wurtemberg, il me fallait d'abord transformer, en l'épousant, le duc Frédéric-Auguste en grand-duc de Lautenbourg-Detmold.

« La lettre de papa n'avait d'autre but que de me disposer à cette union.

« Je crois que, dans la réponse que je lui fis sur-le-champ, j'oubliai un peu le respect qu'une fille doit, malgré tout, à son père.

« Mais il faut comprendre que j'étais exaspérée. Est-ce que j'allais être forcée d'épouser ainsi toute l'Allemagne ? Quelle fortune pour quelqu'un qui n'aurait voulu jamais se marier !

« Une semaine passa, peut-être, au bout de laquelle je reçus une lettre de l'Impératrice. Elle m'appelait sans doute sa chère enfant, m'y prodiguait les amabilités les plus flatteuses, mais enfin l'invitation de venir à Berlin que contenait cette lettre était bel et bien un ordre...

« Tu penses que, si j'y obéis, ce fut moins par docilité que par désir d'être fixée sur ce qui pouvait se tramer à la cour à mon endroit.

« J'emmenai avec moi Mélusine et Hagen. L'impératrice me reçut avec l'air embarrassé que j'avais prévu, et ses explications s'en ressentirent. Ai-je besoin de te les rapporter ?

L'amour ne règle pas le sort d'une princesse.
La gloire d'obéir est tout ce qu'on lui laisse.

« L'amour ! Obéir ! A quoi m'eût servi de lui objecter que son raisonnement était faux, que je n'avais jamais aimé quelqu'un et qu'en tout cas ce n'était pas pour obéir que je m'étais mariée une première fois ? Le pauvre Rodolphe n'était plus là pour révéler notre petit sous-seing privé, qui me dispensait précisément de ces deux choses. Et puis, à quoi bon discuter avec une brave femme qui récitait sa leçon ?

« Je l'écoutai les dents serrées, sans mot dire.

Quand elle eut fini, après s'être bien empêtrée :

« — Puis-je demander à Votre Majesté la « date à laquelle est fixé mon mariage avec le « duc Frédéric-Auguste ? »

« Elle se récria, affirmant qu'il n'avait jamais été dans l'idée du Kaiser de brusquer les choses, qu'aucune date n'était arrêtée.

« — C'est seulement le principe qui l'est », dis-je.

« Elle ne répondit pas.

« Je rentrai chez moi, très calme.

« — Je pars ce soir pour Astrakan, dis-je à « Mélusine et à Hagen qui m'attendaient avec « anxiété. Faites refaire mes malles. Qui m'aime « me suive. »

« Hagen me tendit le courrier qu'on m'avait expédié de Lautenbourg. Parmi cinq ou six lettres, il y en avait une timbrée de Russie. Je reconnus l'écriture de papa.

« Ah ! ils avaient bien profité de mon insouciance ! J'ai su plus tard que la lettre que je lui avais écrite une quinzaine de jours auparavant avait été précédée par un envoyé spécial du Kaiser. Il n'avait pas eu besoin de beaucoup de diplomatie pour convaincre mon père. La fameuse couronne de Wurtemberg avait encore joué son rôle. En termes très mesurés, mais inflexibles, papa me dictait sa volonté : épouser Frédéric-Auguste, sinon...

« Je n'en pus lire davantage, je déchirai la lettre en mille morceaux ; sur-le-champ, je rédigeai un télégramme, une trentaine de mots suppliants, menaçants, fous, à l'adresse du prince Tumène.

« Tu te souviens, Mélusine, nous craignîmes le cabinet noir de Berlin. Tu pris le train, et tu allas déposer cette dépêche à Kœpenick.

« Toi partie, c'en était trop, je fondis en larmes. Larmes d'orage, larmes de rage. Je me vois encore dans cette horrible chambre berlinoise. Hagen, à mes pieds, sanglotait. Il avait pris mes mains, même mes bras, ma parole, et les couvrait de ses pleurs et de ses baisers : « Où vous voudrez, quand vous voudrez, « murmurait-il, je partirai, je vous suivrai. » Somme toute, je suis assez fière de penser qu'il n'a tenu qu'à moi de faire renier son armée, son pays, à un officier prussien.

« Mais vite, le contact de cette moustache sur mon bras me rendit au sens de la réalité. Je songeai à Louise de Saxe, aux ignobles tziganes qui tirent argent de la célébrité que leur ont conférée les étreintes d'une reine. Je repoussai l'innocent Hagen et redevins maîtresse de moi.

« Les deux jours que j'attendis la dépêche, je ne sortis pas. Enfin, il arriva, le petit papier bleu. Tu me regardais, Mélusine, aussi je le décachetai en souriant. Il contenait ces simples mots :

Je ne reverrai ma fille que lorsqu'elle aura accompli son devoir.

« Ah ! il était dur, le vieux Kalmouk !

« Je lus, et je tombai sur le tapis de la chambre, raide.

☆

« Je sais, ami, qu'ici il faut que je m'arrête pour t'expliquer des choses, sans quoi tu risquerais de ne plus rien comprendre. « Comment, te dis-tu sans doute, tout a-t-il été « agencé de façon telle qu'une volonté comme « celle d'Aurore ait dû fléchir ? Comment a-t-il « fait, ce Frédéric-Auguste, invisible et puis- « sant, pour avoir mis ainsi l'Impératrice, mar- « raine de Rodolphe, et le Kaiser dans sa « poche ? »

« Tu as lu, je pense, vers 1909, suffisamment les journaux pour savoir à peu près qu'il y eut, à cette époque, une affaire Eulenbourg, un procès Moltke-Harden, qui mirent la cour allemande en assez grand désarroi. Personnellement, la manière qu'eurent ces gens de se distraire entre eux m'importe peu. Ce que je trouve excessif, c'est que ces histoires aient eu une répercussion sur ma vie.

« Frédéric-Auguste, du vivant de son frère, séjournait peu à Lautenbourg. Je ne l'y ai guère vu que trois ou quatre fois, dont une pour mon mariage, et l'autre quelque six mois plus tard, pour l'enterrement de sa femme, une brave sotte qui avait des poignets de récureuse de vaisselle. Ton élève sérénissime n'est guère plus intelligent qu'elle.

« Le reste du temps, il était à Berlin. Cet homme que tu as vu si correct et si froid y menait une vie joyeuse. Ami, ne crois jamais les gens qui te diront que la débauche est nuisible. La fortune de Frédéric-Auguste est la preuve du contraire.

« Ce que le grand-duc actuel possède au suprême degré, c'est l'art de compromettre les autres sans se compromettre. Il s'en est bien servi, en 1909, à Berlin. Intime des Bülow, familier d'Eitel et de Joachim, lui seul peut dire les petits spectacles auxquels alors il assista. Mais il ne te le dira pas, mon ami, comme il ne me l'a pas dit, car ni toi ni moi ne posséderons jamais de quoi payer assez cher sa confidence. Rien que son silence lui a valu la grande couronne ducale et lui donnera peut-être demain la couronne de Wurtemberg. Quand, avec des trémolos, l'Impératrice me prêchait la soumission à ma destinée, elle ne faisait la brave femme, que défendre l'honneur de deux de ses fils.

« La fièvre cérébrale que me causa la dépêche de mon père dura un mois, pendant lequel je fus entre la vie et la mort, pendant lequel, avec un dévouement que je n'oublierai pas, Mélusine et Hagen se relayèrent, nuit et jour, auprès de moi.

« Enfin, j'entrai en convalescence. On m'avait coupé mes cheveux. J'étais maigre, mais jolie encore. Un jour que je regardais dans mon miroir la drôle de figure que me faisaient, à la hauteur de la nuque, mes petites boucles blondes, Hagen, dont c'était le tour de garde, vint m'annoncer le duc Frédéric-Auguste.

« J'étais encore assez malade pour ne pas le recevoir, mais il me tardait trop de me mesurer avec lui. J'avoue, à ma honte, que, ce jour-là, je n'eus pas le dessus.

« Il entra, et me salua avec cérémonie. Ses yeux bleus, dans son visage rasé et blême, étaient tour à tour ternes et brillants.

« — Je suis heureux, dit-il, ma chère sœur, « de vous trouver enfin debout, et véritable-« ment avec une excellente mine. »

« Une telle désinvolture me glaçait. Il con-« tinua :

« — Je n'ai aucune raison de ne pas vous « dire tout de suite l'agréable objet de ma « visite. Il y aura demain neuf mois qu'est « mort le grand-duc Rodolphe, mon regretté « frère. Le délai de viduité fixé par la loi expi-« rant à cette date, Leurs Majestés l'Empereur « et l'Impératrice seraient heureux que vous « veuilliez bien fixer celle qui vous convien-« dra le mieux pour la célébration de notre « mariage, car ils ont manifesté expressément « l'intention d'y assister.

« — Vous direz, mon cher frère, répondis-je, « à Leurs Majestés, que ma date sera celle qu'il « leur plaira, en veuillant bien ajouter que ce « sera, je l'espère, la dernière fois que j'aurai « à leur imposer ce dérangement. »

« Il s'inclina gravement.

« — C'est aussi, croyez-le, mon vœu le plus « cher, ma chère sœur », dit-il.

« Et il sortit.

« Nous nous mariâmes un jour sombre de mars 1912. L'Empereur et l'Impératrice, suivant leur promesse, assistèrent à l'office religieux, puis repartirent dans la soirée pour Berlin. Vers cinq heures, à l'Hôtel de Ville, puis au château, les fonctionnaires et les magistrats prêtèrent serment entre les mains du nouveau grand-duc. Puis, à huit heures, un dîner, intime vu notre deuil récent, réunit les officiers supérieurs et les dignitaires du Grand-Duché, en tout, une trentaine de personnes, au rez-de-chaussée, dans la galerie des Glaces.

« Le deuxième service venait à peine de commencer, qu'un bruit, tour à tour sec et mou, retentit à l'étage supérieur, au-dessus de nos têtes.

« On n'y prit d'abord pas garde. Mais le bruit continuait, flic-flac-flic-flac, avec une régularité désespérante.

« Le grand-duc, fronçant légèrement le sourcil, fit signe au laquais qui se trouvait derrière lui :

« — Qu'est-ce que ce bruit ? demanda-t-il à « mi-voix. Allez, et faites-le cesser. »

« Au bout d'un quart d'heure, l'homme n'était pas revenu, et le bruit durait toujours.

« — Kessel, pour Dieu, s'écria le grand-duc, « moitié agacé, moitié souriant, tâchez d'aller « voir ce qui se fabrique sur nos têtes. Excu-

« sez-moi, messieurs », dit-il en s'adressant à nos convives.

« Kessel partit. Cinq minutes plus tard il reparaissait, très rouge. Le bruit s'était tu.

« — Eh bien, dit le grand-duc, qu'était-ce ? »

« Kessel gardait le silence.

« — Voyons, commandant, reprit Frédéric-« Auguste, commençant à s'impatienter. Vous « n'avez pas, je présume, découvert là-haut un « attentat. Je vous somme de rassurer mes « convives. Qu'y avait-il ?

« — Des maçons, Altesse, murmura Kessel.

« — Des maçons ! A cette heure ! en ce jour ! « c'est un peu fort. Et que faisaient-ils, ces « maçons ? Ah ! non, je vous en prie, mon-« sieur de Kessel, parlez !

« — Ils sont en train, murmura l'officier « avec effort, de murer le corridor jaune. »

« Il y eut un silence glacial. Le corridor jaune était celui qui réunissait entre eux les appartements du grand-duc et de la grande-duchesse de Lautenbourg.

« Frédéric-Auguste est fort, ami. Je l'ai compris ce soir-là et je l'ai admiré quand, s'étant frappé le front d'un geste signifiant : c'est vrai, j'avais oublié, il donna cet ordre à un maître d'hôtel :

« — Vous aurez soin de veiller à ce que ces « braves gens, qui doivent travailler toute la « nuit, ne manquent de rien. »

« C'est égal, j'étais heureuse, car je sentais bien qu'il y avait aussi de l'admiration dans le regard narquois qu'il m'adressa comme pour me dire :

« — Et maintenant, à nous deux. »

Aurore s'était tue. Il s'écoula quelques minutes de silence. Puis Mélusine, étant allée à la fenêtre, écarta brusquement les tentures. Alors nous vîmes qu'il faisait jour.

Je regardai la grande-duchesse qui, le coude sur un genou, le menton dans la main, rêvait. Nul ravage dans les traits, nulle flétrissure des chairs à la suite de cette totale nuit de veille. L'aube froide retrouvait Aurore plus belle encore que le tiède crépuscule ne l'avait laissée.

VII

Il arrivait quelquefois, un ou deux soirs par semaine, que la grande-duchesse préférât rester seule. J'employais alors, à regret, ces soirs à travailler.

Mon étude sur les Kœnigsmark était bien délaissée. Je n'avais guère plus de goût à remuer cette poussière, depuis que le hasard m'avait convié à assister à un autre roman, dont les protagonistes vivaient autour de moi, me parlaient chaque jour.

Ce soir de juillet, que la fantaisie d'Aurore me laissait passer seul, il avait fait un grand orage. Par la fenêtre ouverte sur le ciel noir, j'entendais dans la nuit le bruit des arbres qui s'égouttaient. Je travaillais avec la plus extrême mollesse, l'esprit plus occupé des paysages où le récit de la princesse Tumène m'avait promené que du drame de l'*Herrenhausen,* et ce fut bien la chance la plus fortuite qui mit sous mes yeux la pièce capitale dont je vous vais parler.

Je vous ai décrit tout à l'heure, avec des détails qui ont dû vous paraître alors fastidieux, le dossier réuni par la reine de Prusse en vue de la réhabilitation de sa mère, Sophie-Dorothée. Ce soir-là, après avoir analysé deux ou trois documents d'importance secondaire, j'en arrivai à la pièce cotée : S. 2 — N° 87.

Elle comprenait deux grandes pages, recouvertes de caractères allemands, très serrés. Dès les premières lignes, ma nonchalance disparut. Mon attention se fixa. Je comprenais que je venais de mettre la main sur quelque chose de décisif.

Cette pièce relatait la confession d'un certain Bauer, mort garde-chasse au service du grand-duc de Rudolstadt, et qui avait été, vingt ans plus tôt, employé à l'*Herrenhausen.* A ses derniers instants, cet homme, catholique, fit demander à un prêtre de l'entendre en confession. L'ecclésiastique, qui avait ouï parler de l'enquête menée par la reine de Prusse, subordonna son absolution à l'établissement d'un procès-verbal mentionnant les événements auxquels avait été mêlé Bauer. C'est cette confession, revêtue des signatures du moribond, du confesseur et de deux témoins, que j'étais en train de déchiffrer.

On comprend qu'avec ce caractère d'authenticité je lui accordai sur l'heure toute l'attention dont j'étais capable.

Bauer avait été des dix hommes qui prêtèrent la main à la comtesse de Platen, dans la tragique nuit du 14 juillet 1694, pour l'assassinat du comte de Kœnigsmark.

Sa confession établit comment, tandis qu'on attendait que le comte sortît de chez la princesse, la comtesse de Platen préparait du punch à ses hommes.

Il se défend d'avoir été parmi ceux qui l'assaillirent à coups de poignard et d'épée, mais il reconnaît l'avoir maintenu à terre, tandis que Mme de Platen, un pied sur son front, essayait de lui faire avouer qu'il avait été l'amant de Sophie-Dorothée.

Je connaissais la plupart de ces détails. Ils figurent même dans le livre de Blaze de Bury. Mais les suivants tranchaient définitivement la controverse célèbre sur la question de savoir ce qu'était devenu le corps du comte.

« Quand M. de Kœnigsmark fut bien mort, dit Bauer, Mme de Platen nous donna l'ordre de le porter devant la cheminée de la salle, qui a, au fond, une plaque en bronze de six pieds. Mme de Platen fit jouer un ressort. La plaque s'écarta, laissant apparaître une petite cellule. Je remarquai vaguement, car j'étais bien troublé, un tas blanchâtre qui me parut être de la chaux. C'est là que nous déposâmes le cadavre. Mme de Platen nous congédia alors, après nous avoir recommandé de laver le sang dont quelques-uns avaient des taches sur leurs habits. Elle resta seule dans la salle des Chevaliers avec son valet de chambre, un nommé Festmann... »

Vous voyez que j'avais mes raisons quand je vous ai dit, épisodiquement, que le cadavre de Kœnigsmark est caché dans la salle des Chevaliers, à l'*Herrenhausen,* derrière la plaque de la cheminée. Le document Bauer avait à mes yeux plus que le mérite de fixer de façon indiscutable cet endroit. J'y voyais en outre une preuve de la complicité soit d'Ernest-Auguste, soit de son fils. Retenez bien le point que Mme de Platen fit jouer une serrure à secret. Or, les princes allemands des XVIIe et XVIIIe siècles se montraient fort jaloux du secret de leurs serrures. Si ce secret fut confié à Mme de Platen, ce ne pouvait être que pour une besogne d'importance.

Je m'étais préparé, me mettant au travail, du café, dont j'avais bu coup sur coup trois grandes tasses. Le breuvage commençait à faire son effet, c'est-à-dire que, excité par une première découverte, mon esprit avait à ce moment la plus parfaite lucidité. Ce détail a son intérêt, je vous prie de le noter.

Découvrir quelque chose n'est rien, en établir l'exactitude est tout. Or, comment pouvais-je aller à Hanovre, demander l'autorisation de visiter l'*Herrenhausen,* rester dans la salle des Chevaliers assez de temps seul, car vous concevez bien que je n'avais nulle envie de mettre quelque conservateur du palais sur la piste que je venais d'éventer.

C'est alors que j'eus l'idée suivante, que je vous donne comme marque des bons services du café en matière déductive. J'avais, vous vous le rappelez, en étudiant l'histoire des artistes français employés par les princes allemands des XVIIe et XVIIIe siècles, trouvé que la partie serrurerie avait été confiée par l'électeur de Hanovre, Ernest-Auguste, à un artisan catalan, du nom de Giroud, qui avait également travaillé pour le grand-duc de Lautenbourg. Ce Giroud avait même eu, dans le règlement de comptes, des difficultés avec Ernest-Auguste. Je n'avais à cette époque jeté qu'un coup d'œil rapide sur le dossier le concernant. Il fallait le consulter par le menu. Peut-être y découvrirais-je quelque chose sur le système des serrures installées par lui à l'*Herrenhausen.* Je résolus d'en avoir sur l'heure le cœur net.

Il était un peu plus de minuit. Mettant dans ma poche une lampe électrique, je sortis de ma chambre doucement. Il me sembla à cet instant entendre un léger bruit dans le corridor désert. « Allons, pensai-je, si je me laisse ainsi surexciter par de vieux papiers !... »

En entrant dans la bibliothèque, j'eus la désagréable surprise de la trouver éclairée. M. le professeur Cyrus Beck y travaillait, ne s'arrêtant de couvrir de ses formules un tableau noir que pour consulter cinq ou six traités ouverts devant lui.

Mon entrée n'avait rien que de naturel ; souvent il m'était arrivé de descendre très avant dans la nuit à la bibliothèque pour mettre au net quelque passage de ma leçon du lendemain. Il ne m'en regarda pas moins avec cet air de suspicion du savant qui croit toujours qu'on va lui voler quelque chose.

Deux ou trois mots aimables me le concilièrent vite. Il daigna me confier qu'il en était à un point décisif de ses expériences, et que sans doute demain, peut-être même ce soir... Par la porte entrouverte venait le bruit de ses fourneaux qui ronflaient comme des feux de cheminée.

Je jugeai inutile de lui dire que moi aussi, sur une question différente, j'en étais au même point que lui.

Au bout d'un moment, d'ailleurs, il rangeait ses traités, pliait ses notes, effaçait ses formules et partait en me souhaitant une bonne nuit.

J'attendais ce départ avec impatience, car j'avais déjà trouvé ce que je voulais.

Avec une sûreté d'investigation qui m'étonna, dès l'abord, j'avais mis la main sur la pièce essentielle, une lettre facture de Giroud, datée de 1682, à l'adresse d'Ernest-Auguste.

Dans une longue énumération, j'y avais relevé tout de suite cette indication :

Pour la cheminée de la salle des Chevaliers,

six serrures, à mon nom, à cent cinquante livres la serrure — ci... 900 livres.

Il ne fallait pas avoir une immense habitude des serrures secrètes pour comprendre de quoi il s'agissait. Le système est encore celui des coffres-forts Fichet et autres. Il y avait, dans la salle des Chevaliers, à l'*Herrenhausen,* sur la plaque de la cheminée, six serrures lettrées. On faisait jouer le ressort en prenant successivement, pour chaque serrure, chacune des six lettres dont se composait le nom de l'inventeur Giroud.

Si vous vous rappelez que ce Giroud était le serrurier du grand-duc de Lautenbourg, vous admettrez sans peine que ma première pensée ait été celle-ci : vérifier sur la plaque de la cheminée de la salle des Armures du château de Lautenbourg la justesse des raisonnements que j'avais été amené à faire pour la cheminée de la salle des Chevaliers du château de Hanovre, et vous concevez l'impatience avec laquelle je guettai le départ de Cyrus Beck.

Quand il fut enfin sorti, j'attendis un quart d'heure. Alors, j'éteignis l'électricité, ouvris la porte de droite de la bibliothèque, la refermant avec bruit, comme si je regagnais mon appartement. Puis, évitant le moindre choc, longeant à tâtons les pupitres et les vitrines de numismatique, je revins sur mes pas et ouvris doucement la porte de gauche, qui donnait dans la salle des Armures.

De grandes flaques lunaires s'étendaient sur le sol noir selon la forme des hautes fenêtres lancéolées. J'allai droit à la cheminée ; je sentis avec émotion le contact de la lourde plaque de fonte. Ce ne fut que lorsque mes doigts eurent rencontré à gauche, tout en haut, une espèce de macaron de fer que je fis jouer ma lampe électrique.

Je n'eus aucune peine à venir à bout de ce macaron ; il pivota sur sa charnière, laissant visible une espèce de cadran. Le tout assez analogue au modèle employé pour nos compteurs à gaz.

J'eus un geste de dépit. Je m'attendais à des lettres. Or, le cadran était chiffré. Il était divisé en vingt-cinq compartiments.

Eteignant ma lampe électrique, je m'assis sur un lourd escabeau de chêne qui se trouvait là.

Mes réflexions ne furent pas de longue durée. Le nombre 25 ! Etais-je sot !

Je tirai de ma poche un crayon et un morceau de papier, et, à genoux devant l'escabeau, ayant à nouveau pressé le bouton de ma lampe, j'eus tôt fait de tracer les vingt-cinq lettres de l'alphabet, avec, sous chacune d'elles, le chiffre correspondant. Ayant alors écrit le nom de Giroud, j'obtins la combinaison suivante : 7.9.18.15.21.4.

791815214. Il faudra que beaucoup de jours passent, avant que ce nombre disparaisse de ma mémoire.

Je promenai le faible faisceau électrique sur le rectangle de fonte. Un immense désappointement me saisissait. Au lieu des six macarons *qu'il devait y avoir,* je n'en découvrais que deux.

Quand, dans un raisonnement comme celui auquel je venais de me livrer, un seul élément ne concorde pas, c'est que tout le raisonnement est faux. Aussi, c'eût été par trop simple...

Uniquement par acquit de conscience, j'ouvris le premier macaron, et faisant tourner l'aiguille qui partait du centre du cadran, je la mis sur le chiffre 7 : g.

J'allai à droite, et répétai la même opération sur le second macaron, mettant l'aiguille au chiffre 9 : i.

Alors, j'entendis mon cœur battre. Une raie noire se dessina verticalement au centre de la plaque. Cette raie s'agrandit, s'agrandit. Les deux parois, glissant à gauche et à droite, laissèrent une fente de 80 centimètres.

J'avais trouvé : le secret de l'*Herrenhausen* allait être enfin percé.

J'étais redevenu calme, extraordinairement calme. Je me souviens que je me répétais : « Quelle admirable façon d'étudier l'histoire ! qu'en penserait M. Seignobos ? »

Prenant avec moi l'escabeau qui m'avait servi de table, je m'introduisis par l'ouverture. La plaque de fonte qui venait de jouer avait, de chaque côté de l'ouverture, deux poignées.

Très doucement, mais sans effort, je refermai en les ramenant de l'intérieur, l'une contre l'autre, pas tout à fait contre cependant, dans la crainte de faire jouer quelque fatal déclic.

Vous rappelez-vous, mon ami, le 24 août, en Belgique, au village de Beaumont, quand nous avons pénétré tous deux dans une cave où les gens du pays nous disaient qu'étaient cachés cinq uhlans ? Vous me suiviez en m'accusant d'imprudence. Moi, je souriais en pensant que ces cinq fuyards étaient de pauvres choses à côté de l'obscurité où je me suis enfoncé cette nuit-là.

Les deux battants de la plaque ramenés, je me trouvai dans une sorte de petite pièce large de six pieds, haute de six. A droite et à gauche, la muraille, mais au fond une seconde plaque de bronze, avec, à droite, à gauche, deux autres macarons : c'était prévu.

Je mis l'aiguille du premier cadran sur le chiffre 18.

L'aiguille du second venait justement d'arriver sur le chiffre 15 qu'un bruit de bois fracassé, effrayant dans ce silence, me glaçait de la tête aux pieds. Toute la partie inférieure de l'énorme plaque, s'ouvrant à un mètre du sol, venait, en se rabattant, de mettre en miettes le lourd escabeau que j'avais posé en entrant contre elle.

Sans le brusque geste avec lequel j'avais sauté en arrière mes pieds étaient écrasés.

« Très bien, murmurai-je. Leurs secrets ont des chausse-trapes. »

Et, m'étant baissé, je pénétrai dans la seconde chambre, qui avait exactement les mêmes dimensions que la première.

Vous pensez que, cette fois, pour mettre l'aiguille du cinquième cadran sur le chiffre 21 et celle du sixième cadran sur le chiffre 4, me rangeant soigneusement à gauche, puis à droite, je pris mes précautions. Peine inutile. La plaque se partagea en deux verticalement, comme avait fait la première, et roula doucement sur d'invisibles gonds.

Alors, j'entrai dans la troisième et dernière chambre.

Elle avait la même hauteur, mais le double environ de largeur et de longueur.

Le mince pinceau de ma lampe électrique éclairait bien, mais sur un faible rayon.

Je ne vis d'abord, sur le sol, que des espèces d'éclaboussures blanches.

Et soudain, mon ami, mon cœur se glaça. J'eus peur, peur. Dans le coin, à gauche, un singulier tas blanc venait de m'apparaître.

Invinciblement, je m'en approchai, et, en m'en approchant, j'avais envie de m'enfuir, et, entre mes dents qui claquaient, je murmurais : « C'est une hallucination, je rêve, je sais bien que je rêve. Ce n'est pas à Hanovre que je suis. C'est à Lautenbourg. Dans le palais. Tout à côté, il y a le docteur Cyrus Beck, qui travaille. Il y a la ronde. Il y a Ludwig, mon valet de chambre. Il y a le commandant de Kessel, qui est si bon, si brave... »

La couche de chaux blanche était maintenant là, à mes pieds. Je tombai, plutôt que je m'agenouillai devant elle.

De bizarres débris la hérissaient, informes, blanchis, horribles. Comment, dans l'état affreux où j'étais, ai-je eu la force d'en saisir un, de le palper, de le regarder...

Cela, je l'ai fait, pourtant. J'ai pris entre mes mains cet ossement, un tibia droit, je l'ai regardé, je l'ai palpé...

Et alors, j'ai poussé un grand cri, en sentant sur cet os, au milieu, le bourrelet d'une ancienne fracture.

☆

Comment aussi, ce matin-là, ai-je bien pu donner au duc Joachim sa leçon d'histoire, c'est ce que je me demande encore. J'évitais les glaces, de peur de les voir me renvoyer une image trop troublée.

A onze heures, j'étais dans le petit boudoir de la grande-duchesse.

Mélusine, que la vieille femme de chambre russe était allée prévenir, arriva assez vite ; je sentis, à la surprise enjouée qu'elle me témoigna, combien ma visite, à cette heure, lui paraissait insolite.

« Voir la grande-duchesse, mon cher ! Vous

ne doutez de rien. Enfin, comme c'est vous qui le demandez... Puis, je pense que pour insister ainsi vous devez avoir... »

En parlant, elle entrouvrait les rideaux. Un rayon de soleil me frappa en plein visage. Elle m'aperçut alors tel que j'étais et eut peine à réprimer une exclamation.

« Je vais la chercher », dit-elle simplement.

J'étais venu là comme un somnambule, poussé par la force des événements de la nuit. Resté seul, ma démarche m'apparut folle. Et moi, n'allais-je pas avoir l'air du fou qu'à une minute je me demandai si je n'étais pas devenu. Elle, Aurore, comment allait-elle prendre le récit de ma singulière aventure ? « L'arracher à ses pensées noires, à une sorte de déséquilibre moral fatal à sa santé physique. » Cette phrase me revenait. C'était ce que le grand-duc Frédéric-Auguste m'avait demandé d'essayer à son propos. Drôle de façon, vraiment, de m'acquitter de cette mission. J'eus envie de m'échapper.

Mais déjà la grande-duchesse entrait.

Elle était, ce matin, d'une gaieté que je pensai n'avoir jamais la force de troubler.

« Eh bien, ami ? dit-elle. Qu'est-ce qui me vaut le plaisir de cette visite ? Avez-vous renversé votre horaire ? Et sont-ce vos matinées que vous avez décidé désormais à me consacrer ? »

Mon visage bouleversé produisit sur elle le même effet que sur Mélusine.

Elle me prit par le bras et me fit asseoir sur un divan à son côté.

« Vous avez manqué de tomber en vous asseyant, dit-elle gravement. Mélusine, donne-moi le coffret bleu. »

C'était un minuscule coffret en pâte de turquoise. Quel barbare révulsif pouvait-il contenir ? Quand Aurore me l'eut fait respirer, je tressaillis comme au contact d'un accumulateur.

« Là, dit-elle, il va déjà mieux. »

Et elle ajouta :

« Dès que vous serez en état, parlez ! nous vous écoutons. »

Tout ce que vous savez déjà, je le lui racontai alors, depuis mes premières investigations sur l'histoire des Kœnigsmark jusqu'au coup de théâtre final, à ma descente dans le caveau de la salle des Armures et à la lugubre découverte que j'y avais faite.

Avec un sang-froid admirable, jusqu'au bout, elle m'écouta sans mot dire, échangeant seulement par instants avec Mélusine un regard qui était plus de surprise que d'émotion.

Quand j'eus fini, elle resta un moment sans parler, puis me dit avec calme :

« C'est un récit bien passionnant que celui que vous venez de nous faire là. Mais vous étonnerai-je en vous disant que je n'en suis pas autrement émue ? Une seule chose y est, je l'avoue, un peu déconcertante, et c'est que vous ayez trouvé à Lautenbourg un squelette à la place exacte où il doit s'en trouver un au palais de Hanovre ! Mais qu'est-ce que cela prouve, en admettant qu'il ne s'agisse pas d'une mort naturelle, sinon que les vieux ducs de Lautenbourg n'avaient pas, pour la vie humaine, un respect plus grand que leurs voisins de Hanovre ? Je m'en doutais, et n'en suis pas troublée outre mesure.

— Aussi n'est-ce pas la présence de ce squelette qui m'a troublé si fort, madame, répondis-je.

— Qu'est-ce alors ? dit-elle de cet air dédaigneux qu'elle avait sitôt qu'elle se figurait qu'on voulait prendre barre sur elle.

— C'est, dis-je simplement, mais en pesant mes mots, que j'ai eu entre les mains le tibia droit du corps qui est caché là, et que ce tibia porte, sur sa face externe, au milieu, la suture d'une ancienne fracture. »

Aurore s'était dressée. Elle pressa entre ses mains son front recouvert soudain d'une pâleur mortelle. Ses yeux fixes devinrent immenses. Elle cria :

« Vous êtes fou ! Vous êtes fou ! Mélusine, dis-lui qu'il est fou. »

Mlle de Graffenfried s'était précipitée auprès de la grande-duchesse renversée sur le divan, dans une raideur cataleptique. Ses paupières s'entrouvrirent. Une indicible épouvante était dans son regard.

« Fou ! fou ! cria-t-elle encore. C'est à Sangha qu'il est, j'ai les lettres, à Sangha. »

Et elle criait, d'une voix effrayante :

« A Sangha ! A Sangha !

— J'ai fait ce que j'ai cru devoir faire », murmurai-je à Mélusine, tandis que je l'aidais à faire respirer à sa maîtresse le petit coffret bleu.

Elle eut un coup d'œil profond pour me dire — l'admirable fille :

« Vous n'avez pas besoin de vous excuser, je le sais.

« N'ayez pas peur, ajouta-t-elle à mi-voix. Sa fièvre cérébrale l'a laissée extraordinairement impressionnable. Et, vraiment, cette fois-ci, il y avait de quoi. Mais voyez, elle revient à elle. »

Aurore rouvrait des yeux étonnés. Elle nous vit tous deux penchés sur elle, se rappela. Je devais avoir dans le regard une anxiété incroyable. Elle me sourit, me tendant une main que je couvris de baisers.

« Excusez-moi, mes enfants, de vous avoir tant effrayés, murmura-t-elle. Bonne Mélusine, toujours à son poste quand il le faut, et, vous, ami, merci.

— Vous ne m'en voulez pas ? » suppliai-je.

Elle hocha la tête en souriant et me répondit par la phrase russe :

« *Les corneilles pourraient-elles en vouloir au soleil qui fait briller le fusil ?* »

Elle ajouta :

« Mélusine, préviens qu'il déjeunera avec nous. »

C'était une faveur insigne que de s'asseoir

à la table d'Aurore. La seule Mélusine jusqu'à ce jour en avait été jugée digne. Je ne devais pas tarder à apprendre à mes dépens l'immensité de cet honneur. En attendant, j'y voyais une nouvelle preuve de l'importance de ma révélation.

Vous pourriez croire que ce déjeuner dut souffrir de l'influence des événements qui venaient de se passer. Il n'en fut rien, et, pour être un peu factice, l'entrain d'Aurore ne l'en anima pas moins jusqu'au bout. Tout le temps, elle parla d'autre chose. J'admirai sa maîtrise, d'autant plus que j'étais dépositaire d'un secret assez fort pour la lui avoir fait perdre. En cette heure, où je sentais que les événements les plus graves allaient se précipiter, je me plaisais à considérer combien j'avais su me rendre indispensable à la hautaine princesse qui avait eu, cinq mois, l'air d'ignorer jusqu'à mon existence.

Au moment du café, Mélusine se leva.

« Où vas-tu ? demanda la grande-duchesse.

— Dire que vous n'irez pas faire vos visites cet après-midi, répondit-elle.

— Tu te trompes, dit Aurore en souriant. Je suis plus forte que cela. Préviens au contraire que ce n'est pas à cinq heures, mais à quatre qu'il faut que l'automobile soit prête.

— A quatre heures ?

— Oui, car je veux avoir quelques heures de tranquillité avant de venir, à minuit, vous retrouver », me dit-elle.

Mélusine et moi la regardâmes.

« Cela vous étonne, reprit-elle. Jugez-vous, oui ou non, important ce que vous venez de me dire ? Moi je pense ceci : un être peut avoir une hallucination. Deux êtres, c'est moins vraisemblable. A minuit, ami, je frapperai à votre porte. Et ce sera le moment de me prouver votre science des serrures secrètes. C'est dit, n'est-ce pas ? Et maintenant, va, ma Mélusine, commander la voiture pour quatre heures, car voilà deux fois que j'ai remis ma visite à cette bonne Mme la bourgmestresse de Lautenbourg. Je ne lui manquerai pas une troisième fois de parole. »

Il y avait une telle autorité dans cet ordre que Mélusine sortit, non sans m'avoir jeté un long regard suppliant.

« Pauvre amie, dit la grande-duchesse, par ce regard, elle me confie à toi. Quoi qu'il en soit, entendu, n'est-ce pas, à minuit.

— Madame, dis-je avec résolution, je ferai ce que voudra Votre Altesse. Non seulement je la comprends, mais je l'approuve. Permettez-moi seulement de vous faire remarquer deux choses : d'abord qu'il serait beaucoup plus rationnel que ce fût moi qui vinsse vous chercher, plutôt que de vous faire courir le risque d'être rencontrée dans les couloirs du château ; en second lieu, qu'à minuit, une ronde passe, qu'elle peut être en avance, et qu'il est préférable d'éliminer tout danger d'être dérangés dans une entreprise aussi délicate que la nôtre.

— Soit, dit-elle, alors ?

— Alors, avec votre autorisation, je serai ici à dix heures et demie. Une heure nous suffira largement. Et Mlle de Graffenfried qui restera dans vos appartements sera chargée d'y accueillir comme il convient les importuns éventuels. »

Elle sourit :

« Si c'est à Hagen que vous faites allusion, mauvais garçon rancunier, j'aime mieux vous prévenir qu'il est convié ce soir à son cercle, à une de ces beuveries auquelles tout bon Allemand sacrifierait même la Loreleï.

— Hagen ou un autre, répliquai-je un peu vexé, il vaut mieux tout prévoir.

— Tu as raison, petit frère, dit-elle sérieusement. A dix heures et demie, donc, je t'attendrai. »

☆

Quand, après le dîner, je fus rentré dans ma chambre, il me sembla que l'instant d'aller chercher la grande-duchesse n'arriverait jamais.

Dix heures sonnèrent enfin, puis le quart. Je descendis doucement, et entrouvris la porte de la bibliothèque. Bonheur ! Elle n'était pas éclairée. Si Cyrus Beck avait eu cette nuit la malencontreuse idée d'y travailler, tout aurait été à recommencer.

La demie sonna, il me fallait deux minutes à peine pour traverser le jardin. Je n'étais pas en retard.

J'ouvris la porte donnant sur le parc. Une bouffée d'air frais me fit du bien.

Comme je la refermais, je tressaillis : une main venait de se poser sur mon épaule.

En même temps, une voix disait :

« Monsieur le professeur Vignerte. Vraiment, comme je suis heureux de vous rencontrer ! »

C'était le lieutenant de Hagen.

La nuit était noire et nous ne pouvions pas nous voir. Cependant, il me sembla que la main qu'il avait mise sur mon épaule tremblait un peu. Du coup, toute mon assurance me revint.

« Je vous croyais à votre mess, lui dis-je.

— J'y devais être, me répondit-il. On change quelquefois d'idée. Ainsi vous-même, vous aviez sans doute l'intention de passer la nuit à travailler dans votre chambre. Et pourtant vous voilà ici.

— Il fait si lourd ce soir, dis-je. J'ai eu envie de prendre un peu l'air au jardin.

— Je ne pense pas dans ces conditions que vous voyiez quelque inconvénient à ce que je vous accompagne dans votre promenade. »

Cette fois, je découvrais dans son ton une ironie si insolente que je vis qu'il allait me falloir jouer cartes sur table.

« Tout en reconnaissant ce que votre attention a de gracieux, monsieur le lieutenant, je ne vous cacherai pas que je préférerais être seul. »

Il ricana :

« Tout seul, vraiment ? »

Les trois quarts qui sonnèrent me rendirent furieux. Cet imbécile allait-il faire tout manquer ?

« Que voulez-vous dire ? » demandai-je avec irritation.

Je compris que son dessein était de me mettre hors de moi-même.

« Monsieur le professeur, dit-il, en Allemagne, nous avons quelque chose de sacré. Notre parole d'honneur. Je me plais à croire qu'en France il en est de même. Je vais vous laisser tranquille. Toutefois auparavant, pouvez-vous me donner votre parole d'honneur que vous n'avez pas rendez-vous, ce soir, avec la grande-duchesse Aurore ? »

Je frémis. Jusqu'à quel point cet homme était-il au courant de ce qui se passait ? Cependant, cette fois encore, je me contins.

« Monsieur de Hagen, un de vos romanciers, un certain Beyerlein, a fait un bien mauvais roman, *La Retraite*. Eh bien, nous sommes en train, à nous deux, de jouer la scène la plus ridicule de ce roman-là, avec cette différence qu'il ne s'agit pas de la fille d'un maréchal des logis-chef, mais de votre souveraine, la grande-duchesse de Lautenbourg-Detmold. Et je m'étonne...

— Je le sais, me dit-il d'une voix rauque. Et c'est pourquoi je veux...

— Que voulez-vous, dites-le. Finissons-en !

— Vous tuer, monsieur le professeur.

— Et pourquoi, s'il vous plaît ?

— Parce que vous l'aimez et parce que... »

Il eut un sanglot, ce hussard rouge. Sa main, posée sur mon bras, eut un grand frisson.

« Parce que ?

— Parce qu'elle vous aime. »

Il me faisait presque pitié, maintenant. Mais là-bas, la grande-duchesse m'attendait.

« Je suis, monsieur, à votre disposition, dès demain, quand vous voudrez, dis-je.

— Demain, dit-il avec amertume. Alors vous pensez que je vais vous laisser aller la retrouver ? Car elle vous attend : vous ne m'avez pas répondu tout à l'heure. Non, monsieur, non. Tout de suite. »

C'en était trop. Avec une violence inouïe, je dégageai mon bras et le repoussai. Il s'en alla buter contre le mur.

Il avait dégainé.

Je me sentais de force à lui arracher son sabre et à le retourner contre lui de belle façon. Mais je pouvais être blessé. De toute façon, c'était du bruit, un scandale. Il ne fallait pas.

« Monsieur de Hagen, dis-je à voix basse. Ecoutez-moi. Pour me parler ainsi, pour me chercher querelle, il faut, je le sais, que vous aimiez vous-même la grande-duchesse.

— Monsieur, dit-il avec colère, je vous défends...

— Ecoutez-moi donc, dis-je, d'un ton d'impatience et d'autorité qui lui en imposa. Vous l'aimez, je le répète. Eh bien, je fais appel maintenant autant à votre amour qu'à votre loyalisme de soldat : la grande-duchesse Aurore, cette femme adorable, court cette nuit un immense danger. Chaque minute, chaque seconde que vous me faites perdre ici augmente ce danger, vous m'entendez, et de cela, je puis vous donner sur l'heure ma parole d'honneur. »

Je vis que j'avais touché juste.

« Que voulez-vous dire, monsieur ? murmura-t-il avec effroi. Un grand danger ?

— Oui, monsieur de Hagen. Rentrez sur l'heure chez vous ; ne vous couchez pas. Peut-être Aurore de Lautenbourg aura-t-elle cette nuit besoin de vos services. »

Il hésita, puis prenant son parti :

« Eh bien, monsieur, c'est entendu, je rentre. Mais n'oubliez pas que si vous m'avez trompé...

— De cela, n'ayez nulle crainte, répondis-je, car je préfère vous dire que la petite partie que vous me proposiez à la minute, nous la remettrons, si vous voulez, à demain matin. J'en ai un aussi vif désir que vous.

— A demain donc, dit-il en s'inclinant. Quelle heure ?

— Six heures. Au pont de la Meilleraie. C'est un endroit tranquille, et la Melna est à côté.

— Et pour les armes ?

— Occupez-vous-en, dis-je. Je m'en remets entièrement à vous. »

Nous dîmes tous deux ensemble :

« Et personne avec nous, naturellement. »

Il se raidit, me salua militairement et s'éloigna dans la nuit.

« Enfin », murmurai-je, avec un soupir de soulagement.

Onze heures sonnaient quand j'entrai chez la grande-duchesse.

☆

Elle m'attendait seule dans son boudoir, debout, un peu pâle.

Quand j'entrai, elle lut sur mon visage qu'il s'était passé quelque chose d'anormal, car elle ne m'interrogea pas sur mon retard.

« Rien de grave ? demanda-t-elle simplement.

— Non, madame, rien. Mais partons vite, nous avons juste le temps. »

Comme nous étions à la porte de l'escalier, celle de la chambre de Mélusine s'ouvrit, et Mlle de Graffenfried parut.

« Quoi, dit-elle, déjà !

— C'est vrai, dit Aurore. Je ne t'avais pas prévenue que c'était avancé d'une heure. Ne crains rien, ma chérie. Demeure, et que personne n'entre ici. Nous serons de retour avant minuit. »

Elle l'embrassa sur le front.

Pleine d'angoisse, des larmes dans ses beaux yeux noirs, Mlle de Graffenfried m'avait saisi les mains.

« Vous me jurez qu'il ne lui arrivera rien, supplia-t-elle. Je vous la confie.

— Allons, allons, dit Aurore, faisons vite, éteins l'électricité de l'escalier. »

Nous descendîmes dans l'obscurité.

Arrivés au palier du milieu, je sentis la main de la grande-duchesse étreindre mon bras. Elle ne tremblait pas, elle, je vous le jure.

« Es-tu armé ? dit-elle.

— Non.

— Enfant, murmura-t-elle, et, en même temps, je sentis que sa main qui s'était introduite dans la poche de mon veston y déposait quelque chose.

— C'est un browning et un bon. A la première occasion, n'hésite pas à t'en servir, contre n'importe qui. Je te donnerai moi-même l'exemple. »

Nous étions arrivés au bas de l'escalier. Elle marchait devant, et ce fut elle qui ouvrit la porte.

« Eh bien ? » dis-je.

Elle n'avançait plus, obstruant l'entrée. Une exclamation sourde lui échappa.

« Ah ! je te l'avais bien dit ! Il est fort, très fort.

— Qu'y a-t-il ? » interrogeai-je avec angoisse.

Une immense lueur rouge embrasait l'horizon, à droite. La moitié du château brûlait.

Sur la flamme, les ifs du parc se détachaient comme des cônes d'ombre. L'eau du bassin de Perséphone miroitait, noire et rose.

« Mais, répétait la grande-duchesse, qui a pu lui dire que nous viendrions ce soir ? Nous n'étions que trois à le savoir : moi, toi, et... *elle.* »

Nous contemplâmes une seconde le tragique spectacle. Les bruits commençaient à naître dans le palais surpris dans son premier sommeil.

« Allons, dit Aurore, il faut voir. »

En nous approchant, nous tombâmes sur Hagen. Comme un fou, il dévalait par l'escalier de droite du palais.

« Vous, vous ! dit-il avec un cri de joie en reconnaissant la grande-duchesse. Ah ! que j'ai eu peur ! que je suis heureux ! »

Et il lui baisait les mains éperdument.

« Pardon, pardon, balbutiait-il, s'adressant à moi.

— Restez avec elle », lui criai-je. Et m'élançant j'entrai dans la salle des fêtes à toute vitesse.

« Où va-t-il ? cria Aurore. Retenez-le ! »

J'étais déjà loin. Traversant la salle des fêtes, je pénétrai dans la partie droite du château. C'était la gauche qui était en flammes, la bibliothèque et, naturellement, la salle des Armures.

Qu'allais-je faire ? Je ne le savais pas très bien moi-même. Une de ces forces me poussait avec lesquelles on ne raisonne pas. Plus tard, j'ai essayé d'analyser mon geste. Il y avait dans ma chambre mon argent, mes papiers, quelques lettres de ma mère, toute ma vie sans doute, et pourtant, je suis sûr que pas une minute je n'eus l'impression que c'était pour cela que je m'exposais ainsi.

Par le corridor du premier étage au bout duquel était la porte de mon appartement, un énorme tourbillon de fumée dégringolait, où voltigeaient des étincelles rouges.

Je croisai Kessel qui descendait.

Je l'entendis qui me criait :

« Où allez-vous ? L'escalier s'embrase. Le corridor brûle ! »

J'étais déjà loin.

J'avais enlevé ma veste et m'en étais entortillé la tête. Comment j'arrivai à la porte de ma chambre, je ne sais. Je me rappelle seulement que le contact de la serrure me brûla les doigts.

En vain, j'essayai d'ouvrir. La clef jouait dans le pène normalement. La porte résistait.

C'est alors que j'aperçus une épaisse lame de fer, vissée moitié dans la porte, moitié dans la muraille.

« Ah ! dis-je, et ma fenêtre qui surplombe le ravin de la Melna ! »

Je ne tremblais pas. Je comprenais. Je savais ce que je voulais.

« Ah ! monseigneur, vous pensiez que j'aurais été encore dans ma chambre, n'est-ce pas ! »

Pour aller et revenir, je n'avais pas mis une minute. Quand je posai le pied sur la dernière marche de l'escalier, un formidable craquement retentit. Sa partie supérieure et tout le corridor venaient de s'abîmer.

Lorsque je parvins près de la grande-duchesse, hagard, les yeux roussis, de nombreux groupes étaient déjà formés dans le parc. A côté d'elle et de Hagen, un homme de haute taille se tenait. C'était le grand-duc.

« Monsieur Vignerte, s'écria-t-il avec joie en m'apercevant, enfin, quel poids vous m'ôtez du cœur ! Vous revenez de loin !

— De bien loin, en effet, monseigneur, répondis-je en chancelant.

— Soutenez-le », cria Aurore à Hagen.

Et le petit hussard rouge obéit.

« Attention ! cria soudain le grand-duc. Voilà ce que je craignais. »

Entraînant sa femme, il avait bondi en arrière, à une dizaine de mètres. Tous l'imitèrent avec stupeur.

Une immense flamme, mauve et or, monta dans le ciel rouge, suivie d'une épouvantable explosion. On vit les murailles du château s'entrouvrir, osciller, puis retomber sur elles-mêmes avec fracas.

Il pleuvait maintenant autour de nous des débris de toutes sortes, plâtras, flammèches, tuiles, fragments de poutres embrasées.

A notre côté, le capitaine Müller, qui s'était un peu rapproché du foyer, fut atteint par l'un d'eux. Nous le vîmes s'affaisser, la tête en sang.

C'était le laboratoire du professeur Cyrus Beck qui venait de sauter.

Les pompiers, arrivés presque instantanément, s'efforçaient de circonscrire l'incendie. Derrière, dans la cour d'honneur, s'entendait le bruit sourd et martelé des troupes de la garnison accourant au pas gymnastique.

A une heure, on était maître du feu. A une heure et demie, on put commencer à retirer les premiers cadavres.

Vers deux heures, le ciel se teinta d'une lueur jaune. Doucement, l'aube naissait.

A ce moment, portée par quatre soldats, une civière passa près de notre groupe, et nous pûmes reconnaître le corps affreusement défiguré du professeur.

Le grand-duc se pencha, le regarda, puis, ayant rejeté le drap sur les restes hideux, il murmura :

« Avec ce vieux fou, il est certain que pareille chose devait arriver un jour. »

Telle fut l'oraison funèbre de M. le professeur Cyrus Beck, de l'Université de Kiel.

☆

Nous revenions maintenant vers l'aile gauche du palais, la grande-duchesse, Mélusine et moi. Il était environ six heures. La journée s'annonçait comme très chaude. Un rose soleil montait sur ce cataclysme.

Mélusine était venue nous retrouver dès le début de l'incendie. Elle avait, jusqu'à cette heure, aidé la grande-duchesse à s'occuper des pompiers et des soldats blessés, qu'on avait transportés dans la salle des fêtes.

Aurore marchait sans mot dire, et, chargés nous-mêmes de trop de pensées, nous respections son silence.

Soudain, elle releva la tête, et, en souriant, me désigna quelque chose, dans le ciel pur déjà blanchi de chaleur.

Un oiseau, venant de l'est, passait au-dessus de nos têtes. Son vol était cahoté ; il s'élevait, retombait, comme ceux qui, comme la caille et la perdrix, ont des ailes trop courtes.

Il disparut vers la gauche, dans le fond du jardin anglais, du côté de la Melna.

Un autre, puis un autre passèrent et disparurent au même endroit. Puis, successivement, il en passa une vingtaine.

« Les premières draines, dit Aurore. Elles vont aux sorbiers de la Melna. »

Nous étions arrivés devant ses appartements.

« Ma pauvre Mélusine, dit-elle, d'un air étrange, tu n'en peux plus. Va prendre un peu de repos. Moi, je vais dans ma cabane de verdure, essayer de me distraire avec ces oiseaux.

— Je puis bien venir, dit Mélusine.

— Non, non, répondit la grande-duchesse. Raoul Vignerte m'accompagnera. J'ai à lui parler. Mais toi, je te l'ordonne, va te reposer. Fais-moi seulement descendre mon fusil et des cartouches. Prête le tien à Vignerte, qui a le sien là-bas, sous les décombres du château. »

Et, comme la jeune fille insistait encore pour nous accompagner :

« Va ! » lui dit durement Aurore.

Mélusine nous quitta. Elle semblait véritablement morte de fatigue et d'émotion.

Nous prîmes par un chemin détourné pour arriver, sans effaroucher les draines, au pavillon de verdure où j'avais eu ma première entrevue avec la grande-duchesse de Lautenbourg. Au-dessus des haies de sorbiers, on voyait par moments une draine s'élever, comme pour guetter, et, rassurée, se reposer.

Quand nous fûmes dans la chambre de verdure, je pensai qu'il fallait faire des espèces de meurtrières, car le bois était là extraordinairement fourré, et le feuillage nous entourait d'une muraille fraîche, quasi opaque.

La grande-duchesse ne parut pas s'en préoccuper.

Elle avait gardé, durant le parcours, un silence continu. Une résolution dure se lisait sur son visage. Moi non plus, je ne parlais pas. Que lui aurais-je dit ? et nos pensées, en cette heure tragique, n'étaient-elles pas les mêmes ? A quoi bon les échanger ?

Soudain l'expression fixe qui contractait ses traits perdit un peu de sa raideur. Elle se mit à parler à voix basse. J'étais vraiment ahuri de ce bizarre entretien, de cette non moins bizarre idée de venir, en un tel moment, chasser ces oiseaux, dont elle était en train de me dépeindre les habitudes.

Son fusil chargé était sur ses genoux, et voici ce qu'elle me disait, avec un sourire singulier qui me fit à cet instant craindre que cette nuit n'eût eu sur sa raison une influence fatale.

« Les draines. Tu les connais bien, de grosses grives. Mais qui passent plus tôt. Ce sont des oiseaux difficiles à chasser, contre l'apparence, très traîtres, au fond. On les sait près de soi, comme nous les savons en ce moment. On ne les voit pas. On les devine. Il faut tirer au jugé. Moi, j'ai l'habitude. Ainsi, si je te le dis : tire, en te montrant la direction, tu tireras, sans t'occuper du but. Tu iras voir, et il y aura une draine à terre. »

Elle baissa la voix. Cette voix se fit sifflante. Le bras tendu, elle me désignait un point, un imperceptible bruissement de feuilles dans l'épaisse charmille.

« Tire, ordonna-t-elle. Tire donc.

— Mais, dis-je déconcerté, je ne vois pas bien...

— Maladroit, murmura-t-elle. Ce sera donc moi. »

Elle épaula et lâcha son coup de fusil.

Une détonation, un cri épouvantable, atroce. Je tremblai comme tremblaient encore les branches que le plomb venait de balayer.

Appuyée sur son canon fumant, la grande-duchesse me dit avec son sourire pâle :

« Va voir... »

En chancelant, j'obéis ; je traversai la charmille.

Derrière, dans une mare de sang que buvait la terre, le visage littéralement haché par la charge de plomb qu'elle avait reçue presque à bout portant, Mélusine de Graffenfried se tordait dans les convulsions de l'agonie.

« Quel horrible malheur ! » criai-je d'une voix blanche.

La grande-duchesse venait de traverser la charmille. Un œil de Mélusine était crevé, l'autre fixait Aurore avec une expression folle d'épouvante et de souffrance.

Aurore la regarda froidement et murmura la phrase d'Hamlet après le meurtre de Polonius :

« *J'aurais voulu que ce fût quelqu'un de plus puissant.* »

Dans un terrible hoquet, Mélusine expirait.

Un moment, la grande-duchesse resta immobile. Ses traits étaient d'une dureté implacable, qui me fit peur. Elle voyait sans un frisson l'œil vitreux de la morte la regarder.

« Rentrons, dit-elle enfin. Il faut prévenir au palais de ce nouveau malheur. »

Elle prit entre mes doigts tremblants le mince fusil finement damasquiné qui avait été celui de Mlle de Graffenfried et le posa à côté du cadavre.

Puis, d'un pas alerte, elle partit, m'ayant fait signe de demeurer.

Resté seul auprès de la morte, je n'osai d'abord la regarder. Où donc, mon Dieu, le beau teint mat, l'ovale du visage, les yeux languissants : une infâme bouillie sanglante, emmêlée de terre et de cheveux.

D'horribles insectes verts déjà tournoyaient autour de ces misérables débris. Je coupai une branche de noisetier toute feuillue et me mis en devoir de les écarter, à peu près comme chez nous les vieilles pâtissières foraines écartent les mouches de leur éventaire avec un plumeau de papier.

La grande-duchesse fut bientôt de retour. Mme de Wendel, deux ou trois dames de la cour, la femme de chambre de Mélusine arrivaient avec elle, se lamentant. Elle, toujours maîtresse d'elle-même, donnait des ordres. Le corps de Mélusine, posé sur une civière, fut ramené au palais.

Comme nous arrivions, nous vîmes le grand-duc venir au-devant du triste cortège. Il était en train de visiter les blessés de la nuit quand on le mit au courant du nouveau malheur qui venait de frapper la cour de Lautenbourg.

Il accourait, visiblement ému.

« Ah ! madame, dit-il en serrant la main d'Aurore, quel déplorable accident !

— Le hasard a de ces fatalités, monsieur, répondit avec une admirable gravité la grande-duchesse.

— Mais comment cela a-t-il pu se produire ?

— Le sais-je, monsieur ? répondit Aurore. Je n'en suis pas à vrai dire mieux au courant que vous ne pouvez l'être vous-même des origines de l'incendie de cette nuit. »

Le coup était droit : le grand-duc ne baissa pas la tête.

« Vous avez raison, qu'importe comment, puisque le triste résultat n'est que trop réel.

Permettez-moi de me joindre à vous pour pleurer l'immense perte que vous faites en Mlle de Graffenfried.

— Immense, monsieur, en effet, répondit Aurore, et c'est pourquoi je ne veux pas tarder à vous remercier, puisque c'est grâce à vous qu'elle n'est pas tout à fait irréparable. Aviez-vous donc quelque triste pressentiment de ce qui est arrivé, le jour où vous avez décidé de mettre en la personne de M. Vignerte un second confident à ma disposition ? »

Frédéric-Auguste se mordit les lèvres. Mais sa réponse fut terrible.

« Je sais, madame, que vous appréciez hautement les services de M. Vignerte, et vous m'en voyez ravi. Si l'affreuse fin de Mlle de Graffenfried m'affecte tant, cependant, en ce qui vous concerne, c'est que je sais qu'il est des choses pour lesquelles une femme est irremplaçable. »

Entre ces deux êtres, un tel assaut de prévenances empoisonnées avait pour moi quelque chose d'effrayant. Kessel, M. de Wendel, tous les autres y assistaient sans pouvoir s'en figurer tout le tragique. J'étais à la fois fier et épouvanté d'être dans une telle confidence. Le souvenir de M. Thierry me traversa l'esprit. Je lui avais promis de ne jamais me laisser mêler aux affaires intimes des souverains de Lautenbourg !...

Je ne savais ce que je devais le plus admirer, de la courtoisie terrible du grand-duc ou de la hauteur froide de la grande-duchesse. Sous l'ignoble trait qu'il venait de lui décocher, je craignis une seconde de la voir chanceler, se départir de son calme. Il n'en fut rien, et sa riposte fut supérieure à l'attaque.

« Irremplaçable ! Monsieur, vous l'avez dit. Aussi n'est-ce pas dans la pensée qu'il pourra remplacer Mélusine que je vous demande de laisser M. Vignerte à mon entière disposition. Je compte au contraire sur son dévouement pour m'aider à conserver le plus vivant possible le souvenir de notre chère morte, et celui des événements de cette tragique journée. »

Elle ajouta :

« M. Vignerte se trouve actuellement privé de domicile du fait de l'incendie. Vous trouverez bon qu'il reçoive à partir d'aujourd'hui mon hospitalité. »

Le grand-duc s'inclina.

« Il en sera fait, madame, suivant votre désir. Puisse cette société vous apporter un peu de l'apaisement si nécessaire à votre santé morale, après les dures épreuves que la volonté du Tout-Puissant a daigné nous imposer. »

Là-dessus, il prit congé.

Dans le boudoir de la grande-duchesse, transformé en chapelle ardente, la bière disparaissait sous une avalanche de roses et d'iris de Circassie, entre des coupes où fumaient des pastilles d'encens.

Aurore avait voulu rester seule avec moi pour veiller son amie morte. Les gens qui se présentèrent timidement, il faut voir comme ils furent reçus.

Vêtue d'une tunique arménienne noire, elle récitait à demi-voix les belles prières orthodoxes.

Je n'avais pas fermé l'œil depuis deux jours. Vers minuit, exténué, brisé, je m'assoupis dans mon fauteuil.

Quand je rouvris les yeux, la grande-duchesse était debout près de moi. La lumière des grands cierges mettait à son visage des ombres tremblantes et douces.

La main sur mon front avec un sourire, triste, elle murmura :

« Tu succombes de fatigue. Va dormir, ami, pauvre ami dont j'ai pu douter. »

Faiblesse des forces humaines. Le sommeil m'a ravi cette nuit que j'eusse pu passer tout entière auprès d'elle, au milieu de l'odeur instigatrice des fleurs funèbres, dans cette atmosphère de cercueil, dont on peut tout attendre.

Je couchai dans la chambre de Mlle de Graffenfried. La vieille servante idiote vint, en maugréant, changer les draps de la morte.

☆

Ce fut le mardi 28 qu'eurent lieu les obsèques de Mélusine. Le grand-duc, la grande-duchesse et le duc héritier suivirent à pied le corbillard, dont toute la flore embaumante du Daghestan cachait le suaire blanc.

J'étais perdu dans la foule des officiers, des fonctionnaires du palais, des notables de Lautenbourg. Un escadron du 7e hussards, sur l'ordre de la grande-duchesse, rendait les honneurs. Sur l'ordre du grand-duc, le glas de la cathédrale rythmait de ses coups sourds et espacés la marche du cortège.

Un grand vieillard, visage ascétique à la Moltke, dans les plis brillants d'une antique redingote, venait devant, accompagné d'un lieutenant à figure maussade et rogue, portant l'uniforme bleu des hussards de Brunswick, et c'étaient MM. Richard et Albrecht de Graffenfried, père et frère de la défunte.

Quand le cercueil pénétra dans le temple de la Siegstrasse, un immense froid s'empara de mes vertèbres. J'eus une sorte d'horreur à penser qu'elle, Mélusine, dont le corps voluptueux eût eu un si grand besoin de la molle pompe catholique, appartenait à la religion réformée.

Je n'avais jamais pénétré dans un temple. C'est un endroit terrible. Ici les larmes mêmes n'osent pas surgir, de peur d'être instantanément congelées.

Son corps maigre émergeant d'une espèce de chaire roulante, dans son bizarre accoutrement de vénérable de quelque loge maçonnique, le pasteur Silbermann parla. De l'Ecriture, je ne sais pourquoi, il avait pris pour thème l'épisode de la fille de Jephté. Rien ne convenait moins à la mémoire de la défaillante morte que le rappel du sacrifice de cette morne et dure juive.

Une demi-heure, avec toute l'ardeur que pourrait avoir un professeur de mathématiques démontrant les trois cas d'égalité des triangles, le pasteur parla.

Lorsqu'il commenta la phrase célèbre : *Frappe ce sein qui pour toi se découvre,* mes yeux se portèrent sur la grande-duchesse. Je vis qu'elle pleurait.

Des automobiles nous conduisirent du temple à la gare. Le cercueil fut hissé dans un wagon, avec les pauvres fleurs déjà toutes fripées.

De retour au palais, dans la galerie des glaces, aussi déserte à cinq heures du soir qu'à minuit, je tombai sur le lieutenant de Hagen. Il était pâle et semblait me guetter.

« Monsieur, me dit-il à voix basse, je vous ai attendu deux heures, avant-hier, au pont de la Meilleraie. »

J'avais, je l'ai dit, oublié complètement notre petit rendez-vous. Je le lui avouai très franchement.

« Puis-je espérer qu'après ceci vous n'aurez plus d'aussi fâcheux oublis ? » murmura-t-il avec la même douceur.

En parlant, il effleurait ma joue du gant qu'il tenait de la main droite.

J'eus de la peine à ne pas répondre par un solide soufflet. Son calme feint me sauva.

« Monsieur, lui dis-je, je serai demain matin à six heures à vos ordres.

— Réglons, s'il vous plaît, tout de suite les conditions, me dit-il. Pas de témoins, personne, naturellement. Mais vous êtes l'offensé. Quelle arme choisissez-vous ? »

Moins excité que je l'étais, cette question m'aurait jeté dans un grand embarras. Je n'hésitai pas :

« Celle-ci », répondis-je en tirant de ma poche le browning de la grande-duchesse.

Il réprima un mouvement de surprise.

« Ce n'est peut-être pas très régulier, dit-il. Mais qu'importe, entendu. Sept coups, à volonté, à partir du signal. Et pour la distance ?

— Dix pas », répondis-je, dans l'insouciance la plus absolue de ce que je disais.

Il eut un pâle sourire :

« Alors, c'est à mort. Qu'il en soit fait, monsieur, selon votre volonté. »

Et il me quitta.

Je trouvai la grande-duchesse dans sa chambre. Je n'y étais plus rentré depuis le drame. Elle me fit signe de m'asseoir et ne me parla pas. Peu à peu, l'obscurité tomba autour de nous. La veilleuse qui brûlait devant l'icône se fit rose. La guzla de Mélusine gisait encore sur le tapis. Nos pensées étaient les mêmes. Elles se reportaient à cet autre bel instrument de volupté qui, à l'heure présente, déjà en proie aux mystérieuses transformations de la terre, lui aussi, ne vibrerait jamais plus.

☆

A quelles heures Aurore dormait-elle ? Mélusine seule l'a su. Nous entendîmes les oiseaux s'éveiller dans l'aube. Le brusque pépiement des pinsons et des moineaux succéda au triste chant du rossignol. Oiseaux, vous entendrai-je vous éveiller demain ?

Je compris qu'il était temps. Rompant avec l'étiquette :

« Permettez-moi de vous quitter, dis-je à Aurore. Je suis fatigué. »

Elle me regarda d'un air de reproche. J'eus l'impression qu'elle pensait : Mélusine, elle, n'était jamais fatiguée.

Ah ! si elle savait, me dis-je. Et j'eus, une seconde, la tentation de tout lui raconter.

Je rentrai dans ma chambre, pour en sortir quelques instants après, prenant la précaution de passer par la cour d'honneur pour que, de sa fenêtre, elle ne pût m'apercevoir.

Il était à peine cinq heures quand j'arrivai au pont de la Meilleraie. Cette heure de répit me sembla toute une éternité de bonheur. Jamais la nature ne m'avait paru si belle, jamais je n'avais tant aimé la vie, qu'en ce moment où je pensais que j'allais peut-être la quitter.

A l'épée, je savais que Hagen était un des meilleurs tireurs de la garnison. Il était aussi de première force au pistolet, et moi, mon éducation se bornait à avoir, pendant mes périodes d'instruction comme officier de réserve, brûlé deux ou trois douzaines de cartouches de revolver.

Accoudé à la balustrade, je regardai au-dessous de moi la Melna bondir parmi les roches. De petites truites d'argent sautaient hors du flot écumant. Je me rappelai celles que j'avais pêchées, dix ans plus tôt, dans le gave d'Ossau, entre Laruns et Pont-de-Béon.

Où allait cette rivière ? Dans l'Aller, qui se jette dans la Weser, qui se jette dans la mer du Nord, qui communique avec la Manche, qui est un bras de l'Atlantique, qui reçoit l'Adour, où se jette, près du bleu bourg de Peyrehorade, le gave de Pau, grossi du gave d'Ossau. Petites truites allemandes, petites truites françaises. Pensées puériles qui servent, quand on va mourir, à remonter le cours de la vie, à lier entre elles les époques qui se disjoignent.

« Je vous demande pardon, monsieur le professeur, de vous avoir fait attendre. Mais il n'est pas tout à fait six heures. »

Hagen. Je ne l'avais pas vu venir. Je ne pensais presque plus à lui.

Nous nous saluâmes.

« J'ai avec moi, m'expliqua-t-il, tout ce qu'il faut pour se battre sans témoins. »

Il avait tiré de sa poche un stylographe et du papier.

« Le browning étant l'arme choisie, dit-il, j'ai apporté le mien. Nous pourrons tirer les armes au sort, si vous le désirez. Mais je crois que c'est inutile, le modèle est le même. En attendant, voulez-vous me faire l'honneur de signer ceci. »

Il avait pris soin de rédiger un acte, en mon nom et au sien, où les deux adversaires reconnaissaient d'avance que tout s'était passé loyalement.

« Au cas où il arriverait un malheur, c'est pour éviter tout ennui au survivant », crut-il bon de m'expliquer.

On ne pouvait être plus protocolaire.

J'étais curieux cependant de savoir comment serait commandé le feu. Je ne pus m'empêcher de le lui avouer.

Il eut un sourire plein de suffisance.

« J'ai aussi prévu cela », répondit-il.

Ce disant, il déployait un paquet qui contenait un réveille-matin.

« La sonnerie est montée pour six heures dix, m'annonça-t-il. Vous pouvez vérifier. Quand elle retentira, nous pourrons tirer, avec faculté de changer de place. D'ailleurs, c'est mentionné dans le procès-verbal. »

Je ne savais vraiment ce qui l'emportait dans cette façon de procéder, du tragique ou du ridicule.

Hagen comptait les pas.

« Huit, neuf, dix. Monsieur le professeur, vous êtes un peu plus grand que moi. Mesurez à votre tour, si vous voulez, nous ferons la moyenne.

— Inutile, dis-je, cette distance me convient. »

Il s'inclina, tira son browning de sa poche.

« Six heures sept, dit-il. Nous pourrions prendre place. »

Je mis mon pied sur la raie qu'il avait tracée en premier lieu. Nous étions maintenant face à face.

Le réveil était placé sur la balustrade du pont, son cadran visible pour nous deux. Le tic-tac, aigre, perçait le mugissement sourd de l'eau.

Je regardai mon adversaire. Ses yeux, baissés comme ceux d'une jeune fille, fixaient mes pieds.

Six heures neuf.

« Il attend la sonnerie, et moi je regarde l'aiguille, pensai-je. Si le réveil allait sonner plus tôt ! »

Soudain, je vis Hagen relever la tête ; son beau calme l'abandonna. Une expression terrifiée envahit son visage.

Je me retournai, sans songer que ce geste pouvait me coûter la vie. Au même instant, le réveil sonna, d'une sonnerie stridente, qui ne s'arrêtait plus.

La grande-duchesse Aurore était derrière moi.

Alors je compris pourquoi le lieutenant n'avait pas tiré.

Aurore était maintenant entre nous deux.

« L'un de vous peut-il, messieurs, m'expliquer la raison de cette curieuse mise en scène ? » demanda-t-elle froidement.

Elle n'eut pas de réponse.

Le procès-verbal rédigé par Hagen était placé sous le réveil. Elle s'en saisit.

« Je comprends, dit-elle après avoir lu. Des brownings. Monsieur Vignerte, vous faites un bien mauvais usage des objets que je vous confie. Et vous, lieutenant de Hagen, mes compliments. Vous êtes d'une ingéniosité étonnante. »

Sa voix, jusqu'ici ironique, se fit très dure :

« Si c'est votre façon, messieurs, de me prouver un dévouement dont vous m'avez l'un et l'autre rebattu les oreilles, sachez que je ne la goûte que médiocrement. Monsieur Vignerte, vous êtes étranger, et, partant, excusable d'ignorer la législation d'ici sur le duel. Mais vous, lieutenant, vous la connaissez. »

De Hagen baissa la tête.

« Vous savez notamment qu'un officier du 7e hussards ne doit pas se battre sans avoir obtenu l'agrément du colonel. Pour avoir enfreint ce règlement, le lieutenant Techner a été puni, il n'y a pas un an, de trente jours d'arrêts de forteresse. L'avez-vous oublié ? »

Hagen ne répondit pas.

« Vous allez rentrer vous mettre en uniforme, monsieur de Hagen ; de là, vous vous rendrez au quartier, et vous vous y tiendrez à la disposition du major de Haugwitz jusqu'à ce que vous soient notifiés, par la voie du rapport, les quinze jours d'arrêts auxquels, en considération de vos services, je limite votre punition. Vous pouvez disposer, monsieur. N'oubliez pas votre réveil. »

Le lieutenant de Hagen fit demi-tour, après avoir salué son colonel.

VIII

Par la fente grise de notre abri, où pénétrait maintenant l'air froid du matin, une forme noire se montra.

« Mon lieutenant, mon lieutenant, il est cinq heures. »

C'était le soldat de l'escouade de garde que j'avais chargé à tout hasard de nous réveiller.

« Dans une demi-heure l'attaque, dit Vignerte. Sortons, j'achèverai dehors cette histoire. Elle touche d'ailleurs bien près de sa fin. »

Toutes les étoiles s'étaient éteintes. Une seule vacillait encore, très bas, vers l'Orient, à l'endroit d'où, dans une heure, la chasserait le petit jour.

Nous nous étions installés sur une corniche, au flanc du ravin ; de là, nous dominions la ligne de la compagnie. Nous devions y être à merveille pour suivre les péripéties du coup de main qui allait se tenter.

A notre côté, rectangle obscur de branchages

morts, il y avait une humble tombe de soldat. Je pus lire sur la petite croix de bois blanc ces mots déjà lavés par la pluie :

« Mohammed Beggi ben Smaïl, soldat au 2e tirailleurs, mort pour la France le 23 septembre 1914. Priez pour lui. »

J'ai rarement vu quelque chose de plus poignant que cette petite croix demandant naïvement une prière chrétienne pour le pauvre soldat musulman.

Vignerte regardant en face de nous guettait le moment où l'obscurité pâlissante lui permettrait d'examiner le paysage. Mais il ne le pouvait encore. C'est à peine si, au bas du ciel, se distinguait la ligne noire des hauteurs occupées par l'ennemi.

Par-delà Hurtebise et Craonne, dit-il, par-delà Laon, Sains-Richaumont et Guise, par-delà la Capelle et cette forêt du Nouvion où nous chargèrent les cuirassiers blancs, ma pensée bien souvent s'envole vers les sablonneuses plaines du Hanovre, vers Lautenbourg, où j'ai laissé Aurore. Qu'y devient-elle dans sa chambre, parmi ses fourrures et ses pierreries ? Qu'ont-ils pu faire d'elle, mon Dieu ?

Quand, après la scène du pont de la Meilleraie, nous regagnâmes le palais, elle ne m'adressa pas la parole. Nous déjeunâmes ensemble. Puis elle se mit à disposer dans les vases de lourds iris noirs et des nigelles blanches.

Vers dix heures, elle appela une femme de chambre.

« Mlle Marthe est-elle là ? » demanda-t-elle.

Sur une réponse affirmative, elle dit :

« Faites-la entrer. »

Mlle Marthe venait chaque année à cette époque présenter à la grande-duchesse les mille charmants bibelots de la saison parisienne. Un peu du parfum du boulevard de la Madeleine entra avec cette fine et jolie fille.

« Vous avez fait bon voyage, mon enfant ? demanda Aurore.

— Je suis arrivée hier soir, madame, répondit la jeune fille. Excusez-moi de venir si tôt déranger Votre Altesse, mais je suis obligée de repartir ce soir.

— Que m'apportez-vous de beau cette année ? »

Mlle Marthe retira de ses cartons les petits bijoux de l'industrie parisienne, les éventails de tulle, les sacs à main de velours et de moire, les minuscules boîtes à timbres, à poudre, à mouches, tout ce menu luxe près duquel les autres ont figure de parvenus.

« Laissez-moi tout cela, dit Aurore. Vous direz à Duvelleroy qu'il s'arrange. Il me faut pour novembre un éventail de Watteau ou à la rigueur de Lancret ; je le veux quand j'arriverai à Paris.

— Votre Altesse l'aura, répondit avec assurance la jeune fille.

— Parfait. Vous prenez ce soir l'express de cinq heures. Je vous garde à déjeuner. Vous me raconterez un peu ce qui se fera l'hiver prochain, rue de la Paix. »

Tout le long du repas, j'admirai l'aisance simple avec laquelle elle répondait, cette petite Parisienne, aux questions de la grande-duchesse. J'étais fier de ma jolie compatriote, en voyant Aurore, si pleine de morgue envers les femmes de Lautenbourg, traiter celle-ci comme une égale. Mais avec quelle ferveur je contemplais surtout la maîtrise de cette princesse qui, après trois jours et trois nuits de nature à briser un homme énergique, trouvait le moyen de discuter avec nonchalance les mille petits détails de la mode de Paris.

« Alors, vous me conseillez toujours Carlier ?

— Oui, madame. C'est encore ce qu'il y a de mieux comme chapeaux.

— Laurence n'est plus rue des Pyramides. Elle a monté un grand bazar rue Auber. J'irai peut-être y faire un tour.

— Que Votre Altesse y aille, sans plus, Laurence, c'est surtout une maison d'exportation. Elle fait la plupart de ses affaires avec les commissionnaires étrangers. »

J'étais heureux de ce bavardage, de cette note futile et claire intercalée au milieu des événements tragiques qu'elle me faisait presque oublier.

Vers trois heures, la grande-duchesse remit à Marthe une enveloppe.

« Voici pour votre voyage, ma chère petite. Je ne veux pas vous faire manquer votre train. Une auto vous conduira à votre hôtel, et de là à la gare. J'ai été très satisfaite. Pensez à mon éventail. Allons, au revoir. En novembre, j'irai vous faire une visite. »

Quand le petit rayon de soleil se fut éclipsé, la grande-duchesse resta un moment songeuse, maniant les bibelots dispersés à travers la chambre, puis elle me dit :

« Monsieur Vignerte, j'ai une nouvelle d'importance à vous apprendre. »

Je répondis par un avide regard d'interrogation.

« J'ai donc l'honneur de vous informer, continua-t-elle, que je viens de recevoir une lettre, une lettre de M. de Boose. »

Et, comme je m'étonnais :

« Pensez-vous, me dit-elle, que cette gentille Marthe ait fait le voyage de Paris pour m'apporter uniquement les babioles — d'ailleurs charmantes — de M. Duvelleroy ? »

☆

Vendredi. Huit heures du soir.

Nous venions de finir de dîner. Un valet de chambre entra, porteur du courrier du soir — une dizaine de lettres — qu'il remit à la grande-duchesse.

« Tu permets, ami ? » me dit-elle.

Elle regardait, l'un après l'autre, les cachets des enveloppes. Puis, elle en ouvrit une.

« C'est cela », me dit-elle après l'avoir lu.

Elle me tendit la lettre.

C'était une demande de subvention d'une société philanthropique de Hambourg. On avisait la grande-duchesse d'une kermesse au profit des crèches ouvrières pour le lundi suivant.

« Nous irons, dit Aurore simplement. C'est le signal convenu avec Boose. »

Depuis deux jours, je savais tout. Elle m'avait dit comme quoi elle avait écrit, dès que je lui avais remis le document découvert dans les *Petermanns Mittheilungen*, au baron de Boose, au Congo. Quels arguments avait-elle pu faire valoir auprès de cet homme, je ne l'ai jamais su. Toujours est-il que la lettre apportée par Marthe avisait la grande-duchesse qu'il venait de quitter l'Afrique. Maintenant, il était arrivé à Hambourg. Nul doute qu'il n'eût à faire des révélations d'importance.

« J'y ai mis le prix », murmura Aurore avec son pâle sourire.

« Nous irons demain », reprit-elle.

Elle me regarda, réfléchit un moment, puis me dit :

« Ami, tardivement peut-être, il me vient des scrupules, j'abuse de ton dévouement. Sais-tu que tu es embarqué dans une redoutable histoire ?

— Et vous ? lui dis-je.

— Moi, c'est différent. Je lutte pour ma liberté, qui m'est plus que ma vie. Et puis, malgré tout, je suis la grande-duchesse de Lautenbourg, et surtout la princesse Tumène. Derrière moi, il y a le Tsar, toute la grande Russie. On peut y regarder à deux fois. Mais toi, ami, songe à Cyrus Beck, songe à Mélusine. Pourquoi, à quoi te sacrifierais-tu ? »

Il y avait un tel reproche dans le regard que je lui lançai, qu'elle, l'altière, la méprisante altesse, baissa la tête.

« Pardon », murmura-t-elle.

Puis elle dit :

« Eh bien, c'est entendu. Nous partons demain. Sonne. Je veux donner les ordres nécessaires. »

Je pressai une sonnette électrique. Des pas retentirent. On frappa à la porte.

« Entrez », dit Aurore.

La porte s'ouvrit.

« Ah ! » murmura simplement la grande-duchesse.

Le lieutenant de Hagen venait de paraître sur le seuil.

Il était un peu pâle, raidi dans l'attitude du garde-à-vous, la main droite au colback dont la jugulaire de cuivre était passée sous son menton crispé.

« Lieutenant de Hagen, vraiment ! dit Aurore qui s'était ressaisie, depuis quand les officiers aux arrêts ne restent-ils plus à la citadelle ? »

Hagen, immobile et froid, se taisait.

« Me ferez-vous la grâce de m'expliquer, monsieur ?... Vos arrêts n'ont pas cessé, que je sache ?

— Ils ont cessé, Altesse, murmura Hagen.

— Ils ont cessé ? s'écria la grande-duchesse. Devenez-vous fou, monsieur de Hagen ?

— Non, Altesse, dit le petit lieutenant, d'une voix basse et obstinée. Mes arrêts ont cessé depuis ce soir.

— Cessé ! clama Aurore, hors d'elle-même. Savez-vous, lieutenant, à quoi vous vous exposez à poursuivre cette plaisanterie ? Savez-vous qu'une seule chose, une seule, peut interrompre des arrêts infligés par moi ?

— Je le sais, Altesse, dit Hagen.

— Et que cette chose est...

— Est la guerre », acheva le lieutenant.

Cela peut vous paraître invraisemblable : au milieu des drames successifs dont la cour de Lautenbourg venait d'être le théâtre, les grands événements de la dernière semaine de juillet nous avaient passé à peu très inaperçus. Nous avions bien prêté quelque attention à la note serbe, mais, depuis la nuit de la salle des Armures, rien n'avait plus existé pour nous que les faits que je vous ai rapportés, rien, ni ultimatum autrichien ni *Kriegszustand* allemand, rien, dis-je. Et maintenant, ce mot si simple : la guerre.

Anéanti, je regardai Hagen. Il avait troqué

sa pelisse rouge contre le dolman de campagne, gris vert.

Surmontant son étonnement pour retrouver le plus de froideur possible, Aurore demanda :

« La guerre, vraiment, monsieur de Hagen, et avec qui ?

— Ce soir avec la Russie, Altesse, probablement, dit le petit lieutenant, et demain sans doute avec la France. Le grand-duc, arrivé il y a une heure de Berlin, a apporté avec lui l'ordre de mobilisation du corps d'armée. »

Aurore alla à la fenêtre, l'ouvrit toute grande. Il faisait une chaleur lourde.

« Et le grand-duc, lieutenant, vous a sans doute chargé de venir m'aviser de cette importante nouvelle... Je ne vois pas, en ce cas, l'utilité de vous être fait accompagner par les autres hussards que j'aperçois en bas, à la porte. »

Hagen rougit violemment, puis pâlit.

« Altesse ! murmura-t-il.

— Quoi ? dit-elle avec hauteur.

— Je suis chargé d'une autre mission. Vous m'excuserez...

— Allons, allons, lieutenant, ne tremblez pas ainsi. Si vous n'êtes pas capable même d'énoncer ce dont il s'agit, vous n'aurez jamais la force de l'accomplir. Parlez donc, je suis prisonnière dans le palais, n'est-ce pas ?

— Oh ! Altesse, s'écria Hagen, comment avez-vous pu penser... ? Moi, accepter...

— De quoi s'agit-il alors ? »

Le lieutenant tourna sans mot dire les yeux de mon côté.

« Madame, dis-je en m'avançant, ne vous mettez pas l'esprit à la torture. Mais vraiment, monsieur de Hagen, il est si simple de dire que vous êtes chargé de m'arrêter. »

Il y eut un silence.

« Est-ce vrai, monsieur ? » dit la grande-duchesse.

Hagen baissa la tête.

« Pouvez-vous me donner la raison de cette arrestation ?

— Madame, dit Hagen, qui reprenait un peu d'aplomb, je ne suis qu'un soldat, j'obéis aux ordres que je reçois, sans les discuter. Mais il est aisé de comprendre : M. Vignerte est Français, et de plus officier. La France mobilise contre nous. Des avions français ont, paraît-il, déjà bombardé...

— Vous êtes soldat, monsieur, et vous obéissez aux ordres que vous recevez, interrompit la grande-duchesse. C'est très bien, mais cet ordre-là, pouvez-vous m'assurer que vous ne l'avez pas sollicité ? »

Hagen ne répondit pas, mais le regard de haine qu'il me lança était suffisamment explicite.

La grande-duchesse me dit brusquement :

« Habillez-vous. »

Elle-même mettait un grand manteau sombre. Puis elle alla à son secrétaire, je la vis y fouiller, prendre divers objets qu'elle glissa dans les immenses poches de son vêtement.

« Monsieur de Hagen, dit-elle, en redescendant, c'est à la citadelle que vous devez conduire M. Vignerte ? A quelle heure ?

— Il faut qu'il y soit à dix heures, Altesse. »

Alors, avec un sourire d'un infini mépris, elle lui mit la main sur l'épaule :

« Ainsi, dit-elle, tu as pu te figurer une seconde que j'allais te laisser l'écrouer ? »

Une majesté écrasante était dans son regard, dans sa stature, dans sa parole ; je vis le lieutenant baisser la tête ; il tremblait de tous ses membres.

« Ludwig de Hagen ! poursuivit-elle. Un jour, voilà quatre ans, j'appris qu'un officier du 7e hussards avait joué, avait triché. C'était pour lui le déshonneur et la mort. Le lendemain, les dettes de cet officier étaient payées, l'affaire était étouffée, et lui-même, pris par moi comme officier d'ordonnance, étonnait toute la garnison par son étrange et rapide fortune. On en fit des commentaires que j'ai méprisés. Tu sais, toi, qu'il n'y a eu, dans mon geste, que le désir d'arracher à l'infamie un homme jeune, brave, porteur d'un grand nom et que je croyais loyal.

« Celui-ci, dit-elle en me désignant, par contre, non seulement ne me devait rien, mais encore, par des soupçons injustes, je l'ai tout d'abord chargé d'indifférence et de mépris. Il ne s'est pas rebuté. Il a, dans l'ombre, travaillé pour moi. Ce qu'il a fait, il n'en connaît peut-être même pas encore toute l'importance. Il savait en tout cas qu'il risquait sa vie. — Et maintenant, c'est l'homme qui me doit tout qui vient pour arrêter celui à qui je dois tout. »

Des larmes coulaient sur le visage du petit hussard.

« Que voulez-vous que je fasse ? murmura-t-il d'une voix tremblante et rauque.

— Que tu paies la dette que tu as contractée à mon endroit, répliqua Aurore. Le jour en est venu, et je ne peux pourtant pas te plaindre de t'en être mis toi-même dans le cas.

— Ordonnez, dit-il, j'obéirai.

— Descends, et commence par renvoyer ces soldats. Trouve un prétexte qui ensuite ne te gêne pas.

— Maintenant, dit-elle, quand il fut de retour, va dans la remise. Il y a encore des chauffeurs. Fais sortir la grande *Benz* grise, avec le plein d'essence, phares éteints, et conduis-la toi-même en bas. Il est neuf heures moins vingt ; sois là à moins dix. »

Ayant déployé sur la table une carte routière, Aurore la regardait : « C'est évidemment plus court par Aix-la-Chapelle et la Belgique, murmura-t-elle, mais je connais mieux la route de Wiesbaden et de Thionville. »

« Es-tu prêt ? demanda-t-elle.

— Qu'allez-vous faire ? interrogeai-je.

— Te reconduire en France, donc. »

Elle ajouta :

« J'ai mis dans la poche de ton pardessus de l'argent et un revolver : avec cela on va partout. »

Ami, Aurore était bien belle alors. Si vous aviez pu la voir ainsi, vous excuseriez l'émotion qui à cette minute brise ma voix.

Un ronflement sourd retentit sous la fenêtre. La *Benz* était là.

« Viens », dit Aurore.

Au même instant, Hagen rentrait.

Comme sa morgue têtue était loin, maintenant. Il se laissa tomber aux genoux de la grande-duchesse.

« Partir, vous partez, avec lui, pour toujours », murmura-t-il, dans un sanglot.

Elle le regarda avec plus de douceur.

« Ayant eu cette idée, monsieur de Hagen, dit-elle, vous n'en avez que plus de mérite d'avoir obéi. Sachez donc que je ne pars pas. Je suis liée à ces lieux que je déteste par la tâche qu'il m'y reste à accomplir. Mais, pour l'instant, mon devoir est de sauver celui qui a tout sacrifié pour moi.

— Ah ! merci, merci, dit le jeune homme.

— Attendez encore pour me remercier, dit-elle. Monsieur de Hagen, vous avez sur vous, je présume, votre carte d'identité et votre ordre de mobilisation ? »

Il se releva en chancelant.

« Mon ordre de mobilisation ? répéta-t-il, très pâle.

— Oui, dit-elle avec calme, faites-moi le

plaisir de les remettre à M. Vignerte. D'ici la frontière, nous pouvons être arrêtés. Je sais bien que je n'aurais probablement qu'à me nommer pour avoir finalement raison. Mais nous pouvons tomber sur des consignes stupides. Il ne faut pas perdre du temps. Le lieutenant de Hagen passera partout. — Allons vite. »

L'officier était d'une pâleur mortelle. Un combat atroce se livrait dans cette âme.

« C'est mon honneur que vous me prenez là, madame, dit-il enfin.

— Je ne ferai jamais que reprendre ce que je vous ai rendu, monsieur de Hagen, répondit impitoyablement Aurore. Mais il ne faut rien exagérer. Vous ne serez compromis que si vous le voulez bien. Je ne vous demande que deux choses, avertir seulement après dix heures que nous sommes partis, et vous arranger pour qu'on croie que nous avons pris la route d'Aix-la-Chapelle. Si le grand-duc a assez peu de vergogne pour faire jouer téléphone et télégraphe, il ne faut pas que ce soit dans notre direction. — Allons, au revoir ; demain, à pareille heure, je serai de retour. »

Elle lui tendit une main qu'il mouilla de ses larmes.

« Je puis compter sur toi, ami ? » dit-elle.

Etranglé par l'émotion, il fit signe que oui.

Emu moi-même, profondément, je m'approchai et offris aussi ma main à celui qui risquait tout à cette heure pour moi. Mais il se recula et me répondit avec un regard de haine indicible :

« Monsieur, je prie Dieu pour que nous nous retrouvions bientôt ailleurs. »

Aurore haussa les épaules ; je l'entendis qui murmurait quelque chose sur la stupidité des hommes. Mais elle était déjà dans l'escalier. Je la suivis, ayant jeté un dernier regard sur la chambre aux fourrures, aux pierreries, aux belles fleurs pâles...

« Monte », dit-elle à voix basse.

Je pris place dans le baquet de la formidable automobile. Nous démarrâmes.

Quand nous passâmes sur le pont de la Meilleraie, neuf heures sonnèrent aux clochers de Lautenbourg et à la vieille tour du château.

☆

L'interminable ruban blanc de la route brillait doucement sous la lune. L'automobile y dévalait sans bruit avec une vitesse vertigineuse. Dans les virages, je sentais la prodigieuse sûreté de main de ma conductrice.

Tout cela s'était accompli avec une telle rapidité que, lorsque je revins à moi, nous avions bien déjà accompli une centaine de kilomètres. Alors la phrase d'Aurore : « Demain, à pareille heure, je serai de retour », revint à ma mémoire, et je songeai que, dans quelques heures, j'aurais quitté la grande-duchesse.

Je ne m'insurgeais pas. L'allure folle qui nous

emportait développait en moi un engourdissement fatal où je découvrais une sorte de bien-être. Les bouquets d'arbres noirs, les ponts en dos d'âne sur les rivières d'argent gris fuyaient, fuyaient. Nous croisâmes une voiture chargée de foin : cinquante centimètres plus à gauche, c'eût été la mort. La mort, je répétai ce mot, je regardai le visage fermé d'Aurore ; sur le volant roux ses mains gantées de clair mettaient de fines barres blanches.

Et puis, soudain, je pensai à la guerre. C'était donc vrai ? Comment allais-je trouver mon pays ? Mais, je l'avoue, à ma honte, cette idée ne put retenir mon attention, tant l'ivresse de la vitesse me berçait, m'arrachait à moi-même. A cette heure, j'avais la plus sereine insouciance de ce qui pouvait encore m'arriver.

Un abat-jour carré rabattait la lumière d'une lampe électrique sur la carte routière, mais Aurore ne la consultait presque pas. Elle connaissait cette route à merveille. Je me rappelai qu'elle m'avait dit l'avoir faite nombre de fois, en allant aux eaux.

Elle savait, au moment voulu, contourner à point les villes, dont la lueur rouge grandissait, venait à droite ou à gauche, puis dépassée, disparaissait. Trois ou quatre fois, elle me dit : « Cassel, Giessen, Wetzlar... »

Cassel, Giessen, Wetzlar ! que m'importait ?

Sous la lumière, près du spidomètre, une montre brillait. Mais je ne voyais pas les heures. Je ne pensais plus...

Sans ralentir, nous traversâmes une cité montueuse, avec des maisons perdues dans des entassements de verdure noire.

« Wiesbaden ! murmura Aurore ; ma villa, dit-elle, en passant devant une de ces maisons. Il n'est pas une heure. Nous avons bien marché. »

Elle prit à droite, à un embranchement. Dans le lointain, à gauche, la lueur d'une grande ville éclaira le bas du ciel.

« C'est Mayence, dit-elle, et voici le Rhin. »

A toute vitesse, nous traversâmes le fleuve sacré sur un pont suspendu. Il coulait en bas en mugissant. On voyait, par endroits, dans des interstices de nuages, son écume verte.

A la sortie du pont, nous entendîmes vaguement un ordre, un *werda* rauque, puis, le bruit sec d'un coup de feu.

« Ils ont tiré, dit Aurore, nous nous rapprochons de la frontière. Il va falloir être un peu prudent. »

Je regardai la boussole. Nous filions droit vers l'ouest. Le spidomètre marquait 105. J'eus, pour la première fois, un mouvement de stupeur.

Aurore le vit, et sourit :

« Entre Wetzlar et Wiesbaden, nous avons fait du 145 », dit-elle simplement.

Bientôt, une nouvelle lueur rouge apparut à l'ouest.

« Thionville, dit Aurore, cela doit être pourri de troupes. »

A ma grande surprise, je vis qu'elle ne manœuvrait pas pour éviter la ville, comme elle l'avait fait jusqu'ici. En droite ligne, les phares maintenant allumés, nous marchions sur la place forte, dont les murailles montaient peu à peu dans le ciel.

L'automobile ralentissait. Des maisons, des faubourgs. Puis un *werda* impérieux : nous stoppâmes.

Une douzaine de soldats nous entouraient. Tous portaient l'uniforme gris vert, avec le casque encapuchonné.

« Vos papiers ! dit la voix rude du sous-officier.

— Je les montrerai à votre lieutenant, répondit Aurore, je vous prie d'aller le chercher. »

Justement celui-ci arrivait. Une espèce de colosse blond, furieux d'être troublé dans son sommeil. Quand il aperçut des civils, il nous interpella sans mansuétude.

« Monsieur, dit la grande-duchesse sèchement, je vous demanderai d'abord d'empêcher vos soldats de donner des coups de crosse dans ma carrosserie. Ensuite vous voudrez bien regarder ceci. »

En même temps, elle faisait jouer sa lampe électrique, de manière à éclairer les armes de Lautenbourg, peintes sur la portière.

L'officier sursauta.

« Est-ce à Son Altesse la grande-duchesse de Lautenbourg-Detmold que j'ai l'honneur... ?

murmura-t-il en se raidissant au garde-à-vous.

— A elle-même, monsieur le lieutenant, répondit Aurore.

— Que Votre Altesse daigne m'excuser, dit l'autre abasourdi. Arrière, vous ! criait-il en même temps à ses soldats dont il écarta violemment les plus rapprochés. En quoi puis-je être agréable à Votre Altesse ?

— En ceci simplement, dit la grande-duchesse. C'est bien toujours le général von Offenbourg qui commande à Thionville ? Je doute qu'en une nuit pareille Son Excellence se repose. Faites-moi conduire auprès d'elle. Donnez-moi un de vos hommes, il montera dans l'automobile et nous montrera la route. »

L'officier fit immédiatement le nécessaire, en s'inclinant très bas, regrettant que son service l'empêchât de nous guider lui-même.

Le général commandant la place n'était pas au quartier. Nous finîmes par le trouver à la gare avec son état-major. Les quais de débarquement étaient noirs des troupes dont il surveillait les mouvements. Sur la place, un innombrable matériel d'artillerie dressait dans la nuit des silhouettes antédiluviennes. Il y avait là une impression de force et de puissance brutales qui me fit frémir.

Quand un officier d'ordonnance lui eut appris la présence de la grande-duchesse, le général von Offenbourg s'empressa. Très beau dans sa longue pelisse grise à collet ponceau, il s'inclinait devant Aurore en lui rappelant qu'il avait eu l'honneur de danser avec elle à Berlin. Mais il avait beau faire, il cachait mal l'étonnement que lui causait, à cette heure, en cet appareil, notre présence.

« Ne soyez pas trop surpris, général, dit Aurore en souriant. Dès que j'ai été avisée des grands événements qui se préparent par ici, je n'ai pas tenu en place à Lautenbourg. J'ai voulu admirer nos troupes à la frontière, et me voilà partie avec mon officier d'ordonnance : Lieutenant de Hagen, du 7e hussards », dit-elle en me présentant.

Je saluai avec toute la raideur dont je suis capable.

« Altesse, s'exclamait von Offenbourg, pourquoi alors êtes-vous par ici ! Rien de bien intéressant, le 16e corps est un rocher, il ne bouge pas. Mais que n'êtes-vous allée du côté d'Aachen ?

— Vraiment, dit-elle, on me l'avait dit. Du côté d'Aix-la-Chapelle... ?

— Vous savez bien que toute l'armée se concentre par là, nous souffla le général.

— C'est vrai, dit Aurore. Mais la frontière belge ne m'intéresse pas : par contre, je ne me serais jamais pardonné de n'avoir pas vu, au matin de la guerre, la frontière française.

— Je salue en vous l'intrépide colonel du brave 7e hussards, dit galamment von Offenbourg en lui baisant la main. Puis-je vous être utile ?

— Naturellement, dit Aurore. Savez-vous que

vos sentinelles m'ont arrêtée tout à l'heure sans aucun égard ? Je vous demanderais bien une escorte, mais ma *Benz* serait obligée de beaucoup se fatiguer pour se mettre à l'allure de vos dragons. Qu'ils me conduisent jusqu'à la limite des postes, et donnez-moi un laissez-passer quelconque qui me préserve au retour de semblables désagréments. Dépêchons-nous, voici l'aube, et je veux voir le soleil éclairer en naissant le poteau frontière. »

Le général se fit apporter un laissez-passer.

« Là, dit-il en le paraphant. Vous avez le temps. Villerupt qui est, en France, à deux kilomètres des poteaux, est à peine à vingt kilomètres... Vous y serez avant une demi-heure. Mais n'espérez pas apercevoir les soldats français. Leur gouvernement leur a donné l'ordre de reculer à deux lieues en arrière de la frontière pour éviter tout incident susceptible d'entraîner la guerre », acheva-t-il avec un rire narquois.

Encadrés d'un demi-peloton de dragons, nous sortîmes magnifiquement de Thionville. Quand nous eûmes parcouru deux kilomètres sur la route d'Audun-le-Roman :

« Ils sont bien gentils, me dit à l'oreille la grande-duchesse, mais ils deviendraient, à la longue, gênants. »

Et elle donna à la voiture toute sa vitesse.

Derrière, dans le jour qui commençait à poindre, les dragons, littéralement semés, avaient, au bout d'une minute, disparu sur la route noire.

Le vent froid de l'aube glissait contre mes tempes. Maintenant une immense émotion me prenait, et vraiment, en cet instant, je n'ai plus pensé à cette femme à qui j'eusse tout sacrifié, que j'allais quitter pour jamais. Je regardais devant moi les petites collines qui naissaient une à une au jour. La prodigieuse originalité de mon retour m'échappait et faisait place à un sentiment plus poignant et fort.

Il fut à son comble quand l'automobile ayant stoppé avec une brusquerie qui faillit me précipiter sur le brise-bise, la grande-duchesse m'eut désigné, sans mot dire, à droite de la route, à dix pas de nous, le poteau frontière.

Haut de deux mètres avec son côté noir et blanc à droite ; bleu, blanc, rouge, à gauche, il était en cette minute quelque chose d'infiniment troublant.

Je regardai la grande-duchesse, et j'eus un grand bonheur à reconnaître sur ce visage fermé de l'émotion.

Il ne faisait pas encore tout à fait jour. L'automobile avait ralenti énormément. Il semblait qu'Aurore eût voulu me laisser contempler au passage les petites fleurs de la nuit que le vent faisait frémir aux pentes des ravines.

Et soudain, je saisis le bras de ma compagne. L'auto s'arrêta. En haut d'un coteau qui dominait la route, sur le ciel où il se profilait en sombre à moins de deux cents mètres, un cavalier, immobile, venait d'apparaître.

C'était un dragon français. On voyait le manchon jaune du casque, la flamme rouge et blanche de la lance. Puis il y en eut deux, puis dix, puis vingt, et ils s'avancèrent au petit galop à notre rencontre.

« Cette fois, dit Aurore en souriant, c'est toi qui vas leur parler. »

Un officier était devant. C'était un grand jeune homme brun et pâle. La jugulaire barrait d'un trait d'or sa moustache noire. Ayant salué du sabre, il nous demanda notre permis de circuler.

« Monsieur, répondit la grande-duchesse, je préfère vous avouer que je ne possède rien de semblable, car je doute que vous veuilliez vous contenter de ceci, qui m'a été délivré par le général allemand de Thionville », dit-elle en exhibant le laissez-passer de von Offenbourg.

Le jeune lieutenant eut un geste qui pouvait signifier que les circonstances ne prêtaient pas à la plaisanterie.

« Monsieur, reprit Aurore, après avoir, d'un regard, jugé de mon incapacité complète à fournir en ce moment un renseignement, il est des choses trop longues à expliquer, sur une route, d'automobile à cheval. Voici les faits : je suis la grande-duchesse de Lautenbourg-Detmold. M. Vignerte, mon compagnon, est officier français, lieutenant comme vous. Je ne sais si, en France, on a déjà pris la précaution d'arrêter les Allemands. En tout cas, en Allemagne, on en use depuis hier ainsi vis-à-vis des Français. On voulait arrêter monsieur ; je vous le ramène. C'est tout. »

Et semblant prendre en pitié l'extraordinaire surprise qui se peignait sur les traits du dragon, elle dit :

« Je dois peut-être ajouter, monsieur, que je suis d'origine russe, afin que vous n'ayez plus à redouter ni moi ni mon présent. »

L'officier avait mis pied à terre. Il s'inclina respectueusement devant Aurore, qui venait de descendre avec moi d'automobile.

« Lieutenant de Coigny, du 11e dragons, de Longwy », dit-il.

Je me présentai. Nous nous serrâmes la main.

« Vous revenez de loin, mon cher camarade. Qu'allons-nous faire de vous ?

— Vous avez bien un cheval à lui prêter, dit la grande-duchesse. Maintenant, si j'ai un conseil à vous donner, conduisez-le vite près de vos autorités civiles ou militaires. Il arrive d'Allemagne, il sait des choses qui pourront être utiles à ce pays où les fleurs sont jolies, mais où on me paraît se garder assez mal. »

Elle regardait en disant ces mots un bouquet d'églantines sauvages qui pendaient le long de la ravine. M. de Coigny, en attirant à lui les branches les plus fleuries, fit une gerbe rose qu'il tendit à la grande-duchesse.

« Merci, monsieur, dit-elle avec un sourire charmant au jeune homme que son incroyable beauté laissait fasciné. Voulez-vous être assez aimable pour faire ranger vos chevaux ? La route est étroite, et il faut que je fasse virer ma voiture. »

Alors, j'éclatai en sanglots.

Toute mon indifférence de la nuit, toute l'émotion subite que je venais de ressentir en pénétrant en France, cela disparaissait, n'existait plus. Je ne pensais plus qu'à une chose : dans un quart d'heure, pour toujours, je l'aurais perdue.

M. de Coigny avait fait éloigner ses hommes. J'entendis la grande-duchesse qui lui disait, d'une voix si douce :

« Excusez-le, monsieur, il vient de supporter des secousses nerveuses comme la guerre ne lui en apportera jamais. »

Maintenant, je sentais sa main sur mon front.

« Courage, ami, disait-elle à voix basse, mais forte. Tu vas rentrer chez toi dans ton pays, qui est beau et que j'aime. Il aura besoin de toi, car ce sera dur, plus dur que tu ne peux le croire. Mais tu connaîtras les belles choses, les chevaux au galop dans le soleil d'août, les enivrements sublimes, où on ne raisonne plus, tout ce par quoi enfin une femme comme moi peut regretter de n'être pas un homme.

« Ce sera dur, dur. Mais là-bas, par-delà les frontières, d'autres cavaliers se préparent, ceux qui ont des bonnets d'astrakan, qu'on appelle les grosses têtes, qui ont un sabre recourbé, un fouet de plomb, et qui chargent avec un cri si terrible : *Huâ, huâ, huâ,* que les plus courageux deviennent stupides et jettent leurs armes pour mieux fuir les cosaques de Tumène.

« Songe que tu n'es pas à plaindre. Et réfléchis, si tu en veux la certitude, sur la destinée de celle qui va rentrer à Lautenbourg sans toi.

— Hélas, murmurai-je à travers mes larmes. Restez, ne retournez pas là-bas. Songez à ce qui peut vous attendre ! »

J'entendis sa voix devenir sifflante !

« Petit, petit, je croyais à mon contact que tu aurais fini par acquérir une idée de ce qu'est la haine. Boose est de retour. As-tu donc oublié la cheminée de la salle des Armures, et les lettres du Congo, et toute la mystérieuse contradiction, et penses-tu qu'au moment où je vais percer le secret du crime j'abandonnerai le criminel ? »

Mes larmes redoublaient, et soudain je sentis une immense douleur baigner mon désespoir, tandis que sur mon front, une seconde, se posait un baiser...

Brusquement, je me dressai, poussant un cri terrible ; comme un fou, je me mis à courir sur la route jusqu'au moment où, ayant buté, je tombai tout de mon long dans le fossé.

Lorsque, hagard, brisé, je me fus relevé, l'automobile n'était plus, vers l'est, qu'un imperceptible point gris.

☆

A Audun-le-Roman, où je fus vers sept heures, grâce au cheval qu'un des dragons de M. de Coigny avait mis à ma disposition, une automobile fut immédiatement réquisitionnée et m'emporta vers Nancy.

Je m'étais attendu à trouver la mobilisation déjà ordonnée en France. Il n'en était rien. Alors le souvenir des formidables préparatifs que j'avais entrevus cette nuit et qui ne laissaient plus aucun doute devint pour moi la plus obsédante des pensées.

Je fus conduit sur-le-champ à la préfecture et introduit auprès du préfet. Je lui fis un récit aussi détaillé que possible de tout ce que j'avais pu voir et entendre. Il m'écouta avec la plus vive attention, prenant des notes. Quand je le quittai, il était en train de téléphoner à Paris les renseignements que j'avais pu lui fournir.

J'errai dans les rues de Nancy. Mon train partait à midi.

Trop énervé pour me reposer, j'entrai dans un café, place Stanislas. Ayant fouillé dans ma poche pour payer, j'en retirai le portefeuille qu'y avait mis Aurore. Jamais je ne m'étais trouvé aussi riche qu'en cette minute où l'argent, jadis tant désiré, n'avait plus de prix pour moi.

Je passai dans une grande rue et m'arrêtai sans savoir devant un magasin. J'entrai et y achetai la tenue que vous me voyez encore, ne remarquant même pas, tant mon hébétude était grande, que la vareuse bleue avait remplacé, pour la tenue de campagne, le dolman noir à col rouge.

A midi le train m'emportait vers Paris. Pour la première fois, je vis alors ces paysages que la retraite nous a rendus inoubliables : Dormans, avec son pont que nous avons traversé le 2 septembre, dans une tristesse que la date de Sedan faisait plus effroyable, la douce route de Jaulgonne où nous avons poursuivi l'ennemi, Château-Thierry sur la Marne, avec son haut château ruiné, où, pour la dernière fois, nous avons pu dormir dans un lit.

Il était 5 h 20 quand le train s'arrêta en gare de Château-Thierry. Ce fut là que j'appris la nouvelle de la mobilisation générale. Il était maintenant dressé, le mur de fer et de feu par lequel j'étais séparé de ma bien-aimée souveraine de Lautenbourg.

Une pesante atmosphère d'orage régnait, sous laquelle le grand Paris était calme cependant, quand je débarquai à la gare de l'Est. O ville, j'avais jadis tant craint pour toi, quand cette terrible minute viendrait, ton émotivité, ta passion, ce que peut contenir de brouillon l'enthousiasme. Et voici que cette heure avait sonné, et que le meurtre même n'avait pas réussi à troubler ton calme, le meurtre de celui qui prétendait, à son gré, maintenir la révolution ou la déchaîner.

Mon ordre de mobilisation avait disparu dans l'incendie du château de Lautenbourg, mais je m'en préoccupai peu, connaissant par cœur son contenu, et étant décidé à partir dès le lendemain matin pour Pau, rejoindre le 18e d'infanterie.

Dans une chambre d'hôtel, je revêtis mon uniforme, puis, descendant la rue Lafayette, je me dirigeai vers le centre de la capitale.

Les gens étaient plus fiévreux que bruyants. Beaucoup de soldats, d'officiers comme moi déjà, mais tous avec à leur bras une mère, une femme, qui les regardaient avec un indicible mélange de fierté et d'émotion. Et moi, j'étais seul, seul en ce soir tragique, plus seul encore dans cette ville que le soir où je l'avais quittée.

Où allais-je, je ne le savais pas encore. Mais je le compris mieux quand j'eus atteint la rue Royale avec ses terrasses éclairées et bondées de monde. Devant chez Weber, je pensai à Clotilde. C'est août, elle n'a plus son renard blanc. Elle doit porter une blouse de soie claire... Puis, le souvenir de cette fille me fit horreur.

Les verdures des Champs-Elysées commençaient à s'assombrir sous le ciel mauve. Je tournai à droite et pris les petites allées qui, avec leurs grands arbres et leurs casinos, font penser à une ville d'eau. Des automobiles s'arrêtaient en grondant devant des restaurants éclairés. Des chasseurs ouvraient les portières.

J'étais arrivé à l'avenue Gabriel, sombre comme un tunnel de feuillage. A pas lents, je la remontai. Une angoisse infinie secouait tout mon être. Bientôt, je vis des vitres briller.

Sur la porte d'un restaurant, je lus ce mot : Laurent.

Alors, je m'assis en face, sur le banc que je savais y être. A tâtons, mes doigts suivirent le rude dossier de bois, se heurtant de-ci, de-là, aux grosses têtes rondes et plates des clous.

Soudain, ils s'arrêtèrent. Ils avaient trouvé ce qu'ils cherchaient. Je me penchai et n'eus pas de peine, bien que la nuit fût tout à fait venue, à déchiffrer les trois signes, les trois lettres A.A.E., que la petite princesse Tumène avait jadis gravées là.

EPILOGUE

« Mon histoire est finie », dit Vignerte.

Il se tut, et je respectai son silence. Puis, peu à peu, nous sentîmes nos deux pensées se détacher du drame qu'il venait d'évoquer et se reporter sur celui qui allait maintenant se dérouler devant nous.

Il était six heures moins un quart. On ne voyait pas encore le jour, mais on sentait qu'il ne tarderait plus à naître. Derrière nous, en silence, les quatre hommes de liaison nous avaient rejoints, un par section.

Six heures !... L'heure prévue pour l'attaque...

Une minute, interminable, s'écoula. Puis un imperceptible coup de sifflet parvint à nos oreilles. La 22e quittait ses tranchées.

Il y avait environ trois cents mètres entre ces tranchées et la corne de bois que nos amis avaient pour mission de nettoyer. Trois cents mètres à franchir, en se défilant, la plupart du temps sur le ventre, un bon quart d'heure.

La nuit était froide, mais, au ciel gris, de

fins nuages, déjà cuivrés vers l'est, faisaient prévoir une belle journée.

Ce sont des instants tragiques que ceux qui se déroulent dans une semblable attente. Cependant aucun de ceux qui ont réchappé de la terrible chose n'a jamais regretté de les avoir vécus.

Soudain, un coup de feu, sec, au fond de la vallée. Puis deux, trois... Un petit poste allemand qui donnait l'éveil, mais trop tard à en juger par le temps écoulé : les nôtres devaient être sur eux.

Alors, sur notre droite, comme une toile métallique qu'on déchire, la fusillade se déchaîna. C'était la 23e compagnie qui, suivant les ordres reçus, exécutait un feu à volonté pour fixer les Allemands d'en face et les empêcher de porter secours à leurs camarades attaqués.

Maintenant toute la ligne ennemie répondait avec une nervosité de bon augure. Leurs balles mal dirigées passaient très haut au-dessus de nos têtes. Seulement, par instants, une branchette hachée tombait à côté de nous comme une feuille parachute de tilleul. Ceux qui ont combattu dans les bois connaissent cette impression-là.

Ce vacarme sec durait depuis cinq minutes quand une flamme immense monta dans le ciel, vers notre droite, éclaboussant toutes les hauteurs d'en face, puis s'éteignant sous une pluie de débris. Au même instant, une détonation énorme, sourde, retentissait.

« Le coup a réussi, murmurai-je à Vignerte. Il y avait un fourneau de mine. Ils sont arrivés à le faire sauter. »

Sur notre front, la fusillade reprenait de plus belle. Puis, brusquement, tout se tut. Une fusée, de nos lignes, s'élevait.

Cette fusée indiquait à l'artillerie que la 22e *venait de regagner sans encombre ses tranchées, que c'était à elle d'entrer en ligne. Aussitôt le tir de barrage se déclencha.*

De l'arrière, on les entendait venir maintenant, les monstres invisibles, décrivant au-dessus de nous leurs mortelles paraboles. Vrombissement qui grandit, et qui semble si lent, si lent, qu'on ne s'explique pas comment on ne peut arriver à apercevoir un de ces oiseaux qui font tant de bruit.

Et c'était l'arrivée sur les tranchées ennemies, la flamme bleue et rouge, la poussière et les débris qui montent comme une jaune colonne, puis l'épouvantable bruit de l'éclatement.

A la jumelle, Vignerte et moi suivions les effets du tir.

Tout à coup, j'entendis qu'on m'appelait.

C'était notre homme de liaison auprès du chef de bataillon. Il arrivait, essoufflé d'avoir couru.

« Mon lieutenant ! Mon lieutenant !

— Eh bien ?

— Le chef de bataillon ! Il vous demande sur l'heure au poste de commandement.

— J'y vais, dis-je à Vignerte. Qu'y a-t-il de nouveau là-bas ? demandai-je à l'homme. Sais-tu si le coup de la 22e a réussi ?

— A merveille, mon lieutenant, ils n'ont perdu que deux hommes. Ils ont fait sauter la mine, désorganisé la tranchée, et ramené près de quarante prisonniers. Du très beau travail. Mais allez vite, le commandant est pressé. »

Je pris ma course ; un cheminement assez commode conduisait au poste de commandement, situé à quelque cent mètres en arrière. Seul, un passage, une espèce de glacis, n'était pas défilé. Je le franchis sans augmenter mon allure, car à ce moment la ligne allemande, muette sous notre bombardement, ne faisait courir aucun danger.

Le commandant m'attendait sur le seuil de sa cabane.

« Ah ! vous voilà. Excusez-moi de vous avoir fait courir. Le succès de la 22e en est la cause.

— Qu'y a-t-il pour votre service, mon commandant ?

— Voilà. Vous êtes agrégé d'allemand, or, moi, depuis Saint-Cyr, je n'ai guère pratiqué cette fichue langue. Nous avons ici un prisonnier de marque. J'ai vainement essayé de l'interroger. Pas moyen de lui arracher un mot. Pourtant, il peut nous fournir des renseignements utiles. C'est un commandant du génie. C'est lui qui organisait la sape qu'on vient de si bien bouleverser. Coste, qui lui a mis la

main dessus, va sûrement passer capitaine.

— Un officier supérieur qui ne parle pas français, c'est bizarre ! dis-je ; vous savez que beaucoup affectent de ne pas savoir.

— Je ne l'ignore pas, c'est pourquoi je vous ai appelé. Il ne pourra pas prétendre qu'il ne comprend pas l'excellent allemand dans lequel vous allez l'interroger. Voilà le citoyen. »

J'entrai dans la cabane du chef de bataillon, où le commandant allemand était gardé par deux soldats de la 22e, les mêmes qui l'avaient escorté depuis les tranchées ennemies. Leur fierté en était si grande qu'ils ne purent s'empêcher de fixer pour moi ce point d'histoire.

« D'un coup de revolver, il a démoli le pauvre Labourdette. Mais, avec le lieutenant Coste, on lui est tombé dessus. »

C'était un homme d'une quarantaine d'années, aux yeux bleus et froids, à la physionomie dure et intelligente. Il répondit à peine au salut que je lui adressai en entrant.

Je lui posai, sans aucun succès, quelques questions.

« Monsieur, finit-il par dire dans le français le plus correct, comme je l'avais prévu, à quoi rime cet interrogatoire ? Je ne pourrai vous dire que des choses sans importance, comme mon nom, dont vous n'avez cure. Quant à des renseignements militaires, je suis officier, vous aussi. Si vous étiez à ma place, vous ne diriez rien, n'est-ce pas ? Souffrez que j'en agisse de même. »

Et il se renferma dans le mutisme le plus dédaigneux.

« Nous n'en tirerons rien, dis-je au commandant. N'avait-il pas un seul papier sur lui, quand on l'a arrêté ?

— Rien du tout, répondit piteusement mon chef.

— Vous n'avez rien trouvé ? dis-je aux soldats.

— Rien, mon lieutenant, sauf cela, répondit l'un d'eux en tirant de sa capote un papier froissé. Mais c'est tout déchiré et il n'y en a pas long.

— Donnez tout de même », dis-je.

Ecrit, au crayon, à demi effacé, le lambeau de feuille qu'il me tendit était un brouillon de lettre. Dès que j'y eus jeté les yeux, une véritable commotion électrique me secoua.

Le prisonnier me dévisageait d'un regard narquois.

Je marchai sur lui avec colère.

« Je sais votre nom, maintenant, monsieur, lui dis-je.

— Cela m'étonne beaucoup, répondit-il avec insolence, car le papier que vous avez en votre possession n'est pas signé, et vous n'êtes pas sorcier.

— Misérable, lui dis-je en éclatant, vous vous appelez Ulrich de Boose et vous êtes l'assassin du grand-duc Rodolphe de Lautenbourg-Detmold. »

Une pâleur mortelle avait envahi son visage.

Ses mains se raidirent. Il eut pourtant la force de dire d'une voix tremblante :

« Monsieur le commandant, je proteste contre le traitement qu'on m'inflige. Veuillez empêcher votre lieutenant d'insulter un adversaire prisonnier. C'est tout à fait indigne.

— Foutez-moi la paix ! hurla mon chef. Mais pardieu, lieutenant, qu'est-ce que toute cette histoire ? Que contient ce papier ? »

Je me remettais à peine de mon émotion.

« Excusez-moi, mon commandant, murmurai-je. Je ne me sens pas capable de vous expliquer... Mais voulez-vous être assez bon pour envoyer chercher immédiatement le lieutenant Vignerte ? Il sait qui est cet homme, il vous dira tout.

— Je veux bien, maugréa le chef de bataillon. En voilà une affaire ! »

Et il donna l'ordre.

Au nom de Vignerte, l'Allemand avait blêmi davantage. Il me jetait des regards furieux. Si les deux soldats ne l'avaient pas solidement maintenu, il se serait élancé sur moi pour essayer de me ravir le papier que j'étais en train de relire avec un plus de calme :

« Une dernière fois, y était-il dit, je vous répète ceci : je connais trop votre façon d'en user avec les autres pour ne pas deviner celle que vous voulez appliquer à mon égard. J'ai accepté de partir pour la guerre. Mais elle se prolonge ; tous les jours, je risque de n'en pas revenir. C'est votre désir sans doute : après le grand-duc, après la grande-duchesse, moi, n'est-ce pas ? Et désormais vous serez tranquille... Je ne suis pas si sot. Si d'ici quinze jours, je ne suis pas rappelé en arrière, affecté à un état-major, avec l'avancement que je crois devoir attendre de mes services, je vous annonce ceci : un récit *détaillé* de la chose sera *publié,* par les soins d'amis à moi, dans autant de journaux neutres ou ennemis qu'il le faudra, adressé à toutes les personnes dont vous avez à redouter l'édification. Et je puis vous certifier qu'on y ajoutera d'autant plus de foi que ces documents contiendront un spécimen d'une écriture que vous connaissez bien. »

Cette dernière phrase était rédigée dans une écriture absolument différente de celle du reste de la lettre. L'une fine et déliée, l'autre énergique et forte. Les deux, cette nuit, j'avais pu les examiner. L'une était celle des lettres écrites au Cameroun par le grand-duc Rodolphe, l'autre celle du plan de voyage retrouvé dans les Mittheilungen.

Tout était clair, maintenant, horriblement clair.

« Vignerte va savoir enfin », pensai-je avec un transport de joie.

Et soudain une sueur me glaça les tempes : cette science, de quel prix allait-il la payer ?

La grande-duchesse ! Malheureux que j'étais, je n'avais plus pensé qu'elle aussi...

« Il ne faut pas ! il ne faut pas », murmurai-je...

Trop tard.

« Voilà le lieutenant », dit notre commandant qui, du seuil de sa cabane, surveillait l'horizon.

C'en était fait. L'irréparable allait s'accomplir.

Le jour naissait, couvrant de rose et de bleu la campagne. Sur un arbuste dévasté, un pinson chanta.

Dans le ravin, en bas, j'aperçus à mon tour Vignerte. Il en gravissait sans hâte la pente. Je voyais son long corps souple ; puis, peu à peu, sa fine tête brune se distingua.

« Mon Dieu ! m'écriai-je.

— Voyons, me dit le commandant, monsieur, êtes-vous devenu tout à fait fou ? »

Maintenant Vignerte n'était plus qu'à une centaine de mètres de nous. Je le vis allonger le pas, pour franchir le glacis non défilé qui le séparait encore de l'abri du commandant.

Alors, du fond nacré de l'horizon, un bruit horrible naquit, puis grandit en soufflant. Une masse invisible s'approchait dans le ciel blanchissant, avec la trépidation d'un train entrant en gare. Cela grandissait, grandissait, et nous comprenions que ce serait sur nous qu'allait aboutir la diabolique parabole.

Comme de petites grenouilles, de-ci, de-là,

on voyait les soldats bondir dans leurs trous.

Surpris juste au milieu du glacis dénudé, Vignerte s'était arrêté. Continuer, revenir : nous sentîmes sa fatale indécision.

La chose faisait maintenant un bruit de tonnerre.

« Vignerte ! criai-je éperdument. Couchez-vous, pour Dieu, couchez-vous ! »

Une seconde encore, je l'aperçus. Il ne bougeait plus. Tout droit, face à l'ouragan, avec un mince sourire consentant et extasié, il contemplait l'aurore.

Alors, ce fut l'écrasement.

Une grêle de pierres et d'acier s'abattit sur le toit de l'abri où, d'un geste brusque, mon chef de bataillon m'avait entraîné avec lui. Quand la sinistre pluie eut cessé, les yeux agrandis d'horreur, nous regardâmes.

Au flanc du talus, il y avait à présent un énorme entonnoir noirâtre, avec, sur le bord gauche, de pauvres débris rouges et bleus.

☆

Ainsi mourut, le 31 octobre 1914, le lieutenant Vignerte, pour avoir aimé la grande-duchesse Aurore de Lautenbourg-Detmold.

ŒUVRES DE PIERRE BENOIT

aux Éditions Albin Michel :

ROMANS

Kœnigsmark.
L'Atlantide.
Pour Don Carlos.
Le Lac salé.
La Chaussée des Géants.
Mademoiselle de la Ferté.
La Chatelaine du Liban.
Le Puits de Jacob.
Alberte.
Le Roi lépreux.
Axelle.
Erromango.
Le Soleil de minuit.
Le Déjeuner de Sousceyrac.
L'Ile verte.
Fort-de-France.
Cavalier 6
suivi de L'Oublié.
Monsieur de la Ferté.
La Toison d'or.
Flamarens.
Feux d'artifice a Zanzibar.
Fabrice
Boissière.
La Dame de l'Ouest.
Saint-Jean-d'Acre
suivi de La Ronde de nuit.
Les Compagnons d'Ulysse.
Bethsabée.
Notre-Dame de Tortose.
Les Environs d'Aden.
Le Désert de Gobi.
Lunegarde.
Seigneur, j'ai tout prévu.
L'Oiseau des Ruines.
Jamrose.
Aïno.
Le Casino de Barbazan.
Les Plaisirs du Voyage.
Les Agriates.
Le prêtre Jean.
Villeperdue.
Le Commandeur.
La Sainte Vehme.
Les Amours mortes.
Montsalvat.
Aréthuse, roman inachevé.

Poèmes
(Diadumène, Les Suppliantes).

Mes héroïnes,
(D'Aurore à Aïssé).

Les cinq plaisirs de l'homme cultivé,
suivi de l'auto.

IMPRIMÉ EN FRANCE PAR BRODARD ET TAUPIN
Usine de La Flèche (Sarthe).
LIBRAIRIE GÉNÉRALE FRANÇAISE - 6, rue Pierre-Sarrazin - 75006 Paris.
ISBN : 2 - 253 - 01344 - 7 30/0001/5

DIRK VAN DEN BOOM

KAISERKRIEGER

DIE ANKUNFT

Eine Veröffentlichung des
Atlantis-Verlages, Stolberg
Juni 2010

Druck: winterwork, Borsdorf

Titelbild und Umschlaggestaltung: Timo Kümmel
Lektorat und Satz: André Piotrowski

ISBN 978-3-941258-28-0

Besuchen Sie und im Internet:
www.atlantis-verlag.de

1

»Schön, dass du gehst.«

Die Worte waren kaum falsch zu verstehen. Die Kälte in Karls Stimme untermauerte den Sinn zusätzlich. Rheinberg beschloss, diese Art von Abschiedsgruß nicht zu erwidern.

Als er das Haus verließ und auf den Bürgersteig trat, spürte er die Blicke in seinem Rücken.

Das Augenpaar von Helga, seiner Schwester, mit der Mischung aus Trauer und Trotz, die ihn bereits den ganzen gestrigen Tag begleitet hatte. Das Augenpaar ihres Mannes Karl, klar gefüllt mit Hass und Verachtung.

Auch das war gestern so gewesen, trotz der dünnen Schale an Höflichkeit, mit der Karl seinen Schwager in seinem kleinen Backsteinhaus in der Werftstraße empfangen hatte. Die Schale war schnell gesprungen, die Risse hatten sich verbreitert, und am Nachmittag, nach einem faden und zerkochten Mittagessen aus Kartoffeln und Fisch, war sie endgültig zerbrochen. Karl hatte wieder mit seinen Monologen begonnen und sich wie stets schnell hineingesteigert.

Das Ausbeutersystem, so wiederholte er wieder und wieder, und der Kapitalismus. Der Feudalismus im Denken und die Verdorbenheit der Monarchie. Freiheit für jene, Vergeltung für dieses – und dann natürlich sein größtes Feindbild: die Lieblinge des Kaisers, die Seeoffiziere. Karl wusste, wovon er sprach, oder zumindest nahm er es an. Er war seit sechs Jahren Werftarbeiter in Wilhelmshaven, und hier gab es ausschließlich Werften, die für die kaiserliche Flotte arbeiteten, die seit dem 2. Flottengesetz unentwegt in Tag- und Nachtschichten die Waffe erschufen, die Seine Allerhöchste Majestät in Auftrag zu geben beliebt hatte. Karl verdiente jede Mark mit seiner Arbeit für das Ausbeutersystem, für das er nur Hass zu empfinden schien, und das musste ihn doppelt und dreifach frustrieren. Als er dann seine Pamphlete hervorholte – Veröffentlichungen der sozialdemokratischen Druckerpressen, mit wehenden Fahnen und Bildern ihrer Führer und Idole, allen voran: Marx, Engels, Lassalle und wie sie noch hießen –, war Korvettenkapitän Jan Rheinberg der Geduldsfaden gerissen.

Helga hatte als Einzige bemerkt, wie es in ihm zu kochen begonnen hatte. Kein Wunder, sie war seine Schwester und gleichzeitig das schwarze Schaf der Familie, mit 18 ausgerissen von zu Hause und verheiratet mit einem Revoluzzer, einem einfachen Arbeiter, einem unsicheren Gesellen. Sein Vater hatte sie seitdem nicht mehr gekannt, der alte, unbeugsame, stocksteife Schuldirektor und Kavallerieoffizier a. D. Lediglich die Mutter schickte ihr hin und wieder Briefe, oft mit Geld, denn daran mangelte es ständig. Selbst während der ersten acht Jahre von Jans Karriere, als seine Eltern ihn noch bezuschussen mussten und Tausende in seine Ausbildung zu stecken hatten, ehe er endlich zum Oberleutnant befördert worden war und so etwas wie finanzielle Unabhängigkeit erreicht hatte, waren die Briefe gekommen. Genauso jene Bitten seiner Mutter, sich um die Helga zu kümmern.

Jan besuchte sie daher mindestens einmal im Jahr – seit seiner Versetzung nach Wilhelmshaven vor sechs Monaten einmal im Monat, zum höchsten Missfallen ihres Mannes. Jan selbst hatte an diesen Besuchen keine Freude, dennoch erfüllte er seine Pflicht. So, wie er es immer getan hatte, auch dann, als sein Vater ihm eröffnet hatte, dass er seinen einzigen Sohn auf die Seekadettenschule zu entsenden gedachte, da sein Stand zum gewünschten Nachwuchs für das stetig expandierende Offizierskorps gehörte. Das Seeoffizierskorps, der Augapfel Seiner Allerhöchsten Majestät, und damit eine sichere Karriere für einen fleißigen jungen Mann, der gerade das Abitur mit höchsten Auszeichnungen bestanden hatte und eigentlich lieber …

Aber das Eigentliche war, was der Vater verlangte.

Jan hatte seine Pflicht erfüllt. Und als er nun an diesem kühlen Oktobermorgen, es war ein Sonntag, das Haus seines revolutionären Schwagers verließ, erinnerte er sich an die schneidende Kälte in seiner Stimme, mit der er am gestrigen Abend Karl zurechtgewiesen hatte. Seine Worte waren Ehre und Verpflichtung gewesen, Vaterland und Treue sowie die Sinnhaftigkeit von Allerhöchster Autorität, ohne die ein Staatswesen in genau die Anarchie und Beliebigkeit zerfallen würde, die Karl mit den Seinen doch wohl anstrebe. Er hatte sich gehen lassen, war eigentlich gar kein so fanatischer Verfechter der Monarchie – oder, um genauer zu sein, des aktuellen Monarchen. Dennoch: Korvettenkapitän Rheinberg hatte eine gute Exerzierstimme, er hatte sie in Mürwik zur Reife kommen lassen, als Ausbilder, einen Posten, den er bis vor einem halben Jahr innegehabt hatte. Ein gehasster und geliebter Posten, gehasst wegen dessen Eintönigkeit und der schlechten Entlohnung, geliebt, weil er gerne lehrte und Bildung für ihn wichtig war. Jeden Abend las er noch Texte in Latein: Cicero, Sallust, Ambrosius. Latein hatte er eigentlich lieber …

Das Eigentliche lag nun vor ihm. In vier Stunden musste er sich auf dem Kleinen Kreuzer *Saarbrücken,* einem der ältesten Schiffe der kaiserlichen Flotte melden, vordem im Weißen Schloss vorbeigehen und im Auftrage seines Kommandanten die schriftlichen Befehle abholen. Es ging zur Westafrika-Station, und die Vorfreude in Rheinberg überwog die Frustration, die ihm der vergangene Tag sowie der schweigsame, erbitterte Morgen im Haus seiner Schwester gebracht hatten.

Er hätte nicht laut werden sollen. Karls billige, schädigende Propaganda, die er zwar in der Kneipe und seinem Haus, doch wohlweislich nicht auf der Werft verbreitete, hätte an ihm abperlen sollen wie Gischt am Ölzeug. Jedoch die Wut, der jähe Zorn, der in ihm aufstieg, wenn er auf Dummheit stieß, war nur schwer beherrschbar. Karl und er verstanden einander nicht, ihre Welten waren völlig verschieden, lediglich zusammengehalten durch die Brücke seiner Schwester.

Sie waren beide unnachgiebig gewesen, dickköpfig, ungnädig, mehr von sich selbst überzeugt als von dem, was sie von sich gaben. Es hatte in Streit enden müssen. Es endete immer so.

Es nieselte. Jan zog den Kragen seiner Uniformjacke hoch. Allein die Existenz dieser Uniform in seinem Haus sei ihm eine Beleidigung, hatte Karl heute Morgen noch betont. Daraufhin hatte Rheinberg beschlossen, nicht bis zum Mittag zu warten, sondern gleich zu gehen. Das Offizierscasino war ohne Zweifel ein gastlicherer Ort. Abgesehen davon gab es auf der erst vor fünf Monaten nach allerlei Wartungsarbeiten wieder in Dienst gestellten *Saarbrücken* mehr als genug zu tun, bevor es auf die große Reise ging.

Allein der Gedanke daran besserte Jans Stimmung merklich auf. Er verzichtete sogar auf die Straßenbahn und ging die Strecke zu Fuß. Er musste nach den wenig erquicklichen Erlebnissen wieder einen klaren Kopf bekommen. Nichts half dabei besser als ein sonntäglicher Spaziergang. Er fühlte mit der rechten Hand das knisternde Papier in seiner Uniformtasche – der Brief von seinem Vater, drei Tage vor dessen Tode abgeschickt, in dem er dem Sohn förmlich und ohne Schnörkel mitteilte, dass er die Kunde von der Beförderung und Ernennung zum Ersten Offizier mit Stolz und Anerkennung vernommen habe. Dann drückte er seine Hoffnung aus, Jan werde dem Kaiser auch weiterhin getreulich dienen und damit die ehrenvolle Tradition seiner Vorväter fortsetzen.

Jans Antwort hatte ihn nicht mehr erreicht.

Er verscheuchte die grüblerischen Gedanken. Den unerwarteten Tod seines Vaters konnte er nicht ungeschehen machen. Ebenso wenig die ärgerliche Existenz des Karl Jansen, und sei es nur seiner Mutter und schließlich seiner Schwester zuliebe, die diesen Mann offenbar tatsächlich liebte. Korvettenkapitän Rheinbergs Opfer waren groß, denn seine Vorgesetzten hatten über die unschickliche Verbindung seiner Schwester an höchste Stellen berichtet; zweimal war er deswegen bei der Beförderung zurückgesetzt worden. Letztlich hatten aber sein Diensteifer und seine unerschütterliche Pflichterfüllung das Ihre getan, und so war er endlich an führender Stellung auf einem großen Schiff der Flotte stationiert worden.

Jan dachte daran und ertappte sich dabei, wie er fröhlich zu summen begann. Als er den Adalbertplatz erreicht hatte, mit den exakten Baumreihen und dem schimmernden Bau der Marinestation an seinem Ende, der gemeinhin nur das »Weiße Schloss« genannt wurde, hatte er fast schon wieder gute Laune. Er prüfte den Sitz seiner Uniform, bevor er die Wachposten passierte. Nach kurzer Meldung und dem Vorbringen seines Anliegens fand er sich im Warteraum wieder. Er musste lange warten, aber das tat ihm nichts. Der Raum war schlicht, dafür der Sessel bequem, und ein Bursche brachte ihm auf Geheiß Kaffee und Gebäck. Normalerweise wurde dies alles nicht so formell gehandhabt, jedoch war es die letzte große Fahrt der *Saarbrücken.* Danach würde sie ihr Dasein als Wohnschiff fristen. Immer wieder hatten Offiziere und Marine-Ingenieure anderer Einheiten gerade irgendetwas Wichtiges im Ausrüstungshafen zu tun, um einen letzten Blick auf das elegante, kraftvolle Schiff zu werfen, das aus einer anderen Zeit zu stammen schien. Das alte Schlachtross der BREMEN-Klasse war 1902, als es erbaut worden war, der Gipfel deutscher Ingenieurskunst gewesen. Obgleich dessen Schwesterschiffe heute, gut 12 Jahre später, mehr und mehr durch moderne Turbinenkreuzer ersetzt wurden, war Rheinberg stolz auf die alte Lady. Kapitän von Krautz lag noch mit einer Grippe im Lazarett. Stationschef Admiral von Herringen persönlich würde Rheinberg in seiner Eigenschaft als Erster Offizier die notwendigen Befehle übergeben, und dies ehrte den Ruf des Kommandanten, der das Schiff die letzten sieben Jahre geführt hatte.

Rheinberg fühlte keinerlei Aufregung oder Angst. Er sah sich dort, wo er hingehörte, und würde er sich erst bewähren, war der Weg nicht mehr weit zu seinem eigenen Kreuzerkommando. Und Bewährung stand bevor, daran gab es keinen Zweifel. Der Krieg, auf den der Kaiser in seiner Weitsicht seine Flotte so sorgsam vorbereitet hatte, stand unmittelbar bevor, das wusste jeder, der über genügend Intelligenz verfügte. Rheinberg hatte an Intelligenz keinen Mangel, und so erwartete er die Zukunft mit Vorfreude. Krieg bedeutete Bewährung, und vor allem Siege, und dass es Siege sein würden, das stand ihn für außer Frage.

»Herr Korvettenkapitän!«

Die Stimme des Adjutanten riss ihn aus seinen Überlegungen. Wenige Augenblicke später fand Rheinberg sich in Gegenwart des Stationschefs wieder. Von Herringen war eine hochgewachsene Gestalt mit einem mächtigen, weißen Backenbart. Er hatte sein Amt erst vor etwa einem Jahr angetreten, allerdings hatte Rheinberg das Gefühl, dass er es nicht mehr lange innehaben würde. Der Mann stand kurz vor dem Pensionierungsalter, und wenn es tatsächlich zu einem Krieg kommen würde, dann bedurfte es eines Offiziers, der gleichzeitig auch in zivilen Angelegenheiten versiert war. Niemand machte sich Illusionen darüber, was ein Kriegsausbruch für die Stadt und das Umland von Wilhelmshaven bedeuten würde. Sie würde mit an Sicherheit grenzender Wahrscheinlichkeit zur Festung erklärt werden, und das würde den Stationschef automatisch zum Gouverneur machen.

»Setzen Sie sich, Herr Korvettenkapitän!«

Rheinberg folgte der Aufforderung. Von Herringen ließ sich hinter seinem breiten Schreibtisch nieder und nickte in Richtung eines Papierbündels, das am vorderen Rande der Tischplatte lag.

»Nehmen Sie das, es sind die Marschbefehle. Sie sind gesiegelt, Fregattenkapitän von Krautz kann sie öffnen, sobald er aus dem Lazarett entlassen ist. Wie sieht es eigentlich damit aus?«

»Herr Admiral, der Kapitän ist bereits recht munter. Er hat die Influenza gut überstanden und wird übermorgen seinen Dienst wieder antreten.«

»Gerade recht, gerade recht. Sie werden es ziemlich eng haben auf der Hinfahrt.«

»Herr Admiral?«

Von Herringen deutete erneut auf das Papierbündel.

»Es hat einige Ergänzungen in letzter Minute gegeben. Sie wissen, dass die internationalen Spannungen kaum zu übersehen sind. Sollte es zum Kriege kommen, wird das unsere Kolonien genauso betreffen wie das Mutterland. Der Gouverneur von Kamerun hat zusätzliche Truppen verlangt. Er wird nicht das bekommen, was er gerne hätte, stattdessen immerhin eine volle Heereskompanie. Sie werden sie auf der *Saarbrücken* unterbringen müssen.«

»Das wird eng, Herr Admiral!«, gab Rheinberg zu bedenken. Eine volle Kompanie, also etwa vier Züge von je vierzig Mann, samt all der Ausrüstung … Es würde sogar sehr eng werden.

»Ich weiß. Hinzu kommen Munition, zusätzliche Gewehre sowie 25 000 Goldmark, alles abzuliefern beim Gouverneur. Sie werden einiges an Vorräten an Deck festzurren müssen, damit unterdecks Platz ist für die Grauen. Vielen davon wird es sehr schlecht gehen, vor allem, wenn es mal rau wird. Der Kompaniechef, ein Hauptmann Becker, scheint jedoch schon einige Male unser Passagier gewesen zu sein. Er wird sich mit seinen Männern Montagnachmittag an Bord melden, Sie sollten ihn empfangen.«

»Jawohl, Herr Admiral. Wir werden das schon hinkriegen.«

Das war leichter gesagt als getan. Allerdings stand es Rheinberg kaum an, diese Details mit von Herringen zu diskutieren. Warum nicht zusammen mit der *Saarbrücken* ein Dampfer geschickt wurde, konnte er sich nicht erklären. 25 000 Goldmark. Da musste er besondere Vorsicht walten lassen.

»Davon bin ich überzeugt«, erwiderte der Stationschef. »Sie werden in Portugal kohlen, die dortigen Behörden wissen Bescheid. Wenn Krieg ausbricht, werden Sie Marokko nicht anlaufen können, überhaupt sind die Küsten dann bis Togoland feindlich. Also keine volle Marschgeschwindigkeit, sondern Kohle sparen. Wenn Sie einen Tag später ankommen, ist das nicht so schlimm. Ich möchte nicht, dass die *Saarbrücken* auf ihrer letzten großen Fahrt in Feindeshand gerät.«

Nun konnte Rheinberg doch nicht an sich halten. Von Herringen hatte so bestimmt und kategorisch geklungen.

»Herr Admiral, ist wirklich schon in Kürze mit einer Kriegserklärung zu rechnen?«

Von Herringen gestattete sich ein dünnes Lächeln.

»Wer bin ich, dass ich den Allerhöchsten Ratschluss aus Berlin vorhersehen kann? Aber was ich höre, ist ermutigend. Ich bin mir sicher, dass in Kürze einige Fragen auf recht eindeutige Art und Weise geklärt werden. Auch Sie müssen sich wappnen. Es steht alles in den Befehlen.«

»Ja, Herr Admiral.«

»Noch etwas. Nein, zwei Dinge. Zum einen bekommen Sie einen neuen Chefingenieur. Marine-Oberingenieur Dahms, ein kurzfristiger Ersatz. Er wird sich morgen melden.«

»Jawohl, Herr Admiral. Und das zweite?«

Von Herringen seufzte. Für einen Moment blickte er etwas gedankenverloren aus dem Fenster. Der Nieselregen war durch einen Schauer abgelöst worden. Der Herbst begann, sich von seiner unangenehmen Seite zu zeigen. Es würde schwere See geben. Rheinberg bedauerte die Grauen schon jetzt.

»Die Berichte über sozialdemokratische Agitation in den Mannschaftsdienstgraden und bei den Unteroffizieren häufen sich. Ich weiß nicht, wie viele Oberheizer und Maaten schon bei den Sozialisten gelandet sind, oft bekennen sie sich nicht offen dazu. Noch eint alle das Band der Liebe zum Kaiser, vor allem hier in der Flotte. Nichtsdestotrotz muss ich gerade Sie auffordern, die Augen offen zu halten.«

Dieses »gerade Sie« konnte Rheinberg zweifach interpretieren. Als Appell an seine genuine Verantwortung als Erster Offizier, für die Disziplin in der Mannschaft direkt verantwortlich zu sein, oder als Hinweis auf seine angeheiratete Verwandtschaft, von deren Existenz von Herringen mit absoluter Sicherheit wusste. Rheinberg beschloss, das nicht zu diskutieren. In jedem Falle hatte er die Botschaft verstanden.

Zum Glück stand ihm mit einem schlichten »Jawohl, Herr Admiral!« eine in jeder Situation passende Antwort zur Verfügung.

Das Gespräch drehte sich noch einige Minuten um Nebensächlichkeiten, dann durfte Rheinberg gehen. Als der junge Offizier das Weiße Schloss verließ, hatte der Regenschauer nachgelassen. Die kalte Luft, die vom Jadebusen herwehte, roch nach Sturm. Nichts, womit ein erprobter Kleiner Kreuzer nicht fertig werden konnte, dennoch nichts, wonach sich ein erfahrener Seemann mit aller Macht sehnte. Gerade ein überladenes Schiff, wie es die *Saarbrücken* sein würde, konnte ruhiges Fahrwasser gut gebrauchen.

Rheinberg blickte auf die Uhr. Ihm blieben noch drei Stunden, bis er sich auf dem Schiff einzufinden hatte, andererseits gab es mehr zu tun als erwartet. Sein Bursche hatte sein Gepäck schon lange verstaut. Rheinberg machte sich im Geiste bereits Gedanken über ein Rotationsprinzip, mit dem die Raumkapazität der *Saarbrücken* optimal ausgenutzt werden konnte. Auf dem Fußweg zum Ausrüstungshafen kam er rasch zu dem Schluss, dass er selbst seine bescheidene Kabine mit dem Hauptmann der eingeschifften Infanterie würde teilen müssen. Das wiederum bedeutete, dass er sich für die Nachtwachen einteilen musste, sollte der Infanterist einigermaßen in den Genuss von Schlaf kommen. Es war ein Akt der Höflichkeit – Rheinberg war sich sicher, dass Becker auch jede andere Regelung klaglos akzeptiert hätte –, aber es traf sich, dass Rheinberg die Nachtwachen liebte, denn dann gehörte das Schiff wirklich ihm.

Als er die *Saarbrücken* erreicht hatte, stand sie unter Dampf. Das bedeute wohl zum einen, dass nunmehr alles an Ausrüstung an Bord war, was noch zu laden gewesen war, zum anderen, dass der Ingenieur die Maschine im Testlauf hatte, nicht zuletzt, um das Stromnetz noch einmal zu überprüfen. Rheinberg wusste, dass der stellvertretende Chef im Maschinenraum, Marineingenieur Dortheim, sich schon lange wieder an Bord befand. Er nahm sich vor, ihn beiseitezunehmen und zum neuen Chef zu befragen, der morgen ankommen würde. Die Marineingenieure kannten einander gut, und es waren Offiziere wie er selbst, wenngleich von niedrigerem Ansehen und geringerem Status. Seit langer Zeit war dies ein Grund für Reibereien, und manche von Rheinbergs Kameraden waren sich nicht zu schade, den Klassenunterschied durch allerlei abfällige Bemerkungen zu betonen. Rheinberg hatte dafür nie Verständnis gehabt und sich immer um ein gutes Verhältnis bemüht, wenngleich er als einfacher Leutnant bei der Schiffsführung selbst über einem altgedienten Oberingenieur stehen würde. Der größte Standesunterschied wurde in der Erteilung des Heiratsdispenses deutlich: Während Seeoffiziere die Erlaubnis zur Eingehung einer Ehe direkt von Seiner Majestät erhielten, wurde der Dispens für Marineingenieure durch höhere Kommandostellen erteilt. Es gab kein deutlicheres Zeichen für die gesellschaftliche Trennung zwischen den beiden Gruppen und schon lange drängten die Ingenieure, dass auch für sie der kaiserliche Dispens Gültigkeit erlangen sollte. Wie man hörte, war der Kaiser dem Wunsche durchaus gewogen, doch die Admiralität, allen voran der Flottenchef Tirpitz, war dagegen.

Rheinberg mischte sich in derlei nicht ein. Er war als Erster Offizier für das einwandfreie Funktionieren der Mannschaft verantwortlich, und nichts war für ein technisch so komplexes Gebilde wie einen Kleinen Kreuzer wichtiger als eine funktionierende Truppe im Maschinenraum und dort vor allem Offiziere, die sich darauf verlassen konnten, von der Schiffsführung anständig behandelt zu werden. Und exakt das gedachte Rheinberg zu tun.

Es mochte damit zusammenhängen, dass er selbst des Öfteren Opfer von Hänseleien und abfälligen Bemerkungen gewesen war. Er war bürgerlicher Herkunft, und obgleich kein Offizierskorps so bürgerlich war wie das der Marine, hatte das runde Fünftel von adeligen Söhnen nach wie vor in vielem Vorrang, insbesondere im Ansehen. Er hatte es nicht so schlimm getroffen wie jene Kameraden, die nicht einmal einen alten Kavallerieoffizier als Vater gehabt hatten. Sein Stubenkamerad Valentin, mit dem er zusammen als Seekadett gedient hatte, war Sohn eines Kaufmanns gewesen. Niemand wurde mit mehr Verachtung gestraft als ein »Koofmich«. Valentin hatte die Marine ein Jahr nach seiner Beförderung zum Leutnant verlassen und ein Studium begonnen. Rheinberg konnte es ihm nicht verübeln.

Er selbst hingegen war schon als Oberleutnant an Bord der *Saarbrücken* gekommen und hatte als Erster Offizier bereits einige Geschwaderübungen auf der Nordsee mitgemacht. Die meiste Zeit über hatte das Schiff jedoch im Hafen gelegen und war er mit Verwaltungskram beschäftigt oder auf Kursen gewesen …

Der Wachtposten vor dem Zugang zum Deck der *Saarbrücken* nahm Haltung an, als er Rheinberg erkannte. Es sprach für den Matrosen, dass er den Offizier erst an Bord ließ, nachdem er dessen Ausweis geprüft hatte. Rheinberg nickte ihm anerkennend zu, dann stand er auf dem nassen Stahldeck und schloss für einen Moment die Augen. All der Ärger, alle Grübeleien fielen von ihm ab. Er vergaß Karl und seine Schwester und die Tatsache, dass er diesen Rang und diese Position zwei Jahre später als andere Kameraden seines Jahrganges bekommen hatte. Er war hier, er war jetzt, und er war dort, wo er hingehörte.

»Herr Korvettenkapitän?«

Rheinberg öffnete die Augen und sah in das runde Gesicht von Marineoberstabsarzt Dr. Hans Neumann, dem leitenden Mediziner des Schiffes. Neumann war in allem das Gegenteil Rheinbergs. Wo dieser hochgewachsen und drahtig war, neigte jener zur Fülligkeit. Wo dieser mit seinem schmalen Gesicht und seiner scharfen, dünnen Nase eine Atmosphäre von Strenge verbreitete – manchmal auch ohne dies zu wollen –, verströmte Neumann Gemütlichkeit und Jovialität. Und wo Rheinberg die maßgeschneiderte Uniform passte wie angegossen, schien sie Neumann immer entweder zu groß oder zu klein zu sein.

Rheinberg hielt endlos viel von diesem Mann. Er war ein begnadeter Arzt und war in den letzten sechs Monaten zu einem Freund geworden. Er hatte ihm geholfen, zu lernen, wann Rigidität ein Ende hatte und wo ein nettes Wort, etwa im Umgang mit den Mannschaften, weiterhalf. So etwas lernte man in der Ausbildung nicht. Man lernte es oft nicht einmal als junger Offizier. Manche überdeckten ihre Unsicherheiten, indem sie zum Leuteschinder wurden. Als Oberleutnant war Rheinberg auf dem besten Wege dorthin gewesen. Dr. Neumann hatte ihn gerade noch vor diesem Irrtum bewahrt, und Jan war ihm auf ewig dankbar für diese Hilfe.

»Hans«, erwiderte Rheinberg den Gruß. »Du bist schon lange an Bord?«

»Drei Tage jetzt. Ich habe gehört, dass wir ein Rudel Landratten mit nach Kamerun nehmen.«

»Spricht sich schnell herum.«

Dr. Neumann grinste und zupfte an seiner wie üblich schief sitzenden Uniformjacke.

»Da wird dann das große Kotzen nicht lange auf sich warten lassen«, unkte er. »Das wird eine tolle Fahrt.«

»Du bekommst das schon hin. Wer hat sich sonst bereits gemeldet?«

»Klasewitz ist auf der Brücke.«

Johann Freiherr von Klasewitz, Korvettenkapitän wie Rheinberg – wenngleich mit etwas weniger Dienstjahren – und Zweiter Offizier, war exakt die Art von Person, mit der Rheinberg aufgrund seiner bürgerlichen Herkunft immer Ärger gehabt hatte. Zweimal waren sie bereits heftig aneinandergeraten und es hatte einige Zeit gebraucht, bis der Adlige Rheinbergs Autorität – obschon mit sichtbarem Widerwillen – anerkannt hatte.

»Dann werden ich ihn wohl besser in Ruhe lassen«, meinte Rheinberg mit feinem Lächeln. »Sind die neuen Mannschaften an Bord?«

»Wie ich es mitbekommen habe, ja. Ich habe die Hälfte schon durch die Musterung.«

»Haben alle ihre Rollentafeln bekommen?«

»Gleich nach Einschiffung. Die Mannschaft muss sich natürlich erst eingewöhnen. Wir haben diesmal etwa zwanzig Prozent Neulinge. Ich schlage vor, dass wir recht bald mit dem Gefechtsdrill beginnen.«

Rheinberg sah auf seine Uhr.

»Ich möchte, dass ab Mittag normale Routine herrscht. Nach dem Mittagessen gibt es eine Musterung, die Freizeit ist bis ein Uhr begrenzt. Statt kleinem Dienst will ich divisionsweisen Lecksicherungsdrill bis zum Abendessen. Nach dem Abendessen möchte ich alle Divisionschefs in der Messe sprechen.«

»Es sind wohl noch nicht alle Chefs da«, gab Neumann zu bedenken. »Wir warten zudem auf einige Deckoffiziere und Unteroffiziere. Wir bekommen schließlich eine ganz neue Mannschaft. Soweit ich weiß, sollen die letzten Männer zusammen mit dem Kapitän ankommen, also übermorgen.«

»Der Drill findet trotzdem statt. Wo noch keine Divisionschefs da sind, übernehmen die Stellvertreter oder stellen wir erfahrene Bootsleute ab. Wenn Kapitänleutnant von Krautz an Bord kommt, will ich mich ihm gegenüber nicht für eine möglicherweise schlecht eingespielte Mannschaft verantworten müssen, ohne nicht zumindest etwas dagegen unternommen zu haben.«

»Reden Sie mit von Klasewitz darüber. Er wird sich freuen.«

Rheinberg seufzte. Dem Zweiten Offizier war nie ein Dr. Neumann begegnet. Der Freiherr war ein Leuteschinder und würde jeden Drill für erbarmungslose Bestrafungsaktionen nutzen, wenn man ihn nicht unter Kontrolle hielt. Rheinberg wollte das Gespräch mit dem Mann so lange wie möglich hinauszögern.

»Wir kohlen am Donnerstag, denn wir haben Befehl, am Sonntag auszulaufen. Viel Zeit bleibt uns also nicht«, fuhr er fort. »Die Unterbringung der Infanteristen ist mein größtes Problem. Wir müssen zusätzliche Plätze für die Hängematten schaffen. Es wird alles noch enger als ohnehin. Außerdem müssen wir dafür sorgen, dass Frieden zwischen den Männern bleibt.«

»Das wird gehen, wenn wir gut vorankommen. Aber die Herbststürme stehen an. Es wäre besser gewesen, wenn wir schon vor zwei Monaten hätten aufbrechen können.«

Rheinberg zuckte mit den Schultern und klopfte auf das Bündel mit den Befehlen in seiner Brusttasche. »Es ist so, wie es ist.«

Neumann nickte. Er warf einen prüfenden Blick in den Himmel. Die Wolkendecke begann, an einigen Stellen aufzureißen. Zögerliche Sonnenstrahlen tanzten über das brackige Hafenwasser.

»Ein schöner Spätherbst wäre mir jetzt recht«, murmelte der Arzt.

»Mir auch. Wir sehen uns. Ist mein Bursche in Reichweite?«

»Er erwartet dich erst später, aber Moment …«

Neumann drehte sich um. »Oberbootsmann!«

Die massige, behäbig wirkende Gestalt, die sich die Leiter heruntergleiten ließ, war Rheinberg wohlbekannt. Oberbootsmann Harald Köhler war der dienstälteste Unteroffizier an Bord der *Saarbrücken,* genau fünfzig Jahre alt. Sein exakt gestutzter Bart war ebenso imposant wie der Rest der Erscheinung, der man das Alter nicht ansah. Köhler strotzte nicht nur vor Kraft, als Ältester der Unteroffiziere mit Portepee war er gleichzeitig der Sprecher aller Unteroffiziere und Mannschaften. Alle Beschwerden, alle Probleme gelangten im Regelfalle zuerst an sein Ohr. Die Tatsache, dass ihm tatsächlich freimütig vieles mitgeteilt wurde, sprach für den Respekt, den man ihm entgegenbrachte, ebenso wie für seine Beliebtheit. Rheinberg hatte in der kurzen Zeit, die er seinen neuen Posten innehatte, gelernt, sich blind auf den älteren Mann zu verlassen. Wenn er sich recht erinnerte, dann war es Neumann gewesen, der ihn sogleich nach Dienstantritt auf die Bedeutung des Veteranen hingewiesen hatte.

Köhler salutierte zackig. Rheinberg sah sich um und grinste.

»Sehen Sie von Klasewitz irgendwo, Köhler?«

»Nein, Herr Korvettenkapitän.«

»Dann lassen Sie das Gehampel. Sagen Sie meinem Burschen Bescheid, dass ich an Bord bin und dass er eine frische Uniform für mich rauslegen soll. Ich will nach dem Mittag eine Musterung durchführen – und ich möchte dabei selbst nicht durchfallen.«

Köhler erwiderte das Grinsen. »Ich greif ihn mir persönlich. Spielt sicher irgendwo Karten.«

»Fein. Und sonst?«

Die Frage klang beiläufig, war allerdings nicht so gemeint. Köhlers Urteil hatte für Rheinberg Gewicht.

»Alles so weit in Ordnung. Feines Schiff, aber das wissen Sie ja. Die Mannschaft ist noch ein wenig durcheinander und muss erst zusammenwachsen, wir haben reichlich Neulinge. Die Admiralität missbraucht uns ein wenig als Schulschiff, habe ich das Gefühl. Das kriegen wir aber hin. Ich würde vorschlagen, dass wir spätestens nach dem Kohlen mit dem Gefechtsdrill beginnen.«

»Lieber noch vorher, doch das schaffen wir wahrscheinlich nicht. Wir müssen vorher ja die Infanterie unterbringen.«

Köhler verzog das Gesicht. »Wenn es wenigstens unsere Jungs wären …«

Rheinberg wusste, dass der Unteroffizier damit die Marineinfanteristen meinte. Er zuckte mit den Schultern.

»Nein, es werden richtige Graue sein. Behandeln Sie sie gut. Es wäre mir lieb, wenn Sie sich einen Feldwebel oder Wachtmeister zur Brust nehmen, ein paar Bier mit ihm kippen und während der Fahrt ein Ohr für die Nöte der Männer entwickeln. Ich kann Überraschungen auf einem ohnehin überfüllten und überladenen Schiff nicht gebrauchen.«

»Jawohl, Herr Korvettenkapitän.«

Rheinberg machte eine winkende Bewegung. Köhler tippte mit dem Zeigefinger gegen die Stirn und wandte sich ab.

Rheinberg seufzte und warf einen Blick auf die Brücke. Neumann klopfte ihm begütigend auf die Schulter.

»Jetzt müssen Sie wohl, Herr Korvettenkapitän.«

»Ja, jetzt muss ich wohl. Wir sehen uns später.«

Neumann nickte und verschwand. Rheinberg begab sich ohne weiteres Zögern auf die Brücke. Der Weg war nicht allzu weit, die Brücke relativ leicht erreichbar. Als er den geräumigen Kommandostand mit dem alles dominierenden Steuerrad betrat, fand er lediglich zwei Personen vor. Steuermannsmaat Börsen stand hinter der Ruderanlage, als befände sich die *Saarbrücken* auf großer Fahrt gegen die Engländer. Er fixierte das leicht aufgewühlte Hafenwasser mit einer Intensität, als wäre von dort jederzeit das Auftauchen eines Torpedos zu erwarten. Rheinberg rollte mit den Augen. Klasewitz.

Der Zweite Offizier war die andere Person auf der Brücke, ein Sinnbild des kaiserlichen Offiziers, hochgewachsen, muskulös, mit kantigem Gesicht und einem prächtigen Schnurrbart, welcher der Allerhöchsten Bartzier in nichts nachstand. Letzteres war derzeit im Offizierskorps nicht ungewöhnlich; allein die Tatsache, dass Rheinberg sein Gesicht glatt rasiert vorzog, war jedoch genug, um von Klasewitz' Verachtung auf sich zu ziehen. Der Zweite Offizier, der zudem die Position des Artillerieoffiziers innehatte, lächelte maliziös. Obgleich er in der Hierarchie unter Rheinberg stand, war er bei der Beförderung nicht zurückgestellt worden – und sein Adelsrang machte ihn sowieso zu einem besseren Menschen. Rheinberg war von seinem Vater unbedingter Respekt vor dem Adel in die Wiege gelegt worden, trotzdem hatte er in der Kadettenschule seinen Verstand nicht abgegeben. Von Klasewitz war ein aufgeblasener Popanz, der seine Unfähigkeit durch unnötige Strenge und disziplinarische Willkür zu kompensieren suchte. Tatsächlich kannte er sich fast ausschließlich mit seinen Kanonen aus – mit allem anderen, vor allem mit Menschen, eher nicht. Er war so weit gekommen, weil sein Vater bei Hofe ein offenes Ohr fand und weil die Admiralität lieber Adelige in hohen Offizierspositionen sah als Bürgerliche. Daher hatte sich Rheinberg mühsam erarbeiten müssen, was das Schicksal von Klasewitz geschenkt hatte.

»Herr Korvettenkapitän!«

Der Freiherr machte nicht einmal Anstalten, eine korrekte Meldung zu fabrizieren.

Rheinberg deutete mit dem Finger auf Börsen.

»Haben wir neue Befehle erhalten, Herr von Klasewitz?«

Verständnislosigkeit zeichnete sich auf dem Bilderbuchgesicht des Freiherrn ab.

»Wie meinen?«

»Laufen wir sogleich aus?«

»Nein, keinesfalls … oder?«

Rheinberg unterdrückte ein erneutes Seufzen.

»Was soll dann Steuermannsmaat Börsen hier? Die *Saarbrücken* wird frühestens am Donnerstag bewegt, wenn wir zum Kohlen kommen. Das Schiff ist fest vertäut, wir haben noch nicht alle Mann an Bord, inklusive des Kapitäns.«

Von Klasewitz presste die Lippen aufeinander.

»Ich bin der Ansicht, dass wir allzeit bereit sein müssen. Der Feind …«

»… wird heute aller Wahrscheinlichkeit nach nicht vorbeischauen«, vervollständigte Rheinberg den Satz. »Der einzige Maat, den wir auf der Brücke gebrauchen könnten, wäre vielleicht ein Signalmaat. Den sehe ich aber nicht. Dafür jemanden, der stocksteif ein Steuerrad umklammert, als würde es runterfallen, wenn er es losließe.«

Börsen stieß ein beinahe unhörbares Stöhnen aus. Rheinberg bewunderte ihn für seine Selbstbeherrschung. Der Maat war ein guter Mann. Es war eine Schande, dass er von seinem Zweiten Offizier zu dieser Farce gezwungen wurde.

»Börsen, Sie können gehen«, erlöste Rheinberg den Mann schließlich. Er wartete gar keine Bestätigung des Befehls ab, sondern wandte sich zusammen mit dem Maat ab und verließ die Brücke, von Klasewitz alleine zurücklassend.

Der Freiherr starrte ihm nach. Seine Hände ballte er zu Fäusten, bis die Knöchel weiß hervortraten.

Er sagte nichts.

*

Jan Rheinberg hatte gehofft, Infanterie und Kohlen getrennt an Bord nehmen zu können. Wie immer klappte es nicht exakt so, wie es geplant war. Genau drei Dinge passierten gleichzeitig: Nachdem die *Saarbrücken* an die Kohlenzunge verlegt worden war und die Kohlenkräne begonnen hatten, die schweren Bündel aufs Deck zu verholen, hatte der diensttuende Signalmaat aufgeregt nach Rheinberg verlangt. Der Erste Offizier war auf die Brücke gestürmt, in der unheilvollen Erwartung, dass sich eine der schweren Lasten vom Kran gelöst und auf das Deck gekracht sei, was leider hin und wieder vorkam und mitunter auch jemanden ernsthaft verletzen konnte. Zum Glück bestätigte sich diese Vermutung nicht. Sehr viel angenehmer war die Alternative allerdings nicht.

»Die Infanterie!«, meldete der Maat und wies auf das Ufer. In der Tat. Einen Tag später als angekündigt marschierte das Heer an, in vollem Gerödel. Immerhin, man stürmte nicht gleich an Bord. Als sich ein kleiner, stämmiger Mann von der Meute löste und zielstrebig auf das Fallreep zusteuerte, wusste Rheinberg, dass es sich nur um Hauptmann Becker handeln konnte. Vor seinem geistigen Auge sah er bereits, wie die kohlenstaubbedeckte Mannschaft die makellos aufmarschierten Infanteristen mit breitem Grinsen durch das kohlenstaubbedeckte Schiff schleusten und Letztere hinterher aussahen, als hätten sie Dienst vor den Kesseln gemacht.

»Wo ist der Diensthabende?«

»Oberleutnant Joergensen ist unten, das Verstauen der Kohle überwachen.«

Rheinberg seufzte. Ebenfalls noch nicht aufgetaucht war der neue LI, Marine-Oberingenieur Dahms, dessen Aufgabe das eigentlich sein sollte. Gerade wollte er die Brücke verlassen, um Becker entgegenzukommen, als er einen Wagen vorfahren sah. Rheinberg presste die Augen zusammen und sogleich entrang sich ihm ein tiefes Aufseufzen. Aus dem Wagen stieg, ein wenig wackelig auf den Beinen, Kapitänleutnant Harald von Krautz, der kommandierende Offizier der *Saarbrücken,* der eigentlich erst für heute Abend angekündigt war. Er hatte es wohl nicht mehr in der Obhut der Krankenschwester ausgehalten, was Rheinberg ihm nicht einmal verübelte. Aber seine Rückkehr kam ungelegen, eigentlich sogar sehr. Aus seinen Augenwinkeln sah er das Grinsen des Signalmaates, der dem Aufeinandertreffen der drei Offiziere offenbar eine amüsante Seite abgewinnen konnte.

Rheinberg verkniff es sich, ihn deswegen zurechtzuweisen. Schadenfreude war immer noch die ehrlichste Freude, und zwar auch dann, wenn er das Objekt derselben war.

Rheinberg eilte den Männern entgegen. Becker und von Krautz hatten gleichzeitig die Wache am Fallreep erreicht, als er sich ebenfalls an Land schwang. Für einen Moment sahen sich die drei Männer sprachlos an. Becker machte den Mund auf, als von Krautz vor ihm das Wort ergriff.

»Meine Herren, mir scheint, wir haben hier eine kleine Feier.«

»Herr Fregattenkapitän«, erwiderte Rheinberg. »Es kommt alles ein bisschen ungünstig …«

Von Krautz lächelte. »Ich hoffe, Sie meinen damit nicht mich?«

Rheinberg lief etwas rot an. »Natürlich nicht, ich …«

»Er meint mich«, warf nun der Infanterist mit dunkler Stimme ein. »Und er hat recht, wir kommen nicht zur rechten Zeit.«

Nun wurde es Rheinberg noch ein wenig peinlicher, denn er hatte sich fest vorgenommen, den Gästen vom Heer einen durchaus freundlichen Empfang zu bereiten.

»Herr Hauptmann, ich habe das sicher nicht so gemeint«, wandte er lahm ein, sah das breite Grinsen auf den Gesichtern der beiden Männer und kapitulierte. »Meine Herren, willkommen an Bord der *Saarbrücken.* Herr Kapitänleutnant, ich …«

Von Krautz hob abwehrend die Hände. »Nichts da, Rheinberg! Wenn Sie mir gerade formell das Kommando übertragen wollen, dann haben Sie sich geschnitten! Haben Sie Ihren Spaß mit den Kameraden vom Heer! Ich verzieh mich in meine Kabine bis zum Abendessen.«

Er verbeugte sich Becker gegenüber. »Herr Hauptmann, ich lege das Schicksal Ihrer Männer in die fähigen Hände meines Ersten Offiziers, Korvettenkapitän Rheinberg. Ich würde mich freuen, Sie heute Abend als meinen Gast in der Offiziersmesse begrüßen zu dürfen. Das Essen bei der Kaiserlichen Marine ist deutlich besser als beim Heer, das darf ich Ihnen verraten.«

Becker erwiderte die Geste.

»Herr Kapitän, ich bedanke mich. Wir sehen uns heute Abend!«

Ohne weiteres Federlesen winkte von Krautz seinem Burschen, der mittlerweile das Gepäck aus dem Wagen gewuchtet hatte und nun Anstalten machte, die ersten Koffer an Bord zu tragen. Dann wandte er sich um, nickte Rheinberg mit in etwa dem gleichen Grinsen zu, das der Signalmaat im Gesicht getragen hatte, und drückte sich an ihm vorbei zum Wachsoldaten, dem er seinen Ausweis entgegenstreckte. Kurz darauf war er an Bord des Kleinen Kreuzers verschwunden.

Rheinberg musterte Becker. Der Infanterist war gut zehn Zentimeter kleiner als er, machte aber einen ausgesprochen kräftigen Eindruck. Er hatte eine gesunde, rötliche Hautfarbe und sein breites, weich wirkendes Gesicht war mit Sommersprossen bedeckt. Rheinberg schätzte ihn auf Ende zwanzig, trotzdem er sehr jugendlich aussah. Seine tiefe, dunkle Stimme mochte gar nicht zu dem jungenhaften Erscheinungsbild passen. Als er nun Rheinbergs dargebotene Rechte ergriff, drückte er sie fest, was die Kraft in seinen Armen erahnen ließ.

»Herr Korvettenkapitän, ich muss mich tatsächlich für dieses Durcheinander entschuldigen. Ich selbst wollte mich längst vorher bei Ihnen gemeldet haben. Es ist alles drunter und drüber gegangen. Ich habe noch einen neuen Stellvertreter bekommen, und dann fehlte die Hälfte der Männer, weil der Zug aus Oldenburg einen Schaden hatte. Meine Truppe ist ganz neu, ich kenne kein Drittel der Männer. Also – es tut mir einfach leid.«

Beckers Lächeln wirkte offen und entwaffnend. Rheinbergs schlechte Stimmung schmolz dahin. Er fasste unmittelbar Zutrauen zu dem Hauptmann und schüttelte daher nur den Kopf.

»Wir nehmen es jetzt so, wie es ist«, meinte er. »Ich muss Sie und Ihre Männer allerdings bitten, noch zwei Stunden zu warten, ehe sie an Bord gehen. Ich will das Kohlen vorher beendet haben. Es sieht nicht nach Regen aus, also lassen Sie die Männer sich setzen und eine Zigarette rauchen. Wir können auch Kaffee hinausbringen. Aber bitte lassen Sie uns dies eins nach dem anderen erledigen.«

Becker diskutierte gar nicht lange. Er rief einen jungen Mann mit den Rangabzeichen eines Oberleutnants zu sich, den er als seinen Stellvertreter vorstellte. Oberleutnant Klaus von Geeren lauschte aufmerksam den Erläuterungen seines Vorgesetzten, dann wandte er sich ab und bellte einige Befehle. Kurze Zeit später hockten sich die Soldaten auf ihre abgelegten Rucksäcke und der Tabak machte die Runde.

Rheinberg warf einen prüfenden Blick auf den Kreuzer. Wie insgeheim erwartet, stand Oberbootsmann Köhler an der Reling. Als hätte er nur auf das suchende Auge des Offiziers gewartet, machte er einige Gesten. »Noch anderthalb Stunden«, bedeuteten sie. Rheinberg hatte richtig kalkuliert. Er hob den Daumen und wandte sich wieder Becker zu.

»Sie, Herr Hauptmann, darf ich aber schon an Bord bringen. Es ist einiges los, dennoch will ich mir nicht nehmen lassen, Ihnen einen kleinen Rundgang durch das Schiff zu geben.«

Becker nickte. »Darauf freue ich mich schon lange. Sie haben da einen prachtvollen alten Pott.«

»Sie hatten schon mal das Vergnügen mit der Flotte?« Rheinberg wusste, dass dem so war, bloß wollte er dem Hauptmann Gelegenheit geben, mit seinen Erfahrungen etwas zu prahlen. Doch Becker war ein bescheidener Mann und konzentrierte sich auf das Wesentliche.

»Ich habe schon eine Dienstzeit in Deutsch-Südwest hinter mir. Damals war ich lediglich Ersatz für einen erkrankten Kameraden und bin mit dem Stationskreuzer gefahren, wie heute. Das ist schon eine Weile her, ich war ein frischer Leutnant und es war noch ein Aviso.«

»Lange her«, bestätigte Rheinberg. Die Avisos waren eine letztlich sehr unzuverlässige Schiffsklasse gewesen, deren Aufgaben heute von den Kleinen Kreuzern übernommen wurden. »Na, dann noch einmal: Willkommen an Bord!«

Mit diesen Worten führte er Becker über das Fallreep an Deck.

»Die *Saarbrücken* ist eines der ältesten Schiffe der Flotte«, begann er sogleich mit seiner Einführung und schritt Becker voran. »Sie wurde 1902 als zweites Schiff der BREMEN-Klasse fertiggestellt. Ursprünglich besaß sie zehn 10,5-cm-Schnellladekanonen.« Rheinberg wies auf den Geschützturm, den sie gerade passierten. »Sechs haben wir davon noch, aber am Bug und am Heck wurde im Zuge der Umrüstung je eine 15-cm-Kanone aufgebaut. Damit verfügen wir jetzt über etwas mehr Feuerkraft.«

»Ich vermute, bei der Umrüstung ist einiges verändert worden«, meinte Becker und klopfte über das mit einer Plane abgedeckte Kanonenrohr.

»Einiges, ja. Der Fockmast wurde in die Brücke hineinverlegt. Das elektrische System wurde auf den neuesten Stand gebracht. Was wir nicht bekommen haben, waren Turbinen. Die *Lübeck* hat welche, wir hingegen schnaufen auf die herkömmliche Art und Weise.«

»Dreizylinder-Dreifachexpansionsmaschinen, zehn Marine-Wasserrohrkessel mit natürlichem Umlauf«, dozierte Becker. Rheinberg hob die Augenbrauen und nickte. »Sie kennen sich aus, Herr Hauptmann?«

»An mir ist ein Marineoffizier verloren gegangen. Nein, ich halte viel von dem Prinzip möglichst optimaler Vorbereitung, egal worum es geht. Viele meiner Kameraden lassen sich zu sehr von den Dingen überraschen, die sie erwarten. Mein guter Oberleutnant befand es nicht einmal für nötig, herauszufinden, wo Kamerun eigentlich liegt. Er meinte, er werde es ja sehen, wenn wir im Hafen von Douala einliefen.«

Rheinberg grinste. »Kein Hafeneinlauf. Es gibt eine schöne Reede und einen langen Pier, da ist es jedoch zu seicht für uns.«

Becker nickte. »Habe ich ihm auch gesagt. Daraufhin habe ich ihn mit einem Atlas sowie einem Erdkundebuch über unsere Kolonien für drei Stunden in Klausur geschickt. Über den Kreuzer hatte ich mich schon vorher informiert. Es ist einfach ein prächtiges Stück. So was bauen sie heute nicht mehr, der geschwungene Bug, die Verzierungen – das hatte noch Stil.«

Rheinberg kam nicht umhin, dem Infanteristen zuzustimmen. Die Schiffsneubauten wirkten deutlich funktionaler als die alte *Saarbrücken.* Man musste ihnen allerdings zugutehalten, dass sie ihren Sinn hatten. In den letzten elf Jahren war die technische Entwicklung nicht stehen geblieben. Der Einbau der Parsons-Turbinen in das Schwesterschiff *Lübeck,* das als erstes Schiff der Flotte mit der neuen Technologie auf Probefahrt gegangen war, zwei Jahre nach Indienststellung der *Saarbrücken,* war ein gutes Beispiel dafür.

»Wie groß ist die Besatzung?«, unterbrach Becker seinen Gedankengang. Sie hatten den Bug erreicht, standen direkt über der reichhaltigen Bugzier.

»287 Unteroffiziere und Mannschaften, 18 Offiziere«, erwiderte Rheinberg prompt. »Und seit Kurzem zusätzlich 160 Infanteristen.«

Becker grinste. »Wir werden uns so klein wie möglich machen, ich verspreche es.«

Rheinberg winkte ab. »Wir kriegen das schon hin. Wir werden das Schiff jedoch ganz schön überladen und daher etwas weniger Kohlen aufnehmen als sonst. Auch wird unsere Fahrt ein wenig gemütlicher ausfallen, denn unsere Lady würde bei forcierter Dauerfahrt gut zehn Tonnen Kohle in der Stunde schlucken. Wir werden also schön bei halber Fahrt bleiben, was unsere Reise verlängern, aber unsere Kohlevorräte schonen wird. In Portugal werden wir erneut kohlen, und dann noch langsamer bis Kamerun schippern. Richten Sie sich auf einige vergnügliche Wochen ein, so schnell wird es nämlich nicht gehen.«

Becker seufzte.

»Ich vermute, Sie werden uns die Zeit mit einigem Drill versüßen.«

»Exakt. Jeder Ihrer Männer bekommt eine Rollentafel. Sie alle müssen wissen, wo sie im Falle eines Falles am wenigsten im Weg stehen werden. Und das werden wir so lange üben, bis sie alle es im Schlaf beherrschen.«

»Tolle Aussichten sind das.« Becker klopfte auf die Reling. »Aber ich bin sehr zuversichtlich, dass uns die alte Dame sicher an unser Ziel bringen wird.«

»Das bin ich ebenfalls«, sagte Rheinberg nur. Er drehte sich um und genoss den Blick auf die Brücke, auf der ein weißgesichtiger von Klasewitz stand und auf die beiden Männer herunterstarrte.

»Das da oben ist der Zweite Offizier«, erwähnte Rheinberg, als er merkte, dass Becker das Starren aufgefallen war. »Halten Sie sich lieber an den Kapitän oder an mich, noch besser: Wenn irgendwas ist, fragen Sie nach Oberbootsmann Köhler. Der ist seit zehn Jahren auf der *Saarbrücken* und kennt Ecken, von deren Existenz ich gar nichts ahne. Wenn etwas nicht klappt, auch im Zusammenleben mit der Mannschaft, dann ist er der Ansprechpartner.«

Becker nickte gedankenvoll. »Ich habe da einen Wachtmeister, der sich mit ihm anfreunden sollte …«

Rheinberg stellte erfreut fest, dass er mit dem Hauptmann anscheinend auf einer Wellenlänge lag. Wieder fiel sein Blick auf den stocksteifen von Klasewitz, der sie weiterhin beobachtete, als würden sie die Bildung eines Arbeiter- und Soldatenrates auf der *Saarbrücken* besprechen. Rheinberg ahnte, dass Becker diesen Mann genauso schätzen würde wie er. Das hatte auch damit zu tun, dass der Infanterist ebenso wie Rheinberg ein Offizier bürgerlicher Herkunft war – ein Umstand, der im Heer noch etwas seltener anzutreffen war als in der Flotte. Becker hatte es daher sicher auch nicht immer einfach gehabt, und nicht immer traf man auf hochanständige adlige Vorgesetzte wie von Krautz.

Rheinberg setzte die Führung fort. Becker zeigte sich als ausgesprochen aufmerksamer und konzentrierter Begleiter, der trotz aller ironischen Seitenhiebe und gelegentlichen Witzeleien jede Information in sich aufsog wie ein Schwamm. Am Ende ihrer Runde waren sie in Rheinbergs bescheidener Kajüte angekommen. Der Korvettenkapitän machte eine ausladende Bewegung.

»Seien Sie mein Gast, Herr Hauptmann. Ich werde mich um die Nachtwachen bemühen, dann können Sie hier in Ruhe schlafen. Zur Not haue ich mich in die Badewanne. Mein Bursche sorgt für frische Bettwäsche.«

Becker nickte. Sein Blick fiel auf das einzige Regal des Raumes. Es war dermaßen mit Büchern vollgestopft, dass wahrscheinlich selbst bei schwerstem Seegang keines herausrutschen würde. Er strich mit dem Finger über die Buchrücken und las die Titel laut vor.

»Edward Gibbon, Verfall und Untergang des Römischen Reiches. Die Notitia Dignitatum in neuer Übersetzung. Vegetius. Ambrosius … hm, Sie haben ein Faible für römische Geschichte, Herr Korvettenkapitän.«

Rheinberg lächelte verlegen.

»Seit früher Jugend. Mein Vater hat dieses Interesse gefördert, er meinte, ich könnte für meine Karriere so einiges lernen.«

»Ihr Vater wollte, dass Sie Geschichtsprofessor werden?«

Rheinberg Lächeln bekam einen schmerzlichen Zug.

»Nein, er wollte von Anfang an, dass ich Seeoffizier werde. Aber gerade die Geschichte des ausgehenden Römischen Reiches ist zum größten Teil Militärgeschichte. Ein faszinierendes Thema jedenfalls. Ich habe im Haus meiner Eltern noch eine ganze Wand voll Bücher. Nur die wichtigsten Werke habe ich mitgenommen, ich lese immer wieder gerne in ihnen.«

Becker zog einen dünnen Band mit etwas Mühe aus dem Regal.

»Lateinische Grammatik. Ich will verdammt sein, das ist das Grammatikbuch aus der Oberprima. Es gehört sicher zu den meistgehassten Büchern meiner Jugend.«

Rheinberg grinste nun fast jungenhaft.

»Latein ist meine Leidenschaft. Ich war Klassenbester bis zum Abitur. Ihr Lieblingsfach war es nicht?«

Becker verzog das Gesicht. »Ich war passabel in Griechisch. Latein hat mir permanente Kopfschmerzen bereitet. Wer denkt sich so was Abwegiges wie den Ablativ aus?«

Er schob das Buch vorsichtig zurück an seinen Platz.

»Ihre Leidenschaft für die Militärgeschichte hingegen teile ich. Wir können viel von den antiken Feldherren lernen.«

Rheinberg nickte. »Das können wir, nur leider tun wir es oft nicht. Herr Hauptmann, ich muss mich weiteren Pflichten widmen …«

Becker machte ein schuldbewusstes Gesicht.

»Ich habe Sie schon viel zu lange aufgehalten. Ich kehre zu meinen Männern zurück und wir sehen uns wieder, wenn ich mit der Truppe an Bord gehe. Eines aber noch: In einer meiner Kisten liegen 25 000 Goldmark für den Gouverneur von Kamerun. Wir sollten die sofort verstauen!«

Das hatte Rheinberg fast vergessen. Er bemühte sich mustergültig um Haltung und tat so, als hätte er mit diesem Thema gerechnet.

»Natürlich«, erwiderte er mit fester Stimme. »Der Zahlmeister wird sich um alles kümmern. Der Schiffstresor dürfte zu klein sein, das Büro des Zahlmeisters jedoch ist doppelt gesichert. Wir werden die Kiste dort verstauen. Es ist ein sicherer Ort und unser Oberleutnant Thies hat schon größere Summen beaufsichtigt.«

»Dann ist alles geklärt. Ich finde den Weg zurück an Deck alleine, ich muss es eh so schnell wie möglich lernen.«

»Wenn etwas ist, wenden Sie sich direkt an mich oder an den Oberbootsmann Köhler. Bei ihm sind Sie immer in guten Händen.«

Die Verabschiedung war schnell und höflich. Dann eilte Rheinberg nach oben, um sofort persönlich für die Verladung des Goldschatzes zu sorgen. Er war Becker für die Erinnerung dankbar, auch wenn er es sich nicht hatte anmerken lassen.

Mit dem Hauptmann würde er gut zurechtkommen.

2

Normalerweise war das Auslaufen eines Schiffes Anlass für das so genannte »Whooling«, das sich herzende, weinende, fröhliche, traurige, stille, laute und unkontrollierbare Verabschiedungsritual, mit dem Angehörige, Bräute und Freunde die Seeleute auf die große Fahrt entließen. Wie schon am Vortag fegte jedoch der Herbst mit seinen Sturmgewalten über die Molen und Piers von Wilhelmshaven – die angetretene Blaskapelle musste unverrichteter Dinge abtreten und die versammelten Angehörigen, die dem trotzig auslaufenden Kreuzer ihr Lebewohl hinterherwinkten, waren vom Wind und Regen reichlich zerzaust –, diesmal meinte es das Wetter wirklich nicht gut mit ihnen. Als die Bootsmannspfeifen erklangen, wich das Bedauern über die Trennung bei vielen schnell der Freude darüber, wieder ins Trockene zu kommen. Rheinberg konnte von der Brücke aus gut erkennen, wie die Ersten den Rückweg in die warme Stube antraten, als die *Saarbrücken* noch keine zwanzig Meter vom Kai entfernt war. Er wollte es niemandem verübeln, auch nicht den Feldgrauen, die es vorgezogen hatten, im Innern des Kreuzers zu bleiben. Ihre Angehörigen, die im Regelfalle in der Nähe der Heimatkaserne weiter im Inneren des Reiches zu finden waren, hatten sich ohnehin bereits zu anderer Gelegenheit von den Männern verabschiedet.

Die Infanteristen hatten zum Schluss noch einen zerlegten 4-Tonnen-Lastwagen von Benz geliefert bekommen und an Bord gehievt. Anscheinend benötigte der Gouverneur in Kamerun dringend ein großes Fahrzeug und wollte nicht auf einen Frachter warten. Köhler hatte stundenlang wie ein Rohrspatz geschimpft, Rheinberg hatte ihn gewähren lassen. Letztendlich war das Fahrzeug an den unmöglichsten Stellen auf und unter Deck verstaut worden. Hauptmann Becker war seitdem sehr, sehr freundlich zu dem alten Unteroffizier gewesen, was Rheinberg mit großer Freude festgestellt hatte. Es war schön, hin und wieder auf Offiziere zu treffen, die auch die Männer niedriger Dienstgradgruppen als menschliche Wesen ansahen.

*

Die *Saarbrücken* schlingerte. Windstärken bis acht und eine raue See waren nichts, was den sehr stabil und seesicher gebauten Kreuzer ernsthaft in Verlegenheit bringen konnte, doch das Schiff war leicht überladen und hatte seeunerfahrene Mannschaft an Bord. Rheinberg hegte gewisse Befürchtungen und erkundigte sich womöglich mehr als notwendig nach dem Wohlbefinden der Gäste. Als die *Saarbrücken* schließlich mit westlichem Kurs die Nordseeküste entlangstampfte und tapfer gegen die Wellen und den eindringenden Wind ankämpfte, war Rheinberg, der die Wache führte, regelrecht dankbar, als ein gesund und durchaus agil wirkender Hauptmann Becker die Brücke betrat. Ein Signalgast nahm ihm das schwere Ölzeug ab und legte den nassen Schal über die Metallplatte oberhalb des

Heizofens, der die Brücke zu einem relativ angenehmen Ort machte. Draußen herrschten zwar noch keine eisigen Temperaturen, aber der scharfe Wind und der unablässige Regen, mal als Schauer, mal als bessere Gischt, senkte die gefühlte Temperatur auf ein Minimum.

»Volkert, geben Sie dem Hauptmann einen Kaffee!«, war dann auch Rheinbergs erster Befehl. Fähnrich zur See Thomas Volkert war mit der *Saarbrücken* das erste Mal auf großer Fahrt und hatte sich bisher recht gut angestellt. Der junge Offizier wirkte schlaksig, hatte ein manchmal allzu blasses Gesicht und arbeitete noch hart daran, die notwendige Autorität zu entwickeln. Rheinberg hatte beschlossen, den Mann unter seine Fittiche zu nehmen, damit er nicht allzu sehr unter den schlechten Einfluss von Klasewitz' geriet. Der junge Kerl hatte es schwer genug: Bei einem recht langen Abend in der Offiziersmesse war ihm herausgerutscht, dass er noch Jungfrau war, was sich natürlich in Windeseile verbreitet hatte. Vor allem von Klasewitz fand es sehr lustig, das dem Fähnrich auch vor versammelter Mannschaft immer wieder unter die Nase zu reiben. Volkert war ohnehin eher ein schüchterner Typ, und er konnte damit nicht richtig umgehen. Rheinberg war nicht sicher, warum jemand wie er überhaupt zur Flotte gegangen war. Allerdings zeigte der Fähnrich gewisse Qualitäten, kannte sich in den nautischen Techniken gut aus und bewies ein Händchen für die Mechanik des Schiffes. All dies galt es zu fördern – dabei den unerwünschten Eindruck nicht aufkommen zu lassen, er stehe unter dem besonderen Schutz der Schiffsführung, dafür würde schon von Klasewitz sorgen.

Becker, die dampfende Metalltasse mit beiden Händen umklammernd, stellte sich neben Rheinberg, der neben dem Steuermannsmaat breitbeinig hinter den großen Fenstern der Brücke stand und die graublauen Wogen mit kritischem Blick musterte.

»Sie kommen zurecht, Herr Hauptmann?«

Becker nickte und nahm einen Schluck. »Mir geht es gut. Wünschte nur, ich könnte das von all meinen Männern sagen. Ihr Bordarzt macht zum zweiten Mal heute die Runde und die Anzahl der grünen Gesichter ist nicht geringer geworden.«

»Das braucht Zeit. Und Zeit haben wir. Der Wind ist stark, wenngleich nicht mehr so stark wie anfangs. Stärke sechs seit heute Morgen. Aber wir müssen gegen ihn ankämpfen, und kommen nicht auf mehr als zehn Knoten bei erhöhtem Kohleverbrauch.«

»Wir wollten doch ohnehin nicht schneller, um Kohle zu sparen«, erwiderte Becker. Rheinberg nickte anerkennend.

»Bloß – um die Geschwindigkeit zu halten, müssen wir die Maschinen hochfahren, da es gegen den Wind geht. Das kostet uns extra. Hier, sehen Sie selbst …«

Rheinberg führte den Infanteristen zum Kartentisch. Neben seiner Dienststellung als Erster Offizier war er zusätzlich der Navigationsoffizier des Kreuzers, und keiner kannte sich so gut mit den Karten aus wie er – höchstens noch von

Krautz selbst. Auf dem Tisch ausgebreitet lag eine Seekarte, die den gesamten Westteil Europas abbildete. Mit feinen Strichen war der geplante Kurs der *Saarbrücken* eingetragen.

»Wir halten uns zwar nahe der Küste, dennoch werden wir nicht so bald wieder kohlen können. Ich muss Ihnen nicht sagen, wie prekär die politische Lage geworden ist. Der Stationschef selbst sprach vom bald ausbrechenden Kriege. Da will ich in keinem feindlichen Hafen liegen, wenn es losgeht. Also meiden wir Belgien und Frankreich und legen unseren Zwischenstopp in Portugal ein. Was man von dort hört, ist zwar auch nicht wirklich ermutigend, aber Kohlen wird man uns schon lassen.«

»Das ist weit. Wie weit genau?«, fragte Becker.

»Etwas mehr als 2 400 Seemeilen«, erwiderte Rheinberg und sah sofort die leichte Verwirrung in den Augen des Hauptmanns. Er überschlug die Summe in seinem Kopf und fügte dann hinzu: »Etwa 4 500 Kilometer.«

Becker lächelte dankbar und neigte den Kopf. »Ich lerne noch, Herr Korvettenkapitän.«

Im vertrauten Gespräch waren Becker und Rheinberg sehr schnell zum »Du« übergegangen, doch hier, in Gegenwart von Untergebenen, waren solche Vertraulichkeiten unangebracht. Dennoch bemerkten sowohl der Maat wie auch der Signalgast die entspannte Atmosphäre, die die beiden Offiziere verbreiteten, und grinsten über deren Scherze, ohne dass ihnen dies übel genommen wurde.

»Wie lange dann mit zehn Knoten Durchschnittsgeschwindigkeit?«, hakte Becker nach.

»Wir rechnen mit elf Tagen, wenn uns bezüglich des Wetters nichts Schlimmeres passiert. Wir werden nicht lange in Portugal bleiben: Nur fix Kohlen und Wasser aufnehmen und dann nichts wie ab bis nach Kamerun. Die ganze Küstenlinie bis zur Westafrikastation ist britisch und französisch, bis auf Togoland. Wir sollten uns daher bemühen, so direkt wir möglich bis nach Douala durchzudampfen.«

Becker nickte. »Also genügend Zeit für meine Männer, sich Seebeine zu verschaffen.«

Rheinberg blickte an dem Mann herunter.

»Sie scheinen ja welche zu haben.«

»Man verlernt das nicht mehr. Aber ich verrate Ihnen besser nicht, wie ich mich bei meiner ersten längeren Seereise angestellt habe.«

»Oh doch, das müssen Sie beizeiten tun«, widersprach Rheinberg grinsend, dann wandte er sich wieder dem Bug der *Saarbrücken* zu, der Gischt spritzend aus einem Wellental in eine neue, kräftige Woge brach. Nach einem kritischen Blick in den grauen und wolkenverhangenen Himmel schüttelte er den Kopf.

»Das wird eine lange Nacht«, murmelte er mehr zu sich selbst.

»Sie haben Spätwache?«

»Ja, damit Sie zumindest Schlaf bekommen. Ich lege mich heute Nachmittag hin – und ansonsten sollte mir der Kaffee helfen.«

Becker hob seine mittlerweile geleerte Tasse. »Der weckt in der Tat Tote auf.«

»Das ist auf einem Kriegsschiff sehr hilfreich«, lächelte Rheinberg.

Der Hauptmann stellte die Tasse ab und warf noch einen Blick auf die tosende See. Er hielt sich mustergültig, als die *Saarbrücken* aus einem Wellental den Bug voraus in einen hohen Brecher krachte und die mit kunstvollen Schnitzereien und Wappen bedeckte Bugspitze den Wasserberg durchschnitt. Das ohrenbetäubende Geräusch der auseinanderdrängenden Wassermassen wurde auf der Brücke nur wenig gedämpft und für einen Moment war jede Unterhaltung unmöglich. Dann hatte sich der Kreuzer freigekämpft. Rheinberg warf erneut einen kritischen Blick in den Himmel. Ein heller Riss hatte sich in der dichten, tiefschwarzen Wolkendecke gebildet, und er schien sich auszuweiten.

»Wir haben Glück«, sagte der Erste Offizier laut, als er sich wieder einigermaßen verständlich machen konnte. »Das Wetter scheint sich ein wenig zu beruhigen.«

In der Tat. Es dauerte knapp weitere zwanzig Minuten, bis der Kreuzer aus dem Gröbsten heraus war, aber dann flaute der Sturm merklich ab und die Windstärke ging auf drei hinunter. Die ersten Seeleute ließen sich auf Deck sehen, wo die mit Persenningen abgedeckten Aufbauten und festgezurrten Vorräte auf ihre Vollständigkeit und Unversehrtheit untersucht wurden. Der Geräuschpegel senkte sich ebenfalls merklich. Rheinberg wirkte nun entspannter und warf dem Steuermann einen anerkennenden Blick zu.

»Ordentliche Arbeit, Hansen!«

»Danke, Herr Korvettenkapitän!«

Becker tippte Rheinberg auf die Schulter.

»Danke für den Kaffee. Ich gehe unter Deck und schaue nach meinen Männern. Sie werden froh sein, wenn die Schaukelei jetzt etwas nachlässt. Wo sind wir derzeit? Die Kameraden werden danach fragen.«

»Längen- und Breitengrade?«

Becker hob abwehrend die Hände.

»Ich hätte es gerne ein wenig plastischer, wenn es geht.«

Rheinberg wandte sich erneut den Seekarten zu und wies nach nur kurzer Orientierung mit dem Zeigefinger auf eine bestimmte Stelle.

»Nördlich Ameland, in niederländischen Gewässern. Genaueres kann ich jedoch erst sagen, wenn wir klarere Sicht haben. Aber wenn Sie nach Backbord schauen …«

Becker folgte dem nun ausgestreckten Arm Rheinbergs und kniff die Augen zusammen. In den weiterhin relativ hohen Wogen vermeinte er, in der Ferne einen Streifen Land ausmachen zu können.

»Ameland?«

»Ja.«

»Das wird mir reichen, wenn ich gefragt werde. Ich verschwinde dann.«

Rheinberg tippte mit der Rechten an seine Schirmmütze.

»Sie sind jederzeit wieder willkommen, Herr Hauptmann.«

*

Rheinberg kam nicht umhin, während der Fahrt durch den Ärmelkanal und die französische Küste entlang unruhig zu sein. Auch während seiner Freiwachen oder außerhalb der eigentlichen Dienstzeit ertappte er sich dabei, nicht entspannen zu können und ruhelos über das Deck zu streifen. Die Mannschaftsmitglieder gewöhnten sich rasch daran und die Divisionschefs merkten, dass es nicht die Absicht des Ersten Offiziers war, unangemeldete Kontrollen durchzuführen. Er wurde gegrüßt, aber Rheinbergs abwesender Gesichtsausdruck machte deutlich, dass er an ausführlichen Meldungen kein Interesse hatte. Minutenlang stand er mit dem Fernglas bewaffnet an der Reling, und während die *Saarbrücken* sich durch die unruhige See des Kanals kämpfte, beobachtete er aufmerksam die in der diesigen Gischt fast verschwindende französische Küste. Sein Vater hatte ihn mit zwei Dingen geimpft, mit denen er aufgewachsen war und von denen er sich nicht vollends trennen konnte oder wollte: der Erbfeindschaft mit Frankreich auf der einen Seite und dem Respekt vor der Tapferkeit französischer Soldaten auf der anderen. Als Kavallerieoffizier und junger Mann hatte der ältere Rheinberg im Deutsch-Französischen Krieg gekämpft und Anteil an dem euphorischen Sieg über den alten Gegner gehabt, ein Sieg, der dem Reich Ansehen, Land sowie finanzielle Mittel gebracht hatte. Frankreich als Feind gehörte zu den festen und unabwendbaren Stützpfeilern des Selbstverständnisses eines deutschen Soldaten, auch das hatte Rheinberg in seiner Ausbildung lernen müssen. Tief in seinem Inneren wehrte sich etwas gegen diese Einstellung, ein leiser, nagender Zweifel, eine unausgesprochene Frage, und er sah sich in erstaunlicher Eintracht mit seinem ungeliebten Schwager Karl, der davon sprach, die Feindschaft mit Frankreich durch die »Einheit der Arbeiterklasse« zu überwinden. Obwohl Jan für die sozialistische Rhetorik Karls nichts übrig hatte, war der Gedanke einer Aussöhnung mit Frankreich von gewisser Attraktivität. Die Schilderungen seines Vaters, der immer wieder Respekt vor dem Kampfesmut seiner Feinde geäußert hatte, mochte dazu beigetragen haben. Warum sollten Männer, die mit gleicher Kraft und Entschlossenheit für ihr Heimatland kämpften, wie er selbst dazu bereit war, automatisch seine Feinde sein? Es schien doch mehr Gemeinsamkeiten zu geben, als man sonst zugeben wollte, und das hatte Jan früh zu denken gegeben.

Niemals hätte er gewagt, dies offen zu äußern, auch Karl gegenüber nicht. Und er spürte diese Auswirkung jahrzehntelanger Prägung, als er nervös und in banger Erwartung die französische Küste beobachtete, nicht zuletzt eingedenk der ständig schlimmer werdenden politischen Lage auf dem Kontinent. Krieg lag in der Luft, und dieser Krieg würde Deutschland und Frankreich erneut gegeneinandertreiben, daran hatte niemand Zweifel. Genauso wenig zweifelte Rheinberg daran, dass das Deutsche Reich in diesem erneuten Ringen obsiegen würde, das war so sicher wie das Amen in der Kirche.

Er selbst und sein Schiff mochten gut darin verwickelt werden. Das meiste im westlichen Afrika waren französische Besitzungen, mit einigen britischen Gebieten dazwischen. Die deutschen Kolonien befanden sich in einer schwierigen strategischen Lage. Das kleine Togoland war ein schmaler Streifen Landes, eingeklemmt zwischen französischen und britischen Territorien, und Kamerun war, obgleich größer von Ausdehnung, ebenfalls umgeben von potenziellen Feinden. So gütlich man sich letztendlich 1884 auf der Konferenz von Berlin unter dem Vorsitz von Reichskanzler Bismarck über die Demarkation Afrikas geeinigt hatte, so war doch allen klar, dass im Falle eines Krieges all dies umgehend infrage gestellt werden würde. Afrika würde Kriegsschauplatz und die deutsche Truppenpräsenz war klein; ein Grund dafür, dass die *Saarbrücken* eine Kompanie Heeressoldaten mit sich trug, eine Kompanie, die letztendlich jedoch keinen Unterschied machen würde. Der Kreuzer hingegen vermochte vielleicht als Handelsstörer etwas ausrichten, die Nachschublinien gefährden, doch auch hier siegte Rheinbergs Realismus vor seiner Zuversicht: Sein Schiff war alt und langsam, und jeder wusste, was neue französische und britische Kreuzer konnten. Die Kriegsmarine hatte bessere und neuere Schiffe, nur gehörte die gute alte *Saarbrücken* eben nicht dazu, und die Umrüstung auf die neuen Kanonen machte da bloß einen marginalen Unterschied. Der Kleine Kreuzer war relativ schwach gepanzert und die Munitionsvorräte begrenzt, er war kein Linienschiff, das für eine lange Schlacht gebaut worden war. Sollte man eingekesselt werden, würde man entweder in einem neutralen Hafen den Sieg Deutschlands abwarten oder das eigene Schiff versenken und in die Gefangenschaft gehen müssen. Rheinberg würde es vorziehen, rechtzeitig nach Deutschland durchbrechen zu können, um diese eher schmachvolle Variante zu vermeiden. Im Endeffekt war dies eine Entscheidung, die von Krautz würde fällen müssen.

Rheinberg beneidete ihn nicht darum.

Nachdem sie den Ärmelkanal verlassen hatten, entspannte er sich ein wenig. An den Gesichtern der anderen Männer erkannte er, dass es im Grunde jedem so ging. Nur von Klasewitz tat so, als sei ihm das alles völlig egal. Niemand nahm das ernst, nicht einmal der Kapitän, und der Zweite Offizier war klug genug, es nicht zum Thema zu machen. Die *Saarbrücken* gewann offene See und entfernte sich so weit von der französischen Küste, dass diese nicht mehr erkennbar war, und die Illusion von Freiheit erleichterte die Gedanken Rheinbergs in einem Maße, dass er zu normaler Routine zurückfand.

Die Tage verstrichen und die beiden Mannschaften kamen zunehmend gut miteinander aus. Die große Enge und schwierige Rahmenbedingungen machten Reibereien unausweichlich, und so hatten Rheinberg und Becker einen Drillplan ausgearbeitet, der zwar die normale Routine an Bord aushebelte, aber dafür sorgte, dass alle ständig beschäftigt waren. So fielen sie während der freien Zeiten meist todmüde in die Hängematten und hatten höchstens während der Mahlzeiten Gelegenheit, Animositäten auszutauschen. Darüber hinaus hatte Oberbootsmann Köhler sich mit Oberwachtmeister Behrens angefreundet, und vieles, was sonst die Aufmerksamkeit der Offiziere auf sich gelenkt hätte, war auf dieser Ebene bereits »erledigt« worden. Rheinberg und Becker hielten sich beide wohlweislich aus diesen Dingen heraus, solange die altgedienten Unteroffiziere die Lage im Griff hatten, und das hatten sie offensichtlich.

Am Abend des zehnten Tages, etwa vierzehn Stunden vor ihrer geplanten Ankunft in Portugal, lud Kapitän von Krautz zu einem Abendessen in die Offiziersmesse ein. Bis auf den Wachhabenden, den Dritten Offizier Oberleutnant zur See Joergensen, sowie zwei Divisionschefs, waren alle verbleibenden fünfzehn Offiziere der *Saarbrücken* sowie Hauptmann Becker und sein Stellvertreter, Oberleutnant Roger von Geeren, anwesend. Der neue Herr der Maschinen, Marineoberingenieur Johann Dahms, gesellte sich ebenfalls zu ihnen. Rheinberg hatte bisher keine Gelegenheit gehabt, sich in Ruhe mit Dahms zusammenzusetzen, denn seine Nachtschichten hatten dazu geführt, dass der Ingenieur schlief, wenn Rheinberg aktiv war. Rheinberg kannte Dahms' Stellvertreter Dortheim recht gut und hatte mit ihm kurz über den neuen Chef gesprochen, und es schien, dass Dahms seine Sache verstand und im Maschinenraum mit ruhiger Hand regierte. Der Dienst unter Deck war mörderisch, die Hitze oft kaum auszuhalten und die Schichten die Hölle. Die Heizer und Mechaniker waren eine verschworene Gemeinschaft, wenn es dem Chef gelang, sie zu einer solchen zu schmieden. Das war nicht einfach, denn es waren gerade die Mannschaften dort, die sich in der Vergangenheit als besonders anfällig für sozialdemokratische Infiltration gezeigt hatten. Dahms schien sich seiner Verantwortung allerdings durchaus bewusst zu sein.

Die Offiziersmesse war kein großer Raum und wurde durch den Esstisch dominiert. Am Kopfende residierte von Krautz, sich leise mit Dahms unterhaltend, als Rheinberg schließlich die Messe betrat und zum Gruß ansetzte. Ein Blick genügte bereits, um klarzumachen, dass der Kapitän heute Abend keinen Wert auf Förmlichkeiten legte, und sein Winken führte dazu, dass Rheinberg schlicht Platz nahm und wartete, dass der Pantrygast das Essen servierte. Nachdem der Kapitän dann den Toast auf den Kaiser angeboten und alle die Gläser erhoben hatten, begann alle zu essen – es gab Fisch, Kartoffeln und Rotwein, nichts Außergewöhnliches, aber wie meist gut essbar – und entwickelte sich am Tisch ein hin und her wogendes Tischgespräch.

»Ich denke, dass es da gar keinen Zweifel geben kann«, hörte Rheinberg die leicht affektiert klingende Stimme von Klasewitz' hervorstechen, während dieser noch eine Gabel Salzkartoffeln in den Mund schaufelte. Die allgemeine Aufmerksamkeit richtete sich auf den Zweiten Offizier, und zwar weniger, weil der Mann etwas gesagt hatte, sondern mehr, weil Hauptmann Becker mit geröteter Gesichtshaut auf seinen Teller starrte und mit mechanischen Bewegungen kaute. Rheinberg kannte Becker mittlerweile gut genug, um zu erkennen, dass der um seine Fassung rang und wütend war. Von Klasewitz schien dies entweder nicht zu bemerken oder es war ihm egal. Er sprach unverdrossen weiter und es wurde rasch klar, warum Becker lieber darauf verzichtete, sich zu äußern.

»Ihre Allerhöchste Majestät hat wiederholt zum Ausdruck gebracht, und das in aller Deutlichkeit, dass die Kriegsmarine sich höchster Gunst und Wertschätzung erfreut und den anderen Teilen der Streitkräfte vorzuziehen sei. Ja, es sei von besonderer Bedeutung, vor allem die Marine, und darin das Offizierskorps, zu größter und vorzüglichster Entfaltung zu bringen.«

Von Klasewitz sprach wie ein Kommuniqué, und er tat es mit einem Maß an Selbstgefälligkeit, das allen unmittelbar auffiel. Rheinberg fühlte mit Becker. Völlig unrecht hatte der Zweite Offizier natürlich nicht: Kaiser Wilhelm II. war dafür bekannt, der Marine seine Aufmerksamkeit in weitaus höherem Maße zu schenken als anderen Teilen der Streitkräfte. Aber dass jemand wie von Klasewitz daraus so etwas wie eine naturgesetzliche Hierarchie zu konstruieren schien, und das in Gegenwart eines Heeresoffiziers, war nicht bloß unhöflich, es war vor allem extrem unkameradschaftlich.

Rheinberg hielt an sich. Er blickte auf und seine Augen trafen das Gesicht Dahms', der von Klasewitz mit sichtbarer Abscheu anstarrte. Rheinberg wusste, dass die Marineingenieure, die fast alle aus den bürgerlichen Schichten kamen, der speziellen Mischung aus Arroganz und Jovialität, die adelige Seeoffiziere manchmal für diese »niedrige« Klasse von Offizieren übrig hatten, ganz besonders wenig Sympathie entgegenbrachten. Dahms wirkte mindestens genauso angefressen wie Becker, doch beide schwiegen, denn es war nicht an ihnen, darauf zu antworten.

Von Krautz räusperte sich.

»Herr von Klasewitz, wir sind uns alle der besonderen Gnade Ihrer Majestät bewusst, als professionelle Offiziere wissen wir jedoch alle ganz genau, jeder Sieg hängt davon ab, dass er gleichermaßen auf See wie zu Lande errungen wird. Es wäre kurzsichtig, dies abzustreiten, und die bloße Tatsache, dass wir Befehl erhielten, den Hauptmann und seine Männer nach Kamerun zu bringen, verdeutlicht uns, dass sie dort möglicherweise etwas zu vollbringen haben, das dieser Stationskreuzer nicht kann.«

Der Tonfall des Kapitäns war tadelnd gewesen, wenngleich ruhig, doch mit unverkennbarem Unterton. Von Klasewitz schien unbeeindruckt.

»Neger kontrollieren, Wilde im Zaume halten. Möglicherweise eine Aufgabe, für die ein Mann des Heeres notwendig ist, aber nichts von wirklicher Bedeutung«, grunzte er abfällig.

»Was ist denn Ihrer Ansicht nach von Bedeutung?«, fragte Neumann. Der Bordarzt wirkte ebenfalls nicht übermäßig begeistert.

Von Klasewitz schaute ihn an, als habe er die dämlichste Frage seit Beginn der Menschheitsgeschichte gestellt. Er seufzte und antwortete in einem Tonfall, als spräche er zu einem ungezogenen Kind.

»Herr Marineoberstabsarzt, das dürfte doch selbsterklärend sein. Die deutsche Flagge auf den Ozeanen zu führen, im Kriegsfalle die Wasser von unseren Feinden zu säubern und damit Reichtum wie Seemacht des Reiches unter Beweis zu stellen, dürfte mehrfach wichtiger sein, als Negerdörfer zu patrouillieren.«

»Soso«, murmelte Neumann. »Und zu welchem Zwecke tun wir das?«

»Was für eine Frage! Um Ruhm und Macht des Vaterlandes …«

»Das heißt, wir haben die Kolonien erworben, um Ruhm und Macht zu mehren?«, hakte Neumann nach.

»Ganz sicher doch!«

»Nicht wegen der Rohstoffe oder aufgrund strategischer Überlegungen?«

Von Klasewitz machte ein Gesicht, als habe er in einen sauren Apfel gebissen.

»Nun, ja, gut …«

»Und was passiert wohl mit den von uns so grandios beschützten Seewegen, wenn die Kolonien keine Waren produzieren, die auf diesen Seewegen zu transportieren wären?«

»Ich denke …«

»Und was passiert wohl, wenn die Kolonialtruppen nicht da wären? Glauben Sie, dass der Afrikaner tatsächlich voller Glück und Begeisterung die fremde Herrschaft des deutschen Kaisers sucht und dann nicht vielleicht doch eher zu dem Schluss käme, eine eigene Regierung zu errichten?«

Von Klasewitz lachte auf. »Eigene Regierung? Das sind Wilde! In Afrika hat es niemals eine Regierung gegeben, die diese Bezeichnung verdient hätte!«

Neumann runzelte die Stirn.

»Die Berichte deutscher Forscher sprechen diesbezüglich eine andere Sprache. Ich darf mal an das Kongo-Königreich erinnern. Jedenfalls steht klar und unbezweifelbar fest, dass ohne die Präsenz des Heeres in den Kolonien unser Dienst zu See völlig sinnlos wäre, da es nichts zu bewahren gäbe.«

»So ist es!«, stimmte von Krautz zu und warf von Klasewitz einen zwingenden Blick zu. So langsam begriff der Zweite Offizier, dass er auf verlorenem Posten kämpfte. Mit hochrotem Gesicht, ohne auch nur an so etwas wie eine Entschuldigung an Becker zu denken, widmete er sich seinem Teller. Der Infanteriehauptmann hatte sich erkennbar beruhigt, doch in Dahms' Gesicht stand weiterhin tiefe, unberührte Abscheu.

Rheinberg nahm sich vor, das im Auge zu behalten.

Das Gespräch ebbte ab und drehte sich um andere Dinge, alle weitaus weniger dazu geeignet, einen Streit heraufzubeschwören. Schließlich löste der Kapitän die Tafel auf. Becker, Neumann und Rheinberg fanden sich eine halbe Stunde später auf dem Vorderdeck, nahe dem Bug, wieder. Die See war ruhig und die Abendluft kühl, aber nicht schneidend. Alle drei Männer pafften an Zigarren aus dem Vorrat des Kapitäns, die dieser freigiebig verteilt hatte. Für einige Minuten blickten die drei Offiziere sinnierend in die sternenklare Nacht, jeder mit seinen eigenen Gedanken beschäftigt.

Becker räusperte sich.

»Ich möchte Ihnen danken, Herr Marineober…«

»Hans.«

Becker lächelte. »Jonas.« Er reichte Neumann die Hand, die dieser beiläufig ergriff und schüttelte.

»Es gibt nichts, wofür du dich bedanken musst«, sagte der Arzt dann. »Männer wie von Klasewitz sind ein Problem für die ganze Flotte. Sie halten sich selbst für die Größten, schinden die Mannschaften, halten Unteroffiziere für ihre persönlichen Sklaven, sehen auf die Marineingenieure herab und meinen, ihre Herkunft allein würde ihnen jedes Recht geben, auf anderen herumzutrampeln. Klasewitz ist ein klassisches Beispiel für den Zivilversager, den es leider in die Flotte verschlagen hat, weil unsere Allerhöchste Majestät den Adel für den bevorzugten Ersatz hält und dieser daher bei der Rekrutierung Vorzug erhält. Und Tirpitz unterschreibt dies, ohne nachzufragen.«

»Tirpitz hat seine Stärken und seine Schwächen«, sagte Rheinberg und sog den angenehmen Duft seiner Zigarre ein. »Zu seinen Schwächen gehört, dass er es für gut hält, innerhalb des Offizierscorps verschiedene Schichten zu zementieren. Männer wie Dahms haben eine längere und schwierigere Ausbildung erhalten als ich, trotzdem werden ihm und seinen Kameraden zentrale Privilegien vorenthalten. Was für ein Kampf war es, bis es den Marineingenieuren gestattet wurde, den Säbel zu tragen! Das ist, mit Verlaub, albern.«

Neumann nickte schweigend. Becker wollte und konnte zu den delikaten Mechanismen der Marinepolitik nichts sagen.

»Wenn es zum Krieg kommt, Jonas, wie schätzt du die Chancen deiner Männer ein?«, fragte Rheinberg schließlich. Becker seufzte daraufhin bloß.

»Schlecht. Gar nicht mal so gegen die Eingeborenen, obgleich ich absolut der Meinung bin, dass sie die Gelegenheit nutzen würden, wenn sie sich ihnen bietet. Ich erinnere mal an den Herero-Aufstand in Südwest. Das war eine eklige Angelegenheit. Ein Gemetzel. Ich will ehrlich sagen, dass ich nie verstanden habe, was uns der Platz an der Sonne wirklich bringen soll. Das ist doch Geldverschwendung. Die Kolonien werden über kurz oder lang zu einer Belastung werden.«

Becker befand sich auf dünnem Eis, und er wusste das. Politische Diskussionen unter Offizieren wurden nicht gern gesehen. Ein schneller Blick in die Gesichter Rheinbergs und Neumanns zeigte ihm allerdings, dass er mit seiner Meinung keinesfalls auf völliges Unverständnis stieß.

»Aber um deine Frage zu beantworten: Die Franzosen und die Briten haben weitaus größere Kolonialtruppen und befinden sich in einer strategisch günstigen Situation. Unsere Kolonien sind über den Kontinent verstreut. Kommt es zum Krieg, werden wir ihn in Afrika verlieren, daran besteht für mich kein Zweifel.«

Erneut nur bestätigende Blicke. Neumann und Rheinberg teilten diese Einschätzung. Ein Krieg wäre für Becker individuell genauso fatal wie für die Besatzung der *Saarbrücken:* Gefangenschaft oder Tod. Und im Gegensatz zum Kreuzer hatte Becker nicht einmal die entfernte Hoffnung, nach Hause durchbrechen und fliehen zu können. Ein weiterer Punkt, den jemand wie von Klasewitz nicht bedenken würde.

»Wir holen dich wieder ab, wenn der Krieg vorbei ist«, erklärte Rheinberg und legte Becker eine Hand auf die Schulter. »Sorge nur dafür, dass der Franzose dich nicht zu fassen bekommt.«

»Ich werde mein Bestes tun«, erwiderte der Infanterist leichthin, doch aus seiner Stimme war die stille Sorge herauszuhören, dass dies möglicherweise nicht genug sein würde.

Die drei Männer wechselten keine Worte mehr, bis die Zigarren bloß noch glimmende Stümpfe waren, die in hohem Bogen in die See flogen. Portugal lag vor ihnen, und danach Douala.

3

Es begann am frühen Morgen, als die *Saarbrücken* in eine Nebelbank von beeindruckender Dichte fuhr. Das sprichwörtliche »die Hand vor Augen nicht sehen« realisierte sich in einer Form, die Becker bisher nicht begegnet war. Keinen Meter betrug die Sichtweite – die Besatzungsmitglieder auf Deck mussten praktisch blind agieren – und eine unnatürliche, beunruhigende Stille senkte sich über den Kreuzer. Von Krautz befahl kleine Fahrt und ließ regelmäßig Nebelhorn wie Schiffsglocke von der Existenz des sich langsam auf die portugiesische Küste zuschiebenden Schiffes künden. An den Gesichtern der beiden Seeoffiziere erkannte Becker, dass auch ihnen solch ein mörderisch dichter Nebel in ihrer bisherigen Laufbahn höchstens selten begegnet war – wenn überhaupt.

Schließlich, als die Sonne voll aufging – was man lediglich an der allgemein größeren Helligkeit feststellen konnte, die Sonne selbst war nicht einmal als diffuser Leuchtkörper zu erkennen –, stieß die *Saarbrücken* aus dem Nebel heraus auf eine absolut spiegelglatte Wasserfläche in hellem Sonnenschein und unter blauem Himmel vor. Die Außentemperatur, eben noch bei kühlen 3 Grad, stieg innerhalb von zehn Minuten auf etwas über 20 Grad, der Himmel war wolkenfrei und die Divisionschefs mussten den Männern erlauben, Mäntel und Jacken auszuziehen, da alle gewaltig ins Schwitzen gerieten.

Und die Küste war nicht zu sehen! Obgleich von Krautz, sobald sich der Nebel gelichtet hatte, wieder halbe Fahrt befahl und das dumpfe Vibrieren der mächtigen Expansionsmaschine das ganze Schiff erzittern ließ, war weit und breit nichts vom Land zu erblicken. Das war auch der Grund dafür, dass Rheinberg und der Kapitän seit Minuten ununterbrochen die Ferngläser an den Augen hatten, während die *Saarbrücken* sich mit sanfter Bugwelle durch die absolut unbewegte Wasserfläche vorwärtsbewegte. Sie lag auf Kurs, daran bestand kein Zweifel. Die See war die letzten Tage nicht allzu wild gewesen, ein wenig böiger Wind hatte vorgeherrscht, alles in allem akzeptable Wetterbedingungen. Nichts war geschehen, das den Kreuzer massiv vom Kurs hätte abbringen müssen.

Und doch, und doch …

»Das ist schon etwas seltsam«, murmelte Becker und versuchte, nicht allzu unruhig zu wirken. Hilfesuchend warf er einen Blick auf Rheinberg und von Krautz. Steuermannsmaat Börsen wirkte ebenso verwirrt wie Becker, und als sich ihre Blicke trafen, deutete der Mann ein Schulterzucken an. Wenn selbst der erfahrene Steuermann, der schon alle Meere der Welt befahren hatte, irritiert wirkte, trug dies nicht wesentlich zur Beruhigung Beckers bei.

Beckers Unwohlsein entsprang keinesfalls mangelndem Vertrauen in die nautischen Fähigkeiten seiner Kameraden. Er schätzte, soweit er dies beurteilen konnte, Rheinberg und von Krautz als erfahrene Seeleute, die ihr Handwerk verstanden. Es war die Unsicherheit und das Unverständnis in den Gesichtern all der erfahrenen Seebären, die ihn beeinflusste. Er wusste noch viel weniger als diese, was los war, und sie hatten offenbar außer Spekulationen auch nichts anzubieten.

»Eine zweite Nebelbank voraus«, meldete nun Rheinberg. Der Kapitän senkte sein Glas und nickte. Becker kniff die Augen zusammen und starrte in die angegebene Richtung. Rheinberg hatte richtig beobachtet, auch mit dem unbewaffneten Auge konnte der Infanterist eine feine, weißliche Dunstlinie ausmachen, die rasch größer wurde.

»Kleine Fahrt!«, befahl der Erste Offizier nun und der Befehl wurde wiederholt und ausgeführt. Die Vibration der Maschinen ließ nach und die Vorwärtsbewegung der *Saarbrücken* wurde sofort langsamer.

»Mir ist all das ein Rätsel«, wisperte Rheinberg nun und setzte das Glas ebenfalls ab. Die sich nähernde Nebelbank war deutlich erkennbar und dort, wo noch eben helles Sonnenlicht auf stiller Wasserfläche geschimmert hatte, bezog es sich ebenfalls und die Sichtweite wurde mehr und mehr eingeschränkt.

»Das Nebelhorn, alle dreißig Sekunden!«, befahl von Krautz. »Wir müssen da durch und auf Kurs bleiben, sonst werden wir aus dieser … Situation niemals herauskommen.« Schweigende Zustimmung auf der Brücke, auf der nun, als sich der Kreuzer erneut in den Nebel schob, selbst die Meldungen so klangen, als wären die Münder der Soldaten in Watte gepackt. Ein seltsamer Druck lastete auf Beckers Kopf und er schüttelte unwillkürlich den Schädel, als könne er ihn dadurch beseitigen, doch je tiefer die *Saarbrücken* in die Nebelbank einfuhr, desto belastender wurde das Gefühl. Ein Blick in die Runde bestätigte ihm, dass er damit nicht alleine war. Langsam wurde der Druck zum Schmerz. Als Börsen einen leisen Wehlaut ausstieß und sich plötzlich am Steuerruder festklammerte, als durch Beckers Kopf ein scharfer Schmerz fuhr, er zu taumeln begann und dabei direkt in Rheinbergs fallenden Körper stolperte, war sein letzter klarer Gedanke, dass hier mehr am Werk war als nur der Nebel.

Zu weiteren Gedanken hatte er keine Gelegenheit. Dunkelheit und Benommenheit nahmen ihm sowohl Schmerz als auch Bewusstsein, und er sackte in einer letzten, halb kontrollierten Bewegung neben Rheinberg zu Boden, ehe es vollends schwarz um ihn wurde.

Stille senkte sich über die *Saarbrücken,* als sie führerlos mit kleiner Fahrt durch die Nebelbank glitt.

*

Marcus Necius schaute gedankenverloren in die tanzenden Wellen. Er hätte eigentlich lieber darauf achten sollen, was sein zwölfjähriger Sohn Marcellus am Heck des kleinen Fischerbootes trieb, denn sicher hatte der anderes im Sinn, als das Netz zu kontrollieren, das der Einmaster bei sanfter Brise träge hinter sich herzog. Marcus hatte jedoch andere Sorgen. Aufgrund der ungünstigen Wetterbedingungen war das Fischen vor der italischen Westküste zunehmend schwierig geworden und erst letzte Woche hatte ihm sein Bruder Drusus einen Brief geschrieben, in dem er ihn erneut gebeten hatte, doch endlich zu ihm nach Sizilien überzusiedeln. Drusus hatte es gut getroffen: eine reiche Frau geheiratet, viele Söhne gezeugt und eine Flottille von dreißig Fischerbooten geerbt, die nur für ihn arbeitete. Marcus war in der Nähe Roms geblieben, hatte eine einfache, aber hart arbeitende und liebevolle Frau geheiratet, und er nannte bloß einen Sohn sein Eigen, Marcellus eben, und für ihn und seine Zukunft schuftete er. Drusus bot Marcus schon lange an, in sein Geschäft einzusteigen, als Chef der kleinen Fischereiflotte, und Marcellus könne dann rasch sein eigenes Boot bekommen. Allerdings war Sizilien schon relativ weit weg von Rom und noch weiter fort von Ravenna. Marcus hatte für seinen Sohn große Pläne, und diese Pläne gingen über das Kommando über ein Fischerboot hinaus. Er selbst konnte lesen und schreiben und hatte dies seinem Sohn in mühevoller Arbeit beigebracht, und dieses Jahr hatte er erstmals genug gespart, um ihn auf die Rhetorikschule zu schicken, zumindest für ein Jahr. Wer weiß, sollte Marcellus sich als talentiert erweisen, konnte er vielleicht ein Stipendium erlangen, entweder von Marcus' Patron, dem Senator Virilius, oder eines von Drusus. Dann würde er sogar auf die Vorschläge seines Bruders eingehen und Marcellus in die Obhut seiner Schwester nach Rom geben – wenn nur sein einziger Sohn dem Elend der Fischerei entkommen und etwas aus sich machen konnte. Mit etwas Geld konnte man zudem dafür sorgen, dass die gesetzliche Verpflichtung, dass ein Sohn den Beruf des Vaters zu ergreifen habe, weniger streng gehandhabt wurde. Seine Frau, Emilia, unterstützte ihn, und dafür war er dankbarer als für Drusus' ständiges Drängen. Marcus ahnte ja, was hinter dem scheinbar großzügigen Angebot steckte: Drusus, der fett und faul geworden war und seit Jahren kein Ruder mehr in der Hand gehalten hatte, wollte jemanden haben, der ihm den Papierkram vom Hals hielt, sich mit den Bootspächtern herumschlug, den Verkauf auf dem Markt organisierte, dafür sorgte, dass die notwendigen Ausbesserungsarbeiten durchgeführt wurden, und so weiter – damit Drusus selbst sich endgültig auf die kleine Latifundie zurückziehen konnte, die er sich gekauft hatte, um dem Wein und, bei Abwesenheit seiner gestrengen Gattin, den Sklavinnen zu frönen.

Marcus liebte seinen Bruder, er war neben seiner Schwester Letitia das einzige der ehemals acht Geschwister, das noch lebte, und sie waren nur drei Brüder gewesen. Arcellus war zur Legion gegangen und hatte es bis zum Dekurio geschafft, gebracht, doch er war in Germanien gegen die Barbaren gefallen – drei Jahre war das schon her. Trotzdem Marcus ein gläubiger Christ war, betete er an jedem Geburtstag des Arcellus heimlich zu den Ahnen und bat sie, dem toten Dekurio gnädig zu sein. Arcellus hatte ihn und Drusus in ihrer Jugend immer beschützt, und obgleich Marcus mittlerweile selbst knapp über dreißig war, sehnte er sich manchmal danach zurück. Insbesondere dann, wenn es wieder an allem mangelte.

Nein, Marcellus würde es so nicht ergehen. Eine Stelle als Schreiber vielleicht, bei einem Senator. Oder als Berater. Er konnte einen Patron preisen und Elogen verfassen oder gerne als Helfer eines Curators oder Censors arbeiten – eine Stelle in der kaiserlichen Verwaltung, so niedrig sie sein mochte, war ein besserer Ort, um sich sein Einkommen zu schaffen, als auf einem maroden Boot über die Wellen des Mare Internum zu segeln und beständig weniger Fisch zu fangen. Oder als Bootspächter für einen Lebemann wie Drusus die Drecksarbeit zu machen. Marcus liebte Drusus, aber er wusste auch, was aus den großartigen Angeboten werden würde, wenn sein Sohn doch nach Höherem streben würde – Drusus war ohne Zweifel eine Sackgasse und er suchte lediglich nach jemandem, der ihm Arbeit abnahm.

Nein, nicht sein einziger Sohn.

Seine Aufmerksamkeit richtete sich nun vollends auf den Zwölfjährigen, der die Gedanken seines Vaters nicht kannte, es sich am Heck in der Sonne gemütlich gemacht hatte und hin und wieder mit den nackten Zehen wackelte. Neben ihm lag ein bereits halb leerer Schlauch mit verdünntem Wein und aus dem Weidenkorb ragend war der schon stark zernagte Laib Brot zu erkennen, den Emilia ihren Männern am Morgen eingepackt hatte. Sie verdiente sich ein kleines Zubrot, indem sie für einen kleinen Stand an der Straße Brot buk. Eines aber war immer für ihre Männer. Wenn sie am frühen Morgen in See stachen, sah Marcus jedes Mal die stumme Sorge in ihren Augen, denn oft genug kehrten Fischer nicht mehr an Land zurück. Sie wurden ein Opfer der Wellen – oder der Seemonster, über die sich die Gerüchte hartnäckig hielten. Und gnädige Nixen, die die Fischersleute beschützten, von denen hatte sich jedenfalls zu Marcus' Zeiten noch keine blicken lassen.

Es gab sie natürlich. Daran hegte der Mann keine Zweifel. Wie alle Seefahrer war er abergläubig bis in die Knochen. Es war der Glaube an die Wesen des Meeres, die guten wie die missgünstigen, die ihn jeden Morgen erneut das Wagnis kalkulieren ließen, mit seinem Boot in See zu stechen.

Doch derzeit schien es keine Gefahren zu geben. Ja, es war sogar zu ruhig, denn die See lag sehr still und das Boot hatte in den letzten Minuten an Fahrt verloren. Das Segel hing nun schlaff am einzigen Mast. Marcus runzelte die Stirn. Ein Schleppnetz nützte ihm nicht viel, wenn er es nicht schleppen konnte. Er warf einen prüfenden Blick auf den nunmehr wolkenlosen Himmel, von dem die Sonne zunehmend gnadenlos hinabbrannte. Die Alternative hieß Rudern, und das war nicht nur mühselig und schweißtreibend, es war zudem gefährlich, denn verausgabten sie sich bei diesem Wetter zu sehr und hielt die Flaute an, mochten sie zu schwach sein, in den Hafen zurückzukehren.

»Marcellus!«

Der Junge schreckte aus seinen Tagträumen hoch und sah seinen Vater schuldbewusst an. Beinahe automatisch tastete er nach den Knoten, mit denen das Schleppnetz am Bootsheck festgemacht war, und fand sie fest und unversehrt. Spürbare Erleichterung fuhr über seine Züge und er entspannte sich.

»Ja, Vater?«

»Der Wind.«

Marcellus warf einen prüfenden Blick auf das Segel und nickte. Dies war sein drittes Jahr auf See und er kannte sich fast so gut aus wie sein Vater, zumindest behauptete er das. Die Aussicht auf eine anstrengende Ruderpartie ließ sich aber auch für das ungeübte Auge erkennen; die mangelnde Begeisterung darüber war dem gequält wirkenden Gesichtsausdruck des Jungen nur zu deutlich anzusehen. Er richtete sich auf seiner Bank auf und spähte hinter sich ins Wasser, doch das Netz lag tief und es war nicht auszumachen, ob und wie weit es bereits gefüllt war.

Dann blickte er hoch und kniff die Augen zusammen. Wirkte er überrascht?

Der Junge hatte bessere Augen als sein Vater, das wollte Marcus jederzeit zugeben, und so rückte dieser heran und legte seinem Sohn die Hand auf die Schulter.

»Was?«

Piraten waren nicht selten hier – die Macht der Imperialen Flotte hatte in den letzten Jahren deutlich nachgelassen und allein die Getreideschiffe aus dem nördlichen Afrika verfügten noch über nennenswerten Begleitschutz. Kleine Fischerboote waren normalerweise nicht die bevorzugte Beute der Briganten, aber man konnte nie wissen.

Marcus folgte dem Blick seines Sohnes und konnte am Horizont einen winzigen, schwarzen Punkt ausmachen, wenngleich nur verschwommen.

»Eine Galeere?«

Marcellus schüttelte den Kopf.

»Von der Größe könnte es schon passen, wenn es ein Getreideschiff ist … aber … nein, ich sehe keine Ruder, und rudern müssten sie bei dieser Flaute.«

»Es kommt näher?«

»Ja. Und es scheint zu brennen. Jedenfalls steigt Rauch in den Himmel.«

»Ein Feuer?«

Marcus' Interesse war geweckt. Ein Handelsschiff mit Problemen konnte Hilfe gebrauchen und die Kapitäne zeigten sich erfahrungsgemäß dankbar dafür – oft mit klingender Münze. Was das Hinrudern nachträglich versüßen würde, wäre ein Beutel mit Münzen und dann eine Reise im Schlepptau einer Galeere, ohne weitere Anstrengung, und das alles für ein wenig Hilfe. Es wäre nicht das erste Mal in Marcus' Seefahrerleben, dass derlei passierte.

»Ich kann es nicht genau erkennen, Vater. Jedenfalls kommt es auf uns zu!«

»Hol das Netz ein!«, ordnete Marcus an. Sein Sohn machte sich ohne weiteres Vertun an die Arbeit, und binnen weniger Minuten lag das Netz im Inneren des Einmasters. Die Ausbeute war kläglich genug. Was da herumzappelte, war kaum die Reise auf das offene Meer wert. Aber vielleicht wendete sich das heutige Schicksal ja noch zum Guten.

Jetzt konnte er ebenfalls erkennen, was sein Sohn mit seinen besseren Augen ausgemacht hatte. In der Tat, ein Schiff, und ein großes dazu. Die Form allerdings … und die Farbe … je deutlicher das Bild wurde, desto mehr sanken die Hoffnungen des Fischers und Angst machte sich in ihm breit.

Marcellus war still geworden. Sehr still. Seine Augen waren geweitet, sein Mund offen. Er klammerte sich an die Bordwand und wischte sich ein-, zweimal über die Stirn, als wolle er ein Trugbild vertreiben. Marcus nahm es ihm nicht übel.

So etwas hatte er noch nie gesehen. Von so etwas hatte er noch nie gehört. Selbst die wildesten Geschichten in den Tavernen hatten nie von einem solchen Schiff gesprochen. Dies war nicht wirklich. Dies war nicht natürlich. Neptun musste sich einen Scherz mit ihm erlauben – für einen Moment hatte Marcus seine gute christliche Gesinnung vergessen.

Neptun schwieg zu der Vermutung. Mittlerweile war das Schiff bis auf gut 200 Meter an Marcus' Fischerboot herangekommen. Es war groß, groß wie eine der Getreidegaleeren, aber es wirkte mächtiger, bedrohlicher. Es schien ganz aus Eisen gefertigt, und obgleich es Masten trug, sah Marcus keine Segel. Da waren lange, metallene Röhren, die aus der Mitte des Schiffskörpers ragten, und daraus stießen dunkle, regelmäßige Rauchfahnen in den windstillen Himmel. Das Schiff brannte nicht, das erfasste Marcus sofort mit untrüglicher Intuition. Es brannte womöglich ein Feuer in dem mächtigen Rumpf, jedoch war dies beabsichtigt, kein Unglück, und Hilfe war hier nicht vonnöten.

Oder doch?

Marcus kniff die Augen zusammen. Er konnte niemanden von der Besatzung ausmachen. Keine Seele bewegte sich auf dem Deck des Ungetüms, das ohnehin von seiner Warte aus kaum einsehbar war. Wieder wollte die Angst von ihm Besitz ergreifen. War dies ein Geisterschiff, ein Sendbote der Unterwelt, ein Fluch, der Seeleute auf hoher See heimsuchte und in das Jenseits locken wollte?

»Vater, da liegt jemand!«

Die seltsam gefasste Stimme seines Sohnes – klang da nicht sogar Neugierde durch? – holte ihn aus seinen Gedanken. Er schaute genauer hin. Die Entfernung verringerte sich zusehends. Ja, Marcellus hatte richtig gesehen: Die Besatzung war da – zumindest erkannte er jetzt zwei Männer, regungslos an eine Reling gelehnt, wie tot. Er sah nur wenige mehr, sie alle wirkten, als seien sie mitten im Lauf umgefallen, niedergestreckt durch einen plötzlichen Feind. Doch nirgends waren die Zeichen eines Kampfes zu erkennen, keine Beschädigungen, keine Waffen oder Pfeile – nichts deutete auf einen Überfall hin. Wahrscheinlich lagen noch mehr auf dem schwer einsehbaren Deck.

»Vater, was machen wir?«

Marcus schaute seinem Sohn in die Augen. Die Sorge um sein einziges Kind drohte ihn zu überwältigen. Dann übernahm wieder kühle Kalkulation seinen Verstand. Für einen Fischer wie ihn stellte das Leben nicht allzu viele Chancen bereit. Ob Gottes Fügung oder Fortunas Lächeln, er konnte sich jetzt nicht einfach in die Riemen legen und davonrudern. Er spürte eine seltsame Faszination, die von diesem mächtigen Schiff ausging, und so, wie die Seeleute da auf dem Deck lagen, teilweise über die Reling gelegt wie schlafend, wollte sich kein rechtes Gefühl der Bedrohung mehr einstellen.

Schließlich obsiegte die Neugierde. Und die Gier. Es war im Grunde egal. Die Entscheidung lag auf der Hand.

»Wir rudern heran, mein Sohn«, befahl Marcus. »Sieh dort, ein Seil hängt bis an die Wasserlinie hinab. Traust du dir zu, daran emporzuklettern?«

Marcellus nickte eifrig.

»Und dort, das sieht wie eine Strickleiter aus, aufgerollt und bereitliegend.« Marcus wies auf eine andere Stelle der Reling. »Wenn du es bis dahin schaffst, es wirklich eine Leiter ist und du sie fallen lässt, binde ich unser Boot daran und komme zu dir an Bord. Dann schauen wir uns das mal genau aus der Nähe an.«

»Ja, Vater«, stimmte sein Sohn erstaunlich folgsam, ja eifrig zu. Die Faszination des Neuen und Ungewohnten hatte jeden Zweifel, jede Angst aus dem Bewusstsein des Jungen fortgewischt.

Sie taten wie geplant. Bald hatte das Fischerboot das Seil erreicht und Marcellus schlanker Jungenkörper, voller Kraft durch die harte Arbeit auf See, kletterte wie ein geölter Blitz das Tau empor, sich mit Händen und Füßen hochziehend und -drückend. Schnell hatte er sich über die Reling geschwungen, hielt inne, bewunderte die fremdartigen Aufbauten und unerklärlichen Gewerke auf dem großen Schiff, schien für einen Moment sich und seinen wartenden Vater ob des Anblicks völlig zu vergessen. Marcus rief ihn zur Ermahnung, und Marcellus eilte zur Strickleiter, löste sie und ließ sie hinabklappern.

Es dauerte keine fünf Minuten, da stand Marcus neben seinem Sohn auf dem Deck des seltsamen Schiffes und beide staunten in schweigender Eintracht. Wahrlich, dies war ein Wunder, und es schien, als sei es ein Wunder von Menschenhand, denn die Seeleute, die auf dem Deck umherlagen, waren ganz normale Menschen, angetan mit seltsamem Tuch, das wie die einheitliche Kleidung von Soldaten wirkte, und alle erstaunlich groß gewachsen – aber Männer, lebende und atmende …

Lebende und atmende!

Marcus beugte sich zu einem der Liegenden hinab. Tatsächlich! Der Mann hatte die Augen friedlich geschlossen, doch er lebte, atmete, der Fischer konnte den Schlag seines Herzens spüren, den Hauch seines Atems unter der Nase.

Er untersuchte einen weiteren, dann einen nächsten. Alle lebten. Manche hatten Schwellungen, oft am Kopf, sie waren anscheinend unglücklich gefallen und hatten sich dabei ordentlich gestoßen, aber keiner wirkte ernsthaft verletzt. Es gab tatsächlich keinerlei Anzeichen eines Kampfes.

»Du weißt, was das heißt, mein Sohn«, murmelte Marcus, während er ein metallenes Gebilde betrachtete, aus dem sich ein langes, eisernes Rohr streckte, das ihn unwillkürlich erschauern ließ. »Wenn diese Männer nur schlafen, werden sie in Kürze erwachen.«

»Welches Unglück mag sie befallen haben, dass sie alle in Bewusstlosigkeit gefallen sind?«, fragte sein Sohn.

»Ich weiß es nicht. Aber vielleicht wird sich doch ihre Dankbarkeit zeigen, wenn sie erwachen und merken, dass wir ihnen geholfen haben.«

Marcellus sah seinen Vater voller Tatendrang an. »Was tun wir?«

Marcus sah sich um.

»Diese dort liegen direkt in der Sonne, das wird ihnen nicht gut tun. Wir ziehen sie in den Schatten. Siehst du jenes Tuch? Wir spannen einen Sonnenschutz. Jener dort blutet aus einer Kopfwunde. Wir reißen etwas von seiner weißen Kleidung und verbinden ihm den Schädel. Dort, die beiden, liegen gefährlich auf der Reling. Wir ziehen sie in eine sichere Position. Jene sind aufeinandergefallen. Befreien wir den unten Liegenden. Es gibt viel zu tun. Lass uns ihnen zeigen, dass wir guten Willens waren!«

Marcellus diskutierte die Entscheidung seines Vaters nicht, sondern machte sich mit Feuereifer daran, die Ideen umzusetzen. Schweigend schufteten Vater und Sohn, bis alle auf Deck in prekärer Lage Vorgefundenen auf die eine oder andere Art versorgt waren.

»Weitere werden im Inneren des Rumpfes sein«, gab Marcellus zu bedenken. Eine Furcht ergriff seinen Vater, als er daran dachte, wohlmöglich in das Innere des eisernen Ungetüms hinabsteigen zu müssen. Was mochte ihn dort erwarten?

Es war erneut göttliche Fügung – oder Fortunas Lächeln –, die ihn einer Entscheidung enthob. Ein deutliches Stöhnen erklang aus dem Hals eines der Liegenden und eine unbewusste Bewegung folgte.

Es hatte begonnen.

Die Schlafenden wachten auf.

Es gab nichts mehr zu tun. Jetzt mussten sie auf Gnade und Dankbarkeit der Fremden hoffen. Marcus schickte ein Stoßgebet gen Himmel. Er hatte getan, was er konnte. Jetzt würde sich erweisen, ob er weise oder töricht gehandelt hatte.

Vater und Sohn blieben einfach an der Reling stehen. Sie hielten sich unweit von der Leiter entfernt, die den eisernen Rumpf hinunterbaumelte und an der Marcus das Fischerboot festgebunden hatte. Bloß, ob es ihnen gelingen mochte, die Flucht zu ergreifen, wenn es sich als notwendig erweisen sollte – daran hatte der Fischer Zweifel. Unwillkürlich suchte seine Hand die seines Sohnes, und die Finger Marcellus' umklammerten die seinen mit schon fast schmerzhafter Kraft.

Einer der Männer schlug seine Augen auf.

Ein anderer fluchte etwas in einer unbekannten Sprache.

Ein Dritter stöhnte, ächzte, spuckte aus und murmelte vor sich hin.

Weitere Stimmen gesellten sich dazu. Aus Murmeln wurden Gespräche, unverständlich für Marcus, aus Flüchen wurden Ausrufe, die ihm jedoch vom Tonfall wohlbekannt waren: Befehle.

Und dann wurden sie erblickt und ein Geschrei hob an. Sofort waren Marcus und sein Sohn von großen, kräftigen, wild aussehenden Männern umringt, die seltsame, metallene Dinge trugen, keine Schwerter, aber auch keine Bögen oder Äxte, vielmehr dunkle Röhren, die am Ende breiter wurden und allerlei Haken und Ösen aufwiesen, und deren Funktion sich Marcus nicht erklären konnte. Er nahm jedoch an, dass es sich um Waffen handelte, denn die Männer richteten die Mündungen der Rohre in eindeutig bedrohlicher Haltung auf sie. Es war wohl allein das völlige Fehlen einer jeden Bedrohlichkeit aufseiten der Fischer, die die Männer daran hinderte, auf sie loszugehen. Oder etwas anderes. Die heisere, bellende Sprache einiger anderer Männer, in blaue Gewänder gekleidet, die eng am Körper lagen, und seltsam geformte Mützen tragend. Zwei traten auf das Fischerpaar zu, der Halbkreis der Männer teilte sich, als sie näher kamen. Dann ein weiterer Befehl und die Rohre wurden gesenkt. Noch ein Wort der fremden Sprache und die meisten der Männer wandten sich ab, allerdings nicht, ohne den Fischern noch rätselhafte Blicke zugeworfen zu haben.

Schließlich trat einer der Männer in Blau vor, ein drahtiger Mann von beeindruckender Größe mit braunen Augen und kurz geschorenem Haar. Er sah die beiden Fischer abwartend an, nicht bedrohlich, einfach nur neugierig, dann unterhielt er sich mit seinem Begleiter, einem untersetzten, etwas schlampiger gekleideten Blauträger, der zudem von durchaus fortgeschrittenem Alter war.

Nun richtete der Erste eine Frage an Marcus, formuliert in der unverständlichen Sprache. Manchmal, fast, für einen Moment, schien es dem Fischer, als höre er ein vertrautes Wort, doch ehe er es greifen konnte, verschwand es bereits im Konzert fremder Worte, deren Vielfalt das kurze, aufblitzende Verständnis sogleich überdeckte.

Marcus wusste nichts anderes zu tun, als in der Sprache des Reiches zu antworten.

»Mein Name ist Marcus Necius, und das ist mein Sohn Marcellus. Wir sind einfache Fischer und haben keine bösen Absichten!«

Die Reaktion war erstaunlich. Beide Blauträger wechselten überraschte Blicke, als hätten sie nicht erwartet, dass Marcus überhaupt sprechen konnte. Beide tauschten sich erneut in ihrer bellenden Sprache aus. Sie wirkten ratlos, verwirrt. Marcus nahm das als gutes Zeichen. Vielleicht würden er und sein Sohn diese Begegnung doch noch unbeschadet überstehen.

Er beschloss, weiterzusprechen.

»Wir haben Euer Schiff treibend auf dem Meer entdeckt. Eure Männer lagen darnieder, ohne Bewusstsein. Wir kamen an Bord und halfen!«

Marcus wies auf die Plane, die er und sein Sohn als Sonnenschutz aufgespannt hatten und unter der viele der Bewusstlosen aufgewacht waren.

Er hob die Hände.

»Wir haben nur geholfen. Wir haben nichts gestohlen. Ihr könnt uns und unser Boot durchsuchen!«

Er wies über die Reling. Die Blicke der Blauträger folgten der Hand, und als sie das dümpelnde Fischerboot erblickten, redeten sie wieder mit sehr erstauntem Unterton miteinander, gestikulierten, kratzten sich am Kopf. Marcus verstand nach wie vor kein Wort, aber Gestik und Mimik der Männer ließ keinen Zweifel übrig.

Der Erste, der Hochgewachsene, räusperte sich schließlich. Er wechselte einen letzten Blick mit seinem Gefährten, dann kam er einen Schritt auf Marcus zu, die Hände wie er ausgestreckt.

»Mein Name ist Jan Rheinberg. Ich bin der Stellvertreter des Kapitäns dieses Schiffes.«

Das Latein des Mannes klang fremd, genauso fremd wie sein Name. Aber Marcus verstand es und ein Stein fiel ihm vom Herzen. Das bedeutete, auch seine Erklärungen waren verstanden worden, und das hieß mit großer Wahrscheinlichkeit, dass Fortuna ein drittes Mal gelächelt hatte.

Nein, sicher war der Herr mit ihm, korrigierte sich Marcus sofort in Gedanken. Er lächelte breit.

»Ich grüße Euch, edler … Kapitän. Willkommen in den Gewässern Roms.«

Rheinberg sah Marcus forschend an.

»Erkläre mir etwas, Marcus«, bat er nun umständlich. Der Fischer nickte eifrig und bedeutete dem Mann, sogleich seine Frage zu stellen.

Rheinberg sammelte sich. Er zuckte halb entschuldigend mit den Schultern, als er schließlich etwas holprig hervorbrachte:

»Warum bei Gott redest du Latein?«

4

»Warum bei Gott redet er Latein?«

Die Offiziersmesse war voll. Neben Neumann, Rheinberg, von Klasewitz, dem Kapitän und Dahms waren zwölf weitere wichtige Offiziere der *Saarbrücken* dem Ruf des Kommandanten gefolgt. Die anderen wurden gebraucht, um die unruhige Mannschaft unter Kontrolle zu halten. Die beiden abgerissenen Fischer hatte Rheinberg in die Kombüse bringen lassen, um sie zu verpflegen. Becker, der sich ebenfalls zu der Runde gesellte, hatte einen zuverlässigen Wachtmeister abgestellt, um ein Auge auf die beiden zu haben, aber bis jetzt hatten sie sich absolut harmlos verhalten.

»Weil sie von sich behaupten, Römer zu sein«, beantwortete Rheinberg die Frage des Kapitäns. »Der Mann heißt Marcus Necius, und der Junge ist sein Sohn Marcellus. Sie sind beide Fischer aus Ravenna und haben unser Schiff treibend in ihren Fanggründen vorgefunden, sind an Bord gekommen, haben, wie Neumann hier bestätigt, einigen unserer Bewusstlosen geholfen, soweit ihnen das möglich war, und erwarten jetzt wohl eine Belohnung.« Rheinberg räusperte sich. »Und das nicht völlig unberechtigt, wie ich anmerken darf.«

»Dreck!«, fuhr von Klasewitz dazwischen. »Pöbel. Und Lügenbolde obendrein. Ich kann nichts davon ernst nehmen, Herr Kapitän!«

Von Krautz hob eine Hand und ließ den Zweiten Offizier verstummen.

»Was noch, Rheinberg?«

»Nicht viel mehr. Es sind einfache Menschen. Ich habe mehrmals nachgebohrt. Mein Latein ist passabel, aber ich habe im Grunde nur Schreiben und Lesen gelernt, niemals sprechen. Neumann hier kann bestätigen, dass ich mich redlich bemüht habe.«

»Das ist korrekt«, sagte der Marinearzt. »Der Erste Offizier spricht dafür, dass er es nicht kann, ein sehr passables Latein und ich hatte den Eindruck, dass Marcus ihn verstanden hat. Und ich denke, dass ich die Antworten des Fischers ebenso begriffen habe wie Rheinberg. Er sagt, er sei ein Fischer aus Ravenna.«

Er seufzte.

»Willkommen im Imperium Romanum.«

»Absurd!«, stieß nun von Krautz hervor. »Erst diese seltsame Flaute, dann fällt die gesamte Besatzung in die Bewusstlosigkeit und jetzt … jetzt sind wir wo?«

»Wenn Marcus' Angaben stimmen, etwa dreiundzwanzig Seemeilen südöstlich von Ravenna, im Mittelmeer«, erwiderte Rheinberg.

»Als wir einschliefen, lagen wir vor Portugal! Westlich! Im Atlantik!«, rief von Krautz. Er schüttelte den Kopf. Wäre Platz gewesen, so wäre er unruhig auf und ab gelaufen, doch so blieb ihm nichts, als mit den Fingern auf der Tischplatte zu trommeln. »Das ist absurd.«

»Lügenbolde!«, bekräftigte von Klasewitz und zuckte sofort zusammen, als der Kommandant ihm erneut einen strafenden Blick sandte.

»Zustand der Maschinen?«

»Alles in bester Ordnung, Herr Kapitän«, meldete Dahms geschäftsmäßig. Seine Schützlinge zu überprüfen, war die allererste Tat gewesen, als der Marine-Ingenieur aus der Ohnmacht erwacht war. »Auch sonst auf dem Schiff keine Schäden. Dortheim hat alle wichtigen Anlagen untersucht und eine Leckkontrolle durchgeführt. Er hat nichts gefunden.«

»Verletzte?« Die Frage ging an Neumann.

»Ein paar Blessuren. Ein angeknackster Arm. Ein paar haben ein wenig zu viel Sonne abbekommen. Das wäre schlimmer gewesen, wenn unsere Gäste da nicht geholfen hätten. Aber alle sind so weit wohlauf. Das heißt …«

»Ja? Raus damit, Doktor?«

Neumann seufzte. »Körperlich sind alle in Ordnung. Es herrscht jedoch große Unruhe an Bord. Gerüchte machen die Runde. Ein paar der Kadetten haben mitgehört und ein paar von ihnen hatten auch Latein in der Sekunda. Sie dürften schnell weitergegeben haben, was unsere Gäste erzählt haben. Es wird nötig sein, recht bald zur Mannschaft zu sprechen.«

»Aber worüber?«, hakte von Krautz nach. »Wir wissen doch gar nichts!«

»Gleich, Kapitän«, sagte Rheinberg. Ein Signalmaat hatte geklopft und war eingetreten. Er wollte melden, doch der Erste Offizier winkte ab und hielt auffordernd die Hand hin. Der Signalmaat zögerte.

»Was?«, wollte Rheinberg wissen.

»Herr Korvettenkapitän, Fähnrich Volkert meldet, dass das Nautische Jahrbuch nicht stimmt.«

»Wie bitte?«

Der Signalmaat schluckte.

»Fähnrich Volkert meldet, dass die Angaben im Nautischen Jahrbuch nicht mit den Messungen des Sextanten in Übereinstimmung stehen. Auf Basis des Jahrbuches könne er keine exakte Standortbestimmung der *Saarbrücken* machen.«

»Das ist Wahnsinn«, brach es aus Becker hervor. Auch er wusste, dass das jedes Jahr vom Deutschen Hydrografischen Institut in Hamburg herausgegebene Buch exakte Angaben zu den Positionen von Sonne, Mond und Sternen enthielt, die für die genaue Astronavigation unabdinglich waren, genau aufgeschlüsselt nach Datum und Stunden. Es wurde für jedes Jahr neu berechnet und war zentrale Grundlage für die Navigation auf See.

Rheinberg seufzte. »Maat, bestellen Sie dem Fähnrich mein tief empfundenes Mitleid.« Das allgemeine Schmunzeln löste die angespannte Atmosphäre etwas. »Dann werfen Sie einen Blick in den Himmel und sagen dem Fähnrich, er soll eine Mittagsmessung machen. Das dürfte sehr bald der richtige Zeitpunkt sein. Er soll uns irgendwas bieten.«

»Jawohl, Herr Korvettenkapitän!«

Mit ein bisschen Glück würde diese Form der nautischen Positionsbestimmung, die nur am höchsten Stand der Mittagssonne möglich war, zumindest eine näherungsweise Auskunft über ihren Standort geben.

Für einen Augenblick senkte sich verblüffte Stille über die Versammelten, ehe ein wildes Durcheinander ausbrach. Der Kapitän ließ die Männer einige Minuten diskutieren, damit sie Luft ablassen konnten, ehe er Ruhe befahl. Er war aschgrau im Gesicht.

»Welche Erklärung dafür auch gültig ist, wir können hier nicht rumsitzen und nichts tun. Wir werden unter Dampf gehen und Westkurs einschlagen. Dieses Fischerboot hat keine weite Reise hinter sich. Wir können die Geschichte von Marcus ohne großen Aufwand nachprüfen.«

»Wir sind die ganze Zeit unter Dampf«, warf Dahms karg ein.

Von Krautz kniff die Augen zusammen. »Erklären Sie das?«

»Als wir das Bewusstsein verloren, hat die *Saarbrücken* kleine Fahrt gemacht. Dann kam diese Flaute und die Nebelbank … und na ja, nichts mehr. Als wir aufwachten, war die Maschine weiterhin auf kleiner Fahrt. So sind wir auf das Fischerboot gestoßen.«

»Moment. In kleiner Fahrt und bewusstlos von Portugal nach Italien? Das klingt ja gleich noch einmal viel unglaublicher«, hakte der Kapitän nach. Dahms schüttelte den Kopf.

»Nichts dergleichen, Herr Kapitän. Wir haben Kohle für eine Stunde verbraucht, die Kessel fingen langsam an, Druck zu verlieren – aber das ist es auch schon. Damit haben wir keine zwanzig Meilen zurückgelegt, geschweige denn Gibraltar umschifft und die Südspitze Italiens umfahren. Völlig unmöglich! Die Bunker sind voll, und Kohle schaufeln konnte eh keiner. Der Kreuzer war steuerlos. Nein. Das hat entweder der Klabautermann gedreht oder ich weiß es nicht – die *Saarbrücken* war es sicher nicht.«

Den Schlüssen Dahms' war nichts entgegenzusetzen.

»Dann muss dieser Marcus lügen«, insistierte von Klasewitz.

»Das kann sein. Bloß, welcher portugiesische Fischermann spricht Latein und heißt uns im Römischen Reich willkommen?«, wandte Rheinberg ein. »Ein schlechter Scherz kann das ja nun nicht sein.«

»Dann ist der Mann verrückt«, sagte der Zweite Offizier.

»Den Eindruck machen weder er noch sein Sohn«, meinte Neumann ruhig. Er hatte sie beide einer wenngleich nur flüchtigen Untersuchung unterzogen.

»Wir …«

Von Krautz wurde erneut gestört. Diesmal war der eintretende Soldat Leutnant zur See Langenhagen, ein junger Mann, der jedoch schon seine zweite Fahrt auf der *Saarbrücken* machte. Er salutierte nachlässig, da er mittlerweile wusste, dass weder der Kapitän noch sein Erster Offizier in drängenden Situationen allzu großen Wert auf Ehrenbezeugungen legten. Von Klasewitz konnte er dabei geflissentlich übersehen. Der würde noch auf Strammstehen bestehen, wenn die *Saarbrücken* in Flammen stand und die Besatzung ins Wasser hüpfte.

»Herr Kapitän, ich habe wie befohlen das Boot des Fischers durchsucht.«

Er wuchtete einen großen Sack auf den Tisch.

»Das müssen Sie sich ansehen, Herr Kapitän.«

Ohne auf einen Befehl zu warten, entleerte er den Sack auf den Tisch. Aller Augen richteten sich auf die Platte. Rheinberg beugte sich vor und nahm die Gegenstände nacheinander in die Hand. Er fühlte, wie die Blicke der anderen nun auf ihm lagen. Auch Kapitän von Krautz erwartete von ihm eine Erklärung.

Er hob eine Messingplatte in die Höhe.

»Das ist ein Astrolab.«

»Davon habe ich gelesen«, murmelte von Krautz und nahm es vorsichtig entgegen.

»Ich nicht«, wandte Becker ein. Einige der Seeoffiziere grinsten. Rheinberg nickte dem Infanteristen verständnisvoll zu.

»Ein Astrolab ist im Grunde ein antikes Vorgängermodell zum Sextanten, das bis ins letzte Jahrhundert hinein benutzt wurde. Auf einer Messingplatte ist in einem Koordinatensystem die Position aller sichtbaren Sterne der Nordhalbkugel eingetragen, in ebener Projektion. Darauf gibt es eine zweite Platte mit einem ovalen Ausschnitt, der den Horizont darstellt und die um die Mitte drehbar ist. Am Rand beider Scheiben sehen Sie Skalen eingraviert, auf der unteren das Datum, auf der oberen eine Zeitskala. Wenn man nun die obere Scheibe so dreht, dass die aktuelle Uhrzeit auf der oberen Skala auf das aktuelle Datum der unteren Skala zu liegen kommt, so kann man im ovalen Ausschnitt der oberen Scheibe die zurzeit gerade sichtbaren Sterne erkennen. Um die genaue Position der abgebildeten Sterne zu bestimmen, gibt es diesen kleinen Zeiger, mit dessen Hilfe wir anhand einer Skala die Deklination …«

»Gut, danke!«, unterbrach nun Becker. »Das wird den Rest der Herren sicher langweilen. Der Vorgänger des Sextanten.«

»Entwickelt von den Griechen. Und auch im Römischen Imperium höchst gebräuchlich zur Bestimmung der Position in der Seenavigation.«

Von Krautz legte die Metallscheibe wieder auf den Tisch.

Rheinberg nahm weitere Gegenstände auf.

»Ein Weinschlauch.«

Er schnupperte daran und verzog das Gesicht.

»Seile und ein Fischernetz liegen noch im Boot«, warf Langenhagen ein. Rheinberg nickte nur. Er hielt eine lederne Hülle in der Hand, die er vorsichtig öffnete. Zum Vorschein kam ein Bündel Pergamente, die er fast andächtig zu öffnen begann.

Er warf einen langen Blick auf die Sätze auf dem Pergament, runzelte die Stirn, wirkte kurz abgelenkt, dann lächelte er fein.

Dann las er laut vor:

»Mein Geist drängt mich dazu, von den in neue Gestalten verwandelten Formen zu sprechen. Götter, seid meinem Vorhaben gewogen – denn ihr habt ja jene verändert – und führt mein ununterbrochenes Lied von den ersten Anfängen der Welt herab bis in meine Zeiten.«

Er hob den Kopf und blickte auffordernd in die Runde.

»Nun?«

Neumann grinste.

»Ja, Herr Marineoberarzt?«

»P. Ovidius Naso, wenn mich nicht alles täuscht.«

»Wer?«, fragte Dahms.

»Ovid. Die Metamorphosen. Gott, hat mich mein Lateinpauker damit gequält.« Einige der anwesenden Offiziere nickten verständnisvoll. Neumann hatte augenscheinlich Leidensgenossen. Rheinberg durchblätterte die Papiere.

»Das erste Buch, wenn ich das richtig sehe. Genau die richtige Lektüre, um seinem Sohn das Lesen beizubringen, wenn er den Gallischen Krieg schon gemeistert hat. Wir haben hier einen Fischer, der sich um Bildung bemüht.«

Stille begrüßte seine Bemerkung. Die Pergamente sahen aber auch zu echt aus. Rheinberg kramte wieder in dem Haufen. Die restlichen Gegenstände waren nicht sehr beeindruckend. Ein Beutel mit Oliven. Ein paar einfache Werkzeuge. Eine Angel mit Angelhaken. Ein Bündel sorgsam eingepackter, einfacher Kleidung, offenbar zum Wechseln gedacht. Alles wirkte echt, echt in dem Sinne, dass es einen ausgesprochen antiken Eindruck machte, nicht das, was man in einem Fischerboot des 20. Jahrhunderts erwartete. Rheinberg sah, dass der Zweifel in den Augen der Offiziere langsam einer immer größeren Verwunderung wich.

Erneut entfachte sich eine Diskussion, der von Krautz eine Weile Raum gab. Rheinberg erkannte schnell, warum. Die Mittagszeit verstrich und kurz darauf betrat der Signalmaat erneut die Messe. Er machte sich gar nicht die Mühe zu melden, sondern reichte Rheinberg sofort ein Papier und verschwand. Rheinberg las die Nachricht und reichte sie an von Krautz weiter.

»Empfehlungen von Fähnrich Volkert«, sagte dieser dann. »Soweit es durch die Mittagspeilung möglich war, konnte er die Positionsangaben des Marcus ungefähr bestätigen. Definitiv östliches Mittelmeer, also auch östlich von Ravenna und nicht allzu weit von der italienischen Küste.«

Ein Raunen ging durch die Runde.

»Das heißt, Marcus scheint kein Lügner zu sein«, stellte Rheinberg fest. Er hatte diese Theorie ohnehin nur als eine von vielen möglichen Erklärungen gelten lassen. Von Klasewitz presste die Lippen aufeinander und sagte gar nichts.

»Wahnsinn!«, konnte nun Dahms nicht an sich halten. »Was heißt das denn jetzt? Dass wir tatsächlich irgendwie, weiß Gott wie, durch die Zeit gereist und in der Vergangenheit angekommen sind? Das ist doch … da hat jemand zu viel von diesem Franzosen gelesen …«

»Jules Verne«, half Becker.

»Wer auch immer. Oder das Zeugs vom lenkbaren Luftschiff, das Langenhagen dauernd schmökert. Wollen wir das wirklich als Erklärung akzeptieren?«

»Vorläufig haben wir keine Erklärung«, meinte Rheinberg. »Bedenken Sie jedoch bitte eines, Dahms: Wenn das Nautische Jahrbuch dieses Jahres uns nicht hilft, mit dem Sextanten eine korrekte Positionsbestimmung durchzuführen – und Volkert ist in der Hinsicht wirklich kein Anfänger mehr! –, dann heißt das, dass die Daten des Jahrbuches in dieser Zeit, in der wir uns befinden, schlicht nicht gültig sind.«

»Oder der Fähnrich hat doch einen Fehler gemacht«, meinte von Klasewitz.

»Sie können gerne auf die Brücke gehen und es selbst noch einmal versuchen«, knurrte nun von Krautz. »Und dann fragen Sie Volkert auch gleich, wie es kommt, dass seine Mittagspeilung ohne Jahrbuch plötzlich die Aussagen unseres Fischers bestätigt.«

»Vielleicht eine Verschwörung«, mutmaßte von Klasewitz, dem so langsam die Erklärungen ausgingen. »Die beiden stecken unter einer Decke und es ist ein perfider Plan des Feindes, die *Saarbrücken* zu entführen! Ein Schlafmittel ins Essen, eine Kursänderung, das würde doch passen!«

»Und dann schickt man einen Fischer mit einer abenteuerlichen Geschichte vor, die wir nachprüfen können, indem wir schlicht den nächsten Hafen ansteuern – anstatt uns von britischer Marineinfanterie besetzen zu lassen? Und was, bei Gott, soll an der alten *Saarbrücken* so neu und interessant sein, dass sich eine Entführung lohnt?«, wandte Rheinberg ein. Obgleich er sich um einen ruhigen Tonfall bemühte, wurde schnell deutlich, wie sehr ihm der Zweite auf die Nerven fiel.

»Was weiß ich. Der Krieg steht vor der Tür. Unsere Flotte ist stark, der Brite hat Angst. Wer Angst hat, macht gelegentlich die seltsamsten Dinge.«

Rheinberg wollte etwas entgegnen, sah jedoch aus den Augenwinkeln, wie von Krautz die Hand hob und schwieg. Es führte ja ohnehin zu nichts.

Er fühlte, wie die Gedanken in seinem Kopf wirbelten. Es fiel ihm schwer, angesichts der Tragweite dessen, was nunmehr so offensichtlich erschien, die innere Ruhe zu bewahren. Während die Männer um ihn herum auf unterschiedliche Art und Weise ihren Emotionen Ausdruck gaben – durch Wut, durch Ablehnung, durch Fatalismus, durch an Hysterie grenzende Nervosität –, fühlte Rheinberg sich schlicht nur verwirrt, als hätte ihm jemand den Teppich unter den Boden fortgezogen und damit alles, worauf er seine Existenz zu stellen pflegte. Eine Reise durch die Zeit? Wer vermochte es selbst jemandem wie von Klasewitz verübeln, dass er daran nicht zu glauben vermochte? Rheinberg selbst konnte den Gedanken gar nicht richtig fassen. Und die Reaktionen der anderen Männer zeigten, dass es ihnen ähnlich ging.

Und die Mannschaft.

Was sollte er … sie mussten jetzt sehr schnell zur Mannschaft sprechen! Da draußen stellten sich alle Fragen – und sie hatten bloß diese völlig unglaubliche Geschichte.

Rheinberg wurde schwindelig. Die erregten Gespräche um ihn machten ihn noch verwirrter. Er sah in die Runde und erkannte, dass außer ihm nur drei weitere Männer vor sich hin brüteten: Dahms, Neumann und der Kapitän.

Und Langenhagen grinste breit. Diese verrückten Hefte, die er immer las, mussten ihm zu Kopf gestiegen sein.

Jede weitere Diskussion fand ein plötzliches Ende, als der Signalmaat erneut in die Messe gestürmt war, mit hochrotem Gesicht und ziemlich außer Atem.

»Schiffe!«, stieß er ungefragt hervor.

»Meldung, verdammt!«, herrschte von Krautz und erhob sich. Der Maat nahm unwillkürlich Haltung an.

»Fähnrich Volkert meldet eine Flottille fremder Schiffe in Südsüdwest mit direktem Kurs auf die *Saarbrücken* und bittet den Kapitän auf die Brücke.«

Von Krautz war bereits losgerannt, Rheinberg folgte ihm auf den Fuß. Keiner der anderen Offiziere brauchte irgendwelche Befehle, um zu wissen, was nun zu tun war, und sie eilten zu ihren Stationen.

Als der Kapitän, Rheinberg und von Klasewitz die Brücke erreichten, ergriffen sie sofort die Ferngläser und blickten in die gleiche Richtung wie Langenhagen. Für einen Moment war kein Laut zu hören, bis auf die Befehle der Deckoffiziere, die die Mannschaft herumscheuchten. Volkert hatte, wie es aussah, Gefechtsbereitschaft befohlen.

»Was ist das?«, stellte schließlich von Krautz die Frage und es war klar, dass sie vor allem an Rheinberg gerichtet war. Der schaute noch einmal ganz genau hin, bevor er sie beantwortete.

»Triremen!«

»Bitte was?«

»Triremen. Rudergaleeren mit Hilfssegeln. Ziemlich große Pötte. Das da vorne sind Rammsporne, über so etwas Ähnliches verfügt die *Saarbrücken* ebenfalls. Und wenn ich das richtig sehe, sind die Schiffe voller Bewaffneter.«

»In der Tat«, murmelte von Krautz nun. »Ich sehe Ruder und Segel – und die Soldaten.«

»Wenn das mal Soldaten sind«, murmelte Rheinberg nun. »Maat, holen Sie unsere Gäste auf die Brücke!«

»Jawohl, Herr Korvettenkapitän!«

»Egal, was das für welche sind«, fuhr der Kapitän leise fort, »so langsam muss ich mich wohl mit dem Gedanken anfreunden, dass wir hier keinem schlechten Trick der Briten aufgesessen sind – denn so weit würden sie nun wirklich nicht gehen. Allerdings verbessert das unsere Situation nicht wirklich. Wenn es wahr ist, dass wir in der Vergangenheit sind – und ich betone immer noch das ›wenn‹ –, dann bleiben die Fragen, wie wir hierhergekommen sind und wie wir wieder in unsere Epoche zurückkehren können.«

Rheinberg senkte sein Glas und nickte ernst. Aus den Augenwinkeln sah er, wie von Klasewitz mit vor Erstaunen und Unglauben geöffnetem Mund weiterhin durch sein Okular starrte. Das sollte selbst den alten Verschwörungstheoretiker überzeugen, dachte Rheinberg halb amüsiert.

»Kapitän, ich gebe Ihnen recht«, sagte er. »Bloß befürchte ich, dass wir eine dringendere Sorge haben. Ich habe zwei Triremen gezählt, jede mit sicher an die hundert Bewaffneten. Und es sieht nicht so aus, als wollten sie uns einen Freundschaftsbesuch abstatten. Ich empfehle dringend, das Schiff klar zum Gefecht zu machen und die Kanonen auszurichten.«

Von Krautz wollte gerade den Mund öffnen, als der Signalmaat Marcus und seinen Sohn auf die Brücke brachte. Rheinberg wandte sich an den Fischer, der sichtlich eingeschüchtert wirkte. Er lächelte ihn freundlich an.

»Marcus, wir benötigen deine Hilfe.«

»Ich helfe gerne, Herr!«

»Dieses Gerät hier erlaubt es dir, Dinge in weiter Entfernung näher zu sehen, als sie sind. Es ist völlig ungefährlich, und ich möchte, dass du einen Blick hindurchwirfst, und zwar in diese Richtung.«

Marcus nahm das Fernglas zögernd zur Hand und drehte es unschlüssig in seinen Händen. Dann zeigte im Rheinberg, wie man damit umging. Schließlich führte der Fischer es an seine Augen, ängstlich von seinem Sohn beobachtet, der aber dann, als von Krautz ihm seine Gläser reichte, mit plötzlichem Eifer bei der Sache war. Es dauerte keine zehn Sekunden, da senkte Marcus sein Fernglas wieder und wirkte bleich und verstört.

»Nun?«

»Imperiale Flotte!«, stieß der Fischer hervor. »Viele von denen fahren nicht mehr in den hiesigen Gewässern, das muss eine der gelegentlichen Patrouillen sein.«

Er schien selbst nicht genau zu wissen, ob er über diese Begegnung glücklich oder bedrückt sein sollte. »Wir können Glück haben und auf jemanden treffen, der erst fragt und dann angreift. Aber angesichts Eures Schiffes und ...«

Rheinberg ahnte, was der Mann sagen wollte und rechnete es ihm an, dass er sich rechtzeitig unter Kontrolle hielt. Für ihn mussten die *Saarbrücken* und ihre Besatzung mehr als nur »seltsam« sein.

»Ganz so einfach wird das nicht sein«, meinte Rheinberg begütigend. Er sah von Krautz fragend an.

»Ich habe genug verstanden«, beantwortete der Kapitän die stumme Frage und wandte sich um. Befehle wurden gebellt. Gefechtsbereitschaft bestand bereits, jetzt wurden die 15-cm-Geschütze gedreht. Die Triremen kamen mit großer Geschwindigkeit näher.

»Dahms!«, rief von Krautz in das Sprachrohr, das ihn mit dem Maschinenraum verband. »Ich will die *Saarbrücken* unter vollem Dampf!«

»Voller Dampf, jawohl!«, klang es blechern zur Antwort. Drunten, tief im Leib des Kreuzers, schaufelten die Männer nun die Kohlen in die Brennkammern der Maschine. Rheinberg fühlte fast unmittelbar, wie die gewohnten Vibrationen des Schiffskörpers zurückkehrten. Die *Saarbrücken* erwachte zum Leben!

5

Aurelius Africanus war seit fünf Jahren Trierarch der *Scipio,* und obgleich er seine Stellung mindestens genauso liebte wie das Meer, brodelte eine tiefe Unzufriedenheit in ihm. Es mochte damit zu tun haben, dass seit der Verlegung der römischen Mittelmeerflotte nach Konstantinopel – ein historischer Einschnitt, den sein Vater am Anfang seiner Karriere in der Flotte noch mitbekommen hatte und von dem er des Öfteren erzählte – die beiden in Ravenna verbliebenen Geschwader in ihrer Bedeutung weit hinter dem zurückgeblieben waren, was einst die *Classis Ravennas* gewesen war. Zu der Zeit ein Kommando, das nur wenig hinter der *Classis Misenesis* zurückgestanden war und in dem man als fähiger Offizier Karriere hatte machen können. Das war nicht bloß das, was seine Familie immer für ihn erhofft hatte. Es war letztendlich auch das Ziel seines Großvaters gewesen, der damals, noch den Namen seiner nubischen Vorfahren tragend, über das ägyptische Kontingent in die Flotte eingetreten war und es immerhin bis zum *Proreta,* dem Assistenten des *Gubernators,* des Rudergängers gebracht hatte. Eine steile Karriere für einen Bauernsohn aus dem afrikanischen Hinterland. Sein Sohn, Aurelius' Vater, bereits weitgehend romanisiert, war in die Fußstapfen des Großvaters getreten und hatte es bis zur Stellung des *Secutors* gebracht, verantwortlich für die Disziplin an Bord und direktes Sprachrohr des Kapitäns, des Trierarchen. Und hier stand Aurelius am Bug der *Scipio* und starrte neben seinem *Proreta* Lucius auf die spiegelglatte Wasseroberfläche der küstennahen Gewässer, ein für das Mittelmeer mit seinen normalerweise starken Winden eher ungewöhnliches Bild. Er hatte es bis zum Trierarch gebracht, kommandierte eine mächtige Trireme des Römischen Reiches und würde, so er seine sechsundzwanzig Jahre Dienstzeit überlebte, geehrt und respektiert in sein Heimatdorf zurückkehren. Doch er hatte schon immer mehr gewollt, deutlich mehr als sogar sein Vater für ihn erträumt hatte, er hatte hart an sich gearbeitet und seine derzeitige Stellung in frühen Jahren erhalten. Aber Konstantinopel war weit, und ausschließlich dort, so wurde gesagt, konnte man richtig Karriere machen, in den Stab des Präfekten aufsteigen, sein Ohr finden und ihm fachmännischen Rat geben – und durfte man dann hoffen, nach einigen Jahren zum Navarchen, zum Geschwaderkommandanten, befördert zu werden, auf den Platz, an den Aurelius Africanus wirklich gehörte.

Andere sagten, die Große Flotte würde weitgehend im Hafen der Hauptstadt Ostroms vor sich hin rotten und es sei besser, zwei einigermaßen intakte Geschwader in Ravenna zu haben als eine große Flotte Wracks in Konstantinopel.

Aurelius fühlte sich trotzdem nicht ausreichend gefordert und ahnte, dass er nur dort etwas werden konnte, wo das Reich noch etwas war: im Osten.

Bloß, wie sollte er dies jemals erreichen? Seit acht Jahren war er Trierarch, und seit acht Jahren hatte sich seine Karriere nicht einen Schritt vorwärtsbewegt. Jeder an Bord kannte die Frustration des Kommandanten, vor allem Sepidus, der alte *Gubernator.* Der hatte dieses Amt seit fast zehn Jahren inne, völlig zufrieden mit seiner Stellung und ohne Zweifel einer der besten Steuermänner in der Flotte. Sicher, die beiden ravennischen Geschwader waren nahe am Regierungssitz des weströmischen Imperiums, doch man musste kein Senator oder Hofschranze sein, nicht der *Magister Militium,* der oberste Heerführer, noch Navarch oder Präfekt, um zu erkennen, wie sich die Macht Roms mehr und mehr auf das neue Rom, nach Konstantinopel verlagerte. Die Verlegung der gesamten Mittelmeerflotte zu Zeiten Kaiser Konstantins war lediglich *ein* Indiz dafür gewesen, und jeder wusste, wie wichtig es war, dass der Kaiser Ostroms den Kaiser Westroms anerkannte und unterstützte – während umgekehrt niemand in Konstantinopel auch nur einen Dreck darauf gab, was man in Ravenna, Trier oder wo auch immer gerade der Kaiser Westroms residierte, über ihn dachte. Und das galt leider ebenso für den frustrierten Trierarchen der *Scipio,* und er musste schwer an sich halten, seine schlechte Laune nicht an seinen Männern auszulassen, die dafür nichts konnten, sondern beflissen ihren Dienst verrichteten.

Nicht, dass es allzu viel zu verrichten gab. Von unten, aus dem Ruderdeck, hörte er die Klänge des *Symphoniacus,* der mit seiner Flöte den Rhythmus für die Schlagfrequenz der jeweils drei auf einer Ruderbank sitzenden Seeleute gab, immer unter der Aufsicht des *Pausarius,* der für die korrekte Arbeit auf den Ruderbänken verantwortlich war. Aurelius hatte einst selbst dort gesessen, die ersten zwei Jahre seiner Dienstzeit war er, genau wie jeder andere Rekrut, nicht mehr oder weniger als ein Ruderer gewesen. Niemals erlaubte das römische Recht Sklaven, in der Verteidigung des Reiches eingesetzt zu werden, und obgleich sich viele Freigelassene in den Rängen der Streitkräfte fanden, so doch niemals Unfreie. Wer eine Karriere in der Flotte wollte und weder Verbindungen noch Adel aufzuweisen hatte, begann dort, wo die härteste und am schlechtesten entlohnte Arbeit begann: auf den Ruderbänken. Noch heute setzte sich Aurelius, hatte er gute Laune, zu seinen Männern und ruderte eine Stunde oder zwei, und seinen massiven Oberarmen und dem muskulösen Brustkorb tat dies auch immer wieder gut. Wer dort unten schwitzte und die mächtige *Scipio* gegen Wind und Wellen in Gang setzte, spürte, was es hieß, römischer Bürger zu sein. Er saß mit solchen aus Pannonien und Afrika, aus Spanien und Gallien in einer Ruderbank, und das Gewirr der Flüche aus unterschiedlichen Sprachen reflektierte nur die Herkunft der Seeleute. Letztendlich waren sie alle Römer, der ehemalige Nubier Aurelius Africanus, obgleich er seine Herkunft im Namen trug, womöglich mehr als alle anderen.

Heute wurde wenig gerudert. Die *Scipio* hatte es nicht eilig.

Blickte Aurelius nach Backbord, konnte er in der Ferne, im feinen Dunst des Horizonts, die Ostküste Italiens erkennen. Normalerweise verließ keine Galeere freiwillig die schützende Nähe der Küste, lediglich das bemerkenswert ruhige Wetter des heutigen Tages hatte den Trierarch dazu bewogen, sich so weit herauszuwagen, dass die Küste bloß noch als feiner, dunkler Strich zu erahnen war. Näher, etwa eine Meile landwärts, erkannte man vage die Silhouette der *Augustus,* des Schwesterschiffes der *Scipio,* die heute mit ihr zusammen auf Patrouille war und deren Trierarch, Africanus' alter Freund Vicius Daker, nicht ganz so darauf erpicht schien, sich weiter als unbedingt nötig von der Küste zu entfernen. So imposant Schiffe wie die *Scipio* auch wirkten, sie waren eine Katastrophe bei unruhiger See, verkrafteten Brecher nur schwer und brachen bei starken Belastungen leicht in der Mitte auseinander.

Im Gegensatz zu vielen seiner Kameraden wusste Aurelius, wie man schwamm. Und er wusste, er konnte es von hier bis zur Küste schaffen, erst recht, wenn er sich an einem Stück Treibholz festhielt. Aber er forderte das Schicksal heute nicht heraus: Eine solche Flaute hatte er noch nie erlebt, das Wasser war spiegelglatt und wurde nur gekräuselt durch den langsamen, fast bedächtigen Schlag der Ruder, die die *Scipio* träge vorantrieben.

»Herr ...«

Aurelius blickte gedankenverloren auf die ruhige See. Er hatte Lucius offenbar gar nicht gehört. Der Proreta warf einen hilflosen Blick quer über das lang gestreckte Deck der *Scipio*. Sepidus, der hinten an den Steuerrudern stand, zuckte mit den Achseln und machte eine charakteristische Bewegung mit dem rechten Bein. »Tritt ihm in den Arsch!«, wollte der Veteran damit sagen, doch Lucius wollte diesen Rat besser nicht wörtlich nehmen. Im Gegensatz zum alten Gubernator, der seine vierundzwanzig Dienstjahre auf See auf dem Buckel hatte, wollte der jüngere Lucius noch etwas werden, und wenn man das wollte, trat man den Trierarchen besser nicht.

»Herr!«

Der diesmal drängendere Ruf riss Aurelius aus seinen Gedanken.

»Ja – was ist?«

»Ein Schiff, seewärts, vielleicht zehn Meilen!«

Der Blick des Trierarchen folgte der ausgestreckten Hand des Proreta. Er kniff die Augen zusammen. Seewärts war es dunstiger als zur Küste hin, die Sicht war etwas schlechter, als habe sich erst kürzlich ein Nebel gelichtet. Das Wetter spielte heute verrückt.

Doch Lucius war vor allem deswegen so schnell zum Proreta der *Scipio* aufgestiegen, weil er bemerkenswert scharfe Augen hatte. Seine Aufgabe war es, vom Bug des Schiffes den Weg der Galeere zu beobachten und dem Ruderführer Hinweise zur Steuerung des Schiffes zu geben. Er irrte sich selten, und er irrte sich nie, wenn es seine Beobachtungsgabe betraf. Aurelius mochte ein frustrierter Trierarch sein, trotzdem wusste er ganz genau, warum er wen in seiner Mannschaft auf welchen Posten beförderte.

Aurelius' Augen waren nicht so gut wie die des Lucius, dennoch erkannte er mit etwas Konzentration den schwarzen Punkt.

»Was ist es?«

»Ein einzelnes Schiff. Aber groß. Eine Trireme – oder größer.«

»Ein Kornsegler?«

Die größten Schiffe, die die Welt kannte, waren die massiven Transporter, die das Korn von Afrika nach Italien brachten. Gegen diese Giganten wirkte selbst eine Quinquereme klein, und Quinqueremen waren beeindruckende Kriegsschiffe. In Konstantinopel gab es welche, sagte man. Früher hatte es sie auch in Ravenna gegeben.

Aber ein Kornsegler so weit im Osten?

»Ich bin mir nicht sicher. Es bewegt sich langsam.«

»Was siehst du noch?«

»Es steigt Rauch zum Himmel.«

»Ein Feuer?«

Zwei Katastrophen konnten bei diesem ruhigen Wetter jene Schiffe befallen, die die schützende Nähe der Küsten verließen: An Bord konnte ein Feuer ausbrechen und das Schiff verzehren. Oder Piraten konnten es heimsuchen, plündern und in Brand setzen. Beides würde die Rauchfahne erklären, die Lucius erspäht hatte.

Aurelius raffte sich auf. Egal, was es war, es gab etwas zu tun. Er warf einen prüfenden Blick in den strahlend blauen, völlig wolkenlosen Himmel, wandte sich ab und eilte auf das Hinterdeck, wo Sepidus ihn bereits erwartungsvoll ansah.

»Herr?«

»Lass dir von Lucius Anweisung geben. Wir nehmen Kurs auf das fremde Schiff.«

Sepidus nickte lediglich. Seinen Männern an den beiden mächtigen Steuerrudern gab er dann klare Befehle, die *Scipio* drehte sich sachte in die richtige Richtung.

»Die Schlagzahl erhöhen. Secutor, Wein für die Ruderer. Flavius!«

Flavius Calvinus, der Bordzenturio, erschien wie aus dem Nichts an der Seite des Trierarchen. Er hatte formell den gleichen Rang wie Aurelius, war ihm auf See jedoch untergeordnet. Er war kein Seemann, sondern kommandierte die kleine Gruppe der Infanteristen, die die *Scipio* an Bord hatte – sowie im Enterkampf die gesamte Mannschaft der Trireme, denn sobald der Kampf begann, verwandelten sich alle Ruderer sofort in Marinesoldaten, ergriffen die Schwerter und wurden von Calvinus in den Kampf geführt. Dies galt ebenso für eventuell notwendige Landexpeditionen.

»Trierarch!«

»Flavius, mache deine Männer bereit. An die Enterbrücke. Ich will sie sofort einsetzen können, falls es was gibt. Hole die besten Bogenschützen von den Ruderbänken. Ich will, dass sie bereitstehen und mein Kommando erwarten!«

Auch der Zenturio musste keinen der Befehle zweimal hören. Bereits als er sich abwandte, rief er nach seinem Optio. Das Schiffsdeck erzitterte, als die Soldaten in Stellung gingen. Das Schiff geriet in Aufregung, aber nicht in Aufruhr. Der Secutor hatte ein wachsames Auge auf jede Bewegung. Die Römische Flotte war eine disziplinierte Flotte und die *Scipio* eines ihrer besten Schiffe.

»Sepidus, du hältst den Kurs. Ich gehe wieder zum Bug. Achte auf meine Zeichen!«

Der graubärtige Seemann nickte.

Metus, der *Nauphylax* oder Waffenmeister der *Scipio,* betrat das Deck. Er hatte gehört, wie der Zenturio seine Befehle gegeben hatte, und zusammen mit seinem Gehilfen trug er die Waffen heraus, die an die Ruderer ausgegeben werden sollten. Die Bögen hielt er bereit für jene, die Flavius sogleich auswählen würde, Schwerter und Speere reihte er auf für den Fall, dass weitere Ruderer abkommandiert und bewaffnet werden würden. Vorne am Bug versammelte Flavius bereits das Dutzend Marinesoldaten in voller Rüstung, direkt bei der Enterbrücke, und hielt sie in Bereitschaft. Sorgsam achtete er darauf, dass sie den Blickkontakt zwischen dem Proreta und dem Steuermann Sepidus nicht verstellten, denn Lucius war es, der genaue Anweisungen zum Kurs an das Heck durchzugeben hatte.

Der Trierarch gesellte sich zu Flavius, hatte sich selbst auf dem Weg dorthin bewaffnet. Das Kurzschwert hing an seiner Seite. Er stellte sich neben Lucius und sah, wie die Erregung dem jungen Mann ins Gesicht geschrieben stand.

»Was ist?«

»Ich weiß nicht, Herr. Ich weiß es wirklich nicht.«

Lucius' Verwirrung und Ratlosigkeit waren so offensichtlich, dass es Aurelius unwillkürlich Sorge bereitete. Der Proreta kannte jede Schiffsklasse, jede hölzerne Silhouette auf dem Mittelmeer, niemand konnte ihm etwas vormachen. Die Tatsache, dass er sich um eine eindeutige Beantwortung der Frage drückte, sprach für sich. Aurelius beugte sich nach vorne, kniff die Augen zusammen. Das Flötenspiel aus dem Ruderdeck war hektischer geworden, die Schlagfrequenz hatte sich erhöht. Wasser spritzte auf, als die Ruder im schnelleren Takt eintauchten und die mächtige *Scipio* vorantrieben. An Backbord signalisierte man der *Augustus*. Mit ein wenig Glück würde sie ihrem Schwesterschiff mit erhöhter Geschwindigkeit folgen.

Mit jeder verstreichenden Sekunde schälte sich ein genaueres Abbild des fremden Schiffes heraus. Mit jeder verstreichenden Sekunde begann Aurelius, die Ratlosigkeit seines Proreta mehr und mehr zu verstehen. Was immer das für ein Schiff war, dem man sich nun mit stetiger Geschwindigkeit näherte, es war keines, dessen Bauweise er jemals in seinem Leben erblickt hatte. Aufgeregtes Gemurmel erhob sich auf der *Scipio,* die Marineinfanteristen stießen sich gegenseitig an und zeigten nach vorne, die Scharfäugigen begannen flüsternd zu berichten, was die Kurzsichtigen nicht erkennen konnten. Aurelius ließ sie einige Minuten gewähren, selbst beinahe betäubt von der Fremdartigkeit und Bedrohlichkeit, die das fremde Schiff verströmte, von der Beklemmung, die mit jedem Ruderschlag größer zu werden schien.

Doch er war der Trierarch.

Er wandte sich um und warf dem Secutor, der selbst an der Reling stand und nach vorne starrte, einen scharfen Blick zu. Der Mann fing dieses Zeichen Aurelius' auf und bellte sofort scharfe Befehle über das Deck. Stille kehrte ein, als auch Flavius seinen Soldaten bedeutete, zu schweigen. Es war wie die Ruhe vor dem Sturm, diesmal handelte es sich allerdings um eine Gefahr, die unerklärlich war.

Aber Gefahr, das war es, was dieses Schiff ausstrahlte, aus dessen kurzen, dicken Masten, Schornsteinen gleich, Rauch quoll. Es musste aus Metall bestehen, aus Eisen oder Bronze, der Art nach zu urteilen, wie einiges in der Sonne schimmerte. Weiter besaß es einen mächtigen Rammsporn von so großer Kraft, dass sich Aurelius absolut sicher war, dass die *Scipio* von diesem Monstrum in einem einzigen Anlauf zerbrochen und zerschmettert werden konnte. Er nahm sich vor, dem Fremden diese Gelegenheit nicht zu geben, rief Befehle nach hinten, hörte die bestätigenden Rufe des Sepidus und sah das Nicken des Proreta, der die Taktik seines Trierarchen verstanden hatte. Die Trireme schwenkte um, bot dem anderen Schiff weniger Angriffsfläche und richtete den Bug direkt auf die Breitseite des metallenen Körpers, der nun mehr und mehr für alle sichtbar vor ihnen lag. Das Schiff bewegte sich langsam fort, jedoch ohne sichtbare Ruder oder Segel, und Lucius rief weitere Weisungen. Die *Scipio* würde den Gegner mittschiffs erreichen, Bug voran, den eigenen Rammsporn direkt auf den Körper des fremden Fahrzeuges gerichtet. Bald würde es für das metallene Monstrum zu spät sein, noch zu wenden und den eigenen Sporn in Stellung zu bringen.

Und jetzt konnte man Menschen auf Deck erkennen. Keine Dämonen oder Seemonster, wie manche hinter vorgehaltener Hand geflucht hatten, keine teuflischen Gestalten, sondern Männer, hochgewachsen, viele in weißes oder graues Tuch gehüllt, die liefen, standen und schauten wie die Männer der *Scipio* auch. Wer immer dieses Schiff befehligte und woher es auch stammte, die Besatzung bestand nicht aus Metall, sondern aus Fleisch und Blut, und die ermutigenden Kommentare der Marinelegionäre sprangen über das Schiff. Bogen und Pfeile wurden bereitgehalten, denn ein gut gezielter Pfeil würde diese Seeleute genauso töten wie jeden anderen auch.

Das waren gute Nachrichten. Aurelius fühlte, wie die Beklemmung etwas von ihm wich. Dennoch kam ihm nicht eine Minute der Gedanke, er müsse friedlichen Kontakt mit diesem Meeresmonstrum herstellen – es wirkte in jeder Hinsicht so bedrohlich, so fremd. Es war fast wie ein Reflex, und ein Blick in die Gesichter seiner Männer zeigte, dass es ihm nicht allein so ging. Was immer dieses Schiff war, es konnte sich nur um eine Gefahr handeln, um eine Gefahr für die *Scipio* und für Rom, und dieser mussten sie sich entgegenstellen.

Dort drüben herrschte nun Aufregung. Aurelius lächelte unmerklich, als er das Durcheinander auf dem Deck des Fremden beobachtete. Von römischer Disziplin konnten die Herren über das metallene Schiff noch einiges lernen. Ebenso von römischer Taktik: Anstatt das eigene Fahrzeug schnellstens zu drehen und mit dem Rammsporn in Richtung der *Scipio* zu richten, um entweder einem vergleichbaren Angriff der Trireme zu entkommen oder selbst bei einem Manövrierfehler des Trierarchen den Feind versenken zu können, bot der Gegner der *Scipio* weiter seine Breitseite an. Lediglich kleine Häuser mit langen Rohren daran drehten sich langsam in Richtung der Trireme.

Männer standen an der Reling des Giganten. Sie winkten und riefen in einer unverständlichen Sprache. Dann vermochte Aurelius einen Mann auszumachen, der sich deutlich von den seltsam betuchten Fremden unterschied: Er sah fast wie ein einfacher römischer Fischer aus.

Er gestikulierte und rief. Die See trug seine Worte davon. Neben ihm standen stumm zwei Männer in dunklem Blau, sie trugen weiße Kopfbedeckungen und in der Sonne blitzten goldene Verzierungen. Es konnte kein Zweifel daran bestehen, dass der Fischer entweder ein Gefangener der Fremden war oder ein Verräter. In beiden Fällen war Aurelius verpflichtet, den Angriff zu wagen.

Er hob die Hand. Das vereinbarte Zeichen. Während die Besatzungen der hinteren Ruderbänke nun unter dem stetig hektischer werdenden Spiel des Symphoniacus die Ruder schneller ins Wasser senkten, lösten sich die Besatzungen der vorderen Bänke von den Riemen, eilten auf das Oberdeck und liefen diszipliniert unter dem wachsamen Auge des Secutors zum Heck. Auf dem Weg dorthin liefen sie an Metus und seinen Gehilfen vorbei, ergriffen die bereitgelegten Waffen, dann versammelten sie sich schweigsam direkt beim Gubernator, der die glorreiche *Scipio* unbeirrbar auf den Leib des metallenen Schiffes zusteuerte. Je mehr Gewicht sich am Heck sammelte, desto mehr hob sich der Rammsporn aus dem Wasser, bis er über sacht über die Oberfläche glitt, in einem exakten, perfekten Winkel, bereit, den Bauch des Feindes aufzuschlitzen.

Aurelius warf Lucius einen Blick zu. Der Zenturio hatte bloß darauf gewartet. Er gab einen Befehl.

Die Bogenschützen, ein Dutzend der besten an Bord der *Scipio,* hoben ihre Bögen.

6

»Das glaube ich einfach nicht!«

Von Krautz starrte, zusammen mit Rheinberg neben dem Fischer stehend, fassungslos auf die See vor ihm, auf der sich ein Museumsstück auf die *Saarbrücken* zubewegte, deutlich immer schneller werdend, den Rammsporn leicht aus dem Wasser gehoben, mit der klaren, der unmissverständlichen Absicht, sie zu rammen.

Ein Holzschiff wollte einen gepanzerten Kleinen Kreuzer rammen!

Das war doch kompletter Wahnsinn! Das Schiff würde in der Mitte zerbersten, der Sporn würde, vom Rumpf der *Saarbrücken* abgewehrt, bestenfalls zersplittern, schlimmstenfalls nach hinten in die Galeere treiben und die ohnehin nicht sehr vertrauenerweckend aussehende Konstruktion dazu bringen, sich in sich selbst zusammenzufalten. Die Besatzung des Schiffes war erheblich, das Oberdeck des Angreifers voller Seeleute und …

»Legionäre!«, keuchte von Krautz, als könne er es jetzt erst fassen, als habe er den Worten des Fischers nie Glauben schenken können, als habe er es erst mit eigenen Augen sehen müssen.

»Herr Kapitän, wir müssen feuern!«

Von Krautz drehte sich zu Rheinberg um und sah ihn weiterhin mit Fassungslosigkeit in den Augen an.

»Feuern? Ein Schuss, und dieses Ruderboot sinkt oder geht in Flammen auf!«

»Es greift uns an«, erinnerte ihn sein Erster Offizier.

»Es ist ein Ruderboot!«, rief von Krautz fast entrüstet.

»Es ist ein Kriegsschiff. Eine Trireme. Das dort sind Soldaten. Wir müssen uns verteidigen!«

Der Kapitän warf die Hände hoch, wie in komischer Verzweiflung, und wandte sich sprachlos dem heranschnellenden Gegner zu, als wolle er ihn durch bloße Gestik zur Aufgabe seines sinnlosen Tuns bewegen. Rheinberg wusste nicht, ob von Krautz es ebenfalls gesehen hatte, doch als sich die zwölf muskulösen Männer über die Holzreling der Trireme beugten, die Bögen anlegten und mit der Selbstsicherheit jahrelanger Praxis und dem Vertrauen in die eigenen Fähigkeiten zielten und zwölf schlanke, schnelle Projektile die Sehnen verließen, wusste Rheinberg intuitiv bereits vor ihrem Eintreffen, wer das Ziel sein würde.

Er ließ sich gedankenschnell fallen, riss im Sturz den neben ihm stehenden Fischer mit zu Boden, griff zu den Beinen des Kapitäns und öffnete den Mund zu einem Warnruf.

Zu spät – zwei Pfeile wuchsen aus dem Brustkorb von Krautzens, lange, gefiederte Holzprojektile, und tränkten dessen dunkelblaue Uniformjacke rot, dunkelrot, und das in Windeseile.

Von Krautz sackte wortlos zu Boden, mit einer Hand den Schaft eines der Pfeile umklammernd, mit der anderen vergeblich nach Halt suchend. Im Fallen traf der Blick seiner Augen die Rheinbergs, weiterhin voller Unverständnis, dann brachen sie, noch vor seinem Aufprall.

Weitere Männer schrien, von Pfeilen getroffen. Eine zweite Salve fuhr über das Deck, in Gedankenschnelle abgefeuert. Jetzt begriffen die Deutschen die Gefahr und suchten Deckung. Zu spät für manche.

Zu spät für von Krautz.

Für einen Moment stand die Zeit still und nichts und niemand bewegte sich.

Rheinberg starrte auf den Leib von Krautzens, sich völlig sicher, wieso auch immer, dass der Kapitän der *Saarbrücken* tot war und nun er, Jan Rheinberg, das hatte, was er sich immer erträumt hatte, ein Kommando.

»Was für ein kalter Gedanke angesichts dieses plötzlichen Todes«, schoss es ihm durch den Kopf.

Ein Kommando, das angegriffen wurde.

Das war der Grund.

Und dann krachte die Trireme mit wütender Wucht in die Seite der *Saarbrücken.*

Der Kreuzer erbebte leicht, ein sanftes Schwanken durchfuhr den Schiffsleib und zeitgleich ertönte das Knirschen zersplitternden Holzes. Überraschte, ja entsetzte Schreie erschollen von der Trireme, und als sich Rheinberg aufrichtete, sah er, wie eine der 10,5-cm-Schnellladekanonen an Steuerbord auf die bereits tödlich verwundete Galeere einschwenkte und einen einzelnen Schuss abgab.

Der Schuss zerfetzte das voller Seeleute stehende Heck der Trireme wie Papier. Holzsplitter flogen durch die Luft, drangen schmerzhaft auch in Rheinbergs Körper ein, der schützend sein Gesicht bedeckte. Schmerzensschreie, einige ohrenbetäubend, ein Chaos aus Tönen, ein Stakkato des Schreckens erfüllte die Luft. Schüsse knallten, die Infanteristen aus Beckers Kompanie hatten angelegt und zielten auf die wenigen Römer, die sich am rasch sinkenden Wrack der Trireme festhielten.

»Feuer einstellen! Feuer einstellen!«, erklang schließlich die befehlsgewohnte Stimme Beckers und das Geknalle ebbte ab. Rheinberg erhob sich, wirbelte herum, ließ die Hand Marcus' fahren, die nach ihm tastete, und eilte zur Brücke. Blut lief ihm die Arme hinunter, wo ihn größere Holzsplitter erwischt hatten, doch er ignorierte den Schmerz. Atemlos stürzte er auf die Brücke.

»Der Kapitän – wo ist Neumann?«

»Unterwegs, unterwegs«, erwiderte Volkert, der auf der Brücke offenbar den Befehl an die Kanone gegeben hatte, die Trireme zu erlegen.

»Männer in die Boote! Bewaffnen! Ich will, dass alle Überlebenden aus dem Wasser gefischt werden!«

Der Fähnrich fragte nicht, er gab die Befehle sofort weiter. Ein Sanitätsmaat stürmte auf die Brücke, sah Rheinbergs blutdurchtränkte Uniform und öffnete seinen Koffer.

»Nicht jetzt, das sind nur Kratzer. Der Kapitän …«

»… ist tot.«

Das war die Stimme Neumanns. Er hatte die Treppen zur Brücke erklommen und man sah ihm an, dass es an dieser Aussage keinen Zweifel geben konnte. »Er war sofort tot. Ein Pfeil hat ihn direkt am Herzen erwischt. Sofort tot.«

Rheinberg starrte ihn an, musste einen furchtbaren Eindruck auf den Freund machen, wirkte verwirrt und erschöpft und überwältigt. Neumann wollte etwas sagen, doch Rheinberg unterbrach ihn.

»Wer noch? Verletzte? Tote?«

Neumann schüttelte den Kopf. »Wir hatten Glück im Unglück. Die meisten Männer haben sich entweder geduckt oder standen relativ geschützt.« Er seufzte. »Ein weiterer Toter. Dr. Sommer.«

Rheinberg seufzte tief auf. Er hatte den Bordgeistlichen, der zu den Neulingen an Bord gehört hatte, nur kurz kennengelernt und ihn als sehr schweigsamen, bescheidenen Mann eingeschätzt, der immer bereit gewesen war, erst zuzuhören, als sofort seine Meinung zu sagen – eine sehr angenehme Abwechslung im Vergleich zu einigen anderen Besatzungsmitgliedern. Er hatte ihn nicht gut genug gekannt, um mehr über ihn sagen zu können, spürte aber, dass er diesen Verlust noch einmal als sehr schmerzhaft empfinden würde – vor allem in dieser schwierigen Situation.

»Zwei Leichtverletzte durch Pfeile«, fuhr Neumann fort. »Der Rest hat niemanden getroffen. Zu einer zweiten Salve kamen die Schützen nicht, davor hat uns Volkerts schnelle Reaktion bewahrt.«

»Nein, die Schützen standen am Bug. Als die Trireme uns rammte, war es um die Männer geschehen. Wer Glück hatte, wurde ins Wasser geschleudert. Es hat lediglich von Krautz erwischt.« Rheinberg holte keuchend Luft, ignorierte den Schmerz an Armen und Beinen. »Es hat nur von Krautz erwischt.«

»Jan«, murmelte Neumann so leise, dass bloß dieser ihn hören konnte. »Nimm dich zusammen. Jetzt nicht schlappmachen. Denk dran: Wenn du nicht kommandierst, ist von Klasewitz der höchstrangige Offizier!«

Rheinberg wischte sich über die Stirn. Seine bereits blutverschmierten Hände hinterließen eine dreckig rote Spur auf der Haut. Natürlich. Mit dem Tode von Krautzens waren alle Brückenoffiziere eine Dienststellung nach oben gerutscht. Rheinberg war jetzt der Kapitän – und von Klasewitz Erster Offizier. Es konnte kaum noch schlimmer werden.

»Herr Kapitän!«

Volkerts feste Stimme riss Rheinberg hoch.

»Eine zweite Galeere, Herr Kapitän. Nähert sich mit … na ja, so schnell sie halt kann.«

Rheinberg ergriff das Fernglas, richtete es auf die zweite Trireme, die mit schnellem Schlag näher kam.

»Soll ich den Kanonieren …«

»Kein Schuss ohne meinen ausdrücklichen Befehl!«, bellte Rheinberg. Er war nach wie vor erschrocken, ja schockiert über die Wirkung, die ein einziger Schuss aus der kleinen Kanone gehabt hatte, und das, obgleich er selbst die Eröffnung des Feuers vorgeschlagen hatte.

Da, die Ruder gingen hoch, die Trireme drehte bei. Der Kapitän des Schiffes betrachtete jetzt sicher das Chaos, das die *Saarbrücken* mit seinem Schwesterschiff angerichtet hatte. Rheinberg an seiner Stelle würde …

»Sie drehen ab!«, meldete Volkert unnötigerweise. Alle sahen es. Die Ruder senkten sich ins Wasser. In schneller, ja verzweifelt wirkender Taktzahl drückten sie die zweite Galeere von der *Saarbrücken* fort. Ein kluger Mann, dieser Kapitän. Lieber daheim Bericht erstatten, als selbst zu Fischfutter zu werden.

»Er wird Hilfe holen!«

»Es gibt nichts, was sich uns hier entgegenstellen könnte«, erklang plötzlich die selbstsichere, ja arrogante Stimme von Klasewitz', der die Brücke betrat und sich in neuer Machtvollkommenheit umsah. Als er erkannte, dass Rheinberg zugegen war, verzog er das Gesicht und fälschte Mitgefühl. »Sie müssen ins Lazarett!«

»Ich bin diensttauglich«, knurrte Rheinberg. »Und ja, es gibt nichts, was sich uns hier entgegenstellen konnte. Deswegen ist von Krautz jetzt ja auch tot, weil er unverwundbar war. Und wir sind alleine in … in einer Zeit, die nicht die unsere ist, und wenn uns die Kohlen, die Schmierfette, die Ersatzteile und die Munition ausgehen, sind wir immer noch unverwundbar. Unverwundbare Zeitreisende in einem metallenen Sarg. Seien Sie nicht zu selbstsicher, von Klasewitz. Wir haben uns, wenn alles schiefläuft, soeben das Römische Reich zum Feind gemacht.«

Er seufzte. Er erinnerte sich an seine eigene, spontane Reaktion und fühlte sich verwirrt, schlecht und schwindlig.

»Und das ist keine gute Sache«, fügte er matt hinzu.

»Sie haben uns angegriffen!«, empörte sich der Adlige.

»Das ist uninteressant«, konterte Rheinberg verärgert. »Seien Sie nicht kurzsichtig. Es ist egal, wer woran schuld ist. Diese Trireme dort wird in Rom berichten, dass hier ein metallenes Monsterschiff im Mittelmeer imperiale Kriegsgaleeren versenkt. Glauben Sie im Ernst, dass die Schuldfrage da irgendeine Relevanz hat?«

»Dann hinterher und es versenken!«

»Das wird das Unausweichliche lediglich hinauszögern. Wir können uns nicht ewig verstecken.«

Von Klasewitz schwieg. Das schien sogar er zu begreifen.

Rheinberg setzte sich schwer, erlaubte Neumann, die feuchte Uniform zu entfernen, seinen Koffer zu öffnen und die zum Glück nur oberflächlichen Wunden zu versorgen. Jemand reichte dem frischgebackenen Kapitän einen Schnaps, den dieser ohne zu fragen und dankbar nahm und in sich hineinstürzte. Das Brennen im Magen belebte seine Sinne und er wartete ungeduldig auf Meldungen, auf die Versorgung seiner Wunden und auf irgendeine Idee, wie er aus diesem Schlamassel wieder herauskommen sollte.

Als er sich erhob, hatte sich die Aufregung etwas gelegt. Die zweite Galeere war in der Ferne zunehmend schlecht zu erkennen. Die Verwundungen waren versorgt, und sein Bursche hatte ihm eine frische Uniform gebracht. Rheinberg verließ die Brücke, achtete sorgsam darauf, sowohl Neumann als auch von Klasewitz mitzunehmen, und tauchte auf dem Hinterdeck auf, auf dem die Männer die aus dem Meer gefischten Schiffbrüchigen versammelt hatten. Die Retter in den Booten hatten schnelle und effektive Arbeit geleistet und die im Wasser treibenden Römer aufgefischt. Es hatte keine Probleme gegeben, nicht zuletzt deswegen, weil offenbar die wenigsten der Schiffbrüchigen schwimmen konnten.

Köhlers massive Gestalt stellte sich vor Rheinberg, salutierte, machte Meldung, als wolle der Veteran Rheinberg persönlich demonstrieren, dass er wusste und respektierte, wer jetzt der neue Kapitän an Bord war. Rheinberg reckte sich, salutierte ebenfalls. Alle sollten es sehen. Alle mussten es sehen.

»Wie viele, Köhler?«

»Dreiundvierzig Überlebende. Zwölf davon verletzt. Zwei schwer.«

Neumann bedurfte keiner weiteren Aufforderung. Er kniete sich neben seine Leute, die sich bereits um zwei still Daliegende kümmerten. Einer wies Verbrennungen auf, der andere Schusswunden. Rheinberg konzentrierte sich auf den Rest. Er sah auf, als ein dunkelhäutiger, muskulöser Mann sich aufrichtete. Seine Kleidung war zerrissen, aber erkennbar teurer als die vieler der anderen Überlebenden. Rheinberg versuchte, in seinen Erinnerungen einen Hinweis zu finden, doch erst als sich Marcus, unverletzt, zu ihm gesellte und ihm ein Wort ins Ohr flüsterte, wusste er, mit wem er es zu tun hatte.

»Trierarch«, war der gehauchte Hinweis gewesen.

Der Kapitän des zerstörten Schiffes.

Rheinberg war ratlos. Der offensichtlich aus Afrika stammende Mann stand hoch erhoben vor ihm, dennoch reichte er Rheinberg gerade bis zum Kinn. Sie starrten sich an, dann salutierte Rheinberg, langsam, exakt, peinlich genau auf Augenkontakt bedacht. Sein Gegenüber erkannte die Geste anscheinend, nickte, setzte selbst jedoch zu keinem Salut an. Er starrte Rheinberg unentwegt an, als suche er nach etwas im Gesicht des Mannes. Er schien es jedoch nicht zu finden.

»Ich bin Jan Rheinberg, der Trierarch dieses Schiffes.«

Er suchte nach dem richtigen Wort.

»Trierarch der *Saravica*«, ergänzte er schließlich.

Das holprige Latein schien den Mann nicht weiter zu stören. Wahrscheinlich hatte er schon mehr als genug Leute kennengelernt, die dieser Sprache nur unvollständig mächtig waren.

»Ich bin Aurelius Africanus, Trierarch der *Scipio*.« Für einen Moment schien er innezuhalten, als erinnere er sich, und senkte den Kopf. »Ich *war* Trierarch der *Scipio*. Ihr habt mein Schiff zerstört.«

»Ihr habt mein Schiff angegriffen, und das ohne Grund.«

»Ihr habt meine Trireme wie einen Zweig zerbrochen. Das ist Grund genug für mich anzunehmen, dass Ihr eine Gefahr für Rom seid. Die *Augustus* wird darüber berichten. Bald wird die Nachricht wie ein Lauffeuer nach Treveri gelangen. Dann werdet Ihr sehen, wie es ist, das Römische Reich zum Feind zu haben.«

Rheinberg nickte. »Ich will kein Feind des Römischen Reiches sein.«

»Das ist nicht Euer Wollen. Es ist das des Kaisers.«

Ein plötzlicher Gedanke beschlich Jan, eine Frage, die er Marcus hatte stellen wollen, die er jedoch aufgrund des Auftauchens der Galeeren nie gestellt hatte – nämlich die nach dem Namen des regierenden Kaisers. Der Hinweis auf Trier hatte ihm bereits geholfen: Er musste irgendwann nach der Verlegung der Hauptstadt des Westreiches angekommen sein – und vor der Verlegung des Regierungssitzes nach Mailand und später gar Ravenna. Der Stadt, aus der Aurelius Africanus aller Wahrscheinlichkeit nach mit seiner Trireme zu seiner verhängnisvollen Reise aufgebrochen war. Das grenzte den Zeitraum ungefähr ein, wenngleich Rheinberg sich nicht an die exakten Jahreszahlen zu erinnern vermochte. Aber der Name des Kaisers …

»Wer regiert in Treveri, Trierarch?«

Der Mann machte einen verwunderten Gesichtsausdruck. »Kommt Ihr aus einem so fernen Land, dass Ihr nicht wisst, wer das Reich regiert? Woher genau kommt Ihr überhaupt?«

»Wer regiert in Treveri?«, wiederholte Rheinberg. Er war nicht in der Stimmung für absurd klingende Erklärungen. Aurelius wiederum schien nicht insistieren zu wollen.

»Gratianus, Sohn des Valentinian, regiert im Westen. Seine Residenz ist Trier. Valens, Bruder des Valentinian, regiert im Osten. Seine Residenz ist Konstantinopel.«

Rheinbergs Gedanken rasten. Etwas klingelte in ihm. Historische Ereignisse, an die er sich lediglich dunkel erinnerte, purzelten in seinem Kopf umher. Aurelius schien seine Bestürzung zu bemerken, wandte sich fragenden Blickes an seine Mitüberlebenden, von denen sich einige zu ihm gesellt hatten, dazu ein graubärtiger Veteran, der wie die römische Entsprechung zu Köhler aussah. Keiner wirkte bedrohlich, alle schienen mittlerweile mehr neugierig auf das seltsame Schiff und seine ebenso seltsame Besatzung zu sein.

»Köhler, geben Sie den Gefangenen Nahrung und genug zu trinken. Ich will, dass sie gut behandelt werden.«

»Jawohl.«

Rheinberg wandte sich ab, stürzte die Reling entlang, verschwand im Innern der *Saarbrücken,* erreichte schwer atmend seine Kabine. Er merkte erst, dass Neumann und Becker ihm gefolgt waren, als er bereits einen dicken Folianten zur Hand genommen hatte. Die beiden Männer fragten gar nicht erst lange, was er da suchte, sondern sahen Rheinberg nur auffordernd an, nachdem dieser einige Minuten still geblättert und gelesen hatte.

»Ah, verdammt«, entfuhr es dem Kapitän.

»Raus damit«, forderte ihn Becker auf.

»Flavius Gratianius, Sohn von Valentinian I., hatte seine Residenz in Trier, bis zum Jahr 378. Sein Onkel und Mitkaiser Valens starb im Jahre 378 im Kampf gegen die eindringenden Goten, er war das erste prominente Opfer dessen, was die Historiker die Völkerwanderung nennen. Wir müssen uns also irgendwann im späteren vierten Jahrhundert befinden. Mal schauen … Valens wurde 365 von seinem Bruder Valentinian – Stiefbruder, um genau zu sein – zum Mitregenten ernannt. Wir sind also irgendwann zwischen diesen beiden Jahren … angekommen.«

»Das können wir doch genauer herausfinden!«, rief Neumann. Zu dritt eilten sie wieder auf das Hinterdeck, das dicke Buch mit sich führend. Unter den misstrauischen Blicken von Klasewitz' hatten sich die Römer offenbar selbst zu einer Besprechung versammelt, die sich auflöste, als Rheinberg wieder zielsicher auf Aurelius zusteuerte.

»Trierarch, Ihr werdet meine Fragen möglicherweise als sehr verwirrend empfinden, ich bitte Euch jedoch, beantwortet sie.«

Aurelius sah Rheinberg mittlerweile so an, als würde er ihn für ein wenig verrückt halten. Dennoch schien er die Fragen Rheinbergs ergeben zu erwarten.

»Wo befindet sich Kaiser Gratian zurzeit?«

»Er reitet gegen die Alemannen.«

»Ist sein Feldzug von Erfolg gekrönt?«

Aurelius wusste es nicht, das war ihm anzusehen, aber er wollte es nicht zugeben. »Der Kaiser siegt, weil Gott an seiner Seite steht.«

»Ohne Zweifel.« Rheinberg blätterte und sagte auf Deutsch, an Neumann und Becker gewandt: »Gratian führte im Jahr 378 einen Feldzug gegen die eindringenden Alemannen. Damit verbunden war neben einem großen Sieg bei Colmar vor allem der letzte historisch verbürgte Rheinübergang eines römischen Kaisers. Danach nahm er Residenz in Sirmium, später zog er nach Mailand um.«

»Und?«, fragte Becker. Rheinberg sah ihn an.

»Das heißt, das Ende Westroms hat begonnen. Ab jetzt ist Rom beständig in der Defensive. Gratian wird nach dem Tode Valens' Theodosius zum Mitregenten ernennen, und dieser wird nach dem Tode Gratians – er wird im Kampf gegen einen Usurpator sterben – der letzte Kaiser des Gesamtreiches sein. Achtzig Jahre später ist Westrom bereits zusammengebrochen und aus Ostrom wird Byzanz.«

»Ah«, machte Becker unbeeindruckt.

»Aurelius!«, wandte sich Rheinberg wieder an den Trierarchen, der der deutschen Konversation mit Unverständnis, aber gelassen gefolgt war. »Wo befindet sich Kaiser Valens zurzeit?«

»Ich weiß es nicht. Man sagt, er wolle den Aufstand des Fritigern niederschlagen. Wir bekommen hier die Nachrichten aus Ostrom natürlich eher spät.« Ehe Rheinberg etwas sagen konnte, fügte der Trierarch hastig hinzu: »Natürlich wird auch er siegreich sein!«

»Natürlich!«, bestätigte Rheinberg und wandte sich ab. Er steckte mit Becker und Neumann die Köpfe zusammen und winkte von Klasewitz ebenfalls herbei.

»Meine Herren, ich bin mir jetzt ziemlich sicher, dass wir uns irgendwann im Jahr 378 befinden, eher im Frühjahr, wenn ich mir die Temperaturen so ansehe, oder im einbrechenden Sommer. Im Westen regiert Kaiser Gratian, der gegen die Alemannen kämpft und siegreich sein wird. Er residiert offiziell noch in Trier. Im

Osten regiert Valens, der im August dieses Jahres von den Goten bei Adrianopolis besiegt werden wird, wobei er selbst umkommt.«

»Besiegt wurde«, verbesserte ihn Neumann. Rheinberg seufzte.

»Verwirren Sie mich nicht. Valens wird sterben – oder ist gestorben – und Gratian wird als neuen Kaiser Ostroms Theodosius einsetzen, den Sohn des erfolgreichen Feldherrn gleichen Namens, und zwar kurz danach, weil er sich mit der Regierung des Gesamtreiches überfordert sieht. Die Völkerwanderung hat begonnen.«

Von Klasewitz deutete mit dem Daumen auf die Gefangenen.

»Und die da?«

»Römische Flotte, aller Wahrscheinlichkeit nach aus Ravenna.«

»Was bedeutet das alles für uns?«, fragte Becker.

Rheinberg überlegte. Er wusste selbst keine eindeutige Antwort auf diese Frage.

»Das werden wir besprechen müssen. Klar ist aber jetzt, dass all dies kein Traum, kein Trick und kein Wahn ist. Wir sind im Jahr 378. Wir sind durch die Zeit gereist.«

Rheinberg ließ die Worte einen Moment wirken. Selbst von Klasewitz schien sich dieser Erkenntnis nicht mehr verschließen zu wollen. Und er sah fast froh darüber aus, dass es nur von Krautz erwischt hatte und nicht Rheinberg, sodass er jetzt keine Fragen wie die von Becker beantworten musste.

Plötzlich fühlte Rheinberg eine Schwäche, die seinen ganzen Körper zu erfassen drohte. All die Aufregung, die Hektik des Angriffes, der unnötige Tod des Kapitäns, die Erkenntnis über ihre Situation, die neue Verantwortung und nicht zuletzt die leichten, aber schmerzhaften Verletzungen machten sich mit einem Male bemerkbar. Rheinberg seufzte auf und hockte sich hin, wies erst Neumann fürsorglichen Griff ab, doch für ein zweites Mal fehlte ihm die Kraft.

»Herr Kapitän, Sie müssen sich ausruhen«, insistierte der Arzt. »Die erste Krise ist vorbei und wir können uns einen erschöpften Kommandanten am Rande seiner Kräfte nicht leisten.«

Becker nickte bloß. Von Klasewitz schaute eher verwirrt drein, als bereite ihm die Erkenntnis, dass er der Herr der *Saarbrücken* war, wenn Rheinberg ruhte, eher Unbehagen. Rheinberg selbst konnte sich dem Argument Neumanns nur schwerlich entziehen. Er fühlte sich müde, ausgepumpt, und Gedanken purzelten durch seinen Kopf, jetzt, wo die erste Anspannung nachließ. Seine Wunden schmerzten, und der Tod des Kapitäns lastete wie ein Albdruck auf seinem Bewusstsein. Er raffte sich auf, erhob sich mit Neumanns Hilfe.

»Ich werde mich hinlegen. Sechs Stunden. In der Zwischenzeit gelten folgende Befehle.«

Er fasste von Klasewitz ins Auge, dessen Erleichterung darüber, dass er klare Anweisungen bekam, größer war als sein Unmut ob der Tatsache, dass diese von Rheinberg ausgesprochen wurden.

»Die Gefangenen werden gut versorgt. Der Leichnam des Kapitäns wird gesäubert und im Lazarett für die Beerdigung vorbereitet. Wir werden das gleich morgen beim Morgengrauen erledigen. Wir ändern den Kurs nach Osten, weg von der Küste, denn auf die offene See wird uns keine Galeere folgen. Langsame Fahrt, wir haben noch kein konkretes Ziel, wir müssen lediglich etwas Zeit gewinnen. Die Quartiermeister erstellen eine vollständige Liste aller Vorräte an Bord, inklusive all dessen, was die Infanterie mitgebracht hat. Wir müssen möglicherweise bald mehr rationieren, als uns gefällt. Nach der Beerdigung des Kapitäns gibt es eine Offiziersbesprechung, da legen wir unsere gemeinsame Strategie fest. Haben Sie alles verstanden?«

Mit betonter Deutlichkeit wiederholte von Klasewitz die Befehle. Er war sich der Gegenwart Beckers, Neumanns und Köhlers nur zu bewusst und Rheinberg war einigermaßen beruhigt, dass der neue Erste Offizier nicht auf eigenmächtige Gedanken kommen würde.

Zumindest jetzt noch nicht.

Schließlich ließ er sich von Neumann in seine Kabine bringen, entledigte sich der Uniformjacke und hockte sich auf den Rand seiner Koje. Neumann schwieg, half ihm, die Hose ebenfalls auszuziehen, und dann schwang er die Beine des Kapitäns auf das weiße Linnen. Mit schmerzverzerrtem Gesicht ließ Rheinberg seinen Oberkörper auf die dünne Matratze fallen und schaute auf die grauweiß gestrichene Decke über ihm.

»In sechs Stunden soll mich der Bursche wecken«, murmelte er.

»Ich werde es ihm sagen. Schlaf jetzt.« Und dann verschwand Neumann aus der Kabine, schloss die Tür hinter sich.

Rheinberg starrte noch Minuten an die Decke, wollte die wirbelnden Bilder der zertrümmerten Galeere, des sterbenden Kapitäns und der Erkenntnis, an der es keinen Zweifel geben konnte, aus seinen Gedanken verdrängen – doch ohne Erfolg.

Sie waren in der Vergangenheit. Fast 1500 Jahre waren sie durch die Zeit gereist, durch welche Laune der Natur auch immer.

Was, um Gottes willen, sollte er jetzt nur tun?

7

»Herr, Nannienus und Malobaudes bitten um Audienz!«

Flavius Gratianus, der Kaiser Westroms, sah von seinen Papieren auf. Es wurde bereits dunkel, und die Fackel und Öllampen verbreiteten ein unstetes Licht. Es schien tiefe Furchen in das Gesicht des Kaisers zu schlagen, und das, obwohl er erst neunzehn Jahre alt war. Drei Jahre lang war er jetzt Herr des westlichen Römischen Reiches, und drei Jahre lang war er nicht zur Ruhe gekommen. Wer ein großes Reich beherrschte, auf dessen Schultern lastete eine ebenso große Verantwortung, und die Tatsache, dass er sich nicht in Trier befand, sondern im Lager seiner Legionen bei Argentovaria, war ein Zeichen für die Art von Herausforderungen, mit denen er zu tun hatte.

Gratian seufzte. Nicht, dass er in Trier seine Ruhe gehabt hätte. Viele Kräfte zerrten an ihm. Die beständigen Einlassungen des Senators Symmachus zerrten an seiner Aufmerksamkeit ebenso wie jene des Bischofs Ambrosius, und es waren Zeiten wie diese, in denen sich der junge Mann den Rat seines alten Lehrers Ausonius gewünscht hätte, der bereits seinem Vater Valentinian zur Seite gestanden hatte. Doch Ausonius war Präfekt von Gallien und musste dem Kaiser den Rücken freihalten, damit dieser Krieg führen konnte. Zudem war da seine junge Frau Constantia, die er geheiratet hatte, als sie dreizehn war, und die ihm bis heute keinen Sohn geboren hatte. Allerdings, das musste der junge Kaiser eingestehen, war auch nicht viel Zeit gewesen, es zu versuchen. Constantia hatte Gefallen an dem rituellen Pomp und den Zeremonien des Hofes gefunden und begleitete ihren Mann nicht ins Feldlager, wo diese Dinge deutlich weniger wichtig waren. Und es gab immer einen Krieg zu führen.

Es war genau dieser Krieg, der die beiden Männer nun zu ihm führte, die, hereingeleitet von Gratians Leibdiener Elevius, das große Feldherrnzelt betraten. Ihre metallenen Brustpanzer, peinlichst ordentlich poliert, warfen das flackernde Licht der Fackeln zurück. Gratian erhob sich, legte die Schreibfeder zur Seite und bedeutete den beiden Männern, sich um einen Tisch zu setzen.

»Elevius – Wein, Brot und Käse!«

Nannienus wollte abwehrend die Hände heben, Gratian gebot ihm jedoch mit einer Geste Einhalt. »Wenn wir schon Dinge besprechen, die mit dem Töten zu tun haben, sollten wir dafür sorgen, dass wir am Leben bleiben!«

Er musterte die beiden Franken, Männer, wie sie unterschiedlicher nicht sein konnten. Beide standen seit vielen Jahren in den Diensten Roms und hatten sich in der militärischen Hierarchie hochgearbeitet. Fränkischer Adel, Malobaudes gar ein fränkischer König, römische Staatsbürgerschaft. Der anstrengende Dienst in der Grenzsicherung hatte die beiden Generäle hart gemacht, ihre Gesichter kantig. Doch wo Nannienus hager, fast dürr war und in seinem metallenen Brustharnisch fast zu verschwinden schien, war Malobaudes' Gestalt weit und ausladend. Wo Nannienus schweigsam und zurückhaltend wirkte, hörte man seinen Kameraden oft laut grölend und lachend durch das Lager ziehen und die Nähe der einfachen Legionäre suchen. Beiden gemein war ein scharfer Verstand, ein hohes taktisches Verständnis, sie kannten die Grenzregionen und, was für Gratian im Augenblick das Wichtigste war, sie kannten die Alemannen. Sie kannten König Priarius, den Herrn der Lentienser, und hatten seinen Weg verfolgt, das ganze Jahr über. Im Februar dieses Jahres waren die Feinde über den zugefrorenen Oberrhein in das Reich eingefallen, gerade als Gratian mit seinen Männern nach Osten ziehen wollte, um seinem Onkel Valens, dem Kaiser Ostroms, gegen die Goten des Fritigern beizustehen. Die Grenztruppen hatten ihren Vormarsch nur kurz aufhalten können, und Priarius, der unter den rauflustigen Alemannen als der Rauflustigste galt, hatte seine Krieger erneut gesammelt und war mit gut 40 000 Männern in das Elsaß vorgedrungen. Derzeit standen sie bei Argentaria, Gratian stand vor ihnen, und seine Hoffnung ruhte auf diesen beiden Franken. Valens' Situation im Osten war weiterhin schwierig und sein Onkel konnte jede Verstärkung gut gebrauchen – aber solange Gratian hier aufgehalten wurde, musste der Osten allein gegen die Goten bestehen.

»Meine Herren Generäle – wie sieht es aus?«, begann der Kaiser nun die unerlässliche Diskussion. Die beiden älteren Männer wechselten einen Blick. Beide hatten gelernt, den jugendlichen Kaiser nicht zu unterschätzen. Gratian war bereits im Jahre 367 zum Augustus erhoben worden, ein Kind noch, die umfassende Ausbildung jedoch, die ihm sein Lehrer Ausonius danach hatte angedeihen lassen – und die Tatsache, dass Gratian gezwungen war, sehr schnell erwachsen zu werden –, hatten ihre Spuren hinterlassen. Beide Generäle spürten die Bedrohung, die Gefahr, die über dem Reich lag. Hatten nicht die Goten des Ostens deswegen um Siedlungsraum im Imperium gebeten, weil sie vor einer noch größeren, kaum fassbaren Gefahr gewichen waren? Etwas war im Gange, dort, im Fernen Osten, weit weg von den Grenzen Roms, trotzdem näher, als sie es sich eingestehen wollten. Was hier geschah, bei Argentaria, war bloß ein Vorgeschmack, dessen waren sich beide sicher. Nicht so genau wussten sie hingegen einzuschätzen, ob der junge Kaiser diese Bedrohung ebenso ernst sah wie sie selbst.

Doch jetzt galt es, sich der aktuellen Gefahr zu widmen.

»Priarius ist ein Raufbold, und er ist ein Narr«, eröffnete Nannienus die Diskussion und sah aus den Augenwinkeln, wie Malobaudes ihm beifällig zunickte. »Er ist damit sowohl ein leichtes Opfer seiner selbst wie auch eine große Gefahr.«

Gratian sagte nichts.

»Er hat seine Truppen wie wilde Haufen platziert, und das wundert mich mehr, als es mich überrascht. Ich weiß, dass unter seinen Unterführern eine Reihe von römischen Veteranen sind, und ich weiß weiter, dass diese eine ziemlich genaue Ahnung davon haben, wie man mit richtiger Formation und Disziplin die eigene Übermacht noch potenziert. Priarius hört allerdings wenig auf seine Berater, und das wird ihm jetzt zum Verhängnis.«

»Wie viele Männer hat er?«

Malobaudes ergriff das Wort.

»Wir schätzen etwa 45 000, Herr. Er schleppt noch einen Tross mit sich herum, aber das sind die Frauen und Kinder sowie die Händler. Die Krieger – an die 45 000. Weil er so ein Chaos in seinem Lager hält, können die Späher nicht genauer schätzen, jedoch haben wir die üblichen Überläufer und die haben uns ein recht realistisches Bild vermittelt.«

»Unsere endgültige Stärke?«

»Acht Legionen mit je 3 500 Soldaten, Herr. Dazu Hilfstruppen, einiges an Kavallerie und leicht bewaffneter Infanterie. Alles in allem kommen wir auf ziemlich genau 32 000 Mann.«

Gratian rutschte auf seinem Schemel hin und her. Militärische Entscheidungen machten ihn unruhig. Nein, verbesserte er sich sogleich: Von den Erfahrungen alter Generäle abhängig zu sein, das machte ihn nervös. Es gab Momente, in dem die geringe Zahl seiner Jahre mehr Last als Lust bedeutete.

»Das wird genügen?«

»Wenn Priarius der Narr ist, der er ist, wird er uns ins offene Messer laufen«, erwiderte Nannienus zuversichtlich.

»Wie sieht es bei unseren Feinden nun derzeit aus?«, hakte Gratian nach. Mit dieser Frage bewegte er sich wieder auf ein vertrautes Gebiet vor: das der Politik.

»Die Überläufer berichten, dass die Adligen dem König derzeit noch folgen – wenngleich ihm die letzte Niederlage nicht gut bekommen ist. Eine weitere, und sie werden ihm davonlaufen und wir können uns einzeln mit ihnen befassen«, meinte Malobaudes.

»Vielmehr die Grenzgarnisonen«, ergänzte sein Kamerad. »Es wird kein direktes Eingreifen Eurer Person mehr notwendig sein.«

Die Alemannen kannten wie die Goten noch keine so fest gefügten Staatssysteme wie die Römer, und ihre Loyalitäten und Autoritäten waren oft nur schwer durchschaubar. Sehr viel hing mit Prestige zusammen, vieles mit Bestechung und der Aussicht auf Beute, manches mit ständigen Intrigen, hin und wieder auch alles mit Mord.

Nicht, dass die Alemannen sich in letzteren Punkten so grundlegend von den Römern unterscheiden würden, dachte Gratian bitter. Dennoch, Rom funktionierte besser, und diesen Vorteil gedachte der Kaiser zu nutzen, solange es ihm möglich war.

»Ihr seid also zuversichtlich?«

Die Generäle nickten unisono. »Herr, der Sieg wird unser sein, wenn Priarius nicht noch plötzlich von Vernunft und taktischem Verständnis überrumpelt wird«, ergänzte Malobaudes. »Unsere Truppen sind gut ausgerüstet, gestärkt und diszipliniert.«

»Wir haben Alemannen unter unseren Männern«, stellte Gratian fest.

»Und es werden eher mehr als weniger, denn die Zahl der Überläufer erhöht sich mit jeder Stunde. Das ist ein Problem für die Lentienser, weniger für uns. Unter den Überläufern sind sicher auch ein paar Spione, aber die werden nichts herausfinden, was Priarius nicht bereits weiß. Er kennt unsere Stellungen und unsere Stärke, alle Grenzvölker wissen ziemlich genau über die römischen Garnisonen bereit. Das Problem des Priarius ist nicht, dass er nicht ahnt, wem er gegenübersteht, sein Problem ist, dass er ein tollkühner Haudrauf ist, ohne Zweifel von großer Tapferkeit, jedoch kein General.«

Gratian senkte den Kopf, spielte für einen Moment mit dem Weinkrug in seiner Hand.

»Hat er einen General?«

»Er hätte Kandidaten. Er hört allerdings nicht auf sie. Er benötigt das Prestige, den Kampf selbst zu führen, will er einen Sieg in Macht ummünzen. Gibt er das Kommando einem Unterführer oder hört er zu sehr auf den Rat jener Veteranen, die es besser wissen, wird er einen Sieg teilen müssen. Bei den Alemannen bedeutet das, dass sich das interne Gefüge der Macht verschieben könnte. Das will Priarius auf jeden Fall vermeiden. Also macht er es so, wie er es will.«

Malobaudes sah sehr zufrieden aus. »Besser hätte es gar nicht kommen können.«

»Nun dann!«

Der Kaiser erhob sich, streckte die Muskeln, in denen die Müdigkeit eines langen Tages und des unentwegten Lagerlebens steckte.

»Bleibt nur noch die letzte Frage: Greifen wir an oder warten wir auf den Angriff?«

»Ich plädiere dafür, Priarius bei Morgengrauen die Schlacht anzubieten«, meinte nun Nannienus. »Er wird sie uns möglicherweise einmal ausschlagen, vielleicht zweimal, aber dann werden seine Leute unruhig werden.«

»Dazu kommt, dass er auf einer Anhöhe lagert«, ergänzte sein Kamerad. »Er wird dies als Vorteil ansehen und das Angebot nicht ausschlagen können.«

»Ist es ein Vorteil?«, hakte Gratian nach.

»Nur scheinbar. Es wird dem wilden Angriff der Krieger mehr Schwung verleihen. Und es wird ihnen schwerer fallen, zu fliehen, wenn sie merken, dass sie sich an uns die Zähne ausbeißen. Wenn die ersten Wellen brechen und sie zu fliehen beginnen, werden sie gegen die schwungvoll heranstürmenden zweiten Wellen anrennen. Ein prächtiges Chaos!« Malobaudes strahlte förmlich vor Erwartung und auch Gratian konnte sich angesichts dieser lebhaften Schilderung ein Lächeln kaum verkneifen.

Nannienus nickte lediglich. Sein Kamerad hatte alles gesagt.

»Dann ist es entschieden. Meine Herren, ich bin kein König der Alemannen, ich bin der Kaiser Roms. Sie führen diese Schlacht und treffen alle taktischen Entscheidungen. Ich werde ständig informiert, aber ich werde mich nicht einmischen.« Gratian hielt einen Moment inne. »Ich werde lernen. Seien Sie siegreiche Lehrmeister, damit sich der Unterricht nicht bloß für mich, sondern ebenso für Rom lohnt.«

Gratian tat, als habe er das stolze Funkeln in den Augen der Generäle nicht gesehen, als diese sich förmlich verabschiedeten und das Zelt verließen. Er ließ sich, sobald er allein war, auf seine Lagerstatt sinken und gähnte offen. Elevius huschte herein, räumte die kaum berührten Speisen fort und warf noch einen schnellen Blick auf seinen Herrn, der nachdenklich auf das flackernde Licht der Fackeln und Öllampen starrte. Gratian gehörte nicht zu jenen, die Hilfe beim Umziehen schätzten und auch die Abendtoilette vollbrachte er lieber allein. Dennoch …

Wieder musste der junge Kaiser darüber nachdenken, was es bedeutete, der Sohn des großen Valentinian zu sein. Sein Vater war von der Armee zum Kaiser Roms gemacht worden, hatte gegen jeden guten Rat seinen Stiefbruder Valens zum Herrscher des Ostens gekürt – in der Tat hatte sich Gratians Onkel als Zauderer erwiesen – und war berühmt geworden durch seine militärische Energie. Gratians Vater hatte Britannien davor bewahrt, von den Barbaren überrannt zu werden, hatte einen Aufstand in Afrika niedergeschlagen und eine Invasion der Alemannen hinter den Rhein zurückgeworfen. Es war letztendlich nicht erstaunlich gewesen, dass der machtvolle und tätige Kaiser bei Verhandlungen mit störrischen germanischen Gesandten wutentbrannt von einem Schlaganfall dahingerafft worden war und seinem minderjährigen Sohn den Thron überlassen hatte. Und so maßen sie ihn alle am Beispiel seines Vaters, den er kaum gekannt hatte und dessen Macht die einzige Legitimation Gratians war, gelang es ihm nicht, sich eigene zu verschaffen.

Letztlich, so dachte der junge Kaiser, war seine eigene Stellung doch nicht so verschieden von der des Priarius, nur, dass die Römer um all das eine Schale von Zivilisation und Regeln gelegt hatten, die schnell zerbröckelte, wenn irgendeine Legion in irgendeiner Provinz einen neuen Kaiser ernannte. Gratian hoffte, dass er einem solchen Aufstand niemals würde begegnen müssen, derlei hatte schon zu vielen »rechtmäßigen« Kaisern das Leben gekostet.

»Herr, noch einen Wunsch?«

»Oh ja, Elevius.«

»Was darf ich bringen?«

Gratian sah hoch und wirkte unsäglich müde.

»Ein paar mehr Lebensjahre, Elevius. Bring mir nur fünf oder acht weitere Lebensjahre, damit ich endlich weiß, was ich zu tun habe.«

Elevius erwiderte den Blick seines Kaisers und legte ihm eine Hand auf die Schulter. Er diente Gratian, seit dieser ein Knabe war, und konnte sich diese Art der Vertraulichkeit leisten.

»Ihr macht das schon richtig, Herr.«

»Ich zweifle manchmal an mir.«

»Ich nicht.«

Gratian sah seinen Diener dankbar an und seufzte.

»Ich gehe schlafen. Morgen will ich lernen, wie man Barbaren besiegt.«

Elevius lächelte.

»Ihr werdet ein ausgezeichneter Schüler sein, und in nicht allzu ferner Zukunft selbst zu den Meistern gehören.«

Gratian spitzte die Lippen.

»Weißt du, was das Schlimmste daran ist, ein Kaiser zu sein?«

»Ihr werdet mich sicher sogleich an Eurer Weisheit teilhaben lassen, Herr!«

Gratian grinste.

»Es ist so schwer, zwischen Schmeichelei und echtem Lob zu unterscheiden.«

Der Diener verbeugte sich. »Ihr seid ein Mann großer Einsichten, o mein Kaiser.«

»Elevius.«

»Herr?«

»Leg dich schlafen.«

8

»Nun, meine Herren, das ist die Situation. Haben Sie Vorschläge?«

Jan Rheinberg lehnte sich zurück und sah erwartungsvoll in die Runde. Neumann hatte ihn statt der angeordneten sechs ganze sieben Stunden schlafen lassen und ihn erst nach einer erneuten Untersuchung, der Auswechslung der Verbände sowie einem kräftigen Frühstück für dienstfähig erklärt. Rheinberg hatte halb grummelnd, halb dankbar akzeptiert.

Das Treffen der höchsten Offiziere der *Saarbrücken* hatte mit einem langen Bericht des Quartiermeisters sowie des Chefingenieurs begonnen, die beide insbesondere die bestehenden Vorräte erwähnt sowie Verbrauchsprognosen abgegeben hatten. An allem würde innerhalb der nächsten vier Wochen Mangel herrschen, und woran zuerst, das hing vor allem von der Art und Weise ab, wie der Kreuzer eingesetzt wurde. Kohlen waren das dringendste Problem, aber auch Nahrungsmittel, speziell jetzt, wo die *Saarbrücken* überbesetzt war, mit der Infanterie und den Kriegsgefangenen, wie sie mittlerweile genannt wurden – obgleich Rheinberg diesen Begriff ablehnte. Er wollte mit niemandem Krieg führen. Das konnte der Kreuzer auf die Dauer nicht überleben. Es musste einen anderen Weg geben.

»Neben den Kohlen wird es uns schnell an anderen Verbrauchsmitteln mangeln«, führte Dahms weiter aus. »Öle und Fette sind das nächste Problem. Dann folgen allerlei Verschleißteile, je nachdem, wie sehr wir die Maschinen strapazieren. Die gute Nachricht ist, dass die Lager voll sind. Die Frage, die ich mir stelle, ist allerdings, wie wir sie nachfüllen.«

Rheinbergs erwartungsvoller Blick ging ins Leere. An den Fakten gab es keinen Zweifel mehr. Der Vortrag über die Bestände ließ ebenfalls nicht viel Raum für Interpretation übrig. Mit strenger Rationierung und bei Vermeidung aller Kraftakte für Maschine und Mensch würde die *Saarbrücken* mit Mühe drei Wochen unabhängig operieren können. Danach würde sich der Mangel an diesem oder jenem schmerzhaft bemerkbar machen.

»Wir müssen eine Basis etablieren«, sagte Neumann schließlich das Offensichtliche. Von Klasewitz nickte eifrig.

»Sehr gut«, pflichtete er bei. »Wir sind in einer Zeit, die unseren Waffen nichts entgegenzusetzen hat. Wir erobern einen Hafen und zwingen die Bewohner zu Botmäßigkeit.«

»Und was bringt uns das?«, fragte Rheinberg betont ruhig. Er wusste, dass der frischgebackene Erste Offizier nicht der Einzige an Bord war, der nun mit Machtphantasien spielte. Dies musste ausdiskutiert werden.

»Nun, wir können dort …« Klasewitz Satz verlor sich.

»Gar nichts können wir«, brachte Dahms hervor. Er hatte den neuen Ersten sichtlich gefressen. »Wir brauchen Kohlen. Technik. Außer Nahrungsmitteln können wir da nichts erwarten, und die *Saarbrücken* wird wie eine metallene Leiche in einem feindlichen Hafen liegen. Irgendwann geht uns dann die Munition aus. Ich weiß ja nicht viel über Militärgeschichte, aber ich stelle mir gerade vor, wie wir mit unseren Säbeln und Bajonetten gegen eine gut organisierte und professionelle … Was wäre da wohl die passende Einheit?«

»Kohorte«, half Rheinberg.

»Kohorte«, nahm Dahms auf. »Wie wir wohl gegen die aussehen würden? Sicher, vorher würden wir das eine oder andere Massaker veranstalten, aber sobald da jemand merkt, dass wir auf dem Zahnfleisch kauen – und ich glaube keinen Moment, dass wir es hier mit Idioten zu tun haben –, sind wir Geschichte.«

Er bleckte die Zähne. »Im wahrsten Sinne des Wortes.«

Rheinberg sagte nichts, wollte durch eine allzu offensichtliche Zustimmung den Graben zu von Klasewitz nicht künstlich vertiefen, jedoch konnte er dem Marineingenieur nur zustimmen. Er hatte in kurzen und klaren Worten die Situation sehr treffend analysiert.

»Kapitän, Sie sind hier offensichtlich am ehesten der Experte«, sagte nun Langenhagen. »Können wir die *Saarbrücken* überhaupt am Leben erhalten – ich meine, in dieser Zeit?«

Rheinberg machte eine Kunstpause, ehe er antwortete.

»Nun, sicher nicht, indem wir einen Hafen erobern und die Bevölkerung ausbeuten«, konnte er sich nun doch nicht verkneifen und übersah von Klasewitz' tiefrotes Gesicht. »Ich kann diese Frage so einfach nicht beantworten. Kohle dürfte das geringste Problem sein – die *Saarbrücken* kann zur Not, wenn auch wenig effektiv, mit Holz oder Holzkohle befeuert werden, und man kannte in dieser Zeit offen liegende Kohlenflöze, die auch genutzt wurden, soweit ich mich erinnere. Alternativ können wir Holzkohle wohl leicht selbst herstellen. Dazu benötigen wir natürlich mehr als einen Hafen: Wir müssen auf die Möglichkeiten und Verkehrswege des Römischen Reiches zurückgreifen können. Schwieriger wird es bei Fetten und Ölen, aber ich vermute mal, dass wir hier ebenfalls, zumindest größtenteils, an praktikable Ersatzstoffe herankommen werden. Ganz schwierig wird es bei Ersatzteilen. Es finden sich bestimmt viele fähige Handwerker dieser Zeit, und wir haben selbst eine gut ausgerüstete Werkstatt mit vielen gut ausgebildeten Leuten in der Mannschaft. Jedoch fehlen die Werkzeuge, um die Werkzeuge zu bauen, mit denen wir auch nur notwendigste Ersatzteile herstellen könnten.«

Rheinberg nickte Dahms zu, der sehr nachdenklich wirkte.

»Munition ist ein anderes Problem. Auch hier fehlt uns die industrielle Basis. Wir werden erst mal sehr vorsichtig und sparsam sein müssen. Die technischen Probleme sind endlos. Stahl werden wir in den notwendigen Mengen kaum herstellen können, wir müssen auf minderwertigere Metalle oder Legierungen zurückgreifen. Die Konsequenz für uns ist daher recht eindeutig.«

Rheinberg setzte aus, seufzte, blickte in seine Kaffeetasse und seufzte wieder.

»Kaffee, meine Herren, sollten wir ebenfalls rationieren, er war im Römischen Reich völlig unbekannt.«

Ein unterdrücktes »Verdammt!« machte die Runde am Tisch. Für manche der Männer war dies ohne Zweifel schwerer zu verkraften als ein Mangel an Schmierstoffen. Rheinberg beschloss, die Mannschaft bis auf Weiteres davon in Unkenntnis zu lassen, dass das hiesige Bier kaum den Qualitätsvorstellungen der Deutschen entsprechen dürfte und Branntwein weitgehend unbekannt war.

Rheinberg legte die Hände flach auf die polierte Ebenholzoberfläche.

»Entweder wir versuchen uns, solange es geht, irgendwie durchzuschlagen und dann die *Saarbrücken* eines Tages aufzugeben. Wir werden die Mannschaft nicht zusammenhalten können, unsere technologische Basis wird verloren gehen und letztendlich wird dies jeder an Bord alleine bewältigen müssen.«

Ein Blick in die Gesichter zeigte, dass diese Alternative auf wenig Begeisterung stieß.

»Oder wir arrangieren uns mit dem Römischen Reich, werden Teil und Hilfe des imperialen Staates, können die Ressourcen des Imperiums nutzen, um unsere Kenntnisse zu übertragen und eine Basis zu schaffen, die das Schiff so lange wie möglich auf vielleicht auch nur niedrigem Niveau funktionstüchtig hält. Wir können die Mannschaft zusammenhalten und eine Macht etablieren, jedoch nicht gegen das Imperium, sondern für und mit ihm. So haben wir eine Chance auf Überleben – und auf ein sinnvolles Überleben, das unsere Möglichkeiten und Potenziale effektiv und effizient ausnutzt.«

Die Gesichter hellten sich auf. Lediglich von Klasewitz wirkte verstört. Rheinberg sah ihn auffordernd an.

»Mit Verlaub, Herr Kapitän«, sagte dieser ölig. »Aber wir sind Deutsche! Wenn es nun wirklich so ist, dass wir hier verschollen sind, sollten wir dann nicht in die Heimat aufbrechen und den Unseren, den Germanen, die Dienste der *Saarbrücken* anbieten?«

»Die Frage ist in der Tat berechtigt«, erwiderte Rheinberg zu von Klasewitz' erkennbarem Erstaunen. »Doch wem wollen wir das Schiff denn zur Verfügung stellen? Franken? Alemannen? Burgundern? Vandalen? Tervingern? Greuthungern? Oder einem der zahllosen kleineren Stämme? In dem Gebiet von Wilhelmshaven regieren die Friesen, wenn ich mich nicht irre. Und dann führen wir Krieg gegen die Germanen, die in Roms Diensten stehen? Gegen die zahlreichen germanischen Generäle und germanischen Legionäre? Und welche technologische Basis erwarten Sie von unseren Vorfahren, Herr Korvettenkapitän? Von welchem Stand reden wir hier? Welcher große germanische Hafen exakt soll die Heimat der *Saarbrücken* sein?«

Von Klasewitz sagte nichts, kniff die Lippen zusammen, wurde abwechselnd rot und bleich, als Rheinberg in betonter Ruhe und Gleichmäßigkeit seine Fragen auf ihn abfeuerte.

»Nein, das ist absurd. Es ist sinnlos. Wir würden untergehen. Das Schiff wäre binnen Kurzem ein Wrack. Wir würden es nicht mal dorthin schaffen, bevor unsere Vorräte zur Neige gehen. Die Germanen dieser Zeit – die Germanen außerhalb der Grenzen des Römischen Reiches, meine ich! – haben uns nichts anzubieten. Im Gegenteil. Wir werden sie möglicherweise bekämpfen müssen.«

»Bekämpfen?«, echote Becker.

»Ja. Es ist die Zeit der Völkerwanderung. Wenn wir überleben wollen, muss das Römische Reich überleben. Also müssen wir dem Reich helfen, und das heißt, dass wir kämpfen müssen.«

»Eine Frage wurde damit noch gar nicht geklärt«, sagte nun Neumann. »Was ist denn mit unseren Bemühungen, in unsere eigene Zeit zurückzukehren?«

Beifälliges Kopfnicken allenthalben, und dann richteten sich die Blicke auffordernd auf Rheinberg.

Er hob die Hände in einer Geste der Verzweiflung.

»Ich bin dafür. Aber wie sollen wir das schaffen?«

»Fahren wir exakt den gleichen Weg zurück, den wir gekommen sind«, schlug Becker vor.

»Das haben wir bereits getan, als ich Befehl gab, die Entfernung zur Küste zu vergrößern. Genau können wir das nicht wissen, da wir bewusstlos waren, wir kreuzen jetzt allerdings seit Stunden hier in den Gewässern und das Wetter hat sich normalisiert, keine Nebelbänke, mittlerweile ein recht steifer Wind – das können wir so nicht ewig machen.«

Wie zur Bestätigung neigte sich die *Saarbrücken* etwas und alle hielten automatisch ihre Becher fest.

»Auch in diesem Punkt ist es von Vorteil, wenn wir mit dem Römischen Reich zusammenarbeiten, anstatt gegen es. Wenn wir von der römischen Flotte Berichte erhalten, wo sich ein ähnliches Phänomen ereignet, können wir gezielt suchen. So stochern wir im Dunkeln.«

»Was sind also unsere nächsten Schritte?«

Rheinberg kratzte sich am Kopf. Er wusste, dass dies die entscheidende Frage war, und für ihn gab es darauf nur eine mögliche Antwort.

»Wir nehmen Kurs auf den nächsten Hafen – das dürfte Ravenna sein – und bringen unsere Kriegsgefangenen zurück. Wir nehmen Kontakt mit der Regierung auf. Wir beweisen unseren Wert.«

»Wir tun was?«

»Wir müssen uns beweisen. Valens wird fallen. Er wird tot sein, ehe wir etwas ausrichten können. Gratian wird aus Verzweiflung Theodosius zum Kaiser des Ostens machen und der wird der letzte gesamtrömische Kaiser sein, denn Gratian wird ebenfalls bald sterben, Opfer eines Usurpators. Das müssen wir verhindern. Tatsächlich müssen wir Theodosius verhindern, wenn wir das Römische Reich retten wollen. Er mag eine legendäre Gestalt gewesen sein, aber er hat zu viele Fehler gemacht.«

Rheinberg sah sich um, blickte auf Gesichter voller Unverständnis.

»Meine Herren, Rom steht vor einer verzweifelten Situation. Das Volk wird mit horrenden Steuern ausgepresst, um die Armee am Leben zu erhalten. Es gibt einen massiven Arbeitskräftemangel. Das Reich ist an vier, fünf Grenzen gleichzeitig bedroht. Ein Bürgerkrieg steht bevor. Die Kirchenspaltung und der Fanatismus der Bischöfe konsumieren viele Energien, die das Reich auf weitaus dringendere Aufgaben konzentrieren sollte.«

Der Kapitän hielt inne. Die meisten der Offiziere betrachteten ihn mit höflichem Interesse. Ihm wurde plötzlich klar, dass diese »Details« die wenigsten hier interessierten. Sie erwarteten, dass Rheinberg ihr Leben und das Schiff funktionsfähig erhielt. Dafür war Politik notwendig, eine Revolution, ein Machtkampf? Das war der Job des Kapitäns.

Rheinberg schloss den Mund. Seine Blicke kreuzten sich mit denen Beckers und Neumanns. Hier waren die einzigen Männer an diesem Tisch, mit denen er möglicherweise die politischen und wirtschaftlichen Folgen ihrer Entscheidung besprechen konnte. Mehr war nicht zu erwarten.

Der Kapitän spürte das große Verlangen, sich in seine Bücher zu vertiefen. Er musste mehr über diese Zeit in Erfahrung bringen, seine Erinnerungen wachrufen. Die Bürde der Verantwortung lastete nun schwer auf seinen Schultern, wo er ahnte, welche Umwälzungen er auslösen würde, wenn er sich dem Römischen Reich verschrieb. Wenn er Geschichte machte. Geschichte änderte.

Rheinberg erhob sich.

»Kurs auf Ravenna«, sagte er leise. »Kleine Kraft voraus. Ich bin in meiner Kabine. Doppelte Mannschaft am Ausguck. Ich will, dass ständig zwei Mann mit Ferngläsern bereitstehen. Und sofortige Gefechtsbereitschaft, wenn etwas zu sehen ist. Ach ja … und kein Schuss ohne meinen ausdrücklichen Befehl. Ich erwarte absolute Disziplin.«

Er sah sich um. Kein Zweifel in den Augen, kein Widerspruch. Selbst von Klasewitz schien für den Moment zufrieden.

So weit, so gut.

9

Es war warm an diesem Morgen und sonnig. Gratian blickte vom Rücken seines Pferdes auf die Truppen, die die Ebene vor ihm füllten. Das Zentrum der römischen Legionen, nach Kohorten organisiert, hatte eine grob rechteckige Fläche in der Mitte eingenommen. Die Linien waren wie mit dem Lineal gezeichnet. Offiziere ritten die Fronten entlang, brüllten Befehle, wo eine Einheit noch nicht hundertprozentig in der Formation stand. Das Zentrum enthielt die Elitetruppen des römischen Westens, die *comitatenses,* schnelle, bewegliche Legionen des Feldheeres. Ergänzt waren diese durch die in Reichweite stehenden Kontingente der *limitanei,* der Grenztruppen. Gratian war sich der Tatsache schmerzhaft bewusst, dass er für jede neue Kampagne, die er gegen einfallende Barbaren führte, weitere Truppen von den Garnisonen abziehen musste, um den hohen Blutzoll der sich ewig wiederholenden Schlachten auszugleichen. Eines Tages würde das sorgsam geplante und elaborierte Grenzsicherungssystem mit den gestaffelt im Grenzland verteilten Festungen, das Diokletian einst errichtet hatte, aufgrund von schlichtem Personalmangel zusammenbrechen.

Die Hilfstruppen hatten links und rechts vom Zentrum Aufstellung genommen, darunter auch Gratians bevorzugte Einheit, die alanische Kavallerie, mit der er selbst in Kampfspielen immer wieder seine Fähigkeiten erprobte. Dazu kamen Bogenschützen sowie Kontingente der *laeti,* der in den Grenzen Roms lebenden Völkerschaften, die aufgrund einer eigenen Kampfweise und Bewaffnung spezifische Einheiten bildeten. Hier wirkte die Aufstellung weniger rigide als im Zentrum, aber das täuschte: Die Offiziere der Auxiliartruppen wussten genau, was ein Schlachtplan war und wie er funktionierte, und kannten den Wert der Disziplin. Es würde keine Einzelaktionen geben.

Der linke Block der Hilfstruppen war etwas weiter vom Zentrum entfernt als der rechte. Das hatte seinen guten Grund in der Taktik, die Malobaudes und Nannienus für diese Schlacht gewählt hatten.

Weiter vorne hatten sich die Haufen des gegnerischen Fürsten Priarius versammelt. Es war eine beeindruckende Menge an Kriegern, die sich schon jetzt heiser Mut zuriefen. Ihre schiere Masse wirkte so, wie sie über die Anhöhe wogte, überwältigend und schien die kompakten Formationen der zahlenmäßig unterlegenen römischen Truppen jederzeit hinwegschwemmen zu können. Doch Gratian hatte dieses Bild schon oft gesehen. Mit fünfzehn hatte sein Vater, Valentinian, ihn auf seine Feldzüge mitgenommen und ihn gelehrt, was er konnte, ehe er selbst überraschend gestorben war. Barbaren waren immer in der Überzahl. Aber wo die Soldaten Roms im Spiel waren – eine Mehrzahl davon ebenfalls barbarischer, oft germanischer Herkunft –, siegte Qualität über Quantität, und der Kaiser war sich sicher, dass dieser Grundsatz auch diesmal Gültigkeit behalten würde.

Außerdem hatten sie weitaus mehr Speerwerfer und Bogenschützen. Die Männer des Priarius mochten alles tapfere Krieger sein – Gratian war jederzeit bereit, das zu bezeugen, denn seine eigene Armee bestand zum großen Teil aus rekrutierten Barbaren. Sie bevorzugten allerdings die direkte Auseinandersetzung mit dem Schwert, dabei konnten sie ihre körperliche Stärke und Ausdauer am besten zur Geltung kommen lassen. Die römischen Legionen standen dem durchaus nicht nach, aber wozu wertvolle Kämpfer in Gefahr bringen, wenn ein kontinuierlicher Schauer von Pfeilen und Speeren Chaos und Tod in die Feinde tragen konnte, ohne jemanden auf römischer Seite auch nur zu verletzen.

Rund hundert Meter vor Gratian und seiner Leibgarde ritten die beiden römisch-fränkischen Generäle, begleitet von Boten und Signalträgern, die mit Trompeten und Trommeln bereit waren, den Legionen ihre Befehle zu erteilen. Der ganze Aufmarsch hatte gut eine Stunde gedauert, und die Männer des Priarius hatten ihm tatenlos zugesehen. Sicher, es bedeutete mehr Prestige für den Barbarenfürsten, wenn er eine voll etablierte römische Streitmacht besiegte – so dumm jedoch konnte selbst ein notorischer Raufbold wie der Lentienser nicht sein.

Andererseits, wer war Gratian, dass er über einer glücklichen Fügung unnötig grübelte? Mochte der junge Kaiser auch überzeugter Christ sein, so hielt ihn dennoch nichts davon ab, im Stillen einen Dank an Fortuna zu entsenden. Und die Vielzahl der Götter, die dort unten von seinen Soldaten verehrt wurden, wurde derzeit sicher zahlreich angefleht.

Hörner ertönten. Gratian kniff die Augen zusammen. Priarius hatte zum Angriff angesetzt, eine brüllende, wogende Menschenmasse raste die Anhöhe herunter. Dann bedeckte mit einem Male eine Wolke von Geschossen den Himmel, als Bogenschützen ihre Pfeile abfeuerten. Das Gebrüll der angreifenden Krieger vermischte sich mit den Schmerzensschreien der Getroffenen, doch die Barbaren waren noch nicht beeindruckt und stürmten weiter voran. Eine zweite Wolke schnellte auf die Angreifer zu, diesmal waren es die Speere, geschleudert mit aller Kraft. Wieder ertönten Schreie, Schlachtrufe. Gratian sah mit Stolz, dass die Legionen völlig unbewegt und schweigend auf die heranstürmenden Krieger starrten, absolute Disziplin gewährleistet durch die Zenturionen, deren Federbüsche sich innerhalb der Formationen deutlich abzeichneten. Niemand würde aus der Reihe tanzten. Selbst der ängstlichste Rekrut wusste, dass seine Überlebenschancen in der Aufstellung weitaus höher waren als bei einer sinnlosen Flucht, die zudem aller Wahrscheinlichkeit nach mit seiner Hinrichtung enden würde.

Dann wurden erneut die Hörner geblasen. Die etwas abgerückt positionierte linke Phalanx der Legionäre begann nach vorne zu marschieren, die Schilde gehoben, die Kurzschwerter bereit, mit gleichmäßigen, kontrollierten Schritten. Das Zentrum und die rechte Flanke blieben stehen. Je weiter die Legionäre vorrückten, desto mehr drückten sie in die heranstürmende Welle der Barbaren herein. Kriegsgeschrei wurde lauter, wo die Barbaren gegen die Schilde der Legionäre brachen, ihre Leiber aufgespießt mit den hervorschnellenden Klingen, und niedergehackt in den methodischen Streichen der Soldaten. Zenturionen schwangen ihre Schwerter auf die Leiber der Barbaren, kämpften an vorderster Front, neben ihnen die Signalträger, Symbolfiguren jeder Zenturie, deren Schutz die ehrenvollste Aufgabe eines jeden Legionärs war.

Eine gute Stunde verging in dieser Form, bis Gratian erkannte, wie sich die linke Flanke in die Masse der Krieger bohrte und dann leicht schräg zur Mitte hin abzuschwenken begann.

Der erhoffte Effekt trat ein. Die herunterstürmenden Kriegerhorden wurden gegen das wartende Zentrum gedrückt. Die Barbaren wehrten sich verzweifelt, sichtlich überfordert durch das taktische Manöver. Etwas Zeit verging, dann erklangen erneut die Hörner. Die rechte Flanke marschierte geschlossen vorwärts, begann langsam, die Falle zuzuschnappen. Als die Barbaren merkten, dass sie plötzlich in der Talsohle gleichzeitig von drei Seiten zusammengedrückt wurden, versuchten die ersten, dem sich bildenden Trichter zu entkommen – nur um festzustellen, dass die Kavallerie und die Bogenschützen bloß auf solche Ausbruchsversuche gewartet hatten. Die herausströmenden, sich bergauf kämpfenden oder seitlich den Hang entlangrennenden Krieger waren eine leichte Beute für die bereitstehenden Schützen oder für die heranreitenden alanischen und maurischen Kavalleristen, die mit den Flüchtenden sofort kurzen Prozess machten. Wenigen Gegnern gelang die Flucht aus der Umklammerung. Die Kriegsrufe der Lentienser verwandelten sich mit jeder Minute mehr und mehr in panisches Angstgeschrei, gewürzt mit dem wütenden Gebrüll der Häuptlinge und Kriegsführer, die verzweifelt versuchten, ihre auseinanderbrechende Streitmacht wieder zu organisieren. Doch alle Bemühungen waren vergebens. Eine halbe Stunde wog der Kampf noch dahin. Als die römischen Legionen sich zu einer einzigen, fest gefügten und langsam die Anhöhe heraufmarschierenden Front vereinigt hatten, war die Angriffswelle der Barbaren in wild umherlaufende Haufen zerfallen, einige weiterhin verbissen kämpfend, andere ihr Heil in der Flucht suchend.

Gratian nickte anerkennend. Der Tag gehörte dem Römischen Reich. Priarius war geschlagen, egal, wie sehr sich die Schlacht noch hinziehen würde. Der römische Kaiser warf einen prüfenden Blick in den Himmel. Es ging auf die Mittagsstunde zu. Die Schlacht, so effektiv und effizient sie auch geführt worden war, hatte rund drei Stunden gedauert, eine Zeit, die für den jungen Imperator wie im Fluge verlaufen war. Er hatte gelernt und sowohl Malobaudes wie auch Nanniénus hatten sich als würdige Lehrmeister erwiesen.

Er wandte sich um, als er einen der Generäle auf sich zureiten sah. Es war Malobaudes, der fast fröhlich sein Schwert schwang.

»Der Sieg ist unser, edler Augustus!«, rief er schon von Weitem. Gratian winkte ihm zu. »Priarius ist gefallen! Der Feind ist in Auflösung begriffen!«

»Priarius tot?«

»Er ist und war ein Raufbold, Augustus! Seine Tapferkeit ist ihm zugleich sein Verhängnis geworden. Er wandte sich zur Flucht, als ein Pfeil ihn im Rücken traf. Seine Männer ergreifen die Flucht.«

»Das sehe ich wohl. Ihr seid Eurem guten Ruf gerecht geworden, General. Der Imperator dankt.«

Schnaufend kam Malobaudes neben dem Kaiser zum Stehen. Sein Pferd zitterte vor Anstrengung. Der General hatte sich nicht geschont und das Schlachtfeld im Hintergrunde von rechts nach links durchmessen, Befehle geschrien, Boten geschickt, begleitet von den Hornisten, die seine Anweisungen sofort in Signale umgewandelt hatten. Das sorgfältig geschmierte Räderwerk der römischen Legionen hatte einwandfrei funktioniert.

»Alle rennen sie wie die Hasen. Eure Befehle?«

»Wer sich ergibt, wird verschont. Wer kämpft, wird getötet. Wir folgen den Flüchtlingen nicht, denn es gibt Dringenderes zu tun. Ich möchte so schnell wie möglich genaue Zahlen über unsere Verluste, General. Mein Onkel kämpft im Osten gegen die Goten und benötigt Hilfe. Sobald ich mir sicher bin, dass die Lentienser uns in Ruhe lassen, müssen wir uns gen Osten wenden!«

Malobaudes neigte seinen massigen Schädel.

»Wie Ihr befehlt, Augustus. Das Lager …«

»Das Lager des Priarius schleift und lasst es durch die Männer plündern. Sie sollen sich von den Frauen nehmen, was ihnen gefällt. Alles an Wertsachen soll gerecht verteilt werden. Morgen Abend halte ich Heerschau. Ruft die Zenturionen und Legaten zusammen und lasst Euch von den Tapferen berichten, jenen, die zur Beförderung anstehen oder zur Belobigung. Mir gefiel die dritte Zenturie an der linken Flanke, Malobaudes. Ein Optio erschien mir besonders eifrig.«

»Ah, der junge Telmachus. Einer meiner Besten!«

»Schaut, ob Ihr ihn zum Zenturio machen könnt.«

Malobaudes verzog das Gesicht. »Telmachus zum Offizier ernennen? Wer soll dann die richtige Arbeit machen?«

Gratian grinste den General an. »Das ist das Schicksal der Erfolgreichen, mein Freund.«

Malobaudes verbeugte sich im Sattel, riss die Zügel herum und ritt wieder zu seinen Truppen. Das Schlachtfeld war endgültig im Chaos versunken. In der Mitte stand mittlerweile der unbewegliche Körper der Legionen, während die Jagd auf die fliehenden Barbaren der Kavallerie überlassen wurde. Hörnersignale erklangen, dann machten sich die Soldaten auf den Weg zum Lager der Lentienser, sich ihre Belohnung abholen.

Gratian hoffte, dass Priarius ihnen genug zum Plündern übrig gelassen hatte.

Nichts war gefährlicher als ein unzufriedener Soldat. Und so mancher Telmachus war von seinen Männern mit dem Purpur behangen worden, weil er ihnen mehr Lohn und Beute versprochen hatte, als der Kaiser ihnen anbot.

Dies, so wusste Gratian, galt es zu vermeiden.

»Elevius!«

»Herr!«

»Zurück ins Feldlager. Wir sind hier fertig.«

Schreie erklangen vom Schlachtfeld. Die Kavalleristen hatten begonnen, die Schwerverletzten unter den Barbaren von ihren Leiden zu erlösen.

10

»Niemand Würdigeren hätte es treffen können, und so erkenne ich mit großer Freude, dass unser Imperator dieses hohe Amt an jemanden gegeben hat, der als Mann guten Willens und großer Fähigkeiten bekannt ist wie Ihr. Ich hoffe, dass Ihr bald danach die Gelegenheit haben werdet, in das Euch gebührende Privatleben zurückzukehren, denn genauso, wie niemand daran gehindert werden soll, ein ehrenvolles Amt zu bekleiden, soll niemand gehindert werden, dieses wieder abzugeben. Ich schreibe dies, sodass Ihr eines erkennt: So sehr wir dem Ewigen Imperator auch dafür danken, Euch mit dieser Würde bedacht zu haben, so danken wir doch in gleichem Maße dafür, wenn er die Bürde wieder von Euch nimmt.«

Quintus Aurelius Symmachus hielt einen Moment inne und las die letzten Zeilen ein zweites, dann ein drittes Mal. Er senkte die Feder, nickte kurz, tauchte sie erneut in die Tinte und erweitere den Brief um einige Sätze, eine Abschiedsformel und eine Unterschrift. Dann ließ er die Feder wieder sinken und legte das Papier beiseite. Es war jedes Mal von Neuem eine lustvolle Last, die Freundschaft zu seinen senatorischen Kollegen zu pflegen. Dies war ein Bestandteil des notwendigen kulturellen Umgangs mit den Gleichgestellten. *Amicitia,* die seit Langem fest gefügten Regeln der Höflichkeit, der Beachtung aller sozialen Rangunterschiede und des Prinzips vollständiger und unverbrüchlicher Konzentration auf die Pflege der Beziehungen, gehörte zu seinem Leben und er gestand sich ein, dass das Schreiben dieser Briefe ihm sowohl Freude wie auch Last war.

Der Senator erhob sich von seinem Tisch und blickte durch das Fenster ins Atrium seiner römischen Stadtvilla. Er hasste die Stadt, die Konfrontation mit der Masse ihrer Bewohner, und mied sie, wo er nur konnte. Normalerweise zog er es vor, auf einem seiner Landgüter zu wohnen oder in seinem Haus an der See, weitab vom Gedränge und Chaos großer Städte, erst recht so massiver Metropolen wie Rom. Doch hin und wieder konnte er es nicht vermeiden, diesen Moloch zu betreten, vor allem dann, wenn der Senat zusammentrat. Symmachus war Senator aus Überzeugung und Leidenschaft, und im Gegensatz zu den alten senatorischen Familien, die normalerweise die Macht unter sich ausmachten, war die seine erst seit zwei Generationen in diesem exaltierten Rang angekommen. Es war nicht diese Herkunft, die Symmachus' Arbeit so schwer machte – es war die Tatsache, dass er sich zusammen mit seinen Mitstreitern, allen voran sein väterlicher Freund Praetextatus, gegen den wachsenden Einfluss der christlichen Senatoren wehren musste. Das neuste Gerücht bereitete ihm besondere Sorgen: Angefeuert durch Ambrosius, den fanatischen Bischof von Mailand, und stillschweigend unterstützt von Ausonius, dem Lehrer des Kaisers, bedrängten die Christen im Senat den Imperator, den Victoria-Altar aus dem Senatsgebäude entfernen zu lassen, das traditionelle Symbol römischer Macht und der zumindest formellen Überlegenheit des Senats in allen staatlichen Angelegenheiten. Symmachus hielt sich nicht für einen Republikaner – obschon er das als Senator eigentlich zumindest dem Anschein nach sein musste –, und er erkannte wohl an, dass Gratian nach dem Tode seines Vaters die Beziehungen zwischen Thron und Senat wieder zu verbessern begonnen hatte. Doch der junge Gratian war, nicht zuletzt eben unter dem Einfluss des Ausonius, ein mehr als nur frommer Christ und schien den Einflüsterungen des Bischofs zunehmend zu erliegen.

Symmachus seufzte. Er wusste schon seit Langem, dass die Zeit der alten Religionen sich dem Ende zuneigte. Die charismatischen Prediger der Christen übertrafen sich gegenseitig darin, ihre Gemeinden zu vergrößern, genauso, wie sich darin überstürzten, übereinander herzufallen. Arianer, Manichäer – und wie all diese Strömungen sich sonst noch nannten, jede behauptete von sich, die allein selig machende Wahrheit zu kennen, und sie waren jederzeit bereit, darüber das Blut ihrer eigenen Gefolgsleute sowie der Andersgläubigen zu vergießen. Einig waren sie sich allein in der Opposition zu den alten Religionen, jenen Göttern, die Rom groß gemacht hatten und zu denen Symmachus nach wie vor betete. So sehr die Anziehungskraft der alten Götter auch schwand, der Senator sah nicht ein, dass er den Kampf zumindest um die Toleranz und Duldung der alten Kulte sowie den Erhalt der alten Tempel aufgeben sollte. Niemand hatte ihm je beigebracht, wie man aufgab.

Der Senator rollte das Papier mit dem Schreiben an einen Senatorenkollegen, der gerade vom Imperator mit einem Vikariat in Gallien bedacht worden war, zusammen und siegelte es. Morgen würde er ein zweites Blatt füllen, diesmal mit den pikanten Details und politischen Nachrichten aus Rom, die den Adressaten wirklich interessieren würden.

»Herr, ein Besucher!«

Harich, sein Majordomus, hatte sich fast lautlos genähert. Obgleich der Sklave seit gut zehn Jahren in Diensten des Senators stand, hatte er es nie geschafft, das gleiche Maß an unterwürfiger Ergebenheit an den Tag zu legen, das andere Mitglieder der Dienerschaft zeigten. Auch seine leise Ankündigung hatte eher beiläufig denn interessiert geklungen, als gehe ihn das alles nichts an. Symmachus hatte den gedrungenen Mann, der als Kriegsgefangener in seinen Haushalt gekommen war, trotzdem schnell zum Verwalter dieser Villa ernannt. Harich, der vor seiner Gefangennahme am Hofe eines germanischen Führers ein hohes Amt bekleidet hatte, zeigte große Fähigkeiten in der Anleitung der anderen Diener und hatte ein Händchen für Handel, ein untrügliches Gespür für exotische Genüsse und den richtigen Zeitpunkt, um sie auf den Märkten Roms zu identifizieren.

»Wer ist es?«

»Seine Exzellenz, der Senator Marcus Gaius Michellus.«

Symmachus runzelte die Stirn. Michellus war ein Beispiel dafür, dass es christliche Senatoren gab, die einem Mann von Status seine paganistischen Neigungen nachsehen konnten, wenn diese nur sonst den sozialen und politischen Gepflogenheiten des senatorischen Standes vollständig entsprachen. Er würde Michellus nicht zu seinen engsten Freunden zählen, aber er gehörte ebenfalls einer Familie an, die erst vor wenigen Generationen senatorische Würden erreicht hatte, und er stammte wie Symmachus' Vorfahren aus der Provinz. Das gemeinsame Schicksal, insbesondere die Art und Weise, wie die alteingesessenen römischen Familien mitunter noch auf die Emporkömmlinge hinabsahen, hatte durchaus etwas Verbindendes. Abgesehen davon war Michellus ein stockkonservativer Senator, der auch auf das bunte Treiben manch christlicher Senatskollegen mit Verachtung hinabsah. Und er war ein Freund der Literatur, genauso wie Symmachus. Es gab mehr, das sie verband, als solches, was sie trennte.

»Er soll hereinkommen!«

Es dauerte nur kurze Zeit und Michellus betrat den Raum. Er sah ein wenig verschwitzt und erschöpft aus. Symmachus erkannte sofort, dass der Senator nicht gekommen war, um über aktuelle literarische Entwicklungen zu diskutieren. Der wohlbeleibte Mann mit der beginnenden Halbglatze – und er war gerade fünfundvierzig geworden! – setzte sich unaufgefordert. Symmachus machte ihm keine Vorwürfe. Es war deutlich zu erkennen, dass sein Freund aufgewühlt war.

»Harich – lass Wein bringen.«

»Ja«, stieß Michellus hervor. »Wein. Eine gute Idee.« Er stöhnte und seufzte. Etwas zu theatralisch für Symmachus' Geschmack, aber es erfüllte seinen Zweck: Der Besucher hatte die ungeteilte Aufmerksamkeit des Gastgebers.

»Mein Freund, wie geht es deinen Söhnen?«, begann Michellus, nachdem der Wein serviert worden war und die Sklaven sich zurückgezogen hatten.

»Prächtig. Ich gehe davon aus, dass sie ihren Weg machen werden. Und deine Töchter?«, fragte Symmachus.

Michellus verzog das Gesicht. Nun musste sein Gastgeber an sich halten, nicht aufzuseufzen. Es ging wieder um seine Töchter. Nein, verbesserte sich der Senator. Es ging definitiv wieder um eine bestimmte.

»Meine Drusilla ist der Stern meines Lebens«, eröffnete Michellus seine Rede mit der unvermeidlichen Feststellung. »Voller Liebreiz und gehorsam, wie es sich für eine Tochter gehört. Sie erkennt mich als den Herrn der Familie unumschränkt an. Fromm ist sie und pflegt guten Umgang. Ich will sie bald mit einem jungen Mann vermählen. Ich suche noch, aber ja, einige sind in der engeren Wahl. Jemand von hohem Stand. Ich habe schon Angebote bekommen.«

Symmachus nickte. Seine Söhne gehörten nicht dazu, waren beide bereits verheiratet, und beide mit Töchtern aus hohen Familien. Kinder hatten im Regelfalle keine Gelegenheit, diese Entscheidung selbst zu treffen, und Töchter noch weniger als Söhne. Nachkommen waren nicht zuletzt für die senatorischen Familien Verfügungsmasse für die Zementierung sozialer Beziehungen und gegenseitiger Verpflichtungen. Symmachus konnte daran nichts Schlechtes finden. Michellus naturgemäß auch nicht. Julia hingegen …

»Julia hingegen«, seufzte sein Gast nun und warf einen anklagenden Blick gen Himmel. »Julia hingegen erklärte mir heute, dass sie Julius Aenius auf keinen Fall heiraten werde. »Nur über ihre Leiche!«, sagte sie. Eher werde sie sich entleiben, hat sie gedroht. Wir haben uns angeschrien. Symmachus. Meine Tochter schrie mich an, ihren Vater! Ich darf sie für so etwas umbringen!«

Symmachus lächelte verständnisvoll. Als *Pater familiae* durfte Michellus das in der Tat. Größtes Problem war jedoch, dass Julia dort, wo ihre Schwester Drusilla liebreizend war, jeden mit ihrer Schönheit überwältigte. Und das galt auch für ihren gebeutelten Vater, der ganz offensichtlich mit einer gut siebzehn Jahre alten Tochter, die neben einem extrem reizvollen Äußeren einen extrem harten Dickkopf besaß, nicht zurechtkam. Das Problem wurde dadurch verstärkt, dass des Senators edle Angetraute, Lucia mit Namen, in wesentlichen Dingen die Rolle eines Familienoberhaupts für sich beanspruchte, sodass der arme Michellus mit zwei Frauen gesegnet war, die meinten, für ihn denken zu müssen. Symmachus beneidete seinen Kollegen um dieses Problem nicht, und es war natürlich auch immer etwas Schadenfreude dabei, wenn er den Klagen seines Freundes zuhörte.

»Was habe ich getan, dass mich der Herr mit einer solchen Tochter schlägt?«, fragte Michellus halb rhetorisch. Symmachus grunzte höflich und machte eine Geste der Unwissenheit. »Ich weiß nicht, wie ich für dieses Mädchen einen Mann finden soll! Jeder, der um ihre Hand anhält, muss vollkommen verrückt sein!«

»Vielleicht solltest du sie als Mann verkleiden und zur Legion schicken«, scherzte Symmachus. »Sie würde, nach allem, was du mir erzählt hast, einen guten Tribun abgeben.«

»Oh ja«, erwiderte sein Gast mit ergebenem Augenaufschlag. »Wäre Julia als Mann geboren, so hätte ich jetzt einen ruhmreichen Soldaten als Sohn, der der Familie Ehre macht. Stattdessen habe ich ein einziges Ärgernis am Hals.«

Michellus versank in brütendes Schweigen. Symmachus kannte die Routine. Er würde noch ein paar Mal in lautes Schimpfen ausbrechen, dann einen weiteren Becher Wein trinken und schließlich nach Hause aufbrechen, etwas beruhigt, aber sicher nicht weniger verzweifelt. Der zentrale Grund dafür, warum er mit dieser Angelegenheit regelmäßig bei Symmachus auftauchte, war nicht in ihrem besonders innigen Verhältnis begründet, sondern in der schlichten Tatsache, dass sich Michellus' Stadtvilla keine zwanzig Meter entfernt auf der anderen Straßenseite befand.

Symmachus hegte den Verdacht, dass darüber hinaus der weithin bekannte und ausgezeichnete Weinkeller seines Hauses ebenfalls einiges an Attraktivität ausstrahlte, vor allem, da Michellus' Klagen durch den edlen Rebensaft augenscheinlich am allerbesten zu dämpfen waren. Andererseits, wer würde derlei allen Ernstes annehmen?

»Warum nur, o mein Freund, warum nur bin ich so bestraft?«, begann das Lamento des Michellus erneut und er drehte den geleerten Becher in seinen Händen. »Warum, Symmachus, sag du es mir?«

»Ich bin kein Experte für deinen Gott«, erwiderte dieser und hob die Karaffe. »Noch Wein, mein Freund?«

Michellus hielt ihm den Becher hin.

11

Im Nachhinein wusste Rheinberg nicht, was er erwartet hatte. Panik? Entsetzen? Einen verzweifelten Angriff? Vielleicht hatte er es schlicht richtig gemacht: Als in der Ferne die italienische Ostküste aufgetaucht war, hatte er Aurelius Africanus zu sich auf die Brücke gebeten. Mittlerweile hatten dessen Männer alle die etwas fremdartige Nahrung angenommen und der Trierarch hatte mit sichtlicher Anerkennung beobachtet, wie Neumann und sein Sanitätsmaat den am schwersten verletzten Überlebenden der *Scipio* das Leben und dabei zudem noch einige Gliedmaßen gerettet hatten. Was für ein Misstrauen der römische Kapitän auch immer in sich tragen mochte, es wurde durch ein andauerndes Staunen über das technische Wunderwerk, das die *Saarbrücken* für ihn ohne Zweifel war, deutlich überdeckt. Nach einer kleinen Tour durch den Maschinenraum hatte Africanus neben völligem Erstaunen auch ein verblüffendes technisches Verständnis bewiesen. Als er schließlich an einer oder zwei Stellen während der Führung eine Referenz zu Archimedes anbrachte, hatte Rheinberg endgültig festgestellt, dass dieser Mann über eine beachtliche Bildung verfügte und definitiv mehr konnte, als nur ein überdimensioniertes Ruderboot zu befehligen.

Das Einzige, was er dem Trierarch nicht gezeigt hatte, waren die Geschütze. Africanus hatte am eigenen Leibe erlebt, was diese mächtigen Waffen ausrichten konnten. Rheinberg wollte ihn beeindrucken, aber nicht weiter ängstigen. Der Mann war sein Botschafter, und er hatte die Versicherung Rheinbergs, dass er ihn und seine Männer in Ravenna sofort freilassen würde, offenbar geglaubt. Der Kapitän der *Saarbrücken* hatte es als absolut notwendig angesehen, einen Vertrauensvorschuss zu geben. Die *Saarbrücken* brauchte das Römische Reich mehr, als er selbst vor seinen Offizieren hatte zugeben wollen.

»Von hier, Trierarch, befehlige ich mein Schiff«, sagte Rheinberg zur Begrüßung. Africanus warf einen Blick auf das Steuerrad. Zusammen mit ihm hatte sich ein graubärtiger Mann mit wettergegerbtem Gesicht auf der Brücke eingefunden. Africanus hatte ihn als seinen Steuermann, Sepidus mit Namen, vorgestellt. Dem älteren Mann mit der breiten Narbe auf dem rechten Arm war das Wort »Veteran« quasi auf die Stirn tätowiert. Er mochte aus einer Zeit stammen, in der die *Saarbrücken* ein unerklärliches Wunder war, und sein Schiff mochte für dieses Wunder niemals eine ernsthafte Gefahr dargestellt haben, aber als er die Brücke betrat und sich umsah, mit beiden Beinen sicher auf dem leicht schwankenden Deck stehend, konnte der bedeutend jüngere Rheinberg die gleiche Aura von Autorität spüren, die auch Köhler umgab.

»Dies ist das Steuerrad. Es ist über einen Mechanismus mit dem Ruder des Schiffes verbunden. Dadurch kann das Steuer an jedem beliebigen Ort des Schiffes gebaut werden und es bedarf nur eines, es zu bedienen«, erklärte Rheinberg weiter und sah, wie der Steuermannsmaat Börsen dem Gast einen verstohlenen Blick zuwarf. Börsen war schon gut zehn Jahre auf See und alles andere als ein

Frischling, er spürte die Persönlichkeit des graubärtigen Römers jedoch ebenso wie Rheinberg.

»Börsen, können Sie Latein?«

»Nein, Herr Kapitän. Bin nach der Oberprima abgegangen, Herr Kapitän.«

»Zeigen Sie es ihm trotzdem.«

Rheinberg machte eine einladende Geste, Börsen trat einen halben Schritt beiseite. Sepidus legte erst ungelenk, dann merklich sicherer seine Hände an das Steuerrad, und Börsen führte seine Bewegungen.

»Bitte um Erlaubnis, zur Demonstration einen Bogen anlegen zu dürfen«, bat der nun selbstsicher auftretende Steuermann.

»Erlaubnis erteilt, Börsen. Lassen Sie es ihn machen.«

»Übergebe Steuer wie befohlen.«

Sepidus hielt die Speichen noch leicht verkrampft, aber als Börsen ihm zeigte, wie er mit sanftem Druck das gut geölte Steuerrad drehen konnte, und als der Römer merkte, wie elegant die mit halber Fahrt dahinrauschende *Saarbrücken* dem Befehl des Ruders folgte, musste der Maat bald keine Handreichung mehr geben. Auf dem Gesicht des Römers stand bald ein begeistertes Lächeln, das durch den dichten, wilden Bart hervorblitzte. Etwas von der Begeisterung schien sich auf Africanus zu übertragen. Als die *Saarbrücken* einen vollständigen Kreis gefahren war und auf altem Kurs lag, übernahm Börsen das Ruder wieder und Sepidus ließ es fast widerwillig los.

Was auch immer der alte Veteran von den seltsamen Ankömmlingen dachte, er war von diesem Schiff erkennbar begeistert.

Aurelius Africanus wandte sich an Rheinberg.

»Bald werden Schiffe meines Geschwaders auf uns treffen, denn die *Augustus* wird sie benachrichtigt haben. Ich darf Euch bitten, sie nicht anzugreifen.«

»Das werde ich nicht, wenn sie sich friedlich verhalten«, entgegnete Rheinberg.

»Das werden sie, wenn ich mit ihnen reden darf.«

»Das erlaube ich gerne.«

»Wenn wir in Ravenna einlaufen, gibt es verschiedene Möglichkeiten, mit der Regierung Kontakt aufzunehmen«, fuhr Aurelius fort. Er hatte Rheinbergs Ansinnen, den Kampf nicht fortsetzen zu wollen, sondern stattdessen offiziellen Kontakt mit dem Reich aufzunehmen, erst ungläubig, dann aber mit beginnendem Ernst aufgenommen. Schließlich hatte er sich bereit erklärt, soweit er das konnte, mäßigend auf eventuelle Hitzköpfe einzuwirken und den Kontakt zu erleichtern, sollte Rheinberg sein Versprechen einhalten, ihn und die Seinen freizulassen.

»Der erste Kontakt wird sicher mit dem Navarchen sein, der das Marinekontingent in Ravenna befehligt. Das ist Marcus Flovius Renna, mein direkter Vorgesetzter. Der Hafen untersteht in militärischen Dingen seinem Befehl und er ist ein sehr durchsetzungsstarker Mann. Es werden sich bestimmt Männer der Stadtverwaltung melden, im Grunde jedoch gehe ich davon aus, dass man sogleich Boten zum Kaiserhof schicken wird. Dies alles ist zu wichtig, um es Subalternen zu überlassen.«

Rheinberg hatte etwas Zeit gefunden, seine Kenntnisse über das Römische Reich und dessen Verwaltung in seinen mitgebrachten Büchern aufzufrischen. Seit den Reformen des Diokletian waren Zivil- und Militärverwaltung im Reich strikt voneinander getrennt. Die Ankunft der *Saarbrücken,* davon war auszugehen, wurde als vor allem militärische Angelegenheit betrachtet. Bevor kein höherrangiger Offizier zugegen war, würde Renna der Mann sein, mit dem Rheinberg zu tun haben würde.

»Wie ist Renna?«

Africanus überlegte kurz, als müsse er seine Worte sorgfältig wählen.

»Er ist ein Karrieresoldat, der sich von einfachen Verhältnissen hochgearbeitet hat. Er hat in eine der Senatorenfamilien eingeheiratet. Alle sagen, dass er nach diesem Posten Aussicht auf eine Stellung bei Hofe haben könnte, möglicherweise vom Militärdienst zurücktritt und eine hohe zivile Stelle antritt. Vielleicht als Präfekt in einer der unruhigen Provinzen, wo militärische Erfahrung auch einem Zivilbeamten gut zu Gesicht steht. Er ist ein untadeliger Vorgesetzter. Ich kann über ihn keine Klage führen.«

Rheinberg nickte. Er hatte keinesfalls erwartet, dass Africanus hier schmutzige Wäsche waschen würde. Aber wenn auch nur ein Teil dessen zutraf, was er eben erzählt hatte, bestand eine gute Chance, dass man mit Navarch Renna vernünftig würde reden können.

Navarch, so musste der Kapitän sich erinnern, entsprach dem Rang eines Admirals oder zumindest eines Geschwaderkommodores. Er würde mit Renna nicht wie mit einem Gleichgestellten reden können. Er fühlte, wie seine Handflächen feucht wurden. Diplomatie gehörte nicht zu seinen Stärken und gleichzeitig ohne Zweifel zu den Fähigkeiten, die er sich schnell würde aneignen müssen.

Africanus hatte eine gute Beobachtungsgabe. Er schien Rheinbergs Unruhe erkannt zu haben und lächelte.

»Renna macht auch mich nervös«, sagte er leise. »Er ist einer von denen, die das Reich zusammenhalten. Dazu gehört ebenso das rechte Maß an Härte und Grausamkeit. Ich habe einmal beobachtet, wie er persönlich einem Deserteur den Kopf abgeschlagen hat. Der Navarch stand da, über und über mit Blut besudelt, das Schwert erhoben, und sah die aufgestellten Männer an, eine stumme und sehr eindringliche Drohung. Er ist nicht leicht zu beeindrucken.«

Africanus machte eine umfassende Bewegung.

»Ich bin jedoch zuversichtlich, dass dieses Schiff seine Ruhe auf eine harte Probe stellen wird.«

»Ich möchte ihn gerne beeindrucken, aber ihm nicht drohen«, meinte Rheinberg offen.

»Eine große Herausforderung«, orakelte Africanus.

»Ihr müsst mir helfen«, erneuerte Rheinberg seine Bitte.

»Ich tue, was ich kann. Allerdings bin ich lediglich ein Trierarch.«

Rheinberg musste ob der etwas dick aufgetragenen Bescheidenheit lächeln, war sich aber dann keinesfalls mehr so sicher, ob Africanus wirklich nur bescheiden oder nicht sehr realistisch war. Rheinberg wusste so vieles über diese Zeit nicht, und das nicht bloß, weil auch die Historiker über manches nur Mutmaßungen hatten anstellen können. Es war etwas völlig anderes, ein Buch zu lesen und eine Vorstellung über die ferne Vergangenheit zu entwickeln, als diese persönlich zu erleben. Immer wieder hatte Rheinberg das unwirkliche Gefühl, als würde er alles lediglich träumen und bald, sehr bald aufwachen. Nur, dass dieses Aufwachen nicht stattfand und er sich an den Gedanken zu gewöhnen begann, dass letztlich doch alles sehr real war.

»Herr Kapitän, drei Schiffe zehn Grad Steuerbord!«

Die Stimme Langenhagens riss Rheinberg aus seinen Überlegungen. In der angegebenen Richtung schälten sich drei Triremen aus dem nachmittäglichen Dunst. Die Landlinie war mittlerweile deutlich zu erkennen, und ebenso deutlich zeichnete sich der Hafen von Ravenna in der Ferne ab.

»Kleine Fahrt!«, befahl Rheinberg.

»Kleine Fahrt!«, bestätigte Langenhagen. Gespannte Ruhe senkte sich über die Brücke, als mehr und mehr Schiffe erkennbar wurden. Neben den drei Kriegsgaleeren wurden Segler aller Art sichtbar, massige Schiffe mit großen Segeln ebenso wie kleine Fischerboote. Je näher sie dem Hafen kamen, desto dichter wurde der Schiffsverkehr, doch wo die augenscheinlich zivilen Einheiten so schnell wie möglich abdrehten, als ihre Steuerleute die sich nähernde *Saarbrücken* erkannten, hielten die drei Triremen unbeirrbar auf den Kreuzer zu.

»Mut haben sie«, murmelte Rheinberg. Aurelius sah den Kapitän an, und er hatte sicher nicht verstanden, was Rheinberg da sagte, aber dennoch reagierte er mit präziser Ahnung.

»Sie werden kämpfen, auch, wenn sie ahnen, dass sie verlieren werden«, sagte der Trierarch auf Latein. »Die *Augustus* ist dabei!«

»Langenhagen, die Flüstertüte für den Trierarchen.«

Bald hielt Africanus das trichterförmige Metall in den Händen und führte das Mundstück intuitiv an seine Lippen.

»Nach draußen«, wies Rheinberg den Weg. »Wir gehen nach draußen! Langenhagen, alle Maschinen stopp!«

Er hörte die Bestätigung des Befehls schon nicht mehr. Zusammen mit Africanus stand er an der Reling, zu ihnen gesellten sich Becker und Neumann. Rheinberg sah sich um. Überall waren Männer in Position, die Sturmgewehre schussbereit. Die seitliche 5-cm-Kanone hatte ihre Mündung auf die sich nähernden Triremen gerichtet. Rheinberg hatte den Männern mehrmals eingeschärft, auf keinen Fall ohne seinen ausdrücklichen Befehl zu feuern. Ein Gemetzel unter den Römern würde ihre Chancen, hier Aufnahme zu finden, völlig zerstören.

Africanus setzte das Megafon an.

»*Augustus,* hier spricht Aurelius Africanus!«, schallte seine Stimme zu den Galeeren hinüber. »Vicius! Nicht angreifen! Hör auf mich! Greife nicht an! Ihr würdet den Angriff nicht überleben! Die Fremden wollen verhandeln!«

Rheinberg kniff die Augen zusammen.

Erst kam es ihm vor, als würde nichts geschehen, doch dann sah er mit Erleichterung, wie die vorderste der drei Galeeren beizudrehen begann. Ein Mann stand auf dem Oberdeck und winkte Aurelius zu.

»Wie geht es dir?«, brüllte er mit erprobter Stimme herüber.

»Es geht mir gut!«, tönte es aus dem Metalltrichter zurück. »Begleitet uns in den Hafen. Es wird keinen Kampf geben! Hörst du? Keinen Kampf! Benachrichtige den Navarchen! Lasst den Pier abriegeln! Es soll niemand kämpfen! Sie wollen verhandeln!«

Der Mann auf der Trireme winkte und brüllte etwas Unverständliches zurück. Alle drei Triremen drehten bei, manövrierten um die *Saarbrücken* herum und nahmen sie in ihre Mitte.

Africanus wandte sich an Rheinberg, ein Lächeln auf seinen Lippen.

»Sie werden nicht angreifen.«

»Gut.« Rheinberg wandte sich zur Brücke. »Langenhagen!«

»Herr Kapitän!«

»Kleine Fahrt. Bleiben Sie innerhalb des Geleitschutzes. Halten Sie Abstand! Folgen Sie in das Hafenbecken!«

»Kleine Fahrt und folgen, jawohl!«, schallte es zurück. Das sanfte, rhythmische Stampfen der Maschinen wurde wieder deutlicher spürbar, als die *Saarbrücken* denkbar behutsam Fahrt aufnahm. Auch die Ruderer der Triremen legten sich ins Zeug. Mit großer Mühe konnten sie mit der *Saarbrücken* mithalten.

Rheinberg beobachtete die Legionäre auf den Triremen. Sie wirkten verbissen und kampfbereit, alle trugen sie Waffen und er sah eine große Anzahl an Bogenschützen bereitstehen. Es schien, als habe Navarch Renna basierend auf den Berichten des Trierachen der *Augustus* taktische Entscheidungen getroffen, und es waren keinesfalls die dümmsten. Die Triremen waren dem Kreuzer in allen Belangen rettungslos unterlegen, aber der Tod von Kapitän von Krautz hatte bewiesen, dass ein wohlplatzierter Pfeil auch auf einem gepanzerten technischen Wunderwerk sein Ziel finden konnte. Renna stieg in der professionellen Beurteilung Rheinbergs um einige weitere Grade an. Er fühlte, wie richtig es war, nicht die Konfrontation zu suchen.

Der Hafen von Ravenna war erreicht. Alle an Deck der *Saarbrücken* nahmen das prächtige Panorama in sich auf. Bis vor einigen Jahrzehnten die gesamte römische Kriegsflotte nach Konstantinopel verlegt worden war – bis auf das Geschwader des Africanus natürlich –, war Ravenna einer der beiden zentralen Marinehäfen des Reiches gewesen. Die großen Bauten, die man von See her bereits erkennen konnte, bewiesen den Reichtum und Einfluss der Stadt. Rheinberg erkannte umfangreiche Hafenanlagen mit zahlreichen Piers, an denen eine Vielzahl von Schiffen festgemacht hatte. Weiter hinten waren sakrale Bauten zu sehen, Tempel der alten Kulte reihten sich ebenso ein wie christliche Kirchen, und palastartige Stadtvillen ebenso wie Verwaltungsbauten. Alles in Rheinberg drängte danach, in diese Stadt einzutauchen und die antike Baukunst auf sich wirken zu lassen, deren Farbenpracht sich deutlich von der Eintönigkeit der Ruinen abhob, die in seiner

Zeit davon übrig geblieben waren. Auf den Hafenmauern saßen die Bürger der Stadt und bestaunten das Schiff, das da in ihre Gewässer eingelaufen war. Rheinberg konnte Aufregung ausmachen, aber keine Panik, und auch die Legionäre, die überall Stellung bezogen hatten, wirkten eher selbstsicher und ruhig als ängstlich. Niemand von diesen Menschen hatte die *Saarbrücken* in Aktion gesehen, und das Schiff war von drei Triremen eingeschlossen – die Zuschauer mussten sich relativ sicher fühlen. Renna hatte sicher den Bericht des Kapitäns der *Augustus* vorerst unter Verschluss gehalten und damit Gerüchte sowie eine Panik vermieden. Ohne Zweifel ein kluger Mann.

Die Möwen kreischten, als die *Saarbrücken* über das ruhige Wasser des Hafenbeckens glitt. Obgleich die Stadt ihre Bedeutung als Marinestützpunkt eingebüßt hatte, wusste Rheinberg, dass im Grunde ihre wahre Blütezeit noch vor ihr lag: Als Hauptstadt Westroms würde sie Zeugin des letzten Aufbäumens des Reiches gegen die Konsequenzen der Völkerwanderung sein. Von hier würde Galla Placidia durch ihren Sohn Valentinian III. regieren, von hier würde der letzte große Feldherr Westroms, Flavius Aetius, aufbrechen, um mit den Burgundern auf den Katalaunischen Feldern Attila in die Schranken zu weisen, um ebenfalls hier wenige Jahre später durch die Hand seines eigenen Kaisers ermordet zu werden.

Alles Dinge, die Rheinberg zu verhindern trachtete. Der Tod des Aetius hatte den endgültigen Untergang Westroms eingeleitet, und exakt diese Entwicklung konnte noch aufgehalten werden. Wenn er dazu die Chance bekam.

Wenn dieser Mann dort ihm die Chance gab. Die Triremen führten die *Saarbrücken* auf einen völlig abgeriegelten Pier zu, auf dem es vor Soldaten wimmelte. Und direkt am Kai stand, in einem wallenden Umhang, ein hochgewachsener, hagerer Mann mit einer bemerkenswerten Hakennase, mit allen Insignien eines römischen Offiziers, umgeben von Bogenschützen und Speerträgern. Mit Anerkennung registrierte Rheinberg, dass zwei große Onager auf dem Kai aufgefahren waren. Renna hatte alle Vorkehrungen getroffen, die seine Mittel ihm boten.

Rheinberg holte tief Luft und seufzte.

»Was sollen wir tun?«, wandte er sich erneut an Africanus. »Ihn an Bord bitten oder selbst von Bord gehen?«

»Lasst ihn entscheiden«, war die lakonische Antwort des Trierachen. Er hatte offenbar nicht die Absicht, die Gedanken seines Vorgesetzten zu lesen.

Rheinberg konnte ihm das kaum übelnehmen.

Als die *Saarbrücken* sich an den Pier legte und die Besatzungsmitglieder Taue warfen, die von Soldaten an den Pollern festgemacht wurden, fühlte Rheinberg eine seltsame Mischung aus Erleichterung und Anspannung. Erleichterung, weil es gut war, wieder in einem Hafen zu liegen, und Anspannung, weil er nicht wusste, ob Ravenna für die *Saarbrücken* eine Heimat werden konnte. Als das Fallreep den Pier berührte, stolzierte der Hagere, den Africanus flüsternd als Navarch Renna identifiziert hatte, ohne weiteres Zögern und ohne Begleitung an Bord.

Die grauen Augen des Marineoffiziers wurden schmal, als er seinen Blick über die Aufbauten des Kreuzers schweifen ließ. Dem unbewegten Gesicht des Navarchen war nicht anzusehen, was er dachte oder fühlte, ob und in welchem Maße er beeindruckt war. Als Rheinberg auf ihn zutrat und nach Sitte der deutschen Marine salutierte, nickte er knapp und wandte sich direkt an Africanus.

»Wie geht es Euch, Trierarch?«

»Mein Schiff ist verloren, wie der Großteil meiner Mannschaft. Die Überlebenden sind hier an Bord. Sie werden gut versorgt.«

»Seid Ihr Gefangener der fremden Barbaren?«

»Noch, aber mir wurde die Freiheit zugesichert.«

Rennas Blick wanderte zu Rheinberg, der nichts gesagt hatte, und fixierte ihn.

»Ich bin Marcus Flovius Renna, Navarch des Reiches.«

»Ich bin Jan Rheinberg, Trierarch der *Saravica.*«

Renna machte eine ausholende Handbewegung.

»Dies ist die *Saravica?* Das ist eine Ortschaft in Germanien.«

»Es ist mein Schiff.«

»Welchem König dient Ihr?«

»Wir hoffen, dem Ewigen Imperator Roms dienen zu dürfen.«

Renna runzelte die Stirn, wechselte einen Blick mit Africanus, der ihm zunickte.

»Ihr wünscht, Euch dem Befehl des Kaisers zu unterwerfen?«

Rheinberg zögerte. »Ich wünsche mit ihm eine Übereinkunft zu erzielen, die für uns beide von Vorteil sein wird.«

Renna schien diese Sprache zu verstehen.

»Dennoch wurde meine Frage nicht beantwortet. Welchem Herrn habt Ihr bisher gedient?«

»Einem Kaiser, weit entfernt von Rom. Wir können nicht zu ihm zurückkehren und benötigen eine neue Heimat.«

»Flüchtlinge? In einem solch mächtigen und fremdartigen Gefährt? Gibt es davon etwa noch mehr?«

»Mein ehemaliger Herr gebietet über viele.«

Renna sah alarmiert aus. Rheinberg beeilte sich, hinzuzufügen: »Das Land meines alten Herrn ist unerreichbar für uns. Wir sind alleine.«

Er zögerte.

»Wir benötigen Hilfe«, ergänzte er.

»Hilfe? Trierarch Daker berichtete mir, dass die *Scipio* keine Chance gegen Euer Schiff hatte.«

Der Navarch machte diese Feststellung ruhig und sachlich, ohne Vorwurf in der Stimme. Rheinberg fasste etwas Mut.

»Ein Missverständnis. Die *Scipio* griff unser Schiff in der Annahme an, wir seien eine Bedrohung. Wir wehrten uns.«

»Und? Seid Ihr eine Bedrohung?«, stellte Renna schließlich die zentrale Frage.

»Ich will es nicht meinen. Wir werden die Waffen schweigen lassen, wenn wir nicht angegriffen werden, und wir sind bereit, sie zum Wohle des Reiches einzusetzen, sollten wir mit dem Kaiser eine Übereinkunft erlangen.«

Renna erwiderte nichts. Er wandte sich wieder an Africanus.
»Nehmt Eure Männer und verlasst dieses Schiff.«
»Herr!«
Rheinberg winkte. Köhler hatte auf das Zeichen gewartet. Er rief einige Befehle, dann trotteten die Kriegsgefangenen von Bord, die Verletzten auf Tragen mit sich führend. Zum Schluss waren nur noch Africanus sowie sein Steuermann Sepidus übrig.
»Ich habe Boten zum Präfekten sowie nach Treveri geschickt«, eröffnete Renna nun, über die leichte Abwicklung der Gefangenenfrage sichtlich zufrieden. »Ich erwarte baldige Antwort. Bis dahin bleibt Euer Schiff hier festgemacht. Niemand verlässt es und ich verspreche, meine Männer werden nicht versuchen, an Bord zu kommen.«
»Ich bin einverstanden.«
»Eure Waffen werden schweigen.«
»Wie die Euren.«
»So sei es dann.«
Renna fixierte Africanus mit seinem Adlerblick. »Trierarch, Ihr werdet hier an Bord bleiben, als mein Legat. Behaltet Sepidus bei Euch. Ihr berichtet mir täglich. Ist das akzeptabel?«
Die letzte Frage war wieder an Rheinberg gerichtet.
»Selbstverständlich«, beeilte sich dieser zu antworten. »Der Trierarch ist an Bord willkommen.«
Renna zeigte erstmals so etwas wie den Ansatz eines Lächelns, als er sich brüsk abwandte und das Schiff hinter den Kriegsgefangenen verließ. Er marschierte auf den Pier und verschwand unter seinen Soldaten, die die Wachlinie am Pier vor der *Saarbrücken* sofort hinter ihm schlossen.
Jetzt hieß es warten.
»Ich bin beruhigt«, murmelte Rheinberg auf Latein.
»Beruhigt?«, fragte Africanus.
Rheinberg rieb sich den Nacken.
»Mein Kopf sitzt noch auf dem Hals.«
Der Trierarch grinste.
»Renna hatte seinen guten Tag. Verlasst Euch nicht darauf …«

12

»Richomer, Ihr seid ein Schwarzseher! Die Orakel irren sich nicht! Der Sieg ist uns gewiss!«

»Wir sollten warten, bis die Verstärkung eintrifft, mein Imperator. Dann können wir sicher sein, dass wir die Oberhand gewinnen werden!«

Valens, Kaiser Ostroms, sah den General misstrauisch an. Der muskulöse Germane mit seiner blank polierten Rüstung machte einen imposanten Eindruck – imposanter als der dickliche Kaiser in seiner Toga, der im Feldherrnzelt auf und ab stolzierte.

»Seid Ihr für mich, Richomer, oder gegen mich?«

»Edler Herr, Ihr kennt die Antwort. Ich habe Rom immer getreulich gedient!«

Valens schnaubte. Er blieb ruckartig stehen, warf die Arme hoch.

»Die Orakel haben mir anderes gesagt. Ich weiß, dass Verschwörungen im Gange sind. Ich weiß noch nicht, wer dahinter steckt, aber ich schwöre, das werde ich früh genug herausfinden.«

Richomer versuchte, sich seinen Unmut möglichst nicht anmerken zu lassen.

»Edle Majestät, Euer Neffe hat mich persönlich beauftragt, Euch bei Euren Vorbereitungen für die Schlacht so gut zu unterstützen, wie dies meinen bescheidenen Fähigkeiten entspricht. An meiner Loyalität zu zweifeln entbehrt jeder Grundlage. Meine Karriere ist frei von jedem Makel und ich bin Offizier, weil ich mich bewährt habe.«

Das war das Maximum, was sich selbst jemand wie Richomer an sanfter Kritik leisten konnte. Valens, seinerzeit von seinem Bruder Valentinian in sein Amt berufen, war ein Mensch, der zunehmend unberechenbarer wurde. Je älter der Stiefonkel Gratians, desto manischer sein paranoides Misstrauen, sein Vertrauen in die Orakel und desto größer die Furcht vor Umstürzen und Verschwörungen. Es war noch nicht der Cäsarenwahn, in den er sich hineinsteigerte – Valens war trotz seiner Verrücktheiten kein Commodus und kein Nero –, aber es fehlte nicht mehr viel. Die Siege gegen die Goten vor ein paar Jahren, in denen der oströmische Kaiser sich in der Tat als Feldherr ausgezeichnet und die treue Gefolgschaft des Militärs verdient hatte, waren Valens augenscheinlich zu Kopf gestiegen. Seit er den Goten den Übergang über die Donau gestattet und seit seine Untergebenen die Flüchtlinge brutal ausgenutzt und drangsaliert hatten, waren Fritigern und Alarich auf dem Feldzug, und obgleich sie es nicht schafften, befestigte Städte einzunehmen, plünderten sie die ländlichen Gegenden und hatten bisher jede offene Schlacht vermieden.

Der ewige Fluch Roms. Natürlich waren die Schikanen nicht auf Befehl von Valens erfolgt, der ein großes Interesse daran gehabt hatte, den Ansturm der Goten in friedliche Bahnen zu lenken. Aber man konnte sich nicht auf alle Untergebenen verlassen, und das galt sowohl für die zivile wie auch die militärische Verwaltung. So hatten sich die Goten erhoben und einen Krieg begonnen. Insbesondere hatten sie sich unter der Führung ihrer Könige Alarich und Fritigern bisher gar nicht dumm dabei angestellt, das war wahrscheinlich das eigentliche Problem.

Hier, vor Adrianopel, sollte sich nach dem Willen Valens' das Blatt wenden. Er hatte seine vollständigen Truppen aufgeboten, doch der Goten waren viele.

Sehr viele.

Wie manche meinten, vorsichtig, leise: zu viele.

Richomer und die anderen Generäle hatten Valens gedrängt, auf jeden Fall die Ankunft der weströmischen Legionen unter Gratian abzuwarten, um gemeinsam gegen die Barbaren antreten zu können. Doch Valens neidete dem jungen weströmischen Kaiser, der in vielem so ganz nach seinem Vater zu kommen schien, seine militärischen Erfolge und hatte sich in die Idee verstiegen, dass er allein die Goten würde schlagen können. Ruhm und Ehre – und seinen vermeintlichen oder realen Widersachern zeigen, dass er die Zügel in Ostrom fest in der Hand hielt.

»Wir haben die größte oströmische Streitmacht zusammengezogen, die es seit vielen Jahren gegeben hat«, rief Valens. »Die Kundschafter haben berichtet, dass der Goten Zahl deutlich geringer ist als erwartet! Wir werden sie in alle Winde zerstreuen und ein für allemal schlagen!«

»Edler Herr, die Kundschafterberichte sind ungenau und die Goten über eine weite Fläche verteilt! Wir können uns nicht sicher sein!«

»Feigling!«, blaffte Valens, raffte seine Toga hoch und stellte sich direkt vor Richomer, der einen Kopf größer war. »Feigling! Seit Sebastianus seinen letzten Sieg gegen Fritigern errungen hat, sind die Goten schwach und auf der Flucht! Wir haben sie vor uns hergetrieben wie Vieh!«

Richomer überlegte sich, was er antworten sollte. Valens' Interpretation der Wahrheit war so falsch, wie sie in seinem imperialen Wahn nur sein konnte. Sie hatten die Goten beschattet, wie sie plündernd durch die Lande gezogen waren, und ja, General Sebastianus hatte einen erfolgreichen Angriff gegen einen Teil der wandernden Horden geführt, aber dabei bei Weitem nicht den Schaden angerichtet, von dem Valens hier sprach. Fritigern war kein Narr. Er hatte gegen Sebastianus verloren, weil er seine Truppen zu weit verstreut hatte. Wenn er diesmal besser aufpasste und seine Krieger geballt gegen die Römer ins Feld schickte … Richomer roch das Desaster förmlich, das unausweichlich folgen musste.

Doch dies war Valens, der Kaiser des Ostens, Bruder des Valentinian. Und er war Richomer, ein Offizier Gratians, und er wusste, wann er aufhören musste, einen Imperator zu provozieren.

Er verbeugte sich. Richomer war der Kommandant von Gratians Vorausabteilung, ein fähiger *Comes,* und konnte sich mehr Widerworte gegen Valens erlauben als dessen eigene Generäle, da er vor allem Gratian Gehorsam und Dienst schuldete. Doch auch für ihn war irgendwann eine Grenze erreicht, und Valens hatte in seiner sich stetig steigernden Irrationalität schon so manchen kritischen Geist hinrichten lassen, nicht zuletzt mit dem in den letzten Jahren allzu schnell geäußerten Vorwurf einer Verschwörung.

Valens winkte ab.

»Ihr werdet mir dienen, Richomer, und Eure Abteilung Sebastianus unterstellen!«

Richomer konnte nicht mehr tun als gehorchen. Schließlich durfte er das Feldherrnzelt verlassen, trat in die sommerliche Hitze des August hinaus und beschattete seine Augen mit einer Hand. Vor ihm lag das befestigte Lager der oströmischen Truppen, erfahrene Veteranen, daran zweifelte auch der weströmische Offizier nicht. Aber es waren zu wenige. Zudem waren jenseits des kritischen Offizierskorps die meisten der hier versammelten Soldaten von ihrer Kampfeskraft mindestens ebenso überzeugt wie ihr Kaiser. Eine gefährliche Hybris, wie Richomer fand.

Aus dem Schatten des benachbarten Zeltes trat ein anderer Offizier auf ihn zu. Richomer erkannte den älteren Mann sofort, es war Victor, der Magister Equitum Ostroms, und damit zweithöchster Militärführer hinter Sebastianus. Ein erfahrener General, der schon drei Kaisern gedient hatte. Er war ein Verbündeter im Zweifel gewesen, hatte das Seine versucht, den Kaiser vom allzu voreiligen Angriff abzuhalten. Ein Blick in Richomers Gesicht sagte ihm alles, was er wissen musste.

»Es hat keinen Sinn gehabt, nicht wahr«, raunte er ihm außer Hörweite der Wachen zu, als sie gemeinsam einige Schritte gegangen waren.

Richomer seufzte leise.

»Er ist von Sinnen, mehr oder weniger. Mir scheint er hin und her gerissen zwischen seinem Drang nach Ruhm und dem Neid auf Gratians Siege auf der einen Seite und der Vernunft des erfahrenen Feldherrn, der er ist, auf der anderen.«

»Der er einmal war«, verbesserte ihn Victor mit bekümmertem Gesichtsausdruck. »Seit dem Tode seines Bruders hört er ausschließlich auf Modestus, und wenn er dann mal eine eigene Entscheidung trifft, dann oft eine dumme.« Modestus war Prätorianerpräfekt und Mitglied des Konsistoriums Ostroms, ein nicht unfähiger, durchaus überlegter Politiker und Militär, der jedoch nicht verstanden hatte, dass man Valens auch auf seinen Feldzügen nicht alleine lassen durfte. Wäre Modestus anwesend, so könnte man noch etwas erreichen, dessen war sich Richomer sicher. Doch der Präfekt weilte in Konstantinopel und der siegestrunkene Sebastianus wollte wie Valens den Ruhm des schnellen Sieges. Und hier, jenseits des mäßigenden Einflusses des Konsistoriums, war Valens vollends den Orakeldeutern und Astrologen verfallen, die ihn mit allerlei Einflüsterungen noch verrückter machten. Sie wuselten um ihn herum mit ihren Runen und Zeichnungen und Valens hörte auf ihren Ratschluss mehr als auf den erfahrener Offiziere.

»Wir müssen das Beste daraus machen«, seufzte Victor schließlich. »Ich habe große Angst um den Kaiser selbst. Bleibe in meiner Nähe mit deinen Männern, ich will sehen, dass wir nicht getrennt werden. Sebastianus ist kein schlechter General, aber er hat eine zentrale Schwäche: Er unterschätzt den Wert der Kavallerie – sowohl für den Angriff wie auch für den Rückzug. Du hast nur Reiter dabei?«

»Maurische und alemannische Kavalleristen«, bestätigte Richomer. »Schnell wie der Wind, deshalb waren wir die Vorausabteilung. Gratians Truppen müssen schon auf dem Weg sein. Wenn wir nur einige wenige Wochen warten würden …«

Victor schnaubte.

»Vergiss es. Bleib in meiner Nähe. Vielleicht können wir das Blatt noch wenden!« Victors Zuversicht wirkte erkennbar gezwungen, doch Richomer widersprach ihm nicht.

Es war besser als gar nichts.

Am anderen Ende des Lagers inspizierte Sebastianus Truppen. Man konnte seine lauten Scherze und das Gelächter bis hierher hören. Sebastianus hatte eine ansteckend freundliche Art, was es besonders schwer machte, ihm zu widersprechen. Er war bei den einfachen Legionären ebenso beliebt wie bei den Hilfstruppen und den Offizieren, und er sorgte dafür, dass der Sold regelmäßig ausbezahlt wurde und alle ihre Rationen bekamen. Richomer wäre mit Freude unter seinem Kommando in die Schlacht gezogen, wäre da nicht dieser nagende Zweifel gewesen, der ihn alles andere als enthusiastisch machte. Egal, in welchen Gewaltmärschen Gratian seine Truppen auch würde vorantreiben können – und ob er die Alemannen unter Kontrolle hatte, wusste Richomer zu diesem Zeitpunkt auch noch nicht –, es würden noch viele Tage vergehen, bis die beiden Feldarmeen in der Lage sein würden, koordiniert gegen die Goten vorzugehen.

»Nicht, dass es keine größeren Probleme geben würde«, knurrte der Offizier leise. Victor horchte auf.

»Ich weiß, was du meinst, mein Freund«, erwiderte er. »Es gibt schließlich einen Grund dafür, dass die Goten zu uns gekommen sind und um Siedlungsraum gebeten haben.«

Beide warfen sich bedeutungsvolle Blicke zu. Als die Goten an die Grenzen des Reiches geflohen waren, hatte es ganz und gar nicht nach Krieg ausgesehen. Sie hatten Verhandlungen begonnen, um Ansiedlung gebeten und dafür versprochen, dem Reich zu dienen. Für Rom bedeutete das nur Vorteile: Es gab viele Landstriche, die deutlich unterbevölkert waren, und die Personalknappheit der Streitkräfte hatte massive Ausmaße angenommen. Mittlerweile erhielt jeder Sklave, der einen Deserteur verriet, sofort seine Freiheit. Wer Sohn eines Soldaten war, wurde gesetzlich verpflichtet, selbst einer zu werden, und hatte keine freie Wahl mehr. Das Reich wurde von vielen Seiten bedrängt: Alemannen, Goten, das erstarkende Persische Reich … Es waren zu viele Löcher zu stopfen, mit zu wenig flexiblen Truppen, die nicht in den Grenzgarnisonen festlagen. Hätten die zuständigen Verwalter und Offiziere den Donauübergang und die Versorgung der Flüchtlinge nicht völlig verpatzt, wäre Richomer nicht hier und müsste er nicht mit Victor düstere Prognosen entwickeln.

»Die Goten selbst erzählen schreckliche Dinge über das, was weiter im Osten stattfindet«, meinte Victor nun. »Ich weiß nicht, was davon Wahrheit oder Gerücht ist, aber die Horden, die über sie hergefallen sind, müssen riesige Ausmaße gehabt haben.«

»Wahrheit genug, um ein ganzes Volk zur Flucht zu bewegen«, kommentierte Richomer trocken. Sie hatten die Zelte erreicht, in denen die Offiziere nächtigten. »Ich befürchte, der Kampf gegen die Goten ist erst der Anfang. Und das ist ein Grund mehr, die eigenen Kräfte nicht in sinnloser Suche nach schnellem Ruhm zu riskieren, sondern stattdessen wohlüberlegt und auf der Basis realistischer Einschätzung vorzugehen.«

»Ich werde dir nicht widersprechen.«

Victor hielt ihm die Hand hin. »Ich muss zu meinen Männern. Wir sehen uns, mein Freund.«

Richomer blickte ihm nach. Das Gefühl von Hilflosigkeit, das ihn mit einem Male befiel, war er ganz und gar nicht gewöhnt. Er beschattete seine Augen und blickte in den sommerlichen Himmel.

Das würde nicht gut gehen, davon war er überzeugt.

13

»Setz dich, Aurelius!«

Navarch Renna wies dem Offizier einen Schemel zu, blieb selber stehen und blickte auf die große Wandkarte, die das Römische Reich in seinen aktuellen Grenzen zeigte – oder zumindest in denen, von denen man zurzeit annahm, dass es die Grenzen waren. Man konnte sich niemals wirklich sicher sein.

Africanus folgte der Aufforderung und hockte sich hin. Auf einem kleinen Tisch standen eine Karaffe mit Wein sowie eine Schüssel mit Obst. Der Trierarch ignorierte beides.

»Erzähl mir, Aurelius. Haben wir da eine Gefahr für unsere Sicherheit in unserem Hafen? Der Bischof meinte gestern hinter vorgehaltener Hand, das Schiff sei ein Werk von Dämonen und man solle einen Exorzismus in Erwägung ziehen.«

»Der Bischof redet selbst wie ein Dämon«, antwortete Aurelius. »Die Fremden sind seltsam, das gebe ich zu. Sie sind mächtig, oh ja, und so stellen sie sicher eine Gefahr für unsere Sicherheit dar, denn wenn wir sie verärgern, können sie allein mit der Macht ihrer Waffen Ravenna in Schutt und Asche legen. Aber sie sind allein, das habe ich deutlich gespürt. Sie suchen eine Heimat, so wie die Goten im Osten. Dämonen sind sie nicht. Alle sind Christen, davon habe ich mich überzeugen können. Sie haben einen Gottesdienst abgehalten, in ihrer fremden Zunge, aber es war nicht zu verkennen. Dämonen sind das nicht, Navarch. Ich denke, sie sind eine Chance.«

Renna drehte sich um und sah seinem Untergebenen offen ins Gesicht.

»Eine Chance wofür?«

Aurelius schien zu zögern. Renna wartete einen Moment, dann seufzte er. Er stellte sich neben den Kapitän, legte ihm eine Hand auf die Schulter und beugte sich zu ihm nach vorne.

»Rede offen mit mir, Trierarch. Was auch immer du zu sagen hast, es wird diese vier Wände nicht verlassen. Wir sind doch bisher ganz offen miteinander umgegangen. Du bist einer meiner fähigsten Männer, mit einem klaren Blick für die Realitäten. Wenn ich mir nicht anhören möchte, was du mir mitteilen willst, auf wen soll ich dann hören?«

Aurelius gab sich einen Ruck.

»Wir stehen vor großen Problemen. Die Steuerlast saugt den letzten Rest Blut aus dem Volk. Meine Söhne sind unfrei, obgleich sie römische Bürger sind, müssen sie in den Kriegsdienst wie auch ich, ohne dass sie jemand fragt. Die Münzen, die man uns zum Solde gibt, sind gestreckt, Silber ist kein Silber mehr und Gold kein Gold. Jedes Jahr drängen neue Barbarenfluten über die Grenze, und jedes Jahr verlieren wir mehr Legionäre, die wir nicht ersetzen können. Die Senatoren und Landeigner stopfen sich die Taschen voll, während die einstmals freien Bauern sich als Pächter verdingen müssen. Korruption gibt es allenthalben. Jene, die es sich leisten können, kaufen sich von allen Verpflichtungen frei. Die Kirche,

Gott sei mir gnädig, ist von allen Steuern befreit und sät durch ihren ständigen Streit Unfrieden im ganzen Reich. Ich weiß nicht, wie lange es noch dauern wird, und ich weiß nicht, was der Anlass sein wird, aber ich bin kein Narr. Mein Vater hat mich zur Schule geschickt, und obgleich ich wusste, dass ich zur Marine gehe, habe ich gelernt. Und ich ahne, dass das Reich früher oder später dem Untergang geweiht ist, wenn nicht etwas geschieht. Die Armee kann das Reich nicht ewig zusammenhalten. Es muss sich etwas ändern.«

Renna schnaubte. »Das hat schon Diokletian gesagt. Er hat die entsprechenden Gesetze erlassen.«

»Er hat auch das Reich in vier Teile gespalten und unfähige Söhne gezeugt«, gab Aurelius nun furchtlos zurück. »Wenn wir bestehen wollen, müssen wir neue Wege gehen. Wir brauchen größere Macht, wo unsere Zahl schwindet. Ich habe gesehen, wozu diese Fremden fähig sind. Bei Gott, mir ist egal, woher sie kommen. Sie haben mein Schiff versenkt! Freunde von mir starben in den Fluten! Dennoch, wenn wir sie nur irgendwie für uns gewinnen können, wenn der Ewige Imperator erkennt, welchen Nutzen sie haben – dann will ich ihnen dies vergessen und vergeben.«

Aurelius hielt inne, schwieg, sah Renna auffordernd an. Dieser nickte gemessen. Er ließ von Africanus ab und wanderte einige Minuten in Gedanken versunken durch den Raum. Dann blieb er vor der großen Wandkarte stehen und betrachtete sie, als würde das Studium ihm neue Erkenntnisse bescheren. Schließlich wandte er sich wieder dem Trierarchen zu, der geduldig gewartet hatte. Einen Mann wie Renna drängte man nicht.

»Ich habe ähnliche Gedanken«, sagte der Navarch leise. »Aber du siehst auch die Gefahr. Was der Bischof mir verschwiegen geflüstert hat, kann morgen durch die Priesterschaft gehen wie ein Lauffeuer. Du weißt, wie die Mönche sind. Wenn sie einmal aufgestachelt werden, brennen sie alles nieder, zerstören und vernichten im Namen Gottes und sind bereit, ihr eigenes Leben ohne Rücksicht für ihren Glauben zu opfern. Noch warten sie ab, warten darauf, dass der Kaiser endgültig die alten Religionen verbietet, sodass sie die Tempel niederreißen können und die Priester vertreiben oder töten.«

Aurelius sagte nichts. Er war Christ, Arianer, was man hier im Westen besser nicht allzu laut sagte. Renna war, das war bekannt, Anhänger des Mithras, wie noch viele in den Streitkräften, ob offen oder verborgen. Religion war ein Thema, das beide immer wieder beschäftigte, und beide misstrauten der Kirchenobrigkeit im Westen, wenngleich aus verschiedenen Gründen. Beide wussten um die Gefährlichkeit religiöser Auseinandersetzungen.

»Ich denke, dass wir vor allem eines verhindern müssen: dass die Fremden zu Dämonen gemacht werden. Ist das Volk erst aufgehetzt und die Mönche losgelassen, kann ich meine ganze Hafenwache vor dem Pier postieren und es würde nichts nützen.«

Dem konnte der Trierarch nicht widersprechen.

»Wir wollen wir das verhindern?«

Aurelius spürte, dass Renna mit den Fremden ähnliche Hoffnungen verband wie er selbst. Vielleicht hatte die Führung, die Trierarch Rheinberg ihm gestern gegeben hatte, dabei geholfen, das Potenzial der Besucher zu erkennen. Warum auch immer, der Navarch hatte begriffen, dass sie die Kontrolle über die Situation unbedingt behalten mussten. Und wenn ihnen das gelang, mochte es ihnen auch gelingen, die Chancen dieses seltsamen Zusammentreffens zu nutzen.

»Ich habe Boten entsandt. Gratian marschiert in Eilmärschen gen Osten und ich glaube nicht, dass er sich nur wegen dieses Schiffes nach Ravenna wenden wird. Ich habe dem Präfekten von Rom eine Nachricht gesandt. Und ich habe einigen ausgewählten Senatoren eine Einladung geschickt – zu einer großen Festlichkeit.«

Aurelius nickte. Er hatte schon immer gewusst, dass Renna ein tatkräftiger Mann war, und dies bestätigte den Eindruck lediglich.

»Darf ich raten, Navarch? Gemäßigte Senatoren von hohem Ansehen und persönlicher Integrität? Christen wie auch andere? Männer, die von allen respektiert werden und über die sogar die größten Fanatiker nicht einfach hinwegsehen können? Männer, die das Vertrauen des Kaisers genießen?«

Renna lächelte dünn. »Du solltest selbst Senator werden. Oder, noch besser, schau, dass du zum Navarchen befördert wirst. Diokletian mag Verwaltung und Militär getrennt haben, doch glaub mir, ohne eine Hand für Politik kommst du als hoher Offizier nicht weit. Du scheinst ein Talent zu haben.«

»Ich lerne von einem großen Meister«, erwiderte Aurelius und senkte betont devot den Kopf.

»Falsche Unterwürfigkeit beherrschst du also auch!«, lachte Renna auf. »Nun gut, hör zu: Du hast in allem recht. Sobald ich eine entsprechende Anzahl neugieriger und gelangweilter Würdenträger in der Stadt habe, werde ich zusammen mit dem Senat der Stadt eine Festlichkeit veranstalten, in der Villa von Urianus. Die ist groß und seine Köche sind die Besten. Wir werden sie alle einladen – inklusive einer Delegation der Fremden. Sie sollen sie kennenlernen, mit ihnen plaudern, dem Wein zusprechen, den Tänzerinnen zusehen – und merken, dass die Besucher zwar etwas seltsame, trotzdem normale Männer sind, vor denen niemand Angst haben muss, der guten Willens ist. Die Kunde wird sich schnell verbreiten und unseren misstrauischen Zeloten den Wind aus den Segeln nehmen. Was meinst du?«

»Ob das unter den Fanatikern wirklich für Frieden und Einsicht sorgen wird, das möchte ich erst einmal bezweifeln. Dennoch hört es sich gescheit an. Ich bin dabei!«

»Du bist sogar eingeladen. Trage dazu bei! Der Trierarch, dessen Schiff von den Fremden vernichtet wurde, mit diesen gemeinsam beim Tafeln. Eine überzeugende Darbietung.«

»Dann danke ich für die große Ehre! Ja, ich werde kommen und auf meine getöteten Kameraden anstoßen.«

Renna schlug Aurelius auf die Schultern.

»Ich verstehe deine Bitterkeit, Africanus. Doch nichts wird die Männer wieder lebendig machen. Ich bin eher daran interessiert, weitere unnötige Tode zu verhindern. Kehre zurück zum Schiff der Fremden und bereite sie auf ihre eigene Einladung vor. Ich werde Schneider schicken lassen, damit sie alle geeignete Kleidung erhalten. Sie sollen nicht nur wie normale Männer wirken, sie sollen auch so aussehen. Mach, dass es funktioniert. Dann haben wir vielleicht die Chance, von der du träumst, mein Freund.«

14

Es war kalt und regnerisch, und es war Sommer. Es gab verschiedene Gründe, warum Magnus Maximus, Comes Britanniarum, das Gebiet, über das er herrschte, regelrecht hasste. Er stand an der Brüstung der Garnisonsfestung und starrte durch den Dunst auf den Hadrianswall, dessen imposante Linie knapp in Sichtweite lag. Seit drei Wochen ritt der militärische Oberbefehlshaber Britanniens nun bereits die Grenzfestungen ab, traf seine Offiziere, lobte die Männer, besuchte die Familien. Er ließ sich zum Essen einladen und brachte frischen Wein. Er brachte Post aus Rom, soweit sie in London angekommen war, er stand Verletzten bei, er hörte sich die Heldengeschichten der Veteranen am Lagerfeuer an. Drei Wochen und weitere zwei Monate lagen vor ihm, denn sein Ziel war es, jede auch noch so kleine und abgelegene Garnison zu besuchen, persönlich zu inspizieren, und die Moral der Männer zu erhöhen.

So sehr er den Respekt seiner Soldaten schätzte und alles tat, ihn sich zu erhalten und auszubauen, so sehr verabscheute er Britannien. Warum dereinst diese Insel erobert worden war – zumindest der südliche Teil –, das wusste heute sicher niemand mehr. Die Zeiten der römischen Expansion waren seit dem großen Trajan beendet, und das war bereits über zweihundert Jahre her. Britannien hatte nie etwas besessen, was für das Imperium notwendig oder hilfreich war. Es gab nur wenige Bodenschätze, dafür aber viele höchst unbotmäßige Barbaren, die eine geringe Bereitschaft zeigten, sich mit römischer Zivilisation und Lebensweise anzufreunden. Das Klima war harsch, feucht und in jeder Hinsicht unangenehm. Als der Hadrianswall erbaut worden war, wurde damit die Kapitulation des Reiches vor den Horden des Nordens in Stein und Holz gegossen; seitdem taten die römischen Truppen nichts anderes mehr, als sich des stetig wachsenden Drucks der Barbaren zu erwehren. Es gab hier nichts von Wert für Rom, außer dem Prestige und dem, was die lange römische Eroberung schließlich selbst hatte errichten können – allem voran die Provinzhauptstadt selbst, der einzige Ort auf dieser unwirtlichen Insel, der andeutungsweise das vertrat, was Maximus und seine Männer unter römischer Zivilisation verstanden.

Britannien war ein deprimierender Ort und die Männer, die hier dienten, neigten dazu, dieser Frustration Ausdruck zu geben. Desertionen hatten vor der Ankunft des Maximus zugenommen, die Moral lag am Boden. Seit der Comes von Valentinian dazu ernannt worden war, Britannien für das Reich zu halten, hatte sich die Situation erkennbar gebessert. Maximus pflegte und hegte seine Männer, zeigte persönlichen Mut in zahlreichen Scharmützeln mit Barbarenhorden, erwies sich als großzügig in Belobigungen und Beförderungen. Er war beliebt bei seinen Legionen, hatte er ihnen doch in einer tristen und trübsinnigen Lage Hoffnung gebracht.

Der feine Nieselregen, der den ganzen Morgen über geherrscht hatte, wurde intensiver; darum zog Maximus den Umhang fester um seine Schultern. Er drehte sich nicht um, als er hörte, wie jemand auf der Balustrade neben ihn trat, denn er kannte die Schritte seines engsten Vertrauten und konnte sie aus dem Getrampel Tausender heraushören. General Andragathius, Magister Equitum, einer seiner höchsten Unterführer, zog seit einer Verletzung das rechte Bein etwas nach und seitdem vor, vom Rücken eines Pferdes aus zu kämpfen. Der ältere Mann, dessen grauer Bart bereits gut durchfeuchtet war, gesellte sich zu seinem Anführer und blickte wie dieser auf den fernen, dunklen Streifen des Walls.

»Es ist alles ruhig, Comes«, sagte er mit tiefer Stimme. »Seit den letzten Angriffen haben die Barbaren wohl erst einmal genug. Wir haben mit einigen Häuptlingen Abkommen geschlossen und es sieht so aus, als würden sie diese zumindest für eine Weile einhalten wollen.«

»Wir benötigen noch einige Jahre«, erinnerte ihn Maximus und drehte sich seinem Weggefährten zu. »Die Vorbereitungen sind noch nicht abgeschlossen. Und ich will Gratian die Chance geben, seinen Fehler gutzumachen.«

Andragathius stieß ein Schnauben aus.

»Der Kaiser lässt die Männer hier verschimmeln. Seit Valentinian die Grenze wieder gesichert hat, habe ich hier keine nennenswerte imperiale Aufmerksamkeit mehr bemerkt. Gratian kümmert sich um das Kernland und hat Britannien und jene, die es verteidigen, längst vergessen.«

Maximus konnte dem nicht widersprechen. Nicht nur, dass seine eigene Karriere seit dem Tode des Valentinian nicht mehr mit der erhofften Geschwindigkeit verlaufen war, wie er es seiner Ansicht nach verdient hätte, die Unzufriedenheit in den weit von Trier entfernt gelegenen Provinzen war fast mit den Händen greifbar.

»Ich habe gestern mit einigen der Tribunen gesprochen. Beiläufig, bei Wein und am Feuer. Es war spät. Sie hatten mehr getrunken als ich«, fuhr Andragathius fort.

»Und?«

»Sie würden Euch am liebsten sofort den Purpur anbieten.«

»Es ist zu früh, mein Freund. Wir benötigen die Unterstützung aller Offiziere und aller britischen Legionen. Erst dann können wir realistischerweise nach Gallien übersetzen und es wagen, uns gegen Gratian zu stellen.«

»Merobaudes schickt seine Grüße. Gestern kam eine Truhe mit Stoffen und neuen Stiefeln aus Mailand an.«

Maximus schwieg. Merobaudes war einer der erfolgreichsten und mit den höchsten Ehrungen überhäuften Generäle des verstorbenen Valentinian gewesen. Seit sein Sohn Gratian Kaiser war, hatte er in die zweite Reihe zurücktreten müssen. Bei den Männern erfreute er sich weiterhin höchster Beliebtheit. Wenn es gelänge, ihn auf die eigene Seite zu ziehen, wäre Gratians Position überdeutlich geschwächt – er würde letztendlich keine Chance haben, sich effektiv zu verteidigen. Maximus' Griff nach dem Thron würde von Erfolg gekrönt sein, wie der so vieler Soldatenkaiser, die von ihren Männern auf den Schild gehoben worden waren.

Und genauso schnell wieder fallen gelassen. Es gab gute Gründe dafür, warum sich Maximus Zeit ließ und viel Kraft darauf verwendete, Loyalität bei seinen Truppen zu erzeugen. Er würde sie brauchen.

»Was ist mit Gildo?«, fragte der General.

»Er hat seine Kontakte bereits spielen lassen. Wir haben sehr erfreuliche Ergebnisse. Die Tatsache, dass Gratian so erfolgreich gegen die Alemannen zu Felde gezogen ist, hilft uns sehr. Die Freude über die Siege des Kaisers ist sehr verhalten.«

»Er wird uns helfen?«

»Mehr als das. Er meinte, er werde Truppen zur Verfügung stellen und seine Verbindungen zum Festland nutzen, um dafür zu sorgen, dass sich uns alemannische Verbände anschließen, sobald wir nach Gallien übergesetzt sind. Außerdem versprach er, uns hier in Britannien den Rücken freizuhalten, wenn ich den Großteil der Grenztruppen abziehe. Ich denke, dass wir uns auf ihn verlassen können.«

»Er wurde mit seinen Leuten von Gratians Vater hier angesiedelt«, gab Andragathius zu bedenken. »Valentinian erfreut sich ehrenvollen Andenkens!«

»Er erfreut sich auch bei mir ehrenvollen Andenkens«, knurrte Maximus. »Es ist sein Sohn, um den es hier geht. Ich gedenke, das Werk des großen Valentinian fortzusetzen.«

»Wenn Gratian gestürzt ist, wird Valens Euch anerkennen?«

»Ihm wird wohl nichts anderes übrig bleiben. Er hat alle Hände voll damit zu tun, den Ostteil gegen die Goten und die Perser zu verteidigen. Wenn er sieht, dass im Westen ein Mann der Tat, beliebt bei den Truppen und mit ausreichender Erfahrung ausgestattet, das Heft des Handelns in die Hände genommen hat, wird er sich dem Unausweichlichen fügen. Valens ist schwach. Das Konsistorium wird gegen einen Bürgerkrieg votieren. Gratian hat keine Kinder.«

»Valens hat welche.«

»Ich habe keine Ambitionen im Osten. Das werde ich sofort und in aller Deutlichkeit klar machen. Ich bin kein Revolutionär, und mich hat auch kein Cäsarenwahn erfasst. Ich bin ein Mann von Prinzipien und ich werde den Westen stark machen. Ich werde vor allem die bisher vernachlässigten Provinzen stärken und ich werde dafür sorgen, dass die Kriege gegen all jene Alemannen, die uns helfen, beendet werden. Das wird mehr zur Sicherheit der Grenzen beitragen als jede gewonnene Schlacht.«

Der Regen hörte auf. Wie bestellt riss die Wolkendecke auf und ein verheißungsvoller Sonnenstrahl tanzte über die diesseitige Ebene vor dem Hadrianswall.

Andragathius und Maximus nahmen die Symbolik des Moments mit allen Sinnen in sich auf. Schweigend standen sie Seite an Seite, beide mit ihren Visionen des Reiches beschäftigt, und mit ihrer jeweiligen Rolle in den Ereignissen, die sich in ihren geheimen und sorgfältigen Vorbereitungen bereits ankündigten.

Sie hatten Geduld. Der richtige Moment würde kommen. Und wenn er da war, würde sich niemand im Westen den Legionen des Maximus entgegenstellen können und seinen Aufstieg zum Thron verhindern können.

Daran gab es keinerlei Zweifel.

15

»Das kann und werde ich nicht anziehen!«

»Das können und werden Sie!«

»Das ist unerhört! Albern! Ich sehe darin aus wie ein …«

»… wie ein männlicher Römer hohen Standes, der einer Einladung folgt, zu der man nicht Nein sagen kann.«

Von Klasewitz starrte an sich herunter. Die beiden Schneider, die zwar kein Wort verstanden hatten, aus dem Tonfall ihrer höchst seltsamen Kunden jedoch recht gut entnahmen, dass sich die Begeisterung zumindest dieses Mannes in Grenzen hielt, hatten sich beim ersten Ausbruch des Offiziers in den Hintergrund verdrückt.

»Ich sage nicht, dass wir nicht hingehen sollen«, murmelte von Klasewitz. »Ich sage: ›Ziehen wir unsere Ausgehuniformen an!‹ Was gut genug für den Kaiser ist, ist gut genug für die Römer!«

Rheinberg bemühte sich, seine Ungeduld und die Art und Weise, wie der Erste Offizier seine Nerven strapazierte, nicht allzu augenfällig werden zu lassen. Die Einladung, die Africanus im Auftrage von Navarch Renna übermittelt hatte, war eine grandiose Chance, die man sich auf keinen Fall vergeben durfte. Rheinberg hatte für einen winzigen Moment erwogen, von Klasewitz mit dem Kommando über die *Saarbrücken* zurückzulassen, sich aber rasch dagegen entschieden. Zum einen brachte er seinem Ersten Offizier gegenüber einfach nicht genug Vertrauen auf. Zum anderen wusste er, dass von Klasewitz solche Anlässe liebte. Er hatte wohl unterschätzt, dass er sie vor allem deswegen so mochte, weil der Adlige bei den weiblichen Gästen in der zugegebenermaßen sehr schicken Marine-Ausgehuniform eine gute Figur machte.

In der Toga allerdings, die ihm die Schneider soeben umgeworfen hatten, entfaltete er keine derartige Wirkung. Unter dem Rand ragten seine bleichen und dürren Wadenbeine hervor. Auch für Rheinberg war diese Art der Bekleidung gewöhnungsbedürftig, dennoch gedachte er keinesfalls, seine Gastgeber zu düpieren, indem er diese sehr freundliche Geste ablehnte. Becker, Neumann sowie Fähnrich Volkert, die von ihm ausgewählte Delegation der *Saarbrücken,* hatten die neue Kleiderordnung mit Scherzen, aber völlig klaglos akzeptiert. Rheinberg hätte sich denken können, dass allein von Klasewitz Mätzchen machen würde.

Und er hatte keine Lust auf langwierige Diskussionen. Die Festlichkeit fand in vier Tagen statt, und es wurden Ehrengäste aus Rom erwartet, Senatoren, wie Africanus angedeutet hatte. Der Name des Symmachus war gefallen, und erstmals würde Rheinberg einer Person von wahrhaftiger, wenngleich tragischer historischer Bedeutung kennenlernen.

»Ich befehle Ihnen, Ihr Klagelied einzustellen!«, knurrte Rheinberg schließlich, als von Klasewitz erneut ansetzen wollte. »Sie ziehen das an! Schluss jetzt!«

»Herr …«

»Schluss jetzt!«

Rheinberg nickte den beiden Schneidern zu.

»Wir sind jetzt so weit. Machen wir weiter«, sagte er auf Latein. Dann sprach er wieder mit von Klasewitz und wechselte das Thema.

»Wie kommen wir mit dem veränderten Dienstplan voran?«

»Gut«, muffelte der Erste Offizier. »Sie haben heute Abend Ihre erste Stunde. Außerdem habe ich Neumann und Volkert eingeteilt. Es sind diejenigen an Bord, die nach eigenem Bekennen am besten sowohl das Lateinische wie auch das Altgriechische beherrschen. Ich selbst habe mich für Griechisch vorgemerkt.«

Rheinberg nickte. Von Klasewitz hatte offenbar im Lateinunterricht nicht aufgepasst, dafür war aber dessen Griechisch passabel, was ihn insgeheim überrascht hatte. Mit dem heutigen Tag waren die Dienstpläne so angepasst worden, dass jeder Tag mit zwei Stunden Sprachunterricht für Unteroffiziere und Mannschaften beginnen würde. Darüber hinaus war für jeden Sonntag etwas angesetzt worden, was Rheinberg »Römische Landeskunde« nannte und einen allgemeinen historischen, geographischen und politischen Überblick über die Zeit geben sollte – soweit Rheinbergs Erinnerungsvermögen und seine bescheidene Privatbibliothek dies hergaben. Natürlich war das alles immer noch zu wenig; sollte sich ihr Status im Laufe der Zeit verbessern, sollten Lektoren aus Ravenna diese Arbeit ergänzen. Doch darauf wollte er nicht warten. Sie mussten mit dem arbeiten, was sie hatten.

»Der gestrige Gefechtsdrill?«, hakte Rheinberg nach.

»Lief nicht schlecht«, erwiderte sein Erster Offizier und betrachtete mit Missfallen, wie der Schneider erneut an ihm herumzupfte, bis die Toga einigermaßen richtig fiel. »Die Männer von Becker wissen wenigstens, wie man Befehle befolgt, und sie haben Seebeine. Sie nützen uns nichts auf Deck, sollte es hingegen jemals zu Kämpfen gegen Enterer kommen, wissen sie jetzt wenigstens, wo sie sein sollten und wo nicht.«

»Sehr gut«, lobte Rheinberg. Der Plan für den Drill war zwar von Becker und Köhler ausgearbeitet worden, aber es schadete nichts, wenn man von Klasewitz ebenfalls hin und wieder etwas Anerkennung zollte. Nicht, dass der Mann das zur Kenntnis nahm oder daraus die Konsequenz zog, auch einmal wirklich sinnvolle Dinge zu tun. Trotzdem wollte Rheinberg sich nicht nachsagen lassen, er hätte nicht sein Möglichstes getan. Und, das musste er zugeben, seit sie Ravenna erreicht hatten, verhielt sich der Erste Offizier nicht mehr durchgehend wie ein Arschloch. Es schien, als habe die Landluft und die Aussicht darauf, die Gesellschaft von altem römischen Adel zu genießen, wohltuende Auswirkungen auf den Mann.

Rheinberg wurde von seinen Gedanken abgelenkt, als er von draußen aufgeregte Rufe hörte. Er scheuchte die Schneider zur Seite, sprang von dem Schemel, auf dem er gestanden hatte, und eilte durch die Kabinentür. Mit wehender Toga rannte er ins Freie und hielt sich an der Reling fest. Neben ihm standen zahlreiche andere Männer und schauten ins Hafenbecken. Die Rufe waren nicht von seinen

Leuten gekommen, sondern von erbarmungswürdig aussehenden Männern auf einem großen Segler, dessen Segel teilweise zerfetzt am Mast hingen und den nur eine glückliche Strömung und ein sehr passender Wind bis hierher hatte treiben können. Zahlreiche kleinere Boote kamen auf das halbwracke Schiff zu, und am Kai herrschte Aufregung. Seile wurden geworfen, und die Ruderboote begannen, das angeschlagene Schiff auf eine freie Stelle zum Anlegen zu ziehen.

»Was rufen sie? Das ist ja ein furchtbares Gejammer!«, fragte einer der Männer Rheinberg, ohne auf dessen seltsame Aufmachung zu achten. Rheinberg hörte genau hin. Ein Ruf wurde ständig wiederholt.

»Piraten!«, übersetzte er schließlich für die anderen. »Piraten! Sie sind von Piraten überfallen worden.« Er trat zur Seite, als Africanus neben ihn trat, in seinen Augen ernsthafte Sorge.

»Trierarch Rheinberg?«

»Das war ein Piratenüberall?«

Africanus nickte bekümmert. »Sie werden immer dreister. Zwei Schiffe meines Geschwaders haben soeben den Auftrag bekommen, auszulaufen. Es ist ein Notfall.«

»Dieser Segler?«

»Nein, sein Schwesterschiff. Es wäre so schon schlimm genug, aber an Bord des anderen Seglers befand sich der junge Sohn des Präfekten von Rom, der seine Verwandten auf Sizilien besucht hatte und jetzt hier in Ravenna zur Schule gehen sollte. Er ist entführt worden. Wir befürchten eine sehr hohe Lösegeldforderung. Und all dies wirft einen großen Schatten auf unser Geschwader. Dass dies möglich war, wird Renna in Probleme bringen. Wir müssen diese Leute stoppen, ehe sie verschwunden sind.«

Rheinberg durchfuhr ein Gedanke von plötzlicher Klarheit und Logik. Er griff unwillkürlich nach Africanus' Schultern. »Ruft Renna. Bittet ihn und eine Leibwache an Bord! Und besorgt uns die Erlaubnis zum Auslaufen! Wir werden diese Piraten für Euch erledigen – und damit unsere ehrlichen Absichten unter Beweis stellen!«

Unverständnis, Misstrauen, dann Freude und Begreifen fuhren über die Züge des Trierarchen. Ohne ein weiteres Wort wandte er sich ab und rannte auf das Fallreep zu. Rheinberg drehte sich, winkte zur Brücke, wo Langenhagen wachhabender Offizier war.

»Oberleutnant«, brüllte er.

»Herr Kapitän!«

»Maschinen unter Dampf setzen! Klar Schiff zum Auslaufen!«

»Klar Schiff zum Auslaufen!«, brüllte Langenhagen zurück. Sekunden später schrillten die Bootsmannspfeifen über das Deck. Befehle schallten herüber. Wohlorganisierte, erst gestern Abend geübte Hektik brach aus. Wie gut, dass ihre jetzige Situation keinen Landgang möglich gemacht hatte. Alle waren an Bord. Alle waren gelangweilt – und damit waren alle nur zu bereit, endlich wieder etwas Sinnvolles zu tun.

Rheinberg sah an sich hinunter, auf die bloßen Füße in geflochtenen Sandalen. Es war wohl besser, sich umzuziehen.

Zehn Minuten später stand er in Uniform auf der Brücke der *Saarbrücken* und beobachtete die Schneider, die fluchtartig das plötzlich beängstigend aktive Schiff verließen. Als Dahms Dampf in den Kesseln meldete, war es eine Stunde später, und das war auch nur möglich gewesen, weil der Ingenieur die Maschinen niemals völlig kalt hatte werden lassen.

Weitere dreißig Minuten später traf Renna ein, begleitet von zwölf Legionären und Africanus. Der Navarch kannte den Weg mittlerweile und gesellte sich neben Rheinberg auf die Brücke. Kaum hatten die Römer den Kreuzer betreten, hieß es auch schon: »Leinen los!«

»Wie ist die Situation, Navarch?«, fragte Rheinberg anstatt einer umständlichen Begrüßung.

»Es sind die Schiffe von Claderius«, eröffnete ihm der hagere Mann. »Er ist berühmt und berüchtigt und wird zunehmend dreister. Wir vermuten, dass er seine Basis auf Sizilien hat, aber bisher ist er uns immer entwischt. Er hat viele kleine und sehr schnelle Schiffe, greift seine Beute bloß im Rudel an. Er nimmt normalerweise keine Geiseln, diesmal hingegen hat er wohl gemerkt, was für ein Fisch ihm da an den Haken gekommen ist. Da konnte er nicht widerstehen. Der Junge ist sein Gewicht in Gold wert, oder mehr. Claderius wird alt, vielleicht will er sich zur Ruhe setzen.«

»Wie reagieren Sie normalerweise auf so einen Vorfall?«

»Wir laufen sofort aus, allerdings sind die Segler den Triremen bei Wind weit überlegen. Wir suchen meist vergeblich. Bis wir auch nur in die Nähe der Südspitze kommen, ist er mit seinen Leuten schon längst in Sicherheit. Einmal haben wir noch die Mastspitzen am Horizont gesehen, das war bisher unser größter Erfolg.«

Renna stieß ein Schnauben aus.

»Er besticht Senatoren und Präfekten. Sie haben so lange ihre schützende Hand über ihn gehalten, wie er sie beteiligt hat. Aber das war vor der Geiselnahme eines Senatorensohnes. Das geht natürlich zu weit. Kaufleute und Fischer ausplündern, das ist in Ordnung. Jetzt schreit man nach seinem Kopf.«

Renna sah Rheinberg hoffnungsvoll an. »Das ist jetzt wichtig, Trierarch Rheinberg. Sie haben eine schöne Chance, Ihre Ehrenhaftigkeit zu beweisen ebenso wie Ihren Nutzen. Ein Misserfolg wäre gleichzeitig ein schwerer Makel, von dem Sie sich kaum würden reinigen können.«

»Ich weiß. Trotzdem habe ich diese Entscheidung getroffen. Wir sind schneller als ein schneller Segler. Wir nehmen Südkurs bei diesem klaren Wetter, einige der überlebenden Seeleute an Bord, damit sie uns helfen, und im Zweifel Kurs auf Sizilien.«

Renna sah Rheinberg halb ungläubig, halb erwartungsvoll an. Dann brüllte er seine eigenen Anweisungen ins Hafenbecken. Minuten später wurden einige Seeleute vom Wrack zum Kreuzer gerudert. Sie starrten das deutsche Schiff mit großen Augen an, fassten aber Vertrauen, als sie den Navarchen erblickten.

Als Renna spürte, wie die *Saarbrücken* sich zunehmend weiter vom Pier schob und dann langsam Fahrt aufnahm, schwieg er und blickte gespannt auf seine Umgebung. Der Kreuzer löste sich vom Hafenbecken und gewann offene See. Auch die Piraten operierten in Küstennähe und der Überfall hatte nahe Ravenna stattgefunden. Der Wind war schwach und blies aus östlicher Richtung. Wollten die Piraten entkommen, mussten sie mit ihren Seglern im Wind kreuzen. Ideale Voraussetzungen für die Verfolgung.

Renna und Africanus hielten sich unwillkürlich fest, als Rheinberg den Befehl gab, in voller Fahrt voraus der Küstenlinie in südlicher Richtung zu folgen. Weißer Schaum bildete sich vor dem mächtigen Bug des Kreuzers und das Stampfen der Expansionsmaschinen ließ den Schiffsleib erzittern. Renna und Africanus bewunderten mit aufgerissenen Augen, wie die Küstenlinie an ihnen entlangzugleiten begann, in einer Geschwindigkeit, die der beste Segler bei günstigen Winden nicht erreichen konnte. Rheinberg hatte drei Signalgasten mit Ferngläsern bewaffnet und sowohl am Bug wie auch backbords positioniert; auf der Brücke standen zwei weitere Offiziere mit Ferngläsern und beobachteten die Gewässer. Eine erwartungsvolle Spannung legte sich über die Mannschaft.

Hauptmann Becker erklomm die Brücke und gesellte sich zu Rheinberg.

»Wenn wir sie haben, was tun wir?«, fragte er.

»Wir drohen. Wir schießen ihnen vor den Bug. Wenn sie sich weigern, versenken wir einen von ihnen. Wenn sie völlig verblödet sind, schicken wir die Dampfpinasse und entern. Ich habe eine halbe Landungskompanie und Ihre Leute. Ich denke, für das Manöver nehme ich meine Leute, die sind das geübt, und Ihre Männer geben Feuerschutz.«

Becker nickte. Bereits beim letzten Gefechtsdrill hatte man seinen besten Schützen gute Positionen überall auf dem Schiff zugewiesen. Zwei Unteroffiziere mit Schützenkordeln, die sich besonders ausgezeichnet hatten, konnten von ihren Stellungen aus jeden gegnerischen Soldaten in hundert Metern Entfernung erledigen. Und Rheinberg hatte die Absicht, nahe genug zu gehen, um diesen Vorteil auch nutzen zu können.

»Herr Kapitän!«

Langenhagen streckte einen Arm aus. »Sieben Strich Backbord!«

Rheinberg hob sein eigenes Fernglas und blickte in die angegebene Richtung. Eine ganze Reihe von Segeln zeichnete sich ab. Er reichte das Glas Africanus, der sich an den Gebrauch bereits gewöhnt hatte. Der schaute hindurch und ein triumphierendes Grinsen erschien auf seinem Gesicht.

»Fischer sind das nicht«, knurrte er. »Hochseesegler, ziemlich weit von der Küste entfernt. So sind sie unseren Triremen immer entkommen. Das müssen sie sein.«

Rheinberg befahl die Kursänderung.

»Köhler! Klar Schiff zum Gefecht!«

Erneut erklangen die Bootsmannspfeifen, und die Männer nahmen eilig, aber mit großer Selbstsicherheit die Kampfpositionen ein.

»Ich will eine 5-cm-Kanone ausgerichtet und feuerbereit. Es wird nur auf meinen ausdrücklichen Befehl gefeuert!«

»Ausrichten und bereitmachen, jawohl.«

Von Klasewitz tauchte auf der Brücke auf, erfasste die Situation, nickte und verschwand wieder, um die Geschützmannschaften zu kontrollieren. Rheinberg hatte dagegen keine Einwände, denn damit kannte sich der Freiherr aus.

Renna folgte der ihm unverständlichen Konversation mit schweigsamer Aufmerksamkeit. Er bemerkte sehr wohl, dass hier eine sorgfältig geölte militärische Organisation bereit war, den Befehlen ihrer Offiziere zu folgen, und er mischte sich nicht ein. Als Africanus ihn zur Backbordseite bat und auf die Mündung der dort sichtbaren 5-cm-Kanone hinwies, schien er zu erahnen, welche Macht hinter diesem letztlich unscheinbar wirkenden Geschütz steckte.

Die *Saarbrücken* holte rasch auf, jetzt, wo sie ein Ziel vor sich hatte. Bald konnten die aufgeregten Besatzungsmitglieder der Seglerflotte beobachtet werden, die auf das heraneilende Ungetüm wiesen, offenbar verwirrt, beeindruckt, hoffentlich verängstigt. Die Segelschiffe waren klein und wirkten schnittig, keines war länger als fünf oder sechs Meter, aber es waren insgesamt achtzehn, und auf jedem waren Bewaffnete erkennbar. Vor diesem Rudel musste sich jeder schwerfällige Händler sichtlich in Acht nehmen, und womöglich konnten es sogar einer einzelnen Trireme gefährlich werden.

»Navarch, es wäre wohl sinnvoll, wenn *Ihr* die Piraten zur Übergabe auffordern würdet«, schlug Rheinberg schließlich vor. Er sah dem Offizier ins Gesicht und war überrascht von der Wandlung, die der Mann durchgemacht hatte. Aus dem distanzierten Navarchen war ein begeisterter Seemann geworden, beeindruckt von den Wundern eines Schiffes, das technisch so weit von allem entfernt war, was er bisher gekannt hatte. Renna nickte, seine Wangen glühten fast vor Aufregung und Begeisterung. Rheinberg ahnte, dass er den Mann endgültig auf seine Seite gebracht hatte, und sei es nur in der Überzeugung, dieses Wunderwerk für sein Reich nutzen zu müssen.

Africanus reichte ihm die Flüstertüte, die Renna sofort annahm und auf das Vorderdeck eilte. Rheinberg gab Becker einen Wink und dieser nickte nur knapp, ehe er dem Römer folgte. Africanus zog es vor, auf der Brücke zu bleiben.

Renna stand am Bug, als die *Saarbrücken* langsamer wurde und parallel zu den Seglern über das Wasser glitt. Anscheinend hatten die Piraten noch nicht begriffen, dass zumindest in diesem Augenblick das metallene Monster offiziell im Auftrag der römischen Marine unterwegs war. Als Renna seine Kapitulationsaufforderung herüberbrüllte und in seiner Rüstung deutlich erkennbar war, dämmerte es den Ganoven hingegen.

Rennas Aufforderung beantworteten sie mit einem halbherzigen Pfeilbeschuss. Eines der Geschosse landete kraftlos auf Deck, der Rest klackerte gegen die Bordwand oder ging baden.

»Ich werte das als ein Nein«, murmelte Rheinberg. »Schuss vor den Bug!«

Die gut geölte Maschine des Kreuzers, Technik wie Besatzung, reagierte mit disziplinierter Präzision. Meldungen strömten herein. Dann bellte das 5-cm-Geschütz heiser auf. Einen Augenblick später spritzte eine Fontäne vor dem führenden Segler hoch, schleuderte Gischt über die Reling.

»Gut gezielt und gut geschossen, meine Empfehlung an den Geschützführer!«, kommentierte Rheinberg mit zufriedenem Grinsen. Africanus wirkte rechtschaffen beeindruckt.

Renna brüllte erneut etwas in die Flüstertüte. Diesmal wurde zurückgebrüllt. Der Navarch warf die Arme in gespielter Verzweiflung in die Höhe, in einer Hand noch das Megaphon, und stapfte dann zurück zur Brücke.

»Das ist albern. Narren!«, fluchte er, als er sich neben das Steuer stellte.

»Sie haben nicht erkennen können, auf welchem Schiff sich die Geisel befindet?«, fragte Rheinberg.

»Nicht auf dem nahesten. Die Segler haben kein Unterdeck. Es gibt keinen Platz, jemanden großartig zu verbergen.«

»Dann haben wir ein Ziel.«

Es ging alles sehr schnell. Die 5-cm-Mündung drehte sich und Befehle wurden erteilt. Von Klasewitz selbst erteilte das Feuerkommando. Erneute krachte das Geschütz, doch diesmal gab es keine Fontäne, sondern das Krachen zersplitternden Holzes, einen Feuerball, schreiende Männer, die zu Wasser gingen, und ein sehr schnell, sehr effektiv sinkendes Wrack. Eine Sache von wenigen Augenblicken und ein im wahrsten Sinne des Wortes durchschlagender Erfolg. Es war blitzartig gegangen, ohne großes Angriffsgebrüll, ohne Vorbereitung, ohne weitere Warnung. Noch eben war da ein Piratensegler mit gut zwölf Mann an Bord gewesen, jetzt befanden sich dort nur noch schäumende See, ein paar Holzplanken und ein oder zwei verzweifelte Schwimmer.

Renna starrte sprachlos, erstaunt, aber auch fasziniert auf das Spektakel. Jetzt hatte er gesehen, was Africanus ihm berichtet hatte, und konnte ermessen, wozu der Kreuzer in der Lage war. Der Navarch war definitiv beeindruckt.

Durch sein Fernglas konnte Rheinberg den Terror in den Gesichtern der Piraten deutlich erkennen. Dort hatte man ebenfalls einen gehörigen Eindruck hinterlassen.

»Gut«, sagte er. »Navarch, darf ich vorschlagen, dass Ihr Eure Aufforderung ein letztes Mal erneuert?«

»Aber sicher.« Renna schaute nach wie vor kopfschüttelnd auf die Stelle, an der noch eben ein Segelschiff durch die Fluten geglitten war. Er schien jetzt wahrhaftig zu begreifen, was und welche Macht Africanus' Trireme zerstört hatte.

Und was es bedeutete, wenn man sich gegen die *Saarbrücken* stellte. Rheinberg hoffte sehr, dass Renna keine Angst bekam. Vorsicht gerne – Angst hingegen war ein schlechter Ratgeber. Er brauchte den Mann als Verbündeten, nicht als Feind.

Der Navarch marschierte wieder zum Vordeck. Er hob die Flüstertüte, doch eher er auch nur ein Wort sagen konnte, wurde er von einem der Segler angebrüllt.

»Sie streichen die Segel!«, meldete Langenhagen aufgeregt.

Tatsächlich – die Piraten drehten bei, ließen die Segel fallen. Waffen flogen über die Reling ins Mittelmeer. Diese Männer hatten jeden Mut fahren lassen. Rheinberg konnte es ihnen beileibe nicht verdenken.

»Kleine Fahrt!«, befahl er. »Wir umkreisen die Flottille. Ich will, dass wir jedes einzelne Schiff im Auge behalten. Köhler!«

Der Bootsmann rannte auf die Brücke. »Herr Kapitän?«

»Die Dampfpinasse! Zehn Mann der Landungskompanie, unter Ihrem Befehl! Nehmen Sie Sepidus mit! Ich will die Geisel! Jemand muckt, Sie schießen, ohne Warnung! Keine falsche Nachsicht! Sie haben verstanden?«

»Die Pinasse zu Wasser lassen, zehn Mann unter Waffen. Die Geisel aufnehmen. Keine Fisimatenten.«

»Warten Sie, bis wir eine Position haben!«

»Warte auf Nachricht, jawohl.«

Köhler stürmte bereits ans Heck, wo die Männer an den Winschen standen, um die große Pinasse zu Wasser zu lassen. Rheinberg selbst hatte die zehn erfahrensten Soldaten ausgesucht. Als er sah, mit welchem Eifer sich nun auch Sepidus zu Köhler gesellte, umspielte ein zufriedenes Lächeln seine Lippen. Früher oder später, wenn er für seine *Saarbrücken* einen sicheren Hafen erreicht hatte, würde er Römer an Bord nehmen müssen, als reguläre Besatzungsmitglieder.

Er hatte keinen Zweifel daran, dass sich genügend Freiwillige finden lassen würden.

Es dauerte nicht lange, da wussten sie, auf welchem der Segler sich die Geisel befand. Sie war auf dem größten der Schiffe, zusammen mit dem Anführer der Piraten, Claderius. Rheinberg gab den Befehl, auch den Kapitän mitzubringen, und bald dampfte die Pinasse zwischen den dümpelnden Piratenseglern hindurch auf das Flaggschiff des Piraten zu. Die drohend ausgerichteten 5-cm-Kanonen zeigten den Ganoven, dass jeder Versuch, die Pinasse anzugreifen, mit dem sofortigen Ende verbunden sein würde. Es dauerte etwa fünfundvierzig Minuten, dann war Köhler zurück, und er brachte einen vielleicht dreizehn Jahre alten Jungen, der mit großen Augen die *Saarbrücken* betrat und sofort von Neumann ins Bordlazarett geführt wurde. Africanus gesellte sich zu Rheinberg. Der vierschrötige, braungebrannte Koloss von einem Mann, der als Zweites an Bord kam, musste nicht vorgestellt werden. Das Wort »Piratenkapitän« stand ihm sozusagen quer über die Stirn geschrieben.

Zwei Männer der Landekompanie nahmen ihn in ihre Mitte. Seine Hände waren bereits an Bord der Pinasse gefesselt worden. Der Hüne starrte verängstigt und überwältigt auf das Stahldeck und sah erst auf, als sich Renna vor ihm aufbaute.

»Claderius«, sprach er ihn triumphierend an. »Lange habe ich auf diesen Moment gewartet. Mit der Geiselnahme hast du den Bogen überspannt.«

Claderius ignorierte den Admiral und sah Rheinberg an, der sich zu ihnen begeben hatte.

»Was ist dieses Schiff?«, stieß er auf Griechisch hervor.

Rheinberg sagte nichts.

»Es ist ein neues Schiff der römischen Marine«, erwiderte Renna stattdessen. »Es ist das Schiff, das dich und deine Männer zur Strecke gebracht hat. Du wirst exekutiert werden, sobald wir Ravenna erreicht haben. Mit etwas Glück werden wir deine Männer nur in die Sklaverei verkaufen.«

Claderius spuckte auf den Boden. »Niemand exekutiert mich. Du magst jetzt die Oberhand gewonnen haben, Renna, aber ich habe mächtige Freunde.«

Renna tätschelte mit einer Hand die Reling der *Saarbrücken.*

»Die habe ich auch. Was denkst du, welche sind mächtiger?«

Unsicherheit kroch in Claderius' Gesichtsausdruck, als Rheinberg ihn in die Brig abführen ließ. Renna sah ihm nach, plötzlich sehr nachdenklich.

»Er hat natürlich nicht unrecht, Trierarch«, sagte er leise zu Rheinberg. »Claderius hat viel Geld in seine Verbindungen auf dem Festland gesteckt. Ich werde ihn schnell exekutieren lassen müssen, wenn ich ihn und die Seinen wirklich loswerden möchte. Aber in jedem Falle wird die Dankbarkeit über die Befreiung des Jünglings groß sein. Wir sollten ein rauschendes Fest erleben, in drei Tagen. Ihr habt Euch gut eingeführt, Rheinberg!«

»Danke, Navarch. Wie wollen wir die Gefangenen abführen?«

»Wir werden die Schiffe aneinanderbinden und von Eurem schleppen lassen. Wird das gehen?«

»Wir werden langsam sein.«

»Es besteht kein Grund zur Eile mehr.«

»Dann gebe ich die Befehle.«

Renna war zufrieden. Als er sich entfernte, gab Rheinberg sofort die notwendigen Anweisungen. Mit etwas Glück würden sie bei Sonnenuntergang wieder in Ravenna sein, und ihre Rückkehr würde einem Triumphzug gleichen. Eine glückliche Fügung des Schicksals hatte ihnen geholfen. Dieser Einsatz war für die Männer der *Saarbrücken* ein Leichtes gewesen, aber genau die richtige Aktion, um die eigenen Fähigkeiten vor geeignetem Publikum unter Beweis zu stellen.

Jetzt galt es, die Eisen zu schmieden, solange das Feuer noch heiß war.

16

Es war ein Bauernhof. Es war ein typischer kleiner Bauernhof, wie es Hunderte von ihnen in der Gegend um Adrianopel gab, und er sah auch genauso aus: halb eingestürzt, mit verwüstetem Kornspeicher, geplünderten Vorratsräumen, die Wohnräume in exakt dem erbarmungswürdigen Zustand, wie die brandschatzenden Goten ihn hinterlassen hatten. Es waren diese kleinen Bauern, die die römische Armee vergebens zu beschützen versucht hatte, und es gehörte daher ganz sicher zu den großen Ironien der Geschichte, dass Valens, Kaiser von Ostrom, hier mit seiner kleinen Schar versprengter Leibgardisten Zuflucht gefunden hatte.

Er saß mit zitternden Händen auf einem Schemel, der den Plünderern offenbar entgangen war, und murmelte leise vor sich hin. So saß er da schon seit einer guten Stunde, und Gardezenturio Alchimio betrachtete den Zustand seines Herrn mit wachsender Sorge. Valens schien gebrochen, genauso wie das Heer Ostroms, das in der Schlacht vor Adrianopel vor den massiv antretenden Goten hatte zurückweichen müssen. Stundenlang hatte die Schlacht gewogt, und die Erinnerungen daran verwischten sich in Alchimios Gedächtnis mehr und mehr. Die Goten waren weitaus stärker gewesen, als die Kundschafter berichtet hatten. Valens' Fehlentscheidungen, vor allem der voreilige Einsatz der Kavallerie unter ihren allzu ungeduldigen Kommandanten, die letztlich mangels Unterstützung von den Goten dahingemetzelt worden war, hatten das ihre zu einer beispiellosen Niederlage beigetragen. Die römischen Phalangen waren schließlich unter dem Ansturm gotischer, alanischer und hunnischer Reiter gebrochen und der angeordnete Rückzug war in einem Chaos versunken. Schnell hatten die Leibgardisten und der Kaiser den Kontakt zur eigenen Armee verloren, waren kopflos und fast blind geflüchtet, ohne auf die Richtung zu achten. Der Zenturio wusste nicht, wie viele der oströmischen Truppen das Schlachtfeld nicht bis zum bitteren Ende kämpfend, sondern vorzeitig verlassen hatten, aber es konnte nicht mehr als ein Drittel sein. Ostrom war damit den gotischen Horden schutzlos ausgeliefert. Die Feldarmee in Auflösung begriffen und die Moral gebrochen, da gab es außer den Befestigungen der Städte und den Grenztruppen in ihren Garnisonsfestungen niemanden mehr, den der Kaiser gegen die Barbaren ins Feld führen konnte.

Falls er überhaupt noch dazu in der Lage war. Zuletzt hatte er kaum sein eigenes Pferd führen können.

Pietus, als Dekurio neben Alchimio der einzige überlebende Mann mit Befehlserfahrung, drückte ihm einen Schlauch mit Wasser in die Hand, den der Zenturio in Gedanken zum Mund führte. Tribun Marius Tiberius Vitelius war auf der Flucht gefallen. Alchimio hatte jetzt das formale Kommando über die etwa vierzig Leibgardisten, die dem Kaiser geblieben waren. Eine kümmerliche Streitmacht. Und da man nicht genau wusste, wo man war, die Dunkelheit schnell hereinbrach und jeder sich der Tatsache bewusst war, dass da draußen Zehntausende von gotischen Kriegern umherstreiften, waren die Aussichten trübe.

Das sinnentleerte Gemurmel und die blutunterlaufenen Augen des am Boden zerstörten Kaisers machten die Sache nicht einfacher. Seit er jeden Kontakt zu Sebastianus verloren hatte – das Gerücht ging um, dass der General auf dem Feld gefallen sei –, war der Imperator völlig in sich gekehrt und wirkte abwesend. Unterbrochen wurde dies nur durch Selbstgespräche. Ferner verweigerte er jede Nahrungsaufnahme.

Alchimio nahm einen weiteren Schluck. Kein Grund, dem Beispiel seines Herrn zu folgen.

»Wie sieht's aus, Pietus?«

Der Dekurio kratzte sich am Bart. Er war ein Veteran von zweiundzwanzig Jahren Dienst, kurz davor, ehrenvoll entlassen zu werden. Er hatte sich seine letzten Dienstjahre sicher auch anders vorgestellt.

»Das Anwesen lässt sich ganz ordentlich verteidigen. Es gibt eine Steinmauer drum herum, und vom Dach des Hauptgebäudes haben wir eine gute Rundumsicht und freies Schussfeld. Ich habe überall Wachen aufgestellt und dem Rest der Männer gesagt, sie sollen sich ausruhen. Nahrungsmittel haben wir hier keine mehr, da sind uns die Goten um Wochen zuvorgekommen, aber es gibt einen Brunnen und das Wasser ist in Ordnung. Wenn wir die Nacht ungestört überstehen, können wir morgen schauen, ob wir weiterreiten oder noch bleiben – oder ob die Goten diese Entscheidung für uns fällen.«

Alchimio legte ihm eine Hand auf die Schulter. »Gut gemacht. Finde etwas Ruhe; ich bin noch viel zu aufgedreht, um an Schlaf zu denken. Außerdem sollte jemand ein Auge auf den Kaiser haben.«

Pietus warf einen verstohlenen, fast scheuen Blick auf die zusammengesunkene Gestalt auf dem Schemel. Dann machte er eine bezeichnende Handbewegung.

»Meinst du, er ist völlig durchgedreht?«

»Macht das einen Unterschied? Wir haben geschworen, ihn mit unserem Leben zu verteidigen. Und das werden wir tun.«

Es war keine Schärfe in Alchimios Worten. Seine Sätze waren nicht mehr als eine ganz normale Feststellung gewesen, und der Dekurio nickte lediglich.

»Ich hau mich dort in die Ecke, Zenturio. Wenn was ist …«

»Geh nur.«

Pietus zog sich zurück. Alchimio erhob sich, nahm den Umhang, den Valens achtlos zur Seite gelegt hatte, und legte ihm dem Kaiser um die Schultern. Er wollte sich schon abwenden, da hörte er, wie der Imperator seinen Namen flüsterte.

»Herr?«

»Was denkst du, Zenturio?«

»Wir sind für den Augenblick sicher.«

»Das meine ich nicht. Was denkst du über mich?«

Alchimio zögerte unmerklich. »Ihr seid mein Herr, der Kaiser. Ich habe geschworen, Euch zu dienen und Euch zu beschützen. Das ist alles, was ich wissen muss.«

Valens lachte trocken. »Brav, Zenturio. Sehr brav. Dein Kaiser und Herr hat dich ins Verderben geführt.«

Alchimio beschloss, dies nicht zu kommentieren. Valens schien auch gar keine Antwort erwartet zu haben.

»Zenturio, ich war ein Narr. Ein großer Narr. Ein vor allem alter Narr, der seinem Neffen keinen Ruhm und keinen Sieg hat gönnen wollen. Ah, die Götter sind groß in ihrer Weisheit, findest du nicht auch?«

Alchimio war Christ, Valens nicht. Auch hier bemühte sich der Zenturio um Schweigsamkeit.

»So werde ich denn bestraft, Zenturio. Du leider mit mir. Entschuldige.«

»Es gibt nichts zu entschuldigen«, erwiderte Alchimio. »Wir werden das Heer neu sammeln und die Goten zurückschlagen. Rom ist ewig, mein Imperator.«

Valens machte eine schwache Handbewegung.

»Ja, ja, Rom ist ewig. Das Problem ist leider, dass ich es nicht bin. Und du ebenfalls nicht.«

Einen Moment lang wartete Alchimio noch darauf, dass der Kaiser etwas hinzufügte, doch dieser war in brütendes Schweigen versunken. Der Zenturio legte einen Wasserschlauch sowie einen Kanten Brot und etwas Obst neben seinem Herrn ab, eine allzu karge Mahlzeit, aber das Beste, was er anbieten konnte.

Er zog sich leise zurück.

Die Luft war angenehm kühl auf dem Dach des Bauernhauses, das er durch eine Leiter im Inneren hatte erklimmen können. Das Haus war wehrhaft gebaut, mit einer Art Balustrade um das flache Dach herum, von der aus man Geschosse auf angreifende Feinde schleudern konnte. Das war auch irgendwann einmal geschehen, denn es lagen einige unbenutzte, grob gefertigte Pfeile herum und die Balustrade selbst wies Spuren von Einschlägen auf. Die Goten waren bemerkenswert unfähig darin, Befestigungen anzugreifen, waren ungeduldig und undiszipliniert bei Belagerungen und hatten absolut niemanden, der in der Lage war, die komplizierten Belagerungsmaschinen zu entwerfen und zu bauen, über die die römische Armee verfügte. Das Anwesen hier jedoch war schlicht zu klein gewesen, und mochte der Herr des Hofes sich auch mit seinem Gesinde und den Sklaven verteidigt haben, so war ihr Widerstand doch zwecklos gewesen. Das Gebäude war letztlich ein ziviles, kein militärisches, und selbst Goten hatten sich damit wahrscheinlich nicht länger als eine Stunde oder zwei aufgehalten. Und das war bereits Wochen her, die Spuren der Verwüstung und Plünderung deutlich erkennbar. Die Bewohner dieses Anwesens hatten sie entweder versklavt oder getötet, die Flucht wird ihnen nur schwerlich gelungen sein. Alchimio machte sich selbst glauben, dass einige wenige der Tapferen es dennoch bis nach Adrianopel geschafft hatten, um in den mächtigen Mauern sicheren Unterschlupf zu finden. Selbst jetzt war die Stadt sicher, trotzdem die oströmische Feldarmee geschlagen war. Sie verfügte über eine Garnison und wahrscheinlich mehr Vorräte als die umhervagabundierenden Goten, und da ein kluger Führer wie Fritigern wusste, dass seine Krieger gegen mächtige Stadtmauern und Wehrtürme höchstens mithilfe von Verrat etwas würde ausrichten können – was das eine oder andere Mal gelungen war –, würde die Stadt nicht lange bedroht sein. Was bedroht war, das war der ländliche Raum, und langfristig die Nahrungsmittel- und Nachschubsituation der großen Städte. Wenn das ganze Ostreich bloß noch aus Städten bestand und das Land den Goten überlassen wurde, dann gab es kein Reich mehr, das diesen Namen verdiente. Alchimio hoffte und betete, dass es Valens gelingen würde, seine Kräfte wiederherzustellen. Falls er den Kaiser in Sicherheit bringen konnte.

Morgen früh, noch vor Sonnenaufgang, würde er den Aufbruch vorschlagen, mit leidlich ausgeruhten und getränkten Pferden. Er wusste, in welcher Himmelsrichtung ungefähr Adrianopel liegen musste, und ahnte nicht einmal, wie vielen Gotenhorden es auszuweichen galt. Aber er musste es auf jeden Fall versuchen.

Unwillkürlich zuckte er zusammen, als er in der Ferne ein Geräusch hörte. Erst glaubte er, sich geirrt zu haben, dann jedoch wurde es immer deutlicher und es konnte sich auf keinen Fall um eine Sinnestäuschung handeln.

Pferde. Viele dazu. Die römische Kavallerie war während der Schlacht fast völlig aufgerieben worden, daher konnte es sich kaum um das Wunder eines Entsatzes handeln. Flüchtlinge hatten, wenn sie sehr glücklich waren, einen Eselskarren, aber niemals Pferde, und bestimmt nicht so viele.

Es konnten nur die Goten sein.

Unten wurden die Wachen aktiv, gedämpfte Warnrufe erklangen. Flüche drangen an Alchimios Ohr, als sich jene Männer, die gerade erst etwas Schlaf gefunden hatten, aufrappelten und zu den Waffen griffen.

»Pietus!«

»Herr?«

»Die Bogenschützen aufs Dach! Verrammelt die Türen!«

»Ja, Herr.«

Alchimio kletterte die Leiter herunter und sah, wie sich Valens aufrichtete. Das Gesicht des Kaisers wirkte eingefallen und mutlos. Er war niemand, der seinen Truppen jetzt Inspiration und Mut zu geben in der Lage war.

»Die Goten.« Lediglich eine Feststellung, und der Zenturio konnte daraufhin nur nicken.

»Was soll ich tun, Zenturio?«

Uns nicht im Weg rumstehen, dachte Alchimio bei sich, beherrschte sich allerdings mustergültig.

»Bleibt in der Mitte des Raumes, Herr. Wir werden einen Schutzgürtel um Euch legen, sollte es dem Feind gelingen, hier einzudringen.«

»Vielleicht wollen sie verhandeln?«

Alchimio musste dem Kaiser zugestehen, dass dies eine Option war, wenngleich keine sehr wahrscheinliche. Den Kaiser gefangen zu nehmen, war eine interessante Aussicht, auch für die Goten, und erst recht, wenn es darum ging, über den Siedlungsraum auf römischem Gebiet zu verhandeln. Andererseits wusste man seit Valerian, was mit gefangen genommenen Kaisern ebenfalls passieren konnte, und die Perser galten, im Gegensatz zu den Goten, zumindest als einigermaßen zivilisiert.

Nein, es war keine Option. Falls die Goten überhaupt wussten, dass sich Valens hier aufhielt, und nicht dachten, es handele sich um einen beliebigen Trupp versprengter römischer Soldaten.

Der Zenturio eilte wieder aufs Dach. Die Sonne war noch nicht ganz verschwunden, und so konnte er die heranreitenden Kämpfer gut erkennen. Es waren in der Tat Feinde, und es waren sicher dreihundert, wenn nicht mehr. Alchimios Mut sank.

Die Goten zügelten ihre Pferde kurz vor dem Anwesen, als hätten sie erst jetzt gemerkt, dass es bewohnt war. Kurz entschlossen packte der Zenturio eine Fackel und kletterte hinab. Wenn es eine Gelegenheit für Verhandlungen geben mochte, dann diese.

Er trat ins Freie, unbewaffnet und ohne Begleitung, die Fackel über seinem Kopf schwingend. Gemessenen Schrittes ging er über den Hof, erklomm die niedrige Steinmauer und präsentierte sich den Goten. Einer der Reiter ritt voran, und von seiner Aufmachung her konnte Alchimio erkennen, dass er zumindest von niedrigem Adel war. Er hatte sich, wie es aussah, das Pferd eines toten römischen Kavalleristen geschnappt, zumindest war das Zaumzeug römischer Art.

»Wer bist du und wer ist mit dir?«, blaffte der Gote, als er sein Tier vor Alchimio zum Stillstand brachte.

»Mein Name ist Alchimio.«

Der Gote musterte den Brustharnisch des Römers.

»Zenturio, ja?«

»Zenturio.«

»Wie viele Männer hast du bei dir?«

»Genug.«

Der Gote lachte auf, dann zuckte er mit den Achseln und machte eine ausholende Bewegung zu seinen wartenden Kriegern.

»Genug dafür?«

»Wir werden sehen. Aber wir müssen es ja nicht ausprobieren.«

Der Gesichtsausdruck des Goten bekam etwas Lauerndes.

»Nein, das vielleicht nicht. Willst du uns ein Angebot machen, Römer?«

»Wie ist dein Name?«, fragte Alchimio stattdessen.

»Godegisel, Sohn des Argaith.«

Der Zenturio hatte den Namen nie vorher gehört, doch wer konnte schon den Überblick über die komplizierten Strukturen des niedrigen gotischen Adels behalten.

»Godegisel, ich habe den Kaiser Ostroms hier bei mir.«

Der Gote beherrschte sich hervorragend, das interessierte Glitzern in seinen Augen verriet ihn allerdings.

»Valens selbst ist bei dir?«

»Er steht unter meinem Schutz«, korrigierte Alchimio ihn.

»Kaiserliche Leibgarde also, ja?«

Der Adlige verzog das Gesicht. Gegen Leibgardisten zu kämpfen, musste auch bei großer Überlegenheit unweigerlich viele Opfer mit sich bringen. Es schien, als habe Godegisel dazu derzeit keine große Lust, und Alchimio schöpfte neue Hoffnung.

»Wenn du dem Kaiser freies Geleit nach Adrianopel gewährst, sollst nicht nur du reichhaltig beschenkt werden, der Imperator wird diese Geste wohlwollend bei den künftigen Verhandlungen mit deinem Volk einbeziehen.«

»Verhandlungen? Ich kann mich furchtbar irren, Römer, aber so wie ich das sehe, hat dein großartiger Kaiser gerade eine Schlacht verloren und wir Goten überschwemmen dein kostbares Land wie eine unaufhaltsame Flut!«

Alchimio konnte Barbaren, die ihre lyrische Ader entdeckt hatten, nicht gut leiden.

»Ihr habt tapfer gekämpft und gewonnen«, gab er laut zu. »Ich bin der Letzte, der das bestreiten wird.«

»Gut.«

»Die Städte hingegen sind nicht eingenommen, ein Teil der Armee ist entkommen, die Garnisonen sind gefüllt und Gratian, der Herr des Westens, ist mit seinen Truppen auf dem Weg hierher. Wie lange, oh edler Godegisel, gedenkt das Volk der Goten sich dieser Macht entgegenzusetzen?«

Wenn der gotische Adlige beeindruckt war, so ließ er es sich nicht anmerken. Vielmehr machte er eine abfällige Handbewegung.

»Ich bin mir nicht sicher, ob ich deinem Kaiser freies Geleit geben möchte«, sagte er schließlich nachdenklich.

»Es wäre zu deinem Vorteil!«

»Ja, vielleicht. Ich erinnere mich da an eine Szene, als wir gerade die Donau erreicht hatten und dein Kaiser uns freien Siedlungsraum versprach. Wir setzten über den Fluss, mit nichts mehr in unseren Händen als unseren Schwertern, ohne Hab und Gut. Die versprochenen Hilfsgüter trafen nicht ein, nein, und die Römer forderten von uns, unsere eigenen Frauen und Kinder in die Sklaverei zu verkaufen, damit sie uns Hundefleisch lieferten. Hundefleisch, Zenturio. Hast du schon mal Hundefleisch gegessen? Fleisch räudiger Straßenköter, mit großer Effizienz von Euren Soldaten eingefangen und an uns geliefert?«

»Nein, habe ich noch nicht.«

Godegisel nickte. »Dachte ich mir.«

»Ich leugne nicht, dass große Fehler gemacht worden sind«, erwiderte Alchimio schwach. Der Zenturio wusste nur zu genau, wie die Offiziellen an der Grenze die gotischen Flüchtlinge bis aufs Mark ausgepresst und gedemütigt hatten, anstatt die Befehle des Kaisers getreulich auszuführen. Hier lag die Wurzel allen Übels, und es machte die Sache nicht einfacher, dass die Goten zweimal Opfer gewesen waren: Erst waren sie vor diesem fernen Feind im Osten geflohen und dann waren sie von den Römern betrogen worden.

»Weißt du, Zenturio, als die Römer zwei meiner Schwester als Sklavinnen verlangten, damit ich genug Fleisch bekam, um meine anderen Geschwister einen weiteren Tag zu ernähren, da habe ich langsam ein gutes Bild der römischen Lebensart gewonnen.«

»Nicht alle Römer sind so.«

»Nein, nein, natürlich nicht. Du bist nicht so, oder?«

»Ich habe derlei nie getan.«

»Als Offizier der kaiserlichen Leibgarde bist du mit solcherlei Profanität sicher niemals in Berührung gekommen.«

»Und du sprichst ein sehr gutes Griechisch. Ich habe den Eindruck, dass du durchaus in den Genuss von Bildung gekommen bist. Hast du da nicht verstanden, dass es auch anders geht und andere gibt?«

Godegisel nickte bekümmert. »Ja, das habe ich, und daher war ich voller Hoffnung, als Fritigern und Alarich das Schicksal unseres Volkes in die Hände des deinen legten. So voller Hoffnung. Und dann das. Gefiel mir nicht, Zenturio, gefiel mir nicht.«

»Gib dem Kaiser Geleit, und das Unrecht soll wieder gut gemacht werden«, forderte Alchimio.

»Meine Schwestern waren dreizehn und vierzehn, Zenturio. Wie viele römische Schwänze haben sie mittlerweile gegen ihren Willen in sich aufnehmen müssen? Ein Dutzend? Zwei Dutzend? Hunderte?«

Alchimio wusste nicht, was er auf diese Frage antworten sollte, und so blieb er stumm. Für eine Weile schauten sich die beiden Männer schweigend an. Dann seufzte der Gote.

»Ach weißt du, Römer, ich bin heute des Kämpfens müde. Meine Männer sind gleichfalls erschöpft.«

»Dann lass uns den Kampf verhindern.«

Godegisel schüttelte bedauernd den Kopf. Dann maß er den Römer mit einem langen Blick, eher er sagte:

»So einfach ist das nicht, Zenturio, so einfach ist das nicht.«

Alchimio sah das Schwert gar nicht kommen, das ihn niederstreckte. Godegisel hatte die Klinge von seinem Pferd aus in einer fließenden Bewegung geschleudert, wie einen Wurfdolch, und gut getroffen. Der Zenturio sackte in sich zusammen, und während er fiel, sah er noch, wie auf Geheiß des Adligen ein erster Schwarm von brennenden Pfeilen auf das Gehöft niederging.

Dann brach sein Blick.

17

»Herr Kapitän, wir haben da ein Problem.«

Rheinberg sah auf und blickte in Beckers Gesicht. Die Tatsache, dass dieser lächelte, ließ ihn sofort entspannen. Es war hier anstrengend genug. Das großzügige Atrium des Hauses bot Platz für insgesamt rund 120 Gäste. Genau diese Zahl hatte Navarch Renna in das Haus des Stadtsenators Urianus eingeladen. Nach Rheinbergs Schätzungen waren aber deutlich mehr erschienen. Er hatte längst den größten Teil der Namen vergessen, die man ihm vorgebetet hatte, und er war in den letzten drei Stunden herumgereicht worden wie ein Beutestück aus einem exotischen Land. An nur wenige Gesichter konnte er sich erinnern: an das des gravitätisch auftretenden Symmachus, der ihn zu einem Vier-Augen-Gespräch eingeladen hatte – »später, wenn wir etwas Ruhe haben!«, waren seine Worte gewesen –, und an das des Senators Marcus Flavius, dessen Sohn er gerettet hatte und der ihm dafür ausgesprochen dankbar war. Als Rheinberg zu Ohren gekommen war, dass der Jüngling des Senators einziger Sohn war, erschien die beredete Dankbarkeit des alten Mannes weniger albern als zu Beginn.

»Was hast du für ein Problem, Jonas?«

»Das Essen hier ist ungenießbar. Ich habe mit Volkert geredet und mit Neumann, und … Ah, da kommt Hans.«

Der Marinearzt pflügte sich langsam, höflich, dennoch bestimmt seinen Weg durch die Menge an Gästen, die entweder zum Essen in römischer Sitte auf Sofas lagen oder mit Tellern und Gläsern in der Hand herumstanden.

»Hans, was ist mit dem Essen?«

Neumann schnaufte.

»Das Zeugs ist doch alles verdorben! Ich habe was von dem Schweinebraten versucht – der ist gut durch, stand aber definitiv zu lange in der Sonne!«

Rheinberg selbst hatte noch keine Zeit gefunden, den dargebotenen Speisen zuzusprechen und hörte sich Neumanns Schilderung mit hochgezogenen Augenbrauen an.

»Verdorben? Im Ernst? Das kann ich mir gar nicht vorstellen!«

»Und diese Paste, die zu allem gereicht wird – unerträglich. Stinkt furchtbar nach verfaultem Fisch, passt also gut zum verfaulten Fleisch. So haben die Römer gespeist? Ich wundere mich, dass sie hier nicht reihenweise an Vergiftungen gestorben sind!«

Rheinberg verzog das Gesicht. »Von dieser Sauce habe ich einmal gelesen. Sie heißt Garum.«

»Widerliches Zeug. Woraus wird sie gemacht?«

»Das weiß ich nicht genau. Aber Fisch ist auch drin … ah, Africanus!«

Rheinberg hielt den vorbeispazierenden Trierarchen am Arm fest. Der Marineoffizier ließ sich willig in ihren Kreis ziehen.

»Bitte erklärt uns, woraus diese Fischsauce gemacht wird, die hier so verschwenderisch zu den Speisen gereicht wird«, bat Rheinberg.

»Oh, ja – ich vergaß, dass diese Küche Euch fremd sein muss«, erwiderte Africanus. »Nun, es ist ganz einfach: Garum besteht aus Makrelen und Sardellen mitsamt deren Innereien, Salzwasser und vielen Gewürzen. Das alles wird gut vermischt und dann in die Sonne gestellt.«

»In die Sonne gestellt?«

»Zum Faulen.«

»Zum Faulen?«, fragte Rheinberg noch einmal nach.

»Aber ja. Sobald die Sauce verfault ist, ist sie richtig dickflüssig geworden und hat ihren vollen Geschmack entfaltet. Dann kann sie gereicht werden. Ich erinnere mich, dass meine Mutter immer den großen Geopon zitiert hat. Der hat genau aufgeschrieben, wie Garum herzustellen sei.« Africanus stellte sich in Positur und tat, als würde er ein Gedicht vortragen. »Man salze in einem Gefäß die Eingeweide von Fischen ein und füge dem alles mögliche kleine Fischzeug wie Sardinen, Meerbarben, Laxierfische und Seeschmetterlinge hinzu, die man ebenfalls salzt; dann lasse man das Ganze an der Sonne ziehen, wobei man es öfters einreibe. Ist es gut durchgefault, so treibe man alles durch ein Sieb. Die Masse, die im Sieb zurückbleibt, heißt Alec; die Flüssigkeit, die durchläuft, ist das Liquamen. Oder Garum.«

Rheinberg, Becker und Neumann wechselten Blicke.

»Und … und das Fleisch, ich meine, der Braten …«

»Etwas nicht in Ordnung damit?«

Neumann lächelte schief, um die Peinlichkeit der Frage zu überspielen.

»Nun, ich dachte, es liegt vielleicht nur an mir, aber es schmeckte so, als habe das Schwein sich auch etwas länger in der Sonne befunden!«

Africanus nickte heftig. »Aber ja. Ein guter Braten, gerade am Rande der Fäulnis, noch gerade frisch und essbar, doch bereits mit dem Aroma des Verfalls, ist eine große Delikatesse. Wenn es Euch aufgefallen ist, dann hat der Koch seine Arbeit gut gemacht.«

Der Trierarch sah in die Runde und bemerkte den gequälten Gesichtsausdruck der Männer.

»Ich nehme an«, fügte er dann hinzu, »dass diese Art der Zubereitung nicht den Gewohnheiten Eurer Gaumen entspricht.«

»Das kann man so sagen«, bestätigte Neumann.

»Nun …« Africanus sah sich um. »Wie ist denn der Wein?«

Zumindest hier konnten die Männer nichts Nachteiliges sagen. Sie hatten sehr schnell herausgefunden, dass jeder Wein trank – und zwar immer. Wasser allein gehörte nicht zu den üblichen Getränken. Zwar wurde der Wein üblicherweise mit Wasser gemischt – was die alkoholisierende Wirkung deutlich verminderte –, aber Wein, selbst wenn er kaum erträglich und sauer war, war ohne Zweifel das Nationalgetränk. Die Gäste waren ziemlich beeindruckt gewesen, als Urianus in seiner Eröffnungsrede davon gesprochen hatte, dass er besten Wein aus Griechenland sowie von einigen ausgewählten italienischen Weinbergen präsentieren würde, und in der Tat, der verköstigte Tropfen war auch für die Deutschen von hoher Qualität. Neumann, der einzige wirklich passionierte Weintrinker in der Delegation der *Saarbrücken,* wirkte jedenfalls sehr zufrieden.

»Ich wünschte, es gäbe so etwas wie Bier«, murmelte Becker, der ganz im Gegensatz zu Neumann nicht allzu viel vom Saft der Reben hielt. Africanus sah ihn fragend an, da Becker auf Deutsch gesprochen hatte.

»Cervisia«, half Rheinberg aus. »Mein Freund hier zieht es dem Wein vor.«

Africanus' Gesicht hellte sich auf, um dann sogleich wieder voller Zweifel zu sein. »Bier ist das Getränk armer Leute und Barbaren. Aber, da meine Vorfahren aus Afrika stammen, weiß ich genau, was Ihr an diesem Getränk schätzt. Und auch die Germanen, mit denen Ihr ja verwandt seid, schätzen es sehr. Ihr werdet es allerdings kaum auf einem Fest der feineren Kreise finden, denn es ist kein Getränk von Stand. Wenn Ihr wirklich welches wollt, kann ich es besorgen – oder wir gehen mal in eine Taverne, da dürfte es kein Problem sein.«

Rheinberg winkte ab.

»Das ist ein nettes Angebot, wir wollen hier jedoch nicht wie Barbaren wirken. Becker wird sich beherrschen können.«

Der Infanterieoffizier nickte, wenngleich er nicht sehr glücklich wirkte. Neumann hingegen ließ sich von einem der herumlaufenden Diener aus einer Karaffe nachschenken. Er hatte bereits rote Wangen und ein wenig seiner Zufriedenheit drohte in Weinseligkeit umzuschlagen. Rheinberg warf ihm einen warnenden Blick zu.

Man verlief sich wieder in der Menge. Rheinberg stellte fest, dass nur wenige Frauen anwesend waren. Er erinnerte sich bloß vage an die Familienstrukturen im alten Rom, aber er wusste natürlich noch, dass die Stellung der Männer sehr dominierend war, noch dominierender als im Deutschen Reich seiner Zeit. Wahrscheinlich war es sogar einer gewissen Liberalität der oberen Klassen geschuldet, dass trotzdem vielleicht fünfzehn oder zwanzig Frauen zu dieser Festivität geladen waren, viele davon offensichtlich die Ehefrauen wichtiger Persönlichkeiten und einige wenige jüngere wohl Töchter des Hauses oder prominenter Gäste. Sie blieben alle meist unter sich und sprachen von selbst die Männer in der Runde eher nicht an.

Dennoch: Rheinberg fand sich immer wieder im Zentrum forschender und neugieriger Blicke von allen Beteiligten, egal welchen Geschlechts. Er war stundenlang von Gesprächspartner zu Gesprächspartner weitergereicht worden, und seine letztendlich eher unterentwickelten diplomatischen Fähigkeiten waren auf das Äußerste beansprucht worden. Dennoch glaubte er, einen positiven Eindruck hinterlassen zu haben, war durchgehend ruhig und freundlich gewesen, hatte sich um Respekt gegenüber hochgestellten Würdenträgern bemüht und pflichtschuldig über die Witze gelacht, die er hatte verstehen können. Wenn er ein Problem hatte, dann sicher noch mit der Sprache. Er gewöhnte sich zwar immer mehr an den Klang des antiken Latein und Griechisch, viele verloren geglaubte Kenntnisse tauchten aus seiner Erinnerung wieder an die Oberfläche und er sprach zunehmend flüssig. Jedoch konnte er den Gesichtern seiner Zuhörern entnehmen, dass er noch viele Fehler machte. Er verstand zudem nicht alles, und überall dort, wo die Sprache zusätzlich durch einen Dialekt oder Akzent verfremdet wurde, musste er weiterhin auf die Übersetzungsdienste Rennas oder Africanus' zurückgreifen, die ihn getreulich begleiteten. Auch die anderen Deutschen hatten diese Probleme, obgleich sich alle sehr anstrengten. Gleichzeitig waren die Römer jedoch bereit, über diese barbarisch anmutenden Defizite hinwegzusehen, und der offen geäußerte Wunsch Rheinbergs nach fähigen Lehrern aus Ravenna wurde mit gefälliger Anerkennung quittiert. Einige Vorschläge waren unterbreitet worden und Rheinberg hatte sie sorgfältig notiert.

Alles in allem fühlte er sich wohl. Viele der Ängste und Sorgen, die er sich gemacht hatte, waren verflogen. Es gab noch viele und große Herausforderungen, dessen war er sich deutlich bewusst. Aber die Chancen hatten sich jetzt sehr verbessert.

Er sah auf, als der junge Volkert auf ihn zukam. Der Fähnrich blickte etwas verlegen und ratlos drein.

»Was gibt es, Volkert?«

»Nun … Herr Kapitän … ich weiß nicht, wen ich da fragen soll.«

»Was fragen?«

»Ich müsste mal dringend wohin und ich habe keine Ahnung, ob es hier einen Lokus gibt.«

Rheinberg grinste. »Fragen Sie den Sklaven dort. Er hat mir vorhin den Weg gewiesen. Aber seien Sie nicht überrascht …«

Des Fähnrichs Blick folgte dem ausgestreckten Finger des Kapitäns und nickte beflissen, als er sich dankbar abwandte. Rheinberg sah dem jungen Mann nach. Er würde schnell feststellen, dass Stuhlgang und Geselligkeit in Rom keine Gegensätze waren.

18

Der Weg zur Toilette war nicht weit, und obwohl Volkert nur die Hälfte der Wegbeschreibung verstanden hatte, konnte er die Lokalität letztlich dadurch identifizieren, dass er nicht der Einzige war, den es dorthin zog.

Als er den Raum betrat, erwarteten ihn drei Überraschungen. Zum einen gab es offenbar auch in römischen Stadtvillen auf der Toilette keine Privatsphäre: In einem quadratischen Raum waren in Marmorbänke insgesamt wohl zwanzig Löcher eingelassen, und über ihnen saßen bereits ein gutes Dutzend Gäste. Sie unterhielten sich angeregt. Zwei Männer in gesetztem Alter waren gar gemeinsam über ein Papier gebeugt und schienen eine geschäftliche Transaktion anderer Art zu diskutieren. Zum Zweiten musste Volkert feststellen, dass es zumindest hier keine Trennung zwischen den Geschlechtern gab. Direkt vor ihm befanden sich zwei freie Plätze, unmittelbar neben zwei mächtigen Matronen, die sich schwerfällig ächzend auf die Toilettenlöcher niedergelassen hatten und nun angestrengt, aber betont würdevoll mit ihren Ausscheidungen beschäftigt waren. Volkert beschloss, sich davon nicht irritieren zu lassen, es gab sowieso keine Alternative, und er musste dringend.

Die dritte Überraschung fand er vor, als er vor dem Hinsetzen in das Toilettenloch schaute und einen beständigen Wasserstrom dahinplätschern sah. Wasserspülung. Verdammt, er musste jeden Tag so manches Vorurteil über die Völker der Antike revidieren. Die Römer hatten Wasserspülung. Genauso wie es im Vorraum zur Toilette fließendes, warmes Wasser gegeben hatte. Das war auch notwendig, denn Toilettenpapier gab es nicht – man benutzte anscheinend die linke Hand und wusch sie anschließend gründlich. Volkert wappnete sich. Das war ein Bestandteil der römischen Hygienegewohnheiten, mit dem er noch so seine Probleme haben würde. Zum Glück war er hier nur für ein kleines Geschäft aufgetaucht, sodass sich dieses Problem so unmittelbar nicht ergab.

Er zog die Hosen herunter. Die Matronen widmeten ihn keines Blickes, sie wirkten sehr konzentriert und nach innen gewandt. Viel Arbeit. Er setzte sich. Die Marmorbank war angenehm warm und der glatt geschliffene Stein vermittelte ein komfortables Sitzgefühl. Als reicher Senator, so Volkerts Einschätzung, konnte man sich auch in der Spätantike ein sehr bequemes und angenehmes Leben leisten. Würde er einmal zu solchem Reichtum kommen, würde er in seiner Villa jedoch einige Umbauten machen lassen. Ein Klo nur für sich selbst würde unter anderem dazugehören.

Volkert entspannte sich. Gerade, als es zu plätschern begann, sah er, wie sich die Tür öffnete und jemand eintrat.

Jede Entspannung wich aus ihm, als er hochsah.

Herein kam …

Nein.

Herein schwebte eine junge Frau, sicher keine achtzehn Jahre alt. Sie trug eine

Tunika, die ihren ganzen Leib bedeckte, jedoch an ihrer schlanken Taille gut zusammengebunden war, sodass ihre vollen Brüste sich deutlich unter dem feinen Stoff abzeichneten. Ihr herzförmiges Gesicht wurde durch zwei große, dunkle Augen dominiert. Unter einer Stupsnase öffneten sich sanft geschwungene, feine Lippen zu einem Lächeln.

Ein wunderbares Lächeln. Volkert konnte gar nicht mehr woanders hinschauen. Er vergaß ein wenig, warum er hier war, ja wo er eigentlich war, und konnte nichts anderes mehr tun, als auf dieses Gesicht zu schauen. Sein Herz klopfte. Das war nicht gut. Das war gar nicht gut. Was hier passierte, war ihm noch nie zugestoßen.

Völlig gegen seinen Willen verließen seine Augen das Gesicht der jungen Frau, als diese betont lässig ihre Tunika hochraffte und zwei schlanke, hellbraune Beine enthüllte, mit perfekten Waden, die in feinen Fesseln endeten.

Gott, er wollte ja wegschauen! Wirklich! Aber es ging einfach nicht, es ging einfach nicht!

Sie drehte sich um und setzte sich neben Volkert. Als sie hin und her rutschte, um angenehm sitzen zu können, berührte ihre weiche, warme Hüfte für einen Moment die seine. Ein Stromstoß schien durch den jungen Mann zu jagen, und jetzt war von Entspannung endgültig nichts mehr zu spüren, im Gegenteil.

Volkert beschloss, bis auf Weiteres nicht aufzustehen.

Er starrte betont auf den mit Mosaiken geschmückten Boden, um so zu tun, als wäre er nicht völlig hin und her gerissen.

»Ich bin Julia, Tochter des Michellus!«, sagte eine sanfte Stimme neben ihm. Sie sprach ihn an, direkt an. Kein Zweifel. Und niemanden schien das zu kümmern.

»Ich …«, stotterte der junge Mann. Er suchte nach den richtigen Worten, was umso schwerer war, da er nach lateinischem Vokabular fahnden musste.

»Ihr seid einer der Fremden.«

Volkert verstand Latein besser, als er es sprach. Und er sprach Griechisch besser als Latein. Also versuchte er es damit.

»Ich bin Thomas Volkert, von der *Saravica*.«

»Freut mich, Thomas«, erwiderte Julia lächelnd auf Griechisch. Volkert verlor sich, ja ertrank förmlich in diesem Lächeln.

»Ein langweiliges Fest«, stellte sie danach sofort fest und kratzte sich wenig damenhaft am Kinn. »Ich hasse es, wenn mein Vater mich zu so was mitschleppt.«

»Ja«, brachte Volkert nur hervor und bemühte sich, nicht allzu dämlich zu wirken. Er fand das Fest eher interessant und lehrreich, aber wer war er, einer Göttin zu widersprechen?

»Bist du fertig, Thomas von der *Saravica*?«

»Fertig?«

Julia grinste und stupste ihn an. Dann wies sie auf das Toilettenbecken, auf dem er saß. Volkert sah an sich herab und alles, was ihm in den Blick fiel, waren seine käsig weißen, behaarten Beine unter der gerafften Tunika. Warum musste er diese Frau ausgerechnet hier, in diesem Zustand treffen? Und erwartete sie tatsächlich, er würde jetzt einfach aufstehen? Wahrscheinlich würde er das gar nicht können, denn sein Hintern war derzeit gewissermaßen von unten in der recht eng bemessenen Öffnung verriegelt.

Julia, Tochter des Michellus, schien diese Bedenken nicht zu teilen. Sie erhob sich mit Leichtigkeit, gestattete Volkert – absichtlich? Unabsichtlich? – einen Blick auf ihre Oberschenkel, was zur Problematik des Fähnrichs nicht unwesentlich beitrug, und ließ die Tunika fallen.

»Ich kenne einen schönen Platz«, sagte sie dann leise. Ihre Stimme ging im Gemurmel der anderen Geschäftigen fast unter. »Ich warte draußen auf dich, beim Säulengang. Da ist eine alte Jupiterstatue mit einem kleinen Springbrunnen.«

Volkert wusste, welchen Ort sie meinte, und brachte eine unbeholfene zustimmende Geste zustande. Julia schenkte ihm erneut dieses magische Lächeln, wandte sich leichtfüßig um und verschwand im Vorraum.

Es dauerte zehn Minuten, bis Volkert wagte, sich zu erheben.

Er wusch sich sorgfältig die Hände, um seine innere Erregung unter Kontrolle zu bekommen, und merkte, dass ein feiner Schweißfilm auf seiner Stirn stand. Für einen Moment überlegte er, Rheinberg von seiner Verabredung zu erzählen, aber er vermutete, dass dieser mit etwas Wichtigerem beschäftigt war.

Und irgendwie gab es in Thomas Volkerts Verstand zur Zeit nichts Wichtigeres als Julia, Tochter des Michellus.

Er dachte nicht einmal darüber nach, dass dieser Zustand mit »Verstand« möglicherweise nur noch sehr wenig zu tun hatte …

19

Als ein Diener ihn in das Arbeitszimmer des Urianus bat, ahnte Rheinberg, dass er jetzt den nächsten Schritt machen musste, um seine Chancen noch einmal zu erhöhen. Er war bereits etwas müde, aber die Ausdauer der römischen Oberklasse bei diesen Festen schien endlos zu sein. Halbherzig bedauerte er, die aktuelle Vorstellung einiger Tänzerinnen und Jongleure verpassen zu müssen, die begleitet von Flötenmusik begonnen hatten, die Gäste zu unterhalten. Doch jetzt gab es Wichtigeres zu erledigen.

Das großzügige Arbeitszimmer war spartanisch eingerichtet. Es wurde von einem gigantischen Marmortisch beherrscht, der überfüllt war mit Pergamenten. Keiner warf auch nur einen Blick in die Dokumente, als gelte hier ein ungeschriebenes Gesetz, eine Art Ehrenkodex.

Unweit des Tisches, nahe an einem Kamin, waren vier sesselähnliche Sitzgelegenheiten aufgestellt. Es wurde langsam dunkel und etwas kühl, und so hatte ein Sklave ein Feuer entfacht. Auf einem Beistelltisch standen einige Karaffen mit Wein und ein Tablett mit Bechern. Ein zweiter Tisch war mit allerlei Naschwerk überladen, Rheinberg erkannte Berge der kandierten Früchte, für die Urianus offenbar eine besondere Leidenschaft hatte, denn sie waren auch auf dem Buffet allgegenwärtig gewesen – und schmeckten, wie er bestätigen konnte, ganz ausgezeichnet.

Drei Männer warteten auf ihn. Einen kannte er: Es war Navarch Renna, einen Becher in der Hand, den er zum Gruße hob. Der zweite war Rheinberg kurz vorgestellt worden: Symmachus, römischer Senator und eine in der Geschichte wohlbekannte Gestalt. Er war vor allem deswegen über alle Jahrhunderte berühmt geblieben, weil seine umfassende Sammlung an Briefen bis in die Neuzeit erhalten worden war – allem voran der Briefwechsel, mit dem der heidnische Senator versucht hatte, sowohl Gratian wie auch den Nachfolger Theodosius davon zu überzeugen, gegenüber den alten Kulten Toleranz zu zeigen. Der größte Gegenspieler des Symmachus war aber nicht der Kaiser gewesen, sondern der Bischof von Mailand, Ambrosius, den die Kirche später heiliggesprochen hatte. In der Gegenwart, in der Rheinberg sich nun befand, war er jedoch alles andere als ein Heiliger, sondern vielmehr ein gewiefter Kirchenpolitiker und fanatischer Katholik, dem die Einheit der Kirche und die Dominanz dessen, was später der Papst werden sollte, über alles ging. Das, wofür der Heilige Ambrosius später geehrt werden würde, war, nach Rheinbergs Überzeugung, einer der Todesstöße, die dem kranken Weströmischen Reich versetzt worden waren. So gesehen war es ironisch, dass wahrscheinlich gerade jener Symmachus am ehesten sein Verbündeter sein würde in dem Unterfangen, Westrom zu retten und das Reich als Werkbank der *Saarbrücken* zu sichern.

Einen christlichen Bürgerkrieg, wie ihn Ambrosius historisch wissentlich in Kauf genommen hatte, konnte er dabei ebenso wenig gebrauchen wie die zahlreichen Steuerprivilegien, die Theodosius dem Klerus gewährt hatte. Rom brauchte das Geld. Und Rom brauchte inneren Frieden.

Rheinberg verzweifelte an beiden Gedanken, doch es gab keine Alternative. Die Alternative, die er kannte, endete rund hundert Jahre von hier ab im völligen Zusammenbruch Westroms.

Der dritte Mann, ein sichtlich zur Fettleibigkeit neigender Römer in kostbaren Kleidern, war ihm gar nicht bekannt. Er war ihm bestimmt vorgestellt worden, die Namen und Gesichter waren jedoch so schnell an ihm vorbeigerauscht, dass er sich nicht zu erinnern vermochte.

»Rheinberg, gut, dass Ihr Zeit gefunden habt«, begrüßte Renna ihn. »Symmachus hier habt Ihr bereits begrüßt. Ich bin mir nicht sicher, ob Euch Senator Michellus vorgestellt worden ist.«

»Ich erinnere mich«, log Rheinberg und deutete eine Verbeugung an.

»Es gibt einen Grund, warum ich diese beiden Herren hinzugezogen habe«, meinte Renna nun und bedeutete allen, sich zu setzen. »Symmachus und Michellus vertreten beide die gleiche Fraktion im Senat, gleichzeitig unterscheiden sie sich aber auch in Bezug auf eine wichtige Sache: Symmachus ist ein Freund der traditionellen römischen Religion, Michellus ist Christ.«

»Katholik«, fügte der Mann hinzu und lächelte dabei. »Und das alles hier ist ein mieser politischer Schachzug des geschätzten Navarchen. Ich bin entsetzt.«

Um diesem Entsetzen Nachdruck zu verleihen, schaufelte sich Michellus eine Handvoll kandierter Früchte in den Mund und kaute sie krachend.

»Natürlich hat der geschätzte Senator recht«, kommentierte Renna. »Dieses Gespräch hat eine politische Note, weil das Auftauchen der *Saravica* unter Eurem Kommando eine politische Dimension hat. Wir haben durch den glücklichen Vorfall mit den Piraten erst einmal verhindern können, dass die Exorzisten und Fanatiker in Mailand allzu schnell Boden gewinnen können. Tatsächlich habt Ihr Eure Nützlichkeit unter Beweis gestellt.«

»Danke.«

»Damit bleiben aber viele Fragen offen«, fuhr Symmachus fort. Er rührte weder Wein noch Konfekt an. »Woher Ihr mit Eurem Wunderschiff stammt und was Euch hierher gebracht hat.«

Rheinberg nickte. Es war klar, dass er diesen Männern die Wahrheit sagen musste, wenn er hier weiterkommen wollte.

»Die erste Frage kann ich Euch beantworten, Senator. Die zweite … die zweite ist mir selbst ein Rätsel.«

Mit einer Handbewegung bedeutete Symmachus ihm fortzufahren.

Rheinberg suchte etwas nach Worten.

»Ich komme aus dem Landstrich, den Ihr heute Germanien nennt. Der Heimathafen, aus dem mein Schiff stammt, liegt in einem Gebiet, aus dem Euch vielleicht der Stamm der Friesen bekannt ist.«

»Friesen haben dieses Schiff gebaut?«, hakte Michellus kauend nach.

»Nein. Die Tatsache, dass der benannte Landstrich die Heimat meines Schiffes ist, ist nur die halbe Wahrheit. Der andere Teil der Wahrheit ist, dass ich aus dem Jahre 1914 stamme, gut 1500 Jahre in der Zukunft.« Ehe seine Worte eine unmittelbare Wirkung zeigen konnten oder irgendwer ihn zu unterbrechen versuchte, fuhr er rasch fort. »Ich bin kein Dämon, kein Teufelsanbeter, und ich beherrsche keine Magie. Die *Saravica* ist Technologie, Handwerkskunst, gebaut und entwickelt von gut ausgebildeten … Gilden. Allerdings aus der Zukunft. So, wie Rom den Barbaren überlegen ist, ist meine Heimat Rom überlegen – vielleicht nicht in Zivilisation und Kunst, aber ganz sicher im Fortschritt der Wissenschaft.«

Die Senatoren sahen Rheinberg schweigend an. Michellus hat sein Kauen für einen Moment unterbrochen.

»Wie ist das geschehen?«, fragte Symmachus schließlich. Rheinberg erzählte ihm die ganze Geschichte. Er berichtete vom drohenden Krieg zwischen seinem Reich und anderen Mächten, von seiner Mission zur Sicherung weit entfernter Provinzen – alles Konzepte, die die Römer sehr gut nachvollziehen konnten. Er berichtete über die seltsamen Phänomene, denen sie auf der Fahrt begegnet waren, und über das, was seitdem passiert war. Er ließ nichts aus.

Nachdem er seine Schilderung beendet hatte, legte sich wieder Schweigen über die Runde. Rheinbergs Kehle war trocken, er nutzte die Zeit, um doch einen Schluck des gestreckten Weins zu nehmen.

»Wenn das stimmt – und anders kann ich mir ein Schiff wie das Eure kaum erklären –, dann kennt Ihr die Zukunft.«

Die simple Feststellung des Michellus zeigte, dass er hinter seinem jovialen und naiven Gehabe durchaus zugehört und mitgedacht hatte.

»Nun … das könnte man annehmen«, antwortete Rheinberg vorsichtig. »Tatsache ist, dass ich die Vergangenheit – Eure und unsere Zukunft – durch meine Anwesenheit bereits verändert habe. Zu meiner Zeit ist von dem Auftauchen meines Schiffes in Ravenna vor 1500 Jahren nichts bekannt. Dennoch glaube ich, dass ich einige Dinge weiß, die zu wissen … förderlich sein könnten.«

»Gibt es das Reich zu Eurer Zeit noch?«, wollte Symmachus wissen.

»Nein. Westrom wird in etwa hundert Jahren untergehen, im Jahre 476. Letzter Kaiser wird ein Mann namens Romulus Augustulus sein.«

Schockiertes Schweigen war die Reaktion.

»Ihr sagt … Westrom wird untergehen«, meinte Renna mit belegter Stimme.

»Ostrom trifft es etwas besser«, fuhr Rheinberg tonlos fort. »Der Osten des Reiches erlebt sogar noch eine neue Blüte, mit erfolgreichen militärischen Expansionen und großer Machtentfaltung. Es wird später das Byzantinische Reich genannt. Hauptstadt bleibt Konstantinopel, umbenannt in Byzanz, und mit der Eroberung der Stadt im Jahre 1453 endet es.«

»1453?«

Der Tonfall des Michellus hatte so etwas wie Erleichterung enthalten.

»Ja«, bestätigte Rheinberg. Er wartete auf die nunmehr unvermeidliche Frage.

»Warum musste Westrom fallen?«, stellte sie Renna auch sogleich.

»Dafür gibt es viele Gründe. Ein zentraler Grund ist jedenfalls der, dessen Zeuge Ihr gerade werdet. Der Angriff der Goten im Osten.«

»Die Goten zerstören Westrom? Valens kämpft doch gegen sie! Er wird sie sicher schlagen!«, begehrte Michellus auf.

»Die Goten sind nicht das Problem. Es ist der ganze Prozess …«

Rheinberg suchte nach den richtigen Worten. »Wir nennen es … die große Wanderung der Völker. Ausgelöst wird sie durch ein Volk, das Ihr bereits unter dem Namen Hunnen kennt. Sie vertreiben im Osten alle anderen aus ihren angestammten Gebieten und so wird ein steter Druck auf die römischen Grenzen aufgebaut. Das wäre vielleicht noch zu ertragen gewesen, wenn das Reich stark und wohlhabend wie unter Trajan wäre, aber …«

Rheinberg unterbrach sich, als er das wissende Lächeln auf den Zügen des Symmachus erblickte.

»Jedenfalls«, nahm er den Faden wieder auf, »wird dies Westrom im Endeffekt zum Verhängnis. Valens wird übrigens sterben. Das heißt, er ist bereits tot. Seine Armee wurde vor Adrianopel vernichtend geschlagen.«

Erneut erfüllte betroffene Stille den Raum.

»Die Goten überrennen den Osten?«, fragte Renna. »Aber ich dachte, Ihr hättet gesagt …«

»Theodosius der Große wird das Schlimmste verhindern.«

Symmachus runzelte die Stirn. »Theodosius? Der Sohn des Generals?«

»Genau der.«

»Der wird Kaiser des Ostens?«

»Er wird Kaiser des gesamten Reiches nach Gratians frühem Tod.«

Jetzt war das Entsetzen fast greifbar.

»Gratian …«, stotterte Renna, der nun auch sichtlich um Fassung rang.

»Gratian stirbt in ein paar Jahren, nach der Ernennung des Theodosius zum Kaiser des Ostens, durch Verräter, die einen Provinzgeneral zum Kaiser machen wollen.«

»Ah«, machte nun Michellus wissend. »Nimmt dieser Fluch denn nie ein Ende? Gratian hatte gerade das zerrüttete Verhältnis zwischen Thron und Senat wieder hergestellt und den Unfrieden geschlichtet, den sein Vater gebracht hatte – und jetzt das.«

Rheinberg kommentierte das nicht. Er lehnte sich zurück und ließ seine Worte sinken. Er würde seiner Glaubwürdigkeit nichts hinzufügen, wenn er jetzt weitere Details preisgab – vor allem dann nicht, wenn er die feste Absicht hatte, viele dieser Entwicklungen zu verhindern.

Es war Renna, der das Schweigen brach.

»Wenn das alles stimmt und wenn durch Euer Erscheinen die Ereignisse, wie Ihr sie kennt, bereits verändert worden sind – dann heißt das doch auch, dass der Untergang des Westens ebenso wenig unabwendbar ist wie der Tod Gratians.«

»Davon gehe ich aus.«

»Das heißt aber auch, dass wir mit Eurem Wissen an den Kaiser herantreten sollten, um ihn zu bestimmten Maßnahmen anzuregen, die möglicherweise den Gang der Geschichte so verändern, dass wir damit … zufriedener sind.«

»Auch das hört sich klug an.«

»Das ist nicht so einfach«, kommentierte Michellus, der sich so weit beruhigt hatte, dass er wieder dem Konfekt zuzusprechen imstande war. »Wenn stimmt, dass Valens tot ist, dann muss Gratian nun den Krieg im Osten organisieren.«

»Das kann er nur, indem er einen neuen Kaiser im Osten ernennt. Er wird sich überfordert fühlen, selbst das gesamte Reich zu regieren«, urteilte Symmachus.

»Das deckt sich mit dem, was ich weiß«, bestätigte Rheinberg. »Aber hier ist der Punkt: Genau das gilt es zu verhindern. Ich bin zu der Überzeugung gekommen, dass Gratian Kaiser des gesamten Reiches bleiben muss, und das länger als bloß ein paar Monate.«

»Erklärt uns das!«, forderte Renna. »Ich kenne den jungen Theodosius. Wenn er nur etwas nach dem Schlage seines Vaters ist, dürfte er keinen schlechten Kaiser abgeben.«

Rheinberg sammelte seine Gedanken, ehe er fortfuhr. Er wusste, dass er lediglich diese eine Chance haben würde, um Verbündete zu finden, die er so nötig brauchte.

»Theodosius ist in der Tat nicht ohne Talent«, gab er schließlich zu. »Soweit ich die Geschichte kenne, wird er recht erfolgreich darin sein, die Streitkräfte des Ostens wieder aufzubauen. Er wird einen Vertrag mit den Goten schließen und sie als *Foederatii* ins Reichsgebiet aufnehmen, womit er einen Präzedenzfall schafft – die Goten werden eine eigene Regierung behalten dürfen und sind nicht mehr Untertanen, sondern Bundesgenossen Roms. Das ist verschmerzbar. Theodosius wird außerdem den Usurpator, der Gratian stürzt – um den werden wir uns in jedem Falle kümmern müssen! –, letztlich besiegen und die Reichseinheit als letzter Kaiser Gesamtroms bewahren.«

»Das hört sich doch gut an«, meinte Renna.

»Theodosius wird in unserer Zeit ›der Große‹ genannt. Und das hat nichts mit seinen zweifellos großen diplomatischen und militärischen Erfolgen zu tun, sondern damit, dass er extrem rigide religiöse Gesetze erlässt, die nicht nur die heidnischen Kulte verbieten und ihre Anhänger der Verfolgung aussetzen, sondern auch die von der katholischen Richtung abweichenden Christen unter einen starken Druck stellen, allen voran die Arianer. Er wird die Privilegien der Kirche ausweiten, insbesondere die Steuerfreiheit sowie die Befreiung der Priester von allen Dienstlasten. Theodosius wird die Grundlage für eine andauernde innere Instabilität des Reiches ebenso wie für den endgültigen finanziellen Kollaps des Westens legen. Sicher, er wird die Einheit der Kirche herstellen, zumindest für eine gewisse Zeit.«

Rheinberg hatte nicht die Absicht, den Römern von Martin Luther zu berichten – oder von der Tatsache, dass er selbst Protestant war und als solcher ganz sicher den Zorn des Ambrosius auf sich ziehen würde.

»Theodosius ist sicher kein Narr, wenngleich er für seine plötzlichen Wutausbrüche bekannt gewesen ist. Aber Gratian, das ist zumindest das, was ich weiß, war durchaus bereit, gegenüber anderen Religionen und Strömungen innerhalb des Christentums eine größere Toleranz walten zu lassen – das heißt, noch ist das der Fall. Ambrosius wird ihn bald vollends unter seine Fittiche nehmen. Aber selbst dann war Gratian in Kirchenfragen immer zurückhaltender als Theodosius. Es ist mir egal, warum das so war, klar ist für mich jedoch auch, dass die Idee Konstantins, mit der Einführung des Christentums als Staatsreligion die Reichseinheit zu befördern, sich als Trugschluss erwiesen hat. Das können und wollen wir nicht rückgängig machen – dennoch, die kostspieligen und zeitraubenden und das Volk verstörenden Verfolgungen und staatlichen Repressionen müssen ein Ende haben. Es gibt größere Probleme, und die kann das Imperium nur lösen, wenn es diesen vereint entgegentritt.«

Rheinberg hielt inne, den Mund wieder trocken. Die Rede war länger, als er es geplant hatte. Viele Ideen hatten sich erst entwickelt, als er sie aussprach. Alles wirkte etwas unausgegoren und undurchdacht, aber viele der Überlegungen, die er sich gemacht hatte, als er schon in der Schule über den Untergang Roms nachgedacht hatte, waren wieder zum Vorschein gekommen.

Es schien nicht alles Blödsinn zu sein. Dass Symmachus den Worten Rheinbergs Sympathie entgegenbrachte, verwunderte ihn naturgemäß nicht. Der Senator wirkte zufrieden, ja bestätigt.

Alle Blicke richteten sich auf den kauenden Michellus. Rheinberg ahnte längst, dass sein Verhalten eine Maske war, um dahinter seine Gedanken und Überlegungen zu verbergen. Der Senator war ein gewiefter Politiker, wenn er wollte. Und jetzt musste er.

»Nun«, murmelte der rundliche Römer schließlich, als er den letzten Bissen verschluckt hatte. »Das ist keinesfalls völlig absurd, was Ihr da vortragt, Rheinberg. Nicht, dass ich mir über derlei bisher viele Gedanken gemacht habe – sicher nicht so viele wie mein Freund Symmachus hier, der das sicher von einer etwas anderen Warte heraus betrachtet. Doch Eure Worte klingen überzeugend. Erneut aber muss ich sagen, was auch immer wir hier vorhaben, wir müssen für alles erst mal das Ohr des Kaisers gewinnen, und der hat zurzeit ein Problem.«

»Er hat zwei Probleme, eines kennt er nur nicht«, ergänzte Rheinberg. »Sagt Euch der Name Magnus Maximus was?«

»Sicher«, erwiderte Renna. »Der Militärpräfekt von Britannien, ein fähiger General. Ihr … er ist derjenige, der nach dem Purpur greifen wird?«

»Noch schlimmer: Nicht nur, dass er einen Bürgerkrieg auslöst, Gratian tötet und erst nach Jahren durch Theodosius besiegt wird, er wird sich an religiösem Fanatismus auch durch den Kaiser nicht übertreffen lassen, allein schon, um seine Anerkennung zu erlangen. Egal, was man über Theodosius sagt, jedenfalls hat er Maximus nie anerkannt und immer eine gewisse formale Treue zum Hause des Valentinian bewiesen, vor allem wohl deswegen, weil er seine Krone aus den Händen Gratians empfangen hatte und mit ihm gut zusammengearbeitet hat. Daran ist Maximus letztendlich auch gescheitert. Aber dies war ein Bürgerkrieg, der das

Reich mehr geschwächt hat, als der Angriff der Goten, der jetzt zum Tode Valens geführt hat.«

»Noch wissen wir nicht, ob Ihr damit recht habt«, warf Michellus ein. Rheinberg neigte den Kopf. Darauf gab es nichts zu sagen.

»Wie dem auch sei«, nahm Renna nun den Faden auf. »Gratian wird sich nur überzeugen lassen, wenn Rheinberg etwas gelingt, was ihm für uns mit dem Sieg über Claderius gelungen ist: Er wird ganz einfach seine Nützlichkeit unter Beweis stellen müssen.«

»Das ist korrekt«, bestätigte der Kapitän. Er wusste, was jetzt kam. Becker würde begeistert sein.

»Ihr habt ein großes Schiff, doch das wird im Kampf gegen die Goten nicht helfen.«

»Es wird. Es kann schnell Truppen bewegen.«

»Zu wenige Truppen.«

»Keine Legionäre. Meine Soldaten. Wenn Gratian zustimmt, werde ich sie binnen weniger Tage in den Osten bringen, dahin, wo es nötig sein sollte. Oder ich lasse sie zusammen mit römischen Truppen über Land marschieren, alles, was dem gegenseitigen Vertrauen dienlich ist. Sie können sich mit dem Rest der oströmischen Armee den Goten entgegenstellen, während Gratian vom Westen langsam weiter vorstößt. Oder …«

»Oder?«

»Oder wir lösen das Gotenproblem auch ohne die Armee des Westens.«

Renna musterte Rheinberg kritisch.

»Wie viele Männer habt Ihr unter Waffen?«

»Die Zahl ist nicht wichtig«, wiegelte Rheinberg ab. »Es sind die Waffen, die hier zählen.«

»Und die sind allem überlegen, was wir kennen«, bestätigte Renna. »Ich überlege mir gerade, was diese Waffen gegen eine Formation von Goten ausrichten können. Das Ergebnis müsste verheerend sein.«

»Die Goten werden lernen und sich anpassen – aber die erste Schlacht wird eine völlige Überraschung und ist daher die entscheidende«, ergänzte Rheinberg. Er wollte nicht ins Detail gehen, was Beckers Kompanie mit den vier MG 08 anfangen konnte, wenn man damit eine Horde heranstürmender Barbaren aus sicherer Stellung bekämpfen konnte – es würde ein Gemetzel werden, und eines, das die überlebenden Angreifer niemals vergessen würden. Natürlich: Eine Armee von 20 000 Kriegern gegen vielleicht 200 deutsche Soldaten würde bei entsprechender Entschlossenheit zur Niederlage der Soldaten führen, wenngleich auch unter massiven Verlusten der Angreifer. Allerdings würde es nie so weit kommen. Die Moral der Angreifer, durch einen scheinbar unsichtbaren Fleischwolf gedreht, würde sehr schnell zusammenbrechen – und dann war es wieder Zeit für Diplomatie.

Es musste nur alles zur richtigen Zeit am richtigen Ort zusammenpassen. Um dies zu erreichen, benötigte er die Hilfe der Römer, und er selbst musste ebenfalls zur Stelle sein, um den Sieg in Einfluss und Unterstützung bei Hofe umsetzen zu können. Rheinberg stellte mit Entsetzen fest, dass sein Plan eine parallele Taktik an zwei sehr weit voneinander entfernten Orten erforderte, ein Vorhaben, das selten genug erfolgreich war.

»Kommunikation«, murmelte er abwesend. »Ich brauche die Möglichkeit der Kommunikation.«

»Ihr meint?«

»Nichts, lediglich ein Gedanke.«

Rheinberg sah in die Runde.

»Das ist alles etwas viel gewesen, denke ich. Wir sollten darüber nachdenken und uns wiedertreffen, vielleicht morgen. Dennoch, die Zeit drängt. Sobald die Nachricht vom Tode Valens bei Gratian angekommen ist, wird er sich auf die Suche nach einem Nachfolger machen. Wenn wir Gratian dazu bewegen wollen, sich selbst zumindest vorerst als Gesamtherrscher des Reiches zu proklamieren, müssen wir schnell vorgehen und entschlossen.«

»Das ist wahr. Dennoch muss ich nachdenken«, erwiderte Michellus und schaute ins Feuer.

»Es gibt viel abzuwägen. Gratian wird Theodosius zuerst zum Feldherrn ernennen, aber schon im Januar nächsten Jahren zum Augustus erheben. Ich habe kein Problem mit einem Feldherrn Theodosius, wenn es denn sein muss, aber sobald er den Purpur trägt, wird es schwieriger«, sagte Rheinberg.

Symmachus nickte Michellus zu. »Mein Freund hier hat recht, wir müssen nachdenken. Dies sind Entscheidungen von großer Tragweite, die man nicht an einem lauen Sommerabend trifft. Wir treffen uns morgen wieder … auf Eurem Schiff, wenn ich das vorschlagen darf.«

»Ihr seid willkommen.«

»Dann können wir in Ruhe besprechen, ob …«

Da flog die Tür auf. Im Rahmen stand eine füllige, hochgewachsene und in allem sehr beeindruckend wirkende ältere Frau. Sie schob einen Diener, der sie abwehren wollte, mit spielerischer Leichtigkeit beiseite. Ihrem Gesicht war anzusehen, dass sie wütend war.

Senator Michellus war anzusehen, dass ihm das nicht gefiel.

»Lucia, mein Täubchen«, begrüßte er die Matrone schwach, die in den Raum hineinrauschte und sowohl Symmachus wie auch Renna mit einem begrüßenden Nicken bedachte, Rheinberg ignorierte und sich dann Furcht einflößend vor Michellus aufbaute, der auf seinem Schemel sichtlich in sich zusammengesunken war.

»Michellus!«

»Mein Täubchen, ich bin beschäftigt …«

Lucia war, das erahnte Rheinberg nun, die Ehefrau des Senators. Und möglicherweise jemand, den man in wichtige Entscheidungen einbinden sollte. Ihre Stimme jedenfalls trug weit und ihr Tonfall erinnerte ihn an Köhler, wenn er Rekruten herumscheuchte.

»Michellus! Julia ist verschwunden!«

Der Senator zuckte zusammen, seine Augen weiteten sich und er schien nun auch von gerechtem Zorn erfüllt.

»Was?«

»Verschwunden! Einmal lässt man sie aus den Augen! Ich habe dir gesagt: Wir lassen sie zu Hause! Aber nein, du musst dich ja von ihr umgarnen lassen! Und jetzt schau, was du angerichtet hast!«

Michellus wurde wieder kleiner. Sehr klein. Er warf den anderen Männern Hilfe suchende Blicke zu. Renna schaute ins Feuer. Rheinberg schaute die Dame Lucia an.

Symmachus hob die Weinkaraffe.

»Ich schenke Euch besser noch einmal ein, mein Freund!«

20

»Du ist schön hier.«

»Vielen Dank für das Kompliment.«

»Was?«

»Du hast wohl die falsche Form benutzt und *mich* als ›schön hier‹ bezeichnet. Du wolltest vermutlich sagen: ›*Es* ist schön hier.‹«

Thomas Volkert fühlte, wie seine Wangen heiß wurden, und das lag nicht am Wein. Er war dankbar dafür, dass die Dunkelheit angebrochen war und hier, auf einer waldigen Anhöhe am Stadtrand von Ravenna, außer den Sternen der klaren Sommernacht nichts mehr die Szene erhellte.

»Nun, ich lerne noch.«

»Wie man Frauen Komplimente macht?«

»Wie man Griechisch spricht, ohne böse Fehler zu machen.«

Julias schmale Hand tätschelte Thomas' Schulter, was das Brennen in seinem Gesicht noch verstärkte. Er versuchte, sich durch einen Blick auf das unter ihnen liegende Ravenna abzulenken, das immerhin so etwas wie eine Straßenbeleuchtung besaß, wenngleich sie größtenteils aus den Fackeln und Lampen vor den öffentlichen Gebäuden sowie Tavernen bestand. Von hier konnte man die Villa des Urianus gut erkennen, denn sie lag direkt am Stadtrand, und auch dort war das Areal durch allerlei Lampen hell erleuchtet.

»Gute Idee, dass wir gegangen sind«, nahm Volkert das Gespräch wieder auf. »Es wurde sehr anstrengend. Einer der Gäste hat mich sogar gefragt, ob unser Schiff nicht seinen Getreidefrachtern nach Afrika Geleit geben könnte, er würde uns gut dafür bezahlen.«

»Nun, von irgendwas werdet Ihr leben müssen.«

»Ich glaube, mein Kapitän hat da einiges im Sinn, aber langweiliger Geleitschutz von hier bis Afrika gehört wohl nicht dazu.«

Julia sagte nichts, und so saßen sie beide nur da und blickten auf das Panorama der nächtlichen Stadt.

Als Volkert die Senatorentochter auf dem Fest getroffen hatte, war ihm sofort aufgefallen, dass sie dort mit einem Selbstbewusstsein aufgetreten war, das für viele der anderen Gäste beinahe beleidigend gewesen war. In der Tat, auch in der feinen Gesellschaft seiner eigenen Zeit wäre dieses ganz und gar nicht schickliche Verhalten einer »höheren Tochter« außerordentlich unziemlich gewesen. Vor allem die älteren Männer – und von denen hatte es in der Villa viel zu viele gegeben – hatten sich und ihr missbilligende Blicke zugeworfen. Julia hatte sich schließlich mit Volkert an der Jupiterstatue getroffen, wo dieser verabredungsgemäß, jedoch etwas schüchtern auf sie gewartet hatte, und zu seinem Erstaunen hatte sie ihn nicht über die *Saarbrücken,* die Politik und die Waffen der Fremden ausgefragt, sondern nur über ihn selbst.

Eine wohltuende Abwechslung, und das nicht bloß deswegen, weil die zwar den Körper ganz bedeckende, aber aus irgendeinem Grunde ganz und gar nicht züchtig gefaltete Toga zumindest erahnen ließ, dass Julia über Reize verfügte, die ihr offensichtliches Selbstbewusstsein noch einmal überstiegen. Erkennbar überstiegen.

Als Julia ihm schließlich vorgeschlagen hatte, die Festlichkeit zu verlassen und sich mit ein paar Vorräten vom Buffet auf die nahe Anhöhe zu verziehen, hatte er sofort zugestimmt. Ob nun aufgrund eines Versäumnisses oder weil es ihm schlicht nicht in den Sinn gekommen war, der Kapitän hatte jedenfalls niemandem verboten, das Haus zu verlassen. Die Senatorentochter hatte zielsicher jene Speisen vom Buffet ausgewählt, die am ehesten dem Gaumen des Deutschen entsprachen, was wiederum für ihre Beobachtungsgabe sprach, denn dieses spezielle Problem hatte er mit ihr nicht besprochen.

»Wie sind die Frauen in deiner Zeit?«, fragte Julia und schob sich ein Stück Brot in den Mund. Volkert räusperte sich und überlegte, wie er die Frage beantworten konnte.

»Das ist ganz unterschiedlich«, meinte er schließlich lahm. »Das kommt darauf an, wo du welche triffst. Wenn du bei einer feinen Familie eingeladen bist, sind die Frauen meist genauso … zurückhaltend wie auch hier. Und bei uns ist ebenfalls der Mann ohne Zweifel der Herr im Haus, also, der Vater.«

Er runzelte die Stirn. »Aber in letzter Zeit gibt es da schon einige Änderungen, weil immer mehr Frauen Rechte fordern … ich glaube, es sind sogar einige im Reichsparlament.«

»Parlament?«

»Ah … so etwas wie der Senat. Allerdings sind alle Mitglieder vom Volk gewählt. Sie entscheiden vor allem über das Geld, das der Staat ausgeben darf.«

Julia verarbeitete diese Information. »So ähnlich wie im alten Athen?«

Volkert war in diesem Moment dankbar, dass er eine einigermaßen gute Schulbildung genossen hatte und während dieser nicht auf den Kopf gefallen war. »Ja, nicht ganz so, aber so ähnlich. Ich glaube, im alten Athen hatten die Frauen nichts zu sagen.«

»Das haben sie im Senat auch nicht. Also nicht direkt. Ich glaube, meine Mutter sagt meinem Vater manchmal schon die Meinung und er macht dann im Senat das, was sie ihm … geraten hat. Aber das ist so wohl nicht gedacht.«

»Auch in meiner Zeit gibt es viele, die diesen … den Frauen, die mehr Rechte fordern … also, die das sehr seltsam, ja unangemessen finden.«

Julia schaute Volkert von der Seite an, einen nachdenklichen Ausdruck im Gesicht.

»Und du? Findest du das ebenfalls seltsam?«

Thomas Volkert beherrschte sich. Es war schlimm genug, dass er mit seinem Schiff offenbar 1500 Jahre in die Vergangenheit gereist war, jetzt musste er ausgerechnet auf eine höchst liebreizende junge Dame treffen, die die römische Entsprechung von Clara Zetkin zu sein schien. Zumindest in etwa.

Andererseits wusste er genau, dass er sehr vorsichtig sein musste, wie er diese

Frage beantwortete. Nein, das gab er sich selbst gegenüber zu, diese neuen, selbstbewussten Frauen, von denen viele dann auch noch dem Sozialismus zuneigten, gingen ihm gehörig auf den Wecker. Er hielt viel von der guten alten Tradition, dass der Mann in der Familie das Sagen hatte, und was er bisher von den Verhältnissen im Römischen Reich mitbekommen hatte, gefiel ihm gut.

Allerdings gefiel ihm Julia auch gut.

Sehr gut.

Zu gut vielleicht.

Er räusperte sich.

»Nun, ich würde sagen, dass die Zeiten sich ändern und wir aus der Geschichte lernen, dass nichts so bleibt, wie es einmal war.«

Diese umständliche und letztlich ausweichende Antwort schien Julia zufriedenzustellen, oder sie hatte schlicht entschieden, ihrer eigenen seelischen Ruhe zuliebe nicht weiter auf diesem Thema zu bestehen.

»Was wirst du also jetzt machen?«, war die nächste Frage.

»Ich … ich werde meinen Dienst versehen.«

»Und sonst? Auch in deiner Zeit wird das Leben doch aus mehr als Dienst bestanden haben.«

»Für einen Fähnrich kaum«, wollte Volkert impulsiv antworten, aber völlig unrecht hatte sie ja nicht. Ihm fiel gerade ein, dass es keinen Kaiser mehr gab, der einem Offizier den Heiratsdispens geben konnte. Wie dieses Problem sich wohl jetzt lösen lassen würde?

Und warum, zum Teufel, fiel ihm das gerade jetzt ein?

»Ich werde sicher nicht das entspannte Leben einer Senatorentochter führen«, erwiderte er schließlich. Julia schnaubte.

»Leichtes Leben, in der Tat. Mit Eltern, die einen dauernd an einen Schnösel verheiraten wollen, der ein braves, folgsames Mädchen und viele, viele möglichst männliche Nachkommen haben will. Wenn ich Pech habe, würde ich nach der Heirat für Jahre meine Zehen nicht mehr sehen.«

»Deine Mutter wirkte nicht so furchtbar folgsam«, wagte Volkert einzuwenden.

»Sie ist aber furchtbar konservativ. In diesen Dingen ist sie mit meinem Vater völlig einig. Ich habe die potenziellen Gatten bisher alle abwimmeln können, da mein Vater mich mag.«

Volkert kommentierte das nicht. Basierend auf den Schilderungen Julias ging er davon aus, dass der Vater seine Tochter abgöttisch liebte und ihr trotz allen Lamentierens absolut nichts würde abschlagen können.

Nun, innerhalb gewisser Grenzen vielleicht. Und womöglich begann Julia zunehmend, diese Grenzen auszutesten.

»Da unten ist irgendwas los«, murmelte Volkert und beugte sich nach vorne. Fackeln bewegten sich durch die Nacht, alle schienen von Urianus' Villa auszugehen.

»Sie suchen nach uns«, stellte Julia ruhig fest. »Natürlich hätte ich nicht gehen dürfen.«

»Was?«

»Nein, das war nicht nur unschicklich, sondern auch gefährlich. So eine Senatorentochter ist eine schöne Beute.«

»Was?«

»Meine Mutter wird außer sich sein.«

Thomas Volkert war sprachlos – sprachlos über die Kaltschnäuzigkeit Julias sowie über seinen eigenen Leichtsinn. Wenn ihr Ausflug dermaßen viel Aufregung verursachte und herauskam, dass er Teil dieser Verschwörung war, würde dies auf Rheinberg zurückfallen. Auf die *Saarbrücken.* Auf die instabile, vorläufige Übereinkunft, die das Schiff zurzeit in dieser Stadt beschützte.

Volkert sah Julia von der Seite an. Sie schien von der Aufregung völlig unberührt. Ein verwöhntes Gör, das alles bekam, was es wollte, und sich nicht um andere kümmerte, schoss es Volkert durch den Kopf.

Er erhob sich.

»Wir müssen zurück, ehe sie noch die ganze Stadt mobilisieren!«

Julia reckte sich. Volkert bemühte sich, nicht auf ihre Brüste zu starren. Schöne, ideal geformte Brüste, groß wie reife Früchte, wie …

Er schüttelte den Kopf. Das führte zu nichts.

Julia ließ ihre Hand in die seine gleiten und zog ihn zur Villa zurück.

Fähnrich zur See Thomas Volkert stolperte hinterher. Er verkniff sich jeden Kommentar und überlegte sich nur, was er zu seiner Rechtfertigung würde vortragen können. Als sie sich der Villa näherten und einige der suchenden Diener und Sklaven sie von Ferne erblickten und die Nachricht zum Anwesen riefen, war ihm immer noch nichts eingefallen.

Als er mit rotem Kopf, im Schlepptau einer jungen Frau, die den Mann mit erhobenem Haupt hinter sich herzog, auf das beleuchtete Areal der Villa trat, ahnte er, dass er gerade einen Krieg verloren hatte, ehe er überhaupt zur ersten Schlacht angetreten war.

Und obgleich er sich unter den Blicken der Gäste wie bei einem Spießrutenlauf fühlte, empfand er zugleich seltsamerweise das Gefühl von Zufriedenheit und … Glück.

Er sah, wie Kapitän Rheinberg sich mit finsterer Miene vor ihm aufbaute, und war glücklich.

Verdammt! Das konnte nicht gut ausgehen.

21

»Es kann kein Zweifel bestehen?«

»Soweit wir unsere Informationen als verlässlich einstufen können, ja. Euer Onkel ist auf dem Schlachtfeld verloren gegangen. Zuletzt sah man ihn im wilden Ritt mit einem Teil seiner Leibgarde, aber das Chaos war gigantisch.«

»Was ist mit Richomer?«

»Mein Herr, er hat die Schlacht überlebt, und mit ihm die Hälfte unserer Vorausabteilung. Er war knapp. Es wurden Fehler gemacht, o Herr. Die Kavallerie wurde ohne Sinn geopfert. Ein Gemetzel ohnegleichen – und so sinnlos dazu.«

Der Tribun senkte den Kopf, als würde er sich plötzlich darüber klar, dass er die Befehle seiner Vorgesetzten, ja des Kaisers Ostroms kritisierte. Gratian seufzte.

»Sprich offen, Tribun. Sprich zu mir.«

Der Mann blickte wieder auf. Sein Gesicht war staubbedeckt, seine Rüstung wirkte zerrissen und er war müde. Er musste die ganze Nacht hindurch geritten sein, um dem Kaiser die Nachrichten zu übermitteln. Gratian sah sich um, erblickte einige Diener, die wartend dabeistanden, und winkte ihnen. »Einen Sessel für den Tribun. Wein, Braten und Brot. Helft ihm, den Harnisch abzulegen.«

»Herr.«

»Setzt Euch, Tribun. Sobald Ihr mit allem fertig seid, sollt Ihr ruhen. Und keine falsche Zurückhaltung.«

Der Mann ließ sich von einem Diener den Brustpanzer abnehmen und setzte sich widerspruchslos, als man ihm einen Schemel hinschob. Auf einem kleinen Tisch trug ein weiterer Bediensteter sogleich Speisen und eine Karaffe mit Wein herbei. Gratian seufzte. In Eilmärschen waren er und seine Truppen gen Osten marschiert, und doch waren sie nur bis Sirmium gekommen, ehe die Nachricht des Tribuns sie erreicht hatte. Sie hatten gerade die Donau überschritten und waren bereit gewesen, weiter in Richtung Adrianopel vorzudringen, da war der kleine Trupp einsamer Reiter unter dem Kommando dieses erschöpften Offiziers aufgetaucht, und er hatte das Siegel Richomers getragen, des Kommandanten der Kavallerieabteilung, die Gratian den eigenen Legionen vorausgesandt hatte, um mit Valens Kontakt aufzunehmen.

Zu spät, wie sich nun herausstellte, oder vielmehr: ohne das Blatt noch wenden zu können. Und die Konsequenzen waren nicht absehbar. Der Tribun erwiderte den Blick des Kaisers und Gratian fühlte die gleiche Müdigkeit, die er in den Augen des Offiziers sah, in seinen eigenen Gliedmaßen. Er hätte dem Rat seiner Männer folgen und in Sirmium selbst bleiben sollen, wo er einen Palast hatte und alle Annehmlichkeiten, doch er zog es vor, im Feldlager zu verweilen. Sirmium war die Stadt, in der er geboren worden war, und er hatte gute Erinnerungen an sie. Er wollte diese Erinnerungen nicht mit den Sorgen der Gegenwart beschmutzen.

»Iss und trink«, forderte er den Tribun auf. »Valens ist tot. Er wird nicht wieder zum Leben erweckt, wenn wir jetzt auf jede Minute achten. Iss und trink!«

Der Tribun verbeugte sich und ließ es sich nicht erneut sagen. Tief grub er seine Zähne in den kalten Braten, nahm große Schlücke aus seinem Becher, ließ sich nachschenken. Gratian hatte sich derweil abgewendet, um den Mann nicht unnötig zu drängen, gesellte sich zu Malobaudes, der mit ihm auf die große Karte des Imperiums starrte, die in seinem Zelt aufgespannt war.

»Valens ist ein Narr«, knurrte der fränkische König und General.

»Valens ist tot.«

»Das geschieht einem Narren recht«, erwiderte Malobaudes. Er konnte sich diese Respektlosigkeit leisten. Gratian musste ihm insgeheim zustimmen.

»Warum hat er nicht auf uns gewartet?«, fragte der Kaiser. »Gemeinsam hätten wir die Goten geschlagen.«

»Er wollte den Sieg für sich.«

Gratian spie aus. »Valens ist nicht wie mein Vater.«

»Euer Vater hörte immer auf seine Ratgeber, und dann traf er seine eigene Entscheidung.«

»Das hat Valens auch getan.«

»Euer Vater war ein kluger Mann, ein guter Feldherr, geliebt von seinen Truppen. Valens war ein Narr.«

»Ihr sagtet es schon«, antwortete Gratian spöttisch und legte Malobaudes die Hand auf die Schulter. »Die Konsequenzen sind es, die mir Sorge machen. Ich bin jetzt Kaiser des ganzen Reiches. Das Bewegungsheer des Ostens ist in Auflösung. Meine Truppen sind die einzigen, die derzeit organisiert und schlagkräftig sind, doch zaudere ich, sie sofort gegen die Goten in die Schlacht zu führen.«

»Und Ihr zaudert zurecht, mein Imperator. Der Goten sind viele. Die oströmischen Truppen waren die besten des Reiches, da müssen wir nicht lange drüber diskutieren. Wir brauchen Zeit, um die Einheiten des Ostens wieder zu sammeln, neue Rekruten auszuheben und dann gemeinsam zuzuschlagen.«

»Ich kann mich nicht um alles kümmern. Es ist ja nicht so, dass der Westen nun eine Insel des Friedens und der Sicherheit wäre.«

Malobaudes nickte. »Wir brauchen einen neuen Kaiser im Osten.«

»Erst einmal brauchen wir einen neuen Feldherrn im Osten.«

Beide schwiegen, starrten auf die Karte, versunken in strategischen und politischen Überlegungen. Als das Schmatzen im Hintergrund aufgehört hatte, drehten sich beide Männer wie auf ein Kommando um.

»Tribun, wie geht es Euch?«

»Mein Imperator, ich danke. Eure Gnade ist groß.«

Gratian lächelte. »Mein Onkel hatte viele gute Soldaten ins Verderben geführt. Ich muss alle pflegen, die mir verblieben sind.«

»Erneut meinen Dank, Herr.«

»Dann berichte mir. Wer hat jetzt im Osten das Kommando?«

Der Tribun, der nach dem Mahl und bewaffnet mit einem Becher Wein jetzt weitaus entspannter als vorher wirkte, erhob sich und trat an die Karte.

»Richomer gehört zu jenen, die das Kommando über die Resttruppen übernommen haben, Herr. Der einzige überlebende Heermeister ist Flavius Victor, aber er ist schwer verletzt. Sebastianus ist auf dem Schlachtfeld geblieben. In Konstantinopel regiert bis auf Weiteres das Konsistorium, hier hat der Finanzminister den Vorsitz.«

»Modestus. Kein Narr, aber auch kein Militär. Ihm fehlt die Kenntnis, die richtigen Entscheidungen zu treffen«, kommentierte Malobaudes.

»Wo sammeln sich die Truppen?«, fragte Gratian.

»Gar nicht, zumindest nicht, als ich von Richomer zu Euch gesandt wurde. Es ist ein heilloses Durcheinander. Die Goten sind außer Rand und Band. Sie plündern die Dörfer und meiden die Städte. Fritigern hat nach dem Sieg über manche Teile der Seinen völlig die Kontrolle verloren. Sie sind wie berauscht.«

Gratian hatte wenig anderes erwartet. Fritigern war gotischer König und damit genauso, wie es bei den Alemannen der Fall war, ein Mann mit schwankender, ungenau definierter Autorität. Der Sieg hatte selbstverständlich zu seinem Prestige beigetragen, und riefe er zu einer weiteren Schlacht, würde er die verschiedenen Gotenstämme erneut unter seinem Banner vereinigen können, daran bestand kein Zweifel. In der Zwischenzeit jedoch würden Unterführer und Adlige schauen, was für sie aus diesem Sieg heraussprang, und das im Zweifel auch unter bewusster Inkaufnahme der Missbilligung des Fritigern. Gratian war sich nicht einmal sicher, ob der Tod Valens' nicht ohne Kenntnis des Gotenkönigs und ohne seinen Befehl erfolgt war. Es galt jetzt, den Führer der Goten nicht mit allen Untaten in Verbindung zu bringen. Rache war ein Gefühl, dem man sich sehr leicht hingeben konnte, doch politischen Sinn machte es im Regelfalle nicht.

»Was werden die Goten als Nächstes tun?«

Der Tribun wirkte ratlos. »Herr, das weiß niemand. Die Sache ist außer Kontrolle geraten. Als wir …«

Er unterbrach sich und so etwas wie Schuldbewusstsein schlich in sein Gesicht.

»Wir haben die Goten sicher falsch behandelt.«

»Können wir weiter mit Fritigern verhandeln?«, fragte Malobaudes.

»Herr, ich weiß es nicht. Fritigern machte durchaus immer einen vernünftigen Eindruck, bis … nun, bis wir den Bogen überspannt haben. Wenn man ihm das richtige Angebot macht, könnte er zu Verhandlungen bereit sein.«

»Was aber nicht heißt, dass alle seine Unterführer derselben Ansicht sind und etwa einem Abkommen beitreten werden«, gab Malobaudes zu bedenken.

»Das wäre nicht problematisch«, meinte nun Gratian nachdenklich. »Fritigern verfügt über Prestige. Ein Großteil der Goten würde ihm folgen. Selbst wenn es nur zwei Drittel sind, wäre bereits alles erreicht. Mit dem Rest würden wir auf jeden Fall militärisch fertig werden. Unwägbar ist, was die Alanen und die Hunnen machen werden, die mit Fritigern gekämpft haben. Ob er die kontrollieren kann? Ich weiß es nicht.«

Malobaudes nickte. Diese Variante der guten alten römischen Strategie »Teile und herrsche!« hatte schon mehrmals gut funktioniert. Gratian hatte die Lektionen des Ausonius gut verinnerlicht. So würde man tatsächlich Erfolg haben können.

»Tribun, ruht Euch aus. Morgen halten wir Kriegsrat und besprechen das Weitere, ich möchte Euch dazubitten.«

»Ich stehe Euch zu Diensten, mein Imperator.«

»Zieht Euch nun zurück.«

Es bedurfte keiner weiteren Aufforderung. Sich beständig verbeugend, verließ der erschöpfte Offizier das Zelt.

Gratian sah ihm nach.

»Wir brauchen einen neuen Kaiser im Osten«, bekräftigte der Kaiser. »Ich kann das nicht alleine.«

»Nichts übereilen, Herr«, riet der General. »Jetzt lasst uns das alles erst einmal überschlafen. Es nützt nichts, diese Entscheidungen zu schnell zu treffen.«

»Ihr habt recht. Morgen früh. Wir verschieben den Weitermarsch nach Osten bis auf Weiteres. Es macht keinen Sinn, ins Leere zu marschieren und unsere Kräfte unnötig in Gefahr zu bringen.«

Damit war alles gesagt und das Zelt leerte sich. Gratian blieb vor der Karte des Reiches stehen und fragte sich einen Augenblick, was das für ein Gefühl war, alleiniger Kaiser über das gesamte Römische Reich zu sein. Dann dachte er an berühmte Vorgänger wie Trajan oder Diokletian oder seinen Vater Valentinian zurück und fühlte sich mit einem Male von der Kraft der Erinnerung und den Taten seiner Vorväter wie erdrückt. Selbst das Reich unter Diokletian war ein anderes gewesen als das, was er nun regierte. Seine Reformen hatten dazu beigetragen, dass es noch existierte, doch mehr und mehr wurde der Geist seiner Politik untergraben und Gratian wusste mit jedem Tag weniger, was er dagegen tun konnte. Wäre die beständige Bedrohung der Grenzen nicht gewesen, vielleicht hätte er endlich die Ruhe und die Machtmittel, das Reich von innen her zu stabilisieren. Bloß wurde seine ganze Energie dadurch aufgebraucht, von einem Schlachtfeld zum nächsten zu ziehen.

Er erinnerte sich an einen Spruch, der Marcus Aurelius, dem Philosophen unter den Kaisern, zugesprochen wurde: »Oft tut auch der Unrecht, der nichts tut. Wer das Unrecht nicht verbietet, wenn er kann, der befiehlt es.« Diese Aussage verfolgte ihn seit dem Zeitpunkt, da ihm Ausonius aus den Werken des alten Kaisers vorgelesen hatte. Wenn er, Gratian, durch Unterlassung Unrecht tat, dann war jedes Zögern ein weiterer Schritt in den Abgrund. Doch wenn er aus Voreiligkeit die falsche Entscheidung traf, dann konnte die Katastrophe viel größer sein. Gratian hatte seinen Stiefonkel Valens respektiert, da dieser noch von seinem Vater eingesetzt worden war und als der Ältere Respekt verdiente. Dennoch hatte er nie daran gezweifelt, dass Valens' Zaudern und dessen Abhängigkeit von den Ratschlägen seiner Berater – wohlmeinender Offizieller wie Scharlatane – einmal sein Untergang sein würde. Dass es diesmal Voreiligkeit und Unbeherrschtheit gewesen waren, klang wie jene Art von Ironie des Lebens, für die Marcus Aurelius immer größtes Verständnis gehabt hatte.

»Es wäre dumm, sich über die Welt zu ärgern«, murmelte Gratian versonnen. »Sie kümmert sich nicht darum.«

Eine weitere Einsicht des alten Kaisers.

»Elevius?«

Wie aus dem Nichts hingezaubert erschien der alte Leibdiener.

»Ihr habt gerufen, Herr.«

»Ich werde mich früh zur Ruhe legen.«

»Ihr bedürft der Ruhe.«

»Ich muss in der Tat über vielen nachdenken. Bereite mein Lager und …«

Gratian zögerte.

»… und hole aus meiner Truhe meine Ausgabe von Marcus Aurelius' Selbstbetrachtungen. Ich habe das Bedürfnis, von der Weisheit meiner Vorväter zu lernen.«

Elevius verbeugte sich.

22

Thomas Volkert war bleich. »Leichenblass«, hätte so mancher gesagt. Es hatte nicht gereicht, dass Kapitän Rheinberg ihn persönlich zum Rapport einbestellt hatte, um ihn unter vier Augen langzumachen. Nein, er hatte dies vor den versammelten Offizieren machen müssen. Seine Ansprache war durchaus knapp gewesen. Er hatte Worte wie »Verantwortungslosigkeit« und »Leichtsinn« benutzt und das waren noch die höflichsten Ausdrücke gewesen. Er hatte deutlich gemacht, was er von Volkerts Dummheit hielt, und er hatte ihm vollständigen Arrest auf dem Schiff und drei Wochen Doppelschichten aufgebrummt. Als der Fähnrich sich mit rotem Gesicht hatte setzen dürfen, war das Gespräch sofort auf andere Themen gelenkt worden, wofür Volkert durchaus dankbar gewesen war. Aber die verstohlenen, teils schadenfreudigen Blicke seiner Kameraden schmerzten. Er brauchte einige Minuten, um sich darüber klar zu werden, dass der größte Schmerz durch die Tatsache ausgelöst wurde, dass er keine Chance hatte, Julia in absehbarer Zukunft wiederzutreffen.

Es war eine Art von Schmerz, wie er sie bisher nicht gekannt hatte, sehr tief und aufwühlend, verbunden mit einer Sehnsucht, die ihm in dieser Stärke ebenfalls neu war. Das Gefühl trug zu seiner Verwirrung ebenso wie zu seinem Leid bei.

Thomas Volkert fühlte sich ganz hundsmiserabel und hörte der Diskussion des »Kriegsrates«, wie Rheinberg den engeren Kreis von Offizieren nannte, nur mit halbem Ohr zu.

Das eigentliche Thema dieser Sitzung war nicht Volkerts Fehltritt gewesen, sondern ein erster Bericht des Marineoberingenieurs.

»Herr Kapitän, ich habe hier erst mal eine Liste mit allen Besatzungsmitgliedern, die eine solide handwerkliche Ausbildung genossen haben.«

Dahms reichte Rheinberg ein Blatt Papier, das dieser knapp nickend annahm. »Geben Sie uns eine Zusammenfassung«, forderte er den Chef der Maschinen auf.

»Neben drei Marine-Ingenieuren haben wir einen Schreinermeister an Bord bzw. einen ausgebildeten Schreiner, der zwar nie seinen Meister gemacht hat, aber offenbar so viel kann wie einer. Wir haben sieben Leute mit Gesellenbriefen an Bord: zwei Dreher, einen Schmied, einen Schreiner, einen Bäcker, einen Koch und einen Fleischer. Weitere fünfzehn behaupten von sich, sie hätten gelernt, nur nie die Gesellenprüfung bestanden, und von vieren weiß ich, dass das wohl stimmt, darunter einen Schmiedelehrling, der sich bei mir recht gut anstellt. Wir haben sieben Männer an Bord, die unter Tage gearbeitet haben, jeder mit mehr als zwei Jahren Berufserfahrung. Sie haben allerlei kluge Dinge gelernt, die wir sicher gebrauchen können. Ich habe in meiner Abteilung drei gute Maschinisten sowie zwei Heizer, die beide Stahlkocher waren, einer davon mit ordentlicher Ausbildung, aber ohne Abschluss. Alle unsere Männer haben schon mal in das eine oder andere Handwerk reingeschnuppert. Wir haben sogar zwei Köhler dabei, was sich noch als höchst hilfreich herausstellen könnte.«

»In der Tat«, bestätigte Rheinberg. »Woran mangelt es uns am meisten?«

Dahms sah aus, als wüsste er gar nicht, wo er anfangen sollte.

»Herr Kapitän, wir brauchen unmittelbar vor allem drei Dinge: Wir benötigen etwas zum Verfeuern, damit die Maschinen laufen. Wir benötigen Schmiermittel. Und wir brauchen Ersatzteile. Das erste Problem lässt sich lösen: Die *Saarbrücken* kann zur Not auch Holz verfeuern. Der Wirkungsgrad ist grauslich und wir brauchen Unmengen, aber es ist nicht unmöglich. Darüber hinaus können wir leicht mit eigenen Mitteln – und mit entsprechender Unterstützung durch die Offiziellen hier in Ravenna – an Holzkohle kommen, was den Wirkungsgrad erhöht. Wir wissen, dass es offen liegende Steinkohlevorkommen gibt, die sogar genutzt werden, wenngleich nicht in großem Ausmaße. Haben wir die Hilfe des Kaisers, dürften wir Zugang bekommen und können diesen unmittelbar größten Bedarf langfristig decken.«

»Das hört sich doch gut an«, kommentierte Rheinberg.

»Das war auch das einfachste Problem. Ich habe bislang keine Ahnung, was wir jetzt mit den Schmiermitteln machen sollen. Unsere Maschinen arbeiten mit Heißdampf, da können wir natürliche Fette und Öle nicht überall verwenden. Wir bräuchten idealerweise raffinierte Mineralöle, um die Maschinen am Laufen zu halten. Ich bin aber noch auf der Suche nach Ersatzstoffen.«

Dahms hielt inne. Rheinberg schien das nicht weiter kommentieren zu wollen.

»Nun … also, Öl zu finden dürfte hinhauen. Wie ich gehört habe, gibt es so was wie offene Ölquellen. Wenn also der Kaiser uns hilft, dürfte der Zugang zu Rohöl ebenfalls kein allzu massives Problem darstellen. Uns fehlt bloß die chemische Industrie, um daraus auch nur ansatzweise einigermaßen verwertbare Mineralöle zu machen. Ich habe da noch keine Lösung.«

»Was ist mit Naphtha?«, fragte nun Joergensen, der Zweite Offizier. Er war bisher nicht durch außergewöhnliche Geschichtskenntnisse aufgefallen, daher zog er verwunderte Blicke auf sich. Der junge Oberleutnant wurde etwas rot, doch als er Rheinbergs Nicken sah, fuhr er fort.

»Naphtha wurde doch in der Antike für so etwas Ähnliches wie Flammenwerfer verwendet.«

»Und?«, fragte Dahms.

»Wenn ich das richtig in Erinnerung habe, war das nichts anderes als Steinöl, also Öl aus Raps.«

Auf Dahms' Gesicht schien so etwas wie Verständnis zu schimmern.

»Ich möchte mal vermuten, dass, wenn man es auf über 100 Grad erhitzt, man das Wasser austreiben kann, und wenn man dann Pflanzenasche zugibt, sodass der Schwefel als Sulfid gebunden wird …«

Rheinberg runzelte die Stirn. »Sie sind Chemiker, Joergensen?«

»Nein, Herr Kapitän. Ich gebe hiermit jedoch zu, als Schüler durchaus eine gewisse Freude an Experimenten mit Feuer gehabt zu haben, was dazu führte, dass mein Freund Karl und ich gewisse Ermittlungen angestellt haben … Wir wollten, wenn ich mich richtig erinnere, einen Flammenwerfer der Griechen nachbauen. Wir waren vierzehn. Ein wenig frühreif vielleicht.«

Der Zweite Offizier sah überzeugend verlegen aus, bemerkte aber wohl erleichtert, dass alle Anwesenden breit grinsten.

»Sie haben dann ja den richtigen Beruf gewählt«, kommentierte Dahms. »Und Ihre Idee hat was. Ich werde mich mit dem Feuerwerker unserer Infanteristen zusammensetzen. Ich habe das Gefühl, dass er auch noch einiges zu der Diskussion beitragen könnte. Ich habe es mir jedenfalls aufgeschrieben und wir werden, sobald es geht, mit unseren Experimenten anfangen müssen. Letztlich, so befürchte ich, wird uns ohnehin nichts anderes übrig bleiben, als zu versuchen, die Kessel von Heißdampf auf Sattdampf umzubauen. Dadurch wird die *Saarbrücken* langsamer, die Hitze hingegen wird deutlich geringer und wir können auch mit schlechteren Ölen arbeiten. Das wird einiges an Arbeit bedeuten, ist aber grundsätzlich möglich.«

»Ich erwarte keine Wunder, Dahms«, bekräftigte Rheinberg und nickte Joergensen dankbar zu. »Wie lange halten unsere Vorräte?«

»Bei großer Vorsicht und niedriger Belastung der Maschinen – etwa ein Jahr. Wahrscheinlich weniger.«

»Das dritte Problem.«

»Ja, genau. Also, Stahlherstellung ist ein schwieriges Feld. Wir haben eine gute Werkstatt und gut ausgebildete Leute, und wir können für manche der notwendigen Ersatzteile möglicherweise Gussformen herstellen. Die Schwierigkeit besteht darin, dass wir leider keinen Hochofen an Bord haben. Wir können ein paar Sachen durch Gusseisen ersetzen, aber wenn es um die wirklich belastbaren Teile geht, wird uns nur Stahl helfen. Wir brauchen da keine Unmengen, dennoch müssen wir hier so etwas wie eine Stahlproduktion in Gang bringen, wenn wir den Kreuzer am Laufen halten wollen. Es wird in diesem Punkt ebenfalls in etwa einem Jahr kritisch, wenn uns nicht aufgrund von Überbeanspruchung schon vorher einiges kaputtgeht.«

»Stahl. Es gibt im Römischen Reich keinen Ofen, der die notwendige Temperatur erzeugen kann. An Eisenerz und auch an die anderen Rohstoffe kommen wir dran«, erklärte Rheinberg mit nachdenklichem Unterton. »Aber wir müssen auf über 1600 Grad erhitzen, und das geht nur …«

»… wenn wir einen Puddelofen bauen«, vervollständigte Dahms den Satz. »Dazu brauchen wir viele Arbeitskräfte, viel Platz und eine gewisse Infrastruktur. Das Prinzip ist so schwer nicht und ich denke, wir haben das nötige Wissen an Bord. Wir wollen nicht das Ruhrgebiet auferstehen lassen, uns reicht ein einziger Puddelofen, der unseren eigenen Bedarf deckt. Auch hierzu, Herr Kapitän, brauchen wir den sicheren Hafen. Sie müssen sich mit dem Kaiser arrangieren.«

»Ich arbeite daran. Gut, das sind drei drängende Probleme. Jetzt noch ein paar weitere: Waffen und Munition.«

Dahms legte seine Stirn in sorgenvolle Falten.

»Wir können kaum die Munition für unsere Gewehre herstellen. Auch die Kanonen dürften kaum möglich sein. Wenn wir Stahl haben – vielleicht. Letztlich aber werden mit der Zeit mehr und mehr Gewehre irreparabel sein. Ich habe daher einen ganz anderen Vorschlag.«

»Wir hören.«

Dahms holte tief Luft.

»Im Grunde gilt das, was ich jetzt sage, letztendlich für alles, Herr Kapitän. Auch für die *Saarbrücken.* Selbst, wenn alles perfekt läuft, glaube ich nicht, dass wir unser Schiff mehr als drei oder vier Jahre funktionsfähig halten können. Bis dahin brauchen wir eine Alternative. Und die kann nur darin liegen, dass wir Abstriche machen.«

»Was für Abstriche?«, wollte nun Becker wissen.

»Wir müssen für uns einen technologischen Schritt zurückmachen auf ein Niveau, das freilich für die Römer immer noch einen gigantischen Sprung nach vorne darstellt. Wir müssen sehen, was sich mit lokalen Mitteln herstellen lässt, wenn wir das richtige Wissen vermitteln. Da wären zum einen die Werkstoffe: Bronze ist kein Problem. Wir können alles aus Bronze bauen, sogar Dampfmaschinen. Lasst uns Dampfmaschinen bauen und neue Schiffe entwickeln – Holzschiffe. Lasst uns statt MGs und Sturmgewehren daran denken, was wir mit hiesigen Mitteln realistisch in großer Stückzahl bauen können – Schwarzpulver können wir schnell und in großen Quantitäten herstellen. Wir haben Bronze. Wir haben wahrscheinlich einen Haufen durchaus fähiger Schmiede.«

»Musketen«, murmelte Becker. Dahms nickte ihm strahlend zu. Becker hingegen schien diese Begeisterung nicht durchweg zu teilen.

»Wir können die gesamten verdammten Legionen mit Musketen ausstatten«, meinte der Oberingenieur eifrig. »Wir können gusseiserne Kanonen bauen und entsprechende Kugeln fertigen, Treibsätze aus Schwarzpulver. Wir können professionellen Bergbau beginnen – mit einer Bronzedampfmaschine können wir einen Generator antreiben und Licht erzeugen, Wärme oder auch Eis machen. Wir können Pumpen bauen und Stollen in die Berge treiben. So vieles ist möglich. Wir müssen nicht einmal gleich Kanonen bauen, wir fangen mit Dampfkatapulten an.«

Rheinberg blickte sinnierend auf den Tisch. »Westrom war endgültig geliefert, als Geiserich mit seinen Vandalen die Kornkammer Afrika eroberte. Eine Flotte von hochseetüchtigen Dampfschiffen mit Katapulten und Musketieren könnte das verhindern, ohne dass wir überall mit der *Saarbrücken* auftauchen müssten. Gegen andere Feinde nützt uns dies aber nichts: Die Hunnen unter Attila werden wir durch ein paar Musketenlegionen nicht beeindrucken können, da müssen wir uns etwas anderes ausdenken.«

Becker nickte. »Musketen sind ungenau und feuern nicht weit. Ich möchte mein Glück nicht darauf aufbauen.« Es war zu erkennen, dass er die Begeisterung des Ingenieurs nicht teilte.

Rheinberg blickte hoch und schaute direkt in Dahms' aufgeregtes Gesicht.

»Das ist dennoch genial. So muss es gelingen. Wir werden Alternativen finden. Ein Schritt zurück für uns, aber ein großer Schritt vorwärts für Rom. Sollen sie alle kommen, die Hunnen und wie sie alle heißen. Sie werden gegen das neue Rom keine Chance haben.«

Dahms nickte. »Bloß, um all das zu tun, brauchen wir mehr als nur eine Basis, Herr Kapitän. Wir brauchen die volle Unterstützung des Kaisers. Wir brauchen viele Arbeitskräfte. Wir brauchen Zeit. Wir müssen eine ganze Industrie aus dem Boden stampfen. Ich … ich kann das alles gar nicht absehen. Und wir brauchen ein Trockendock.«

»Ein Trockendock?«

»Wir müssen einen Ort haben, an dem wir die *Saarbrücken* trockenlegen und überholen können. Das Wasser im Mittelmeer ist sehr aggressiv, der Rostbefall wird schnell schlimm werden. Glücklicherweise haben wir den Rumpf in Wilhelmshaven noch mal generalüberholt bekommen und wir haben einiges an Spezialfarbe an Bord, sodass es eine Weile reichen wird. Wenn die jedoch alle ist – wird uns der Kasten langsam aber sicher verrotten. Ich weiß nicht mal, was wir als Ersatz nehmen können, um das zu verhindern. Ich befürchte, egal was wir tun, irgendwann wird uns der Rost den Hals brechen, ganz simpel.«

Er warf in gespielter Verzweiflung die Arme hoch.

»Eines nach dem anderen«, wiegelte Rheinberg ab, den die Visionen des Ingenieurs offenbar angesteckt hatten. »Erst müssen wir bei Gratian einen Stein ins Brett bekommen. Renna will eine Delegation nach Sirmium schicken, dort hält sich der Kaiser bei seinen Truppen auf. Wir müssen eine kampfkräftige Abteilung dorthin schicken, und das sehr schnell. Dann müssen wir den Kaiser überzeugen, dass er uns das Gotenproblem für ihn lösen lässt. Und wenn wir das schaffen …«

»Wo ist dieses Sirmium? Ich habe davon noch nie gehört«, fragte Becker.

Rheinberg erhob sich. In einem Wandschrank am Kopfende der Messe lagen zusammengerollt allerlei Karten, und der Kapitän suchte eine bestimmte heraus, die er sogleich auf dem Tisch ausrollte. Alle beugten sich darüber und folgten Rheinbergs Zeigefinger.

»Sirmium war eine wichtige Garnisonsstadt im Osten des Mittelmeerraumes«, erklärte der Kapitän. »Sie war sogar eine Zeitlang kaiserliche Residenz. Heute …«

Er unterbrach sich.

»Zu unserer Zeit gibt es dort nur noch einige Ruinen. Sie lag etwa hier … westlich von Belgrad, unweit der Donau.«

»Wir gehen über das Adriatische Meer und landen bei … Spalato?«

Neumanns Idee war schnell in eine Frage umgeschwungen.

»Soweit ich weiß, gibt es dort auch zu dieser Zeit einen Hafen«, bestätigte Rheinberg. »Ich habe mir von Africanus aktuelle Karten geben lassen. Dort liegt eine Ortschaft namens Salona. Kaiser Diokletian hat sich dort einen Palast gebaut, in dem er sich zur Ruhe gesetzt hat. Oder setzen wollte, so richtig geklappt hat das nicht. Jedenfalls ein bedeutendes Bauwerk. Es dürfte jetzt nicht mehr die alte

Bedeutung haben, aber es gibt definitiv einen Hafen. Und es gibt eine Straße bis nach Sirmium, wo wir gut vorankommen dürften.«

»Wir könnten den LKW benutzen«, schlug Becker vor.

»Für das Material, ja. Die Männer müssen marschieren.«

»An wie viele denken wir?«

»Die ganze Kompanie«, erwiderte Rheinberg sofort. »Wir müssen eine sehr beeindruckende Schau abliefern. Wir bekommen von Renna einen Pass und zwei Tribune als Begleiter, die die Gegend kennen. Außerdem ist uns weiterhin Africanus als Verbindungsoffizier zugeteilt.«

»Den bekommt man nur noch mit Gewalt von der *Saarbrücken*«, meinte Dahms grinsend. Alle nickten. Africanus war ohne Zweifel der Römer mit der geringsten Scheu vor dem technischen Wunderwerk des Kreuzers. Er sog alles auf, was man ihm zeigte und erklärte, wie ein Schwamm. Er war diesen neuen Wundern offensichtlich rettungslos verfallen.

»Wann brechen wir auf?«, wollte Neumann schließlich wissen.

»Und wer?«, ergänzte Becker.

Das war in der Tat die wichtigste Frage. Rheinbergs Zögern blieb keineswegs unbemerkt. Jeder wusste, was das Problem war – oder zumindest wer. Nur von Klasewitz selbst schien die verstohlenen Blicke, die man ihm zuwarf, nicht zu bemerken. Er hatte sich während der gesamten Besprechung bemerkenswert ruhig verhalten.

»Ich … wir werden uns darüber später Gedanken machen«, wich Rheinberg der Antwort aus. In der Tat schwebten ihm mehrere Optionen vor, die er bereits mit Neumann diskutiert hatte.

»Wir dürfen eines nicht vergessen. Auch wenn Renna uns vertraut, so gibt es genug andere, die eine Kooperation mit uns an Bedingungen knüpfen werden«, führte er weiter auf. »Ich denke, dass dies auch die Stellung von Geiseln bedeuten kann.«

Das Wort schien von Klasewitz aus seiner Ruhe zu holen. Er riss die Augen auf und rief: »Empörend!«

»Nein, eigentlich nicht«, entgegnete Rheinberg betont ruhig. »Zu dieser Zeit ist das eine ganze normale politische Aktion. Viele Geiseln haben jahrelang am römischen Hof gelebt, wurden dabei ausgebildet, wohnten in durchaus luxuriösen Umständen und machten nach ihrer Rückkehr große Karriere. Und das ging in beide Richtungen. Ich denke da etwa an einen sehr berühmten Mann, der viele Jahre römische Geisel am Hof der Hunnen gewesen ist, nur, um sie nachher auf den Katalaunischen Feldern zu schlagen: Flavius Aetius, der letzte große Feldherr des Westens.«

Anscheinend hatten nur wenige von diesem besonderen Mann gehört, denn viele Augen blickten Rheinberg voller Neugierde an. Er beschloss, das kleine historische Detail zu unterschlagen, dass eben jener Aetius, nach jahrzehntelanger De-facto-Herrschaft über Westrom, von seinem eigenen Kaiser, Valentinian III., verraten und eigenhändig getötet worden war. Die Männer würden manche Illusion noch früh genug verlieren.

»Also, ich gehe davon aus, dass wir Geiseln stellen müssen, und hochrangige dazu. Lassen sie uns daher über Personalfragen ein andermal reden. Sobald wir von Renna und den Senatoren grünes Licht bekommen – und ich denke, wir werden das binnen 24 Stunden erfahren. Ich will die *Saarbrücken* bereit zum Ablegen, damit wir sofort loslegen können. Also, volle Bereitschaft. Alles klar so weit?«

Der Kapitän sah in die Runde. Viele dieser Männer hatten Familien zurückgelassen, geliebte Frauen und Kinder. Alle hatten dunkle Stunden voller Selbstzweifel erlebt, seit sie hierhergekommen waren, und vielen standen weitere dieser Stunden bevor, je mehr sich die Erkenntnis durchsetzte, dass es für sie aller Wahrscheinlichkeit nach keinen Weg mehr zurück gab. Doch jetzt sah er in den Augen der meisten so etwas wie Hoffnung und Zuversicht, sah sie Pläne schmieden und Visionen entwickeln.

Er ließ sie gehen und über alles nachdenken.

Als er allein in der Messe stand, fiel sein Blick auf die Karte.

»Sremska Mitrovica«, las er den Namen der serbischen Ortschaft, die zu seiner Zeit dort stand, wo es jetzt Sirmium gab. Er ließ seinen Zeigefinger darauf ruhen. Egal, wie sich die Personalfragen schließlich beantworten lassen würden, eine Antwort war bereits jetzt sehr klar für ihn.

Er würde zum Hof des Kaisers reisen.

Er würde vor das Antlitz des Flavius Gratianus treten und versuchen, ihn zu einer Revolution zu überreden.

Er war definitiv verrückt.

23

»Was genau geht da in Ravenna eigentlich vor sich?«

Secundus sah von seiner Schriftrolle auf. Der Sekretär war dermaßen in seinen Text vertieft gewesen, dass er einen Moment benötigte, um zu bemerken, dass die Frage an ihn gerichtet war. Der dünne Mann mit dem schütteren Haarkranz lehnte sich zurück und blickte sehnsuchtsvoll auf die Weinkaraffe. Doch ehe der Bischof nicht selbst nachschenkte, war es höchst unschicklich, selbst zum Wein zu greifen. Ambrosius hatte Geduld, viel mehr als der rund zwanzig Jahre ältere Sekretär je in seinem Leben würde aufbringen können.

Der Bischof von Mailand war achtunddreißig Jahre alt, ein Mann, der den Zenith seines Lebens bereits erreicht hatte. Das schmale Gesicht war von einer sorgsam gepflegten, dünnen Bartzier geschmückt und wurde von einer großen, nach unten gerichteten Nase mit langem Nasenbein dominiert. Am augenfälligsten jedoch war die Tatsache, dass sein rechtes Auge etwas tiefer lag als das linke, was den Bischof aber nicht daran hinderte, seinen Sekretär forschend mit beiden Augen anzusehen.

»Eminenz, ich habe nur das berichtet, was mir zugetragen wurde. Ein seltsames Schiff unbekannter Bauart ist aus dem Nichts aufgetaucht, hat eine kaiserliche Trireme vernichtet und ist dennoch vom Navarchen in Ravenna gastfreundlich aufgenommen worden. Nun ja, zumindest hat man es nicht sogleich angegriffen.«

»Über die Herkunft ist nichts bekannt?«, vergewisserte sich Ambrosius und strich sich über den Backenbart, als müsse er sich von der Eleganz seiner Gesichtszier überzeugen.

»Das Gerücht sagt, sie kämen aus Germanien.«

»Germanien? Das erscheint mir reichlich abwegig. Und dann ein Schiff, das eine römische Kriegsgaleere vernichtet und anschließend in den Hafen zu Ravenna einfährt? Bewacht wird von den Legionären der Stadtgarnison?«

»Ein Schiff, ganz aus Metall und mit dämonischen Wunderwaffen«, bestätigte Secundus eifrig.

»Dämonische Wunderwaffen, ja?«

Ambrosius schaute nachdenklich aus den hohen Fenstern seines Studierzimmers. Der laue Sommerwind trug die Gesänge aus dem nahen Kloster in seine Mauern. »Dämonen sind immer recht praktisch, wenn man etwas nicht versteht, mein Freund.«

»Ich weiß nicht mehr als Ihr, Eminenz.«

»Mich interessiert viel mehr, was ich von den Gerüchten halten soll, dass Renna ausgerechnet den Symmachus nach Ravenna geladen haben soll. Symmachus hasst die Großstadt, und er hat seit Jahren kein öffentliches Amt mehr innegehabt. Warum er? Was steckt dahinter?«

Secundus wusste, dass diese Fragen gewissermaßen rhetorisch waren. So sehr Ambrosius als Bischof von Mailand für seine Standfestigkeit und seine Bildung auch berühmt und anerkannt war, wusste doch auch jeder, dass er vor seiner Wahl in dieses hohe Kirchenamt Politiker gewesen war, eine Beamtenlaufbahn eingeschlagen hatte. Für einige Jahre war er sogar Präfekt von Aemilia-Liguria gewesen und hatte exakt hier, in Mailand, das Reich zu regieren geholfen und war darin ebenfalls sehr erfolgreich und angesehen gewesen. Der Bischof hatte trotz seines Wechsels in die Kirche niemals vergessen, woher er kam und welche politische Bedeutung die Kirche im Römischen Reich hatte, und so waren seine Fragen für seinen langjährigen Sekretär alles andere als ungewöhnlich.

»Sollen wir weitere Nachforschungen anstellen, Eminenz?«, fragte Secundus. Der Bischof zögerte mit einer Antwort. Seine Hände lagen flach auf einem Stoß Papier, an dem er seit den frühen Morgenstunden mit Secundus gearbeitet hatte. Heute hatte er sich endlich aufgerafft, um mit einer Schrift zu beginnen, die ein für alle Mal die Dominanz der Trinitätslehre über den Irrglauben der Arianer belegen sollte, und dann kamen ihm solche Dinge dazwischen. Ambrosius wünschte sich im Stillen, mehr Muße für die wirklich wichtigen Dinge aufbringen zu können, doch die Politik holte ihn ständig wieder ein.

»Das hätte sich Konstantin so sicher auch nicht gedacht«, knurrte er schließlich und begann, die Papiere zusammenzurollen.

»Wie meint Ihr?«

»Als er das Christentum förderte, hatte er gehofft, dass es als einigendes Band das Reich stärken und seinen Bestand auf immer sichern würde.«

»Oh ja«, kommentierte Secundus, erhob sich und half seinem Herrn bei der korrekten Lagerung ihrer morgendlichen Arbeit. Er wusste, was jetzt kam, es war die Litanei des Bischofs, seit er das Amt angetreten hatte, und es wurde mit jedem Jahr schlimmer. Einst war er zum Bischof gewählt worden, weil man von ihm religiöse Neutralität im Disput zwischen Arianern und Trinitariern erwartet hatte. Wenige hatten damit gerechnet, dass sich Ambrosius zu einem der stärksten und überzeugendsten Kämpfer gegen die Arianer entwickeln würde. So mancher bereute seine Wahl von damals bereits wieder.

Ehe jedoch Ambrosius ansetzen konnte, seine Grübeleien über die seltsamen Vorkommnisse in Ravenna mit einem Monolog über die Nichtswürdigkeit seiner Gegner zu verdrängen, kam ein Priester unaufgefordert in das Studierzimmer gestürmt. Der Bischof hielt in seinem beabsichtigten Tadel unmittelbar inne, denn der Mann schien gänzlich außer Atem und in großer Eile. Etwas Wichtiges war passiert.

»Eminenz, ich habe gerade eine sehr wichtige Nachricht im Palast des Präfekten mitgehört!«

»Sprich!«

»Kaiser Valens ist gegen die Goten vor Adrianopel gefallen! Die Streitkräfte des Ostens sind in Auflösung.«

Ambrosius und Secundus wechselten einen Blick.

»Ist das sicher?«, fragte der Bischof nach.

Der Priester atmete schwer. »Ich habe es direkt vom Sekretär des Präfekten.

Die Nachricht ist gerade erst eingetroffen. Gratian ist bei Sirmium. Der Hof scheint in großer Aufregung.«

»Ja – ich danke dir, du kannst gehen.«

Der Mönch wandte sich um und eilte hinaus. Ambrosius trat ans Fenster und sah ins Freie.

»Valens war ein Heide. Gott hat ihn gestraft.«

Secundus sagte nichts.

»Gleichzeitig hat er den ganzen Osten für seine arianische Häresie bestraft und ihn den Händen der Goten überantwortet.«

Secundus grunzte etwas.

»Eine gerechte Strafe, würde ich sagen.«

Ambrosius wandte sich um. Secundus schwieg weiterhin.

»Du sagst gar nichts.«

»Eminenz, es mag so sein, wie Ihr sagt ...«

»Aber.«

»... aber mir scheint erneut, dass wir hier ein mehr politisches, weniger ein spirituelles Problem haben.«

Der Bischof lächelte fein. »Natürlich stimmt das – und es wird sich als echte Chance für uns entpuppen. Gratian, ein Kaiser mit tiefem Glauben und rechter Gesinnung, regiert nun ganz Rom. Und egal, ob er allein weiterregiert oder einen Mann seines Sinnes einsetzt, ich sehe, dass wir eine sehr gute Chance haben, einige Kämpfe für uns zu gewinnen.«

»Der Kampf gegen die gotischen Horden?«

Ambrosius winkte ab. »Mit denen werden wir fertig. Ich rede von zwei anderen Fronten: von den Arianern und von den Anhängern der alten Kulte. Habe ich denn nicht eben davon gesprochen, dass sich Kaiser Konstantin dereinst geirrt habe?«

»Ja, Eminenz.«

»Er hat sich in noch mehr geirrt. Sein größter Fehler war, hier, in dieser Stadt, ein Edikt zu erlassen, das den Staat zu Toleranz gegenüber den anderen Religionen verpflichtet. Juden, Heiden, Häretiker – alle stehen de jure immer noch unter dem Schutz des Edikts.«

Secundus sah, wie Ambrosius unbewusst die Hände zu Fäusten ballte.

»Das Edikt muss weg«, stieß der Bischof hervor. »Und jetzt haben wir eine gute Chance, dies auf den Weg zu bringen.« Er schien einen Moment zu überlegen und das Lächeln auf seinem Gesicht wurde breiter. »Und die Tatsache, dass mein spezieller Freund Symmachus wegen unserer geheimnisvollen Besucher nach Ravenna geeilt ist, kann mir sogar noch sehr zu Diensten sein.«

Ambrosius gab sich einen Ruck. Es war ihm anzusehen, dass er einen Entschluss gefasst hatte.

»Secundus, wir müssen handeln. Als Erstes entsende einen Kurier zu Erzbischof Liberius in Ravenna. Ich möchte jedes Detail über die fremden Besucher wissen, und ich meine nicht Hörensagen, sondern alles. Er soll einen seiner besten

Vertrauten zu den Fremden schicken und dieser soll sie befragen. Ich will einen vollständigen Bericht, so akkurat wie möglich.«

»Ich werde es sogleich veranlassen.«

»Das reicht aber noch nicht. Ich muss selbst etwas tun und die Gunst der schweren Stunde nutzen. Lass sofort alle notwendigen Reisevorbereitungen treffen. Ich will sogleich aufbrechen. In dieser Stunde bedarf der Kaiser geistlichen Zuspruchs und des Rates der Kirche, und ich fühle, dass Gott mich auserkoren hat, damit zu dienen.«

Er blickte in das leicht verständnislose Gesicht seines Sekretärs.

»Wir reisen nach Sirmium, und das auf dem schnellsten Wege. Wir suchen den Hof Gratians auf. Es gilt, keine Zeit zu verlieren.«

24

»Ich bin Fulvius.«

Der Römer war sicher in den späten Vierzigern und ein Berg von einem Mann. Sicher, auf seinem massiven Körper gab es durchaus das eine oder andere Pfund überflüssigen Fetts, doch davon ließ Dahms sich nicht täuschen. Fulvius war mit seiner Größe von rund einem Meter achtzig jemand, dem er nicht im Kräftemessen entgegentreten wollte. Dahms war kein schwacher Mann, ganz gewiss nicht. Der Römer war allerdings so breit wie hoch, besaß mächtige Schultern und war sich, der Art und Weise nach zu urteilen, wie er sich bewegte, seiner Kraft auch bewusst. Seine Hände wirkten wie Schaufeln, waren aufgerissen und narbig von harter Arbeit, und seine Beine, die unter der lockeren Tunika herausragten, glichen Baumstämmen. Dahms brauchte eine Weile, um sich daran zu gewöhnen, dass Hosen zwar nicht unbekannt, aber offenbar nicht beliebt waren, erst recht nicht im warmen Spätsommer des Jahres 378.

Dahms reichte dem Römer die Hand, die dieser, ohne zu zögern, ergriff. Der Griff war fest und kräftig, aber Fulvius machte keine Show daraus.

»Navarch Renna meinte, ich solle mich mit Euch zusammensetzen. Ich bin der Gesandte der Stadtgilden. Ich vertrete die Handwerker. Ich selbst bin Schmied, und das seit gut fünfundzwanzig Jahren. Mir gehört die größte Schmiede in der Stadt, ich habe zweiundzwanzig Männer, die für mich arbeiten, und ich besitze zwei Manufakturen außerhalb der Stadtmauern, die ich für das Reich leite.«

Dahms wusste mittlerweile genug über die Besitzverhältnisse im Reich, um zu erahnen, dass Fulvius möglicherweise tatsächlich Eigentümer der Schmiede war, die Manufakturen jedoch, so sie zur Waffenherstellung dienten, nur im Auftrag des Kaisers leitete. In jedem Falle war er der richtige Mann, wenn er einigermaßen Kenntnisse über die anderen Handwerksbereiche hatte. Die Handwerker Roms waren in Gilden und Zünften organisiert, und die zunehmend restriktive Gesetzgebung des Reiches erlaubte es Söhnen nur, den Beruf ihres Vaters auszuüben, um Engpässe durch individuelle Vorlieben zu verhindern. Rheinberg hatte ihm erklärt, dass dies zu den Gesetzesreformen gehört hatte, die eingeführt worden waren, um vor allem die Versorgung der Armee zu gewährleisten. Niemand musste Dahms erklären, dass dies letztendlich mit großen Einbußen in der Produktivität erkauft worden war. Noch etwas, was sie ändern mussten, wenn das Reich langfristig erhalten bleiben sollte.

Später.

»Ich freue mich, Euch kennenzulernen«, erwiderte der Marineingenieur die Begrüßung. Die intensiven Stunden mit Volkert und Neumann hatten zumindest seine Griechischkenntnisse deutlich verbessert, und Fulvius schien mit dieser Sprache genauso vertraut zu sein wie mit Latein. »Bitte, folgt mir!«

Dahms führte den Mann die Niedergänge hinab in den Bauch der *Saarbrücken*. Das beinahe andachtsvolle Schweigen des Handwerkers sagte alles. Als sie den

Maschinenraum betraten und vor einem der beeindruckenden Dampfkessel standen, stand Fulvius der Mund offen. Dahms setzte sich und ließ dem Mann Zeit, die ganzen Eindrücke in sich aufzunehmen. Jetzt Erklärungen zu geben, wäre verlorene Liebesmüh. Es passte gut, dass die Expansionsmaschinen unter geringem Druck im Leerlauf liefen, um jederzeit den Hafen verlassen zu können. So konnte er Fulvius das ganze Spektakel anbieten.

Er schaute ihm ins Gesicht, als der Römer sich schwer neben Dahms niederließ.

»Keine Magie, mein Freund«, sagte der Ingenieur. »Ich bin vom gleichen Schlage wie Ihr, ein Schmied. Ein besserer Schmied lediglich in dem Sinne, dass mir meine Lehrer mehr haben beibringen können als Euch die Euren, aber ich stand an der Werkbank und habe den Hammer geschwungen wie Ihr. Keine Magie.«

Fulvius wischte sich den Schweiß von der Stirn.

»Dies ist bedrückend, überwältigend«, stieß er schließlich hervor und konnte seine Augen nicht stillhalten. Forschend schienen sie jedes technische Detail in sich aufsaugen zu wollen. »Aber es ist eine Maschine. Daran besteht kein Zweifel. Eine Maschine.«

Er blickte nun Dahms direkt an. »Ihr habt sie gebaut?«

»Nein«, lachte der Ingenieur. »Ich könnte das nicht alleine. Ich habe sie auch nicht entworfen oder bauen lassen. Ich sorge nur dafür, dass sie funktioniert, und muss daher begreifen, wie sie funktioniert.«

Fulvius nickte verständnisvoll. »Ihr könntet jedoch eine bauen, wenn man Euch die nötigen Männer gäbe!«

»Ja, das könnte ich. Und das ist einer der Gründe, warum mein Trierarch den Navarchen gebeten hat, den Kontakt mit Euch herzustellen.«

Das begierige Glitzern, die kaum verhaltene Begeisterung in Fulvius' Augen sprach Bände. Genauso wie Aurelius Africanus nur noch schwer von der Brücke der *Saarbrücken* zu bekommen war, hatte der Schmied Feuer gefangen, fast im wahrsten Sinne des Wortes. Über 1500 Jahre trennten sie, aber Dahms spürte unmittelbar die tiefe Seelenverwandtschaft zwischen sich und diesem so ungelenk wirkenden Mann. Sie waren beide aus dem gleichen Holz geschnitzt.

Nein, verbesserte sich Dahms unwillkürlich. Aus dem gleichen Metall gehämmert, wenn er schon im Bild bleiben wollte.

»Sprich, Dahms. Sag mir, was du wissen willst!«

Die Männer lächelten sich an, jede falsche Formalität war verflogen. Der Geruch von Schweiß, Öl und Dampf schwängerte die Luft. Ein Heizer kam herein, das Gesicht verschmiert, den glänzenden Oberkörper völlig entblößt, die wilde Brustbehaarung nass auf der Haut klebend. Johann Meyer war nicht bloß ein Heizer, er war auch noch Schmiedegeselle im zivilen Leben gewesen. Dahms winkte ihn herbei.

»Fulvius, dies ist Johann, ein Schmied wie du.«

Unglücklicherweise hatten die bisherigen Lateinlektionen bei Johann, der sonst ein begabter junger Mann war, nur wenig gefruchtet. Er hob etwas hilflos die

Hand zum Gruße. Als Fulvius sie ergriff und die beiden Männer stumm anfingen, ihre Kräfte zu messen, huschte ein breites Grinsen über ihre Gesichter.

»Wir werden uns verstehen«, meinte der Römer, als Johann sich wieder erhob und an seine Arbeit ging. »Keine Magie, Dahms. Dieser Mann ist so, wie ich war, als junger Lehrling bei meinem Vater. Magier sehen anders aus.«

»Obwohl ich mir manchmal wünschte, ein wenig Zauberei zu beherrschen, wenn die Probleme alle auf einmal kommen.«

»Ja, das kenne ich. Also, noch einmal: Was brauchst du?«

Dahms holte tief Luft. »Ich kann das gar nicht alles aufzählen und so manches würdest du ohne lange Erklärung auch nicht verstehen.«

Fulvius akzeptierte diese Feststellung, ohne beleidigt zu sein. Der Rundblick im Maschinenraum hatte ihm diese Tatsache eindeutig vor Augen geführt.

»Es wäre schön, wenn du mir zeigen könntest, was du kannst, dann kann ich dir sagen, was ich brauche.«

Fulvius grinste. »Als ob das die Sache einfacher machen würde. Ich habe Gerüchte gehört, dass dein Schiff bald aufbricht. Ich würde sonst vorschlagen, dass du mit einigen deiner Männer mit mir kommst und ich dir eine Tour durch Ravenna gebe – mit Besuchen bei allen Gilden, den großen Werkstätten und derlei. Dort könntest du dir alle möglichen Werkstücke ansehen und auch Fragen stellen. So kämen wir sicher schneller voran.«

»Ja, das ist wahr. Leider kann ich so etwas derzeit nicht machen, denn ich muss mich tatsächlich bereithalten. Doch die *Saravica* wird nicht lange fortbleiben.«

Der Plan war, dass das Schiff, nachdem es die Kompanie Infanteristen sowie Rheinberg in Spalato abgeliefert hatte, wieder nach Ravenna zurückkehren solle. Bei allem langsam wachsenden Vertrauen schien Renna die Idee, den Kreuzer ohne Aufsicht im Mittelmeer herumtouren zu lassen, für wenig attraktiv zu halten. Rheinberg wusste ebenso wie Dahms, dass sie alle sich derzeit noch auf sehr dünnem Eis bewegten. Es würde erst dicker und damit belastbarer werden, wenn der Kaiser auf ihrer Seite war.

»Sobald die *Saravica* zurück ist, werden wir wieder Kontakt aufnehmen, und dann machen wir es so, wie du es vorgeschlagen hast«, fuhr Dahms fort. »Und jetzt gebe ich dir, wenn du nichts dagegen hast, einen Rundgang durch mein Reich … und du kannst dir einige Werkstücke ansehen.«

Fulvius erhob sich und machte eine umfassende Bewegung mit seinen Armen.

»Dies, Dahms, ist das größte Werkstück, das ich je in meinem Leben gesehen habe. Und ich sage dir: Ich will so etwas bauen!«

Dahms stellte sich neben ihn.

»Genau das will ich auch, Fulvius. Und ich verspreche dir, es wird uns auch gelingen.«

25

»Das ist also Wein. Ich nenne das Pisse.«

Die Tatsache, dass Oberwachtmeister Behrens diese Worte klar und ohne falsche Zurückhaltung aussprechen konnte, hing nicht zuletzt damit zusammen, dass ihn hier niemand verstand. Er saß mit Köhler in einer Taverne, die von Hafenarbeitern, Seeleuten, Fischern, Handwerkern und Legionären frequentiert wurde, ein schönes Sammelsurium, das zu lautstarken Streitigkeiten, aber kaum zu Handgreiflichkeiten führte. Letzteres hing sicher auch mit den beiden baumlangen Sklaven zusammen, die der Schankwirt anscheinend einzig aufgrund deren abschreckender Wirkung erworben hatte. Es waren gigantische Kerle, die eher fett als trainiert wirkten, beide fast zwei Meter groß und, so kam es Köhler vor, bald genauso breit. Offenbar ging ihnen ein Ruf voraus, denn sobald sie einen der Zechenden, der allzu lautstark wurde oder dessen Rufe zu aggressiv klangen, genauer ins Visier nahmen, wurde der Beobachtete schnell kleinlaut. Dass allein die Blicke genügten, sprach für sich. Ansonsten saßen die beiden nur an einem kleinen Tisch in der Mitte des Schankraumes und aßen. Von allen Sklaven Ravennas hatten diese beiden sicher das beste aller möglichen Schicksale, und die Tatsache, dass manche der Schankmaiden eindeutig zweideutige Blicke mit den Wachmännern wechselten, deutete zudem darauf hin, dass es beim reichhaltigen Essen alleine nicht blieb.

Auch Köhler und Behrens hatten allerdings diese Blicke erhalten, und es war der Bootsmann, der sich an die Belehrungen Rheinbergs erinnerte, dass in Kneipen wie dieser die Grenze zwischen weiblicher Bedienung und Prostituierter arg löchrig war. Bis auf Weiteres verspürten die beiden Männer jedoch nicht das Bedürfnis, sich den Angeboten aufgeschlossen zu zeigen, die lebhaften Schilderungen Neumanns über grassierende Geschlechtskrankheiten klangen beiden noch deutlich im Ohr. Ein andermal vielleicht. Wenn sie beide verzweifelt genug waren.

Bis dahin genügte der Wein, oder auch nicht, denn wie Behrens so richtig feststellte, das hier gereichte Getränk schmeckte wie ausgeschieden und war wohl nur deswegen bei den Zechenden erkennbar beliebt, weil es schlicht Alkohol enthielt.

»Was fehlt, ist Bier.«

»Das gibt es hier. Cervisia heißt das Zeugs«, belehrte Köhler seinen Kameraden. »Ich darf davon abraten. Labberig und kaum herunterzukriegen. Dagegen ist der Wein hier ein edles Tröpfchen.«

»Es wäre alles einfacher, wenn es dazu einen Schnaps gäbe«, murrte Behrens. Er starrte auf den Eintopf vor sich, den man als Abendmahl gereicht hatte, und stocherte missmutig mit dem Holzlöffel darin herum. Die Suppe war heiß, daran gab es keinen Zweifel, jedoch minderte das Behrens' Misstrauen nur wenig. Beide Männer erkannten, dass ihnen hier noch einiges an Eingewöhnungsarbeit bevorstand.

»Ja, ich finde es schon seltsam, dass sie hier nichts Stärkeres anbieten«, meinte auch Köhler und schwenkte den Holzbecher ein wenig missmutig hin und her. »Eigentlich reicht doch schon Wein, um daraus mit etwas Umsicht Weinbrand machen zu können.«

»Ich kenne genug Einheiten, die vor allem in den Kolonien eigene Destillen betreiben. Darf keiner wissen und so, aber so schwierig ist das ja nun nicht«, murrte Behrens. Er schob die Schale mit dem Eintopf schließlich vorsichtig von sich, so als würde er befürchten, dass sich das Gebräu aus seinem Behälter erheben und ihn angreifen würde, wenn er es nur zu sehr reizte.

»Da sagst du was«, murmelte Köhler mit einem plötzlich sehr nachdenklichen Ausdruck im Gesicht. »Wir bräuchten ein paar gescheite Metallrohre und noch ein paar andere Materialien, aber einige der Männer von Dahms könnten uns da sicher zur Hand gehen ...«

»An was denkst du?« Köhler hatte die volle Aufmerksamkeit des Infanteristen.

»Naja, ich vermute mal, wenn man dem Publikum hier eine Alternative zu diesem Gesöff anbietet, dann werden sie nicht Nein sagen. Einige der Jungs hier sehen aus, als würden sie sich jeden Abend reichlich abfüllen, und Geld scheinen sie alle dafür zu haben.«

»Das sehe ich ähnlich. Die Hälfte der Leute hier sind Quartalssäufer. Und sie müssen einiges an Silber investieren, bis sie genug Wein intus haben, um einen anständigen Rausch zu bekommen.«

»Nicht wahr?« Köhler grinste. »Das kann man doch schneller und preiswerter erreichen – und mit mehr Geschmack. Möglicherweise wird dann sogar das Bier genießbar.«

»Von den medizinischen Wirkungen ganz zu schweigen«, betonte Behrens mit übertriebenem Ernst. »Desinfektion haben die alle hier bitter nötig. Da können ein paar Klare Wunder wirken.«

»Nichts liegt näher an der Wahrheit«, bestätigte Köhler. Er schaute sinnierend auf den Schankwirt, einen breit gebauten Mann, der hinter einer grob behauenen Theke stand und die Kundschaft mit seinen Schweinsäuglein alle gleichzeitig im Blick zu haben schien. Köhlers Aufmerksamkeit wanderte von dem Mann zur halboffenen Tür, hinter der er die Küche vermutete. Er sah eine Frau, die hin und wieder Speisen nach vorne trug und auf die Theke stellte, wo die Bedienungen sie abholten. Sie war in etwa im Alter des Schankwirts und machte nicht den Eindruck einer Angestellten, vor allem dann, als sie eine der Bedienungen laut beschimpfte, als diese aus Unachtsamkeit etwas fallen ließ. Köhler vermutete, dass es sich um die Frau des Wirtes handelte. Hin und wieder waren durch die Tür auch Kinder zu sehen, die neugierig in den Schankraum lugten, ehe sie vom Wirt wieder verscheucht wurden. Nach zehn Minuten hatte Köhler fünf verschiedene Gesichter identifiziert.

»Dieser Wirt hier hat ein volles Haus und eine große Familie«, kommentierte er schließlich und neigte den Kopf in Richtung Theke. »Die Preise sind moderat und ich glaube nicht, dass die Kundschaft immer zahlt. Der Wirt lässt anschreiben, siehst du?«

Behrens nickte. Der Wirt führte eindeutig eine Liste an der Rückwand der Theke, an der die Namen von Stammgästen auf einer Tafel vermerkt waren. Obgleich er nicht genau wusste, was die kryptischen Abkürzungen hinter den Namen bedeuteten, war zumindest zu erahnen, dass die Außenstände nicht unerheblich waren. Die Tatsache, dass der Wirt manchmal recht deutliche Worte an den einen oder anderen der Zechenden richtete und dann mitunter kleinere Summen widerwillig den Besitzer wechselten, bestätigten dies. Anschließend veränderte der Wirt die Einträge hinter dem betreffenden Namen, wischte sie aber nicht fort, was darauf hinwies, dass nur ein Teil der Schuld beglichen worden war – gerade genug, um den Wirt zur Ausführung einer nächsten Bestellung zu bewegen.

»Der Wirt braucht bessere Kunden, und mehr davon. Eine Erweiterung der Angebotspalette könnte da helfen«, sagte Behrens und beobachtete nun auch mit wachen Augen seine Umgebung. »Es gibt kein Hinterzimmer. Das ist schlecht, denn wo soll man ungestört etwa um Geld spielen oder einen Anlass feierlich begehen?«

Köhler nickte nur.

»Wie gut ist dein Latein?«, fragte er schließlich.

»Beschissen.«

»Dann besorgen wir uns einen Übersetzer. Africanus kann uns sicher jemanden empfehlen. Und wir kehren noch vor dem baldigen Auslaufen der *Saarbrücken* hierher zurück. Wir sollten ein ernsthaftes Gespräch mit dem Wirtsehepaar führen.«

»Was willst du vorschlagen?«

Köhler grinste.

»Eine Partnerschaft, die sich für alle als äußerst lukrativ erweisen könnte. Bist du dabei?«

»Auf jeden Fall. Meinst du nicht, man wird uns einen Nebenverdienst übel nehmen?«

Köhler machte ein unschuldiges Gesicht.

»Nebenverdienst?«

Er hob den geleerten Weinkrug und winkte einer vorbeihuschenden Bedienung.

»Das ist kein Nebenverdienst, wir erweitern die technologische Basis des Römischen Imperiums zum Wohle unserer Mission und zum Wohle aller römischen Bürger. Wir tun ein zivilisatorisches Werk!«

Ein Schankmädchen kam an ihren Tisch und lächelte sie schüchtern an. Nach Köhlers Einschätzung konnte sie noch keine fünfzehn Jahre alt sein.

Der gefüllte Krug stand vor ihnen und sie gossen sich ein.

»Dann zum Wohle!«, meinte Behrens und hob seinen Becher.

»Du hast es erfasst«, erwiderte Köhler lächelnd.

Sie prosteten sich zu.

26

Entscheidungen flossen wie Wasser den Tiber hinunter. Als die *Saarbrücken* schließlich auslief, hatten die militärischen Behörden, soweit sie erreichbar gewesen waren, Navarch Renna mit der Administration der neuen Herausforderungen beauftragt – nicht zuletzt deswegen, weil er versprochen hatte, all dies schnellstmöglich vor die Füße des Kaisers zu legen. Die Besatzung der *Saarbrücken* war weiter angewachsen: Sowohl Senator Symmachus als auch Michellus hatten beschlossen, die Reise nach Sirmium anzutreten, Africanus und zwei Tribune aus dem Stab Rennas hatten sich ebenfalls eingeschifft. Unterkünfte für die zusätzlichen Gäste zu finden, war dann jedoch bemerkenswert einfach: Wie erwartet war eine der zentralen Forderungen der Römer gewesen, dass die *Saarbrücken* Geiseln zu stellen habe. Rheinberg hatte die Chance genutzt, sich auf elegante Art und Weise von Klasewitz' zu entledigen, und dabei auch noch den Eindruck zu erwecken, dass er ihm damit einen Gefallen tat. Von Klasewitz, allseits in seiner Wichtigkeit als höchstprominente Geisel bestärkt, stolzierte von Bord wie ein Feldherr vor seinem Triumphzug. Er wurde von einigen Männern begleitet, die Rheinberg weniger leicht entbehren konnte, aber er musste eine geeignete Gruppe zusammenstellen. Volkert war darunter, der seit seinem Verweis tadellosen Dienst versehen hatte, zwei Unteroffiziere, darunter Wachtmeister Kolbert, einer von Beckers erfahrensten Männern, der mit zwei seiner Gefreiten so etwas wie die inoffizielle Leibgarde darstellte. Allen Geiseln wurde erlaubt, bewaffnet zu bleiben, was ein Vertrauensvorschuss vonseiten der Römer war, und Rheinberg hatte ihnen, vor allem von Klasewitz, absolutes Wohlverhalten auferlegt. Der Erste Offizier, von der Aussicht auf weitere öffentliche Empfänge und Festlichkeiten offenbar sehr angetan, hatte hoch und heilig versprochen, der *Saarbrücken* Ehre zu machen. Symmachus und Michellus wurden in den Kabinen Rheinbergs und von Klasewitz' einquartiert, während Rheinberg nun die Koje Volkerts mit Becker teilte. Die Überfahrt nach Spalato würde etwa einen Tag in Anspruch nehmen, daher hielten sich die möglichen Unannehmlichkeiten in Grenzen.

Es war dieser frühe Augustmorgen, als sich die *Saarbrücken* endgültig zum Auslaufen bereit machte, als Rheinberg von jemandem angesprochen wurde, den er schon fast vergessen hatte.

»Trierach!«

Rheinberg stand an der Reling und beobachtete das Treiben am Kai, als er die Stimme vernahm. Er drehte sich um und erblickte den Fischer, Marcus Necius, und seinen Sohn Marcellus, beide in frischen Tuniken. Sie hatten eigentlich die *Saarbrücken* verlassen, als der Kreuzer erstmalig angelegt war. Die Tatsache, dass die Wachen sie hatten an Bord kommen lassen, erinnerte ihn daran, dass er dem Fischer noch etwas schuldig war.

»Ich freue mich, dass Ihr mich besucht«, begrüßte Rheinberg ihn herzlich. »Wir laufen aber in Kürze aus und ich habe nicht viel Zeit.«

Marcus winkte ab. »Ich möchte Eure Zeit nicht lange beanspruchen, Trierarch. Ich habe gehört, dass Ihr eine große Tat vollbracht habt, indem Ihr einen berüchtigten Piraten zur Strecke brachtet.«

»Wir haben einiges gutzumachen«, entgegnete Rheinberg.

»Nun, vielleicht«, sagte Marcus gedehnt und Rheinberg fühlte sofort, dass die Verhandlungen begonnen hatten. Er verkniff sich ein Lächeln.

»Was kann ich für Euch tun, Marcus«, fragte er nun direkt. »Wir hatten seit jenen Ereignissen keine Zeit, noch einmal miteinander zu sprechen.«

»Es gibt in der Tat etwas, um das ich Euch bitten möchte«, setzte der Fischer an. Da er bei diesen Worten seine Hände, die er auf die Schultern seines Sohnes gelegt hatte, fester auf die Knochen Marcellus' drückte, ahnte Rheinberg bereits, dass Marcus keine Wünsche für sich hatte.

»Sprich!«

»Ich habe viele wundersame Dinge auf Eurem Schiff erblickt, Trierarch. Sehr wundersame Dinge, die ich nicht verstehe und die ich mein Lebtag nicht verstehen werde. Ich habe das Gefühl, dass eine neue Zeit angebrochen ist.«

»Da bin ich mir noch nicht sicher. Vieles wird davon abhängen, was wir in naher Zukunft erreichen werden.« Rheinberg blieb vage. Dass sie zum Kaiser aufbrachen, war zwar nicht geheim im strengen Sinne des Wortes, aber auch noch nicht in irgendeiner Form öffentlich bekannt gegeben worden.

»Dennoch, dieses Gefühl habe ich«, beharrte Marcus. »Ich möchte Euch daher bitten, meinen Sohn Marcellus als Schiffsjungen auf Euer Schiff aufzunehmen. Er ist fleißig und verständig. Er kann arbeiten und benötigt wenig Schlaf. Eine Ecke und eine Decke werden genügen als Schlafstatt. Er isst nicht viel. Bitte, ich möchte, dass er von Euch lernt, und von Euren Männern. Diese … Maschinationen, diese Werkzeuge, all dies ist mehr, als wir Römer kennen. Ich will, dass Marcellus all das lernt.«

Rheinberg nickte gemessen. »Ihr versteht, Marcus, dass dies hier in erster Linie ein Kriegsschiff ist und alle Besatzungsmitglieder Soldaten?«

»Ja, Trierarch. Das verstehe ich wohl.«

»Und wir sind, zumindest bis jetzt, weder römische Bürger noch offizielle Mitglieder in den Streitkräften des Reiches.«

Marcus lächelte fein. »Mein Gefühl sagt mir, dass sich das bald ändern wird.«

»Das Gegenteil kann ebenfalls eintreten.«

»Der Nutzen überwiegt das Risiko.«

Rheinberg sah nun den Knaben an, der der Konversation mit unbewegter Miene gefolgt war. »Was denkst du, mein Sohn?«

»Ich tu, was mein Vater sagt.«

»Das habe ich nicht gefragt.«

Marcellus sah seinen Vater fragend an, der offenbar nichts dagegen hatte, dass sein Sohn offen und ehrlich sprach.

»Ich habe Angst, Trierarch«, sagte Marcellus schließlich. »Aber ich will mehr werden, als ein Fischer.«

Die Art und Weise, wie der Stolz in Marcus' Augen funkelte, zeigte, dass dieser Ehrgeiz durchaus im Sinne des Vaters war.

»Und ich will kein Soldat sein«, ergänzte er mit fester Stimme. Marcus' Blick heischte nun um Entschuldigung. Doch Rheinberg gefiel der Junge. Er sah sich einem ungewissen Schicksal auf einem seltsamen Schiff mit noch seltsameren Männern gegenüber, und trotzdem hatte er genug Mut, seinen Willen zu artikulieren.

»Du bist ohnehin zu jung, um bei uns Soldat zu werden«, erwiderte Rheinberg. Ehe die Enttäuschung in Marcus' Gesicht zu stark werden konnte, hob er eine Hand. »Du bist aber nicht zu jung, um bei uns in die Lehre zu gehen. Du bist bereit, zu arbeiten und zu schwitzen?«

Eine rhetorische Frage. Marcellus hatte während seines Aufenthaltes auf der *Saarbrücken* in jeder freien Minute den Maschinenraum aufgesucht und die großen Expansionsmaschinen bewundert. Dahms hatte ihn schon als Maskottchen annehmen wollen. Und Marcellus hatte sich mit den anderen Schiffsjungen, die größtenteils im Maschinenraum als Ölaffen arbeiteten und für die ständige Schmierung der großen Maschine sorgten, schnell angefreundet. Sie waren in etwa in seinem Alter.

Rheinberg würde ihm diesen Wunsch auf etwas andere Art und Weise erfüllen. Marcellus war eine Chance, und das Schicksal als Ölaffe wollte er ihm ersparen. Unlängst hatte er bereits Dahms darauf hingewiesen, dass die Schiffsjungen einem stärkeren Lernregiment zu unterziehen seien, da sie jetzt jedes Besatzungsmitglied als kostbare und unersetzliche Ressource zu betrachten hatten. Im Gegensatz zu den Römern kannten sich die Jungs auf dem Schiff bereits aus. Sie konnte man gut weiter ausbilden, doch dafür mussten sie stärker als bisher vom Dienst freigestellt werden.

Und das musste gerade auch für den jungen Fischersohn gelten.

»Du sollst als Schiffsjunge auf meinem Schiff anheuern«, sagte Rheinberg. »Du sollst bei Dahms dienen, er und seine Männer sollen dir die Maschine beibringen. Sie fangen ganz am Anfang an. Du musst Mathematik lernen und Geometrie. Das ist ziemlich anstrengend.«

Rheinberg merkte sofort, dass er Marcellus unterschätzt hatte. Sein Vater winkte ab. »Herr, ich habe meinen Sohn zu den besten Lehrern geschickt, die ich mir habe leisten können. Er konnte nicht durchgehend zur Schule gehen, nur, wenn wir das Geld hatten, dennoch er hat einiges an Mathematik gelernt. Er kann rechnen bis 10 000, und er kann lesen und schreiben. Er weiß eine Menge, er muss lediglich hin und wieder zum Lernen ermuntert werden.«

»Nicht hier, Vater. Hier werde ich freiwillig lernen«, wandte der Junge eifrig ein.

»Das will ich hoffen«, brummte Marcus.

»Das wird er wohl«, beruhigte Rheinberg ihn. »Er soll lernen, aber er wird kein Soldat. Er wird Maschinist. Der erste römische Maschinist. Ich biete ihm eine Zeit von drei Jahren auf der *Saarbrücken* an. Danach kann er mit alledem, was er gelernt hat, von Bord gehen. Ich zahle in Kost, Kleidung und Logis, und sollten wir an Geld kommen, soll er einen Lohn erhalten. Außerdem verspreche ich, alles zu tun, was ich kann, um seine Sicherheit zu gewährleisten. Das ist alles, was ich Euch anbieten kann … Marcus … Marcellus.«

Es war deutlich zu erkennen, dass er sowohl die Erwartungen des Vaters wie des Sohnes mehr als erfüllt hatte. Rheinberg winkte Köhler, der sich sofort zu ihnen gesellte.

»Herr Köhler, dieser Junge hier wird in die Mannschaft aufgenommen.«

Der ältere Mann nickte ungerührt und grinste Marcellus unverblümt an. Dieser schaute an dem massiv gebauten Unteroffizier hoch und lächelte eher zaghaft.

»Sie werden für ihn eine Hängematte finden und schauen, ob wir eine Montur für ihn zusammenschneidern können. Er wird als ziviler Lehrling und Schiffsjunge geführt, kein Soldat. Dahms soll jemanden finden, der sich seiner annimmt, und einen Ausbildungsplan aufstellen, das erzähle ich ihm noch selbst. Neumann soll ihm eine Sicherheitseinweisung geben, damit fangen wir an. Eine Rollentafel für ihn. Bringen Sie ihn zu Neumann und sagen Sie ihm schöne Grüße, er soll den Jungen ordentlich mustern und eine Akte anlegen.«

Köhler tippte mit dem Zeigefinger gegen seine Stirn und ließ eine breite Hand schwer auf Marcellus' Schulter fallen.

»Marcus, Euer Sohn bekommt natürlich Landgang, wenn wir wieder in Ravenna sind. Habt keine Sorge!«

»Die habe ich nicht!«, erwiderte der Fischer, wenngleich sein Blick nicht ganz die Überzeugung ausstrahlte wie seine Stimme.

»Köhler, legen Sie los!«

Marcellus ließ sich ohne Widerstand wegführen. Rheinberg deutete auf den Kai.

»Es tut mir leid, Marcus, aber wir laufen wirklich gleich aus.«

Der Fischer schluckte etwas herunter. »Danke«, sagte er schließlich leise. »Danke.«

»Er wird Euch stolz machen. Er ist ein feiner Kerl.«

Marcus nickte nur und wandte sich ab. Rheinberg sah ihm nach und fragte sich, wie schnell die Kunde von Marcellus' Anheuern in der Stadt die Runde machen würde. Er lächelte. Zumindest bei den Abenteuerlustigen, den Neugierigen, denjenigen, die bereit waren, etwas auszuprobieren und etwas anderes zu wagen, würde diese Nachricht wie eine Bombe einschlagen.

Rheinberg sah zur Brücke hoch und winkte.

Befehle schallten über das Deck, als die Leinen losgemacht wurden.

Es ging nach Spalato.

Es ging zum Kaiser.

27

Petronius Ascellus hatte alles, was er sich wünschen konnte. Er besaß vor allem drei Dinge, die sein Leben mit Freude und großer Zufriedenheit erfüllten: die Erkenntnis, den wahren Glauben gefunden zu haben, die Gewissheit, dass diese Erkenntnis über alle anderen Ansichten obsiegen würde, und die Tatsache, dass er das Ohr des Erzbischofs hatte, was in solchen Dingen von nicht unwesentlicher Bedeutung war. Diese drei Dinge erfüllten ihn vor allem deswegen mit Zufriedenheit, weil sie ihm ermöglichten, die drei größten Ziele in seinem Leben zu erreichen: sein Leben dermaßen zu reinigen, dass er am bald bevorstehenden Jüngsten Tag dem Gericht mit Freude und Erwartung entgegentreten durfte, das Leben anderer zu reinigen, auf dass diese ebenfalls gerettet werden konnten, und bis dahin dafür zu sorgen, dass sein reines Leben gleichzeitig ein höchst komfortables war.

Engster Vertrauter des Liberius von Ravenna zu sein half bei alledem. Als der Bote aus Mailand sich demutsvoll zurückgezogen hatte und der alte Erzbischof die Nachricht des Ambrosius mit sichtlicher Verwirrung kontemplierte, wartete Petronius nur darauf, um Rat gefragt zu werden. Liberius war alt, noch kein Greis, aber es fehlte nicht mehr allzu viel. Er war ohne Zweifel ein frommer Mann von standfestem Glauben, auch wenn er, so die geheime Ansicht seines Ratgebers, gegenüber der Häresie der Arianer eine allzu große Milde an den Tag legte, eine Milde, die Petronius mit dem fortgeschrittenen Alter des Erzbischofs zu erklären trachtete. Darüber hinaus war Liberius in weltlichen Dingen … nun, das Wort, das Petronius hier bevorzugte, war »hilflos«, um nicht deutlichere zu verwenden. Liberius liebte die Stunde des frühen Gebets, er zelebrierte trotz seines Alters noch mitreißende, tiefe Gottesdienste und die Schrift kannte er wie kein anderer. Er war gebildet, beherrschte neben dem Griechischen auch das Hebräische fließend, kannte viele der heiligen Schriften im Originaltext. Ambrosius, selbst ein Mann hoher Bildung, hatte sich oft und lange mit Liberius auseinandergesetzt und von seinen Kenntnissen gelernt, und so war eine sehr gute Beziehung zwischen den Männern entstanden. Petronius achtete die hohe Bildung seines Herrn, doch genauso wusste er, dass die Bitte des Mailänder Bischofs den alten Mann überfordern musste.

So geschah das Unausweichliche.

»Petronius, mein Freund«, ächzte Liberius und wedelte mit dem Pergament in der Luft. »Was soll ich davon halten? Der Stadtsenat hat mir versichert, dass die Fremden weder Gefahr noch Bedrohung darstellen, ja, dass sie die Meere von der Geißel eines blutrünstigen Piraten befreit haben. Ich habe gehört, man habe all dies und Weiteres dem Navarchen Renna überlassen und man wolle des Kaisers Wort zu der Angelegenheit einholen, was mir wie ein weiser Ratschluss erscheint. Warum nun dieses plötzliche Interesse meines lieben Bruders Ambrosius?«

Petronius legte einiges an schauspielerischem Talent in einen Gesichtsausdruck von tiefer Besinnung, ehe er antwortete.

»Eminenz, ich maße mir nicht an, den Gedanken und Überlegungen unseres Bruders in jedem Falle folgen zu können. Zwischen ihm und mir liegen Welten, und so sehr ich ihm auch nacheifere, so weit bin ich noch von ihm entfernt. Dennoch, wenn ich dies sagen darf: So Ambrosius besondere Aufmerksamkeit auf ein Problem verwendet, hat sich in der Vergangenheit immer gezeigt, dass er wohl und recht gehandelt hat.«

»Hm, wohl wahr, wohl wahr«, murmelte Liberius. »Aber mein Bruder hat nie seine heimliche Leidenschaft für die Politik verloren, und mir scheint, dass sie diesmal wieder mit ihm durchgeht.«

Petronius musste sich beherrschen, um die von diesem plötzlichen Geistesblitz seines Bischofs verursachte Überraschung zu verbergen. Selbstgefälligkeit gehörte seiner Meinung eigentlich ebenfalls in die Liste der Todsünden. Er gemahnte sich deshalb, den alten Mann nicht noch einmal zu unterschätzen.

»Eine gute Erkenntnis«, sagte er entsprechend devot und neigte den Kopf. »Ich denke, dass es auch in der Kirche manche geben muss, die diesen abscheulichen, aber notwendigen weltlichen Angelegenheiten zumindest bisweilen ihre Aufmerksamkeit schenken. Solange Reich und Kirche zwischen rechtem Glauben und den Häretikern des Arianismus geteilt sind, wird sich Geistliches von Weltlichem nicht trennen lassen.«

»Jaja, nun gut, mag sein«, murmelte Liberius. Er hasste es, über dieses Thema zu reden. So sehr er von der trinitarischen Lehre überzeugt war, so sehr widerstrebte es ihm gleichzeitig, der Häresie mit aller notwendigen und manchmal auch Opfer erfordernden Macht entgegenzutreten. Wahrscheinlich nahm er an, die Arianer würden irgendwann von selbst aussterben, eine Ansicht, die angesichts der Dominanz arianischer Bischöfe im Osten des Reiches kaum weiter von der Realität entfernt sein konnte. Petronius, der dem Gedanken an einen gut dosierten Einsatz von Feuer und Schwert gegen alle Feinde der Kirche – Arianer inbegriffen – nicht abgeneigt gegenüberstand, hütete sich aber, dies allzu laut zu sagen. Das Ohr des Liberius war ein wertvolles Gut, es galt, dies nicht unnötig aufs Spiel zu setzen.

Der alte Bischof seufzte. »Petronius, geh du hin und kümmere dich darum. Ich beauftrage dich. Berichte Ambrosius, du wirst wissen, was wichtig ist und was nicht. Mir ist das alles zu viel, und du hast mein Vertrauen. Geh, nimm mir diese Bürde ab.«

Petronius verbarg ein triumphierendes Lächeln hinter einer tiefen Verbeugung, als er das Audienzzimmer des Liberius verließ. Den Brief des Ambrosius hatte er aus dessen Händen empfangen und hielt ihn fest an seinen Leib gedrückt.

Er würde sich diese wunderbare Chance der Bewährung nicht entgehen lassen. Liberius war alt und würde bald hinfällig werden. Die Gemeinde Ravennas würde in wenigen Jahren einen Nachfolger wählen müssen. Das Wort des Bischofs von Mailand, so dieser eine Empfehlung aussprechen sollte, hatte in Ravenna großes Gewicht.

Petronius lächelte, als er eilig den Sitz seines Herrn verließ und auf den Hafen zustrebte.

Bischof Petronius.

Ja, das hatte etwas.

28

Die Überfahrt verlief ereignislos. Die See war ruhig, die *Saarbrücken* kam ohne Probleme voran. Rheinberg stand auf der Brücke, als die Konturen von Spalato, oder Salano, wie es in dieser Zeit hieß, am Horizont auftauchten. Diokletian, der große Reformkaiser, der als Militär in einem letzten, umfassenden Versuch die Anstrengung unternommen hatte, das Reich neu zu ordnen, um die Grenzen sicherzustellen, hatte sich hier einen Palast errichtet. In seiner eigenen Zeit, die Rheinberg immer weiter entfernt erschien, hatte dieser Palast die gesamte Altstadt ausgemacht. Diokletian hatte sich dieses gigantische Gebäude errichten lassen, um sich dort zur Ruhe zu setzen. In der Annahme, das Reich sei geordnet, hinterließ er dieses zu gleichen Teilen seinen Söhnen. Doch jene hatten nichts Besseres zu tun, als sogleich nach dem Rücktritt ihres Vaters von seinem Amt – der einzige römische Kaiser, der je freiwillig abgedankt hatte – übereinander herzufallen. So war er gezwungen gewesen, mehrmals schlichtend einzugreifen. Das von ihm geschaffene System zerfiel schließlich und es war Konstantin, genannt der Große, der letztlich die Alleinherrschaft wieder einführte. Diokletian scheiterte auch in seinen umfassenden und brutalen Christenverfolgungen, die den Vormarsch der neuen Religion nicht beenden konnten, und die letztendlich seinen Nachfolger Galerius zum berühmten Toleranzedikt veranlassten, mit dem die Existenz des Christentums faktisch anerkannt wurde und das Galerius' Mitkaiser Konstantin sich zu eigen gemacht hatte.

Ein Edikt, das nach wie vor in Kraft war, und das, wenn Rheinberg nichts dagegen unternahm, von Gratian in einigen Jahren aufgehoben werden sollte – wenngleich unter ganz anderen Vorzeichen: als Präludium zur Verfolgung von häretischen christlichen Strömungen und zur vollständigen Unterdrückung aller anderen Religionen, was zu bürgerkriegsähnlichen Auseinandersetzungen führen würde. Auseinandersetzungen, die gerade Westrom massiv schwächen würden, und das in einer Zeit, in der sich das Reich derlei Kämpfe und den damit einhergehenden Verlust umfangreicher Ressourcen im Grunde nicht leisten konnte.

Die Liste der Herausforderungen, so dachte Rheinberg, wurde mit jedem Mal, so er darüber nachdachte, länger und problematischer. Er würde versuchen müssen, ein Problem nach dem anderen anzufassen. Und zuerst musste er seine Nützlichkeit für den Kaiser unter Beweis stellen.

Als die *Saarbrücken* in den Hafen Salanos einlief, war die Neugierde groß. Die Bewohner der Stadt versammelten sich an der Hafenmauer und starrten voller Verwunderung, jedoch nicht ohne Angst auf das mächtige Schiff, das Rheinberg betont langsam heransteuern ließ. Als Erstes ließ er Africanus sowie die beiden Tribune von Bord gehen, nachdem der Kreuzer festgemacht hatte. Die Tatsache, dass römische Offiziere das Schiff verließen, schien zumindest die Hafenbehörden sichtlich zu beruhigen, und als dann auch noch Senatoren und ihre Dienerschaft an Land gingen, bewaffnet mit Empfehlungsschreiben und Befehlen, verwandelte sich das ängstliche Staunen beinahe in so etwas wie eine Volksfeststimmung.

Für die Mannschaft des Kreuzers galt es, keine Zeit zu verlieren. Noch vor der einbrechenden Abenddämmerung ließ Becker von seinen Leuten Chassis und Karosserie des Lastwagens auf den Pier hieven, wo Mechaniker sogleich mit dem Zusammenbau begannen. Hafenwachen und Beckers Infanteristen sicherten einen weiten Kreis um die Landestelle, verhielten sich aber betont passiv. Wenn die Hafenwachen auch nervös waren angesichts der Präsenz der seltsamen, fremden Soldaten, so ließen sie es sich nicht anmerken. Die Zusammenarbeit schien einigermaßen zu funktionieren.

Als es dunkel wurde, war der Lastwagen zusammengebaut und fahrbereit. Rheinberg befahl, ihn erst am kommenden Morgen zu beladen, um die wertvolle Ladung über Nacht an Bord zu behalten. Neben der Ausrüstung der Infanteristen sollte noch eine Kiste mit 10 000 Goldmark mitgenommen werden. Gold war überall etwas wert im Reich, egal, in welche Form es geprägt worden war. Rom war chronisch klamm, speziell der Westen, und es schadete nicht, ein bisschen Kleingeld dabei zu haben, wie Neumann spöttisch bemerkt hatte.

Rheinberg und Becker teilten sich die Nacht, sodass theoretisch jeder fünf Stunden Schlaf bekam. Praktisch lagen beide die meiste Zeit wach. Zu viele Dinge gab es zu bedenken, zu viele Eventualitäten zu beachten. Letztlich erkannten beide, unabhängig voneinander, dass es einfach nicht möglich war, sich jede denkbare Entwicklung im Voraus zu überlegen und sich geistig auf jede einzelne davon vorzubereiten.

Es war kein Wunder, dass alle früh wach waren. Gegen 6 Uhr morgens waren die Infanteristen abmarschbereit. Wachtmeister bellten Befehle und die Marschformation wurde eingenommen. Die Hafenwachen wie auch die frühen Beobachter der Zeremonie waren davon weder beeindruckt noch überrascht: Wenn eine Armee in Formation marschieren konnte, dann war es die römische. Rheinberg musste zugeben, dass die feldgrauen Infanteristen mit ihren Rucksäcken und den geschulterten Gewehren nicht halb so beeindruckend aussahen wie eine vergleichbare römische Formation.

Der Lastwagen war schnell beladen. Neben Vorräten und dem Gold wurden die vier MG 08 aufgeladen, eines der vier Maschinengewehre schussbereit auf dem Dach des Lastkraftwagens. Allerlei anderes Material sowie Munition vervollständigte die Ausrüstung. Becker, der die zweite Hälfte der Nacht geschlafen hatte, gesellte sich gähnend zu Rheinberg, der zusammen mit Neumann und Köhler das Marinekontingent stellen würde. Die *Saarbrücken* blieb unter dem Kommando des Zweiten Offiziers Joergensen zurück, würde zwei Tage verbleiben, um dann wieder in Richtung Ravenna aufzubrechen – eine weitere Maßnahme, auf der Renna bestanden hatte. Ein Segler der römischen Flotte würde in Kürze in Salano eintreffen und die Nachricht ihrer eventuellen Rückkehr nach Ravenna bringen, sobald sie sich wieder in Domitians Ruhesitz einfanden.

Falls sie hierhin zurückkehrten. Wenn alles gut ging – und es war schon seltsam, davon als etwas Gutem zu sprechen –, würde Kaiser Gratian seine neuen Verbündeten gegen die Goten ins Feld schicken. Rheinberg war recht zuversichtlich, dass sie irgendwann zur *Saarbrücken* zurückkommen würden. Er war sich aber nicht mehr so sicher, wie viele von ihnen.

»Setz du dich zum Fahrer, Jan«, murmelte Becker, während er zusah, wie seine Offiziere und Unteroffiziere noch einmal die Reihe der Infanteristen abliefen. »Da kannst du ein wenig einnicken. Ich werde die ersten Stunden mitmarschieren, das ist gut für die Moral. Außerdem habe ich das Gefühl, dass die Zeit auf deinem Luxusdampfer mich ein wenig hat einrosten lassen.«

»Danke«, seufzte Rheinberg und unterdrückte ein Gähnen. »Ich werde das Angebot nicht ausschlagen. Außerdem erzähle ich dir sicher nichts Neues, wenn ich dir sage, dass Marschieren nicht zum Alltag der Marine gehört.«

Becker grinste. »Ja, es ist gut, wenn jetzt mal richtiges Militär das Sagen hat.«

Rheinberg setzte sich kopfschüttelnd neben den Fahrer, einen blutjungen Gefreiten, der ihm zögerlich zunickte.

»Gefreiter …?«

»Maszcak, Herr Kapitän.«

»Gut. Ignorieren Sie mich einfach.«

Der junge Soldat sah ihn an, als könne er sich nicht genau vorstellen, wie derlei wohl zu bewerkstelligen sei, nickte aber und ließ den Motor an. Der Lastwagen erwachte krachend zum Leben. Legionäre der Hafenwache wie Zuschauer sprangen erschrocken zur Seite, als eine graublaue Abgaswolke über dem Pier schwebte.

Rheinberg hörte Beckers Befehl zum Abmarsch. Der Hauptmann hatte klar gemacht, dass er in allen Fragen von politischer und grundsätzlicher Bedeutung den Befehlen Rheinbergs zu gehorchen trachtete, hatte jedoch darum gebeten, bei allem, was mit militärischen Dingen zu tun hatte, nicht hinterfragt zu werden. Rheinberg hatte dem nur zu gerne zugestimmt. Seine knappe Infanterieausbildung war schon eine Weile her. Dies war Beckers Metier.

Der Benz ruckelte los, als Maszcak die Kupplung kommen ließ. Das Geschrei und Hallo war groß, als das Fahrzeug den zwei Tribunen und Aurelius, die auf Pferden voranritten, zu folgen begann. Die Tiere reagierten sichtlich nervös auf das unbekannte und erschreckende Laute von sich gebende Vehikel, aber die Reiter hatten sie einigermaßen im Griff.

Hinter ihnen stimmte jemand ein Marschlied an. Rheinberg wollten die Augen zufallen, doch er war neugierig auf den Palast des Diokletian, auf die Stadt Salano und auf alles, was es sonst noch zu sehen gab. Er musste sich eingewöhnen und gedachte sogar, im Verlaufe der Reise auf eines der Ersatzpferde überzuwechseln. Immerhin, Reiten hatte er als Sohn eines Kavallerieoffiziers sehr früh gelernt.

Sein Blick fiel durch die Frontscheibe des wackelnden Wagens auf die Füße der vor ihm Reitenden. Er runzelte die Stirn, holte ein Notizbuch hervor, in das er sich angewöhnt hatte, plötzliche Ideen für Veränderungen zu vermerken, damit er diese später nicht vergaß. Er setzte den Bleistift an und schrieb nur ein Wort:

»Steigbügel.«

»Herr Kapitän?«

Rheinberg hatte nicht gemerkt, dass er das Wort laut ausgesprochen hatte. Er steckte das Notizbuch wieder weg und lächelte den Gefreiten an.

»Schauen Sie selbst, Maszcak. Keine Steigbügel.«

Der Fahrer runzelte die Stirn.

»Sie können nicht reiten, oder?«, fragte Rheinberg.

»Nein, tut mir leid.«

»Muss es nicht. Sie werden es allerdings lernen müssen.«

Rheinberg lauschte dem Rattern des Benz. »Benzin zu raffinieren wird uns vor nicht unerhebliche Probleme stellen.«

Aus den Augenwinkeln erkannte er, wie der Gefreite unruhig auf seinem Sitz hin und her rutschte, als wolle er etwas loswerden, würde sich jedoch nicht trauen. Rheinberg runzelte die Stirn. Er wusste, dass es den Mannschaften eingebläut wurde, einen höllischen Respekt vor Offizieren zu haben, aber das half ihnen so hier im Römischen Reich nicht weiter. Er war auf die Kenntnisse aller angewiesen. Und alle mussten das wissen.

»Wissen Sie, Gefreiter, was passiert, wenn alle mit ihren Vorschlägen und Einfällen hinter den Berg halten?«, fragte er daher unvermittelt.

»Ähm … ich …«

»Wenn sich keiner traut, der mal etwas gelernt oder auch nur aufgeschnappt hat, einen der Offiziere anzusprechen und einfach mal frei von der Leber weg einen Vorschlag zu äußern – ganz egal, ob der in dem Augenblick nun tatsächlich Sinn macht oder auch nicht?«

»Nun, ich weiß nicht …«

»Genau. Das ist das Problem. Ich weiß es dann nicht und auch sonst keiner. Und wir haben dann möglicherweise ein Problem und eine Lösung, aber beide wissen nichts voneinander, weil derjenige, der die Verbindung herstellen könnte, das Maul nicht aufbekommt. Das betrifft uns dann alle. Ich brauche jeden und jede Idee. Und was wir nicht jetzt tun können, können wir vielleicht später.«

Rheinberg hielt Maszcak sein Notizbuch entgegen.

»Das ist mein Gedächtnis, Gefreiter. Ich habe gerade notiert, dass die römische Kavallerie keine Steigbügel kennt. Steigbügel sichern den Reiter im Sattel. Er kann leichter sein Schwert schwingen, er kann eine Lanze stoßen und freier schleudern, er kann sein Pferd besser kontrollieren. Er könnte ein Gewehr oder eine Muskete abfeuern und Granaten schleudern. Ohne Steigbügel wäre das schwer. Was brauchen wir also, um die römische Kavallerie besser zu machen?«

»Steigbügel.«

»Exakt. Und wann brauchen wir sie?«

Maszcak zuckte mit den Schultern.

»Genau. Das weiß ich auch nicht. Aber ich habe es aufgeschrieben. Und sobald sich die Gelegenheit ergibt, werde ich die Idee aus meinem Notizbuch zaubern. Und jetzt sind Sie dran!«

Der Gefreite wurde blass und konzentrierte sich auf die Straße. Es gab bloß nicht viel, was seine Konzentration erforderte: Die Straße war frei, Legionäre hielten sie passierbar, und die Geschwindigkeit des Lastwagens war kaum schneller als der forsche Marschtritt, den Becker befohlen hatte. Genug Gelegenheit, um über andere Dinge nachzudenken – und Ideen zu haben.

»Nun … Herr Kapitän, was Sie da über Benzin gesagt haben, naja, das stimmt so nicht.«

»Erklären Sie es mir!«

»Mein Vater arbeitet bei Opel, in der Maschinenkonstruktion. Er hat mir mal erzählt, dass die ersten Motoren von Benz mit Salatöl gelaufen sind. Ich meine … unser Benz hier schluckt Diesel, klar, aber ich denke mal …«

Rheinberg kniff die Augen zusammen.

»Wer kann über so was mehr wissen an Bord? Wir haben keinen verdammten Chemiker unter uns. Und unsere Bordbibliothek wird dazu vermutlich nicht allzu viel hergeben.«

Der Gefreite zuckte mit den Schultern. »Weiß ich auch nicht, Herr Kapitän. Ich meinte nur. War so eine Idee. Hilft uns wohl nicht weiter.«

Doch Rheinberg hatte bereits sein Notizbuch geöffnet und kritzelte eifrig etwas hinein. Als er es wieder geschlossen hatte, nickte er dem Fahrer freundlich zu.

»Hilft uns jetzt vielleicht nicht weiter, das ist wahr. Aber möglicherweise in der Zukunft. Und wenn Sie oder einer Ihrer Kameraden wieder eine gute Idee haben – erzählen Sie diese mir oder Hauptmann Becker. Wir haben ein offenes Ohr. Wir hören uns alles an und es gibt keine dummen Einfälle – nur solche, die wir jetzt nicht gebrauchen können. Erzählen Sie das den Kameraden, jedem, der auch nur am Rande so etwas eine Idee zu haben scheint und sich vielleicht nicht traut, damit rauszurücken.«

Der Gefreite nickte zögerlich.

»Sie versprechen es mir, Maszcak.«

Der Fahrer räusperte sich.

»Ja, Herr Kapitän.«

Dann starrte er wieder auf die Straße, als würde jeden Augenblick das ordentliche römische Pflaster aufbrechen.

Rheinberg lächelte und lehnte sich zurück.

Sie machten langsamen, aber stetigen Fortschritt. Je weiter die Morgensonne den Himmel hinaufkletterte, desto mehr Schaulustige begleiteten die Marschkolonne. Rheinberg sah Gesichter, in denen Neugierde mit Angst kämpfte. Er sah verschlossene Gesichter, Eltern, die ihre Kinder von der Straße holten, Priester in langen Kutten, die ihr Kreuz umklammert hielten. Er sah junge Männer, die beim Anblick des Lastwagens glänzende Augen bekamen, und Handwerker, die mit zusammengekniffenen Augen die sich langsam drehenden Räder mit ihrer Bereifung musterten, als könnten sie durch bloßes Hinsehen ihre eigenen Konstruktionen verbessern. Die Passanten waren bemerkenswert leise; ob diese nun durch den Lärm des Dieselmotors eingeschüchtert waren oder schlicht nicht wussten, ob sie Beifall spenden oder ihrer Furcht Ausdruck geben sollten, war aus der Fahrerkabine des Lasters nicht erkennbar. Aber die Bandbreite an Emotionen und Reaktionen, die Rheinberg beobachtete, gab ihm zugleich Anlass zu Zuversicht wie Befürchtung. Er merkte erst jetzt, jenseits des schützenden Leibs der *Saarbrücken,* wie sehr er auf die Hilfe der hiesigen Machthaber angewiesen war und wie wenig ihre überlegene Technologie letztendlich bedeuten würde.

Nach zwei Stunden hatten sie die Stadt verlassen und folgten einer gut ausgebauten Straße Richtung Sirmium. Der Verkehr auf der Straße war schwach, wenige Reiter, ein paar Karren, ein paar Fußgänger – alle machten sie respektvoll Platz, als sich die Kolonne näherte. Nach dreieinhalb Stunden moderaten Marsches befahl Becker eine Pause. Die Männer setzten sich am Wegesrand ins Gras. Der Hauptmann hatte bewusst eine Gegend gewählt, in der nur von Ferne ein einsamer Hof erkennbar war. So war die Sicherheit der Soldaten in jedem Falle leichter zu gewährleisten.

Rheinberg verließ ächzend die Fahrerkabine. Als er sich zu Becker und Africanus gesellte, die sich leise unterhielten, reichte ihm der Infanteriehauptmann einen Metallbecher Kaffee.

»Genießen Sie es, Herr Kapitän«, meinte er halb scherzend. »Ich habe unseren Freund hier gerade nach der Kaffeebohne zu fragen versucht, doch er konnte damit leider überhaupt nichts anfangen.«

»Ah … ja, das wird wohl auch noch eine Weile so bleiben, wenn wir nichts daran ändern«, erwiderte Rheinberg lächelnd. Er zeigte zur Kaffeekanne, die über einem eilig entzündeten Feuer hing. »Wir haben zum Glück noch einen Haufen Kaffeepulver, aber selbst der größte Vorrat wird mal zur Neige gehen. Africanus, wollt Ihr einmal probieren?«

Der Trierarch sah die schwarze Flüssigkeit in der Tasse, die ihm Rheinberg reichte, misstrauisch an.

»Ich bin mir nicht sicher.«

»Es ist anregend. Hier, mit etwas Süßem vielleicht?«

Becker schaufelte zwei gehäufte Teelöffel Zucker in die Tasse. Africanus, unter den aufmunternden Blicken der beiden Männer, nahm sie schließlich zögerlich zur Hand und führte sie vorsichtig zum Mund.

Die beiden Deutschen schauten dem römischen Offizier gespannt dabei zu. Africanus schluckte. Er rollte die Flüssigkeit in seinem Mund hin und her. Er schluckte. Dann verzog er das Gesicht.

»Das ist widerlich«, sagte er schließlich. »So etwas könnt ihr trinken?«

»Ah, und was ist mit dieser Fischsauce …?«

»Garum.«

»Ja. Das ist mal widerlich!«, bekräftigte Becker.

»Eine Delikatesse!«, widersprach Africanus, nahm einen weiteren tiefen Schluck Kaffee und schloss die Augen. Dann trank er in tiefen Zügen den ganzen Becher leer, reichte ihn Becker und sah ihn triumphierend an.

»Was?«, wollte der Hauptmann wissen und schüttete die letzten Tropfen zu Boden.

»Ich habe alles getrunken.«

»Ja.«

»Ihr habt das Garum auf dem Fest nicht angerührt. Ich habe gesehen, wie Ihr Eure Schüssel voller gutem Fleisch abgestellt habt, wohl in der Hoffnung, niemand hätte es bemerkt.«

Becker sah etwas verlegen drein. »Hätte nicht gedacht, dass mich jemand beobachtet hat.«

Africanus zeigte ein breites Grinsen. »Ich hatte Euch gut im Blick.«

»Ich verspreche, ich werde den Genuss erneut versuchen … in Sirmium.«

»Wenn der Kaiser Euch zum Essen einlädt, dann seid wohl beraten, die Küche nicht allzu deutlich zu kritisieren«, ergänzte Africanus. »Das wäre … undiplomatisch.«

Rheinberg warf einen bezeichnenden Blick auf den Hauptmann, der offensichtlich wenig Freude daran hatte, sich mit diesem Aspekt ihrer Mission näher zu befassen.

»Ich werde diese Brücke überqueren, wenn ich sie erreicht habe«, meinte Becker schließlich.

Africanus schien das Sprichwort zu verstehen, denn er erwiderte das Grinsen und wies auf die Satteltasche seines Pferdes. »Nicht etwa, dass ich kein Garum dabei hätte, mein Freund. Wenn es Euch sogleich danach gelüstet …«

»Nein, nein!« Becker hob abwehrend die Hände. »Das ist wirklich nicht nötig … aber vielen Dank für das freundliche Angebot.«

Africanus' Grinsen war anzusehen, dass dieses Angebot alles andere als freundlich gemeint war.

Es dauerte keine halbe Stunde, da blies Becker bereits wieder zum Marsch. Diesmal beschloss Rheinberg, sich nicht faul in das Führerhaus des Benz zurückzuziehen, sondern stattdessen eine Weile mitzuhalten.

Etwa eine Stunde später fand er sich auf dem Rücken eines der Ersatzpferde wieder. Seine Füße taten weh und seine Stiefel schienen plötzlich an allen Ecken und Enden zu drücken. Er war definitiv außer Übung und hatte sich zunehmend den schadenfreudigen Blicken der Kameraden von der Infanterie ausgesetzt gesehen. Schließlich hatte er Africanus' Angebot, mit ihm zu reiten, dankbar angenommen, wenngleich er ein großes Problem hatte, ohne Steigbügel mit dem Pferd zurechtzukommen. Auf seiner persönlichen Prioritätenliste rutschte diese technische Neuerung einen großen Satz nach oben.

Als die Nacht anbrach, hatten sie einiges an Weg zurückgelegt, doch Sirmium war noch mindestens zwei Tagesreisen entfernt.

29

Unter Geiselnahme hatten sich die Männer möglicherweise etwas anderes vorgestellt. Letztlich waren sie aber sehr froh darüber, nicht in einem finsteren Verlies, sondern im Gästetrakt einer sehr vornehmen Stadtvilla untergebracht zu werden. Ihr Gastgeber war gar nicht im Lande, das Haus gehörte einem römischen Senator, der derzeit eine offizielle Position in Gallien innehatte. Doch seine Familie hatte das Anwesen zur Verfügung gestellt, und so waren die Gäste dort einquartiert worden. Volkert und von Klasewitz erhielten jeweils eine recht geräumige Zimmerflucht, Köhler und Wachtmeister Behrens teilten sich ein weiteres, großzügig geschnittenes Zimmer, und die zwei Infanteriegefreiten wiederum konnten es sich in einem eigenen Raum gemütlich machen – und das durchaus im Sinne des Wortes, denn alle Zimmer waren schön eingerichtet, mit frischem Obst auf den Tischen, gemütlichen Betten und edlem Mobiliar. Von Klasewitz schärfte allen ein, möglichst sorgsam mit den Möbeln und anderen Einrichtungsgegenständen umzugehen, und es war einer der ersten Befehle, an denen auch Volkert nichts auszusetzen hatte.

Der Fähnrich war mit seinen Gedanken ohnehin woanders.

Die Männer wurden in der Villa nur dezent bewacht. Die Hauseingänge und das Tor, der einzige Durchgang durch die das Anwesen umschließende Mauer, waren die wenigen Orte, an denen Soldaten erkennbar waren. Sie waren auch nur flüchtig durchsucht worden. Bedient wurden sie durch eine Reihe betont schweigsamer Sklaven, und einer dieser, ein älterer, barhäuptiger Mann, hatte Volkert in einem unbeobachteten Moment ein Stück Papier mit einer Nachricht zugesteckt.

Volkert musste den Papyrus nicht entfalten, um zu wissen, von wem er stammte.

Julia!

Sein Herz klopfte, als er sich für einen Moment entschuldigte und schließlich in einem unbenutzten Zimmer verschwand, sorgsam darauf achtend, dass ihn niemand beobachtete.

Er entfaltete das Papier mit zitternden Fingern, bloß um mit großer Enttäuschung festzustellen, dass das Gekritzel für ihn nicht zu entziffern war. Er hatte recht schnell gemerkt, dass zwischen der lateinischen Alltagsschrift und den sorgsamen Inschriften an Gemäuern und Säulen ein großer Unterschied bestand und ihm das Entziffern große Probleme bereitete. Leider hatte Julia nicht an diesen Umstand gedacht.

Volkert ließ sich etwas verzweifelt auf einen herumstehenden Schemel sinken und stützte den Kopf in eine Hand, während er mit der anderen …

Die Rückseite!

Volkert sah auf. Julia hatte doch nicht so unüberlegt gehandelt! Auf der Rückseite hatte sie den – höchstwahrscheinlich gleichen – Text noch einmal auf Griechisch niedergeschrieben! Damit kam Volkert ungleich besser zurecht, und mit neu erwachtem Ehrgeiz versuchte er, die lateinischen Schriftzeichen ebenfalls zu erkennen und zu entziffern. Er hatte das Gefühl, dass er diese Fähigkeit in der Zukunft durchaus zu schätzen wissen würde. Er las den griechischen Text mehrmals, und heiße Freude stieg ihm in den Kopf. Dann hatte er, nach einer guten Stunde emsiger Versuche, auch den lateinischen Teil entziffert.

»Scribenti mii dictat Amor mostratque Cupido: A peream, sine te si dea esse velim!«

»Amor diktiert mir, was ich schreiben soll und Cupido führt mir die Hand: Ach, lieber will ich sterben, als ohne dich sogar ein Gott zu sein!«

Volkert lächelte. Dann ein Datum und eine Uhrzeit: morgen, zur dritten Abendstunde. Und der Satz:

»Virum vendere nolo meom …«

Volkert grübelte. Dieser Satz fand sich in der griechischen Version nicht. Er fand die Übersetzung nach einigem Nachdenken und murmelte den Satz vor sich her. »Ich will meinen Mann nicht verkaufen …«

Was hatte sie damit nur gemeint? Die Gedanken wirbelten durch seinen Kopf. Wieso sollte sie … und warum nannte sie ihn …? Er verstand es nicht. Er hoffte, sie würde es ihm sagen, denn Datum und Zeitangabe ließen keinen Zweifel daran: Julia war noch in Ravenna, obgleich er zuletzt gehört hatte, ihr Vater habe sie auf einen Landsitz verbannt. Und sie wollte ihn treffen.

Er würde auf sie warten.

Sein Herz schlug. Er erinnerte sich an die Warnungen Rheinbergs, an seinen Status als Geisel, von der Wohlverhalten erwartet wurde. Aber was sollte er machen? Julia davonschicken? Ein verschwiegenes Gespräch konnte doch nicht schaden! Er spürte, dass sein Vertrauen in die Senatorentochter größer war als die bindende Kraft der Befehle oder der Eindruck der bösen Rüge, die er kassiert hatte.

Und er musste einfach wissen, was dieser letzte Satz zu bedeuten hatte. Alles in ihm drängte danach. Er konnte dies nicht auf sich beruhen lassen. Er würde Julia treffen. Und dann würde man sehen, ja, dann würde man sehen …

Volkert verlor sich in Gedanken, und in seinen Träumen spürte er die sanften Lippen Julias auf seiner Haut. Er hielt den Traum eine Weile fest, so wie fast jede Nacht, bevor er zu Bett ging, seit jenem fatalen Abend.

»Herr!«

Der Fähnrich schreckte auf, steckte automatisch den Zettel ein. Ein Sklave stand in der Tür.

»Herr, die anderen Herren suchen nach Euch. Besuch ist eingetroffen.«

Volkert erhob sich. »Besuch?«

»Besuch vom Bischof. Ein Gesandter des Erzbischofs!«

Es war weniger die Tatsache als solche, die in dem Fähnrich Misstrauen hervorrief – es war eher diese Mischung aus Respekt und Furcht, die aus der Stimme des Sklaven mitklang. Volkert folgte dem Mann durch die Gänge der weitläufigen Villa, bis sie in einem geschmackvoll eingerichteten Raum angekommen waren, in dem der Hausbesitzer offenbar Gäste zu empfangen pflegte. Von Klasewitz war da, Köhler ebenfalls sowie Wachtmeister Behrens.

»Wir haben schon auf Sie gewartet«, begrüßte von Klasewitz Volkert mit kritischem Unterton. »Wir haben einen Gast.«

Die Aufmerksamkeit des Fähnrichs richtete sich auf den Mann in der Kutte, der neben von Klasewitz stand und sich verbeugte. Die Höflichkeit verbarg nicht den Eindruck, den der junge Offizier von ihrem Gast bekam: Die spitze Nase, die eng beieinanderstehenden Augen, das verhärmt wirkende Gesicht, nichts davon löste bei Volkert große Sympathie aus.

»Pater Petronius ist der Bevollmächtigte des Erzbischofs von Ravenna«, näselte von Klasewitz. »Er ist gekommen, um uns kennenzulernen.«

»Uns kennenlernen?«, echote Volkert. »Welch besondere Ehre.«

»In der Tat«, sagte nun Petronius. Er hatte eine durchdringende Stimme. Der Priester war sicher ein hervorragender Prediger oder ein begnadeter Demagoge. Volkert war sich nicht sicher, ob zwischen beidem in dieser Zeit immer ein besonders großer Unterschied lag.

»Was dürfen wir Euch anbieten, Pater?«, ölte von Klasewitz. Seine Sprachkenntnisse hatten sich, das musste Volkert einräumen, seit ihrem Aufenthalt hier stetig verbessert. Damit bei den Reichen und Mächtigen Roms Anerkennung zu finden, hatte den Ersten Offizier sichtlich beflügelt.

»Wasser, danke«, betonte Petronius die Bescheidenheit, der sein äußeres Erscheinungsbild entsprach. »Mein Meister, der Erzbischof, hat viele wundersame Geschichten über Euch gehört. Er ist begierig herauszufinden, inwieweit sie der Wahrheit entsprechen.«

»Was sind das für Geschichten?«, wollte Volkert wissen und ignorierte den strafenden Blick von Klasewitz.

»Geschichten von Feuer und Donner, von einem stählernen Schiff ohne Segel und Ruder, von der Leichtigkeit, mit der die fremden Besucher sich in die Herzen jener eingeschlichen haben, die in dieser Stadt das Sagen haben – und darüber hinaus!«

»Darüber hinaus?«

»Römische Senatoren, so hörte mein Meister, haben Gefallen an Eurer Macht gefunden und begleiten Euren Trierarchen sogar derzeit zum Kaiser.«

»Ob sie Gefallen gefunden haben, dürfte wohl erst feststehen, wenn der Kaiser seine Entscheidung getroffen hat«, erwiderte Volkert. Er bekam ein ungutes Gefühl bei diesem Mann, und es wurde durch das falsche Lächeln auf dessen Lippen nur noch bestärkt.

»Ich versichere Euch«, warf nun von Klasewitz ein und schob sich betont einen Schritt zwischen den Priester und den Fähnrich, »dass wir ausschließlich gute Absichten haben. In der Tat haben wir diese unter Beweis gestellt, indem wir einen berüchtigten Piraten zur Strecke gebracht haben.«

Petronius nahm einen Becher Wasser von einem Sklaven entgegen.

»Ja, davon habe ich auch gehört. Entweder eine edle Tat, die den Beifall meines

Herrn verdient, oder der geschickte Trick, sich Vertrauen zu erschleichen, um es später auszunutzen.«

»Auszunutzen – wofür?«, fragte Volkert. Die Leichtigkeit, mit der Petronius wüste Anschuldigungen in den Raum stellte, verstörte ihn und er wunderte sich, warum von Klasewitz nicht deutlicher reagierte – bis er sich eingestand, dass dies exakt der Konversationsstil des Ersten Offiziers war. Der Adlige merkte es offenbar nicht einmal.

Petronius sah Volkert forschend an, ehe er antwortete.

»Wofür, ja … wofür?«, wiederholte der Priester sinnierend. »Eine sehr gute Frage. Könnt Ihr mir darauf eine Antwort geben?«

»Uns stellt sich die Frage eigentlich nicht«, entgegnete Volkert. »Wir hegen keine finsteren Absichten, falls Ihr uns dies unterstellen wollt.«

Petronius hob abwehrend die Hände.

»Niemand will etwas unterstellen«, rief er aus. »Keinesfalls! Ich sammle nur Informationen für den Erzbischof, nichts weiter. Ich fälle keine Urteile, das ist allein die Aufgabe meines Herrn.«

Volkert glaubte ihm kein Wort. Petronius kam ihm nicht wie ein bloßer Agent seines Herrn vor, wie ein niederer Handlanger, der getreulich zuhört und berichtet. Der Mann vor ihm war mehr als ein einfacher Priester, und die Art und Weise, wie er seine Fragen stellte, ließ nur den Schluss zu, dass er schon eine sehr genaue Meinung davon hatte, was er dem Erzbischof zu berichten gedachte.

Und das hieß, er hatte einen Plan, eine Absicht, verband mehr mit diesem Gespräch als bloß den Wunsch, die Deutschen kennenzulernen.

»Vielleicht sollten wir selbst ein Gespräch mit dem Erzbischof führen«, schlug Volkert nun vor. Von Klasewitz nickte begeistert, wenngleich der Fähnrich vermutete, dass er dies aus ganz anderen Gründen tat, als Volkert lieb sein konnte.

»Eine ausgezeichnete Idee, Fähnrich! Eine Audienz beim Erzbischof! Mit Freude würde ich auch einen Gottesdienst besuchen!«

Petronius nickte gemessen. »Ja, sicher wird sich eine solche Audienz in absehbarer Zeit einrichten lassen. Und ich freue mich, dass Ihr mit uns die Messe feiern wollt. Dafür wird es sicher gleichfalls baldigst Gelegenheit geben. Welchen Gottesdienst wollt Ihr besuchen?«

Von Klasewitz sah etwas verwirrt drein. »Nun, am liebsten einen, der vom Erzbischof selbst zelebriert wird.«

Volkert atmete auf. Von Klasewitz war, ohne es zu ahnen, einer Falle ausgewichen. Er hatte selbst nicht viel vom Kirchenstreit mitbekommen, der zu dieser Zeit das Reich zu spalten drohte, aber er wusste, dass Rheinberg höchste Vorsicht bei der Diskussion religiöser Fragen befohlen hatte. Hier betrat man sehr schnell brüchiges Eis.

Petronius schien mit von Klasewitz' Antwort bis auf Weiteres einverstanden zu sein.

»Das freut mich. Ich werde Euch einen Boten schicken und einladen, wenn es so weit ist. Wie ich höre, seid Ihr Geiseln – da dürft Ihr wohl nicht nach Belieben in der Stadt herumspazieren.«

»Wir sind Geiseln, dennoch behandelt man uns wie Gäste«, erklärte von Klasewitz. »Einem Gottesdienst beizuwohnen dürfte kein Problem darstellen.«

»Gut, gut. Wenn Ihr aber Geiseln seid, gegen welche Gefahr will man sich hier wappnen, indem man Euch als ... Gäste hierbehält?«

»Es ist eine Vorsichtsmaßnahme, würde ich sagen«, erwiderte von Klasewitz nicht ohne Schlauheit. »Wir müssen wohl, das gebe ich zu, unseren guten Willen unter Beweis stellen. Geiseln zu stellen, ohne zu murren, ist ein solcher Beweis, würdet Ihr nicht sagen?«

Petronius lächelte säuerlich. Ihm war anzusehen, dass er diesen Teil der Diskussion gerne in eine etwas andere Richtung gelenkt hätte. Ihm blieb jedoch nichts anderes übrig, als der Einschätzung des Ersten Offiziers zuzustimmen.

Das Gespräch setzte sich noch eine gute halbe Stunde fort. Volkert sah sich kaum genötigt, erneut in die Konversation einzugreifen, denn von Klasewitz hielt den Priester gut auf Trab. Anstatt sich von ihm ausfragen zu lassen, stellte er seine eigenen Fragen, vor allem hinsichtlich des drohenden Schismas in der Kirche zwischen den Arianern und den Trinitariern. Volkert hörte aufmerksam zu, denn er hatte selbst noch nicht allzu viel davon begriffen, obgleich es eine sehr wichtige Auseinandersetzung dieser Zeit war. Petronius selbst war überzeugter Trinitarier, wie ohnehin jeder immer ganz und gar von etwas überzeugt zu sein schien. Dass er die arianische Sichtweise daher weniger euphorisch darstellte und allerlei abwertende Worte für diese Position fand, war nicht weiter verwunderlich. Es war für Volkert schon befremdlich, herauszufinden, dass sich der Streit letztlich nur um eine bestimmte Frage drehte: Was war Jesus – selbst Gott und göttlich oder als Sohn Gottes eine Gott untergeordnete Person? Arius, einer der Kirchenältesten, vertrat letztere Ansicht, daher wurden seine Anhänger Arianer genannt, während die Gegenpartei, die von der Dreieinigkeit Gottes ausging, als Trinitarier bezeichnet wurde. Zu Volkerts Zeit war dieser Streit lange Geschichte, denn die Trinitarier hatten die Auseinandersetzung – teilweise mit Gewalt – für sich entschieden. Hier jedoch, im Jahre 378, war der Ausgang noch ungewiss. Derzeit schien die trinitarische Lehre sogar in einer defensiven Position zu sein, denn während im Westen trinitarische und arianische Bischöfe über das Reich verteilt waren, wurde der Osten Roms durch die Arianer dominiert. Volkert erinnerte sich aus dem Schulunterricht nicht daran, wie dieser Streit dann doch in der vollständigen Niederlage der Arianer endete. Wie die gesamte Kirchenpolitik hatte auch diese Auseinandersetzung sehr viel mit Macht und politischen Ränkespielen zu tun, und nicht zuletzt der Nachfolger des derzeitigen Kaisers auf dem Thron, Theodosius, schien zusammen mit dem Bischof von Mailand instrumentell in der Niederschlagung des arianischen »Irrglaubens« gewesen zu sein. Dass Rheinberg angedeutet hatte, die Ernennung des Theodosius durch Gratian verhindern zu wollen, bedeutete für Volkert, dass der Kapitän in dieser Art restriktiver Religionspolitik eher ein Problem sah. Er würde sich nicht einmischen, vor allem, da er selbst Protestant war: Einem Bischof dieser Zeit von der Reformation zu berichten, würde mit großer Wahrscheinlichkeit dazu führen, der Häresie bezichtigt zu werden. Volkert enthielt sich daher eines jeden Kommentars, hatte jedoch das Gefühl, dass Petronius ein sehr vitales Interesse daran hatte, die Position der Deutschen in dieser Frage zu kennen.

Von Klasewitz war Katholik, wie Volkert wusste, und als er sich schließlich in einem Nebensatz letztlich zu den Trinitariern bekannte, leuchteten Petronius' Augen förmlich auf. Volkert unterdrückte jede Reaktion. Die restlichen zehn Minuten ihrer Begegnung bestanden aus einem religiösen Vortrag des Priesters, dem der Erste Offizier unumwunden recht gab. Volkert konnte nicht eingreifen, denn das hätte alles bloß schlimmer gemacht, aber das Verhalten des Adligen würde, dessen war er sich sicher, noch sehr unangenehme Konsequenzen haben. Von Klasewitz schien die Brisanz dieses Themas nicht zu erkennen und machte leichtfertige Äußerungen, hinter die er – und damit auch Rheinberg – später nur schlecht zurückfallen konnte. Volkert sah, wie ein zufrieden grinsender Petronius sich schließlich verabschiedete.

Und er sah dunkle Wolken am Horizont aufziehen.

30

Das Wetter hatte leicht umgeschlagen. Der einstmals strahlende Himmel hatte sich eingetrübt und eine Wolkendecke baute sich auf. Die wenigen Bauern, an denen die Marschkolonne vorbeizog und die nicht nur staunend den seltsamen Reisenden nachstarrten, warfen dankbare Blicke in den Himmel, denn der Boden war trocken.

Es wurde etwas kühler, was das Marschieren angenehmer machte, und die Kolonne kam gut voran. Sie waren nun schon eine Zeit unterwegs und Rheinberg konnte nur dankbar sein für das gute Straßennetz, das das Römische Reich auch zu dieser Zeit noch auszeichnete. Er wusste, dass der Erhalt dieses Netzes immer mehr nachgelassen hatte, da die Städte und Gemeinden aufgrund der hohen Steuern und Abgaben mit jedem Jahr mehr ausgeblutet wurden, Gold, das entweder in den Taschen korrupter Offizieller landete oder in der finanziell unersättlichen Maschinerie der Streitkräfte, die die Grenzen zu bewahren trachteten. Ein weiteres Problem auf der langen Liste Rheinbergs, und eines der größten, denn es hing mit zahlreichen anderen Problemen eng zusammen.

Es wurde bereits Abend und das Licht wurde aufgrund der niedrig hängenden Wolkendecke schneller trübe als sonst, da zeichnete sich die Silhouette Sirmiums in der Ferne ab. Sirmium, zu seiner Zeit nicht mehr als Ruinen, gehörte zur illustren Reihe der Kaisersitze und stand als Residenzstadt in einer Linie mit Trier, Mailand, Ravenna und Konstantinopel. Im Gegensatz zu ihren Schwesterstädten war ihr keine dauerhafte Zukunft beschert gewesen. Rheinberg hatte vor seiner Abreise in seiner kleinen Bibliothek nach Informationen gesucht und hatte feststellen müssen, dass die Stadt bis ins 12. Jahrhundert hinein als Teil des Byzantinischen Reiches eine gewisse Bedeutung gehabt hatte, aber nach der Eroberung durch die Türken aus den Geschichtsbüchern verschwand. Das lag jetzt, im Spätsommer des Jahres 378, noch einige Hundert Jahre in der Zukunft, und so präsentierte sich die Stadt, in der einst auch Marc Aurel Residenz genommen hatte, als weitläufige und durchaus ansehnliche urbane Siedlung, die von der noch verbliebenen Stärke des Römischen Reiches zeugte.

»Wir können es vor Anbruch der Nacht bis zur Stadt schaffen«, bemerkte Africanus, der neben Rheinberg an der Spitze der Kolonne ritt. »Wir sind angekündigt und kommen nicht als Überraschung.«

»Werden wir noch am Abend den Kaiser treffen?«

»Nein. Der Imperator befindet sich nicht in der Stadt. Er hat die Donau bereits überschritten und ein Feldlager errichtet. Wir werden in der Garnison übernachten und uns morgen früh auf den Weg zum Lager machen. Auch dort sind wir angekündigt.«

»Welche Reaktionen hat diese Ankündigung hervorgerufen?«

»Wir wurden zumindest nicht ausgeladen. Gratian und sein Kriegskabinett beraten derzeit, wen sie mit der Bekämpfung der Gotengefahr beauftragen wollen.«

»Sie werden Theodosius wählen«, bekräftigte Rheinberg seine Vorhersage.

»Das ist doch keine schlechte Wahl«, gab Africanus zu bedenken. »Er ist ein erfahrener Militärführer und ... naja, es ist so etwas wie ausgleichende Gerechtigkeit, nach der Art und Weise, wie man seinen Vater behandelt hat.«

»Versteh mich nicht falsch, Aurelianus«, erwiderte Rheinberg beschwichtigend. »Was seinem Vater zustieß, war sicher Unrecht, und ja, Theodosius ist kein Idiot.«

Der ältere Theodosius, Vater des Gesprächsthemas, war ein höchst erfolgreicher und treuer General unter Gratians Vater Valentinian gewesen. Sofort nach dem Tode seines Herrn war er von seinem Kampf gegen einen aufständigen Präfekten in Afrika abberufen und unter fadenscheinigen Vorwänden angeklagt und exekutiert worden. Machtspiele bei Hofe sowie die Begleichung alter Rechnungen – der eigentliche Grund war nicht wichtig. Sein Sohn hatte damals die Zeichen der Zeit erkannt und sich auf sein Landgut nach Spanien ins Privatleben zurückgezogen.

»Er ist ein einigermaßen fähiger Diplomat«, fuhr Rheinberg fort, »und hat bei wichtigen Problemen seiner Regentschaft das richtige Augenmaß bewiesen. Er hat auch das Problem mit den Goten so gut gelöst, wie es eben noch möglich war. Ich will nicht behaupten, dass seine Wahl falsch ist – Gratian hat in seiner Situation eine Entscheidung getroffen, und seine Wahl hätte auf einen schlechteren Kandidaten fallen können.«

»Aber?«

»Aber er ist zu leicht den Einflüsterungen des Ambrosius erlegen, wird eine rigide, unterdrückerische Religionspolitik führen und damit die innere Kraft des Reiches schwächen. Die Einheit der Kirche, für die er von der Nachwelt – vor allem den trinitarischen Historikern – den Namen ›der Große‹ bekam, hat er teuer erkaufen müssen. Und er hat mindestens einen völlig unnötigen Bürgerkrieg geführt. Es hätte sicher noch schlimmer kommen können – aber eben auch viel besser.«

»Gratian hört ebenfalls auf Ambrosius.«

Rheinberg nickte versonnen. »Ja, und auch da werden wir etwas tun müssen. In ein paar Jahren wird er den Victoriaaltar aus dem Senat entfernen und das Toleranzedikt aufheben. Er wird den Kirchen dermaßen große Privilegien einräumen, dass es die finanzielle Krise des Reiches noch einmal verschärfen wird. Theodosius wird darin nicht zurückstecken. Letztlich geht es auch und vor allem um das Geld, das dem Staat zur Verfügung steht.«

»Du bist gegen die Einheit der Kirche?«, wollte Africanus wissen.

»Gar nicht. Ich bin absolut der Ansicht Konstantins, dass das Imperium ein einigendes Band braucht. Er hat in der Kirche ein großes Potenzial dafür gesehen, aber er hat sich verschätzt und musste nachher ja selbst oft genug in die Streitigkeiten der nunmehr von allen Zwängen befreiten Kirche eingreifen. Hat ihm viel Zeit und Anstrengung gekostet. Aber das einigende Band, das Konstantin sich gewünscht hat, kann noch nicht die Kirche sein – sie ist noch nicht so weit. Und mit Gewalt kann man es nicht herbeiführen. Das klappt nur, wenn der Staat, der dies versucht, stark ist und sich diesen Dingen ohne äußere Bedrohung widmen kann. Das ist derzeit nun wirklich nicht der Fall. Nein, eine Kircheneinigung soll es meinetwegen geben, jedoch nicht per Dekret.«

»Was eint dann das Reich gegen die äußeren Feinde?«

Rheinberg zeigte auf die sich aus dem Abenddunst schälende Residenzstadt vor ihm. »Das dort, mein Freund. Der Gedanke des Reichs. Die Kraft der Zivilisation als Gegenpol zur Barbarei. Eine Zivilisation, die alle verbindet, ob nun Trinitarier, Arianer oder Anhänger anderer Religionen. Eine Idee, die dazu führt, dass jede Art von Christen zusammen mit Anhängern des Mithras oder Jupiters auf dem Schlachtfeld Seite an Seite steht, um das Reich und die Idee dieses Reiches zu verteidigen.«

Rheinberg wandte sich Africanus zu, der nachdenklich wirkte.

»Du bist das beste Beispiel dafür, mein Freund.«

»Ich?«

»Ja. In meiner Zeit hat unser Reich deine Völker erobert und unterjocht. Sie haben keine Chance, das Bürgerrecht zu erlangen, auch wenn viele in unserer Armee dienen. Deine dunkle Hautfarbe wird von vielen als Beweis für Minderwertigkeit angesehen. Und ich sehe dich hier, einen Trierarchen mit vollem Bürgerrecht, der neben mir reitet, um seinen Imperator aufzusuchen. Das erzähle mal einem Führer der Hottentotten.«

»Der was?«

Rheinberg winkte ab. »Egal. Was ich sagen will, ist, dass die Tatsache, dass man in Sicherheit und Wohlstand leben möchte, sehr viel mit der Reichsidee zu tun hat, die, richtig angewendet, das einigende Band sein sollte, das das Imperium zusammenhält. Religion sollte da nicht wichtiger sein als die gemeinsame Wohlfahrt. Das sollte auch und gerade ein gebildeter und keinesfalls dummer Mann wie Gratian verstehen.«

Africanus lächelte. »Ich erinnere mich gerade an etwas, was mir mein Großvater mal erzählt hat. Sein Vater war ein einfacher Fellache gewesen und die Flotte sein größter Traum. Er war der zweite Sohn seines Vaters und würde das Land nicht erben, auf dem er geboren wurde. Also zog er nach Alexandria und ging zu den Anwerbern. Sie wollten ihn nicht nehmen, da er humpelte. Er ließ sich schließlich in der Stadt nieder und arbeitete im Hafen, doch dieser Wunsch, etwas mehr zu werden als ein rechtloser Bauer ohne Bürgerrecht, den hat er auf seinen Sohn, meinen Großvater übertragen. Und der wurde von den Anwerbern genommen. Er fing als einfacher Matrose an, ruderte sich zehn Jahre lang den Rücken krumm, und am Ende seiner 25-jährigen Dienstzeit schied er als Proreta aus.«

Rheinberg kannte sich mit den römischen Dienstbezeichnungen mittlerweile so weit aus, um zu wissen, dass dies auf einer Kriegsgaleere eine durchaus wichtige Stellung war, die man sich durch Befähigung erwerben musste.

»Er schied aus und ließ sich in der Nähe von Ravenna nieder. Er hatte schon vorher eine Familie gegründet, und diese genoss aufgrund seines Dienstes das römische Bürgerrecht. Er heiratete damals ein Mädchen aus Gallien, meine Großmutter. Und in dem Moment, in dem er in die Flotte eintrat, suchte er sich einen römischen Namen und legte seinen alten ab.«

Rheinberg sah Africanus an. »Wie hieß er denn, bevor er in die Flotte eintrat?«

»Er hieß Benipe, Sohn des Nakhti. Sein Name bedeutet ›Eisen‹, und es konnte keinen treffenderen Namen geben, denn nur so hat er es so weit gebracht.«

Rheinberg lächelte. »Lass mich raten – als er dich als kleiner Junge auf seinen Knien geschaukelt hat, hat er dich nicht Aurelianus genannt, oder?«

Für einen Moment schien es, als sei Africanus verlegen. Die Erinnerung an seinen Großvater, den er offenbar sehr verehrt hatte, schien eine sentimentale Saite in ihm zum Schwingen zu bringen.

»Nun«, antwortete er und räusperte sich. »Er nannte mich Wakhashem.«

»Und das bedeutet?«

Africanus' Verlegenheit wurde nun offensichtlich.

»Kleiner Narr.«

Rheinberg lachte und schlug seinem Kameraden auf die Schulter.

»Dann lass uns sehen, dass wir es noch heute bis Sirmium schaffen, kleiner Narr.«

Africanus verzog das Gesicht.

»Jan, du hast noch nie ein Schwert zwischen den Rippen gehabt, oder?«

»Bei Gott, nein!«

Der Trierarch lächelte gequält.

»Dann pass auf, wie du mich nennst …«

31

»Ich freue mich, dass wir die Gelegenheit haben, unter vier Augen zu sprechen!«

Von Klasewitz lächelte dem Priester zu und schaute sich um. Nach dem Gottesdienst, den die Geiseln hatten absolvieren dürfen, war der Gesandte des Bischofs auf ihn zugekommen und hatte ihn um eine kleine Unterredung gebeten. Der Gottesdienst selbst war in vielen ähnlich dem gewesen, was von Klasewitz aus seiner Zeit kannte, und in manchem doch anders. Es hatte eine Lesung gegeben, eine Predigt, aber kein Fürbittengebet. Zwar hatte es einige wenige Gesänge gegeben, diese hatten jedoch mit der Kirchenmusik, die er kannte, wenig zu tun gehabt, und die Gemeinde hatte auch nicht mitgesungen. Der Gottesdienst hatte lang gedauert, fast zwei Stunden, und war damit ermüdend gewesen. Dennoch hatte der Adlige das Gefühl gehabt, sehr eng an den Wurzeln dessen gewesen zu sein, was er in seiner Zeit als modernen Katholizismus erlebte. Petronius, der die Gruppe in den Gottesdienst begleitet hatte, war nicht müde geworden, die Geiseln davor zu warnen, eine Messe der Arianer zu besuchen. Dort verlaufe der Gottesdienst zwar beinahe identisch, erklärte er säuerlich, die grundlegenden Überzeugungen, auf denen er fußen würde, seien dagegen durchweg häretischer Natur.

»Setzen wir uns!«

Die kleine Kapelle, in die sie sich zurückgezogen hatten, war menschenleer. Die dicken Mauern und die massive Holztür, die Petronius fest hinter sich zugezogen hatte, garantierten, dass ihr Gespräch ungestört bleiben würde. Von Klasewitz war neugierig, was der bischöfliche Gesandte mit ihm zu besprechen hatte.

»Der Gottesdienst schien Euch beeindruckt zu haben«, eröffnete Petronius das Gespräch.

»Er erinnerte mich in vielen Belangen an die Messen aus meiner Zeit«, gab von Klasewitz zu. »Hier liegen tatsächlich die Wurzeln der Kirche, die ich auch kenne.«

»Mehr als Tausend Jahre in der Zukunft, wenn ich das richtig verstanden habe? Ich bin beruhigt, das zu hören. Es zeigt, dass unser Kampf für den richtigen Glauben und die ewige Kirche nicht umsonst sein wird, und dass all das, was heute Gültigkeit hat, wahrhaft epochalen Charakter hat.«

Von Klasewitz konnte dem nicht widersprechen.

»Aber das ist auch ein guter Beginn bezüglich dessen, worüber ich mich mit Euch austauschen wollte.«

»Es geht sicher um unser Schiff und unsere Absichten«, mutmaßte von Klasewitz.

Petronius wiegte den Kopf. »Ja und nein, ja und nein. Erst einmal geht es mir um Euch.«

»Um mich?«

»Sicher. Ich habe den Eindruck, dass diese höchst seltsame Reise durch die

Zeit, die Eure Mannschaft erlebt hat, nur schwer zu verstehen und zu akzeptieren ist. Und damit rede ich nicht bloß von uns Römern, da ist der Fall offensichtlich. Ich meine euch Besucher – und deren Anführer, Männer wie Ihr.«

»Es ist verwirrend und vielleicht manchmal sogar beängstigend«, gab der Erste Offizier vorsichtig zu.

»Nicht wahr? Um so mehr sollte es unsere Aufgabe als eure Gastgeber sein, Trost und Zuspruch zu spenden. Egal, welche Epochen uns auch trennen mögen, so haben wir doch etwas, das uns verbindet – Ihr habt es eben erst selbst erwähnt. Es ist der Glaube. Der wahre Glaube. Der richtige Glaube. Der *einzige* Glaube.«

»Das ist wahr«, meinte von Klasewitz. »Es ist etwas Vertrautes in fremder Umgebung. Daran wurde ich heute mehrfach erinnert. Das ist durchaus beruhigend für mich.«

»Und für mich«, erwiderte Petronius erfreut lächelnd. »Denn es zeigt mir in der Tat, dass ihr nicht alle wilde Dämonen seid, sondern Christenmenschen, wenngleich …

»Wenngleich?«, hakte von Klasewitz nach.

»… wenngleich nicht alle von gleicher Standfestigkeit und Reinheit der Überzeugungen, wenn ich das mal so sagen darf.«

»Dem kann ich kaum widersprechen. Ich versichere Euch aber, dass dies nicht für alle gilt, ja, ich will annehmen, nur für eine Minderheit der Unsrigen.«

Petronius nickte eifrig. »Ich möchte Euch gerne glauben. Doch habe ich den Eindruck, dass diese Minderheit sehr einflussreich ist an Bord Eures Schiffes – und prominent vertreten in der Person Eures Trierarchen, der sich nunmehr wohl schon beim Kaiser befinden dürfte.«

»Ich bin mit ihm nicht immer einer Meinung, so viel steht fest«, gab von Klasewitz zu. »Er ist ein Mann einsamer Entschlüsse und folgt meinem Rat weniger, als ich es mir wünschen würde.«

Petronius machte ein bekümmertes Gesicht. »Das ist bedauerlich, beginne ich doch bereits zu erahnen, wie viel Weisheit ihm dadurch entgeht. Und zeichnet sich der wahre Anführer nicht aus, indem er die Meinungen seiner Schutzbefohlenen einholt und sorgsam abwägt.«

Von Klasewitz schnaubte. »Rheinberg meint, alles besser zu wissen, und ist Argumenten gegenüber unzugänglich!«, brach es aus ihm hervor. Er fühlte sich vom Priester verstanden und hielt mit seiner Meinung nicht mehr hinter dem Berg. Der freundliche Blick des Petronius und seine angenehme Art, von Klasewitz zuzuhören, taten das Ihre. Es gab für den Adligen kein Halten mehr und er ließ seiner Frustration freien Lauf, redete mit lauten Worten, gestikulierte heftig. Beispiele an Beispiele reihte er, berichtete von Demütigungen aus Händen Rheinbergs, vom Spott und dem Unverständnis.

»Und all das Euch, einem Mann von Adel!«, war einer der typischen Einwürfe des Priesters, mit dem er noch Salz in die Wunden streute. Von Klasewitz' Empörung fand Verständnis, ja teilnehmende Sorge, und es war, als könne der Priester den Schmerz über die Zurücksetzung und den Mangel an Respekt, der dem Ersten Offizier entgegengebracht wurde, wirklich nachvollziehen. Für den Adligen war dies ein befreiender Moment, in dem er sich alles von der Seele reden konnte. Er merkte gar nicht, wie die Zeit verging, so sehr hatte ihn die Rage erfasst und so bereitwillig und geduldig lauschte Petronius seinen Worten, selbst dann, als er sich zum Ende hin zunehmend zu wiederholen begann.

Es wurde dunkel. Als Petronius ihn mit dem Geleit einiger Fackelträger zurückbrachte, war von Klasewitz erschöpft. Zum Schluss hatte der Priester begonnen zu sprechen, erst langsam und gesetzt, dann schneller und intensiver. Er hatte vieles von dem aufgegriffen, was der Adlige gesagt hatte, doch es in ein anderes Licht gestellt. Von Klasewitz schwirrte ganz der Kopf. Das Gefühl, verstanden zu werden, blieb jedoch stark in ihm. Der Priester hatte begonnen, seinem Leben in dieser Zeit eine neue Perspektive zu geben. Die Tatsache, dass er nicht mehr zurück in seine Zeit konnte, rückte etwas in den Hintergrund. Aufgaben, ja Herausforderungen, und Anerkennung, sozialer Aufstieg, all dies schien gar keine so üble Vorstellung zu sein. Petronius hatte ihm einen Blumenstrauß vorgelegt, aus dem er sich wunderbare Blumen aussuchen konnte, und eine duftete lieblicher als die andere. Manche hatten Dornen, aber war er dafür nicht Soldat und von Adel, dass er bereit war, Risiken einzugehen und Ungemach zu überstehen?

Als sie die Villa erreicht hatten, ergriff von Klasewitz Petronius Unterarm.

»Wir müssen dieses Gespräch fortsetzen! Gleich morgen!«, sagte er drängend. Der Priester nickte, machte keine Anstalten, sich aus dem Griff zu befreien.

»Wir werden sprechen, mein Freund«, sagte er und es klang wie viel mehr als nur ein Versprechen. Von Klasewitz summte der Schädel. Er musste nachdenken. Er musste abwägen.

Er musste entscheiden.

32

Es war schon dunkel und Thomas Volkert war viel zu spät eingefallen, dass Julias Nachricht eine wichtige Information nicht enthalten hatte, nämlich wo sie sich treffen sollten. Dennoch spürte er ein seltsames Vertrauen in die Fähigkeiten der außergewöhnlichen Senatorentochter und stellte nur sicher, dass er zur angegebenen Stunde alleine in seinem Zimmer saß und bereit war für … nun, wofür auch immer.

Er war recht froh, einen Grund gehabt zu haben, sich zu entschuldigen. Die Männer hatten sich nach dem Abschied des Petronius nicht mehr besprochen, aber am darauf folgenden Tag war der Besuch lange Gesprächsthema gewesen. Von Klasewitz hatte den anderen Soldaten nur eine sehr knappe Version dieser ersten Auseinandersetzung gegeben, er schien die Ansicht zu vertreten, dass sowohl Unteroffiziere wie auch Mannschaften mit derlei nicht behelligt werden sollten. Dies angesichts eines so alten, erfahrenen und das Vertrauen des Kapitäns genießenden Seebären wie Köhler durchblicken zu lassen, grenzte an Beleidigung. Doch Köhler kannte von Klasewitz und wusste, wie er ihn zu nehmen hatte. Volkert hatte ihn und Behrens anschließend noch einmal beiseitegenommen und eine erweiterte und letztlich auch kommentierte Fassung erzählt. Behrens, der mit Ach und Krach die Volksschule geschafft hatte und von jeglicher Bildung herzlich unbeeinflusst war, hatte lediglich mit den Achseln gezuckt und deutlich gemacht, dass man ihm nur rechtzeitig sagen solle, wann er wen zu erschießen habe und dass er lieber Befehle von Volkert als von »diesem albernen Schnösel« entgegennehmen würde. Köhler, der viel herumgekommen war und den zumindest das Leben einiges gelehrt hatte, nahm die Sache erkennbar nicht auf die leichte Schulter. Seine schlechte Meinung über den Ersten Offizier hatte sich nur noch verstärkt, wenn das überhaupt möglich gewesen war.

Der Tag war ansonsten langweilig gewesen, vor allem, da die Männer unter Hausarrest standen. Es fehlte ihnen an nichts außer an Ablenkung. Die dienstbaren Sklaven führten anstandslos jeden Befehl aus – insbesondere von Klasewitz schien an der Idee der Sklaverei zunehmend Gefallen zu finden, was nicht weiter verwunderlich war, behandelte er seine Untergebenen doch meistens genauso. Aber das war es dann auch schon. In Unterhaltungen ließen sich die Diener nicht verwickeln, und obgleich sie mangelndes Verständnis vortäuschten, vermutete Volkert, dass sie diesbezüglich instruiert worden waren.

Die Römer waren keine Dummköpfe, der Fähnrich hatte aber den Eindruck, dass von Klasewitz sie letztendlich doch für noch etwas primitiv hielt. Was der Adlige nicht auseinanderhalten konnte, waren technologische Entwicklung und Intelligenz. Ein Volk, dem es gelungen war, ein gigantisches Imperium zu errichten und über Hunderte von Jahren zu erhalten, sollte man nicht unterschätzen.

Er hatte früh zu Abend gegessen – so langsam konnte er sich sogar fast an das Garum gewöhnen – und sich dann entschuldigt, er fühle sich nicht wohl. Da sowohl von Klasewitz als auch zumindest einer der Gefreiten den römischen Speisen schon aus Prinzip weiterhin ablehnend gegenüberstanden, wurde die Ausrede mit verstehendem Nicken quittiert.

Und hier saß er nun. Er hielt Julias Notiz wie ein Kleinod in seinen Händen. Die Mischung aus Aufregung, Angst und … Sehnsucht, die ihn erfüllte, machte ihn nervös. Was immer die Senatorentochter mit ihm angestellt hatte, es wirkte wie ein Zauber, der ganz und gar von ihm Besitz ergriffen hatte. Es gab keinen Zweifel, er war furchtbar verliebt und dieses Gefühl vernebelte ihm alle Sinne.

Der Genuss, den er darin fand, war größer als alle Furcht oder die Stimme seines Verstandes.

Die Tür öffnete sich und Volkert zuckte zusammen. Ein Sklave trat ein, sah sich um, dann winkte er hinter sich. Ihm folgte eine vermummte Gestalt, verhüllt von einem weiten Umhang. Eine schlanke Hand erschien unter dem Umhang, einige Münzen wechselten den Besitzer und der Sklave verschwand mit ausdruckslosem Gesicht.

Volkert musste nicht warten, bis sich der Umhang von der Gestalt löste. Er wusste auch so, dass es nur Julia sein konnte. Er stand auf, eilte auf sie zu, und sie erwiderte seine Umarmung mit der gleichen Inbrunst und Kraft. Ihre Lippen trafen sich zu einem langen, intensiven Kuss, der ewig zu dauern schien. Als sie sich schwer atmend und lächelnd voneinander lösten, erkannte Volkert die Spuren von Tränen in ihren rotgeränderten Augen. Er schob sie auf halbe Armlänge von sich, betrachtete ihr Gesicht genauer und sah nun Anzeichen von Erschöpfung.

»Julia«, murmelte er umständlich. »Was ist denn passiert?«

Als ob die Frage einen Damm zum Einsturz gebracht hätte, schossen der jungen Frau wieder Tränen in die Augen, die sie jedoch tapfer bekämpfte. Sie presste die Lippen aufeinander und wischte sich mit dem Handrücken über die Wangen, eine feuchte Spur über die Haut ziehend. Dann seufzte sie laut auf und holte mehrmals tief Luft.

»Setzen wir uns«, hauchte sie schließlich und Volkert führte sie zu dem Sofa, das einen Großteil des Raumes dominierte.

Julia kam unumwunden zur Sache.

»Meine Mutter hat mir gegenüber wüste Drohungen ausgestoßen«, berichtete sie mit bitterem Unterton. »Sie erklärte, dass die Eltern allein dafür Sorge tragen würden, mit welchen Männern eine Tochter zu verkehren habe, und sie sei es leid, sich von mir dermaßen vorführen zu lassen. Vater sei da ganz ihrer Ansicht. Ich habe dagegengehalten und es gab … unschöne Szenen.«

Volkert ahnte, was das bedeutete. Speziell in einer römischen *familia,* in der zumindest rein theoretisch der Vater in allem und allein das Sagen hatte. Julia schien von diesen althergebrachten Traditionen eher wenig zu halten und hatte möglicherweise diesmal in den Augen ihres Vaters den Bogen überspannt.

»Was ist dann passiert?«

»Meine Mutter meinte, dass jede Verbindung mit einem der seltsamen Besucher unstatthaft sei, selbst dann, wenn der Kaiser sich wohlwollend Eures Schiffes annehmen würde. Für mich käme in jedem Falle nur ein Mann von römischem Adel infrage, ein Senatorensohn. Sie wäre noch bereit, den Sohn eines hohen Offiziers zu akzeptieren oder jemand anderen vom Hofe. Sie meinte, meine Entscheidung würde sofort als *infamia* gewertet werden.«

»Als was?«

»Ah, ja, das kennst du vielleicht nicht. Das Infamiegesetz besagt, unter welchen Umständen jemand seine Bürgerrechte verlieren kann. Wenn zum Beispiel ein Senator die Tochter eines Gastwirts heiraten würde, wäre das ein Grund, ihm die Bürgerrechte abzuerkennen. Oder wenn eine Witwe wieder heiratet, ohne die einjährige Trauerzeit abgewartet zu haben. Es gibt viele Fälle, und unstandesgemäße Heirat mit jemandem, der einen Beruf ausübt, der als besonders schmutzig und abstoßend gilt, gehört dazu.«

»Gastwirte?«

Julia warf Jan einen bedeutungsvollen Blick zu. »Du wirst merken, was ich meine. Ich jedenfalls habe geantwortet, dass das ja wohl auf dich nicht zuträfe, aber sie meinte, du hättest noch nicht einmal das Bürgerrecht und daher könne sie es auf keinen Fall zulassen, dass ich jemanden wie ...«

»... dass du jemanden wie mich heiratest«, vervollständigte Volkert den Satz.

»Ja. Das ändert sich vielleicht. Aber bis jetzt bist du schlicht ...«

»... seltsam.«

»Sehr seltsam.«

Volkert presste die Lippen aufeinander. Das Gefühl von Verzweiflung und Wut presste ihm die Kehle zu. Er nahm Julia in den Arm und zog sie an sich. Für einen Moment hielten sie sich nur fest, gaben sich gegenseitig Trost.

»Was hast du deiner Mutter dann gesagt?«, wollte der junge Mann schließlich wissen.

»Ich habe ihr deutlich gemacht, dass mich keine ihrer guten Partien interessiert und dass ich eine Entscheidung getroffen hätte.«

Jetzt war es die Mischung aus plötzlicher Freude und Wärme angesichts dessen, was diese Aussage bedeutete, die Volkert die Worte im Munde stecken bleiben ließen. Er verschloss Julias Mund mit einem langen Kuss. Das Glücksgefühl schien fast überwältigend. Doch dann kroch wieder die Realität in seine Gedanken und er löste sich von ihr.

»Meine Mutter war wütend«, erzählte Julia weiter. »Aber meine Eltern haben letztlich eingesehen, dass sie gegen meinen erklärten Willen durch eigene Dickköpfigkeit nichts ausrichten können.«

Volkert verbarg ein Lächeln. Das Wort »Dickköpfigkeit« aus Julias Munde, und dann noch negativ gemeint, hatte durchaus etwas Ironisches.

»Sie hat mir ein Angebot gemacht«, sagte sie schließlich. Volkert runzelte verwirrt die Stirn.

»Ein Angebot? Was für eine Art von Angebot?«

»Sie sagte mir, ich könne jede freie Entscheidung treffen, die ich wollte, inklusive der Wahl meines Gatten, und sie würde mich diesbezüglich nie wieder bedrängen, wenn ich mir nur den seltsamen Germanen aus der Zukunft aus dem Kopf schlagen würde.«

Volkerts Augen wurden rund. »Das hat sie gesagt?«

Jetzt machte auch der letzte Satz in Julias Nachricht plötzlich Sinn.

»Thomas, ich vermute, dass hinter alledem mehr steckt, als meine Eltern mir erzählen wollen. Nach der Unterredung mit Symmachus und deinem Trierarchen hat es viele Konsultationen gegeben. Mein Vater mag kein begeisterter Politiker sein, allerdings er ist nicht ohne Einfluss, wie er auch nicht ohne Zwänge ist. Irgendwas braut sich zusammen, und ich glaube, dass er vor allem deswegen nicht möchte, dass wir zusammen sind – um mich zu schützen.«

»Schützen? Wovor?«

»Ich weiß es nicht.«

Volkert schaute einen Moment sinnierend ins Leere. Er erinnerte sich an den Besuch des Petronius. Das ungute Gefühl, das er seitdem mit sich herumtrug, verstärkte sich. Julias Interpretation war keinesfalls von der Hand zu weisen.

»Was bleibt uns dann zu tun?«, fragte er schließlich leise. Julia schien auf diese Frage nur gewartet zu haben. Die Vehemenz, mit der sie ihre vollen Brüste gegen seinen Oberkörper presste, war sicher zu gleichen Teilen Leidenschaft wie Berechnung, dem Fähnrich war das jedoch herzlich egal. Erneut küssten sie sich, lange und hungrig.

Als sie sich wieder voneinander gelöst hatten, rückte Julia mit der Sprache raus.

»Wir müssen fortlaufen. Wir haben sonst keine Chance, zusammen sein zu dürfen, Thomas.«

»Fortlaufen?«, fragte Volkert halb ungläubig nach. Dies erschien ihm doch nun allzu sehr wie aus einem der eher schlechten Liebesromane zu sein, die er als junger Mann gelesen hatte. »Wohin denn?«

»Irgendwohin, wo uns das alles nichts angeht.«

Julia schien das Zögern des jungen Mannes zu bemerken. Sie schaute Volkert tief in die Augen.

»Thomas, ich liebe dich!«

Volkerts Herz machte einen Satz, dann noch einen. Er blinzelte, als ihm selbst Tränen in die Augen schießen wollten.

»Julia … Julia …«, wisperte er schließlich und verbarg sein Gesicht in ihren Haaren. »Ich liebe dich doch auch!«

»Dann sollten wir nicht voneinander getrennt bleiben«, flüsterte sie zurück. »Das sollten wir wirklich nicht.«

»Nein, das stimmt.«

»Mein Vater wird unsere Verbindung nicht erlauben, und dein Trierarch wird sicher ebenfalls seine Einwände haben.«

Volkert dachte zurück an die scharfe Rüge, die ihm der Kapitän verabreicht hatte, und konnte nicht umhin, erneut Julias Einsichtsvermögen und Intelligenz zu akzeptieren.

»Auch das stimmt«, musste er bestätigen.

»Was bleibt uns also?«

Volkert dachte nach, doch er konnte sich der Logik der Frau nicht verschließen. Und dass er von ihr getrennt sein sollte, vielleicht für immer, war für den jungen Mann mit jeder Sekunde, die er in der Gegenwart der Geliebten verbrachte, ein mehr und mehr unerträglicher Gedanke. Melodramatik hin oder her, so kam er zu dem Schluss, dies war jetzt eine andere Zeit und ein anderer Ort. Kein Heiratsdispens des Kaisers mehr und kein Reich zu verteidigen. Es schmerzte ihn für einen Moment, sich illoyal verhalten zu müssen, aber letztlich fühlte er, wie sich die Prioritäten in seinem Leben zu verschieben begannen.

Er fühlte den warmen, weichen Körper der wunderschönen Frau in seinen Armen und wurde sich bewusst, dass er seine Entscheidung im Grunde bereits getroffen hatte.

»Gut, gut«, hörte er sich schließlich murmeln. »Das ist wohl wirklich der einzige Weg. Aber wohin gehen wir? Wovon sollen wir leben?«

Julia lächelte Volkert an, überglücklich ob seiner Entscheidung.

»Ich habe Geld gespart und verborgen, und ich kann einiges: Nähen, sticken, Kleidung ausbessern, ich kann sogar kochen.«

»Hast du das alles lernen müssen?«

Julia rümpfte die Nase. »Ich durfte außer Sprachen und Philosophie gar nichts lernen. Ich habe mich bei den Sklaven herumgetrieben und die haben es mir beigebracht. Meine Mutter war entsetzt, als ich meine erste Tunika selbst geflickt habe. Sie ist der Meinung, es sei unter der Würde einer Senatorentochter, diese Art von Arbeit tun zu müssen.«

»Aber ich … ich habe keine Fähigkeiten, die uns weiterhelfen können«, räumte Volkert betrübt ein.

»Du bist gesund und stark. Das reicht schon. Wir müssen ohnehin recht weit reisen, denn auch der Arm meines Vaters reicht weit. Wenn wir ihm entwischen wollen, sollten wir in den Osten gehen. Ich kenne mich in den Besitzungen meines Vaters fast besser aus als er selbst, er hat längst jede Übersicht verloren und überlässt alles seinem Verwalter.«

Sie griff in ein Bündel, das sie mit sich geführt hatte, und holte Papiere heraus.

»Hier: Meiner Familie gehören Manufakturen und Anwesen im ganzen Osten, wenngleich deutlich weniger als im Westen. Ich kann mich nicht erinnern, dass mein Vater sie je besucht hat, er mag den Osten des Reiches nicht, vom Wein Griechenlands einmal abgesehen. Es war mir ein leichtes, das Siegel meines Vaters zu benutzen und uns einige Empfehlungsschreiben zu verfassen. Hier … du bist ab jetzt Lucius, aus Gallien, und mein Name ist Paulina. Ich bin Näherin und du Arbeiter. Mit den Empfehlungsschreiben werden wir überall in den östlichen Betrieben und Anwesen meines Vaters Arbeit bekommen, ohne dass er jemals davon erfährt. Er schreibt solche Empfehlungen am laufenden Band: für freigelassene Sklaven, Klienten seiner Freunde und so weiter. Es wird absolut keine Aufmerksamkeit hervorrufen.«

Volkert stellte mit einer Mischung aus Bewunderung und Misstrauen fest, dass

Julia nicht nur alles bestens vorbereitet, sondern offenbar auch keine Sekunde an seiner eigenen Entscheidung gezweifelt hatte. Er fragte sich für einen kurzen Moment, ob er nicht gerade einen Kapitän gegen einen anderen ausgetauscht hatte, obgleich bei einem Blick in ihre mandelförmigen, braunen Augen einräumen musste, dass die Autorität dieser Vorgesetzten eine etwas andere Grundlage hatte als die Rheinbergs.

»Wie reisen wir?«

»Es fahren ständig Handelskarren in den Osten. Man kann sich eine Passage kaufen. Oder wir gehen über den Seeweg, direkt bis Konstantinopel. In der Hauptstadt des Ostens haben wir die größten Chancen, unterzutauchen und uns ein neues Leben aufzubauen. Das Problem ist nur, dass die Seereise beschwerlich ist und mein Vater viele gute Verbindungen zu den Eignern der Handelsschiffe hat – die Chance, dass mich jemand erkennt, ist nicht gering. Der Landweg dauert länger, ist aber auch sicherer.«

Volkert nickte. Wenn sie Pech hatten, würde ihre Flucht bereits im Hafen enden. Er hatte wenig Lust, dieses Risiko einzugehen.

»Der Landweg dann«, bestätigte er. »Wann geht es los?«

Julia presste Volkert das Bündel in die Hand.

»Hier, zieh das an. Ich habe ein weiteres außerhalb der Stadt versteckt, mit Geld und Nahrungsmitteln.«

Volkert entfaltete das Bündel und sah saubere, wenngleich etwas abgetragene Kleidung, die aus ihm einen Römer machen würde. Sogar seine Größe war gut getroffen. Nein, Julia hatte in der Tat keine Sekunde daran gezweifelt, wie er sich entscheiden würde.

»Also, das heißt …«

Julia verschloss seinen Mund mit einem weiteren Kuss, ehe sie sagte: »Ganz genau, Thomas. Wir brechen sofort auf!«

33

»Es ist ein Wunder, dass du überlebt hast, mein Freund!«

Richomer hockte sich neben Flavius Victor auf das Liegesofa und hütete sich, dem Magister Equitum auf die Schulter zu schlagen. Der Mann lag bleich und mit eingefallenen Wangen dahingestreckt, doch schaffte er es, dem Offizier aus dem Westen ein schwaches Lächeln zu schenken. Er war der einzige überlebende Feldherr Ostroms, und das auch nur so eben.

»Kein Wundbrand«, brachte er leise hervor. »Der Medicus ist ein Metzger, aber er beherrscht sein Geschäft. Hat in einer dieser gallischen Schulen gelernt, sagte er. Scheint ihm was genützt zu haben. Ich bin nicht der Einzige, den er gerettet hat.«

Richomer nickte und betrachtete Victors Verletzung. Der linke Arm war ihm in der Mitte des Oberarms abgetrennt worden, ein schneller, wohlgezielter Schlag eines Goten, der sein Schwert gut geschärft hatte. Der Brustharnisch des Reiterkommandanten hatte den Schlag schließlich aufgehalten, und ein Soldat aus Victors Begleitung hatte den Goten niedergestreckt, aber für den Arm war es zu spät gewesen. Sie hatten den Stumpf abgebunden und waren geflohen wie alle anderen auch.

»Wann bist du wieder oben auf?«, fragte Richomer.

»Ich brauche noch eine Woche der Pflege, sagt der Medicus. Ich habe viel Blut verloren. Derzeit füllt er mich mit allerlei Heiltränken ab und lässt mich halb rohes Fleisch essen. Es scheint jedenfalls nicht völlig wirkungslos zu sein, ich fühle mich jeden Tag etwas stärker und die Schwächeanfälle lassen nach. Eine Woche, das scheint mir realistisch zu sein. Und du selbst?«

Der Germane machte eine abfällige Handbewegung.

»Nichts, nur ein paar Kratzer.«

»Und das, obwohl du dich wirklich bemüht hast, verletzt zu werden. Du hast wie ein Berserker gekämpft.«

»Meine Zeit ist noch nicht gekommen.«

Victor lächelte etwas breiter, und es schien Richomer, als wäre etwas Farbe in seine Wangen zurückgekehrt.

»Valens hat die Reiterei verfeuert, Victor«, murmelte Richomer nun dumpf. »Er hat uns ins Messer laufen lassen.«

»Er und Sebastianus«, stimmte Victor zu. »Letztendlich aber war es die Voreiligkeit der zuständigen Offiziere selbst, die sich nicht haben zurückhalten können. Sebastianus hat sie mit seiner Zuversicht dermaßen aufgepeitscht … und alle waren durstig.«

Richomer nickte. Die Armee war ohne Nahrung und Wasser in Stellung gegangen und die Warterei hatte sicher an den Nerven aller gezerrt. Der Durst hatte das Seine getan.

»Sie haben beide nicht erkannt, wie wichtig die Kavallerie ist. Und sie waren zu selbstsicher. Fritigern mag ja ein Barbar sein, aber er ist kein Idiot. Bis zuletzt habe ich auf den Kaiser eingeredet. Und dann die barbarischen Lanzenreiter … sie haben Hackfleisch aus den Bodentruppen gemacht. Wir werden umdenken müssen.«

Richomer legte dem Freund beschwichtigend eine Hand auf den Brustkorb. Er winkte einen besorgt dreinblickenden Diener fort. Victor hatte das Glück gehabt, dass er in Adrianopel seine eigene Villa hatte, und sie war sogleich für alle Verletzten geöffnet worden, die die Sicherheit der Stadtmauern erreicht hatten. Nur diese einzelne Zimmerflucht erlaubte noch so etwas wie Privatheit, ansonsten hatte sich das ganze Anwesen in ein Lazarett verwandelt.

Ein Versuch der Goten, die Stadt einzunehmen, war an zwei Ursachen gescheitert: an ihrer Unfähigkeit, eine gut befestigte Stadt zu belagern und die Mauern effektiv anzugreifen, sowie an der Kampfbereitschaft der römischen Bürgermiliz, die den Goten trotzigen Widerstand geleistet hatte. Letztlich waren die Goten abgezogen.

»Reg dich nicht mehr auf. Wir haben seit der Schlacht nichts mehr von Valens und Sebastianus gehört und auch ihre Leichen sind nirgends gefunden worden. Wäre zumindest Valens noch irgendwo am Leben, selbst als Geisel der Goten, hätten wir davon mittlerweile erfahren. Er ist tot, Sebastianus höchstwahrscheinlich ebenso, und Gratian ist unser Herr.«

Victor nickte. »Ein klügerer Herr, so will ich hoffen.«

»Er ist jung, aber kein Narr. Und er wird den Osten nicht sich selbst überlassen. Er ist bei Sirmium und hält Kriegsrat. Ich soll dorthin reiten und ihn treffen. Du sollst hinzustoßen, sobald du reiten kannst.«

»Was hat er vor?«

»Könnte ich die Gedanken der Kaiser lesen, wäre ich ein reicher und mächtiger Mann, Victor. Ich denke mal, dass er einen neuen Feldherrn für den Osten ernennt, der, wenn er sich bewährt, auch gute Chancen haben dürfte, zum Augustus ernannt zu werden. Ich glaube nicht, dass der junge Gratian großes Interesse daran hat, das Reich in seiner Gänze allzu lange auf seinen Schultern zu tragen. Der Westen ist ihm schwer genug.«

»Wohl wahr.«

»Wir werden uns für ihn bereithalten müssen. Zuerst müssen wir wissen, wie viele Soldaten überlebt haben.«

»Wie viele haben sich zurückgemeldet?«

Richomer holte ein Papier hervor. »Ich habe noch keine genauen Zahlen. Zum Glück hatten die meisten die gute Idee, sich in die Sicherheit der Stadt zurückzuziehen. Ich denke mal, dass die einen oder anderen vielleicht noch in den Dörfern sitzen.«

»Oder desertiert sind«, ergänzte Victor mit etwas Bitterkeit in der Stimme.

»Oder das, ja, leider. Unsere Schätzungen gehen davon aus, dass ein knappes Drittel der Armee überlebt hat. Wir rechnen derzeit mit 22 000 Toten.«

Victor wirkte noch fahler, als er ohnehin aussah. Valens hatte 30 000 Mann ins Feld geführt.

»Das ist der größte Verlust seit … seit Cannae?«

»Seit Varus gegen die Germanen verlor.«

»Das ist mehr als 350 Jahre her! Und er verlor nur 20 000! Welch große Ehre für uns! Das zweitgrößte Gemetzel in der römischen Geschichte, und wir durften dabei sein!«

Richomer reagierte nicht auf die Bitterkeit in Victors Worten. Er konnte dieses Gefühl sehr gut nachvollziehen.

»Das Problem ist jedoch die Struktur der Überlebenden«, berichtete er weiter.

»Erkläre mir das!«

Richomer setzte sich zurecht. »Die meisten Überlebenden sind Offiziere und Unteroffiziere.«

»Ah, verdammt«, stieß Victor hervor. »Wir haben eine Armee mit Kopf, aber ohne Unterleib.«

»So ist es.«

Victor schloss die Augen und überlegte einen Moment.

»Wir pressen das Reich seit Jahren um Rekruten aus«, murmelte er düster. »Lange vorbei sind die Zeiten, wo ein junger Mann den Weg in die Streitkräfte gefunden hat, um das Bürgerrecht zu erlangen oder ein Stück Land zu erhalten oder Ruhm und Ehre zu erzielen. Wir verpflichten die Söhne von Soldaten, den gleichen Beruf zu ergreifen, auch wenn sie es gar nicht wollen. Wir pressen Männer in den Dienst, die sich nur deswegen nicht weigern, weil wir mit Repressalien drohen. Wir plündern die landwirtschaftlichen Anwesen von ihren Arbeitskräften, sodass mittlerweile selbst Senatoren und ehemalige Offiziere Deserteure beherbergen, um überhaupt jemanden zu haben, der auf dem Land arbeiten kann. Sklaven können ihre Freiheit erlangen, indem sie Deserteure an die Behörden verraten. Das System, mein Freund, ist krank und funktioniert bloß mithilfe brutaler Gewalt. Was wird jetzt passieren? Wir werden den Osten nach neuen Rekruten durchkämmen. Wir werden jeden nehmen, werden Verbrechern Gnade versprechen und Sklaven befreien, um sie neu zu versklaven. Vielleicht werden wir noch eine Armee zusammenbekommen. Vielleicht können wir die Goten so lange hinhalten, bis diese Armee wieder einigermaßen einsatzbereit ist. Und dann?«

Er seufzte.

»Dann kommen die Nächsten. Hast du die Geschichten gehört, die die Goten erzählen? Dass gigantische hunnische Horden sie aus ihren Ländern vertrieben haben? Dass noch mehr passieren wird und dann diese Barbaren irgendwann auch an unseren Grenzen eintreffen werden? Was werden wir ihnen entgegenstellen? Wie viel Gold werden wir hinauswerfen, um Barbaren zu bestechen, damit sie sich von unseren Grenzen fernhalten? Wie oft werden wir uns erpressen lassen müssen, weil wir schwach sind?«

Richomer lächelte und schüttelte dann eher schwermütig den Kopf.

»Du wirst ein Philosoph, mein Freund. Das muss an der Verletzung liegen.«

»Jeder Soldat mit etwas Grips im Kopf wird zum Philosophen, wenn er lange genug mitbekommen hat, wie das Reich langsam, aber sicher vor die Hunde geht.«

Victor fuhr sich mit der Hand über die Stirn.

»Ich werde versuchen, dir eine vollständigere Liste zusammenzustellen, und bringe sie nach Sirmium, sobald ich in der Lage zu reisen bin. Dann können wir dem Imperator neue Zahlen vorlegen.«

»So ist es richtig. Lass uns ein Problem nach dem anderen lösen: Erst kümmern wir uns um die Goten, dann um die Rettung des Reiches vor allen zukünftigen Gefahren.«

»Ich hätte noch gerne, dass wir das Reich bei der Gelegenheit zu einem Staat machen, in dem alle gerne leben und in dem wir niemanden mit Androhung des Todes dazu zwingen müssen, den Legionen beizutreten. Ich bin es leid, Männer in den Tod zu führen, die keinerlei Interesse daran haben, zu kämpfen. Ich hätte wirklich gerne wieder eine freiwillige und motivierte Truppe.«

»Unsere Kavallerie war durchaus motiviert.«

»Ihre Leichen liegen vor der Stadt.«

Richomer tätschelte den Feldherrn und zwang sich ein Lächeln ab.

»Du kannst einen wirklich aufmuntern, Victor.«

»Munter du mich auf, indem du mir in einer Woche berichtest, dass Gratian einen Weg gefunden hat, unser aller Arsch zu retten.«

Richomer erhob sich.

»Ich werde mich bemühen. Mach du mich froh, indem du tatsächlich in einer Woche auftauchst und wieder Farbe im Gesicht hast.«

»Das verspreche ich dir.«

»Dann will ich meinen Teil auch einhalten.«

Der Blick, den Victor dem herauseilenden Richomer hinterherschickte, sprach nicht von Zuversicht.

34

»Eine schöne Villa.«

Godegisel warf den Hühnchenknochen achtlos auf den Boden und wischte sich das Fett vom Kinn. Fritigern warf ihm einen missbilligenden Blick zu und machte eine ausholende Handbewegung.

»Genieße sie, solange du noch kannst. Wir werden uns nicht ewig hier aufhalten können.«

Der junge teuringische Adelige nickte. Er war dem Richter und Feldherrn Fritigern, der von den Römern fälschlicherweise als König tituliert wurde, von ihrem durch die Hunnen zerschlagenen Reich bis in das Gebiet Ostroms gefolgt. Er hatte gelernt, seinem Ratschluss zu vertrauen, und in diesem Falle waren die Gründe eindeutig: Den gotischen Truppen – auch nach der Schlacht gegen Valens gut 20 000 Krieger – und allen mit ihnen verbundenen Zivilisten gingen wieder die Vorräte aus. Solange ihr Status nicht gesichert war, würde es nichts nützen, an einem Ort mit der Siedlung zu beginnen, außerdem galt es, den errungenen militärischen Vorteil schnell zu nutzen. Man musste weitermarschieren, weiterplündern und vor allem versuchen, endlich einmal eine dieser verfluchten, gut befestigten römischen Städte zu erobern. Vor Adrianopel hatten sie sich, so überlegen sie den Römern auf dem Feld auch gewesen waren, eine blutige Nase geholt. Sie mussten einiges lernen, und ganz oben auf Godegisels Liste war die Notwendigkeit, Belagerungsgerät errichten und richtig einsetzen zu können.

Fritigern und seine engeren Gefolgsleute hausten derzeit in einer verlassenen Landvilla, die sicher irgendeinem reichen römischen Schnösel gehört hatte, aber vom Verwalter und seinen Leuten aufgegeben worden war, als sich die Goten genähert hatten. Es hatte Nahrung gegeben, sogar Wein, und so hatte der gotische Anführer hier ein temporäres Hauptquartier aufgeschlagen, während seine Unterführer versuchten, den gotischen Tross zusammenzuhalten und zu verhindern, dass sich alle aufteilten und individuell ihr Glück suchten. Damit würden sie eine nur allzu leichte Beute für die römischen Streitkräfte werden, wie wenig auch immer von diesen noch übrig waren.

»Die Hunnen machen uns Probleme, Richter«, sagte Godegisel nun. »Ich habe mit ihrem Anführer gestern noch gesprochen. Heute höre ich, dass er tot in seinem Zelt gefunden wurde und ein neuer die Reiter anführt. Wie können wir auf diese Art und Weise eine Allianz aufrechterhalten?«

»Woher soll ich das wissen? Uns verbindet mit den Hunnen lediglich, dass sie ebenso wie wir dem Vormarsch ihres Hauptvolkes entflohen sind. Sie sind Rebellen, wir sind Opfer. Wahrscheinlich fühlen sie sich uns im Grunde überlegen. Es würde mich nicht wundern, wenn sie eines Tages zu ihrem Anführer zurückkehren, insbesondere dann, wenn er weiter so erfolgreich ist wie jetzt. Ich würde mich auch dann nicht auf sie als Bundesgenossen verlassen, wenn sie ihre Häuptlinge weniger schnell austauschen würden.«

Godegisel konnte, wie so oft, der Argumentation Fritigerns wenig entgegensetzen. »Also soll ich es nicht weiter versuchen?«

»Doch, doch. Rede mit jedem neuen Anführer, der aus ihren Zelten tritt. Schmeichle ihnen und verstehe ihre Anliegen. Ich möchte nicht, dass sie sich zu früh gegen uns wenden. Die Hunnen sind wilde Krieger, aber keine Narren. Sie werden erkennen, dass sie ohne den Schutz aller drei Völker, die in unserer Allianz vereint sind, im Römischen Reich keine Zukunft haben. Wir sind aufeinander angewiesen. Wenn sie losreiten, um Beute zu machen, werden sie irgendwann, wenn die Römer sich wieder berappelt haben, auf einen Gegner treffen, bei dem sie auf Granit beißen.«

»Gut, ich werde weiter mit ihnen reden. Wann meint Ihr, dass die Römer wieder einen Anführer von Wert haben werden?«

Fritigern schaute Godegisel warnend an.

»Du neigst dazu, Rom zu unterschätzen, mein Freund. Du glaubst, die Leute seien ohne Führer? Der Kaiser des Westens ist nun Kaiser des ganzen Reiches. Er verfügt über eine völlig intakte Armee, die, wenn ich richtig gehört habe, unlängst einen alemannischen Angriff erfolgreich abgewehrt hat. Gratian hat fähige Generäle und scheint im Gegensatz zu seinem Onkel gutem Rat gegenüber durchaus aufgeschlossen zu sein. Wir haben eine Hälfte des gegnerischen Bewegungsheeres im Feld besiegt, das ist wahr. Wir haben nicht eine Stadt eingenommen, wir ziehen plündernd durch das Land. Während die Offiziere des Ostens in aller Ruhe eine neue Armee aufstellen und Gratian seine Truppen gegen uns führen kann, haben wir … gar nichts. Unsere Leute sind euphorisch – viel zu euphorisch. Als sei mit dem Sieg nun alles für uns entschieden. Ich sage dir, was wir maximal erreicht haben, ist eine gute Verhandlungsposition.«

»Ihr wollt verhandeln, Richter?« Unglauben klang aus Godegisels Stimme.

»Aber ja. Die Römer werden ihre Gesandten schicken und uns eine einvernehmliche Lösung vorschlagen. Sobald wir sie genug in die Verzweiflung getrieben haben. Wir werden weiter die Landstriche durchmessen und leerplündern. Die Landbevölkerung wird voller Angst in die Städte strömen. Hungersnöte werden ausbrechen. Ihre Städte sind vor uns sicher, aber innerhalb ihrer Mauern werden sich furchtbare Dinge abspielen. Und wir brauchen noch einen schönen militärischen Sieg. Einen mehr noch, Godegisel, damit wir den Römern den Dolch auf die Brust setzen und Friedensbedingungen zu unseren Gunsten aushandeln können. Die Gefahr durch die Hunnen, die uns hierher getrieben hat, ist real.«

Fritigern beugte sich nach vorn. »Wir brauchen Rom, Godegisel, denn wir benötigen den Schutz seiner starken Mauern. Und Rom braucht uns, denn sie benötigen den starken Arm unserer Krieger. Es wird nur eine Weile dauern, bis die Römer das wirklich begriffen haben werden, und bis dahin müssen wir Stärke beweisen.«

Der junge Adlige nickte versonnen. »Ich kann viel Weisheit in Euren Worten erkennen, Richter. Und unser Unterpfand wird uns hier sicher auch von großer Hilfe sein.«

Fritigern lächelte. »Das ist wohl wahr. Wie ergeht es unserem Gast? Wir wollen hoffen, dass er Rom bald wieder auf eine etwas ehrenvollere Art und Weise wird repräsentieren können.«

»Schaut selbst«, erwiderte Godegisel und deutete auf die andere Seite des Innenhofes.

Im Schatten einer Mauer stand eine seltsame Konstruktion, bewacht von drei lustlos auf dem Boden sitzenden Kriegern, die in ein Würfelspiel vertieft waren. Das war ihnen kaum vorzuwerfen, denn allzu bedrohlich wirkte das, was sie dort zu bewachen hatten, nun wahrlich nicht.

In einem festen Käfig aus Holzstreben lag ein Körper. Es war der Körper eines Mannes, angetan mit einer dünnen Tunika. Sein Brustkorb hob und senkte sich regelmäßig. Das Gesicht wirkte sehr friedlich und entspannt im Schlaf. Sein Kopf ruhte auf einem Kissen, sein Körper wurde durch eine dünne Decke bedeckt.

Flavius Valens schlief tief und fest.

Nachwort

Ein Roman, der sich zumindest teilweise auf historische Persönlichkeiten als Akteure stützt, geht immer leicht das Risiko ein, Kritik von Historikern sowie »Fans« der jeweiligen historischen Gestalten auf sich zu ziehen. Es wird einem Autor nur sehr begrenzt möglich sein, dieser Kritik zuvorzukommen, und die einzige Verteidigungslinie bleibt letztlich der Hinweis auf die künstlerische Freiheit. Angesichts der Tatsache, dass dieser Roman nicht einmal ein historischer ist, sondern dem Subgenre der »Alternative History« oder »Parallel History« angehört, das wiederum generell als zur Science-Fiction zugehörig betrachtet wird, fällt mir diese Verteidigung natürlich besonders leicht. Dennoch seien einige Worte zu den Quellen meiner Arbeit und zu den Veränderungen gesagt, die ich aus dramaturgischen Gründen habe durchführen müssen.

Diese Veränderungen finden sich natürlich vornehmlich in der Art und Weise, wie die Charaktere dieses Romans agieren. Besonders augenfällig wird dies möglicherweise bei drei wichtigen historisch belegten Gestalten, denen ich in diesem Roman mehr oder weniger breiten Raum gewidmet habe: Kaiser Gratian, dem Kirchenfürsten Ambrosius sowie dem Senator Symmachus (sein Kollege Michellus mit seiner widerspenstigen Tochter ist hingegen eine Geburt meiner Fantasie). Wer sich mit der römischen Geschichte befasst, wird feststellen, dass der nur relativ kurz regierende Gratian durchaus höchst unterschiedlich bewertet wird: auf der einen Seite als frommer und ernsthafter junger Mann, der versucht, das Werk der Grenzsicherung, das sein Vater begonnen hat, fortzusetzen, und dies durchaus nicht ohne Erfolg, um dann recht tragisch zu scheitern. Auf der anderen Seite, und hier natürlich vor allem von seinen Kritikern, als jemand, der allzu wankelmütig den Einflüsterungen seiner Berater und Höflinge lauschte, zu viel Zeit mit der Jagd und vergleichbaren Vergnügungen verbrachte, in militärischen Dingen seine alanische Hauskavallerie gegenüber den anderen Truppenteilen ungebührlich bevorzugte und wichtige militärische Entscheidungen allzu leichtfertig seinen Generälen überließ. Welche dieser Charaktereigenschaften nun real und welche angedichtet sind, lässt sich im Nachhinein nur schwer belegen, zumindest der von ihm ernannte oströmische Kaiser Theodosius schien von seinem weströmischen Kollegen eine Menge gehalten haben und hat dem Usurpator Maximus die Ermordung Gratians offenbar niemals verziehen, obgleich es für ihn doch so viel einfacher und bequemer gewesen wäre, ihn letztlich als – wahrscheinlich nicht einmal unfähigen – weströmischen Kaiser anzuerkennen. Ich habe, das gebe ich zu, Gratian ungleich positiver und entschlussfreudiger gezeichnet, als er es möglicherweise zu Lebzeiten gewesen ist. Die Tatsache allerdings, dass ich ihn dem Einfluss meiner deutschen Zeitreisenden zu einem Zeitpunkt ausgesetzt habe, als der Victoriaaltar noch im Senat stand und das Toleranzedikt Konstantins noch Gültigkeit hatte, mag wiederum für seine angeblich leichte Beeinflussbarkeit sprechen, denn im Gegensatz zum historischen Gratian, der schließlich ähnlich wie Theodosius unter dem Einfluss des Ambrosius eine dezidiert christliche, trinitarische und mithin intolerante, andere Religionen ablehnende Innenpolitik zu implementieren begann, habe ich meinen Gratian die potenziellen Gefahren einer solchen Vorgehensweise einsehen lassen.

Damit wären wir auch bereits bei der zweiten wichtigen historischen Gestalt, nämlich einem der vier katholischen Kirchenväter, Bischof Ambrosius, einem der Heiligen der Kirche. Hier besteht die Gefahr für deutliche Kritik an meiner Interpretation dieser historischen Person am augenfälligsten, denn Ambrosius ist von der Geschichtsschreibung der letztlich siegreichen Trinitarier nicht zuletzt aufgrund seiner prinzipientreuen – andere mögen das Wort »fanatischen« verwenden – Grundhaltung zur Lichtgestalt der Kirchengeschichte aufgestiegen. Ich habe ihn in meinem Roman, wenn nicht zum Antagonisten, dann aber ganz sicher nicht zu eben jener Lichtgestalt machen können, die er meiner Auffassung nach zu jener Zeit auch nicht war. Dass ich folgerichtig aus dem in der Realität eher tragischen Symmachus, dessen hartnäckiger Kampf um die Achtung der alten Kulte sich als völlig erfolglos erwiesen hatte, eine im Vergleich mehr von Vernunft geprägte Person gemacht habe, ist nur konsequent und ergibt sich aus der Logik der Dramaturgie meines Romans. Es ist für jemanden heute nicht immer leicht verständlich, dass die christliche Kirche der Spätantike in ihren fanatischen Auseinandersetzungen, ihrer Bereitschaft zur Gewalt und ihrem Endzeitglauben viele Charakteristika hatte, die heute anderen radikalen religiösen Strömungen zugesprochen werden. Ich konnte diese historischen Gegebenheiten nicht ignorieren, und habe sie letztendlich aktiv für den Handlungsverlauf des Romans genutzt. Auch jene, die den Heiligen Ambrosius heute verehren, können diesen Roman hoffentlich als das akzeptieren und genießen, was er letztendlich ist: ein Stück Unterhaltungsliteratur, das von Konflikten und den diese personifizierenden Charakteren lebt.

Ich darf der Vollständigkeit halber darauf hinweisen, dass fast alle »wichtigen Römer« in diesem Roman – Richomer, Flavius Victor und Arbogast vor allem – auf historischen Gestalten basieren (ebenso wie die Anführer der Goten, Fritigern sowie Alarich). Völlig erfunden sind lediglich der Trierarch Africanus, der Navarch Renna, Senator Michellus, Godegisel sowie einige untergeordnete Charaktere. Das nur für jene, die jetzt in den Geschichtsbüchern nach ihnen zu suchen beginnen wollen. Wenn Sie sie trotzdem finden, dann ist das reiner Zufall.

Natürlich agieren letztlich alle Akteure – auch die Besatzungsmitglieder der *Saarbrücken* – nicht wie Personen ihrer jeweiligen Zeit. Ein Roman muss für den heutigen Leser verständlich bleiben, und es gibt Grenzen in dem Maß an Authentizität, um das man sich als Autor bemühen kann. Auch hier ist künstlerische Freiheit nicht nur akzeptabel, sie ist letztlich unabdingbar, wenn der Roman seinen primären Zweck – nämlich den der Unterhaltung – erfüllen möchte. Dies führt unter anderem dazu, dass ich der Einfachheit halber sowohl in Bezug auf Gestik wie auch auf verwendete sprachliche Wendungen »moderne« Schemata benutzt habe. Hätte ich mir die Aufgabe gestellt, das Maß an Authentizität so weit treiben zu wollen, dass die Deutschen der Kaiserzeit reden und handeln wie Deutsche der

Kaiserzeit und die Römer und Goten wie eben die Römer und Goten, wäre es sehr schwierig geworden. Abgesehen davon, dass manches nur sehr schwer zu eruieren gewesen wäre, hätte es den Roman möglicherweise unleserlich gemacht. In diesem Punkt möchte ich die historischen Experten ebenfalls um Nachsicht bitten.

Einer letzten potenziellen Gruppe von Kritikern möchte ich zum Schluss ebenfalls noch Abbitte leisten: Nämlich den Ingenieuren und Wissenschaftlern anderer Disziplinen, die meine möglicherweise nicht immer ganz sauberen Versuche, dem späten Römischen Reich eine Art industrieller Revolution zu verpassen, mitunter mit großem Kopfschütteln betrachten werden. Ich selbst bin weder Naturwissenschaftler noch praktischer Ingenieur, und obgleich ich mich um umfassende Recherchen in diesen Bereichen nicht gedrückt habe, ist mein Verständnis für die Herausforderungen, denen die Besatzung der *Saarbrücken* in realiter gegenübergestanden hätte, sicherlich begrenzt geblieben. Ich räume daher unumwunden ein, dass ich die Realität nur bis zu einer gewissen Grenze ausgehalten habe, Erklärungen und Vorgehensweise in der Darstellung nicht immer konsequent bis zum Ende durchdacht gewesen sind. Hin und wieder habe ich zu etwas greifen müssen, was man in meinem Genre gerne als »Handwedeln« bezeichnet. Damit wird der dramaturgische Kniff umschrieben, ein komplexes technisches oder wissenschaftliches Problem durch eine Scheinerklärung oder ein »Das ging dann irgendwie« zu lösen, um die Handlung nicht an derlei Petitessen scheitern zu lassen. Ich bin mir durchaus bewusst, dass ein entsprechend vorgebildeter Leser diese Aspekte des Romans leicht wird identifizieren können. Ich habe mich bemüht, die Ebene der Glaubwürdigkeit so weit einzuhalten, wie sie zur Authentizität der Handlung beitrug, und räume ein, dass ich sie in dem Moment verließ, wo sie dem Fortgang des von mir geplanten Plots im Wege zu stehen begann.

Mea culpa, mea maxima culpa.

Auf der Website zu diesem Roman, *www.kaiserkrieger.de,* habe ich eine Liste mit Fachliteratur eingestellt, die ich zur Recherche für diesen Roman herangezogen habe. Meine Erfahrung mit historischen Romanen oder jenen aus der »Alternative History« ist, dass ich oft nach der Lektüre ein Interesse für die »wirklichen« historischen Zusammenhänge entwickelt und mich dann auf die Suche nach verständlicher Fachliteratur gemacht habe, um entsprechend nachzulesen. Wer von meinen Lesern nach der Lektüre dieses Romans eine ähnliche Leidenschaft entwickelt, der kann sich gerne an die genannte Liste auf der Website halten, die sicher weiterhelfen wird.

Noch ein letzter Dank geht an die Aktiven der Usenet-Diskussionsgruppen de.sci.ing.misc, de.sci.chemie sowie de.alt.sci.geschichte-alternativ, die mir bei der Klärung einiger wichtiger technischer Probleme mit wertvollem Rat zur Seite gestanden haben. Besonderer Dank gilt dabei Prof. Michael Dahms von der Fachhochschule Flensburg. Oliver Naujoks bin ich für Hilfe bezüglich einiger kirchengeschichtlicher Details verbunden, ihm und ebenso Britta van den Boom für viele hilfreiche Anmerkungen. Mein verehrter Kollege Martin Kay hat mir bei einigen nautischen Berechnungen geholfen und verdient dafür meinen Dank. Mein Lektor André Piotrowski hat mich vor zahlreichen Peinlichkeiten bewahren können. Alle noch existierenden Fehler, Unzulänglichkeiten und Irrtümer in den Darstellungen dieses Romans liegen selbstverständlich allein in meiner Verantwortung.

Dirk van den Boom
Saarbrücken, im Winter 2009/2010

Casimir Daxxel, der junge Konsul der Galaktischen Akte auf der Randwelt Eobal, hat es nicht leicht: Er wird von allen gehasst und sein Job ist mühsam. Als er eines Morgens die Leiche seines einzigen Freundes, des turulianischen Botschafters Dhloma, im Foyer seines Konsulats findet, beginnen die Probleme erst richtig. Er wird mit Dingen konfrontiert, die er sich niemals hätte träumen lassen: Galaktopolitische Spannungen, reizende Echsenfrauen, korrupte Polizeichefs, höchst gefährliche Drogengeschäfte und mehrere Versuche, ihn vom Leben zum Tode zu beförern. Daxxels einzige Verbündete ist die Marinesoldatin Josefine Zant, offiziell für die Sicherheit des Konsulats verantwortlich, aber offenbar vielfältiger begabt. Als schließlich auch noch Söldner, Kampfkreuzer und sehr seltsame Verwandtschaftsverhältnisse dazu kommen, spürt der junge Diplomat, dass er mit dieser Situation offenbar leicht überfordert ist…

Überall im Handel erhältlich als eBook und und Paperback
und als Hardcover direkt beim Verlag:
www.atlantis-verlag.de

MORTELLES VOYELLES

Collection NOIR 7.5
dirigée par Olivier Mau

ISBN 978-2-84096-673-9

GILLES SCHLESSER

MORTELLES VOYELLES

PARIGRAMME

à Peña

A noir, E blanc, I rouge, U vert, O bleu : voyelles,
Je dirai quelque jour vos naissances latentes :
A, noir corset velu des mouches éclatantes
Qui bombinent autour des puanteurs cruelles,

Golfes d'ombre ; E, candeurs des vapeurs et des tentes,
Lances des glaciers fiers, rois blancs, frissons d'ombelles ;
I, pourpres, sang craché, rire des lèvres belles
Dans la colère ou les ivresses pénitentes ;

U, cycles, vibrements divins des mers virides,
Paix des pâtis semés d'animaux, paix des rides
Que l'alchimie imprime aux grands fronts studieux ;

O, suprême Clairon plein des strideurs étranges,
Silences traversés des Mondes et des Anges ;
– O l'Oméga, rayon violet de Ses Yeux !

« Voyelles », Arthur Rimbaud (1854-1891)

Partie I

1

Lundi 1er février, 23 h

Depuis trois heures, il est minuit à la gare de Lyon. Les aiguilles sont figées comme si, épuisé, le temps s'était endormi dans son berceau. D'ici peu, après les dernières arrivées des grandes lignes TGV, il n'y aura plus de train à faire semblant d'attendre, de regards furtifs pour repérer les vigiles, il faudra replonger dans la ville glacée, raser les immeubles, résister à la tentation de retourner rue de Bourgogne.

Oxymor compte ses sous. Six euros et quarante centimes. Dans l'après-midi, à la sortie du métro République, il a tendu la main pour la première fois. Une main qui tremblait, incontrôlable, n'attendant qu'une impulsion affolée du cerveau pour réintégrer la poche droite de son manteau mité. Mais il avait tenu bon, à la fois meurtri et reconnaissant devant ces yeux qui se détournaient. Il se penche pour relacer ses vieilles baskets. La honte. Le sentiment d'être nu au milieu de la foule l'a pétrifié. N'être plus rien. À vouloir n'être plus, à jalouser les chiens.

Les jambes d'une femme portant deux grosses valises passent à deux mètres de lui. Les chaussures sont usées, l'ourlet du bas de la robe est à moitié défait. Une cloche errante, comme lui.

À cette heure, la gare suinte la misère, les vies disloquées, les billets de non-retour. Il boutonne son manteau, saisit le sac de sport contenant son patrimoine : une petite couverture, du savon, une brosse à dents, des chaussettes, un litre de rouge, trois boîtes de sardines et *Les Fleurs du mal.* Pourquoi a-t-il emporté ce livre-là plutôt qu'un autre ? Pour l'ombre et la lumière du dandy déchu ? Pour conserver un lien avec le monde ? Il faudrait approfondir, mais ce n'est vraiment pas le moment. Malgré son faible poids, l'antique sac Adidas cisaille son épaule gauche endolorie. Il faudra, songe-t-il, apprendre à porter les choses. Les choses n'aiment pas être traitées par-dessus l'épaule, elles se raidissent, résistent, se réfugient dans la pesanteur. Oui, il doit certainement exister un art de porter.

La rampe qui descend vers le boulevard Diderot est désormais déserte, hormis quelques derniers taxis. Oxymor se dirige vers l'avenue Daumesnil, ses paupières s'ébattent de fatigue. Dormir ou poursuivre ? Il y a, rue de la Roquette, un immeuble en brique rouge dont il connaît le code. Pas de gardienne. Le sixième et dernier étage, celui des anciennes chambres de service, comporte une niche étroite servant de débarras dans laquelle il est possible de se glisser et de s'étendre, en repliant les genoux. Cela ne gêne personne. On se réveille ankylosé, mais vivant, jusqu'au petit matin. Il faut alors partir impérativement avant six heures, en profitant si possible du point d'eau situé sur le palier, un mince filet coulant dans une vasque en tôle émaillée datant des années cinquante. Oxymor hésite. Dormir dans son cabinet noir ou poursuivre sa quête pendant encore une heure ? Passé minuit, ce sont les heures les plus dangereuses mais également les plus propices. Oui. Il faudrait peut-être poursuivre, s'en aller glaner du côté de Notre-Dame, même s'il fait un froid de gueux. C'est là-bas que les choses se passent. Changeons, murmure-t-il à haute voix, changeons de quartier et de fusil d'épaule. C'est un beau zeugma et c'est bientôt fini.

Cela fait désormais douze jours et onze nuits qu'Oxymor Baulay déambule dans les rues de Paris, les yeux baissés, transi de froid, à la recherche de ses nouveaux semblables. Sa silhouette s'est tassée, son pas s'est rétréci. Sous son manteau de couleur indistincte, il porte un vieux jean et deux gros pulls enfilés l'un sur l'autre. Mardi – mais était-ce mardi ? –, il a croisé Saintange dans la rue de Rivoli, un type du *Nouvel Obs*. Pas le temps de changer de trottoir. Les regards se sont croisés puis celui de Saintange s'est détourné, dépourvu de la moindre étincelle. Transparent. En quelques jours, Oxymor est passé de l'autre côté, franchissant la frontière qui sépare les humains des réverbères.

La pluie s'est mise à tomber, une petite pluie sale et neigeuse qui lui fait hâter le pas et plier le torse. L'image de Louise surgit, ses larges épaules, ses deux seins blancs contre lesquels il aime tant se blottir, les feux de cheminée qu'elle allume en toute saison. Que fait-elle en ce moment ? Pleut-il sur la rue Ramey ? Il l'imagine allongée sur le petit canapé, cigarettes polonaises à portée de main, dépouillant ses questionnaires en soupirant devant la connerie humaine. À moins qu'elle ne soit avec le monstre ?

Oxymor rejoint les quais en direction d'Austerlitz, dégage le sac de son épaule droite, le serre dans ses bras. Les yeux, malgré la fatigue, restent en éveil. Cette peur, tenace. Quel âge avait-il ? Cinq ans ? Six ? Un cambrioleur s'était introduit dans le salon du pavillon familial, à Étampes, il dormait ce soir-là dans le canapé, en compagnie de Taratoto, son nounours. Il s'était réveillé, avait tendu l'oreille : cela vivait. Il perçoit encore cette respiration proche du sifflement derrière les rideaux ; la chose avait bougé, écarté le tissu, puis avait traversé le salon silencieusement. Un homme, tout en noir, portant une cagoule. Il se souvient de ce torrent de sueur inondant brusquement le dos de son pyjama – le tissu collait à la peau –, de sa tentative de se fondre à l'intérieur des coussins, de ne plus exister. Puis il avait hurlé, hurlé, et sa mère était descendue en courant. L'homme avait disparu par la porte du jardin, sa mère l'avait pris dans ses bras, serrant contre elle le pyjama trempé. Elle ne l'avait pas cru, avait parlé d'un mauvais rêve. Mais l'homme en noir était réel. Depuis ce jour, entre la nuit et lui, ce n'est pas l'amour fou. Surtout le long d'un fleuve, sombre et menaçant.

– Alors, mec, où qu'on va comme ça ?

Oxymor sursaute, se retourne. L'homme est juste derrière lui, il ne l'a même pas entendu approcher. C'est ainsi que l'on finit un couteau planté au milieu du dos.

– Je t'ai fait peur, c'est ça ?

L'homme est puissant, velu. Il sent. Manteau noir jusqu'aux pieds. Tête recouverte d'un bonnet de laine africain, mains enveloppées de bandelettes comme les boxeurs préparant leur combat. Le précède un engin ressemblant à un landau, affublé de roues à flancs blancs. Oxymor tente de maîtriser sa respiration. Comme dans son enfance, la sueur ruisselle à nouveau entre ses omoplates. Depuis qu'il zone dans la rue, la peur est devenue sa seconde peau. Peur de tout. Des hommes, des femmes, des flics, des poux.

– C'est comment, ton blaze ?

La voix semble bienveillante. Son blaze ? Dans la demi-pénombre de la nuit sans lune, le visage de son interlocuteur apparaît plus distinctement. Rond. Jovial. Presque rassurant. Un homme qui pose des questions ne peut pas être foncièrement méchant.

– Oxymor, répond-il. Oxymor Baulay.

L'homme se met à rire. Il secoue la tête, se frappe le front.

– Hé, mec, c'est pas un prénom, ça !

L'énorme rire de l'homme, en une fraction de seconde, chasse les terreurs enfantines. De la petite pluie blanche ne subsiste maintenant qu'un crachin saumâtre, des voiles de brume fantasmagorique rampent au ras du sol.

– Mes parents, explique Oxymor. Comme ils s'appelaient Baulay, ils ont trouvé spirituel de me prénommer Oxymor.

L'homme crache par terre. Un gros mollard compact, verdâtre.

– Et alors ?

– Alors, ce n'était pas malin. Les figures de rhétorique, tu connais ?

Les roues du chariot sursautent sur les pavés.

– Non. Raconte. Tu peux poser ton sac sur le landau.

Oxymor obtempère, remercie, hésite. L'homme ne lui semble pas totalement obtus. Le visage rougi exprime un intérêt réel. Pourquoi pas ?

– L'oxymore, c'est quand on place côte à côte deux mots opposés : une obscure clarté, un silence éloquent. Et je m'appelle Baulay. Beau laid, tu comprends ?

– Rien du tout. Et t'es pas trop moche. Je t'appellerai Gus, ce sera plus pratique. Toi, tu m'appelleras Vaïda.

Ils cheminent en silence pendant quelques minutes. De temps à autre, Vaïda ramasse une planche qu'il dépose sur le landau.

– On va se faire un feu de derrière les fagots, déclare-t-il. Je vais faire griller des saucisses et des pommes de terre. Et toi, t'as quoi ?

Oxymor répond qu'il possède un litre de vin rouge. Du pas mauvais. Et une boîte de sardines.

– Super, mon pote, super, ça va être comme une fête, si la bande à Jojo vient pas nous chercher des poux. Remarque, on est deux. Et moi, je compte pour trois. Ils ont pas intérêt. Cent dix kilos de muscles, mon pote. Des poings comme la foudre. La dernière fois, j'en ai dézingué un, le nez en compote et mon pied au cul, qu'il a pris. Il est comme ça, Vaïda. Faut pas le chercher.

L'homme et son landau entraînent Oxymor jusqu'au viaduc d'Austerlitz. Sous l'arche, coincé entre la Seine, le métro et la voie express, apparaît un campement composé de vieilleries hétéroclites dégageant une forte odeur de moisi marin. Un canapé verdâtre, grosse plante carnivore, guette les fesses du client en dardant ses ressorts acérés. Devant le canapé, une valise déglinguée fait office de table basse. Quelques mètres en retrait, une sorte de cavité laisse entrevoir une esquisse de chambre, avec un matelas posé à même le sol. Vaïda cale son engin entre deux pierres, l'attache par une corde à un anneau métallique scellé dans la pierre. Les effluves nauséabonds qui montent de la Seine ne semblent pas l'importuner outre mesure.

– On va se poser là. C'est pas un palace, mais c'est mieux que rien. Sors le kil et les sardines, je m'occupe du feu.

Cinq minutes plus tard, les deux hommes se réchauffent autour d'un brasero.

– Alors, mec, qu'est-ce qu'un intello comme toi fait dans la rue ? C'est tes débuts, c'est ça ?

En enlevant ses moufles, Oxymor acquiesce d'un mouvement de tête. Son compagnon l'examine attentivement, comme s'il tentait de mettre un âge sur le visage fripé. Entre quarante-cinq et cinquante-cinq ans, difficile à dire. Un nouveau, certainement, en pente douce vers la clochardise, terrifié et affolé. Il y en a de plus en plus, des employés, des cadres, qu'il voit errer ainsi sur le pavé.

– Sur quoi t'as glissé ? Tu t'es fait virer ? T'es en fin de droits ? Ta femme s'est barrée avec les mômes ?

D'un geste las de la main, Oxymor élude la question.

– OK, Gus, t'es obligé de rien. De toute façon, dans la rue, vu qu'il y a pas d'avenir à part l'heure qui suit, chacun refait son passé comme il veut. Moi, par exemple, je m'appelle Vaïda. Je suis fils de roi, Vaïda Voevod III, dernier roi des gitans, mort à Montrouge en 1982. T'y crois ou t'y crois pas, aucune importance, il y a personne pour vérifier. Et tout le monde s'en fout. Tiens, passe-moi le jaja…

Tout en dissertant, le gitan enlève ses bandelettes et dépose les saucisses sur une grille de fortune. À l'aide d'un fil de fer, il s'applique à les retourner pour qu'elles ne crament pas.

– Alors, comme ça, t'aimes bien les mots. Moi, ce serait plutôt les clopes et les petits cigarillos. Si tu veux, on peut faire un échange…

Un léger picotement parcourt la nuque d'Oxymor, des neurones attentifs se mettent en mouvement. Comme un pressentiment. Peut-être a-t-il eu du flair en ne rentrant pas immédiatement dans son trou de la rue de la Roquette.

– Un échange de quoi ?

Vaïda retire une à une les pommes de terre du feu. Malgré ses mains énormes à estourbir un bœuf, ses gestes sont doux, précis. Il saisit délicatement une saucisse, la tend à son compagnon.

– Tiens, mange, ça réchauffe !

La saucisse est brûlante, Oxymor la dévore en quelques secondes. Il sort son couteau pour peler sa pomme de terre.

– Un échange de quoi ? répète-t-il.

– Un gros paquet de mots contre une cartouche de clopes. Des pages et des pages tapées à la machine, mon pote. Une bonne affaire. Je l'ai trouvé dans le double fond de la valise qui sert de table. Ça t'intéresse ?

Oxymor jette un coup d'œil vers la valise, réclame une seconde saucisse. Le niveau de la bouteille baisse à vue d'œil, les pommettes de Vaïda commencent à rougir.

– Faut voir...

Vaïda se lève pour rejoindre le landau. Il se penche, farfouille un moment puis brandit triomphalement une épaisse chemise d'un bleu délavé, maculée de taches diverses.

– Voilà la bête ! T'as le droit de l'ouvrir, si tu veux te rendre compte, c'est normal. Tu verras, c'est plein de mots intéressants, mais moi, la lecture, c'est pas vraiment mon truc...

Oxymor fait glisser les deux élastiques fatigués, sort les premiers feuillets. Sur le premier feuillet est inscrit « A noir, roman ». Pas de mention d'auteur, pas d'adresse. La frappe doit être assez ancienne, sans doute une machine à ruban, bien avant les ordinateurs, les traitements de texte Amstrad et même les IBM à boule. Il referme le dossier et regarde Vaïda. Belle gueule, le gitan, des yeux expressifs et un port de tête royal. La caricature même du bon sauvage de la rue, pittoresque et inoffensif pour l'homme blanc des villes. L'homme est photogénique, peut-être accepterait-il de poser pour le reportage ? Il faut gagner du temps, prendre rendez-vous et aller récupérer l'appareil rue de Bourgogne.

– D'accord, dit-il. Une cartouche de clopes.

– T'as le fric pour les clopes ? Parce que le Vaïda, il fait pas crédit. Le crédit, ça tue les amis.

– Pas ici. Je l'aurai après-demain. Non, dans trois jours. Si tu veux, on se retrouve jeudi midi aux Halles, en haut des escaliers mécaniques qui mènent aux cinémas, tu sais, au-dessus de la piscine. Devant l'église Saint-Eustache.

– Je connais. J'ai des potes qui zonent là-bas. Des branleurs de dealers, si tu veux mon avis. Vaïda, il touche pas à ça.

Du ciel noir descendent maintenant quelques flocons de neige. Oxymor se frotte les mains pour se réchauffer. Au jugé, la température ne doit pas dépasser deux degrés.

– Je vais filer avant que ça se gâte, dit Oxymor. Merci pour tout.

– Tu dors pas ici ? demande Vaïda. Je peux te faire une petite place au chaud.

– Non, j'ai un endroit au sec, près de la rue de Lappe.

– Comme tu voudras, mon pote. Ici c'est le Club Med : tout est proposé, rien n'est imposé.

Oxymor tend la main. Vaïda remarque les ongles bien taillés, les doigts effilés. Ce type-là est de la cloche comme lui est fils de roi. Il serre néanmoins la main tendue.

– À jeudi au Forum, en haut des marches. J'y serai.

Oxymor hoche la tête, enfile ses moufles, met son sac à l'épaule puis se dirige à pas vifs vers le parking du port.

– Hé !

Il se retourne. Près du brasero, hilare, Vaïda remet soigneusement les bandelettes autour de sa main.

– J'ai compris pour Baulay, crie-t-il. Et pour la théorique. C'est comme mort vivant : il suffit de dire une chose et son contraire.

– Exactement.

– Comment t'as dit que c'était ton prénom ?

– Oxymor…

– C'est ça, mec, c'est tout à fait toi. Un truc et son contraire. Une cloche et un bourgeois. Je me trompe ?

Oxymor sourit et salue de la main. Le sac à l'épaule lui paraît plus léger. Il prend à droite vers le quai de la Rapée, remonte vers la Bastille, longe le bassin de l'Arsenal et s'engage dans la rue de la Roquette. Sa montre indique minuit moins dix. Dans deux jours, tout sera terminé.

2

Mardi 2 février, 10 h

La porte n'émet pas la moindre plainte. Elle s'en fout, la porte, ça la ferait plutôt ricaner. Du chêne, trois centimètres d'épaisseur ! Maurice grimace, lèche ses phalanges écorchées, s'invective à haute voix : il faut vraiment être le roi des cons pour boxer une porte ! Oui mais l'autre ! Menacer de le déshériter s'il ramène pas la valise !

Il entre dans la salle de bains, se passe les mains sous l'eau. Ça saigne. Près du peigne et du savon s'amoncellent chaussettes à trous et caleçons douteux. La valise ! Une merde déglinguée, serrure bousillée, une poignée en ficelle. Tu parles ! Il s'essuie les mains avec un tee-shirt, assemble ses souvenirs. C'était lundi dernier, le lendemain de dimanche. Ouais. Il avait sorti toutes les vieilleries de la cave. Des fringues, un rameur cassé, une caisse d'illustrés, une télé sans écran, un vieux frigo rouillé, et la valise. Il avait mis tout ça sur le trottoir, devant l'entrée de l'immeuble : dans le coin, il y a toujours une cloche que ça peut intéresser. Sinon, au boulot les éboueurs : les impôts, c'est pas fait pour les chiens. Sauf que lui, pas con, des impôts, il en paye pas. Sont arrivés ce type, un colosse, et le petit râblé en canadienne à carreaux. Pour la valise, les deux mecs avaient failli en venir aux mains. Le grand avait eu le dessus, *natürlich*, l'autre l'avait insulté. Et qu'est-ce qu'il avait dit, le colosse, quand le petit râblé l'avait traité d'enculé ? Que ça ferait très bien dans son chez-lui, sous le viaduc d'Austerlitz, comme table basse. Que c'était pas une demi-portion qui allait l'emmerder.

Le salon est sombre, les rideaux tirés. Faudrait aérer, baisser le chauffage, faire de la lumière. Faudrait pas finir comme le vieux, enfermé entre ses quatre murs peints en noir. Maurice écarte le rideau, scrute le pavillon voisin. Non, elle n'est pas là. Le vieux. Il a le moteur qui fume. S'il pouvait crever, personne n'irait le pleurer. Surtout pas lui, Maurice. Et avec la petite ferme, cela lui ferait un joli pécule, cinquante mille euros, peut-être plus. De quoi voir venir, peinard. Car les casses en banlieue, c'est bien sur le moment, mais ça finit inéluctablement derrière les barreaux. Obligé. Statistique. La dernière fois, à Malakoff, c'était vraiment limite de faire connaissance avec un juge.

La boîte en fer Banania est pratiquement vide. Il met l'eau sur le feu, pense à nouveau au vieux. Des lambeaux de petite enfance, bulles nauséabondes, remontent à la surface. La mort de sa mère. Son père barré avant sa naissance. Le placement chez le grand-père dans son village pourri. La betterave qui pue, le ciel bas comme un plafond, les sales mômes du coin. S'il tombe un jour, c'est cela qu'il faudra raconter au juge, pour qu'il comprenne pourquoi on est comme on est. C'est pas qu'on veut se plaindre, mais ça éclaire les choses. Oui, monsieur le juge.

Maurice va jeter un nouveau coup d'œil sur le pavillon voisin : la petite d'en face oublie parfois de tirer le store dans la salle de bains. Gironde, la môme. Oui, monsieur le juge. Pas de père, pas de mère, c'est comme si on était l'enfant du vide, sans une chiure d'amour. Ça compte, ces choses-là, ça atténue les circonstances. Maurice ricane, shoote dans la vieille godasse qui traîne sous la fenêtre depuis quinze jours. Qu'est-ce qu'ils en ont à foutre, les juges, des orphelins de la vie ? Encore que, faut être honnête, c'était pas non plus le bagne. Le grand-père était pas vraiment désagréable. Non. Invisible, passant ses journées à bouquiner et ses nuits à écrire dans son bureau, laissant son petit-fils totalement à l'abandon. Prof, qu'il avait été, avant de se retirer à la campagne. À Paris, dans un grand lycée. Paraît même qu'il avait publié un livre quand il était jeune. Maurice compte sur ses doigts. Ça passe vite, l'enfance. La pension à Amiens. Les fugues à répétition. Les centres de rééducation. Quand il est revenu, à dix-huit ans, sans endroit où aller, le pépé a pas supporté. L'a carrément foutu à la porte. Une valise déglinguée, une poignée de vêtements, et allez, on dégage. Et voilà qu'aujourd'hui, cinq ans plus tard, il réclame sa valise !

Dans la casserole, ça commence à frémir. Maurice verse directement l'eau chaude dans la boîte, touille avec le manche d'un couteau. Et son histoire de manuscrit ?! Le délire ! Qu'est-ce qu'il a dit, au téléphone ? Que la chemise bleue était cachée dans un double fond. Que le manuscrit avait une valeur inestimable. Maurice boit, se brûle, ricane à nouveau. Un manuscrit ! Une valeur inestimable ! Et puis quoi encore, Hector, t'en as pas assez, des manuscrits ? T'en as des dizaines, tapés sur ta vieille bécane, dans ton bureau sans fenêtres fermé à clé.

Maurice sirote son Banania à même la boîte. Un écrivain, le pépé ? Sans blague. C'est pas tout le monde qui peut être Marc Levy. Faut savoir écrire. Avoir des idées qu'ont pas été pensées avant. Comment c'était déjà ? Ah oui : « Et si c'était vrai... ». Trop beau. S'il était pas un homme, il en aurait pleuré. Non mais ! Qu'est-ce qu'il se croit, le vieux ?

Ouais. C'était pas barbe grise, le pépé, c'était plutôt Barbe-Bleue. Une nuit, il devait avoir quinze ou seize ans, alors que le grand-père dormait, il s'était introduit dans l'antre interdit. Des livres, encore des livres. Au mur étaient épinglées des coupures de journaux relatant une affaire de meurtres, une certaine affaire Hamlet. Et un article sur le bouquin qu'il avait écrit, *Tendresses bestiales,* que ça s'appelait. Tu parles d'un titre ! « Sept jours pour une éternité... », ça c'est un titre. Il y avait aussi des papelards. Partout. Sur la grande table, sur le canapé, à même le sol.

Maurice lèche à nouveau ses phalanges. Son sang lui semble liquoreux, pas désagréable au goût. Alors quoi, mon pépé ? Un manuscrit de plus, un de moins, qu'est-ce que ça peut lui foutre, au vieux ? Mais bon. C'est lui qui tient le volant, ce serait con de se fâcher et de se faire éjecter du siège passager. Son foutu manuscrit, faut le retrouver. Sinon, Tintin et Milou pour l'héritage. La ferme ne vaut sans doute qu'une poignée de cerises, qu'importe, ce serait déjà ça.

Il soupire, va chercher son coup-de-poing américain dans le buffet, soigneusement rangé à côté des couverts. Il le mettra à la main gauche, avec son gant spécial par-dessus. C'est mieux. Il allume la lumière, descend l'escalier qui mène au garage. Le casque, les clés de la Kawa. Colosse ou pas, il faut tenter de récupérer le truc. Vite.

3

Mardi 2 février, 19 h

Louise Klosowitsky sort du paquet froissé la dernière George Sand et se contorsionne au-dessus de la gazinière, protégeant d'une main son immense tignasse blonde. Elle éteint la flamme, jette le paquet vide dans la poubelle, pense à son frère qui lui rapporte chaque mois ses cigarettes de Varsovie. Comment va-t-elle faire, lorsqu'il sera muté au Venezuela ? La cigarette a un goût inhabituel, mielleux, douceâtre. Elle grimace et se dit qu'elle passera aux Gauloises blondes, comme tout le monde. Ou qu'elle s'arrêtera de fumer. Oui, ce sera l'occasion.

Sur la table basse, des questionnaires s'entassent près du cendrier. Deux bonnes heures de travail, à remettre vendredi matin. Elle s'allonge sur le canapé, compte sur ses doigts. Déjà onze nuits. Elle scrute le plafond, fait des ronds de fumée. Dans quel état va-t-elle le retrouver ? Oxymor lui manque. Rien de bien violent, mais un manque tenace, mélodie lancinante. Elle sait que dans quelques jours il réapparaîtra avec sa mine de chien battu sans fournir la moindre explication. Ce serait trop long, ajoutera-t-il. Suis fatigué. Tu liras plus tard. Tout ce qu'elle sait, c'est qu'il est dans la rue, en plein hiver, totalement immergé chez les SDF, et que l'on sort rarement totalement intact de ce type d'expérience. Surtout lui, à peine échappé du berceau. Elle sourit, se caresse le sein gauche, celui qu'il préfère. Oui, c'est son bébé. Son amour de bébé. Elle soupire, ferme les yeux.

À quarante-trois ans, après deux grandes désillusions sentimentales, son rapport aux hommes s'est arrondi, gagnant en prudence et, paradoxalement, en générosité. Louise est une pâtisserie tout en rondeurs. Sa forte poitrine, ses hanches larges et ses rides de bonheur suscitent chez les mâles des éclairs de convoitise sucrée. Ses cheveux sont longs, blonds. Elle incarne la maman métissée de maîtresse, déclenchant chez les hommes d'irrésistibles pulsions d'inceste. Chez Oxymor, le cocktail érotico-infantile fonctionne admirablement. Lorsque le monde tourne à l'envers, lorsque ses piges lui pèsent, lorsque les rédac' chef sont vraiment trop cons ou trop pingres, il délaisse la rue de Bourgogne pour la rue Ramey et vient enfouir son visage entre les deux fois 95E. Généralement, il a aussi besoin d'argent. Ou de la voiture, cela dépend. Mais il monte également rue Ramey lorsque le monde se décide à tourner dans le bon sens : ces soirs-là, c'est apéritif à la Chope montmartroise, dîner chez le Réunionnais de la rue Bachelet, demande en mariage sur le chemin du retour. Le lendemain, Oxymor a mal à la tête (le rhum) et oublié sa demande (en mariage).

Louise est-elle amoureuse ? Elle ne se pose pas la question, ce qui veut dire oui. Et sa vie lui plaît beaucoup ainsi. Elle ouvre les yeux, consulte sa montre. Le petit monstre ne va pas tarder.

Comme chaque mardi en fin d'après-midi, les courses chez Champion ont été programmées en conséquence : Coca (pas du light, tatie, moi c'est du rouge), chips au vinaigre, steak haché (5 % de matière grasse, hein ? sinon, c'est dégueulasse), purée Mousline (à l'ancienne, le paquet brun, sinon j'en veux pas), éclairs au chocolat, film Disney, Nutella (du vrai, hein, tatie !) et saloperies diverses aux couleurs fluo à base de pétrole. À huit ans et demi, Antonin se comporte déjà comme un tyran macho insupportable de suffisance et de muflerie. Il passe la soirée devant le poste de télévision, se gave de sucreries, commente les programmes avec grossièreté, exige de dormir dans le lit de sa tante. Le mardi précédent, dans le courant de la nuit, elle a même senti une petite main se glisser sous la nuisette et lui palper le sein gauche. Oxymor, qui n'apprécie guère les enfants – et Antonin en particulier –, le surnomme Amphigouri pour sa conversation décousue et ses phrases sibyllines du type « J'ai pas allé sur le toit des pompiers, y a mon lit qu'a trempé dans la soupe ». Dans ces moments-là, Oxymor lui tire la langue et lui répond du tac au tac que « la télé c'est pas l'été mais qu'il fera peut-être beau hier ».

L'appartement de Louise se situe au sixième étage sans ascenseur, un deux pièces de trente-trois mètres carrés et demi loi Carrez, comportant une entrée, une salle d'eau, un WC, un salon, une chambre et deux cheminées. Minuscule. Lorsqu'il est de mauvaise humeur et que les murs l'étouffent, Oxymor appelle Louise par son nom de famille, qu'il change en Klostrowitsky. Il ne devrait pas : au milieu du mur du salon, une ouverture recouverte d'un rideau permet d'accéder à un autre appartement, rigoureusement identique. Louise n'occupe que le premier, n'ayant pas les moyens de réaménager le second. Ce serait pourtant bien, ce « deux en un » permettant à un couple de vivre ensemble, tout en restant chacun chez soi. Qui sait ? Peut-être Oxymor se décidera-t-il un jour ?

Sur le toit de l'immeuble voisin, de l'autre côté de la cour, un homme marche le long du faîte, un câble à la main, s'éclairant d'une lampe torche. Louise se penche à la fenêtre. Que peut-on fabriquer en plein hiver sur le toit d'un immeuble ? L'homme lui adresse un signe de la main puis disparaît derrière un groupe de cheminées. Elle scrute la nuit : pas la moindre étoile. Dix-neuf heures. Que fait Noëlla ?

Chaque mardi soir ou presque, Louise a la garde du petit, sa sœur cadette exerçant ses talents chez elle, rue de Clignancourt, à deux pas. Avec ses jolis seins et son petit cul dansant, les candidats à l'amour low-cost ne manquent pas. Il s'agit essentiellement de cadres en mal-être qu'elle rencontre au café ou au supermarché, souvent des habitués qui s'inventent pour un soir un séminaire de motivation ou une urgence au bureau. Prix étudiés, travail soigné. Cent vingt euros la soirée, dîner fourni, toujours de bonne qualité. Les plats en sauce, cela fidélise aussi. Ensuite, c'est le lit, petites polissonneries, et à minuit précis, par ici la sortie. Ces passes hebdomadaires, que Noëlla appelle ses Mardis gras, permettent de payer le loyer, mais Louise soupçonne sa sœur d'y prendre du plaisir. Agacée, elle referme la fenêtre et allume la télévision. Le Monstre va rater le début de « Qui veut gagner des millions », ce qui augure fort mal de la suite de la soirée.

4

Mercredi 3 février, 9 h

Dans le quartier des ministères, la rue de Bourgogne hésite entre bourge et bohème. Près du Club des poètes, Oxymor occupe un appartement sans personnalité hérité de ses parents. Il déteste le quartier et se promet fermement d'en changer, généralement au mois de mars, à la sortie de l'hiver. Puis, quand vient le printemps, le projet s'évanouit dans la tiédeur des beaux jours. L'exposition sud-ouest n'est pas désagréable. Il y a aussi le Club, en bas, le fief de Jean-Pierre et Tsou, chez lesquels il va parfois prendre un verre tout en écoutant Desnos, Lorca, Guillevic ou Rimbaud.

L'immeuble est bien tenu, tapis rouge, plantes vertes, murs blancs sans graffitis, pas de vélo dans la cour. Lorsqu'il est passé, crasseux, devant la loge, la gardienne s'est précipitée. Puis elle l'a reconnu, effarée.

– C'est vous, monsieur O ?

Depuis sa prise de fonction, quatre ans auparavant, la gardienne refuse catégoriquement de prononcer son prénom. Cela porte malheur, prétend-elle. Quant à Baulay, c'est vraiment trop moche.

– C'est un déguisement, Suzy, n'ayez pas peur…

– Oh ! comme c'est amusant… Enfin, si on veut. Vous êtes repoussant. À propos de déguisement, je vous ai…

La gardienne se nomme Solidor. Marianne Solidor. Il l'appelle Suzy, comme Suzy Solidor, la chanteuse naïade des années cinquante. Monsieur O d'un côté, Suzy de l'autre : un partout, balle au centre. La gardienne s'apparente à un bibelot précieux haut comme trois pommes, tiré à quatre épingles en or dix-huit carats. Tout son fric doit y passer. Aujourd'hui, elle arbore une jupe bigarrée signée Lacroix, un corsage baleiné très décolleté et un fichu noué style Arlésienne. Pas le moindre « fashion faux pas », comme elle dit trop souvent. Oxymor a grogné sans écouter la suite. Fébrile, il s'est engouffré dans l'ascenseur, s'est déshabillé dans la cabine, est entré pratiquement nu dans l'appartement. Vêtements dans un sac-poubelle, sprint vers la salle d'eau, récurage. Sous le jet lustral, il a expulsé les toxines de la rue, frottant avec application son corps de SDF au savon de Marseille et au gant de crin.

À cinquante-deux ans, Oxymor Baulay pose sur les choses et les êtres un regard attentif dans lequel la curiosité s'accompagne parfois d'une certaine lassitude. Journaliste pigiste depuis deux décennies, perpétuellement fauché, il s'est spécialisé dans les problèmes de société, avec enquête sur le terrain. Ses cheveux gris, frisés, lui confèrent une allure de mouton triste. Cinq ans auparavant, sa femme, Francette, l'a quitté un dix-sept mai, date anniversaire de leur mariage. Appartement vidé, parfaitement nettoyé. Livres et vêtements soigneusement réunis au milieu du salon. Et un court mot doux : « Bye bye, connard. » Au terme de deux mois d'enquête, il a retrouvé sa trace dans une ville de l'Orne, un de ses correspondants ayant vu sa photo dans un journal local : un article de douze lignes sur une association de tricot, dont elle serait la présidente. L'information l'a définitivement convaincu de ne pas chercher à la revoir. Désormais il y a Louise, une compagne tendre et équilibrée qui génère chez lui des torrents impétueux et sans cesse renouvelés de phéromones affolées.

Après avoir épuisé le ballon d'eau chaude, Oxymor revêt un peignoir et se met à tourner en rond dans l'appartement.

L'odeur. Ça pue. Il va renifler le sac-poubelle, le glisse dans un nouveau sac puis dans un troisième, ferme le tout solidement avec la ficelle rouge. Ça pue toujours. Dans sa tête, sans doute. Retournant dans la salle de bains, il s'asperge d'eau de Cologne, puis se rend dans la cuisine afin de préparer un café en grains, celui qui sent bien fort.

Une tasse à la main, il se force à reprendre sa vie là où il l'avait laissée quatorze jours auparavant. Hésite à appeler Louise pour lui dire qu'il est rentré. Non, plus tard. Dans le bureau, les gestes s'enchaînent d'eux-mêmes, mais sans grand enthousiasme. Brancher France Info, connecter le Mac, consulter les deux messageries, écouter les appels sur le répondeur, dépouiller le courrier. Oxymor allume une cigarette, retire son peignoir. Impossible de travailler. Un cognac, peut-être ? À poil, il fait le tour de l'appartement. Beaucoup trop propre. Durant son absence, Mme Solidor a sorti le grand jeu. Lavé les rideaux, nettoyé la moquette, réparé une étagère, effectué quelques raccords de peinture. Malgré les ordres, elle s'est encore permis de réorganiser la bibliothèque en regroupant les livres par couleurs et par tailles, ça fait plus joli.

Il soupire, sourit. Il adore sa gardienne tout autant qu'elle l'agace. La descendante directe de Madame Sans-Gêne n'hésite pas à s'inviter à n'importe quelle heure pour apporter le linge, recoudre un bouton ou envoyer un e-mail à l'autre bout du monde. Oxymor la soupçonne d'avoir des vues sur lui malgré l'absence de toute avance réellement tangible. Louise, à qui il ne cache pas grand-chose, lui conseille de la sauter sur la table à repasser et qu'on n'en parle plus, on y verra plus clair.

À onze heures, alors que l'odeur semble s'éloigner, Oxymor juge atteint le seuil de décompression. Il passe un jean, une chemise à carreaux et se met au travail, cafetière à portée de tasse. L'article, qui ne doit pas dépasser vingt mille signes, doit être rendu dans une semaine.

Lorsqu'il doit écrire un papier important, tout commence par la transcription brute des sensations fortes, sans souci de calibrage, sans plan préétabli. Il s'agit d'une phase de pur dégorgement, une purge émotionnelle, un album de photos sous forme de haïkus qui lui servent de passerelle et de points de repère. Comme un chien, songe-t-il, qui pisserait aux quatre coins de sa mémoire pour marquer son territoire.

Il se penche en arrière, se remémore les moments importants de sa plongée dans l'abîme : cette femme sans âge et sans dents, vieille poupée de chiffons usés, que les types de la bande se repassaient à l'infini. Riton la Science, un ingénieur atomiste déchu, qui se rendait chaque jour à la sortie de l'école, se planquait pour ne pas être vu de sa fille et revenait en pleurs. Le jeune Russe de vingt ans, qui ne parlait pas un mot de français et qui sortait son couteau au moindre prétexte. Bébert, le doyen, retrouvé mort sur un banc, coma éthylique et surdose d'une saloperie quelconque. Oxymor soupire. Mais qu'est-il allé foutre dans cette galère ? Comment peut-on être maso à ce point ? Et en plein hiver ?

Secoué par une rage de purification, il se lève d'un bond et va se laver à nouveau les dents. Frotte pendant cinq minutes. Devant, derrière, les gencives, la langue. Sans illusion : il sait qu'une brosse semi-dure et du « deux-en-un action fraîcheur » à trois euros quinze n'ont pas le pouvoir d'effacer les souillures qui maculent l'intérieur de sa tête : tendre la main alors qu'on voudrait serrer le poing, sentir que l'on sent, dormir d'un seul œil. Trouver à manger, trouver où chier. Oxymor en frémit : ces deux semaines dans la rue l'ont profondément ébranlé. L'asile de nuit, la Soupe populaire de la rue Clément, la liste d'attente à la Boutique de solidarité pour prendre une douche. Un monde parallèle ignoré des humains, peuplé d'ombres tragiques.

Il revient dans le bureau, se met à taper. Sur le document Word, les phrases se bousculent, gorgées de métaphores et d'hypotytoses. Oxymor écrit bien. Sans doute pas assez, son premier et unique roman, *Les Motamorphoses*, n'ayant jamais trouvé d'éditeur.

Avant de retranscrire sa rencontre avec Vaïda, il se verse une nouvelle tasse de café – la quatrième – et note le rendez-vous sur son agenda à l'aide d'un feutre rouge. Demain midi, aux Halles, en haut ou en bas des escaliers mécaniques, il ne se souvient plus trop. Le gitan acceptera-t-il de se laisser photographier ? Il l'espère. Contre un peu de fric, évidemment. Il faudra appeler Moizan, le comptable, pour quémander. L'enfoiré va geindre, mégoter, exiger un reçu, en référer au chef. Oxymor hait les chiffres de façon générale et les comptables en particulier. Il n'aime pas non plus, dans l'ordre : les coiffeurs, les plombiers, les garagistes et les chauffeurs de taxi. Sans parler des rédac' chef. Qu'avait-il dit, le gitan ? Qu'il était fils de Voevod III, dernier roi des gitans ? Oxymor ouvre Google, explore quelques sites, clique sur « Fils du Rêve et du Vent ». L'introduction est éloquente : « Si les gitans élisent un roi, c'est pour qu'on les laisse tranquille. Ils choisissent alors le plus idiot d'entre eux et le présentent aux gadjé comme leur suzerain, afin de fermer la porte à toute tentative de dialogue. »

Idiot, le Vaïda ? Certainement pas. Et sans doute plutôt malin. Oxymor reprend sa transcription, griffonne quelques lignes sur son agenda : ne pas oublier de recharger la batterie du Sony numérique, tirer cinquante euros au distributeur. Et, surtout, veiller à ne pas s'habiller trop élégamment.

5

Jeudi 4 février, 12 h

En bas de l'escalator, Vaïda se tient droit comme un aigle impérial. Adossé à la paroi de verre de la serre-piscine, il ajuste soigneusement ses éternelles bandelettes autour de ses mains monstrueuses. Il porte comme il y a trois jours son bonnet africain, un long manteau noir, des Doc Martens rouges. Son landau, un vieux Silver Cross encore présentable, regorge de chiffons et d'objets divers. Oxymor se demande comment il a pu descendre son engin sur l'escalier mécanique. Et comment les gardes, qui pullulent dans le Forum, ne l'ont pas encore fait déguerpir. Il s'avance, main tendue. Derrière les épaules de bûcheron du gitan, au milieu de la forêt tropicale, à cinq mètres de la vitre, l'arbre du voyageur lui semble en piteuse forme.

– Salut, Majesté…

Le gitan examine Oxymor de la tête aux pieds en ignorant la main tendue. La parka en cuir patiné, le pantalon beige, les mocassins. Il ne reste plus grand-chose de la cloche crasseuse ruisselante de peur qu'il a rencontrée sur les quais de la Seine.

– Salut, Gus. Je me doutais bien que t'étais pas de la rue. T'es quoi ? T'es flic ? Garçon boucher ?

– Journaliste. Reportage.

Vaïda ricane.

– Ouais. Je vois le genre. « J'ai vécu dans la rue avec les SDF », deux pleines pages dans *France-Soir*, à faire pleurer le bourgeois, compassion à tous les étages, regard critique sur la société, tout le toutim. Bon. Le prends pas mal. Je m'en tape de ton truc, faut bien faire tourner les rotatives. Et chacun ses oignons, c'est ma philosophie. T'es toujours partant pour ma cartouche de clopes ?

Oxymor hoche la tête et lui propose de sortir du Forum, afin de prendre un verre au bistrot. Le colosse saisit son landau, le porte à bout de bras à deux mètres cinquante au-dessus du sol, s'engage sur l'escalator. Aussi simple que cela. Les deux hommes se dirigent vers la Chope Saint-Eustache, au coin de la rue Montmartre. En croisant le gitan poussant son landau, les passants se retournent. L'homme étonne. Ils longent l'église, traversent la rue, vont s'installer en terrasse semi-couverte, sous la chaleur bienfaisante d'un champignon calorifère. Un serveur sort précipitamment, sans doute mandaté par le patron. Oxymor lui sourit, agite le doigt en signe de dénégation : non, pas question, on est là, on y reste.

– Monsieur est avec moi, précise-t-il. Je suis journaliste. À la télé. Nous sommes en repérage pour un film.

Le serveur hésite puis acquiesce à contrecœur. Oxymor se marre intérieurement : journaliste et télé, c'est toujours magique. Moins que flic, mais ça pèse. Vaïda attache le landau à sa jambe, sort le manuscrit d'une serviette en cuir bouilli, le pose sur la table en similimarbre.

– Voilà, mon pote. Plein de mots comme tu les aimes. C'est des mots d'occasion, évidemment, mais tu devrais y trouver tes machins théoriques.

Oxymor commande deux ballons de rouge, sort le billet de cinquante euros pour la cartouche de clopes. Il feuillette machinalement les premiers feuillets, boit une gorgée de vin, grimace. Le mâcon est un peu aigre.

– Vaïda…

– Ouais…

– J'aimerais bien faire quelques photos de toi à Austerlitz, près du canapé. Pour mon reportage. Juste quelques photos pour accompagner l'article.

Le gitan se renfrogne.

– J'aime pas les photos. Ça vole l'âme.

Oxymor se met à rire.

– C'est quoi, cette histoire ? Tu me fais un plan romano ? Tu te crois chez les Indiens des Grandes Plaines ? C'est fini, ces croyances à la noix. L'âme n'imprime pas l'argentique, cela se saurait. Quant au numérique, ça ne shoote que des points. L'âme n'est pas pixelisable, c'est dans tous les bons manuels de métaphysique.

– Que dalle. Ça vole l'âme, c'est tout. Et puis, j'ai eu des problèmes avant-hier à Austerlitz.

Dans ses mains, le billet de cinquante euros semble minuscule. Le colosse l'examine avec attention, le glisse soigneusement dans une poche, plié en quatre. Le verre de rouge est avalé cul sec. Oxymor lève la main, commande d'un geste une nouvelle tournée.

– Quel genre de problèmes ?

– J'ai surpris un type qui fouillait dans mes affaires. Quand je suis arrivé sur le quai, il avait complètement bousillé mon gourbi. La valise, tu sais, ma table basse, il l'a complètement déchiquetée. Un vrai souk.

– Les clochards, ça n'arrête pas de se faucher des trucs, ce n'est pas à toi que je vais apprendre ça.

– Ouais. Mais t'as déjà vu une cloche se barrer sur une moto ? Non, mon pote, il n'était pas de chez nous. L'enfoiré. Je l'attrape, je le troucide, un gros trou dans son bide.

– Troucide : tu viens de faire une épenthèse...

– Fais pas chier, avec tes salades…

– Bon. Il était comment, le type ?

– Comme un type à moto. Grand. Il portait un casque, un casque rond, comme on en faisait il y a longtemps.

– La moto ?

– Je ne sais pas. Un vieux modèle.

– Il n'a rien pris ?

– À part prendre froid, je ne vois pas ce qu'il pouvait espérer.

Oxymor sourit.

– Tu vois, tu t'y mets. Tu viens de sortir un beau zeugma.

– Un quoi ?

– Tu as dit « Il n'a rien pris mais il a pris froid ». C'est un zeugma. Comme « J'aime ma mère et le chocolat ».

– Fais pas chier, avec ta théorique.

– Rhétorique. Si tu dis théorique au lieu de rhétorique, cela s'appelle un paronyme.

– Fais pas chier, j'ai dit. Je ne suis pas d'humeur. Ton article, il sort dans quel canard ?

– *Marianne*, dans un mois. Bon, qu'est-ce qu'on fait, pour les photos ? Ça prendra cinq minutes, juste un portrait, ce n'est pas grand-chose…

– J'ai pas envie de voir ma gueule dans un journal de gonzesses !

Fatigant, l'animal. Oxymor soupire, sort une carte de visite de sa poche.

– Ce n'est pas un magazine féminin, mec, c'est un news magazine. Un magazine d'actualités, quoi. Tiens, je te laisse mon adresse et mon numéro de téléphone. Si tu changes d'avis et si le journal est d'accord, je peux monter jusqu'à cent, même cent cinquante euros pour les photos. Et vous, Majesté, où puis-je vous joindre ?

Vaïda hausse les épaules, hésite à cracher par terre.

– Sous le viaduc, comme d'hab. Ou s'il fait vraiment trop froid, je serai à Juvisy. J'ai une caravane, là-bas, dans le camp des Roms. Une jaune, bien à l'écart, à droite. Entre la voie ferrée et la Seine, près de la rue de Draveil, tu peux pas te tromper. Bon, mais c'est pas tout ça…

Le gitan se lève, dévisage un à un les quelques clients installés en terrasse par une lente rotation de cent quatre-vingts degrés.

Royal, il est royal, se dit Oxymor. Prudemment, les regards s'abaissent ou se détournent du colosse.

– Bien. À la demande générale, je vais me retirer dans mes appartements. Merci pour le coup de rouge. Et bien le bonjour à ta bourgeoise.

– Je n'ai pas de bourgeoise.

– Alors, à ton canari.

– Pas plus. Ni tortue ni poisson rouge. Réfléchis à ma proposition. Cent cinquante euros, c'est toujours ça de pris.

– J'y penserai. Salut, Gus.

– Salut, Vaïda.

Tout en sirotant son verre de mâcon, Oxymor le regarde s'éloigner vers la statue en grès d'Henri de Miller, poussant son landau et chantant à tue-tête une rengaine 1900. Le gitan lui inspire une certaine tendresse, voire de l'admiration : ce type-là – il en est sûr – serait aussi à l'aise dans un salon lambrissé de la rue Jacob que sous le Pont-Neuf. Pourquoi a-t-il refusé de se laisser photographier ? Faire la mauvaise tête ? Faire monter les prix ? À moins qu'il ne soit sincère avec son histoire d'âme volée.

Oxymor allume une cigarette, cherche de la monnaie pour régler les consommations. Si Vaïda ne veut pas, il trouvera quelqu'un d'autre. Dans Paris, ce ne sont pas les cloches qui manquent. Oui mais. Des types comme Vaïda, ça ne court pas les rues. Oxymor s'en veut : il n'aurait jamais dû le laisser partir.

6

Jeudi 4 février, 21 h 30

Dans la rue Polonceau, au cœur de la Goutte-d'Or, les Derniers Ronds proposent une cuisine sénégalaise classique et abordable : thiep bou dien, thiof, poulet yassa, kaldou. Copieux et de bonne qualité. Oxymor, bougon, s'est laissé inviter car, effectivement, il est au bout du bout de ses derniers ronds. Il mange comme une tortue, mastique chaque bouchée comme s'il s'agissait d'une punition. Durant une heure, Louise a dû lui arracher les informations une à une, comme les arêtes de son poisson. Réponses lapidaires, ponctuées de « Aucun intérêt » ou « Je ne suis pas d'humeur ».

– Mais tu dormais où ?

– Dans la rue. Sur un palier, à la Bastille.

– Tu te lavais comment ?

– Me lavais pas. Faisait trop froid.

Louise possède une patience infinie, doublé d'une obstination non moins redoutable.

– Parle-moi de la femme qui n'avait pas de dents. Je ne peux m'empêcher de penser à elle. Tu sais qu'il y a de plus en plus de femmes dans la rue ?

– Ouais, j'ai vu ça.

– Et cette histoire de valise, avec ton gitan ?

– Aucun intérêt. Ce qui m'intéresse, ce sont les photos. Mais si l'autre tarte n'appelle pas, il va falloir envisager une autre solution.

Louise termine son poulet yassa. Jean-Claude, le cuisinier, a un peu trop forcé sur les citrons et le piment habituel a été remplacé par du pili-pili.

– Tu ne finis pas ton thiof ?

– Je ne suis pas d'humeur. On commande le dessert.

Pas d'humeur, pas d'humeur. La phrase revient en boucle. Insupportable, le beau mouton frisé. Il est à gifler.

– Tu as terminé ton article ? demande-t-elle gentiment, tu veux que je t'aide à le finaliser ?

Oxymor lui soumet souvent ses textes pour relecture. Louise possède un talent certain pour remplacer un terme par un autre, pour trouver le mot juste qui éclaire la phrase. En fait, comme une lumière tamisée, Louise éclaire beaucoup de choses sans que l'on s'en aperçoive.

– On verra. Je commence à peine. Oui, c'est une bonne idée, on commande le dessert et on s'en va. On prendra le café chez toi.

Louise se penche vers lui, ce qui entrouvre son décolleté.

– Deux gros nichons bien fermes, murmure-t-elle, ça te plairait comme dessert ?

Le regard d'Oxymor s'éclaire enfin. Les seins de sa compagne l'ont toujours fasciné. Il adore les enduire de lait concentré puis en aspirer longuement les tétons. Il se déride, sourit. Quand Oxymor sourit, sa part d'enfance intacte fait chavirer les femmes.

– Avec du miel ?

– Gelée de groseilles. C'est plus joli sur la chair blanche.

– Super. Je vais régler. Non, vas-y, toi, j'ai plus un rond sur mon compte. Je te rembourserai dans une semaine. Fais encore voir, le dessert…

Louise se penche. Quelques clients également.

– On y va, dit Oxymor en se levant. Je jetterai d'abord un coup d'œil sur le manuscrit de cet enfoiré de Vaïda. Accompagné d'une infusion à la cerise. Et du concerto pour violoncelle, tu sais, celui que j'aime bien.

Après qu'on a traversé le boulevard Barbès, il ne faut pas plus de dix minutes pour rejoindre la rue Ramey. Louise et Oxymor gravissent les six étages en s'arrêtant régulièrement. Vidées par la montée de la rue Myrha, les jambes réclament des oxygénations périodiques. Parvenue au sixième, Louise se baisse, ramasse la clé sous le paillasson.

Tandis qu'Oxymor va se caler dans le fauteuil crapaud, elle allume la minichaîne, branche un chauffage d'appoint, insère un CD et rejoint la cuisine pour préparer une infusion.

– Tu as vu le chat ? demande-t-elle.

– Non. Il n'est pas chez Marcel ?

C'est ainsi qu'ils nomment, en hommage à Marcel Aymé et au *Passe-Muraille*, l'appartement fantôme situé derrière le rideau.

– Tu es sûr qu'il n'y est pas ?

Oxymor a la flemme de se lever et d'aller voir.

– Il doit encore traîner chez la voisine. Tu devrais sévir. Je soupçonne la vieille de lui offrir du Sheba cinq étoiles.

Délaissant le mystère du chat angora, il saisit la masse de feuillets, examine la page de garde : « *A noir*, roman. » Pas de mention d'auteur, pas de mention d'adresse. A noir, comme anonyme. Et A noir, comme le début du poème. Beau titre. Le papier est vieilli, la reliure tombe en lambeaux. Surpris et pensif, Oxymor tente de reconstituer la couleur des voyelles dans le poème de Rimbaud : « A noir, E blanc, I rouge, U vert, O bleu », scande sa mémoire. À moins que le U ne soit bleu et le O ne soit vert, il ne sait plus trop. L'oméga de la fin, c'est sûr, c'est violet. Mais le violet est-il une couleur ? Et l'oméga est-il vraiment une voyelle ? Il en doute.

– Oméga, c'est une voyelle ?

Louise a posé le plateau sur le bar qui sépare la cuisine de l'entrée, à côté d'une pile de questionnaires. Elle le rejoint au salon, prépare de quoi allumer un feu.

– Fait assez chaud, dit Oxymor. C'est vraiment nécessaire ?

– Juste quelques flammes. Pour l'ambiance.

– Alors, cet oméga, ce n'est pas une voyelle ?

– Je ne sais pas, répond-elle. Non. Tout ce que je sais, c'est qu'il s'agit de la dernière lettre de l'alphabet grec. Pourquoi, c'est important ?

Oxymor ne répond pas. Tandis qu'elle se bat contre un feu récalcitrant, il tourne la page de garde, se concentre sur les premières lignes du roman :

« À mordre dans la mort comme dans un fruit pourri, à tout avaler sans rien mastiquer, je commençai par vomir puis m'accoutumai. »

Cela promet, maugrée Oxymor. Noir c'est noir. Il poursuit sa lecture, plus attentivement.

– Viens prendre ton infusion !

– J'arrive, ma puce, je lis.

Il lit. Une dizaine de pages. Le texte oscille entre ombre et lumière, parfois plat comme une crêpe, parfois flamboyant. Comme dirait Paul, ça troue le papier. Mais c'est quoi, ce truc ? songe-t-il en fronçant les sourcils. Jamais il n'a rencontré une écriture semblable. Comment qualifier cela ? Un soupçon de Céline, une once de Lautréamont, un zeste du Code civil cher à Stendhal. En page douze, une pluie de métaphores s'abat sur un paysage ressemblant à l'enfer, les phrases en silex, parfaitement acérées, jettent des étincelles. Oxymor saute une trentaine de pages, feuillette fébrilement. Pas de découpage en chapitres, le texte coule en continu, heurté, illuminé. En page cinquante-six, un meurtre – un meurtre de femme – est minutieusement détaillé. Morbide, à vomir. Le manuscrit recèle par ailleurs un certain nombre de coquilles : les *y*, par exemple, sont remplacés par des *i*.

– Oxy, ton infusion !

– Je lis, ma puce !

Il reprend sa lecture, fasciné. Oxymor n'est pas un grand lecteur, il sait cependant faire la part des choses entre les torchons et les serviettes ; entre la daube et le publiable. Ce truc a quelque chose. Quelque chose d'unique. Son style. Son ton. S'en dégage également un malaise diffus, le sentiment d'un manque qu'il ne parvient pas à définir. Le texte est *anormal.* Qu'est-ce qu'un truc pareil foutait dans une valise ? Dans la cheminée, les cubes blancs magiques ont eu raison des bûchettes détrempées.

– Louise ?

– Oui ?

– Ce truc est vraiment sidérant. Comment te dire ? C'est vraiment quelque chose. Il faudrait que tu lises. Qu'est-ce que je vais en faire ?

– Mets-le aux objets trouvés, rue des Morillons. Dans un an et un jour, il sera à toi, et tu pourras le publier sous ton nom.

Oxymor hausse les épaules. N'importe quoi. Paul Mistraki, son ami d'enfance – est-ce vraiment un ami ? – est directeur de collection chez Herbatim, une maison d'édition surgie comme un ovni il y a une dizaine d'années et qui brille insolemment dans le ciel parisien du 6e arrondissement. Il serait peut-être intéressant de solliciter son avis.

– Tu pourrais me tirer trois jeux de photocopies ? demande-t-il.

Comme certains hommes infiniment généreux, Oxymor est radin pour les petites choses et prodigue pour les grandes. Mauvais calcul. Ce sont les petits détails qui font votre réputation. Une des deux fines bretelles s'abaisse sur l'épaule de Louise. Un sein volumineux s'échappe de la nuisette.

– Bien sûr, je m'en occupe demain. Pour la gelée de groseilles, c'est quand tu voudras.

Sa silhouette se découpe avec précision devant le feu de cheminée. Oxymor pose le manuscrit, tend la main vers elle. La chair est douce, élastique.

– Raconte-moi, dit-il.

Louise vient s'asseoir à côté de lui. La seconde bretelle tombe. Il s'agit d'un rituel pratiquement immuable. Il dit « Raconte-moi », et elle lui narre la même histoire. Son mari en Thaïlande qui la trompait avec la femme de chambre lors de leur voyage de noces. Sa frustration. Et, par dépit, ces deux domestiques thaïs qui l'avaient prise sur le lit conjugal, simultanément, l'un dans sa bouche, l'autre dans son cul.

– Tu la connais par cœur !

– Oui, mais j'en ai besoin.

Louise raconte, les yeux fermés, tout en lui caressant les cheveux. Comme dans les histoires racontées aux enfants, il lui faut reproduire les mêmes intonations, respecter les mêmes pauses, répéter mot pour mot, ne pas omettre le moindre détail. Le texte cru qu'elle débite machinalement ne la fait plus rougir. Avec le temps, il est devenu totalement abstrait.

La main quitte son sein, glisse vers le ventre rond. Louise ferme les yeux, guide la main, commence à gémir.

– Ne bouge pas, ma puce…

Tandis qu'Oxymor se déshabille, les murs soudainement se mettent à trembler sous l'effet des basses. Une voix aigrelette interpelle tout l'immeuble : « Pas vingt ans qu'elle a / C'est du vrai nougat / L'habite chez son vieux / Près de Vénissieux… » Boum boum. Oxymor blêmit. L'enfoiré du cinquième est revenu de tournée.

– Tu viens, Oxy ?

– Oui. Pas de bol. Quand je pense qu'on aurait pu avoir un saxophoniste. Ou un violoniste.

– Pas grave. Le rap, ça a du charme.

– Je ne suis pas sûr de tenir la cadence.

– Essaie, Oxy. Fais-moi boum boum.

– Bon. Tu l'auras voulu.

Tandis que la voix martèle « La banlieue en feu / Moi je dis tant mieux », il retourne sa compagne, lui embrasse la nuque et entre en elle.

– Oh, oui, Oxy, enfonce-toi !

Louise gémit, se cabre. Oxymor la retient contre lui, frotte une joue mal rasée contre l'épaule blanche, ferme les yeux. Louise est douce au toucher, douce à son cœur. Pourvu que rien n'arrive. Pourvu que la vie puisse continuer ainsi dans le haut de la rue Ramey, pendant des années, avec la femme qu'il aime.

7

Samedi 6 février

Pour rejoindre la station Saint-Germain-des-Prés, depuis la rue de Bourgogne, quinze minutes suffisent, même en s'arrêtant pendant un bon moment devant l'hôtel Saint-Simon. Il adore cet hôtel, sa glycine, son jardin, ses clients étrangers, beaucoup d'Américains en particulier, qui semblent s'être échappés d'un roman de Scott Fitzgerald. Tendre est Paris, surtout dans ce quartier. Dans ses rêves argentés, Oxymor y vit à l'année, une suite avec terrasse, à quatre cents euros la journée. En attendant, il lui faut prendre le métro, changer à Châtelet, descendre à Rambuteau, une station sans âme qui lui file le cafard.

Lors de ses trajets métropolitains, lorsque c'est un peu long, Oxymor aime composer de petits PDM, des Poèmes De Métro. La règle est simple. Le poème comporte autant de vers que le trajet compte de stations, moins un. Entre la première et la seconde station, il compose un vers. Dès que la rame s'arrête à la station numéro deux, il transcrit le vers sur papier. Le deuxième vers est conçu entre les stations deux et trois. Il est noté sur le papier dès que la rame s'arrête à la station trois. Etc. Il lui est évidemment interdit de noter lorsque la rame est en marche. Il ne doit pas non plus composer de vers lorsque le métro est arrêté. La dernière fois, Oxymor a composé un fort joli poème, avec des rimes en « are » et des rimes en « ire », réussissant l'exploit de caser les mots « sénestrogyre » et « palikare ». Malheureusement, le métro s'est arrêté entre deux stations. Comme sur les flippers, le poème a fait tilt. Aujourd'hui, il n'a pas vraiment l'esprit à cela. Les roues de la rame scandent un autre poème, un octosyllabe qui tourne en boucle : A noir, E blanc, I rouge, U vert… A noir, E blanc, I rouge, U vert…

Tout au long du trajet, il a poursuivi son examen du manuscrit, sautant de page en page, analysant le texte, prenant quelques notes à l'aide de son éternel Bic cristal mâchouillé. L'action du livre se déroule à Paris et en banlieue. Crépusculaire. Du trash avant l'heure. Une plongée vertigineuse dans ce que l'humain a de plus animal. Le roman est articulé autour de cinq meurtres, cinq femmes assassinées de la même manière. L'auteur écrit à la première personne et insère de nombreux flash-backs sur ses traumatismes d'enfance : nuits entières au cachot, fouet, viols familiaux.

Oxymor frissonne. Ces meurtres sanglants et complaisants lui donnent la nausée, nausée renforcée par l'emploi systématique de l'imparfait du subjonctif qui sonne comme une provocation. Et ces *y* remplacés par des *i*, flèches pointues et sardoniques lancées à la tête du lecteur. Coquetterie ? Signification ésotérique ? Ou l'auteur avait-il tout simplement un problème de clavier ? Il y a également ce malaise concernant l'écriture, l'impression d'un manque, insidieux, indéfinissable. Mais quoi ?

Parvenu à la station Rambuteau, Oxymor emprunte l'escalator, émerge près du carrefour de la rue aux Ours, traverse la rue du Renard. Rue du Renard ou rue Beaubourg ? Il n'a jamais su. L'appartement de Paul Mistraki se situe à une centaine de mètres, rue Michel-Le-Comte, face à l'entrée de l'hôtel d'Hallwyll, au dessus d'un bar gay fort prisé dans le quartier. Si l'immeuble ne paie pas de mine avec ses herbes folles poussant dans la cour, les appartements qu'il abrite sont somptueux. Chez Paul et Isabelle, l'immense pièce principale, dans laquelle on accède directement, étonne par sa hauteur de plafond. Plus de quatre mètres. Dans tout l'appartement, de petites mezzanines dotées d'échelles de meunier confèrent à l'ensemble une impression de ruche studieuse. Livres, toiles, chevalets, lits d'amis s'entassent dans ces greniers espiègles et colorés. Oxymor adore cet appartement. Heurtoir, pas de sonnette. Paul lui ouvre la porte.

– Salut, mec !

La façon qu'a Paul de singer la jeunesse horripile Oxymor. Il se laisse embrasser, enlève sa parka, jette un coup d'œil vers le coin salon qu'il connaît si bien. Canapés orange, home-cinéma, murs blancs, ambiance zen Marais branché. Isabelle lui sourit, sans se lever de son fauteuil. Près d'elle, une jeune femme brune met de l'ordre dans ses cheveux.

– Viens, viens t'asseoir. Je vais te présenter Clara, qui pose pour Isa depuis un mois. Il ne faudra pas la brusquer, c'est un être sensible et fragile, elle sort tout juste d'un grand chagrin d'amour.

La jeune femme sourit, un petit sourire triste sur des lèvres rouge sang. Fond de teint impeccable, Rimmel millimétré, pas le droit de pleurer. Combien de larmes, se demande Oxymor, combien faut-il de larmes pour noyer un chagrin d'amour ? Cent ? Deux cents ? Et au fond, que noie-t-on ? Il sait par expérience que dans ces circonstances les larmes proviennent plus souvent des yeux que du cœur. Émouvante, cette Clara. Il aimerait lui dire qu'il connaît des remèdes, les émotions curatives qu'il convient de développer, la colère, en particulier, qui permet de rester en contact avec la vie. Il pourrait lui parler de son petit essai jamais terminé, *Cinquante recettes faciles pour guérir d'un chagrin d'amour*. Il se contente de croiser son regard, de hocher la tête. Pauvre petite fille triste…

Isabelle, la femme de Paul, est une blonde interminable au sourire malicieux et à la taille mannequin. Pendant quelques années, Oxymor en a été vaguement amoureux et il n'aurait pas fallu grand-chose pour qu'elle tombe dans ses bras puis au creux de son lit. Mais cela ne s'est pas fait. Ni par manque d'envie, ni par respect pour Paul. Plutôt par flemme, comme pour l'appartement de la rue de Bourgogne qu'il se jure de quitter sans jamais parvenir à se décider. Isabelle est peintre. Hyperréaliste, à l'acrylique. Pas réellement une star, mais une très bonne cote, surtout chez les Japonais, une présence régulière dans les galeries friquées du quartier Saint-Honoré. Elle ne peint que des femmes à moitié nues : des seins, des fesses, des épaules. L'érotisme, sans outrance, y cerne au plus près la vérité de la chair. Un grand sens des lumières, du beau boulot. Contre un mur, un tableau de grande taille est posé à même le sol. Il représente Clara, de dos, une serviette de bain sur les hanches, en train de se maquiller devant un miroir. On aperçoit un sein, menu. Le regard d'Oxymor passe du tableau à la jeune femme.

– Enchanté, dit-il. J'espère que c'est ressemblant.

Clara salue d'un léger signe de tête. Bon, d'accord, ce n'est pas drôle, concède Oxymor intérieurement.

Paul Mistraki lui tapote l'épaule. Paternel, bien qu'il soit plus jeune qu'Oxymor.

– Alors, camarade, toujours dans le fait divers ?

Oxymor grimace. Comme le « Salut mec », le « camarade » ne passe pas. Ce snobisme populaire, que Paul s'empresse d'oublier dans l'exercice de son métier, l'agace. Il s'assied dans un large fauteuil assorti aux canapés, probablement Habitat, comme tous les bobos du coin. Isabelle se lève, vient l'embrasser.

– Toujours aussi belle, lui dit-il. Tu sais, j'ai toujours pensé que la beauté était un privilège empoisonné. Je n'en suis plus si sûr. Pour répondre à la question de Paul, oui, toujours dans le fait divers. Si l'on peut appeler cela ainsi. Reportage pour *Marianne*. Je viens de passer deux semaines sous les ponts, à me glacer les os dans la peau d'un SDF, à côtoyer les hommes et les femmes d'en bas. De vraiment tout en bas. En regardant Isabelle et Clara, et après avoir fréquenté la gent féminine qui dort dans la rue, on mesure ce que la beauté possède d'inhumain.

Paul s'agite, propose à boire. Il aime poser les questions mais ne supporte pas que les réponses échappent à son champ de maîtrise.

– Savez-vous, demande-t-il en se tournant vers Clara, que la rue Michel-Le-Comte a connu son heure de gloire ? Jusqu'aux années cinquante, quand on prenait un taxi et que l'on voulait dire « Gardez la monnaie », on disait « Ça fera la rue Michel ».

– Paul, tu l'as raconté cent fois ! dit Isabelle.

Mistraki s'excuse, s'empresse d'aiguiller la conversation vers un terrain plus propice : les prix littéraires, les combines entre amis, les rumeurs qui courent entre la rue Jacob et la rue de Beaune. Paul Mistraki est un pro. Bon lecteur, du flair, une large culture, le sens des formules. C'est lui qui a refusé le roman d'Oxymor, en lui expliquant avec tact que « le livre ne portait pas en lui sa propre nécessité ». À l'époque, Oxymor avait trouvé la formule très belle et le jugement un peu sévère. En y réfléchissant, avec le recul, il trouve la phrase complètement conne. Et son roman pas si mauvais que cela.

– Bon, poursuit Paul. C'est quoi, cette histoire de manuscrit dont tu m'as parlé au téléphone ? J'avoue que tu m'as intrigué. Il existe un rapport avec ton reportage sur les SDF ?

Oxymor hésite.

– Non, aucun rapport. Je l'ai trouvé à la cave, dans une malle qui appartenait à mes parents, sous une pile de vêtements. J'ai voulu faire un peu de ménage, je suis tombé dessus. Il s'agit d'un vieux truc d'il y a trente ans ou plus. Cela se voit à la frappe. Je l'ai parcouru, c'est pas mal, je me suis dit que cela pouvait peut-être t'intéresser.

Paul va s'asseoir près de sa femme, pose une main sur son genou droit. Isabelle prend la main, la remet à sa place.

– Tu sais, des manuscrits, j'en reçois presque cent par mois. Je ne doute pas de ton talent de lecteur, mais la probabilité pour que ce soit publiable est infime. Beaucoup plus faible que celle, pour un SDF, de trouver un billet de cinq cents euros sur le trottoir.

Pourquoi Oxymor a-t-il menti ? Il se le demande. Protéger ses sources comme tout bon journaliste ? S'accaparer le texte, comme Louise l'a évoqué en plaisantant ? En endosser la paternité pour, si c'est publiable, laver l'affront du refus de son premier roman ? Il ne sait pas trop.

– Je le lirai, bien sûr. En diagonale, mais je le lirai. Je peux faire cela pour toi. Quel est le titre ?

– *A noir*. Comme le poème.

– Pas mal. Ça claque. Tu l'as apporté avec toi ?

– Il est là, dans ma sacoche. Je te le laisserai.

Clara se lève, vient se blottir contre Isabelle qui se serre contre l'accoudoir afin de lui laisser un peu de place. Sa main caresse les cheveux noirs. Joli tableau, songe Oxymor. De la grâce, du mystère. C'est ce genre de choses qu'elle devrait peindre, plutôt que ses portraits stéréotypés. Clara a fermé les yeux, Isabelle la berce de tout son corps.

– Bon, c'est quoi, ce gros chagrin d'amour, demande Oxymor, on peut savoir ?

– Oui, mais dans la cuisine ! J'ai besoin d'aide !

Isabelle se lève, entraîne Oxymor dans un petit couloir laqué de rouge.

– Tiens, occupe-toi du pain...

Tandis qu'Oxymor s'évertue à couper droit, Isabelle lui apprend que son joli modèle s'appelle Clara Bellochi, qu'elle est attachée de presse dans une maison de couture apparentée à Dior, que c'est quelqu'un de très bien ; que l'homme de sa vie – un cascadeur californien – a pris un aller simple pour L.A. sans lui fournir la moindre explication, au terme de trois ans de vie commune ; que Clara possède tout ce qu'un homme peut attendre d'une femme. Isabelle en rajoute, par petites couches superposées : de la douceur, de la sensualité, de l'amour à donner, une grande sensibilité, sans oublier la culture, l'humour et l'intelligence.

À quoi joue-t-elle ? se demande Oxymor. Elle me fait une vente ? De retour au salon, Isabelle suggère que l'on passe à table. Paul s'étire, soupire.

– Dis-moi, Oxy, combien touches-tu pour ton reportage ?

– Dans les trois mille cinq.

– Pas lourd…
– Comme tu dis. Je suis raide comme un lacet.
– Tu as besoin d'argent ?
– Non, je te remercie.

La table a été dressée près de l'entrée, côté cour, cette fameuse cour où fut créé le premier jeu de paume de Paris. Isabelle déplace un bouquet de fleurs, rectifie l'alignement des serviettes brodées. Elle a préparé, confie-t-elle d'un air gourmand, un gigot à l'ail confit accompagné de quelques filets d'anchois, suivi d'une tarte à la rose avec de la vanille et un peu de gingembre. Oxymor sourit. Il sait que le repas vient de chez Gourmandises, le traiteur de la rue des Francs-Bourgeois. Qu'elle l'a choisi spécialement pour lui. Il s'assied à sa place habituelle, Isabelle à sa gauche, Clara lui faisant face, silencieuse. Paul semble morose. La conversation s'engage péniblement sur les chemins de la politique, de la peinture et du prochain Roland-Garros. Sous la table, la chaussure de Clara s'est avancée. Volontaire ? Oxymor, mal à l'aise, se dégage du contact. Qu'espère-t-elle trouver chez un type comme lui ? Ni beauté ni fortune. Isabelle ne l'a-t-elle pas prévenue ? Un caractère bougon, un avenir bouché, cinquante balais passés et les poussières qui vont avec. Lui aurait-elle tressé d'abusives louanges ? Veut-elle tenter de le détourner de Louise, qu'elle n'apprécie guère ?

Paul a enfin trouvé sa vitesse de croisière, monopolisant la prise de parole. Cet ancien jeu de paume qui existait ici même, sous Louis XIII. Cet enfoiré de Loiseau, chez Flammarion, qui lui a piqué Camille Horsental, son prix Femina. L'exposition d'Isabelle qui a beaucoup intéressé les Coréens. La piscine du Luberon qui fuit comme une passoire. Le ministre de la Culture qui est vraiment complètement con. Le tout arrosé d'un bourgogne remarquable.

Lorsqu'il a un peu bu, Paul est atteint de synchise aiguë, cette foutue habitude de rompre le déroulement syntaxique par des digressions en cascade, de développer de tels méandres qu'on perd en chemin le fil du propos et que l'on finit hébété d'incompréhension, comme un boxeur sonné par une avalanche de coups.

Isabelle, son éternel sourire aux lèvres, hoche la tête sans l'écouter. Clara, elle, ne cesse de fixer Oxymor. Le pied, de nouveau, a insisté. Et merde, songe-t-il. Après tout, pourquoi je ne me la ferais pas ? Il s'agirait d'un geste d'utilité publique, éminemment citoyen. Il pourrait par la même occasion prendre l'air, respirer un nouveau parfum féminin, il est certain que Louise n'y verrait pas d'inconvénient majeur. Je lui raconterai tout, se promet Oxymor, dans le moindre détail.

Vers le coup de vingt-trois heures, après le café, retour vers le salon. Bavardages divers : le mariage des homosexuels, le prix du mètre carré dans le quartier, l'exposition Courbet à Orsay. Au terme d'une demi-heure de conversation insipide, Clara déclare qu'elle est fatiguée et qu'elle désire rentrer.

– Vous pouvez me déposer ? demande-t-elle à Oxymor.

– Désolé, je n'ai pas de voiture. Je suis venu en métro. Économe et écolo. Décroissance soutenable, tendance Georgescu-Roegen. Vous habitez où ?

– Près du jardin du Luxembourg, rue Garancière.

– Je peux vous accompagner à pied, si vous n'avez pas peur de marcher et d'avoir froid aux pieds. Je vous raconterai en chemin mon dernier chagrin d'amour, maousse costaud, je ne pesais plus que trente-trois kilos. Une loque. Il faut dire aussi que j'avais douze ans.

– D'accord. On y va.

Oxymor se lève, se dirige vers le portemanteau. On y va, a-t-elle dit. Il ne sait pas trop où, on verra bien. Comme pour le manuscrit. Le hasard n'est-il pas le plus grand des romanciers ? Il enfile sa parka. Qui a écrit cela ? Peut-être bien Balzac. À moins que ce ne soit Stendhal. Non. Stendhal, c'est : « Un roman est un miroir qui se promène le long de la route. » Un truc dans ce goût-là. Curieuse réflexion. Chacun possède-t-il son miroir nomade ou le miroir est-il le même pour tous ? Clara l'a pris par la main d'un geste naturel, sa tête s'est posée contre son épaule. Oxymor, gêné, se tourne vers ses amis.

– Salut, Paul. Au revoir, Isabelle. Merci pour le dîner.

– Rentrez bien, les enfants, dit Paul. Tâche de la faire rire, Oxy, elle en a besoin. Les femmes adorent qu'on les fasse rire.

– Ça tombe bien. J'ai fait l'école du rire et je suis né à Vannes. Tu n'en as pas marre de tes formules à la gomme ?

– Allons, allons, dit Isabelle. Allez, dégagez.

Dans la rue Michel-Le-Comte, étroite, le 29 effectue son dernier passage, fantomatique. Pas le moindre passager derrière les vitres illuminées. Clara se serre contre le mur pour laisser passer l'autobus, attire Oxymor vers elle, monte sur la pointe des pieds, lui dépose un rapide baiser sur les lèvres.

– Ça fera la rue Michel ou on laisse tourner le compteur ? demande-t-il.

– Je ne sais pas, on verra. J'ai juste besoin de quelqu'un de gentil. Par où allons-nous ?

– Beaubourg, Châtelet, Sainte-Chapelle, place Saint-Michel, Odéon, Saint-Sulpice, rue Garancière.

– Un vrai chauffeur de taxi…

– Oui.

– Vous vous appelez vraiment Oxymor ?

– Mais oui. Et vous, vous travaillez vraiment pour Dior ?

– Mais oui aussi. Depuis plusieurs générations. Mon arrière-grand-mère officiait comme gouvernante chez Madeleine Martin, la mère de Christian Dior, à la villa Les Rhumbs, à Granville, à la fin des années vingt. Mon grand-père a été à l'origine du lancement de Rouge Dior, au milieu des années cinquante. Puis il y a mon père, qui a fait toute sa carrière chez Dior Bijouterie. Une affaire de famille en quelque sorte. Moi, c'est Baby Dior. Normal, je suis la petite dernière.

Clara trottine plus qu'elle ne marche. Oxymor tente de régler son pas, en effectuant une grande enjambée pour deux trottinements.

– J'ai de petites jambes...

– Vos jambes sont très bien. Le reste aussi. Cela ne vous ennuie pas de trôner presque nue dans le salon des Mistraki ? Avec la rue Jacob et le boulevard Saint-Germain qui défilent chaque soir ?

– Non, cela m'est égal. Je réserve ma pudeur pour d'autres circonstances. Et il est très joli, ce tableau, j'y vois surtout de l'innocence.

Main dans la main, comme des collégiens, ils longent Beaubourg puis prennent à droite, vers la fontaine Stravinski. Les jets d'eau sont arrêtés, les sculptures de Niki de Saint Phalle et de Tinguely, immobiles, se regardent fixement dans un silence gelé. Sur les marches, près de l'église, une femme en haillons dort assise, la tête posée sur un sac Tati. Oxymor sursaute : Yvonne, dite la Folle, il a dormi près d'elle dans un squat de la République au début de son reportage. Son regard se détourne.

– Et votre manuscrit, demande Clara, celui que vous avez trouvé dans une vieille malle, de quoi parle-t-il ?

– D'assassinats. Des jeunes femmes poignardées en rentrant chez elles.

– Un roman policier, alors...

– Non, un roman noir. Très noir. Faites attention lorsque vous rentrez tard.

– Ne dites pas des choses comme ça. Vous me faites peur. Je suis la plus peureuse des petites filles. L'idée de la mort me terrifie. Sans doute un rapport avec l'absence, le vide provoque chez moi des angoisses existentielles.

– Le cascadeur, il laisse un vide ?

– Physique, oui. Il confondait Céline et Céline Dion, mais il avait une sexualité très acrobatique.

À cette heure, la rue des Lombards reste encore animée. En passant devant les Piétons, un bar latino, Oxymor pense reconnaître un des premiers succès de Carlos Gardel, « Sos mi tirador plateado ». La main de Clara est fraîche, ses cheveux dégagent une odeur de thé au citron vert, d'amande amère et de cyprès.

– J'avais commencé à écrire, dit Oxymor, un petit bouquin sur les chagrins d'amour. Cinquante recettes faciles pour s'en sortir. J'en ai écrit une trentaine et je ne l'ai jamais terminé.

– Donnez-m'en quelques-unes…

– Eh bien, dans le désordre, vous avez : se suicider, devenir célèbre, se saouler pendant un mois, entamer une psy, se faire l'intégrale des films de Philippe Clair, déposer huit pseudos sur Meetic, préparer un crime parfait, devenir catholique orthodoxe…

– Philippe Clair, c'est une bonne idée. J'adore Aldo Maccione, il marche avec tant de grâce...

– Dans ce cas, je vous recommande *Rodriguez au pays des merguez*. Du Corneille pur jus de saucisse. Un régal. Venez, on va traverser la Seine et prendre par la rue Saint-Jacques, j'aimerais vous montrer une curiosité signée Avida Dollars, alias Salvador Dalí. Un cadran solaire représentant une femme-coquille Saint-Jacques. C'est tout près.

– Est-ce qu'il donne l'heure la nuit ?

– Bien sûr. Mais à l'envers. Lorsqu'il est minuit et que la lune brille, en réalité, il est midi.

– Et en ce moment, quelle heure est-il ? Je suis fatiguée.

– Tard. Je vous dépose dans un taxi ?

– Merci, Oxy. On partage la course ?

Oxymor secoue la tête.

– Non, pas ce soir. Je vais continuer à pied.

Sur la place du Châtelet, devant la bouche de métro, une dizaine de taxis somnolent dans un silence réprobateur. Clara s'engouffre dans le premier véhicule de la file, donne son adresse. Grimace du chauffeur. Jolie, la petite, mais petite, la course. Oxymor se penche vers la vitre baissée.

– Bonsoir, Clara. J'ai été charmé.

– Moi de même.

– J'aimerais vous appeler, mais je n'ai pas votre numéro.

– Donnez-moi de quoi écrire.

Oxymor sort son Bic mâchouillé, le lui tend.

– Votre paume, la gauche. Attention, cela risque de vous chatouiller.

La pointe Bic inscrit quelques chiffres, dérape sur la ligne de tête, évite le sillon de la ligne de cœur.

– Merci. Bonsoir, Clara.

– Bonsoir, Oxy. Je ne sais pas si nous pourrons nous voir avant un moment. Je dois partir pour les États-Unis, quelques semaines ou plus. Soyez patient. Et rappelez-moi. Vous vous appelez vraiment Oxymor ?

– Mais oui. Vous savez pourquoi ?

– Bon, on y va ? demande le chauffeur. Ce n'est pas un salon de thé ! Et je remonte cette vitre, on se gèle...

Oxymor se recule, fait un signe de la main. La voiture démarre, tourne à gauche vers la Seine. Oxymor revient sur ses pas, remonte rapidement le boulevard de Sébastopol. Avec un peu de chance, Yvonne la Folle sera toujours là, endormie sur son sac. Il l'emmènera boire quelque chose de chaud, lui glissera un billet, lui parlera du petit réduit de la rue de la Roquette. Le parfum que portait Clara est toujours présent. Dior d'un côté, Tati de l'autre. Foutue époque.

8

Mardi 9 février, 8 h 15

À Saint-Germain-des-Prés, on est Café de Flore ou on est Deux Magots. Il faut choisir. Oxymor est Flore à cent pour cent. Question d'atmosphère. À chaque fois qu'il s'y rend, assez rarement vu le prix du café, il croit y percevoir les ombres de Prévert, de Sartre, de Mouloudji. Paul Mistraki, lui, est résolument Deux Magots. Côté Gide et Giraudoux. Il y a convié Oxymor pour le petit déjeuner, un petit déjeuner tout à fait ordinaire, facturé une fortune.

Quand Oxymor le rejoint vers huit heures et quart, Paul a déjà avalé deux pots de café et quatre minicroissants.

– Salut, mec. Un quart d'heure de retard. Tu m'excuseras, j'ai commencé.

Oxymor hausse les épaules. Un quart d'heure. Cela représente quoi dans la vie d'un homme ? Un trois millionième d'existence. Une chiure nanoscopique.

– Assieds-toi, Oxy. Prends un croissant.

Oxymor obtempère, saisit un pain au chocolat, attend la suite. Il ne faut jamais brusquer le Mistraki. Devant de supposés inférieurs, le Mistraki germanopratin impose son tempo, gère les silences, indique où il faut rire, conduit la conversation sur les routes de son choix. Paul s'essuie délicatement les lèvres, chasse d'une pichenette une miette de son costume, soupire devant le panneau d'interdiction de fumer.

– J'ai parcouru ton truc, mec. C'est intéressant.

Oxymor traduit aussitôt le langage paulien. Intéressant, cela veut dire maousse costaud. Météorique. Cela veut dire du feu, qui troue le papier. Il en profite pour commander une nouvelle fournée de minipains au chocolat, à deux euros pièce.

– C'est quoi, cette histoire ? poursuit Paul. Tu as vraiment trouvé le tapuscrit dans une malle de ton père ?

– Affirmatif, mec.

– Qu'est-ce qu'il faisait, ton père ? Il n'était pas prof ?

– Exact, mec. Prof de français.

– Nom de Dieu, je n'y crois pas ! Ton père était écrivain et tu ne le savais pas ?

Oxymor lui fait remarquer qu'il roule un peu vite. Aucun panneau indicateur ne signale qu'il s'agit de son père.

– Ce truc a été écrit au milieu des années soixante-dix. Cela se voit à la frappe machine. Quel âge avais-tu, à l'époque ?

– Seize, dix-sept ans...

– Tu ne te souviens pas l'avoir vu écrire ? Il y avait une machine, à la maison ?

– Oui. Une Japy semi-automatique verte. Avec le grand cylindre. Je m'en souviens très bien. Mais je n'ai jamais vu mon père s'en servir.

Est-ce l'odeur du café ? L'évocation de la grosse machine verte qui le fascinait tant ? Des bouffées d'enfance matinales et pimpantes envahissent les lieux. Fils unique. Couvé. Son père et sa mère enseignaient au collège Jean-Étienne-Guettard, à Étampes. Une enfance et une adolescence heureuses et studieuses, bercées par l'amour des mots. Vacances d'été à La Baule, avec les jolies cousines. Jeux de mains pas trop vilains. Dans la banlieue d'Étampes, la famille occupait une grande maison dotée d'un jardin et d'une cabane en bois dans laquelle il adorait se réfugier. Dans la pièce attenante au salon – ancienne salle à manger –, ses parents avaient installé une longue planche qu'ils occupaient face à face. Devant chacun d'entre eux, en parfaite symétrie, une pile de copies à corriger. Ils faisaient des concours à qui finirait le premier, se bombardaient de boulettes de papier, riaient comme des gosses. Le bonheur. Puis il y avait eu cette chute vertigineuse sur une route de montagne. Morts écrabouillés, carbonisés dans un accident de voiture, en 1984.

– Qu'importe l'auteur, poursuit Paul, on verra cela plus tard. Je pense pouvoir convaincre le comité de le faire publier. J'en suis même pratiquement sûr. Qu'en dis-tu ?

Les souvenirs d'enfance, nuages blancs cotonneux, s'effilochent lentement. Ah oui. Il y avait aussi la voisine, une rouquine rieuse de deux ans son aînée qui ne le regardait même pas lorsqu'il venait à la fenêtre. Une peste à lunettes qu'il imagine aujourd'hui installée à Meudon, mère de cinq enfants, mariée à un comptable ou à un entrepreneur de plomberie. Elle sortait en ce temps-là avec un bellâtre musclé d'une quinzaine d'années, plus blond que Jean Marais, possesseur d'un Solex roulant à plus de quarante, à peu près le niveau de son QI.

– Qu'en dis-tu ?

– De quoi ?

– Eh bien, d'une éventuelle publication !

Comment s'appelait-elle ? Lucile ? Lucienne ?

– Je ne sais pas, dit-il. Pourquoi pas ?

– Quoi, pourquoi pas ? Ce n'est pas une réponse !

Oxymor en convient. Tu as raison, mec. Mais les choses vont trop vite. Maintenant qu'il se retrouve au pied du mur, le stylo à la main, son instinct lui murmure de faire gaffe mon petit gars. La cartouche de clopes que tu as donnée au gitan pourrait bien revenir comme un boomerang, une cartouche remplie de poudre qui te saute à la figure.

– Tu sais, Paul, j'ai ressenti une forme de malaise devant le texte. Je le ressens toujours. Il manque quelque chose. Quelque chose d'évident, un enfant le verrait, et pourtant, je ne parviens pas à mettre le doigt dessus.

– Exact. J'ai eu la même impression. Un peu comme une musique sans ligne musicale. Je ne sais pas à quoi cela tient.

Le garçon apporte une nouvelle corbeille de viennoiseries, du café, du jus d'orange. Les deux hommes se servent.

– Tu me donnes l'exclusivité, évidemment.

– Comment cela, évidemment ?

– On est amis, non ?

– On est amis, oui. Mais j'ai besoin d'y réfléchir.

Paul encaisse sans broncher. Salopiau. Oxymor voudrait-il lui faire payer son roman refusé ? Il se verse un jus d'orange, délicatement. D'ailleurs, était-il si mauvais que cela ? Un doute soudain lui vrille le cerveau. Nom de Dieu ! Et si Oxymor était l'auteur de *A noir* ? L'animal est suffisamment tordu pour que ce soit envisageable. Il écrit bien, il aime les farces. Se pose bien sûr le problème de la frappe, mais il a très bien pu taper le manuscrit sur une ancienne machine, puis tirer un jeu de photocopies, pour tromper son monde. À quelques mètres, une femme s'assied face à leur table, dévisage Oxymor avec insistance. Les yeux sourient. C'est cela, mon cochon, continue, fulmine Paul intérieurement. Clara, qu'il aurait lui-même volontiers sautée ; et celle-ci aujourd'hui. Mais qu'est-ce qu'elles lui trouvent, toutes, à ce mouton frisé ?

– Bien sûr, Oxy, tu réfléchis. Tu as fait un dépôt ?

– Oui, à mon nom.

Paul dévisage son ami en quête d'une impossible réponse. Le génie, ce n'est pas comme les rides. On ne lit rien sur un visage.

– Sage précaution. Il faut que je te quitte, je suis déjà en retard. Tu m'appelles sans faute, promis ? Demain ?

– Dans la semaine, promis.

– Et la petite Clara ? Vous êtes bien rentrés ?

– Je l'ai mise dans un taxi. Elle était fatiguée.

– C'est cela, dans un taxi. Bon, si tu n'as pas envie d'en parler…

Paul se lève, lui tend la main. D'habitude, il l'embrasse. Mais pas aux Deux Magots. Il revêt son pardessus, visse soigneusement son chapeau noir et noue son écharpe rouge. Un dandy. Légère inclinaison de la tête, coup d'œil circulaire, il est parti.

Oxymor fronce les sourcils. La note ? Il se souvient alors que Paul possède un compte ici, sourit de son inquiétude. La femme qui lui fait face lui rend son sourire, sans qu'il s'en aperçoive. Il consulte sa montre, pense à son article qui n'avance guère. Saloperie de manuscrit ! Impossible de penser à autre chose. Vaïda n'a pas appelé. Et il n'a rien fichu durant le week-end. A noir, E blanc, I rouge, U vert, O bleu… Il se sent aspiré vers un immense trou noir, dans une histoire sans fond qu'il ne maîtrise pas. Vite, Louise. Louise et ses contes de fées. Louise et ses intuitions. Louise saura ce qu'il faut faire.

9

Mercredi 10 février

La benne argentée n'est plus qu'à dix mètres. Que se passera-t-il après qu'elle aura agrippé la poubelle, déversé le contenu dans les entrailles du camion ? Les ordures ménagères sont-elle poussées vers des couperets destinés à trancher, à broyer, à compresser ? Il tambourine des poings pour alerter les éboueurs. En vain. Une odeur de poisson pourri envahit ses narines. Il sent la poubelle s'élever dans les airs, s'ouvrir, le dégurgiter nu comme un ver et recouvert de déchets légumiers devant le siège des éditions Gallimard.

En sueur, ahuri, Oxymor se réveille en sursaut. Putain de rêve. Il contemple sa compagne, s'attarde sur les rondeurs. C'est clair, soupire-t-il, à cinquante balais passés, il y a encore de l'Œdipe dans l'air. Il s'habille en silence, descend les six étages. Lorsqu'il remonte dix minutes plus tard, avec les croissants et *Libération*, Louise a déjà préparé le petit déjeuner. Café pour lui, thé pour elle.

– Bien dormi ? demande-t-elle.

– Bof. Toujours ce même rêve à la noix. Je commence à le connaître par cœur, il faudrait un jour que j'en parle à un psy. Généralement, c'est rue Jacob, devant Lattès. Là, c'était devant Gallimard. Je monte en grade.

– Alors ?

– Alors, je me demande comment retrouver l'auteur. Cela me turlupine. Un roman sans auteur, ce n'est pas un roman…

Tartines, beurre salé, confiture d'oranges amères. Le café fume.

– Ce n'est pas aujourd'hui que tu dois finir ton article ?

– Si. Il faut également que je m'occupe des photos. Le maître des finances est d'accord pour cent cinquante euros. Il m'a remis les billets, un à un, en pleurant.

– Si tu retrouves ton gitan.

– Ouais. Je vais avoir besoin de la voiture. Où cela, qu'il avait dit, à part Austerlitz ?

– Hier soir, tu as parlé de Draveil ou de Juvisy…

– Ah oui. Juvisy…

Un maigre soleil commence à poindre au-dessus des toits en zinc recouverts de givre. La journée s'annonce sèche, mais particulièrement froide. Un chat blanc s'est glissé entre les jambes d'Oxymor. Le corps est long, gracieux. La tête est triangulaire, les oreilles pointues. Les yeux, en amande, reflètent une perpétuelle interrogation sur l'existence de l'homme et son insondable vacuité. L'œil droit est bleu, le gauche est orange. Si la Terre est bleue comme une orange, ce chat-là est le maître de la planète.

– Viens ici, Aragon.

Le chat étant un angora, Oxymor, qui a l'anagramme naturelle comme s'il était né dans la *niche* du *chien*, n'a pu résister au plaisir de le surnommer Aragon. Ou Coco, selon l'humeur.

– Tu veux ta pâtée ?

Oxymor se lève, se dirige vers le réfrigérateur. Tandis qu'il ouvre la boîte, il repense à la dernière partie jouée contre le Roumain, chez Georges, rue des Canettes. La pâtée, c'est lui qui l'a prise. Sa défense sicilienne avec roques opposés a volé en éclats. Tout allait bien jusqu'au treizième coup, et puis là, badaboum, son fou noir attaqué simultanément par la tour et la reine. Le temps imparti à chaque joueur étant nettement en sa faveur, il avait joué Fou f4, instinctivement, espérant gagner à la pendule. Si, au lieu de gagner du temps en ne réfléchissant pas, il avait réfléchi en perdant du temps, aurait-il gagné ? Enfoirés de Roumains. Normal. Ils apprennent à jouer dès la maternelle.

Un double du manuscrit traîne sur la cheminée. Oxymor, perplexe, le feuillette machinalement. L'engouement de Paul est-il vraiment justifié ?

– Tu as lu ? demande-t-il.

– Oui.

– Qu'en penses-tu ?

– Que c'est une femme.

– Tu veux rire !

– Pas du tout. Ce n'est pas ton écriture. Et il n'y a qu'une femme pour inscrire un numéro de téléphone à l'intérieur d'une paume.

Oxymor se retourne, indigné.

– Mais non, Louise, c'est le nouveau numéro de Martin, il me l'a donné dans la rue ! Je n'avais pas de papier sous la main, tu vois bien qu'il s'agit de mon Bic baveur, le bleu. Et ce manuscrit, merde, tu l'as lu ?!...

Louise ne répond pas immédiatement. Elle beurre consciencieusement un demi-croissant, ajoute un peu de miel. Martin, tu parles !

Oxymor revient s'asseoir, lui caresse l'épaule.

– Tu l'as vraiment déposé à la Société des auteurs ? demande-t-elle.

– Pas encore, mais je vais le faire. Je me méfie de cet enfoiré de Paul. Je ne sais pas du tout comment gérer cette histoire. Un livre sans auteur, c'est tout de même embêtant...

Louise lui ressert une tasse de café.

– Dis-moi, Oxy, sous le titre, il y a marqué « roman ». Moi, j'aurais plutôt marqué « récit ».

– Vraiment ? Qu'est-ce que ça change ?

– C'est quoi, la différence entre un roman et un récit ?

– Je ne sais pas, moi... Un récit, c'est souvent de la non-fiction, le récit d'une vie. Cela peut être de l'autofiction, ou même de la fiction, ou un roman très court, comme *L'Étranger*.

– Moi, je ne dirais pas que *A noir* est un roman. C'est un récit.

– Et alors ?

– Alors, si j'ai raison, au lieu de chercher l'auteur du livre, tu ferais mieux de chercher l'auteur des meurtres…

Il s'en étrangle, recrache un bout de croissant, la contemple, abasourdi.

– Que veux-tu dire ?

– Je suis persuadée que le type qui a écrit cela a réellement commis les meurtres. C'est du vécu. Fais-moi confiance. Je le sens.

Oxymor secoue la tête. N'importe quoi. Il faudrait être fou pour commettre des crimes et les décrire minutieusement durant deux cents pages.

– Tu sais, poursuit Louise, ce n'était peut-être pas destiné à être publié, ce n'est pas signé, il peut s'agir d'une forme de confession…

– Non. Il y a bien marqué « roman » sur la première page. Et puis c'est impossible. Cinq meurtres comme ça, on en aurait entendu parler. Surtout moi.

– Pas sûr. Tu te souviens vraiment de tous les événements survenus dans les années soixante-dix ? Moi pas, évidemment, je n'étais qu'une enfant. Mais toi ? Tu n'étais pas à l'étranger, dans ces années-là ?

Oxymor bougonne. Ouais. Possible.

– Réfléchis-y. Avec un *y*. Cela étant, le livre est hallucinant. Habité. Je comprends que ton ami Paul soit comme un fou. Bon. Il faut que je parte, tu me déposes avec la voiture ?

– D'accord. J'irai ensuite à Austerlitz, je ne vais pas attendre monsieur pendant cent sept ans. Je ne comprends pas. Il y avait quand même du fric à la clé ! Et cette histoire de moto, de valise destroyée, tout d'un coup, ça me perturbe. Si ça se trouve, ton hypothèse est juste… En ce cas, le type qui a écrit ça cherchait peut-être le manuscrit : il ne souhaitait pas que ce truc traîne dans la nature. Je vais faire la tournée des ponts, pousser s'il le faut jusqu'à Juvisy.

– Sois prudent, Oxy. Cette histoire me fait peur.

– Je serai prudent, je te le promets.

L'institut d'études dans lequel travaille Louise fait l'angle de la rue d'Amsterdam et de la rue de Moscou. Études qualitatives psycho-socio-sémiologiques censées ouvrir aux annonceurs la boîte crânienne des consommateurs. On y joue aux portraits chinois : et si c'était un arbre ? Une voiture ? Un sentiment ? Une fleur ? On y sonde les ménagères de moins de cinquante ans, on y ausculte au scalpel ce qu'elles pensent de leur lessive « trois en un » : et pourquoi pas « quatre en un » ? Ce serait quoi, le quatre ? Et le fruit sur le pot de yaourt, s'il était en photo, ce serait mieux ? Mais encore ? Essayez d'approfondir... Les groupes se déroulent le soir, de dix-huit heures trente à vingt-trois heures, deux ou trois à la suite, dans des salles équipées d'une glace sans tain et d'une caméra cachée. À force de tourner de groupe en groupe, d'institut en institut, les consommatrices en savent pratiquement autant que les chargés d'études. Elles paradent concept, parlent positionnement, explorent les territoires de marque, jargonnent angle d'attaque et rémanence visuelle comme des super pros.

Tangri Tagard, sémiologue distingué et fondateur de l'institut, pose sur son petit monde un regard bienveillant, attentif avant tout à ce que le client reparte heureux. Sa théâtralité et son sens de la formule impressionnent les jeunes chefs de produit qui boivent son verbe avec ferveur. Louise lui sert d'assistante, anime parfois des groupes. Malgré la présence de sa femme qui travaille avec lui, Tangri ne parvient pas à cacher un intérêt certain pour la silhouette de Louise, surtout à la belle saison, lorsque les chemisiers s'ouvrent généreusement sous les bienfaits de la climatisation.

Oxymor se gare en double file, dépose sa compagne, puis se laisse glisser dans la rue d'Amsterdam jusqu'à la gare Saint-Lazare. Opéra, Palais-Royal, les quais. Ça bouchonne sérieusement du côté du Châtelet. Une demi-heure plus tard, la vieille Renault se gare dans une rue adjacente à l'avenue Ledru-Rollin. Oxymor verrouille soigneusement les portières, rejoint les berges. Dans les poches de sa parka, il a glissé quelques paquets de cigarettes, au cas où. Le parking, le quai. Sous le viaduc d'Austerlitz, le campement sommaire qu'occupait Vaïda est totalement abandonné. Où chercher le gitan ? En aval ? En amont ? Par le port de la Rapée, le journaliste poursuit jusqu'au pont Charles-de-Gaulle, pousse jusqu'au pont de Bercy, interroge les quelques SDF qu'il rencontre ici et là. Sans succès. Pas la moindre trace de Vaïda et de son landau. Vers onze heures trente, dépité, Oxymor abandonne ses recherches et décide de se rendre à Juvisy. Ledru-Rollin, voie sur berge, périphérique. L'A6 est dégagée, la Renault ronronne à quatre-vingt kilomètres-heure. À Chilly-Mazarin, elle quitte l'autoroute et rejoint la N7 à Athis-Mons. Après avoir tourné pendant près d'une heure, Oxymor trouve enfin le campement des Roms, entre la voie ferrée et la Seine. Une cinquantaine de caravanes et de mobil-homes occupent un terrain vague où fleurissent vieux pneus, carcasses de voitures, fauteuils éventrés. À l'entrée du camp, un garçonnet d'une dizaine d'années, teint mat et mains crasseuses, le dévisage froidement et lui demande ce qu'il vient foutre là.

– T'es le mec de la Ddass ? T'es un flic de merde ? Parce que pour la Ddass, faut pas compter sur nous. Que dalle.

Oxymor explique qu'il recherche un nommé Vaïda.

– Ce gros con plein de soupe qui se prend pour un roi ? T'as des drôles de fréquentations. Tu le trouveras peut-être dans sa caravane, la jaune, celle au fond, à l'écart. Vaut mieux. Il doit cuver sa cuite, comme d'habitude. Mais t'aurais pu y aller direct, il y a un autre chemin, en prenant à droite après la citerne. Sa Majesté Ducon aime bien la discrétion…

Oxymor remercie, parcourt une centaine de mètres, frappe au carreau de la fenêtre. Pas de réponse. Il monte sur le parpaing qui sert de marchepied, tire la poignée vers lui. La porte s'ouvre en couinant.

L'espace est exigu, étouffant. Le cadavre du gitan n'en apparaît que plus grand. Sa chemise, trouée au niveau du nombril, est recouverte de sang séché ; la mâchoire déboîtée pend curieusement. Oxymor sent une coulée de sueur glisser le long de son dos. Du regard, il inspecte les lieux. Une bouteille de Gordon traîne sur la moquette. Le portefeuille du fils de Vaïda Voevod III, dernier roi des gitans, est posé sur la table. Oxymor hésite, s'en saisit à l'aide d'un torchon, l'ouvre. Pas trace de la carte de visite qu'il avait remise au clochard.

– Hé, toi, là-dedans, qu'est-ce que tu fous là ?

Trois Roms se sont approchés de la caravane. Oxymor ouvre la porte.

– Votre ami Vaïda. Il a eu des problèmes.

– Ce n'est pas notre ami. Quel type de problèmes ?

– Il est mort. Coup de couteau dans le bide, je crois.

– On peut voir ?

– Vaut mieux pas. On ne touche à rien.

Oxymor sort son portable, compose le 17.

– T'appelles qui ?

– Les flics.

– Et t'es qui, toi ?

– Journaliste.

L'un des Roms hoche la tête, crache par terre, puis fait signe aux deux autres. Tout en les suivant du regard, Oxymor écoute la voix préenregistrée lui demandant de ne pas couper. Au bout d'une longue minute, quelqu'un décroche. Oxymor décline son identité, sa profession, explique calmement la raison de son appel, s'enquiert de la marche à suivre. Son interlocuteur lui fait répéter deux fois son histoire, marque une longue pause puis déclare d'une voix maussade :

– Ne quittez pas, je vous passe l'OPJ.

Nouvel exposé des faits. L'OPJ lui demande de rester sur place, d'empêcher quiconque d'entrer dans la caravane et d'attendre.

– Vous attendez sur place. J'envoie une mission immédiatement.

Une demi-heure plus tard, une Clio munie d'un gyrophare et une fourgonnette, sirènes hurlantes, investissent les lieux. Les trois quarts des Roms ont déjà disparu. Oxymor connaît assez bien la procédure, pour avoir suivi une enquête criminelle deux ans auparavant : les flics vont dégueulasser la scène de crime avec leurs chaussures pleines de boue, fouiller la caravane sans prendre de gants, poser des questions idiotes, tourner en rond, puis ils appelleront le procureur pour lui demander des instructions. La mort de Vaïda remontant probablement à plus de vingt-quatre heures, l'enquête de flagrance sera sans doute abandonnée, une nouvelle équipe arrivera avec l'Identité judiciaire et l'OPJ de service pourra retourner jouer aux cartes dans son commissariat.

– Lieutenant Prudence. Vous êtes Baulay ?

– Monsieur Baulay, s'il vous plaît. Ça va être long ?

L'officier toise Oxymor avec mépris. Journaliste de mes fesses, ça se croit tout permis.

– Le temps qu'il faudra. Vous restez là. Morin, tu le surveilles.

Oxymor regarde les policiers installer le périmètre de sécurité. Après avoir passé un bon quart d'heure dans la caravane, le lieutenant Prudence réapparaît, portable à la main, particulièrement énervé.

– Bon, on attend. Qu'est-ce que vous faisiez là ? Vous avez touché le corps ?

Oxymor relate pour la quatrième fois la découverte du corps. Évoque son reportage sur les SDF. Sa rencontre avec Vaïda près de la gare de Lyon. Les photos qu'il devait effectuer pour le compte du journal.

– On va vérifier tout ça, dit l'officier. Vous ne bougez pas.

Oxymor tente de réfléchir en tapant des pieds pour se réchauffer. Le meurtre de Vaïda pourrait-il avoir un rapport avec le manuscrit ? Et pourquoi sa carte de visite a-t-elle disparu ?

Louise avait raison, comme toujours : cette histoire pue. Trois quarts d'heure plus tard, un nouvel arrivage investit les lieux, en force. Le lieutenant Prudence s'avance vers un homme de petite taille aux oreilles pointues qui, manifestement, dirige l'opération et aboie sèchement ses ordres.

– À votre disposition, commandant.

Oxymor détaille l'homme qui s'agite à quelques mètres. Dans les cinquante ans. Duffle-coat à l'ancienne, écharpe orange. Le visage est poupin mais le regard glacial. Les deux officiers s'entretiennent avec véhémence en parlant à voix basse, mais insuffisamment pour ne pas laisser filtrer quelques reproches acérés. Le petit commandant semble fort mécontent. Suivi par deux types, sans doute l'Identité judiciaire, il pénètre dans la caravane, en ressort dix minutes plus tard. Oxymor, transi, le regarde s'approcher.

– Bonjour, monsieur Baulay, je me nomme Argenson. OPJ Argenson, Brigade criminelle de Versailles…

Oxymor hoche la tête.

– Oxymor Baulay, journaliste.

– Bien, reprend l'officier. Pendant que mes hommes recueillent les témoignages de voisinage et que l'Identité judiciaire fait son boulot, nous allons devoir bavarder. Venez dans ma voiture, on se gèle, ici.

Les deux hommes s'installent à l'arrière d'une Peugeot noire, devant le périmètre de sécurité.

– Puis-je voir vos papiers d'identité ?

Oxymor sort son portefeuille, extrait carte d'identité et carte de presse, les tend à son interlocuteur.

– Vous vous appelez Oxymor Baulay, domicilié 27, rue de Bourgogne, Paris 7, et vous êtes journaliste.

– Exact.

– Parlez-moi de la victime. Vous la connaissiez ?

Oxymor acquiesce et prépare sa réponse. À défaut d'être complet, il s'agit d'être précis.

– Il se nomme Vaïda, c'est du moins ce qu'il m'a dit, fils selon lui du dernier roi des gitans. Je l'ai rencontré il y a une dizaine de jours près de la gare de Lyon, alors que je finissais un reportage *in vivo* sur les SDF de la capitale. Il m'a invité chez lui, c'est-à-dire sous le pont, non, sous le viaduc d'Austerlitz, et nous avons partagé une boîte de sardines, des saucisses et une bouteille de vin.

– Ensuite ?

– Je suis resté environ une heure avec lui, il m'intéressait, il parlait bien de la rue, il était photogénique. Je lui ai proposé de faire des photos, il n'était pas chaud. Je n'avais bien sûr pas d'appareil sur moi, j'ai insisté, lui proposant de le payer. Nous avons pris rendez-vous pour le jeudi suivant, au Forum des Halles.

– Ensuite ?

– Ensuite je l'ai quitté et je suis allé dormir dans un immeuble dont je connaissais le code, il faisait un froid glacial. Je suis resté encore une journée et une nuit dans la rue pour boucler mon reportage, puis je suis rentré chez moi rue de Bourgogne.

– Bien. Et le gitan ?

– Trois jours après, le jeudi, j'ai retrouvé Vaïda aux Halles. Je lui ai offert un verre au bistrot, je lui ai promis cent cinquante euros s'il acceptait de faire les photos. Mais il a refusé. J'ai insisté, je lui ai laissé ma carte de visite en lui demandant où je pouvais le joindre. Il m'a répondu sous son pont préféré ou dans sa caravane, une jaune m'a-t-il dit, dans le camp de Roms de Juvisy, entre la voie ferrée et la Seine. Ce matin, comme il n'appelait toujours pas, j'ai décidé de le relancer. Je suis allé à Austerlitz, puis ici, à Juvisy. Et j'ai découvert le corps.

– Montrez-moi les cent cinquante euros. Et votre appareil photo.

Oxymor fouille dans ses poches, lui tend l'enveloppe et le petit Panasonic.

– Pas vraiment du matériel de pro…

– Tout à fait suffisant, commandant.

– Bien. Racontez-moi à nouveau votre arrivée ici. Par le détail. Quelle heure était-il ? Qui avez-vous vu ? Avez-vous parlé à quelqu'un ? Avez-vous touché à quoi que ce soit ?

Pour la cinquième fois, Oxymor relate son histoire. Posément, d'une voix monotone. En oubliant le manuscrit et la carte de visite dans le portefeuille du gitan.

– Bien, monsieur Baulay. Le capitaine Paget va prendre votre déposition. Et pour ce soir, je vous l'avoue, j'hésite.

– Pourquoi ? Je suis suspect ?

Le commandant Argenson fixe Oxymor au fond des yeux. Les deux hommes se jaugent sans cligner des paupières.

– Tous les hommes sont suspects, monsieur Baulay. Et pour l'instant, je n'ai que vous. Où étiez-vous hier entre dix et quatorze heures ?

Le meurtre date donc d'un peu plus de vingt-quatre heures. C'est ce qu'il imaginait, à peu de chose près.

– Chez moi. Je travaillais. La concierge pourra en témoigner. Et pourquoi serais-je revenu sur le lieu du crime ? C'est idiot !

– Mais, monsieur Baulay, pour récupérer des éléments compromettants, par exemple.

Oxymor secoue la tête. Totalement débile.

– Et les Roms, dit-il, là-bas, qu'est-ce que vous en faites ?

Le commandant sourit. Un léger interstice entre les incisives et les oreilles en pointe évoque irrésistiblement Roger Rabbit.

– Bien sûr, bien sûr… C'est une piste comme une autre…

– Écoutez, commandant, tout ceci n'a pas de sens. Je suis journaliste, je fais mon boulot, et, croyez-moi, cette mort ne fait pas du tout mon affaire. J'aimais bien ce type. Et pour mes photos, je crois que c'est à l'eau. Vous prenez ma déposition et je rentre à Paris, d'accord ? Je n'ai pas déjeuné, je suis vraiment fatigué…

Le front de l'OPJ se plisse. Oxymor en devine le débat intérieur. Le mettre en garde à vue, réflexe immédiat. Mais depuis quelque temps, le dossier est sensible. L'inflation de gardes à vue commence à faire désordre. Et il est journaliste. Passer vingt-quatre heures dans une cellule pourrie ne lui fait pas peur. Mieux : cela pourrait faire un papier intéressant. Mais il aimerait rentrer, se reposer rue Ramey, auprès de Louise.

– Alors, commandant, je suis en garde à vue ? Vous avez besoin de gonfler vos quotas ?

La colère empourpre le visage de l'OPJ.

– Pas d'insolence, monsieur Baulay. Je pourrais, mais je ne pense pas que ce soit nécessaire. Je vous confie au capitaine Paget. Il vous emmènera au commissariat de Juvisy pour prendre votre déposition, ensuite vous serez libre, libre de vous tenir à ma disposition. Ah ! une dernière chose : comment peut-on se prénommer Oxymor ?

Soupir. Quand cessera-t-on de lui poser cette question ?

– Non, monsieur Baulay, j'ai compris le petit jeu de mots sur votre nom et votre prénom. Ce que je me demande, c'est comment l'état civil a pu l'enregistrer. À l'époque où vous êtes né, on ne pouvait pas faire n'importe quoi !

– Je ne sais pas, commandant, il faudrait demander à mes parents. Mais non, vraiment, je ne sais pas.

– Vous ne savez pas grand-chose, monsieur Baulay.

Il est presque dix-neuf heures lorsque Oxymor récupère sa voiture et rentre sur Paris. Pensif. Mentir aux flics, même par omission, peut l'entraîner loin. Il aurait dû parler du manuscrit, de l'homme à la moto, il n'en a rien fait. Pourquoi ? Franchement, il n'en sait rien. C'est survenu comme ça, c'est tout. Que risque-t-il ? Pas grand-chose. L'enquête va piétiner dans la boue du campement, on va interroger tout ce joli monde qui s'est enfui comme un vol d'étourneaux à l'arrivée des flics. Ce qu'il en restera n'aura rien vu, rien entendu et n'en aura rien à foutre. Ensuite, basta, avec un peu de chance, l'affaire sera classée.

Un coup d'avertisseur le ramène à la réalité : sa voiture se traîne à soixante-quinze kilomètres-heure sur la voie du milieu.

Vaïda... La mort du gitan l'attriste beaucoup plus qu'il ne l'aurait cru. Vaïda avait peur qu'on lui vole son âme ; et on la lui a volée, elle s'est échappée par un gros trou dans le ventre. Oxymor serre les dents. En aurait-il été, lui, sous le viaduc d'Austerlitz, la cause première, ce léger battement d'ailes du papillon déclenchant, selon la théorie de Lorentz, une tornade à dix mille kilomètres par simple effet de ricochet ? Ou s'agit-il en fait et tout simplement, comme il l'espère encore, d'un règlement de comptes entre Roms avinés ? La pensée qu'il puisse y avoir un rapport entre le meurtre et le manuscrit lui fait horreur. Non, pas ça !

La rentrée sur Paris est totalement fluide, Oxymor conduit sans même y penser. Porte d'Orléans, Denfert-Rochereau. Le visage du gitan ne parvient pas à s'estomper. Le nez comme une patate. Les poils comme des épines. Le regard, surtout, clair et bienveillant. Chez les Roms, croit-il se souvenir, il est admis que l'on vive deux fois : une première vie qui sert de brouillon, une seconde pour corriger les erreurs de la première. Adieu, mec. T'as le bonjour de Gus. J'espère que tu étais dans ta première vie.

Dans l'avenue du Maine, le ciel commence à prendre un air cotonneux. La neige n'est pas loin. Un orage de neige, songe Oxymor, accompagné de grêlons noirs. Je suis en plein orage. Saloperie de manuscrit. Et saloperie d'enquête. *A noir* : on ne pouvait pas trouver meilleur titre.

10

Vendredi 12 février, 15 h 15

Dans la rue de Bourgogne pratiquement déserte, Oxymor se jure de changer de quartier dès la fin de l'année. Croix de bois, croix de fer, si je mens, j'épouse la crémière. Il s'installera dans l'appartement fantôme, après avoir donné un bon coup de pied dans le cul d'Aragon pour qu'il dégage les lieux. Il paiera un loyer à Louise, fera boucher le trou dans le mur : chacun son entrée, chacun sa clé. Et avec l'argent de l'appartement, il pourra commencer à vivre décemment.

L'entretien avec Souriau, avocat spécialisé et vieux copain de lycée, l'a rassuré. Selon le Code de la propriété intellectuelle, un auteur anonyme peut être protégé. « Pour les œuvres pseudonymes, anonymes ou collectives, la durée du droit exclusif est de soixante-dix années à compter du 1er janvier de l'année civile suivant celle où l'œuvre a été publiée. » Article L. 111-1. Mais cela, c'est accessoire par rapport à sa découverte.

Devant la boulangerie, immobile, Oxymor fixe les tartes aux fraises d'un rouge un peu trop rouge pour être honnête, en tentant de digérer ce qu'il a glané à Beaubourg. C'était donc ça. Louise avait raison, l'auteur anonyme et le serial killer ne forment qu'une seule et même personne.

Dans la matinée, il a fait enregistrer le manuscrit à la Société des gens de lettres, rue du Faubourg-Saint-Jacques, puis il s'est rendu aux archives de la bibliothèque Pompidou. Une heure quinze, à enrouler et dérouler des microfilms sur une machine récalcitrante. À onze heures treize exactement, au beau milieu de l'année 1979, son cœur s'est arrêté de battre pendant quelques secondes. Sur le microfilm, en noir au blanc, un titre est apparu : « Le tueur aux cigares a encore frappé. » Fébrile, il est revenu en arrière, a recherché le premier article, puis les suivants, afin de respecter la chronologie. De mai à octobre 1979, alors que son oisive jeunesse effectuait un tour du monde avorté avec son copain Mathias dans sa 2 CV verte, un tueur avait commis cinq crimes, à Paris et dans la région parisienne. Le commissaire chargé de l'enquête s'appelait Blot. Jacques Blot. Cinq femmes, assassinées alors qu'elles rentraient chez elles. Poignardées. Le meurtrier laissait auprès du corps de ses victimes une boîte de cigares, vide, de marque Hamlet.

Les titres se sont succédé, montant en puissance. Au fil des jours, au fil des meurtres, le tueur en série est devenu « le monstre » puis, très rapidement, a pris naturellement le nom de Hamlet. Oxymor a rapporté au comptoir les boîtes blanches contenant les microfilms, a demandé s'il pouvait revenir le lendemain effectuer des photocopies. Il pouvait. Il suffisait d'acheter une carte de paiement idoine et de se rendre dans une salle, au fond à gauche.

La porte de la loge est grande ouverte. La gardienne, debout sur une chaise, change une ampoule. Sa microrobe droite, imitation Courrèges, frôle l'indécence ; un gilet *over sized*, une veste en jean et des boots de biker complètent la tenue.

– Tiens, vous revoilà ! Je ne vous ai pas vu, hier. Vous étiez où, encore ?

Oxymor sourit.

– Pas de courrier, madame Solidor ?

– Si. Les impôts. Et un chèque du journal.

– Vous ouvrez mon courrier, maintenant ?

– Bien sûr ! Vous laissez tout traîner sur le bureau. Que je le lise maintenant ou plus tard, quelle différence ? Cela me permet de vous éviter les pénalités de retard.

Oxymor secoue la tête, lèvres pincées. C'est Madame LDM : toujours Le Dernier Mot.

– Hier, poursuit-elle en réintégrant la terre ferme, j'ai tout repassé dans la loge en regardant la télé, il y avait une émission sur les îles Marquises. Vous vous êtes encore fourré je ne sais où, la chemise bleue avait une tache blanchâtre, en bas, sur le devant, j'ai regardé ce que c'était, j'ai frotté avec une brosse, cela ne m'a pas semblé totalement catholique...

– Merci, madame Solidor, la religion n'a rien à voir là-dedans. Dites-vous qu'il s'agissait de lait concentré. Du lait Mont-Blanc, si vous voulez tout savoir, la mamelle de l'enfance, vous pouvez vérifier, il y en a dans le frigo. Et bonjour chez vous.

Oxymor décide de monter à pied, à contrecœur. Sa gymnastique occasionnelle, la bonne conscience de ses poumons. Parvenu sur le palier, au troisième étage, son cœur saute une marche pour la seconde fois de la journée. La porte, entrebâillée, a été fracturée. Prudence. Il pénètre dans l'entrée, risque un regard inquiet dans le salon.

– Il y a quelqu'un ?

C'est idiot, il le sait, mais parler le rassure.

– Il y a quelqu'un ?

Précautionneusement, il fait le tour de l'appartement. Personne. Hormis dans le bureau, tout semble à peu près en ordre. Nul besoin d'être détective pour savoir ce qui manque. Le Mac est toujours là, preuve qu'il ne s'agit pas d'un vol ordinaire. Et son manuscrit a disparu. L'homme à la moto ?

Oxymor s'assied devant le bureau, fait pivoter lentement le fauteuil, un tour, deux tours. C'est plus que probable. Et c'est mauvais, ça, très mauvais. Qu'importe, songe-t-il, le texte est déposé, il dispose chez Louise de deux autres jeux de photocopies. Cela étant, l'affaire prend une tournure des plus inquiétante. Il se lève, se met à ranger, pensif. Désormais, c'est indubitable : le manuscrit a de la valeur. On a tué Vaïda pour le récupérer, sa carte de visite a sans doute été retrouvée dans son portefeuille, on est venu chez lui finir le travail.

Désemparé, il ouvre l'ordinateur pour relever le courrier. Depuis la découverte du meurtre du gitan, deux jours auparavant, son emploi du temps s'est mis à tourbillonner. Convocations chez les flics ; commande d'un nouveau papier sur Paris-crottes de chiens, pour *VSD* ; et Paul, surexcité, qui n'a cessé d'appeler et d'inonder sa messagerie de mails enjôleurs. Il a fallu également remanier son article pour *Marianne*, se battre avec le responsable de la titraille, pleurer pour un chèque d'acompte. Pour couronner le tout, ce cambriolage.

Oxymor hésite. Avertir la police ? Appeler Argenson ? Niet. Pas bonne, l'idée. Il risque de s'emmêler, de craquer et de tout raconter. Le plus simple est d'appeler un serrurier. Il consulte sa montre : quinze heures quarante. Paul l'a invité à dîner chez Lipp, pour vingt heures trente précises. D'ici là, il va falloir prendre une décision. Publier ? Ne pas publier ? Il se lève, fait les cent pas. Le choix est difficile, à double tranchant : si le roman sort – et si le type à la moto souhaitait simplement empêcher sa publication –, l'histoire s'arrêtera peut-être définitivement. Mais peut-être pas. S'il ne sort pas, l'homme continuera à rôder, persuadé qu'il existe une ou plusieurs copies.

Vers vingt heures, après avoir attendu quatre heures et déboursé trois cent trente euros pour la serrure, Oxymor se rend à pied à Saint-Germain-des-Prés en suivant son chemin habituel : rue de Grenelle, rue de Saint-Simon, boulevard Saint-Germain. L'idée qu'il puisse être suivi le met mal à l'aise. Il se retourne souvent, scrute les deux-roues alentour.

Chez Lipp, Paul l'attend dans la salle principale, au rez-de-chaussée, écharpe rouge autour du cou, sous les faïences murales signées Léon Fargue. La brasserie n'est pas encore prise d'assaut, les serveurs sont prévenants, Paul est un client prodigue et régulier.

– Salut, Oxy…

– Bonjour, Paul.

Mistraki a déjà passé commande. Avocat crevettes, tarama avec toasts, salade au thon, brandade de morue gratinée. Il a par ailleurs retenu un mille-feuille et un baba au rhum pour le dessert.

– Quoi de neuf, demande-t-il ?

Oxymor grimace. S'il connaissait les à-côtés du dossier, il arrêterait sans doute son numéro de charme.

– Que du vieux, comme le manuscrit. J'ai bien réfléchi : il est impensable que mon père soit l'auteur. C'est absolument impossible.

Paul lève la main.

– Aucune importance. Et moi, j'ai du neuf. J'ai trouvé. Enfin, c'est Leduc, un de mes lecteurs, qui a trouvé. Le truc qui nous turlupinait. Le sentiment de manque. Tu veux savoir ?

Oxymor veut bien. Et un verre de vin blanc. Un riesling Birgelé, s'il te plaît.

Paul, énervé, commande une bouteille.

– Eh bien, reprend-il, c'est tout simple : sur quatre cent mille signes, le texte ne comporte pas une seule fois le verbe *être* ! Sous quelque forme que ce soit ! Sans que l'on s'en aperçoive ! Une prouesse lipogrammatique digne de Georges Perec...

– Lipogrammatique, c'est quand il manque une lettre, pas un mot.

– Oui, d'accord. Ne chipotons pas. Alors, qu'as-tu décidé ?

Oxymor ne répond pas immédiatement. Publier ? Ne pas publier ?

– Ça marche, dit-il en soupirant. Je te le donne. Je ne peux pas refuser cela à un ami de vingt ans.

Large sourire. Paul, aux anges, commande à l'avance deux coupes de champagne pour accompagner le dessert.

– Formidable, dit-il. Tu ne le regretteras pas. En dehors des qualités du texte, le côté anonyme peut générer un sacré coup de pub. Le roman a fait l'unanimité, à part Weissmann, je ne sais pas pourquoi. Avec un peu de chance, il est même possible d'envisager une médaille en chocolat, à la rentrée des classes.

– Qui signera ?

– J'ai une solution. Si tu en es d'accord, on publiera sous le pseudonyme de Nemo Nay.

– Nemo Nay ?

– Eh bien oui ! C'est bien toi, le spécialiste des figures de rhétorique !

– Et alors ?

– Franchement, tu me déçois. Laurent Fabius et le Naturel abusif, Lionel Jospin et Le Joli Pinson, l'aspirine et le Parisien, cela ne te dit rien ?

– Ça va, j'ai compris. Pas mal vu. Ensuite ?

Durant les trois quarts d'heure suivants, les deux amis évoquent les conditions financières du contrat. Oxymor ne veut rien à titre personnel. Il demande simplement douze pour cent pour l'auteur, quatorze pour cent au-delà de cinq mille exemplaires. Sans à-valoir évidemment. L'argent devra être placé sur un compte bloqué. Et une clause devra lui assurer, à lui, Oxymor, un total incognito, sous peine de dommages et intérêts particulièrement élevés. Au terme d'un âpre marchandage, Paul obtient dix pour cent jusqu'à dix mille, douze pour cent au-delà. Quant à la clause d'incognito, il ne veut pas s'engager : trop complexe à appliquer. Il peut simplement assurer Oxymor de sa vigilance absolue, il faut lui faire confiance. Oxymor en convient, tout en finissant la bouteille de blanc avec son mille-feuille. Délicatement fruité, le vin dégage un bouquet aux nuances minérales. Mais pourquoi, se demande-t-il, pourquoi se bat-il pour préserver les intérêts d'un auteur assassin ?

– Bon, conclut Paul, je crois que nous avons bien avancé. À la santé de *A noir*. Je te propose de passer à la boîte demain, j'aurai vu d'ici là notre conseil juridique. Je crois qu'ils ont oublié le champagne. Tu prendras du café ?

– Volontiers. Bien noir.

– Parle-moi de Clara, du neuf, de ce côté-là ? Isabelle ne me dit jamais rien…

Oxymor élude comme il le peut. Oui, elle lui plaît. Oui, ils se sont revus. Oui, rue Garancière.

– Elle est amoureuse ?

– Je ne sais pas, Paul.

– C'est quoi, ton secret, mec ?

– Quel secret ?

– Pour tomber les bonnes femmes. Elles se pâment devant toi, c'en est indécent.

– Je ne sais pas, Paul. Mon côté nounours. À combien va s'élever le premier tirage ?

– Aujourd'hui, tu sais, ce n'est plus aussi important que dans le temps. On réimprime dans la nuit. Trois mille, cinq mille, je ne sais pas. Toujours avec ta Louise dans le village Ramey ?

– Toujours. Et ça paraît quand ?

– Je ne peux pas te dire exactement. Je peaufine le lancement, j'ai quelques idées, je t'en parlerai.

Oxymor s'abstient de demander lesquelles. Les idées de Paul ressemblent au fusil à tirer dans les coins. Inventives, mais tordues. Un garçon dépose sur la table deux coupes de champagne. Ruinart blanc de blancs 1996. Paul saisit son verre, l'élève à hauteur des yeux.

– À ta santé, mec. Les gars du Seuil vont en faire une jaunisse.

– À ta santé, Paul, murmure Oxymor. À la santé du verbe *être* et à la santé de Vaïda.

– C'est qui, celui-là ?

– Rien, laisse tomber.

– Tu m'as l'air bien sombre. De l'eau dans le gaz avec Louise ?

– Mais non, c'est le contrecoup de ma virée parisienne. Je crois que je vais y aller.

– Et ton café ?

– Ne m'en veux pas, je suis crevé.

Paul se lève, le prend dans ses bras. Virile, l'embrassade.

– Tout va bien, mec, ne t'excuse pas. Tu rentres rue de Bourgogne ?

– Non. Chez une amie.

– Une amie ? Elle ne serait pas brune, par hasard, avec des fesses rondes et blanches ?

– Fais pas chier, Paul. On s'appelle demain. Bonne soirée ou bonne nuit. Et merci pour le dîner.

Devant chez Lipp stationnent une dizaine de taxis. Oxymor s'engouffre dans une Fiat noire, donne l'adresse de la rue Ramey, puis se ravise. Non, rue de Bourgogne. Il se cale au milieu de la banquette, jette un coup d'œil dans le rétroviseur. Une moto suit le taxi à une dizaine de mètres.

– Prenez la prochaine à droite, s'il vous plaît. Puis encore à droite.

– À vos ordres, Monseigneur, mais nous allons tourner en rond.

Le « Monseigneur » sonne sincère, ni trop ni trop peu, la voix est assurée, bienveillante. Il faudra songer à enlever certains chauffeurs de taxi de la liste rouge. Le véhicule s'engage dans la rue du Sabot. Oxymor se retourne : la moto poursuit sa route, cap vers Montparnasse.

– Un souci ? demande le chauffeur.

– Non, répond Oxymor. Je deviens parano, c'est complètement idiot.

– Nous devenons tous paranos, monsieur. Moi, c'est l'État. J'ai l'impression qu'il est partout, qu'il surveille chacun de mes gestes : au boulot, à la maison, dans mon portable, à la télé. Il me poursuit dans ma boîte aux lettres, me guette à chaque coin de rue avec ses caméras, en plus, il y a l'Europe et ses directives zarbi, Big Brother et les multinationales ont pris le pouvoir, oui, monsieur, c'est l'époque qui veut ça. Comme frangin, croyez-moi, Big Brother, il y a mieux. De quoi vous décourager de faire des enfants. Vous avez des enfants, vous ?

– Non. Ceux des autres, parfois. Genre monstre pas gentil, dans l'île aux enfants c'est vraiment pas le printemps, si vous voyez ce que je veux dire.

Le taxi s'engage dans la rue du Dragon, repasse devant Lipp. Sur le trottoir, Paul discute avec un type. Quand un éditeur rencontre un autre éditeur… *Alea jacta est*, songe Oxymor. Vivement que ce foutu manuscrit soit publié. Ensuite, avec un peu de chance, il ne devrait plus rien survenir.

Rue de Rennes, Raspail. Pas de moto à l'horizon. Carrefour du Bac, boulevard Saint-Germain à contresens. Au feu rouge, le chauffeur de taxi se retourne vers Oxymor.

– Et la fin du monde, monsieur, vous y pensez parfois, avec toutes ces histoires de réchauffement climatique ?

– Parfois, répond Oxymor en sortant un billet de sa poche revolver. Parfois.

– Parce que j'ai une question, si vous le voulez bien.

– Faites, faites…

– Ben je me demandais : le dernier homme qui prendra un taxi, à votre avis, ce sera pour aller où ?

11

Vendredi 12 février, 20 h

Maurice a garé la moto près de l'église Saint-Germain-des-Prés, sans perdre de vue le journaliste. Où va-t-il, ce con ?

Il enlève son casque, crache dans le caniveau. Pas facile à suivre, un mec qui marche à pied. Surtout sur une moto orange. Il faudrait en changer. D'autant plus qu'on l'a peut-être repérée, lorsqu'il est allé à Juvisy. Putain, quelle histoire ! Vingt euros que ça lui a coûté, à Austerlitz, pour que l'autre cloche lui indique la planque du gitan. La pluie, par-dessus tout ça, sur l'autoroute. Coup de bol, la caravane jaune était bien à l'écart, à droite du campement. Planquer la moto à l'entrée du chemin, une approche super sioux à la Geronimo, et hop ! voilà le travail. Complètement rond, l'enflé. Imbibé de gin, une allumette et il finissait en bonze protestataire. Colosse ou pas, dans son état, il n'a pas fait le poids. Pauvre type ! Quelle idée de sortir ce couteau ? Un bon coup-de-poing américain dans la gueule, le couteau qui change de main et vlan, dans le bide, c'est rentré comme dans du beurre !

Maurice s'étonne. Pour la première fois qu'il bute un mec, ça ne l'a pas trop secoué, comme s'il avait fait cela toute sa vie. Il n'en revient toujours pas. C'était si simple, si naturel. Et puis surtout normal, hein ? Légitime défense, Votre Honneur ! Quand même. Faudrait pas se faire gauler. Heureusement qu'il a balancé le couteau dans la Seine !

Il contemple la place, les cafés, les boutiques de fringues. Quartier de merde, quartier de bourges. Tout comme celui de la rue de Bourgogne, chez l'autre pomme. Du nougat de Montélimar, cette petite visite en fin d'après-midi. Dans sa loge, la concierge jouait les France Gall en repassant des chemises, écouteurs sur les oreilles, les yeux rivés sur la télé. Pas vu pas pris. La serrure, n'en parlons pas, une épingle à nourrice aurait suffi. Et hop ! par ici le manuscrit. Sauf que ça ne sert plus à rien, qu'il a dit, le pépé.

Planqué derrière le kiosque à journaux, Maurice voit le journaliste entrer dans la brasserie de l'autre côté du boulevard. Pour dîner ? Cela veut dire au moins une heure et demie à poireauter dans le froid. Il sort une cigarette, cherche son briquet. En vain. Un jus de cervelle épais agite son cerveau. Question : est-ce vraiment nécessaire de continuer cette filoche ? Réponse : oui et non. Quand il a appelé le vieux pour lui annoncer triomphalement qu'il avait récupéré le manuscrit, l'autre a ricané. Trop tard, qu'il a dit, les photocopieuses n'étaient pas faites pour les chiens. Puis il s'est mis à divaguer.

Maurice trouve enfin son briquet, allume sa cigarette. Fou. Le vieux est ensuite devenu complètement fou. Un déluge de paroles. Comment qu'il a dit ? Qu'il était le plus grand écrivassassin du monde ! Qu'il s'appelait Hamlet et qu'il avait débarrassé le Danemark de toutes ses pourritures ! Il hurlait au téléphone. C'est moi, Hamlet ! Je suis la main de Dieu et autres grosses conneries !

À la masse, le pépé. Sauf que ça a fait tilt. Les coupures de journaux dans le bureau. Les détails au téléphone. Et les meurtres décrits dans son manuscrit pourri. Pas de doute, c'est lui. Putain, quelle histoire ! Moi, Maurice Baudry, petit-fils d'assassin. Serial killer, comme on dit, ça fait tout de même un choc. Maurice tempère. D'une certaine façon, après ce qui s'est passé au camp des gitans, ça crée des liens. Il écrase son mégot entre deux doigts, le jette dans le caniveau. Il revoit la nuit durant laquelle il s'était introduit dans l'antre interdit. Les coupures dataient de 1979, presque dix ans avant sa naissance. Ça lui faisait combien, au vieux, à l'époque ? Né en 1935, il avait donc quarante-quatre ans. Bel âge pour commencer une carrière de tueur en série.

Maurice traverse le boulevard Saint-Germain, s'approche de la brasserie. Le journaliste, au fond, dîne avec un mec. Pas de problème. Largement le temps d'aller chercher un sandwich à la boulangerie. Qu'est-ce qu'il a dit, le vieux, quand il a évoqué l'hypothèse qu'il se fasse choper ? Qu'il s'en foutait royalement, il y avait prescription depuis belle lurette. Pur comme l'archange, qu'il était désormais. Que personne ne pouvait plus arrêter Hamlet.

Dans la vitrine, les deux derniers sandwichs ressemblent à des orphelins blafards. La patronne fait la gueule, on ne sait pas pourquoi. Maurice paie, murmure « merci pouffiasse ». Le jambon est rance, le beurre misérable, la mie sèche. Trois euros cinquante. Assis sur un banc, avec vue sur Lipp, il mâche consciencieusement. Deux jeunes Américaines viennent s'asseoir sur le banc, malgré le froid. Rondelettes, volubiles, pratiquant un anglais auquel il ne comprend strictement rien, à part « yes » et « OK ». Elles boivent du Coca à même la bouteille, ce qui lui fait penser qu'il aurait dû acheter une bière.

Maurice continue à mâcher, pensif. Avec cette histoire de manuscrit, il y a peut-être une opportunité. Cela veut dire occasion à saisir, en français. Du fric à se faire. Comment ? Va savoir, Charles. En le faisant chanter, peut-être ? Faudrait approfondir. Même s'il y a prescription, le pépé n'a peut-être pas envie de se retrouver à la une des journaux ? Ouais, il y a quelque chose.

La plus jeune des deux Américaines se tourne vers lui, lui pose une question. Qu'est-ce qu'elle veut, la greluche ? Du feu ? Un renseignement ? Maurice l'imagine dans une ruelle déserte, il se tient derrière elle, l'attrape par le cou, frappe au cœur avec le couteau. Si le vieux retrouve ses esprits, il lui demandera l'effet que ça fait. Putain, quelle histoire !

12

Mardi 16 février, 10 h 30

Si vous décidez de vous rendre en voiture un dimanche matin aux puces de Vanves, vous chercherez en vain à vous garer dans la rue Maurice-Bouchor ou aux alentours. Ça tourne dans tous les sens, ça guette, c'est la guerre. Mieux vaut prendre le métro. Assis sur un strapontin, Oxymor relit pour la vingtième fois la lettre qu'il a reçue samedi matin. Une feuille format A4, texte tapé sous Word, insérée dans une enveloppe verte, timbrée, postée rue du Louvre. Curieusement, Mme Solidor ne l'a pas ouverte.

« Qui êtes-vous pour décider de ce qui doit *être ?* Publiez et vous verrez le glaive de Dieu se lever à nouveau. Laissez les mots tranquilles, laissez les morts tranquilles. Je vous en prie. »

Deux éléments étonnent Oxymor. Le « Je vous en prie », dont le ton ne cadre pas avec le début du message. Pas de menace : une prière. L'étonne également le soulignage du verbe *être*, qui donnerait à penser que l'auteur a voulu signer son message, se faire authentifier en tant qu'auteur de *A noir*. Qui a envoyé cette lettre ? L'homme à la moto ? Comment peut-il être au courant du projet de publication ? L'a-t-il suivi chez Lipp ? A-t-il découvert que Paul est éditeur ? Et, surtout, est-ce le tueur de Juvisy ? Oxymor fait un rapide calcul : disons, par exemple, environ trente ans en 1979, le serial killer aurait aujourd'hui dans les soixante ans. Possible, après tout.

Le commissaire Blot réside rue Pierre-le-Roy, pratiquement à l'angle du boulevard Brune. Oxymor compose le code, remercie Louise. Jacques Blot : à peine un quart d'heure pour trouver son adresse dans les Pages blanches.

La façade de l'immeuble en brique rouge délavé dégage une profonde tristesse. Dans la cour intérieure abritant un acacia chétif, le bâtiment D se situe tout au fond, légèrement en retrait. Nouveau digicode. Cinq étages à pied, première porte à gauche. Sous la sonnette, un simple « Blot » écrit à la main. Œilleton. La porte s'ouvre, deux yeux très enchâssés dévisagent Oxymor avec attention.

– Entrez.

Au bout d'un terne et étroit couloir, les deux hommes rejoignent un salon plongé dans la pénombre. Papier à fleurs aux murs, moquette fatiguée.

– Je vous attendais, dit Blot en lui tendant la main. Jacques Blot.

– Baulay. Oxymor Baulay.

Sur un buffet Ikea, parmi quelques bibelots assez laids, une petite *Nana* de Niki de Saint Phalle attire le regard par ses rouges et ses jaunes. Blot surprend le coup d'œil et l'effleure du doigt.

– J'ai bien connu Niki, dit-il, je fus chargé de l'enquête en 1982, quand sa *Paysanne* fut volée après l'expo Pompidou. Trois mètres de hauteur, un peu plus d'une tonne. Comment une telle masse a-t-elle pu se volatiliser, c'est encore un mystère. L'affaire n'a jamais été élucidée.

– Comme celle de Hamlet, répond Oxymor.

– Absolument. Mais je vous en prie, asseyez-vous.

Oxymor s'enfonce dans un fauteuil en cuir passablement usé. Blot est resté debout.

– Oxymor, dit-il. C'est un prénom ou un surnom ?

Pour la énième fois, Oxymor explique. Ses parents littéraires. La figure de rhétorique.

– Beau/laid, vous comprenez ? C'est un oxymoron. Comme

une lente précipitation, une blanche noirceur, une haine amoureuse.

– Ou une obscure clarté qui tombe des étoiles, murmure Blot, en s'asseyant à son tour.

Oxymor hoche la tête, lui décerne un bon point : on peut être flic et avoir des lettres. Le commissaire est de taille moyenne, ses cheveux poivre et sel sont soigneusement tirés en arrière, ses deux mains s'entrecroisent, posées sur ses genoux.

– Vous m'avez intrigué, au téléphone. Que puis-je pour vous, monsieur Baulay ?

– Comme je vous l'ai dit, commence Oxymor, je suis journaliste. Je me suis intéressé, tout à fait par hasard, à votre serial killer. Et un certain nombre d'éléments me font penser que Hamlet, votre Hamlet, a écrit une confession.

– Une confession ? Grands dieux ! Mais quand ? Et où cela ?

– Cette confession se présente sous la forme d'un manuscrit auquel j'ai eu accès et dont je suis dépositaire, une œuvre présentée comme un livre de fiction. L'ouvrage en question, intitulé *A noir*, va paraître prochainement chez Herbatim.

– Vous parlez sérieusement ?

– J'ai la conviction, poursuit Oxymor, que l'auteur et Hamlet ne forment qu'une seule et même personne. Je pense également que cette confession n'était pas destinée à être publiée. Je me suis dit qu'avec votre aide j'aurais une infime chance d'identifier l'auteur. Et l'auteur des crimes.

Blot émet un léger gloussement.

– Rien que ça ! Élucider une affaire vieille de plus de trente ans ! Vous rêvez, mon bon ami.

– C'est lui. Je le sens.

– Vraiment ? Qu'est-ce qui vous fait croire que Hamlet a écrit ce truc ?

– J'ai lu les journaux de l'époque. Les meurtres relatés dans le livre ressemblent étrangement à ceux de l'affaire.

– Ressemblent étrangement ! C'est un peu court, ne trouvez-vous pas ? N'importe quel écrivain peut s'inspirer d'un fait divers.

Oxymor plonge une main dans sa poche droite, la retire aussitôt. Pas le moindre cendrier à proximité. Ici on ne fume sans doute pas.

– Pourriez-vous, demande-t-il, me donner quelques détails sur ce Hamlet ? Je vous en prie, c'est important.

Blot hoche la tête, soupire. Jamais il n'a pu se remettre de cet échec qui a ruiné sa carrière. Il se lève, fait les cent pas, caresse à nouveau la petite *Nana*, puis revient s'asseoir sur le canapé.

– Si cela vous fait plaisir. Mais je ne vous en dirai guère plus que ce que vous avez appris par les journaux de l'époque. Les meurtres ont été commis sur une période de six mois, de mai à octobre 1979. À Paris – près du canal Saint-Martin –, aux Lilas, à Montrouge, à Auvers-sur-Oise puis à Marines. Un crime à Paris, deux en proche banlieue, deux à une trentaine de kilomètres de la capitale. Cinq femmes poignardées. Le mode opératoire était toujours le même : un produit anesthésiant sur un mouchoir, puis un coup de couteau dans le cœur. Sans doute un presse-papiers très aiguisé, que l'on n'a jamais retrouvé. Compte tenu de l'inclinaison de l'arme, le meurtrier était probablement un homme grand, doué d'une grande force. Pas de sévices sexuels. Aucun indice. Les boîtes de cigares déposées près des corps ne portaient pas d'empreintes, évidemment.

– Quelle signification, cette signature ?

– Nous avons beaucoup travaillé sur ces boîtes de cigares. Comme vous le savez, les serial killers sont parfois des idéalistes. Le choix de la marque n'était pas anodin. Le Hamlet de Shakespeare est un homme révolté contre la routine, la médiocrité. Ses monologues parlent du vide de l'existence, de la mort, du triomphe du vice sur la vertu. Cela pouvait éclairer la personnalité du tueur. À l'époque, le terme « serial killer » n'existait pas encore. On appelait cela « tueur récidiviste ». Il n'y avait pas non plus de *profiler* pour nous aider dans nos investigations.

Aujourd'hui, on sait que le tueur en série est toujours un homme, à quatre-vingt-dix pour cent. Qu'il s'agit souvent d'un enfant non désiré, d'un enfant de la Ddass.

– Ce sont des psychopathes ?

– Des psychopathes apparemment sains d'esprit, des manipulateurs dont le comportement violent prend la plupart du temps sa source dans l'enfance. Ils se placent toujours au-dessus de la vérité, au-dessus du commun des mortels. Pour justifier leur geste, ils évoquent fréquemment des forces qui les dépassent. Ils sont intelligents, organisés. En 1979, j'étais plutôt en avance sur le plan théorique, à défaut de disposer des moyens scientifiques d'aujourd'hui. Nous avons mené une quête de sens, en cherchant à relier la personnalité de l'auteur au contexte de chaque crime et au profil des victimes. J'ai travaillé sur chaque affaire comme si elle était unique, avant d'essayer de relier les affaires entre elles.

– Mais cette confession, même sous forme de fiction, n'est-ce pas une faute grave pour un homme que vous décrivez comme intelligent ?

– Franchement, ne m'en veuillez pas, votre histoire ne tient pas debout. Mais pour répondre à votre question, oui et non. Cela peut faire partie du jeu. Les serial killers ont parfois besoin d'être reconnus. Certains d'entre eux n'hésitent pas à narguer la police en lui fournissant des indices, comme s'ils puisaient des forces supplémentaires dans les dispositifs mis en place pour les capturer. Une soif de reconnaissance qui finit par les perdre.

Blot se lève à nouveau, va chercher deux Coca, une bouteille de whisky et un cendrier.

– Vous pouvez fumer, cela ne me dérange pas.

– Comment avez-vous deviné ?

– Gestuelle, fébrilité.

Oxymor sort son paquet, allume une cigarette

– Vous parliez d'un rapport entre les victimes ?

– Oui. J'ai longuement investigué. Les cinq femmes avaient

des profils très différents : une infirmière, une secrétaire, une femme au foyer, une employée de mairie, une étudiante. De dix-neuf à quarante-deux ans. Rien dans leur vie ou dans leur passé ne les reliait entre elles. Comme si le meurtrier avait frappé au hasard. Sauf que je ne crois pas au hasard. Il y a évidemment un lien logique entre ces cinq meurtres, mais, malheureusement, je n'ai pas su l'identifier.

– Savez-vous comment commence le roman ? Je connais le début par cœur. Écoutez : « À mordre dans la mort comme dans un fruit pourri, à tout avaler sans rien mastiquer, je commençai par vomir puis m'accoutumai. »

– Bien noir, en effet. Pour en revenir à votre hypothèse, à part une vague ressemblance entre les meurtres réels et les meurtres décrits, de quels autres éléments disposez-vous ?

– Rien de tangible, évidemment. Je peux tout d'abord vous confier une copie du manuscrit, pour que vous le lisiez. Par ailleurs, ce serait trop long à vous expliquer, il est possible que Hamlet sache que j'ai l'intention de publier sa confession-fiction. J'ai reçu une lettre anonyme, qui peut provenir de lui, me demandant de surseoir à la publication.

– Vraiment ? Et que disait cette lettre ?

– Je la connais par cœur. Il est écrit : « Qui êtes-vous pour décider de ce qui doit être ? Publiez et vous verrez le glaive de Dieu se lever à nouveau. Laissez les mots tranquilles, laissez les morts tranquilles. Je vous en prie. » Ce qui est intéressant, voyez-vous, c'est que la confession-roman n'emploie jamais le verbe *être*, sur deux cents pages. Dans la lettre, le verbe *être* est souligné, comme si l'on avait voulu authentifier le document.

Blot fixe Oxymor avec attention pendant un long moment.

– Troublant, j'en conviens. Mais qu'attendez-vous exactement de moi ? Je ne suis plus à la Crim depuis près de dix ans, les meurtres sont prescrits, Hamlet est désormais le cadet de mes soucis !

– Ne pourrait-on pas, demande Oxymor, comparer d'éventuelles traces ADN sur l'enveloppe ou la lettre avec celles que vous avez recueillies sur les boîtes de cigares ou sur les victimes ?

– Nous n'avons rien recueilli, monsieur Baulay. Vous savez, 1979, en matière de police scientifique, c'était encore le Moyen Âge. Il a fallu attendre les années 1985 pour que cela commence à se mettre en place.

– Mais aujourd'hui, on peut. On peut même faire parler l'ADN de Toutânkhamon. Pourquoi ne pas essayer ?

– Possible, mais difficile. L'ADN se détériore. Ma dernière tentative a eu lieu en 1999. Je voulais monter un dossier pour le juge d'instruction. J'ai contacté Pierre Maingon, un ponte de l'École des sciences criminelles de Lausanne, ainsi qu'un expert, Luc Saunier, de L'Institut génétique Nantes-Atlantique, un des laboratoires français chargés des analyses ADN dans les enquêtes criminelles. Je savais que certaines techniques permettaient désormais d'affiner les recherches : avant les années 2000, par exemple, il fallait disposer d'un cheveu complet, avec son bulbe, pour avoir une chance de trouver quelque chose. Aujourd'hui, un bout de cil suffit. Pourtant, j'ai dû abandonner. L'enquête était close. Par ailleurs, les boîtes qui dormaient aux archives avaient certainement été polluées. Elles ont été manipulées des centaines de fois, sans précaution. À l'époque, sur les scènes de crime, on ne savait pas geler les lieux. Quant à exhumer les dépouilles, ce n'était plus possible. Et puis, je vous le répète, il y avait prescription.

Agacé, le commissaire. Oxymor lève la main en signe d'apaisement.

– Comprenez-moi, commissaire. Mon propos n'est pas d'élucider ces crimes. Je veux seulement identifier l'auteur de *A noir*. C'est un grand écrivain, il faut que je le trouve. Je vous ai apporté un exemplaire du manuscrit. Lisez-le. Forgez-vous une conviction. Si elle rejoint la mienne, nous reprendrons cette conversation. D'accord ?

– D'accord. Donnez-moi votre truc. Avez-vous l'intention de contacter le Quai ?

– Le quai ?

– Quai des Orfèvres…

– Non, pas pour l'instant. Pensez-vous qu'il faudrait ?

La bouche de Blot se pince. De l'index, il se frotte l'arête du nez.

– Non, je ne vois pas de raison objective.

Oxymor se demande si Blot et Argenson se connaissent. Blot pourrait peut-être savoir comment s'oriente l'enquête sur Vaïda.

– Vous avez gardé des contacts à la Crim ?

La bouche de Blot se pince à nouveau. Le regard s'est durci.

– Pas vraiment. Je n'avais pas que des amis. Loin s'en faut.

Oxymor bat précipitamment en retraite, se penche, saisit sa serviette.

– Tenez. Ma carte est agrafée sur la page de garde. N'hésitez pas à m'appeler.

– Je le ferai, si ma lecture est concluante. Mais n'y comptez pas trop. C'est un roman, votre truc. Je vous reconduis.

– Merci, commissaire. J'espère n'avoir pas réveillé de trop mauvais souvenirs.

– Vous savez, mon cher, le bonheur, c'est d'avoir une bonne santé et une mauvaise mémoire...

Oxymor acquiesce poliment. Curieux garçon, ce commissaire : glacé et chaleureux. Hautain et affable. Il se laisse raccompagner, tend la main, prend congé.

Sur le boulevard Brune, un petit vent glacé souffle vers la porte d'Orléans. En se dirigeant courbé vers la station Porte-de-Vanves – Varenne, direct par la ligne 13 –, Oxymor se demande si cette visite était bien utile, voire judicieuse. Qu'espérait-il ? L'adresse de Hamlet enveloppée dans un ruban doré ? Et cette petite phrase sur la mémoire ? Une fin de non-recevoir ? Il sort son passe Navigo, s'engouffre dans la bouche du métro. Un petit PDM serait le bienvenu. Avec allô, boulot, culot, bibelot. Sans oublier Blot.

13

Mardi 16 février, 16 h

Maurice compte ses sous. Pas lerche. Va falloir aller au ravito, fissa, même si le vieux a repris ses esprits et semble disposé à lâcher quelques billets. Dans la pièce principale qui lui sert de salon, de dortoir et de débarras, les rideaux sont tirés. Il y a bien ce pavillon isolé de Clamart, dont les locataires s'absentent chaque week-end. Faisable. Un samedi soir. Ou plutôt un dimanche matin.

Le manuscrit trouvé chez le journaliste traîne sur la table, en compagnie d'une chaussure de basket, d'un vieil annuaire et de trois assiettes sales. Il l'a lu et relu. Difficilement. Le vieux schnock écrit comme un cochon, on ne comprend pas la moitié de ce qu'il raconte. Mais pour les meurtres, c'est comme Canal + en fin d'après midi. Du clair, du direct. Et je te parle du coupe-papier qui s'enfonce délicieusement dans le cœur, et je te décris l'éjaculation torrentielle qui inonde le pantalon, et je te tartine sur le plaisir à guetter les derniers soubresauts du corps. Pas de doute, il y a trente ans, il avait pris son pied, le pépé. Et aujourd'hui, on dirait qu'il s'amuse.

Au téléphone, il y a deux jours, changement de ton. Le vieux a été tout miel. Mielleux, plutôt. Depuis l'envoi de cette connerie de lettre anonyme rédigée chez un pote sous sa dictée, c'est devenu le grand amour. Mon petit Maurice par-ci, mon Momo par-là, comme s'ils avaient gardé les cochons et trucidé les bonnes femmes ensemble. Il voulait tout savoir. Le journaliste, ses petites amies, l'éditeur, tout ça.

Le mec du restaurant, Maurice s'est renseigné, s'appelle Mistraki. Paul Mistraki. Il s'occupe de bouquins dans une boîte nommée L'herbe à Tim. Ou un truc comme ça. Quand il l'a dit au vieux, gloussements hystériques au téléphone ! Il jubilait. Et quand Maurice lui a dit que le journaliste avait rendu visite à un flic, un ancien commissaire du nom de Blot, les gloussements se sont transformés en ricanements de hyène. Très bon, ça, très bon ! En transe, qu'il était ! Il a fallu promettre de continuer la filature, de savoir si le journaliste fréquentait une femme, la décrire, promettre de lui communiquer l'adresse. Avec, en guise de carotte, trois billets de cinq cents à la clé.

Le frigo est vide, à part les moisissures. Il ouvre une boîte de miettes de thon, mange à même la boîte, avec les doigts. À quoi joue-t-il, le pépé surineur ? Voudrait quand même pas reprendre du service trente ans plus tard ? Non, pas question de lui donner l'adresse des deux gonzesses, la Krostotruc de la rue Ramey et la brunette de la rue Garancière. Complice de meurtres, même avec prescription, c'est déjà limite. Complice d'un meurtre tout frais, et l'histoire du gitan par-dessus le marché, c'est perpète pour bibi.

Maurice n'y comprend rien. Qu'est-ce qu'il cherche, le vieux ? Un coup j'y vais, un coup j'y vais pas. Il veut qu'il soit publié, son putain de manuscrit, oui ou merde ? C'est ça le problème, avec les vieux. Deviennent parfois gâteux. Maurice lèche l'huile qui coule sur ses doigts, s'essuie sur son jean, va vérifier la chaudière : on se gèle, là-dedans. Il ouvre une revue de moto, parcourt les petites annonces. Comment se faire du fric avec cette histoire ? *That is the question*, comme disent les rosbifs.

Partie II

14

Mardi 8 juillet, 12 h 15

Louise a chaussé ses lunettes, ouvert la fenêtre et la porte d'entrée sur le palier : c'est l'été meurtrier, la vague de chaleur n'en finit plus de s'étirer. L'article, en page quatre, occupe une demi-page. Le titre est éloquent : « Un nouveau Céline métissé Perec ».

Depuis que *A noir* a été publié chez Herbatim, l'onde de choc n'a fait que s'amplifier. Quotidiens et hebdos ont pris le relais de la presse spécialisée. Deuxième meilleure vente dans *Livres Hebdo*. Numéro quatre dans *L'Express*. L'anagramme Nemo Nay a fait long feu : chacun sait désormais que l'auteur est anonyme, que le roman ne comporte pas le verbe *être*, que la voyelle *y* est absente, qu'il existe un mystère sur l'origine de sa découverte.

Paul, en fin stratège, a lancé une rumeur. Il s'agirait d'un roman de Georges Perec que ce dernier aurait pu écrire en 1971, entre *La Disparition*, roman ne comportant pas la voyelle *e*, et *Les Revenentes*, roman qui ne comporte qu'une seule voyelle.

Écharpe rouge et tee-shirt noir, marketing vestimentaire oblige, Paul se pavane dans les salons du 6e arrondissement ; oui, c'est sa découverte ; non, il ne peut rien dire. Interrogé sur les passerelles littéraires avec Céline, il distille ses citations d'un air gourmand. L'une d'elles, en particulier, revient en boucle : « On n'est jamais très mécontent qu'un adulte s'en aille, ça fait toujours une vache de moins sur la Terre. » Délicat pour les cinq femmes massacrées tout au long du livre. Tiré à douze mille exemplaires, l'ouvrage a fait immédiatement l'objet d'une réimpression.

– Tu es content ? demande Louise en lui tendant le journal.

Oxymor, énervé, fait les cent pas dans le minuscule salon. Il s'arrête brusquement, saisit le journal, le balance sur le chat lové dans le canapé. Aragon, outré, file vers le rideau et disparaît chez Marcel Aymé.

– Content ? Content de quoi ? Je sens la meute qui s'approche, crocs baveux et pointus. S'il y a une fuite chez Herbatim, ils vont tous me tomber sur le poil. Et je connais Paul : il tuerait son frère pour un bon buzz médiatique. Et puis je vais te dire : il me regarde bizarrement. J'ai parfois l'impression qu'il me prend pour l'auteur.

– Pas grave, Oxy. Tu l'as trouvé dans la malle, c'est tout. Personne ne peut dire le contraire.

– Mais si. C'est bien là le problème.

Oxymor pose ses mains sur les épaules de sa compagne, se penche, dépose machinalement un baiser sur les cheveux. Vacherie de manuscrit. La machine s'emballe, échappant à tout contrôle. Seuls points positifs : l'enquête de Juvisy semble sur voie de garage, l'homme à la moto n'a plus donné signe de vie. Pas plus que Blot, d'ailleurs. Cinq mois, déjà…

Durant ces cinq mois, après trois semaines de tension extrême, il a laissé Paul Mistraki et son équipe gérer la mise sur orbite du livre. Plus de lettre anonyme, calme plat. Vaguement rassuré, il a repris ses piges, remis son compte en banque à peu près à flot, changé la fin de son roman à la demande de Paul. Et puis il y a eu Clara, la jolie Clara.

Oxymor jette un coup d'œil à sa compagne, détourne la tête. Par la fenêtre ouverte, un soleil de plomb torture les toits en zinc. Pourquoi ? Il s'était pourtant juré de tout lui dire, petites aventures et polissonneries, dans le moindre détail, histoire de rester droit et de pimenter leur vie amoureuse. Mais est-ce une petite aventure ? Et dans ce cas-là, peut-on tout dire ? Je mens aux flics, je mens à Paul, je mens à Louise. Suis sur la mauvaise pente, songe Oxymor, je m'enfonce dans le mensonge comme un coupe-papier dans une chair blanche.

Louise s'est levée. Devant la glace surplombant la cheminée, elle met de l'ordre dans sa coiffure. Le miroir se met brusquement à trembler. Oxymor blêmit :

– Ah, non, pas lui ! Je croyais qu'il était parti prêcher la bonne parole au festival de Tours ?

Les murs de l'appartement pris de frénésie se mettent à danser :

– *« Capital le pal / On te l' mettra dans l'cul / La voici triomphale / La revanche des loquedus »*...

– Oxy, tempère Louise, une ou deux fois par mois, ce n'est pas grave. Allons au restaurant. Nous parlerons de tout cela tranquillement.

– De tout ça quoi ?

– Eh bien, de *A noir*. Tu as besoin de parler d'autre chose ?

– Non.

– Au dessert, promis, je raconterai une histoire sucrée-salée.

Oxymor bougonne.

– C'est pas le moment. Il faut que je termine l'article sur les dessous financiers de Paris Plages.

– Tu as eu Paul, hier ?

– Tu parles ! Trois fois ! Il nage dans la béatitude. Insupportable de fatuité. Il lui est venu une nouvelle idée, totalement loufoque : ressortir l'affaire Ajar, en insinuant qu'il s'agit d'un roman posthume de Romain Gary qui pourrait ainsi recevoir son troisième prix Goncourt ! Ce mec est timbré !

– Oxy, le restaurant...

Les deux mains de Louise, sur le dessus de la tête, mettent en place un gros peigne en écaille. Le mouvement des bras fait saillir la poitrine. Les basses se sont légèrement calmées, les yeux d'Oxymor se mettent à briller.

– D'accord, mais l'histoire avant… Complète, cette fois-ci : la dernière fois, tu as oublié un détail.

– Si je raconte l'histoire, nous n'irons pas au restaurant…

– Allez, raconte !

Louise vient s'installer à côté de lui, ouvre son corsage, enlève le soutien-gorge. Les seins sont lourds, gonflés. Il approche son visage, ses lèvres aspirent les tétons.

– Il était une fois, commence-t-elle, une jolie jeune femme, quoiqu'un peu forte, dont les deux gros seins blancs se morfondaient dans une villa de Ko Samui. Pendant son voyage de noces, son tout frais mari n'avait rien trouvé de mieux que de baiser la femme de chambre, une très jeune Thaïlandaise aux seins menus dotée d'un cul de garçonnet. Tous les matins. Tous les soirs. Sur le tapis, au sous-sol, sur la table de la cuisine… Par-devant, par-derrière, dans sa bouche, ils ne savaient plus quoi inventer. La femme de chambre ne travaillait plus, cela sentait le foutre dans toute la maison…

– Dans les toilettes, aussi, tu as oublié quand elle le suce dans les toilettes…

– Oui, dans les toilettes. Elle entendait son mec encourager la petite à travers la porte, c'était insupportable…

– Louise ?

– Oui ?

Oxymor se dégage.

– Excuse-moi, ma puce, mais je n'y suis pas. L'autre con avec son rap. Et puis ça ne va pas.

– Qu'y a-t-il, Oxy, qu'est-ce qui se passe ?

Il se lève, marche de long en large dans le salon. Clara a également un cul de garçonnet. Louise rajuste son corsage.

– Je ne sais pas. J'ai honte. Cette histoire m'obsède. Je me sens responsable de la mort de Vaïda. Parfois, j'ai envie de retourner chez les flics et de tout déballer. Et puis il n'y a pas que ça. J'ai peur de tout. Que Paul fasse une connerie, que les médias découvrent la vérité, que le type à la moto cherche à se venger, qu'il s'en prenne à toi, que Hamlet ressuscite, je suis au bord de la crise de nerfs. Je n'aurais jamais dû m'embarquer dans cette galère.

– Chéri, tout va bien. Tu devrais décompresser.

Oxymor déteste qu'elle l'appelle chéri. Elle également.

– Que dalle. Tant que je n'aurai pas retrouvé l'auteur, ma vie va être un enfer. La tienne aussi, d'ailleurs.

– Que comptes-tu faire ?

– Sais pas. On va attendre les prix littéraires. Si *A noir* obtient quelque chose, ce que je n'espère pas, la presse va se déchaîner. Je vais me trouver dans l'œil du cyclone. J'ai trop traîné. Il faut absolument que je reprenne l'enquête.

– C'est dangereux, poussin.

– Moins que de rester assis en attendant les événements.

– Comment vas-tu faire ?

– Pas la moindre idée. Ce type à la moto, il doit être possible de retrouver sa trace. Je vais réexaminer toutes les coupures de presse, remonter le temps, demander à ce Blot s'il veut bien m'aider, ce dont je doute, il ne m'a jamais rappelé.

– Comment veux-tu ? C'est un travail de titan.

– Travail de titan ? Tu donnes dans l'antonomase ?

– Tu nous emmerdes, Oxy, avec tes figures de rhétorique.

– On m'a déjà dit ça. Pauvre Vaïda, ça ne lui a pas réussi…

– Écoute, Oxy, si ton commissaire n'a rien trouvé à l'époque, comment peux-tu espérer trouver quelque chose trente ans plus tard ?

Oxymor pioche une cigarette dans le paquet de George Sand. L'avant-dernière.

– C'était son enquête. Je lui ai apporté des éléments nouveaux, merde, ça devrait l'intéresser ! Boucler enfin l'affaire, même à titre privé, redorer son blason.

– Je croyais que Hamlet était devenu le cadet de ses soucis. Je me trompe ?

Le type du cinquième s'est enfin calmé. Oxymor glisse un CD dans la minichaîne. *Concerto en ré* de Brahms, Yehudi Menuhin. Le violon va l'apaiser. Louise en profite pour changer de sujet. Sa pratique d'animation de groupes de consommateurs lui a appris à gérer les tempos, à passer de façon fluide du *vivace* à l'*andante*.

– Ton livre, Oxy, Paul t'en a reparlé ?

– Vaguement. Me fait bosser. Il louvoie. Il l'accroche à une ficelle et me fait faire le beau, ouah ouah, si tu es bien sage, tu auras ton susucre.

Oxymor s'agite, la dopamine réclame. Il saisit un briquet, allume sa cigarette avec fébrilité.

– Bien sage, poursuit-il en aspirant avec frénésie, cela veut dire que je ne dois pas me mêler de son petit business. Attendre son bon vouloir pour une éventuelle publication. Carotte et bâton. Prudent, le Mistraki. Il me ménage.

Aragon réapparaît derrière le rideau. La tête, uniquement, histoire de suivre les événements. Et de se protéger des coups de pied au cul.

– Tu t'installes quand, Oxy ? Le chat est en train de squatter ton appartement.

– Sais pas. Sais plus rien. Et je n'ai pas un rond dans ma tirelire.

– À propos de tirelire, tu aurais dû prendre une commission en tant qu'agent littéraire. Cela se fait, tu sais.

– Macache. Ne rien demander, c'est ce que j'ai fait de mieux. Ce truc est écrit avec du sang !

Louise passe aussitôt de l'*andante* à l'*adagio*.

– Et ce Blot, il est comment ?

Oxymor hausse les épaules.

– De taille moyenne, comme moi, un peu vieille France, légèrement poussiéreux, sans doute cultivé, solitaire. Un drôle de mec, totalement hors saison, probablement hanté par son échec. Courtois mais froid. Je ne sais pas ce qu'il peut faire de ses journées. Et je ne sais pas s'il est au courant de la carrière de *A noir*. Ce qui est clair, c'est qu'il n'a pas cru un seul mot de mon histoire.

– Tu veux le relancer, vraiment ?

– J'hésite. Qu'est-ce que tu en penses ?

Louise s'approche, le prend dans ses bras, le berce un long moment. Le CD s'approche du deuxième mouvement. Ce sera bientôt ce prélude qu'ils aiment tant, dans lequel le hautbois expose le thème repris ensuite par le violon. Oxymor se fond dans sa compagne. Elle est son double, sa bouée, sa passerelle. Il s'imagine installé dans l'appartement contigu, avec Aragon faisant la navette, porteur de billets doux attachés autour du cou. Ce serait bien. Mais on verra. On verra cela plus tard.

15

Samedi 4 septembre, 1 h

Au Café des Deux Saules, plus communément appelé Chez Jojo, le Rapido affiche 6, 12, 20, 8, 5, 18 dans la grille A, et 3 dans la grille B. Jusqu'à quand va-t-il falloir poursuivre la filoche ? Réponse : tant que le vieux continuera à casquer.

Pas contraignant, l'emploi du temps. Deux heures par-ci par-là et une chiée de RTT. Mais bon.

Maurice détourne la tête et commande un autre demi. La petite Chinoise le sert immédiatement, avec un sourire poli. Rien à voir avec l'ancien taulier qui vous faisait poireauter trois bonnes minutes et oubliait un peu trop souvent de laver ses verres.

Il détaille la serveuse : à peine quarante-cinq kilos, des seins ridicules, de longs cheveux noirs. Noirs, comme *A noir*, de Nemo Nay. Putain d'histoire ! On en parle même à la télé ! Combien d'exemplaires vendus, déjà ? Soixante mille. En moins de trois semaines ! Et tout ce fric qui est à lui ! Enfin, pas vraiment. Pas encore. Il va falloir se la jouer fine. Le pavillon de Clamart n'a pas rapporté bézef. Fumier de receleur.

Maurice boit lentement son demi, petites gorgées de bière. Vraiment menus, les seins. Il détaille les fesses qui partent se promener entre les tables. Bien fermes, rondelettes.

Ça fait quelle somme, cent mille exemplaires ? Disons un euro par bouquin, ça commence à cuber. Dire qu'il avait failli aider le vieux à empêcher la publication ! Nemo Nay ! Tu parles d'un nom. Ça veut dire anonyme, qu'ils ont dit. Anonyme mon cul. L'auteur, c'est pépé. Qui n'a qu'un héritier. Sauf si cet enfoiré de journaliste lui a piqué les droits d'auteur. Faudrait pouvoir se renseigner. Coton, mon colon.

Maurice appelle la petite, règle sa consommation afin d'aller fumer à l'extérieur. Combien, ils ont dit ? Avec un prix littéraire, ça pourrait faire le carton du siècle. Trois cents ? Cinq cent mille exemplaires ? Putain, le pied ! Chapeau, le pépé ! Plus fort que le Loto !

Le problème, c'est que depuis dix jours il ne répond plus au téléphone. Cent fois, qu'il a appelé, ça sonnait dans le vide. Il se serait pas flingué, quand même, en voyant son histoire publiée à tous les vents ? Remarque, ce serait le bon plan. Un suicide bien propre. Je me pointe chez les flics, j'explique le topo : le pépé écrivain, les articles sur les murs, mes soupçons. Moi : eh oui, monsieur l'inspecteur divisionnaire, je suis peut-être le petit-fils d'un écrivassassin, le célèbre Hamlet, le serial killer de la fin des années soixante-dix ! J'arrive pas à y croire, j'en suis tourneboulé ! Eux, sympas : toutes mes condoléances, petit, mais il y a prescription, et puis, ton grand-père, c'était un génie, il sera bientôt dans les manuels scolaires. Et hop ! par ici les droits d'auteur.

Sur le trottoir, adossé à la verrière du café, Maurice grille une Gauloise blonde en regardant les bagnoles cracher leur CO_2 de merde. Oui, mais faut pas rêver. Le suicide, ce n'est pas le genre de pépère.

Il jette son mégot dans le caniveau, s'engage dans la rue Barbès, tourne à droite rue Bara. Devant la droguerie, un mec hurle qu'on lui a volé sa tête. Pas étanche, le mec. Comme le vieux. Tous deux bons pour l'asile. L'asile. Ça aussi c'est pas con comme idée. Il serait le tuteur, gérerait le magot. Mais ce n'est pas gagné. Aléatoire, même. Cela veut dire pas sûr, en français.

Maurice pousse la porte de l'immeuble, ouvre la boîte aux lettres. Des pubs, par kilos. Monte deux à deux les marches de l'escalier boiteux aux lattes incertaines. Les clés. Il entrouvre le rideau du salon, scrute le jardinet. Parfois, la fille prend des bains de soleil, à moitié à poil. Mais bon, Léon, c'est pas tout ça. Faudrait peut-être aller voir le vieux au village. Ce qu'il fait, ce qu'il pense, tout ça. Peut-être qu'il est peinard près de sa mare aux canards, qu'il quitte plus la télé, qu'il dévore les journaux, qu'il colle aux murs les articles de presse, avec la tête qui enfle comme une montgolfière ? Ou alors, emmerdant, il aiguise son coupe-papier en rêvassant d'avant. Voudrait pas nous jouer *Hamlet II le Retour ?* Ou alors il a peur et se terre dans son trou, en se bouchant les oreilles. Ce serait l'idéal. On pourrait alors lui pousser la chansonnette. Ou bien la jouer copain-copain, allez, pépé, on est associés. Ouais, faudrait savoir. Et les autres manuscrits, ces montagnes de papiers qui s'entassent dans son bureau, qu'est-ce qu'il y a dedans ? D'autres romans bien trash ? Avec viols de petites filles et têtes d'enfants coupées ?

Maurice rumine. Ça peut encore faire du fric, des histoires comme ça, ça peut faire du fric. Oui, faudrait y aller.

16

Lundi 8 novembre, 19 h

Le communiqué tomba dans l'après-midi : « Le prix Goncourt a été attribué lundi 8 novembre à Nemo Nay, pour *A noir* (Herbatim), par le jury de l'Académie Goncourt au restaurant Drouant à Paris. Le Goncourt lui a été attribué au douzième tour, par quatre voix contre deux voix à Jean-René Bart, qui était en lice avec *Loin de soi.* Le jury a voulu ainsi exprimer son "esprit d'ouverture" et son rôle de "défricheur", a déclaré Bernard Pivot, secrétaire général de l'Académie Goncourt et membre du jury. »

Rue de Condé, chez Herbatim, l'euphorie règne. L'ouvrage a déjà atteint cent vingt-cinq mille exemplaires et devrait pulvériser le seuil des deux cent cinquante mille, diffusion moyenne d'un prix Goncourt.

Aux côtés d'Isabelle Örmen, Paul Mistraki joue les modestes. Sa stratégie éditoriale et son sens de la presse ont fait merveille. Il est question de lui confier une nouvelle collection.

Les relations avec Oxymor, en revanche, virent à l'orage. Malgré sa vigilance, une fuite s'est produite chez Herbatim. Le nom de Baulay commence à circuler. Les journalistes appellent. Réagir, vite. Le mieux serait de prendre le problème à bras-le-corps. Convaincre Oxy de monter en première ligne afin de couper court aux rumeurs. Un article bien tourné. Ou, mieux, une émission littéraire. Cela devrait pouvoir s'arranger. Seul hic :

son caractère de cochon, totalement imprévisible. Et cette question lancinante qui ne trouve pas de réponse : Oxymor est-il ou non l'auteur de *A noir* ?

Une coupe de champagne à la main, sourire aux lèvres, Paul passe de groupe en groupe. Le directeur des ventes entouré de son staff lève son verre à sa santé.

– Alors, mon cher Paul ? Ce serait donc Baulay, votre ami d'enfance ?

– Secret professionnel, mon cher Luc, répond Paul en riant. Mais je maîtrise. Baulay devrait faire très rapidement une mise au point, presse ou télévision. Vous pouvez parier sur trente mille supplémentaires dans la semaine qui suit !

– Et son premier roman ? J'ai entendu dire que nous l'aurions refusé, il y a trois ans.

– Exact. Mais veuillez m'excuser, il faut que je m'entretienne avec Isabelle.

Paul s'éloigne prudemment. Il va falloir également gérer ce problème. Publier Oxymor peut s'avérer rentable si son nom se met à briller sous les feux de la rampe. Mais, au préalable, s'assurer qu'il n'est pas l'auteur de *A noir*, cela ferait désordre, les deux livres n'ayant pas le moindre point commun.

Tout en virevoltant parmi la foule compacte, Paul soupèse à nouveau l'hypothèse Baulay. Est-il vraiment envisageable qu'Oxymor puisse être Nemo Nay ? Comment ce mouton frisé, qui par ailleurs a failli lui souffler sa femme, pourrait-il avoir un tel talent ? Il faut absolument en avoir le cœur net.

– Eh bien, Paul, vous semblez bien absent.

Virginie, la nouvelle attachée de presse, lui tend une coupe de champagne. Élégante, professionnelle, un beau carnet d'adresses et fort libérée, lui a-t-on dit.

– Je pensais, répond-il. Merci pour la coupe, j'en ai déjà une. Êtes-vous toujours à tu et à toi avec Engouly ?

– À tu, oui. À toi, non. C'est de l'histoire ancienne, mais nous entretenons toujours d'excellents rapports.

– Parlez-lui de Baulay, l'hypothétique auteur de *A noir*. J'aimerais qu'il le reçoive très rapidement.

– Vous savez, Paul, j'ai peur que son planning ne soit complet pour les trois prochains mois.

– Démerdez-vous, Virginie. Pardon. Faites le maximum. Je suis sûr qu'il peut déplacer un auteur. Hantzig, par exemple, il est chez nous, il est mort de trouille, il n'ouvre pas la bouche, pire que Modiano, ce ne sera pas une grande perte. Et il me doit bien cela. Bon, c'est une affaire réglée. Parlez-moi d'Engouly, jolie Virginie, comment vous êtes-vous connus ?

Tandis que l'attachée de presse relate sa tumultueuse liaison avec le présentateur télé, Paul Mistraki examine froidement enjeux et conséquences de sa stratégie. En parler à Isabelle, bien sûr, mais c'est la bonne idée. Un passage dans *Tir'Lire*, l'émission littéraire consacrée aux best-sellers, devrait permettre de clarifier tout cela une bonne fois pour toutes. Et d'engranger quelques dizaines de milliers de ventes. Engouly sautera sur l'occasion : *A noir*, c'est du lourd. Audimat garanti.

17

Vendredi 26 novembre, 10 h 15

Il aime prendre le métro vers dix heures du matin. Surtout les lignes comportant une section aérienne, comme celle venant de Bir-Hakeim, sur Nation-Étoile, lorsqu'on passe de la lumière à l'ombre, quand on plonge soudain dans les entrailles d'un Paris cossu, à la station Passy, en tentant de repérer l'appartement dans lequel fut tourné *Le Dernier Tango*.

Pourquoi a-t-il cédé ? Dix minutes d'interview. C'est long, dix minutes. Un sentiment de panique le fait frissonner. Dix longues minutes, six cents secondes qui s'égrènent une à une devant des centaines de milliers de téléspectateurs, autant dire une éternité ; des questions sur sa vie, son intimité, comme s'il se trouvait à poil au milieu d'un Stade de France archicomble. Parmi tous ces gens, s'il est toujours en vie, Hamlet sera-t-il devant son écran de télévision ? Que se passe-t-il dans sa tête, maintenant qu'il trône aux côtés de Duras, de Gracq, de Modiano ?

La réceptionniste vérifie son nom, l'heure du rendez-vous et l'annonce par téléphone.

– Quatrième étage, monsieur. Dan vous attend.

Dans la cabine nickel chrome branchée sur France Inter, une femme en lunettes noires, cheveux cachés dans un fichu rose, fixe attentivement les belles chaussures bleues qu'il a achetées la veille.

– J'ai deux pieds normaux, merde ! murmure Oxymor.

Dix secondes plus tard, Dan Engouly l'accueille devant l'ascenseur, le conduit jusqu'à son bureau, une pièce guère plus grande qu'un studio au pied des pistes de Serre-Chevalier.

– Pas trop stressé, monsieur Baulay ?

– Appelez-moi Oxymor.

– Bien sûr. Moi, c'est Dan.

Le présentateur explique les règles du jeu, rassure son invité. Ce n'est pas du direct, restez vous-même, tout se passera bien.

Dix minutes plus tard, les deux hommes passent au maquillage, puis vont s'installer sur un canapé rouge. Deux tasses de café sont posées sur une table basse. Essais de caméras. Silence, on tourne. Engouly est jeune, vif, souriant.

– Oxymor Baulay, bonjour. Vous êtes journaliste et vous êtes désormais au centre de ce qu'on appelle l'affaire *A noir*. Selon mes sources, vous auriez trouvé le manuscrit dans une vieille malle, une malle familiale. Après l'hypothèse Perec, l'hypothèse farfelue Gary/Ajar, puis l'hypothèse de votre père, qui je le rappelle était professeur de lettres, vous êtes pour beaucoup de gens l'auteur anonyme du nouveau prix Goncourt. Que leur répondez-vous ?

Le décor du plateau n'est pas sans rappeler celui d'*Apostrophes*. Le titre de l'émission, *Tir'Lire*, remplit tout un mur. Fixant la caméra, comme on le lui a demandé, Oxymor répond que ce qu'il a publié de mieux est un reportage de dix mille cinq cents signes sur les problèmes de reproduction au zoo de Vincennes. Eh bien non, désolé, il n'est pas l'auteur du livre.

– Mais vous écrivez ?

– Vaguement. Je suis un écririen.

– Et vous écririenvez quoi, en ce moment ?

Oxymor apprécie la performance. Du tac ou tac, sans buter sur le mot.

– « Comment devenir SDF en dix leçons faciles ».

– Donc, ce n'est pas vous ? Vous n'êtes pas Nemo Nay ?

– Je ne suis pas Nemo Nay. Je m'en porte fort bien.

Long silence. Dan Engouly scrute longuement le visage d'Oxymor. Sourire.

– Vous connaissez l'auteur ?

Oxymor hésite. La caméra numéro deux opère un zoom sur son visage.

– Non. Je ne connais ni son nom, ni son âge, ni son adresse. Je possède pourtant quelques indices. Disons que je suis sur sa piste. Que j'aimerais le rencontrer.

– Pourquoi ?

– Pour qu'il touche ses droits d'auteur, entre autres choses.

– Soyez-en remercié. Admettons. L'énigme reste donc entière. En parlant d'énigme, beaucoup de gens s'interrogent sur l'absence du verbe *être*. Sur l'absence de la lettre *y*. Pensez-vous que ces éléments puissent nous éclairer ?

Oxymor se fige. Éclairer quoi ?

– Je ne comprends pas votre question.

– Vous la comprenez fort bien. On a beaucoup parlé de Perec. De « belle absente ». De lipogramme. Le livre semble obéir à des contraintes. L'auteur ne pourrait-il pas être un membre de l'Oulipo ? Un membre facétieux ?

– Je connais assez mal l'Oulipo, répond Oxymor, hormis les *Cent milliards* ou les *Cent mille milliards de poèmes* de Queneau, je ne me souviens plus du chiffre exact. J'ai lu Georges Perec, comme tout le monde, j'adore ses mots croisés et ses *Je me souviens*. Mais quelque chose me dit que l'auteur de *A noir* n'est pas un écrivain professionnel. Par ailleurs, je ne vois rien de vraiment facétieux dans ce roman…

– Vous évoquez Perec. N'a-t-il pas fréquenté le collège d'Étampes où enseignait votre père ?

– C'est possible. Je ne sais pas. Sur le fond, est-ce vraiment important de connaître le nom de l'auteur d'un livre ?

Dan Engouly penche la tête à droite, croise les bras. Son visage respire malice et empathie envers son invité.

– Bonne question. Ma réponse est oui. L'œuvre et l'homme

sont indissociables. L'un est l'autre. Il n'existe pas, à ma connaissance, de livre majeur qui soit resté sans auteur. Je sens à certaines crispations que le sujet vous agace quelque peu. Parlons si vous le voulez bien de l'aspect économique. Un Goncourt représente beaucoup d'argent. Êtes-vous intéressé financièrement, à titre de découvreur – disons plutôt d'agent littéraire –, au succès du livre ?

– Pas du tout. Je ne touche pas le moindre centime.

Engouly se penche vers lui. La caméra numéro un le cadre en plan américain.

– Quels sont alors votre rôle et votre intérêt personnel dans cette aventure assez extraordinaire ?

Oxymor aimerait bien le savoir. Effacer sa culpabilité envers Vaïda ? Jouer au détective ? Faire son métier de journaliste d'investigation ? Côtoyer l'inaccessible monde des lettres ? Il se demande à nouveau pourquoi il a accepté cette invitation. Sa prestation lui paraît lamentable.

– C'est tout simple, répond-il avec une certaine irritation. J'ai trouvé ce manuscrit dans une vieille malle, j'ai un ami qui est éditeur, cet ami l'a publié. Aucun mystère là-dedans.

– Sauf le nom de l'auteur. Qui vous indiffère.

– Ne croyez pas cela ! Je m'en occupe. Qu'il soit mort ou vivant, je le trouverai. J'en fais, disons, une affaire personnelle…

– Quelle fougue, cher ami ! Une affaire personnelle ?

– Je suis journaliste. Et je suis curieux.

– Bien. Parlons de l'œuvre, maintenant… Quelle fut votre réaction lors de votre première lecture ?

– Dégoût.

– Dégoût ?

– Oui. Accompagné, curieusement, par une forme de compassion : comment peut-on écrire de telles horreurs sans être profondément malade ?

– Vous voyez, vous revenez à l'auteur…

Les deux hommes s'entretiennent pendant plusieurs minutes de l'écriture de *A noir*, son rythme, ses influences, ses trouvailles stylistiques. Suivent quelques questions anodines sur le journalisme d'investigation, le développement du Web et celui des gratuits. Encore trente secondes et l'entretien sera terminé. Lamentable, peste Oxymor, je suis lamentable.

– Oxymor Baulay, merci. Un dernier mot : comment peut-on s'appeler Oxymor ?

Explication, pour la énième fois. Baulay. Comme un silence éloquent, une douce violence. Ou un effrayant sourire angélique, comme dans *Belle du Seigneur*.

– Monsieur Baulay, merci. Quant à nous, nous nous retrouverons la semaine prochaine en compagnie d'Alain Leroy, pour son nouveau livre *Tout pour Marie*. Bonne nuit, à mardi.

Oxymor attend que le présentateur se lève pour en faire autant. Bavarder, se démaquiller, il en a encore pour une bonne demi-heure. L'intervention d'Engouly sur l'Oulipo l'a, comme on dit, interpellé. Ce garçon n'est pas sot : des contraintes… Et si la clé du mystère Nemo Nay résidait quelque part à l'intérieur du texte ? Des petits cailloux noirs bien cachés çà et là ? Blot ne disait-il pas que les serial killers aimaient souvent jouer au chat et à la souris avec la police ? L'auteur aurait-il distillé quelques patrins soigneusement choisis tout au long du récit, s'imposant comme contrainte de laisser des indices susceptibles de l'identifier ? La perspective de fouiller les entrailles de *A noir* fait soudain monter son taux d'adrénaline. La solution est là, il est prêt à parier.

Dans l'avenue du Général-Mangin, un vent frais descend de la colline de Chaillot, agite les feuilles des marronniers. Des effluves de cyprès s'échappent d'un bosquet, rappelant le parfum de Clara. L'appeler ? Normalement, elle devrait être rentrée d'un de ses innombrables séjours à New York. Il sort son portable, compose le numéro.

– Bonjour, vous êtes bien sur le répondeur de Clara. Indisponible pour le moment, merci de laisser un message…

– Bonjour, Clara, c'est Oxymor. J'espère que tu vas bien.

Je connais un Japonais, sushis et sashimis, qui rêve de te connaître, si le cœur t'en dit, ce soir vingt heures, en bas de chez toi. Avec le Concorde, tu devrais être à l'heure pour le dîner. Rappelle-moi.

Oxymor glisse son portable dans sa poche, fronce les sourcils. Le Concorde ? Existe encore, cet oiseau-là ?

L'avenue du Colonel-Bonnet descend en pente douce vers l'ancienne ORTF. Qu'est-ce qu'ils ont, dans le coin, avec ces militaires ? Les perspectives dégagées par sa conversation avec Engouly lui font hâter le pas. Bon sang, mais c'est bien sûr : l'Oulipo. « Un pour tous, tous contraints. » Bel apophtegme doublé d'une anadiplose antimétabolique. Nemo Nay pourrait-il être un des membres du club, comme l'a suggéré Dan ? Évidemment non. Oxymor ne voit pas des types comme Le Lionnais, Queneau, ou Perec planter leur coupe-papier dans le cœur de cinq jeunes femmes. Grotesque. Abracadabrantesque.

Au loin, la statue de la Liberté agite son flambeau. RER ou métro ? RER. De Kennedy à Saint-Michel, puis de Saint-Michel à Château-Rouge, il doit y avoir une quinzaine de stations, largement de quoi composer un long PDM. Avec comme contrainte de n'utiliser que des rimes en *« -oir »*. Couloir, tiroir, gloire, miroir ; et noir, bien sûr.

18

Mardi 12 décembre, 11 h

« L'Oulipo, acronyme d'Ouvroir de littérature potentielle, a été créé en 1960 par Raymond Queneau et le mathématicien François Le Lionnais, qui en est le véritable initiateur.

Le principe fondateur fut la rédaction par Raymond Queneau des premiers sonnets des *Cent mille milliards de poèmes.* Il s'agit d'un livre composé de dix feuilles, chacune séparée en quatorze bandes horizontales.

Sur chaque bande, un vers. En tournant les bandes, le lecteur peut choisir pour chaque vers une des dix versions proposées et composer ainsi 100 000 000 000 000 poèmes.

Les membres de l'Oulipo sont les Oulipiens. Parmi les plus connus, on peut citer Raymond Queneau, Italo Calvino, Georges Perec, Marcel Duchamp, Luc Étienne, Marcel Bénabou, Jacques Roubaud. L'Oulipo compte actuellement trente-six membres dont quinze sont excusés pour cause de décès. Mathématiciens-littérateurs ou littérateurs-mathématiciens, les Oulipiens travaillent à faire avancer la littérature potentielle en inventant et en s'imposant des contraintes d'écriture, comme "un rat qui construit lui-même le labyrinthe dont il se propose de sortir". La contrainte lipogrammatique est l'une des plus connues : elle consiste à écrire un texte en supprimant une ou plusieurs lettres. Tout le monde connaît *La Disparition*, lipogramme en *e* de Georges Perec ou *What a man !*, également écrit par Perec, ne comportant que la voyelle *a*. Mais le champ d'invention des contraintes est monumental, et Perec n'est que la partie visible de l'iceberg : palindromes (engage le jeu, que je le gagne !), belle absente, quenine, contrainte du prisonnier, tous les procédés sont bons pour produire de la lipo. »

Oxymor relit l'article, l'imprime, cherche des liens en bas de page. Les sites sur l'Oulipo sont nombreux, très documentés. Certaines associations spécialisées pourraient peut-être l'aider. L'une d'elles, en particulier, retient son attention : Loup poli, rue du Temple, près du BHV, à quelques pas de chez Paul. L'association propose des cours collectifs d'écriture contrainte et des dissections-dissertations sur les textes oulipiens.

Oxymor note l'adresse, le numéro de téléphone. Devant lui s'amoncelle une pile de courrier que Mme Solidor vient de monter. Des lettres adressées aux bons soins d'Herbatim à son attention. Comme il fallait s'y attendre, l'émission *Tir'Lire*, malgré son heure tardive, a été très suivie. Oxymor s'oblige à répondre à chaque lettre, fût-ce brièvement. Beaucoup de lettres de femmes, accompagnées parfois d'une photo, qui l'ont trouvé « formidable », voire « séduisant ». Quelques lettres d'universitaires, de chercheurs et d'étudiants. Quelques lettres de dingues qui déclarent connaître l'auteur. Ou qui revendiquent la paternité du livre. Il ouvre une enveloppe blanche, sort un mince feuillet. Jean Delacour, à Nantes.

« Cher monsieur, je suis prof, je vous ai vu à la télé et ce livre m'a passionné. Puis-je vous aider dans votre recherche ? *A noir* est le début d'un poème de Rimbaud, intitulé « Voyelles ». Or, dans ce poème, le verbe « être » et ses dérivés sont absents. Par ailleurs, la voyelle *y*, sixième voyelle de la langue française, ne figure pas dans la liste des couleurs rimbaldiennes. Ceci ne peut pas être le fruit du hasard. En espérant vous être utile, recevez, monsieur, mes salutations distinguées. »

Oxymor classe la lettre dans une boîte en carton. Merci pour « Voyelles », il ne faudrait pas le prendre pour un plouc. L'autre remarque lui semble plus intéressante quoique peu productive pour le moment. Par curiosité, il retourne sur Google, tape « voyelles », clique sur le premier site.

« Aux cinq voyelles, Rimbaud fait correspondre cinq couleurs, selon un choix qu'il indiquera plus tard gratuit ou arbitraire. Il invente la couleur des voyelles sans logique. [...] Le noir, qui commence la série, se conçoit comme une origine, symbole du néant, des ténèbres d'où va surgir la lumière... »

A noir, symbole du néant, symbole de la mort... S'est pas foulé, le mec. Oxymor reprend sa lecture :

« Pour Rimbaud, la poésie n'est pas une simple démarche intellectuelle, mais elle est liée à la vie. Elle n'en est pas le reflet mais la force, le principe même. Le rôle du "Voyant" est donc d'impliquer son existence dans cette recherche, de s'infliger les "souffrances" nécessaires pour arriver à l'inconnu. »

Les souffrances, songe Oxymor. Quelles souffrances le tueur en série a-t-il voulu s'infliger ?

Tel un coléoptère argenté pris de frénésie sexuelle, le vieux Sony Ericsson, sous l'effet du vibreur, se met à zigzaguer sur le plan de travail.

– Oxymor Baulay ?

– Oui ?

– Jacques Blot, comment allez-vous ?

– Bonjour, commissaire.

– Ex-commissaire. Je ne vous dérange pas ? Je vous ai aperçu l'autre jour dans une émission littéraire, vous étiez fort bien.

– Merci, j'ai le sentiment d'avoir été totalement poussif. Que me vaut le plaisir, commissaire ? Nous nous sommes vus en février, pas la moindre nouvelle depuis. Je suppose que mon histoire ne vous avait guère subjugué.

Long silence sur la ligne.

– Je vous appelle pour vous dire que j'ai relu votre livre, enfin, le livre... Mon point de vue a évolué...

– Vraiment ? Et pourquoi ?

La voix de Blot reprend de l'assurance.

– Shakespeare. « Être ou ne pas être », dans le quatrième monologue, cela ne vous dit rien ?

Oxymor acquiesce en grognant quelques mots indistincts. Décidément, en ce moment, tout le monde le prend pour une bille. Quant à l'ex-commissaire, il a la comprenette à retardement.

– Bien sûr, commissaire. Qu'en avez-vous déduit ?

– Rien pour l'instant, malheureusement. Mais comme je vous l'ai dit, votre hypothèse commence à m'intéresser. À titre privé, naturellement, car je ne fais plus partie de la police. À ce propos, avez-vous finalement pris contact avec elle ?

– Non, aucun contact.

Nouveau silence.

– Pourquoi ? demande Oxymor. Me conseillez-vous de le faire ? N'est-il pas un peu tard ?

– Mon bon ami, je ne suis pas à votre place. Cela étant, objectivement, rien ne justifiait d'aller voir les flics. C'est de l'histoire ancienne.

Oxymor relève l'emploi de l'imparfait.

– Justifiait ou justifie ? demande-t-il. Vous auriez du nouveau ?

– Peut-être, je ne sais pas. J'ai retrouvé dans mes archives un élément assez curieux qui pourrait vous intéresser. J'aimerais vous en faire part. L'Écluse, quai des Grands-Augustins, cela vous conviendrait ? J'ai un faible pour le bordeaux.

– Volontiers. Quelle heure ?

– Demain, quatorze heures trente, cela vous va ?

– Cela me va. Est-ce réellement curieux ?

– Vraiment.

– Et nous ne pouvons pas en parler au téléphone ?

– Je ne préfère pas.

– Très bien. L'Écluse, quatorze heures trente. À demain, commissaire.

Oxymor se lève, se dirige vers la cuisine pour prendre une bière dans le réfrigérateur. Pensif. Qu'a découvert Blot ? Est-ce important au point qu'on ne puisse pas en parler au téléphone ? On verra cela demain. L'Écluse, c'est parfait. Il en profitera pour passer voir les Oulipiens de Loup poli, près du BHV.

La remarque de Blot sur le quatrième monologue ravive ses interrogations. « Être ou ne pas être. » La clé résiderait-elle dans l'histoire de Hamlet ? C'était déjà fort compliqué avec Rimbaud, s'il faut également explorer Shakespeare... Il retourne sur Google, tape Hamlet, sélectionne un site en haut de la liste. Article daté de 2002, paru dans *Libération* :

« Rappelons que le jeune prince du Danemark rencontre au tout début de la pièce le fantôme de son père, qui fut assassiné. Hamlet mène alors l'enquête pour trouver le coupable. Bien qu'indécis *(To be or not to be ?)*, il tue ou fait tuer un certain nombre de personnes. »

Un père, songe Oxymor. Le père de Hamlet aurait-il été assassiné lorsque ce dernier était enfant ? Serait-il devenu un serial killer par esprit de vengeance ? Il faudrait remonter des décennies en arrière, se plonger dans les faits divers. Admettons qu'il fût âgé de vingt à quarante ans en 1979. Cela impliquerait une recherche entre 1939 et 1959. À part les années de guerre, c'est un gros travail, mais c'est faisable. Est-ce cela qu'a découvert Blot ?

Nouvelle danse effrénée du coléoptère argenté.

– Oxy, c'est moi. Qu'est-ce qu'il fait, mon beau mouton frisé ?

– Je bosse. Je prépare une thèse sur les correspondances entre Rimbaud et Shakespeare.

– Tu me raconteras. Je te vois, ce soir, au village Ramey ? Le monstre est décommandé.

– Ta sœur ne fait plus la pute le mardi ?

– Non, je prends le relais. Tu viens ? Tarif d'ami. Gros rabais sur les histoires érotiques.

– Pas ce soir, je suis crevé. Et j'ai un dîner chez Paul. Je te rappelle vers seize heures au cas où.

Oxymor coupe la communication et jette le portable sur le canapé. Merde et merde. Il s'enfonce. Ce soir, il a rendez-vous avec Clara. Ils marcheront dans le quartier, la main dans la main. Ils iront boire un verre chez Georges, rue des Canettes, puis ils iront dîner chez le Japonais, près du marché Saint-Germain. Ils monteront ensuite dans le petit duplex, les phéromones battant la chamade. Minable, je suis minable. Il l'avouera bientôt, promis. Louise comprendra. Louise comprend tout.

19

Mercredi 13 décembre, 14 h 28

Lorsqu'il pousse la porte de l'Écluse quai des Grands-Augustins, avec deux minutes d'avance, Oxymor constate sans surprise que Blot l'a précédé. Au milieu de la salle, devant un verre dégustation, l'ex-commissaire semble en état second. Méditatif, un imperceptible sourire aux lèvres. Peu de monde à cette heure : un couple silencieux au fond de la salle, un homme sur la droite en pull-over noir, stylo à la main, geste en suspens. Le temps semble figé. Oxymor examine le décor de l'ancien cabaret qui vit les débuts de Barbara en 1957. Des photos sur les murs parlent des temps anciens. Le mime Marceau, Gribouille, Darras et Noiret, Francesca Solleville, Gianni Esposito, Pia Colombo... Blot lève la tête, se lève, tend la main.

– Bonjour, monsieur Baulay.

– Bonjour, commissaire. Appelez-moi Oxy, ce sera plus simple.

– Oxy, très bien. Appelez-moi Jacques. En vous souhaitant, compte tenu des circonstances, de ne pas finir occis mort.

Quoiqu'il ait entendu cinq cents fois dans sa vie cette petite plaisanterie, Oxymor le complimente pour cet heureux pléonasme doublé d'une radieuse tautologie. Le cher commissaire peut lui être utile, mais il ne brille pas vraiment par l'esprit de finesse.

– Vous venez souvent ici ?

– Assez souvent. La nostalgie de l'âge d'or. Ou le refus d'un monde qui s'annonce fort mal pour nos descendants. Mon père était un grand ami de Léo Noël, l'un des fondateurs du cabaret, il travaillait chez Odéon, la maison de disques, j'ai baigné dans la chanson française durant toute mon enfance. Il m'a raconté avoir vu ici les deux Léo, Ferré et Noël, chanter « Mister Jim », l'un s'accompagnant au piano, l'autre au violon. C'est bien loin, tout cela. Alors, cher ami, où en sommes-nous ?

Oxymor relève l'utilisation du « nous ». Blot reprend du service, songe-t-il en souriant. À la recherche du temps perdu…

– Je cherche, répond-il. Je rame. Depuis mon émission, j'ai toute la presse aux fesses, je ne parviens plus à bosser tranquillement. Je voulais au départ tout reprendre à zéro, avec vous. Mais j'ai une autre idée. Vous vous souvenez, quand Engouly a fait référence aux contraintes oulipiennes ?

– Fort bien. Très intéressant.

– Eh bien, je me suis dit que la clé du mystère résidait peut-être dans le corps du texte. Qu'il n'était pas nécessaire d'aller chercher ailleurs. Qu'il existe dans *A noir* des clés cachées permettant d'identifier l'auteur.

– Diable ! Quelle imagination !

– Votre remarque sur la phrase de Hamlet m'a encouragé. Être ou ne pas être. L'auteur joue avec nous. Cela étant, je ne suis guère plus avancé. Rimbaud et Shakespeare sont dans un bateau. L'un doit tomber à l'eau. Lequel ? J'ai pris rendez-vous avec des gens de l'Oulipo qui pourraient m'épauler dans mes recherches. J'ai bon espoir. Et de votre côté ? J'ai pensé à vous une partie de la nuit. J'ai cru comprendre que vous aviez un scoop à me soumettre…

Sans lui demander son avis, Blot commande un verre de bordeaux, sort une feuille de sa serviette.

– Mon cher, je suis un âne et vous aviez totalement raison. J'ai retrouvé dans mes archives la photocopie d'une lettre qui m'avait été adressée après le deuxième meurtre, celui survenu aux Lilas en mai 1979. Des missives de ce genre, nous en recevions des dizaines. Je n'y avais pas trop prêté attention à l'époque. Il y a quinze jours, je ne sais pourquoi, je me suis souvenu de cette lettre. Elle contient, je pense, la confirmation de votre hypothèse. L'auteur de *A noir* et le meurtrier ne font qu'un. Vous allez voir, cela va vous sauter aux yeux.

Oxymor examine la feuille jaunie par le temps que lui tend Blot. La frappe machine ressemble étrangement à celle du manuscrit :

Monsieur le commissaire,

Je connais le meurtrier des deux femmes assassinées. Un homme grand, bien bâti, presque athlétique, au visage parfaitement ovale, avec des cheveux châtains et des ieux d'un bleu pâle.

Signé : Anonime.

– Nom de Dieu ! Les *y* !

– Comme vous dites.

Le garçon apporte le Château Rouget. Les deux hommes se regardent, hument leur verre.

– Plus de doute, murmure Blot, c'est bien lui. À sa santé satanique !

Oxymor boit. Une petite gorgée, à trois euros minimum. Le vin présente une jolie robe grenat très sombre, profonde. Son nez associe fruits noirs et notes balsamiques. Avec, en outre, une odeur de grillé, de vanillé, de pain d'épices.

– Superbe, dit-il en reposant son verre. Mais pourquoi vous envoyer cette lettre ?

– Par plaisir, mon cher. Par jeu. Pour me narguer. Hamlet est un joueur qui fixe ses propres règles et qui les respecte sans doute scrupuleusement. Je suis persuadé que la description qu'il donnait de lui-même était exacte.

– D'autres lettres ont suivi ?

– Non, ce fut la seule.

– La frappe machine, vous avez travaillé dessus ?

– Bien sûr, soupire Blot. Il s'agissait d'une Remington Standard

International mise en service en 1963 ou 1964. Il en existait encore des milliers en circulation.

Devant lui, à quelques tables, le type en pull noir vient de renverser son verre sur son journal, d'un geste doux, presque au ralenti. Un garçon se précipite, serviette à la main. Oxymor ne peut s'empêcher de sourire.

– Nous sommes donc d'équerre, conclut-il. Le doute n'est plus permis. Quel est le programme ? Nous travaillons désormais ensemble, si j'ai bien compris...

Blot examine la salle, suspicieux. Le couple d'amoureux. Le type en noir.

– Je propose que vous plongiez comme vous l'avez évoqué dans vos investigations littéraires. C'est une bonne piste et c'est tout à fait réjouissant. De mon côté, je vais reprendre les archives du dossier. Celles que j'ai emportées. Une par une. Nous croiserons nos travaux. Comment s'appellent ces gens de l'Oulipo que vous devez voir ?

– Loup poli. Une association. J'ai rendez-vous dans une heure et demie.

– Amusant, comme nom. C'est quoi ? Un anagramme ?

– Non. Tout juste un calembour, une petite paronymie. Et je vous signale qu'anagramme, cette charmante figure, est du genre féminin.

– Merci de la précision. Que peuvent nous apporter vos types de l'Oulipo ?

– Analyser le texte sous l'angle mathématique. Trouver ces fameuses contraintes évoquées par Engouly. Et, qui sait, trouver un indice sur l'identité de l'auteur.

– Puissiez-vous avoir raison. J'aimerais tant boucler cette enquête...

Oxymor scrute Blot avec attention. Jusqu'à quel point peut-il lui faire confiance ? Doit-il lui parler du meurtre de Vaïda ? Et en quoi le meurtre du gitan peut-il les aider dans leur enquête ? Non. Inutile. Dangereux. Et cela mettrait Blot en porte-à-faux vis-à-vis de ses ex-collègues. Qu'il reprenne ses archives et qu'il les examine, c'est largement suffisant.

– Il faut y croire, commissaire. Hamlet aime les mots, il aime jouer avec eux. Les messages sont là, en filigrane, j'en suis persuadé. Je vous suggère de relire *A noir* attentivement, maintenant que vous savez que l'auteur et le tueur sont la même personne. Avec votre connaissance du dossier, vous verrez peut-être quelque chose que je n'ai pas vu…

Blot sirote lentement le fond de son verre, examine au mur une photo de Barbara assise au piano, la tête tournée vers la gauche.

– Ce n'est pas un roman, dit-il. C'est un fatras de fou furieux. Vous appelez ça de la littérature ?

– Mais oui, Jacques. Ce n'est pas pour rien qu'il a obtenu le Goncourt. Il s'agit d'un style totalement nouveau qui sera disséqué dans les manuels d'histoire littéraire.

– C'est un tueur, c'est tout.

– Cela n'empêche pas. J'ai lu l'ouvrage une dizaine de fois. Je me demande parfois si les meurtres qu'il a commis n'étaient pas nécessaires à son récit. Comprenez-moi : ce n'est pas un tueur qui s'est mis à écrire. C'est un écrivain qui a choisi le meurtre pour dérégler ses sens, pour atteindre l'inconnu, réinventer un langage. Comme Rimbaud.

– L'admiration vous aveugle, cher ami.

Oxymor sourit.

– Vous avez raison. Et je vais vous laisser. Lorsque vous replongerez dans vos archives, mettez-vous Rimbaud dans un coin de la tête. Il me semble que l'homme aux semelles de vent nous fait de l'œil.

– Et c'est quoi, se mettre Rimbaud dans la tête ?

– Pensez mots-clés : Verlaine, poète, maudit, homosexuel, Abyssinie, trafic d'armes, père militaire, père qui disparaît, Marseille, amputation, Ardennes, Charleville...

– Je ferai mon possible. À très bientôt, Oxy. Permettez-moi

de vous féliciter. Je ne sais pas si nous parviendrons à quelque chose, mais sans vous le dossier Hamlet serait clos pour l'éternité.

– « L'éternité, murmure Oxymor en se levant, c'est la mer allée avec le soleil… »

– Rimbaud ?

– Exact. Il nous poursuit. À bientôt, Jacques.

– À bientôt, Oxy. Laissez, permettez-moi de vous inviter. Et filez, je vais rester un moment.

Oxymor revêt sa parka, sort du bar, gravit les petites marches. Il caresse son portable au fond de la poche, hésite à appeler Clara. Non, il n'a pas le temps.

Sur la place Saint-Michel, deux voitures se sont accrochées, provoquant un embouteillage inextricable. Oxymor presse le pas vers le Palais de justice en se remémorant sa soirée rue Garancière. Le petit nez pointu. Les seins à la Birkin. Il revoit l'appartement de poupée donnant sur la cour fleurie, l'abricotier sur le balcon, le tableau d'Opalka, l'escalier dans lequel elle l'avait déshabillé fébrilement pour un amour acrobatique, générant chez lui un orgasme polychrome plus lumineux qu'un arc-en-ciel, comme s'il réinventait les couleurs. Puis il y avait eu la fraîcheur du lit, la nuit verte aux neiges éblouies, le grain de sa peau, l'amour recommencé dans le petit matin, les croissants chauds.

Bon Dieu, songe Oxymor, qu'est-ce qui m'arrive ? Je ne vais tout de même pas tomber amoureux ? Dans la rue de Rivoli, un SDF dort à même le sol, malgré le froid. L'image de Vaïda chasse celle de Clara. Comment sont les trottoirs au paradis ? Y oublie-t-on ses amis ? Il s'assied près du clochard, glisse deux euros dans la boîte en carton, regarde pendant dix minutes les passants passer. Comme passe la vie. Vaïda, la rue, le landau, Austerlitz. Avec le temps, va, tout s'en va…

20

Mercredi 13 décembre, 15 h 55

Rue du Temple, entre la rue de Rivoli et la rue des Haudriettes, nombreuses sont les maisons quelque peu délabrées, blotties au fond de belles cours pavées, vestiges des anciens hôtels particuliers érigés sous Louis XIII, puis abandonnés.

L'association Loup poli occupe un trois pièces au 41, escalier C, quatrième étage, au-dessus du Café de la Gare. Une petite pancarte donne un aperçu de l'esprit des lieux : « Entrez et goûtez nos exquis mots. » Oxymor frappe, ouvre la porte. Un petit homme chauve se précipite à sa rencontre, main menue tendue.

– Monsieur Baulay, je vous attendais ! Votre appel m'a plongé dans une joie ineffable. Quel plaisir de pouvoir mettre nos humbles talents au service d'une énigme aussi alléchante que médiatisée.

– Enchanté.

Le petit homme le précède dans un couloir où s'empilent revues, livres, dossiers, matériel informatique.

– Si j'ai bien compris, vous auriez besoin non pas d'un loup poli, mais d'un loup policier. Avec des yeux de lynx, capable de voir dans l'A noir absolu.

– Parfaitement résumé, répond Oxymor.

Le petit homme sautille dans le couloir, tel un lutin s'entraînant à danser la gigue.

– Je me nomme Bowen mais on m'appelle Greimas, hommage à ce génial sémanticien pour lequel longtemps je me suis levé de bonne heure. Résoudre les énigmes, décrypter les messages, comprendre algorithmes et arborescences, vous ne pouviez pas mieux tomber. Venez dans mon bureau !

Le bureau en question est un réduit de six mètres carrés. Les étagères en pin fléchissent sous le poids des livres. Le petit homme s'assied sur un fauteuil pivotant, son visage rayonne d'une curiosité gourmande.

– Dites-moi tout, monsieur Baulay.

Oxymor cale ses fesses sur un haut tabouret. Sur son arbre perché, il domine Greimas d'une bonne tête.

– Monsieur Greimas, j'ai d'abord besoin de votre parole : ce que nous dirons, ce que nous trouverons devra rester strictement entre nous. Pas un mot à vos copains de l'Oulipo, pas un mot aux médias.

Le petit homme se lève afin de se situer à la hauteur d'Oxymor. Sa main, théâtralement, se pose sur son cœur.

– Vous l'avez, monsieur Baulay. Ce sera notre secret professionnel.

Oxymor hoche la tête. Très bien. Merci.

– Comme je vous l'ai dit au téléphone, le texte de *A noir* pourrait bien être un meuble à tiroirs secrets. J'ai cru comprendre que vous disposiez désormais, avec le développement de l'informatique, de logiciels spécialisés très pointus capables de déceler dans un texte des contraintes oulipiennes, des contraintes littéraires.

– Absolument. Nous sommes à la fois des mathématiciens et des amoureux des mots. Des mathématiciens-littérateurs, si vous voulez. Nous pouvons déceler dans un texte la plupart des grandes figures de la littérature sous contrainte : les locurimes, les antérimes, les S + 7, les carrés magiques, les Joséphine, les logo-rallyes…

– Logo-rallye ?

– Il s'agit de textes dans lesquels apparaissent obligatoirement, dans un ordre choisi à l'avance, une série de mots.

– Les S + 7 ?

– C'est tout simple. Cela consiste en gros à remplacer chaque mot d'un texte préexistant par le septième mot trouvé après lui dans un dictionnaire, d'où l'appellation S + 7. Vous me suivez ?

– À peu près.

– Je vous donne un exemple bien connu : La cimaise et la fraction.

« La cimaise ayant chaponné tout l'éternueur se tuba fort dépurative quand la bixacée fut verdie. »

Oxymor se marre.

– Épatant. Donc, s'il y a, disons, des phrases cachées dans *A noir*, des messages subliminaux, vous êtes capable de les identifier ?

Greimas acquiesce d'un hochement de tête.

– Sur la plupart des contraintes oulipiennes connues, sans problème. Mais les travaux de l'Oulipo ne sont pas exhaustifs, Dieu merci. On pourra toujours inventer de nouvelles contraintes.

– Quels pourraient être les délais, juste pour une première analyse ?

Greimas grimace.

– Cela, répond-il prudemment, pourrait prendre un certain temps. Cependant, avec nos quatre PC en batterie, nous devrions avancer assez vite. J'aurais bien sûr besoin du texte original sur un fichier Word.

Oxymor sort le CD de sa poche.

– Je m'en doutais. J'ai demandé une copie à Herbatim et je vous l'ai apportée.

Les yeux du petit homme brillent de convoitise. Il saisit l'objet, comme l'on saisirait un éclair au chocolat dont la pâte à choux respecterait scrupuleusement la recette créée en 1540 par Popelini.

– Avez-vous lu le livre, monsieur Greimas ?

– Bien sûr. Structure booléenne, avec des passerelles entre le documentaire, l'autobiographie et la fiction poétique. Tendance adjectiviste, indubitablement. Très intéressant.

– Que pensez-vous de cette histoire de *y* ? Existerait-il une symbolique souterraine autour de cette lettre ?

Le petit homme sort une pipe d'un tiroir, l'examine attentivement comme s'il faisait sa connaissance pour la première fois.

– Pourquoi pas ? La symbolique peut être sexuelle, chimique, astrologique, philosophique... *Y* représente l'un des deux chromosomes sexuels, chacun sait cela. C'est aussi le symbole chimique de l'yttrium, numéro atomique 39. Dans la désignation des astéroïdes, l'*y* désigne un objet céleste qui a été découvert entre le seize et le trente et un décembre d'une année. C'était par ailleurs une clé de la secte pythagoricienne, représentant le chemin que devait faire l'adepte vers les Commandements, commandements censés faire de lui un homme divin. Comme le serial killer de *A noir*, si j'ai bien compris l'auteur. Comme vous le voyez, le champ est vaste.

Oxymor cherche la bonne assise sur son tabouret.

– Et l'absence du verbe *être*, qu'en pensez-vous ?

– Georges aurait adoré. J'adorais Georges.

– Beau chiasme, monsieur Greimas. Tout à fait fluide.

– Je vous remercie. Savez-vous que je possède un exemplaire de *La Disparition* dans lequel figure la lettre *e* ? Facétie d'un technicien du livre lors d'une réimpression. Collector, comme disent les jeunes. Pour en revenir à votre mouton, pas la moindre idée. Pourquoi fait-on disparaître le verbe *être ?* Il faudrait poser la question à un psy. Je ne suis qu'une humble machine à calculer.

– Travaillerez-vous seul ?

– Non. Avec mes deux fils. J'en réponds comme de moi-même. Avez-vous une idée sur le décryptage du texte ? Une intuition, une hypothèse, quelque chose qui pourrait nous aider ?

– Oui. Rimbaud et Shakespeare. Rimbaud pour son poème « Voyelles », avec le A noir et l'absence du Y. Shakespeare pour Hamlet, pour « être ou ne pas être ». Mais je pencherais plutôt pour Rimbaud. Une intuition.

– Vous avez raison. Il y a du rimbaldien là-dedans. Lors de la description du meurtre numéro trois, pour évoquer le coupe-papier et ses pulsions intérieures, Nemo Nay écrit quelque chose du genre, je cite de tête, « les finitifs clairons aux accords d'aiguisoir ». Je ne vous fais pas un dessin. C'est de l'Arthur pur jus.

– Et pour vos honoraires ? demande Oxymor.

– Pas de cela entre nous, monsieur Baulay. Nous sommes une association sans but lucratif. Je suis trop heureux de pouvoir vous aider.

– Très bien, je vous remercie. Voici ma carte, avec numéro de portable et adresse e-mail. Vous avez le CD. Quand puis-je espérer de vos nouvelles ?

– Disons quelques jours pour un premier balayage. Je vous tiendrai au courant au fur et à mesure de nos découvertes. Puis-je vous offrir un thé ?

Oxymor consulte sa montre. Volontiers. Greimas allume un réchaud, sort un sachet. Ses gestes, méticuleux, dégagent une impression de calme et d'énergie tenace. Loup poli. Ce nom lui sied bien. Tasse de thé à la main, Oxymor prend un cours de littérature oulipienne et de pataphysique appliquée. Outre Perec, son interlocuteur semble vouer une admiration inconditionnelle à Raymond Queneau.

– Vous connaissez, bien sûr, la marquise qui sortit à cinq heures ? demande-t-il en versant délicatement le thé dans les tasses.

– Désolé, nous n'avons pas été présentés.

– C'est un bon exemple de LSD, c'est-à-dire de littérature sémo-définitionnelle. En gros, il s'agit de remplacer chaque vocable signifiant d'un texte – substantif, adjectif, verbe, adverbe – par une de ses définitions puisée dans un dictionnaire, en l'interprétant. Ainsi, vous ne direz pas : « La marquise sortit à cinq heures » mais vous direz : « Le toit en verre au-dessus la porte d'entrée échappa à l'assise métallique qui la soutenait à l'heure du thé. »

Oxymor sourit poliment.

– Il y a aussi le cornichon. J'adore le cornichon ! C'est

succulent : on choisit des mots dont les deux moitiés présentent un rapport sémantique, comme, par exemple, *senti* + *mental* = *sentimental* ou *sou* + *hait* = *souhait*. On compose alors un texte à partir de ces mots. Le nom de cette contrainte, vous l'avez compris, est emprunté à une de ses applications : le cornichon. Cornichon ! *Corps* + *nichon* = *cornichon !*

Greimas poursuit son auxèse oulipienne. Queneau, Perec, Étienne, Braffort, les carrés magiques, les belles absentes… Le petit homme semble habité par le démon des mots, des figures, du jeu. Cornichon, songe Oxymor, cornichon… Cela fait quatre nuits qu'il n'a pas vu Louise. Il serait peut-être temps de rentrer rue Ramey.

21

Vendredi 15 décembre, 8 h 45

Les yeux de Louise sont cernés de gris tendre. La nuit a été courte. Elle beurre les tartines, verse le café et le thé dans les tasses. Oxymor s'est levé bien avant elle. Un livre à la main, il arpente le salon.

– Qu'est-ce que tu fais ? demande-t-elle depuis la cuisine.

– Je relis « Voyelles ». J'ai la vue qui se brouille avec toutes ces couleurs…

La veille, ils sont allés dîner chez le Réunionnais. Rhum arrangé, cari de poulet. Oxymor lui a décrit dans les moindres détails son entretien avec Greimas. Cornichon. Elle en sourit encore.

– Relis-moi le début, Oxy…

– « A noir, E blanc, I rouge, U vert, O bleu : voyelles, / Je dirai quelque jour vos naissances latentes : / A, noir corset velu des mouches éclatantes / Qui bombinent autour des puanteurs cruelles… »

– Des puanteurs cruelles : ton foutu roman, c'est tout à fait cela… Quelle est la suite ?

– « Golfes d'ombre ; E, candeurs des vapeurs et des tentes, / Lances des glaciers fiers, rois blancs, frissons d'ombelles ; / I, pourpres, sang craché, rire des lèvres belles / Dans la colère ou les ivresses pénitentes… »

– I rouge, crie-t-elle depuis la cuisine, je n'ai jamais accroché !

Je le verrais plutôt jaune. Et le O, pour moi, c'est plutôt O vert. Mais quelle belle idée que d'associer des lettres à des couleurs. Je me demande ce que cela donnerait en édition, dans un livre. Cela ferait comme un tableau, à chaque page...

Louise sort de la cuisine, pose le plateau sur la table basse, se pelotonne sur le canapé. Belle nuit. Jamais il n'a été aussi tendre avec elle. Ni aussi inventif. Aurait-il quelque chose à se reprocher ?

– Cela s'appelle synesthésie, explique Oxymor. On peut y jouer avec n'importe quoi. L'un des amis musiciens de Rimbaud, Ernest Cabaner, associait une couleur à chaque note : do jaune, ré vert, mi bleu, fa violet, etc.

– Tu es bien savant.

– Mais non, c'est ma souris. Google, et hop ! Qu'est-ce que tu as dit, tout à l'heure, à propos des couleurs ?

– Que ça ferait comme un tableau.

Oxymor a refermé son livre d'un claquement sec, froncé les sourcils.

– Tout va bien, Oxy ?

Grand geste de la main. Pour apaiser. Ou pour ordonner.

– Tais-toi, chérie, mon inconscient m'appelle. Il y a quelque chose.

– Ne m'appelle pas « chérie » !

– Quelque chose, je te dis !

– Quelque chose en rapport avec les couleurs ?

– Oui. Tu as dis un truc, tout à l'heure, sur chaque couleur...

– I en jaune ?

– Nom de Dieu, je le tiens presque ! Tu as dit O vert ! O vert, je l'ai sur le bord du cortex, je suis tout près !

Louise se lève, va chercher ses cigarettes sur la cheminée.

– Auvers-sur-Oise, prononce-t-elle tranquillement en lui tournant le dos.

Elle se retourne, ils se regardent, incrédules.

– Montrouge, murmure Oxymor.

– Marines, comme bleu marine...

– Lilas, comme lilas blanc…

Louise allume sa cigarette.

– Et le meurtre commis près du canal Saint-Martin ? demande-t-elle.

– Il a eu lieu boulevard Richard-Lenoir. Au coin de la rue Breguet.

Aragon, qui passait par là, s'associe à l'événement en réclamant du lait.

– Il y a un truc qui ne colle pas, dit Louise. Dans le poème, le O n'est pas vert, c'est le U qui est vert. Le O est bleu.

– Exact. Mais quand tu l'écris, tu remarqueras que dans Auvers, il y a « uvers ». Vicieux, le père Hamlet. Tout colle au millimètre.

– Pourquoi a-t-il choisi ces villes plus ou moins loin de Paris ? Il existe une rue Bleue, dans le 9e arrondissement. Une rue du Chemin-Vert dans le 11e. Une place Blanche à Pigalle… Ce ne sont pas les couleurs qui manquent…

– Trop facile à décrypter, sans doute. L'homme est tortueux. Je comprends maintenant pourquoi les crimes étaient aussi disparates sur le plan géographique. Cela m'avait vraiment étonné, lorsque j'avais consulté les archives.

– Pour la police, Oxy, qu'est-ce que tu comptes faire ?

Silence.

– Rien. Comme dit Blot, je ne vois pas de raison objective.

– Mais quand même : imagine que Hamlet se réveille, qu'il commette un nouveau crime… Ou qu'il s'en prenne à toi. Tu serais un peu responsable.

– Si j'y vais, je vais prendre un sacré savon. L'histoire de Vaïda va ressurgir.

– Mieux vaut prendre un savon que de se faire lessiver !

– Amusant. Je te dépose au bureau ?

– Oui. Mais donne d'abord du lait au chat.

– Tu veux dire : donner à ton mammifère carnivore de la famille des félidés le liquide blanc qui sort des mamelles bovines ?

– Oxy, je suis en retard. Cela t'amuse ? Les figures de rhétorique, cela ne te suffit pas ?

– Je m'entraîne pour les jeux Oulipoupiques. Exercice définitionnel pour chauffer les neurones. Ensuite, j'attaque les S + 7, tu sais, Nerval, je suis le tenu, le vibrant, l'incontrôlable, le prodonte d'Aramits à la tourmaline abonnée…

– Baulay, tu nous emmerdes ! Tu veux la voiture ?

– On y va. Je gave Aragon, je m'habille et je te dépose.

Trois quarts d'heure plus tard, Oxymor se gare rue de Bourgogne, glisse sa carte dans le parcmètre, monte à l'appartement. Douche et café chaud. Mme Solidor, en tenue légère, promène l'aspirateur comme on promènerait son chien. Sur un fauteuil, elle a plié une jupe à jupons façon gitane griffée Diesel et un cache-cœur sans manche. La chaîne, à fond les décibels, roucoule « Le Chanteur de Mexico » du regretté Luis Mariano.

– Dites, votre bellâtre, c'est vraiment le moment ? crie-t-il. Il faut que je travaille !

– Et moi, je fais quoi ? Je peigne la jument verte ?

Inutile d'insister. Madame LDM a décidé de s'incruster. Il s'enferme dans son bureau, appelle Blot sur la ligne Internet.

– Jacques ?

– Oui…

– Oxymor Baulay. Comment allez-vous ?

– Bien, merci. Je rajeunis de trente ans, mais ce n'est pas très marrant.

– Jacques, écoutez-moi bien.

En quelques phrases, Oxymor relate sa découverte. Les noms et les couleurs. Montrouge, Richard-Lenoir.

Long silence sur la ligne. Oxymor imagine l'ex-commissaire quelque peu sonné par l'information. Pauvre type. Mais comment aurait-il pu faire le lien à l'époque ?

– Vous ne pouviez pas, Jacques. C'est le poème de Rimbaud qui m'a mis sur la voie.

– Sans doute. Mais quand même…

– Que peut-on en tirer ?

– Je ne sais pas. Il faut que je réfléchisse.

– Autre chose : pourriez-vous investiguer sur des crimes commis à Paris ou près de Paris de 1939 à 1959, entre le 16 et le 31 décembre ? Uniquement les hommes.

– Pourquoi ? J'aurais encore commis une grosse connerie ?

– Non, commissaire. Il s'agit de la lettre Y. Elle symbolise un objet céleste apparaissant dans le ciel entre ces deux dates. Et pour en revenir à Shakespeare, je me demande si le père de notre serial killer n'a pas été assassiné lorsque Hamlet était enfant. Une sorte de vengeance sur la société.

– Difficile. Mais faisable. Je vous tiens au courant. Merci, Oxy.

Oxymor coupe la communication, appelle Greimas chez Loup poli. Une voix féminine lui indique que le petit homme sera absent pour la journée. Oxymor repose le combiné sur son socle, laisse sa main sur l'appareil. Reste Paul, au bureau. Peut-être devient-il nécessaire de le mettre au courant, de tout lui raconter. Par principe d'abord – c'est l'éditeur, il a le droit de savoir –, et aussi par précaution : cela peut l'empêcher de raconter n'importe quoi, l'obliger à mettre la pédale douce sur ses promos créatives aux conséquences parfois dévastatrices. J'y vais ? J'y vais pas ? J'y vais. Oxymor compose le numéro direct. Mistraki, tel un albatros ayant fumé du shit, semble surfer sur de merveilleux nuages.

– Salut, mon camarade ! Tu connais les derniers chiffres ? On atteint les trois cent vingt mille !

– Je m'en fous, de tes ventes. Il faut que je te parle. Tu es libre à déjeuner ?

– Non. Enfin, oui, si c'est vraiment important. Je décommanderai.

– Aux Charpentiers, douze heures quinze, pour avoir de la place. Tu réserves. Salut.

Oxymor raccroche, soulagé. Parler lui fera le plus grand bien. Et Paul n'est pas idiot. Il peut avoir quelques idées. Luis Mariano est allé se coucher, Mme Solidor ouvre la porte du bureau.

– Toujours fâché, monsieur O ? Vous avez la grosse tête depuis que vous passez à la télévision ?

– Mais non, Suzy. Et soyez gentille, frappez avant d'entrer.

– J'ai terminé, il ne reste plus que la chambre. Vous venez m'aider à faire le lit ?

Il se lève, furieux, fonce dans l'autre pièce, ramasse les vêtements et les lui tend.

– Habillez-vous, Suzy, et faites le lit toute seule. J'ai suffisamment de soucis comme ça.

– Quel caractère !

Oxymor soupire. L'avait raison, le Paul, mais qu'est-ce qu'elles ont toutes ? Il referme la porte, allume une cigarette. Comment c'était, déjà, la Prévention routière ? Une femme, ça va, trois femmes, bonjour les dégâts… Et qu'est-ce que ça veut dire, d'ailleurs ? Que deux, ça peut aller ?

22

Vendredi 15 décembre, 12 h 20

Rue Mabillon, à quelques mètres de la rue Guisarde, Aux Charpentiers est un restaurant fort prisé pour son hareng pommes à l'huile. Fréquenté par de nombreux journalistes, il est prudent d'y venir tôt pour disposer d'un coin tranquille, afin d'éviter les oreilles indiscrètes. Les deux hommes sont ponctuels.

– Bonjour, Paul…

– Bonjour Oxy. Tu as mauvaise mine.

Ils s'installent en fond de salle, passent la commande.

– Alors ? demande Paul.

– Alors, c'est compliqué. Lorsque je t'ai parlé de la malle de mon père, je t'ai menti.

– Je m'en doutais. Nom de Dieu ! Alors, finalement, c'est toi l'auteur, c'est cela ?

– Mais non, grand couillon ! Laisse-moi te raconter et tâche de suivre. On rembobine sur presque un an, ça débute en février. Lors de mon reportage sur les SDF, tu te souviens, un clochard m'échange un manuscrit contre une cartouche de cigarettes. Je n'en ai rien à cirer de son truc, j'ai simplement besoin de lui pour faire des photos, afin d'illustrer l'article. Je n'ai pas d'argent, nous prenons rendez-vous. Trois jours plus tard, lors du rendez-vous, il me dit qu'un homme a voulu lui voler la valise dans laquelle il avait trouvé le manuscrit. Il me remet la liasse de feuillets contre cinquante euros, le prix de la cartouche. Puis il me dit qu'il ne veut pas faire les photos. Je lui laisse ma carte, lui promet qu'il touchera cent euros supplémentaires, qu'il m'appelle. Je parcours le manuscrit, par curiosité. C'est suffisamment intéressant pour que je te le confie. J'attends. Pas d'appel du clochard. Je me décide à lui rendre visite dans son campement de Roms, à Juvisy. Il a été assassiné. Ma carte de visite n'est plus dans son portefeuille. C'est clair, jusque-là ?

– Continue.

D'une voix monocorde, sans trop entrer dans les détails, Oxymor lui relate la suite des événements. Les archives de *France-Soir*, Hamlet serial killer des années soixante-dix, la lettre anonyme lui demandant de ne pas faire publier, sa visite à Blot, l'ex-commissaire chargé de l'enquête.

– Et alors ? demande Paul.

– Alors trop tard. Le roman sort. Les mois passent. Vient l'émission de télé. Engouly évoque des contraintes. Compte tenu de l'absence du verbe *être*, celle de la lettre *y*, du style général parfois hermétique, je me dis que le texte comporte des clés que l'auteur a volontairement cachées dans l'ouvrage. Des clés littéraires, permettant de l'identifier. Je me dis que les types de l'Oulipo pourraient m'aider à décrypter. L'Oulipo, tu connais ?

– S'il te plaît, Oxy, j'ai quelques lettres.

– Désolé. Quelques jours après l'émission, Blot m'appelle. Me dit qu'il commence à croire à mon hypothèse : il a retrouvé dans ses archives une lettre anonyme de l'époque décrivant le serial killer. Or, la frappe machine est la même que celle du manuscrit. Il y manque le verbe *être*. Et le *i* remplace les *y*. Tu comprends, Paul ? L'auteur de *A noir* est bien le Hamlet des années soixante-dix.

– Passionnant, ton roman…

– Ta gueule ! En parlant avec Louise, nouvelle confirmation : je découvre que les meurtres commis en 1979 l'ont été dans des endroits dont le nom correspond exactement à la couleur des voyelles du poème de Rimbaud. Et dans l'ordre, s'il te plaît : A noir comme Richard-Lenoir, E blanc comme Les Lilas, I rouge comme Montrouge, U vert comme Auvers-sur-Oise, O bleu à Marines, comme bleu marine.

– Impressionnant. Et tu vas faire quoi ?

– Je ne sais pas. Mais je devais t'en parler, tu es mon ami et tu es partie prenante dans cette affaire. J'ai besoin également de ton avis. Tu t'en rends compte : je détiens des informations pouvant aider les flics à élucider le meurtre du gitan à Juvisy. À éviter un autre crime, qui sait. Je ne connais pas bien la loi, mais je flirte actuellement avec quelque chose dans le genre « entrave à la justice », « recel d'informations » ou même « complicité de meurtre ». Toi aussi, maintenant.

Paul hoche la tête, désinvolte et souriant. Avec un bout de pain, il sauce méticuleusement l'huile du filet de hareng sur son assiette.

– Génial. Quelle histoire !

– Génial quoi ?

– Les ventes, camarade. Si on ne fait pas cent mille de plus avec ça, je ne m'appelle pas Mistraki !

– Tu comptes en parler ?

– Pourquoi pas ? Tu n'as pas grand-chose à te reprocher. Tu aides la justice, le livre crève les plafonds, tu deviens une vedette, tes piges se vendent dix fois plus cher.

Paul lève l'index, pour souligner le propos qui va suivre :

– Mieux : comme, définitivement, tu n'es pas Nemo Nay, on peut sortir ton livre. Il bénéficierait d'une couverture médiatique du feu de Dieu.

Oxymor examine le visage de son ami. Pas la moindre gêne. Son livre, qui ne portait pas en lui sa propre nécessité, refait surface après trois ans passés au fond de l'étang. Il faut croire qu'aujourd'hui, il est nécessaire de le sortir. Un serveur leur apporte la pièce de bœuf. Saignante, comme il l'aime.

– Je ne sais pas, Paul. Je parle à l'ami, pas à l'éditeur. Que ferais-tu à ma place ?

Paul remplit les verres. Coteaux du Lyonnais, en carafe.

– Je pense que j'irais voir les flics, mais ça n'engage que moi. Excuse-moi, Oxy. Je ne suis pas uniquement un marchand de soupe. Quelle que soit ta décision, je suis avec toi. Et si tu n'y vas pas, tout cela restera entre nous. Je voulais également te parler des droits d'auteur.

– Merci, Paul.

– Sais-tu que ton serial killer est riche ? Cinq cent mille euros. Sur compte bloqué. Quel âge aurait-il, aujourd'hui ?

– Cinquante-cinq, soixante, soixante-dix, tout est possible. Tu es sérieux, pour mon roman ?

– Tout à fait sérieux. J'en ai parlé avec Isabelle. Elle trouve que tu portes quelque chose.

– Pas comme toi !

– Mais non, Oxy. J'ai toujours pensé que tu avais du talent. Il faut simplement remanier quelques trucs, je sais que tu y travailles, j'ai confiance.

Les deux hommes attaquent la pièce de bœuf. En quelques minutes, le restaurant s'est rempli. Paul salue un type à une table voisine. Du Seuil. Directeur de collection. Un combinard.

– Et Clara ? demande-t-il. Où en êtes-vous ? On te voit souvent rue Garancière, à ce qu'il paraît.

– Tu me fais suivre ?

– Imbécile ! Isabelle m'en a parlé, c'est tout.

– Isabelle Örmen ?

– Mais non ! Isa. La mienne. Elle et Clara se racontent tout. Mais elle, par contre, ne me raconte pas grand-chose.

– Moi non plus. Il n'y a rien à raconter.

– Discret, le mec. Toujours aussi discret.

– Garde tes épanastrophes pour toi. Ma vie privée ne regarde que moi.

– Cliché ! Il a fait un cliché !

– Fais pas chier, Paul, avec ta rhétorique.

Tel un pantin à ressort bondissant hors de sa boîte, l'image de Vaïda surgit de sa mémoire. La même phrase que sur les quais, pratiquement mot pour mot. Comment disait-il ? Ah oui. « Fais pas chier, Gus, avec ta théorique. » La voix de Paul s'estompe progressivement, ses lèvres s'agitent sans laisser passer le moindre son. Oxymor sourit, contemple le plafond. Qu'y a-t-il, là-haut, pour remplacer les ponts de la Seine ? Le fils de Vaïda Voevod III pousse-t-il son landau de nuage en nuage en chantant à tue-tête ? Nage-t-il béat dans un océan de gin ? Oxymor lève son verre.

– Salut, l'ami, murmure-t-il, bonne chance dans ta seconde vie.

Les lèvres de Paul retrouvent leur pouvoir articulatoire.

– À qui tu parles ?

– À mon pote Vaïda.

– Le clochard du manuscrit ?

– Oui.

– Et alors ?

– Alors rien. Quelqu'un l'a tué. Et je vais trouver qui. Tout seul.

Paul Mistraki hausse les épaules.

– Si j'ai bien compris, t'iras pas voir les flics. Tu vas encore t'attirer des emmerdes. On dirait que tu les cherches.

Le type du Seuil, le nez dans son steak, semble tendre l'oreille.

– Tu sais, Oxy, poursuit Paul en haussant légèrement la voix, on va certainement cartonner au million. J'ai déjà neuf traductions en route, les droits cinéma sont en bonne voie, ton Nemo Nay va devenir milliardaire. Tu m'as bien dit qu'il habitait près de Toulon, dans le petit port du Brusc ?

Oxymor le regarde avec effarement. Paul lui adresse un clin d'œil, attire son attention sur son voisin de droite d'un imperceptible mouvement de tête.

– Exact, mec. Mais je doute qu'il puisse en profiter. C'est devenu un vieillard irascible qui ne sort plus de chez lui. Par contre, tu sais quoi ? J'ai cru comprendre qu'il avait deux romans dans le tiroir. Bon, il faut que j'y aille. Tu salues Isabelle pour moi.

– La mienne ?

– Non, l'autre. Vous formez vraiment une sacrée équipe. Je suppose que cela doit faire des jaloux dans la profession.

– Probable. Salut, Oxy. Je m'occupe de ton bouquin.

– Salut, Paul. Je te tiens au courant pour ce que tu sais.

Oxymor se lève, traverse le restaurant et se retrouve à l'air libre avec soulagement. Ces mecs de l'édition sont vraiment des ovnis. Il consulte sa montre. Treize heures trente-cinq. La rue des Canettes n'est qu'à quelques pas. Il ira prendre un café chez Georges, au comptoir. Et si le Roumain est là, il tentera de le surprendre avec un gambit Marshall dans la sicilienne. Roumain ou pas Roumain, il va y avoir du sang sur l'échiquier.

23

Samedi 16 décembre, 12 h 10

De tous les monuments historiques franchement exécrables du paysage parisien – et Dieu sait s'il en existe –, la fontaine Saint-Michel se distingue par sa taille démesurée et sa thématique plutôt kitsch : l'archange Michel terrassant le Diable. Où diable le baron Haussmann avait-il la tête en payant une fortune à quatre architectes pour édifier cette horreur ? C'est du moins l'avis d'Oxymor qui contemple dégoûté ce summum du mauvais goût.

Sous la morsure du froid, Paris s'est éclairci. Peu de gens sur la place. Il consulte sa montre. Douze heures vingt. Beaucoup trop tôt. Le mieux est d'aller acheter *Libé* et de grignoter quelque chose avant son rendez-vous. Chez Clément, peut-être. Ou retourner à l'Écluse pour lire en paix. Cher mais calme. Le bar à vins est tel qu'il l'a quitté trois jours auparavant. On s'attendrait presque à retrouver le couple d'amoureux et l'homme au stylo. Drôle de type, ce Blot. Lorsqu'il était à la Crim, venait-il ici vers vingt-trois heures, en sortant tard du quai des Orfèvres, écouter Bruno Brel, Henri Gougaud ou Jacques Debronckart ?

Le bordeaux est excellent, la tartine dorée à point. Personne à part lui. Dans *Libé*, le problème d'échecs est à niveau quatre. Inutile d'insister. Dans la rubrique livres, pas un mot sur *A noir*. En page six, un article-diatribe contre les gardes à vue intempestives le fait sourire. Comment s'appelait-il, le lapin glacial de la Crim de Versailles ? Arpajon ? Argenson ?

Une heure et quart plus tard, Oxymor frappe à la porte de l'association Loup poli. Un jeune homme lui ouvre, sans doute l'un des deux fils de Greimas. Jeune, très jeune. Rimbaud s'invite à nouveau dans le cortex d'Oxymor : on n'est pas sérieux quand on a dix-sept ans…

– Bonjour, j'ai rendez-vous avec M. Greimas.

– Vous êtes ?

– Baulay. Oxymor Baulay.

Le visage du jeune homme s'éclaire.

– Ravi de vous rencontrer. Je suis Jérôme, Jérôme Bowen. Désolé, mon père sera en retard, une urgence. Il m'a demandé de l'excuser auprès de vous. Je travaille avec lui sur le texte, ainsi qu'avec mon frère Noël, que nous appelons Léon. Anacyclique sans méchanceté. Nous avons déjà quelques drôleries pour vous. Venez, je vous en prie.

– Drôleries ?

– Oui. C'est ainsi que nous nommons parfois nos découvertes. C'est surtout Noël le champion de la bécane. C'est lui qui a mis le logiciel au point. Un programme spécialement conçu pour vous.

Le long couloir a encore rétréci. Un boyau de la Grande Guerre où les livres remplaceraient les obus et la boue.

– Asseyez-vous, monsieur Baulay, je ne sais pas à quelle heure mon père va rentrer. Croyez-vous que nous pouvons commencer sans lui ?

– S'il vous plaît, cela m'arrangerait.

Le jeune homme se gratte la tête, le bout du nez, l'épaule.

– D'accord, dit-il. Je ne pense pas qu'il y verrait de contre-indication. S'il rentre, nous serons quittes pour une seconde séance. Voyez-vous, monsieur Baulay, votre intuition sur la présence de clés cachées était totalement fondée. Les clés sont multiples et je pense que nous ne sommes pas au bout de nos surprises. Parmi les différents éléments que nous avons mis au jour, il y a tout d'abord un « adieu ». Vous allez comprendre :

chaque fin de chapitre finit par une voyelle. Le système est en boucle. A, E, I, U, O, comme dans le poème de Rimbaud. C'est donc bien du côté de Charleville qu'il fallait chercher et non du côté de Stratford-sur-Avon. Il existe également des S + 7 chers à Raymond Queneau : on remplace chaque mot par le septième qui le suit dans le dictionnaire. Dans *A noir*, c'est assez approximatif, mais il y en a beaucoup.

– Par exemple ?

– Eh bien, vers la fin du chapitre quatre, on peut lire : « Il savourait les sombres choucas, les chamelles nuancées aux persillères clouées, hautes et blindées. » Il s'agit d'un S + 7 puisé dans « Les poètes de sept ans ». Mais il y a beaucoup plus intéressant. Tenez-vous bien : nous avons découvert une revendication explicite des meurtres.

Oxymor hausse un sourcil.

– Il s'agit là d'un acrostiche assez simple. En prenant la première lettre de chaque chapitre, nous trouvons : « Par les soirs bleus d'été », chapitres deux à dix-huit, « J'ai pris un coupe-papier », chapitres vingt à quarante et un.

– Bravo. Mes compliments à toute la famille. Mais cela ne nous avance guère dans l'identification de l'auteur.

– Exact. Mais nous avons également quelque chose qui pourrait vous aider, monsieur Baulay. Le début de quelque chose. Vous connaissez le mot « ulcérations » ?

– Non, désolé.

– Il s'agit d'un mot qui comprend les onze lettres les plus répandues dans la langue française. Je vous explique. À peu de chose près, dans le français usuel tel qu'on le lit dans les journaux, les statistiques sont les suivantes : dix-sept pour cent pour le *e* ; huit pour cent pour le *s* ; sept pour cent pour le *a*, le *n*, le *t* et le *i* ; six pour cent pour le *r*, le *u* et le *l* ; cinq pour cent pour le *o ;* trois pour cent pour le *d*, le *c* et le *p* ; deux et demi pour cent pour le *m* ; pratiquement un pour cent pour le *q*, le *v*, le *g*, le *f* ; zéro virgule quatre-vingts pour cent pour le *b ;* zéro virgule soixante pour cent pour le *h* ; zéro virgule vingt pour le *j* et le *y*. Et zéro et des poussières pour le *k* et le *w*. Il y a bien sûr des cas spécifiques : si vous écrivez un texte narratif, avec de nombreux verbes à la deuxième personne du pluriel, vous obtiendrez un grand pourcentage de *z*. Mais bon. Chez Nemo Nay, sans présence du verbe *être*, le pourcentage de *e* tombe à neuf pour cent. Normal. Celui du *i*, compte tenu de l'absence de *y*, monte d'un chouïa. Jusque-là, rien d'extraordinaire. Mais ce qui est étonnant, c'est que le *j*, coté à zéro virgule vingt pour cent, bondit à deux virgule trois pour cent. Le *b*, coté à zéro virgule quatre-vingts pour cent, atteint deux pour cent. Il pourrait bien sûr s'agir, mais j'en doute, de la conséquence d'un style d'écriture très particulier. Mais il peut également s'agir d'une signature.

Oxymor jubile. Enfin quelque chose.

– BJ, donc. Comme Belle Jardinière.

– Ou J. B., comme Justin Bridou. Mais il ne faut pas s'emballer, monsieur Baulay. B. J., j'ai recherché, c'est le nom de code du Bénin. Ou celui de Santa Barbara Airlines. Ou de l'abréviation commune de « bahut de Jésuites », c'est ainsi qu'on surnomme le lycée privé de Sainte-Geneviève, à Versailles, surnommé également « Ginette ». Notre homme y a peut-être fait ses études. Quant à J. B., cela va du whisky à Jean-Baptiste Poquelin, c'est infini.

J. B., se répète Oxymor, JB. Quels sont les prénoms commençant par J ? Jacques, Jean, Jacob, Jef, Julien, Joël, Joseph… Ou un prénom à l'ancienne, Jules, Justin…

– Je suppose que vous allez continuer à faire tourner vos machines ?

– Bien sûr. Il existe certainement d'autres clés enfouies dans les grandes profondeurs. Les plus significatives, si j'ose dire, sont évidemment les mieux cachées. C'est d'autant plus excitant.

Oxymor consulte sa montre.

– Quand votre père rentre-t-il ?

– Tard, j'en ai peur.

– Je repasserai, dit Oxymor. Transmettez-lui mes amitiés et mes remerciements. Pourriez-vous m'envoyer par e-mail l'état actuel de vos recherches ?

– Bien sûr. Nous avons vos coordonnées.

– Merci encore. Et bravo.

Oxymor se lève, serre la main du jeune homme.

– Monsieur, vous vous appelez vraiment Oxymor ?

– Exact. Je suis né sous le signe des figures de rhétorique.

– Vous savez, l'oxymoron n'est pas une figure de rhétorique. C'est une figure de style. Vos parents auraient dû vous appeler Paradoxisme, c'eût été plus précis. Mais évidemment moins joli.

– Est-ce la même chose ?

– Pas tout à fait. Le paradoxisme procède plus du domaine des idées que de celui des descriptions. Exemple : « La propriété, c'est le vol » ou : « Tout est possible, même l'impossible. » Les paradoxismes sont un peu mon dada, pour ma thèse, je mets en place des algorithmes afin d'étudier les paradoxes dans les travaux littéraires.

– Votre thèse ? De doctorat ? Mais quel âge avez-vous ?

– Vingt-deux ans.

– Compliments. Vous pensez à mon mail ?

– Dès ce soir, monsieur Baulay. Merci pour votre visite.

Dans la cour pavée du 41, un tango de Carlos Gardel souligne l'ambiance nostalgique du lieu. L'école de musique, au premier étage. Oxymor jette un coup d'œil à la programmation du Café de la Gare. Comment s'appelait ce spectacle de Romain Bouteille ? *Les Semelles du vent ? Les Semelles de la nuit ?* Était-ce ici ou rue d'Odessa ? Le prix des billets, il s'en souvient, était tiré au sort sur une grande roue. Trente ans, déjà... Est-ce ce vague à l'âme qui lui donne l'envie d'entendre la voix de Louise ? Il sort son portable, l'appelle au bureau. Lui raconte brièvement son rendez-vous chez Loup poli.

– Tu viens ce soir ? s'enquiert-elle un peu sèchement.

– Oui. Vers huit heures.

– À ce soir, alors. Tu me raconteras.

Entretien terminé : Louise déteste qu'on l'appelle au bureau. Oxymor hésite. Rentrer rue de Bourgogne ? Faire un saut rue Michel-Le-Comte ? La perspective de devoir parler de Clara avec Isabelle l'en dissuade aussitôt. Mieux vaut rentrer à pied, en passant par le jardin du Luxembourg. Ou prendre un verre, rue des Lombards, dans ce café latino dont il a oublié le nom. Il commandera un Hasta Siempre – rhum blanc cubain, curaçao bleu, jus d'ananas – et boira à la santé du Che en réfléchissant aux « drôleries » des fils Greimas. B. J. Ou J. B… Comme Justin Bridou. Mais aussi comme Jacques Blot.

24

Samedi 16 décembre, 16 h

Dans les journaux, ils disent que c'est comme un jeu de piste, que l'auteur a semé des cailloux blancs sur le chemin qui mène jusqu'à lui. « Comme un rat qui aurait construit lui-même le labyrinthe dont il se propose de sortir », qu'ils disent. Un rat. C'est bien ça. Le vieux mulot continue à se terrer dans son trou, pas de nouvelles, toujours personne au téléphone, pas un message sur le répondeur. Mais qu'est-ce qu'il fout, bordel ? S'il lit la presse, il doit en pisser de plaisir dans son futal. La gloire littéraire ! La nique aux flics ! Venez, petits, petits, trouvez-moi si vous êtes si malins. Pauvre pomme ! Si tu veux vraiment qu'on te trouve, on peut t'aider.

Maurice jette un coup d'œil par la fenêtre, secoue la tête. Pas de ça Lisette, inutile et dangereux, le vieux saurait d'où vient le coup, et ça n'avance à rien. Faut réfléchir et laisser venir.

Il referme le rideau, personne non plus dans la salle de bains d'en face. Hier soir, il l'a aperçue, elle s'essuyait le minou avec une serviette. Laquelle il préférerait ? La blonde d'en face ou la brunette ? Gironde aussi, celle-là. Il se la ferait bien dans un coin sombre, sabre en avant. Et si elle résiste, clac, un coup de lame dans le cœur, comme pépé. Maurice s'agite. Supprimer la petite brune, ça pourrait faire bouger les choses. On laisserait sur place une boîte de cigares vide. Gros titres ! Le retour de Hamlet ! Un coup de fil aux flics et Pépé en prison. Mais bon, ça résout rien.

Quitte à tuer quelqu'un, autant que ça rapporte, que ce soit facile et sans trop de risques : le vieux schnock, par exemple. Mais oui. C'est plutôt ça, le plan. Un bon petit suicide. Avec toutes les saloperies qu'il a commises, le vieux devrait pas hésiter. Une fin digne de lui. Et après cela, par ici la monnaie. La monnaie de Nemo Nay !

Dans le pavillon voisin, le bébé du jeune couple s'est mis à brailler. Un polak, le mec. Part tous les matins à six heures, revient à neuf heures du soir. Laisser sa gonzesse toute la journée enfermée, ça ne se fait pas. Faudrait l'aider à s'aérer, la môme. Rencontrer des gens. Lui changer les idées. Un jour, il ira sonner. Un jour. Pour l'instant, faut attendre, car qui sait attendre gagne du temps. Quand même. Juste une petite visite de bon voisinage pour lui changer les idées, à la petite, ça ne peut pas lui faire de mal.

25

Jeudi 21 décembre, 7 h 50

Le titre du *Parisien* s'étale sur trois colonnes : « Shakespeare ou Rimbaud ? Le Goncourt bascule dans la Série noire ».

La photo d'Oxymor – où ont-ils été la pêcher ? – lui confère le visage d'un ahuri lunaire débarquant à l'aube sur la grande dalle de la Défense. Légende : « Être ou ne pas être l'auteur du Goncourt. » Blanc de rage, il parcourt l'article. Le journaliste s'en donne à cœur joie : « Une enquête littéraire pour identifier l'auteur. » « L'Oulipo à la rescousse. » Cet imbécile de Paul n'a pas pu s'empêcher de bavasser. Dieu merci, rien sur le serial killer des années soixante-dix, rien sur Vaïda. Pas totalement fou, l'ami Mistraki. Dans sa conclusion, le journaliste signale qu'un roman d'Oxymor Baulay, « très attachant », devrait sortir dans les prochains mois. La carotte pour éviter le bâton, songe Oxymor. Toujours aussi habile, l'enfoiré. Les ventes du bouquin vont encore exploser. Saisis d'une Anoirmania frénétique, pour découvrir l'auteur des milliers de lecteurs vont se mettre à traquer la moindre métaphore suspecte sur les deux cents pages.

Oxymor pose le journal, se rend dans la cuisine pour préparer un café. Foutue nuit. Il n'a pas pu dormir et s'est levé à six heures. Une heure et demie à attendre avant de pouvoir acheter du pain. La veille, Greimas, hilare, a téléphoné. Le billet anonyme adressé à Blot lors du second meurtre, celui des Lilas, a été décrypté. « Un homme grand, bien bâti, presque athlétique, au visage parfaitement ovale, avec des cheveux châtains et des yeux d'un bleu pâle. » Vous savez quoi ? Il s'agit tout simplement de la description de Rimbaud par Verlaine, à quelques mots près, dans une présentation des *Poètes maudits* en 1884 ! Oxymor s'agite. Sort le beurre, hésite devant son paquet de cigarettes. À quoi aurait pu ressembler le poète à soixante ou soixante-dix ans ? Aurait-il eu un gros ventre de notable enrichi par le trafic d'armes ? L'allure juvénile d'un vieil académicien comblé d'honneur ? Peut-on tenter d'établir un portrait-robot ?

Le quignon de pain doit dater d'une semaine. Il l'humidifie, le passe au micro-ondes. Rimbaud, toujours Rimbaud, mais pas de clé significative, à part ce J. B. ou ce B. J. Le beurre, la confiture de cerises, la petite cafetière en verre. Oxymor tartine. Le tueur en série ressemblait donc au poète il y a trente ans. Un peu maigre, comme indice. Oxymor branche la radio réglée sur France Info. La météo. La bourse. La ritournelle annonçant le flash de huit heures se fait entendre.

– « France Info bonjour, les titres de la matinée, avec Franck Vidal. Nouvelle chute de popularité pour le couple gouvernemental. Le Premier ministre perd trois points, le Président reste stable à quarante-deux pour cent. Nouvelle grogne des étudiants. Une manifestation contre le projet de loi Fibert est prévue aujourd'hui place de la Sorbonne. Secteur à éviter. Fait divers sanglant à Paris, dans le 6e arrondissement : on apprend qu'une femme habitant rue Garancière a été retrouvée morte à son domicile. La victime, attachée de presse dans une célèbre maison de couture, aurait été poignardée. Israël, l'espoir : les négociations avec le Hamas… »

Oxymor, livide, repose sa tartine. Bouscule du coude la cafetière, qui explose avec fracas sur le dallage blanc. Ses intestins se nouent, une envie de vomir lui soulève la poitrine. Clara assassinée. Il ferme les yeux, poings serrés, hurle à pleins poumons puis se force à inspirer et à expirer très lentement. Se calmer, se calmer. Respirer. Manger la tartine, comme si rien n'était arrivé.

Il attrape le pain, contemple la confiture rouge, se plie en deux, dégueule sur le carrelage. Clara assassinée. Quand ? Ils n'ont pas dit quand ! Et ils n'ont pas donné de détails. Dans un état second, il passe sur Europe 1, patauge dans le vomi et le marc de café, recherche fébrilement France Inter, BFM. Rien. Les larmes se mettent à couler, de grosses larmes salées qu'il avale à coups de langue. Vaïda, d'abord, et maintenant Clara. Et tout cela par sa faute. S'il était allé voir les flics, elle serait encore là. Quel jour est-elle morte ? Pas mardi, murmure-t-il, ce serait trop cruel. Un sentiment de culpabilité le fait chavirer. Paul doit être au courant, il se lève chaque matin aux aurores. La batterie du portable étant presque épuisée, Oxymor décroche le téléphone blanc fixé au mur, compose le numéro de Michel-Le-Comte.

– Paul, c'est Oxy…

– Salut Oxy. J'allais t'appeler. J'ai appris. Je n'arrive pas à y croire. Isabelle est effondrée.

– Tu as des détails ?

– Rien pour l'instant. Et toi ?

– Pareil. C'était sur France Info. Je connais un type, chez eux. Je vais tenter de me renseigner.

– Tu me rappelles si tu apprends quelque chose ?

– Évidemment.

Long silence.

– Tu penses que c'est Hamlet ? demande Paul. C'est possible ?

– Oui, c'est possible. J'ai les jetons pour Louise.

– Faut aller voir les flics, Oxy, ils peuvent la protéger.

– Je ne sais pas. Je vais voir. Tu vas les appeler, toi ?

– Je ne sais pas non plus. Non, moi, il n'y a aucune raison.

Nouveau silence.

– Je pense à toi, Oxy. Je suis avec toi. Je t'appelle de toute façon dans la matinée. À tout à l'heure.

Oxymor appuie sur *off*, compose un nouveau numéro. Louise, maintenant. L'état du sol, innommable, reflète parfaitement ce qu'il pense de lui-même : dégueulasse. Il va falloir nettoyer tout ça.

– Louise ?

– Mais c'est mon mouton frisé ! Comment va-t-il, ce matin ? Il a besoin d'argent ? De conseils ? De la voiture ?

– C'est important, Louise. Hamlet est revenu. Il a tué une femme, hier soir, rue Garancière. Il s'agit d'une amie de Paul.

Léger blanc. Oxymor grimace. Ça va barder.

– Une amie de Paul ? Mais comment cela, une amie de Paul ? Quel rapport y a-t-il entre Paul et Hamlet ?

Oxymor, dents serrées, lui raconte sa liaison. Les infos du matin. Le silence de Louise lui déchire le cœur.

– Écoute, Louise, ce n'était qu'une aventure. D'ailleurs, qu'importe. L'important, c'est toi. Je ne pourrais plus vivre s'il t'arrivait quelque chose... J'aimerais que tu ailles vivre chez ta sœur pendant quelque temps.

– Avec Amphigouri ? Pas question. Et puis, ton Hamlet ne me fait pas peur.

– Louise, s'il te plaît...

Nouveau blanc.

– D'accord. J'irai ce soir et pendant toute la semaine. Qu'est-ce que tu vas faire ?

– Je ne sais pas. J'ai rendez-vous chez Greimas cet après-midi. Avec Blot. Fais attention, « chérie », promets-moi de faire attention.

– Ne m'appelle pas « chérie ». Garde ça pour tes putes.

– Louise...

– Je suis en retard. Salut. Appelle-moi au bureau s'il y a des nouvelles.

Oxymor raccroche, donne un violent coup de pied dans ce qui reste de la cafetière. Vite la serpillière, le balai, le seau, vite le produit qui sent bon, les éponges, les chiffons, afin de nettoyer toute cette merde qui lui sert de cervelle.

À huit heures quarante-cinq, épuisé, il ouvre l'ordinateur, allume une cigarette. Sur son bureau, les épreuves de *Motamorphoses* attendent depuis huit jours. Il relit une page, renverse le pot à crayons. Des trombones s'échappent comme une armée de fourmis. D'un revers rageur, il disperse les feuillets. Nul. Ce truc est nul. Paul avait raison : il ne porte pas en lui sa propre nécessité. Coup de sonnette dans l'entrée, son cœur se met à battre. Les flics ? Cliquetis de serrure, la gardienne fait son entrée.

– Bonjour, monsieur O. C'est O plus ou O moins, ce matin ?

– O super positif, Suzy. Je nage dans le bonheur.

La jeune femme contemple ses ongles. Laque longue tenue brillance extrême. Dior, bien sûr.

– On dirait pas. Vous êtes tout gris.

– Normal. J'ai envie de me flinguer.

La gardienne le regarde, étonnée.

– Des soucis ?

– Oui.

– Je peux vous aider ?

– Non.

– On va au lit ?

– Oui.

Mme Solidor l'entraîne vers la chambre. Elle ferme les rideaux, se déshabille en silence, se glisse sous la couette. Oxymor la rejoint, pose sa tête contre son épaule, se met à pleurer silencieusement. Il caresse un avant-bras, ferme les yeux. Le grain de peau de la gardienne lui rappelle celui de Clara.

– Je vais essayer de dormir, Suzy. Ne m'en veuillez pas.

Elle lui caresse les cheveux, essuie une larme avec un doigt.

– Dormez, monsieur O. Je veille sur vous.

Sur un nuage ouaté, le gitan berce son landau devant une roulotte jaune, chantant à tue-tête. Dans la poussette, Clara babille en jouant avec un coupe-papier. C'est l'été. Vous avez vos papiers ? demande un OPJ à la tête paulienne. Vaïda lui tend un manuscrit dont les feuilles s'enflamment instantanément.

Clara sourit et applaudit. C'est joli, c'est joli ! Puis c'est le noir, le rouge, le bleu, des voyelles défilent sur un long podium en se déhanchant. Le produit vert au pin des Landes éclate alors sur le carrelage, dégageant aussitôt une effroyable odeur de soufre. Oxymor sombre.

26

Jeudi 21 décembre, 15 h

Dans le 69, assis tout au fond dans le sens de la marche, visage contre la vitre, Oxymor a fermé les yeux. Que faire de la douleur lorsqu'elle obscurcit toute pensée ? La nier ? L'apprivoiser ? La rendre utile à quelque chose ? Et où l'entraînent ses pas dans ce labyrinthe cauchemardesque ? Si le battement d'ailes d'un papillon au Brésil peut provoquer une tornade au Texas, si l'envie de fumer d'un SDF peut engendrer un prix Goncourt, si un prix Goncourt peut provoquer la mort d'une femme sortant à peine d'un chagrin d'amour, quel sera le prochain ricochet ? L'effet papillon est-il terminé ? Ou la tornade peut-elle encore prendre de l'ampleur ?

Pont-Neuf, Hôtel-de-Ville. Le vibreur du portable fait tressaillir sa poche. Il décroche, parle à voix basse.

– Oui ?

– C'est Louise. Excuse-moi pour tout à l'heure.

– C'est moi qui m'excuse, ma puce... Je suis dans le bus, je vais chez Greimas. Je te rappelle tout à l'heure.

Oxymor range son portable sous le regard furibond de la grosse dame qui lui fait face. Portrait craché de la Castafiore dans son manteau de fourrure. Qu'est-ce qu'elle a, cette pétasse ? Pourquoi est-elle vivante alors que Clara est morte ? Une rage froide le saisit.

– C'est une aphérèse, madame.

– Hein ?

– Bus, au lieu d'autobus : c'est une aphérèse. On enlève le début du mot. Autobus devient bus. Mais si tu vas au ciné ce soir, ce sera une apocope, parce qu'on enlève la fin. Ciné, au lieu de cinéma. Apocope et aphérèse : c'est la même chose, sauf que c'est le contraire. T'as compris, la Castafiore ?

– Pauvre type !

Soulagé, Oxymor s'incline à la prussienne et claque des talons :

– Mes hommages, madame.

Un quart d'heure plus tard, il frappe à la porte de l'association. Un très jeune homme, blond, cette fois-ci, vient lui ouvrir.

– Vous êtes Noël, le frère de Jérôme ?

– Entrez, venez, mon père vous attend, il est dans tous ses états.

Le commissaire Blot est déjà là, assis sur une chaise. Oxymor s'installe sur le tabouret, toujours aussi haut.

– Monsieur Baulay ! Nous vous attendions. J'ai enfin de bonnes nouvelles pour vous et M. Blot. Vous travaillez ensemble, je suppose ?

– Exact. Jacques Blot est commissaire de police, ex-commissaire.

Le petit homme baisse les yeux. Commissaire de police, ça l'intimide quelque peu. Est-ce à cause des meurtres décrits dans le bouquin ?

– Très bien, dit-il en se raclant la gorge. Voyons ce que nous avons. Tout d'abord, une vague. Noël va vous expliquer.

Le jeune homme est assis sur une pile de livres. Casqué de cheveux blonds, il ressemble à un ange.

– Le logiciel, explique-t-il calmement, a repéré une vague acronymique dans le chapitre quinze. J'attire votre attention sur les nombres quinze et cent cinquante, qui semblent revêtir une certaine importance. Nous y reviendrons. Bon. La vague : si l'on prend, dans ce chapitre quinze, la première lettre de chaque mot tous les cent cinquante mots, on obtient la phrase suivante : « Je est un autre et habite dans l'absente. »

Oxymor et l'ex-commissaire se regardent, sidérés.

– Je est un autre ? répète Blot.

– Oui. Vous connaissez bien sûr cette célèbre formule. Elle est extraite d'une lettre de Rimbaud à Paul Demeny, datée du 15 mai 1871. Encore le nombre quinze, vous remarquerez. La citation exacte est : « Car Je est un autre. Si le cuivre s'éveille clairon, il n'y a rien de sa faute. »

– Très intéressant, dit Blot, mais j'avoue que je ne saisis pas très bien.

– Nous avançons pas à pas, intervient Greimas. J'ai réfléchi à la question. L'auteur du livre est-il un autre que celui qu'il croit être ? Ou devient-il un autre, par moments, lors de ces phases de meurtres pleines d'illuminations ? Il y a indubitablement chez ce monsieur un problème d'identité.

Oxymor sourit.

– Vous avez parfaitement raison, monsieur Greimas, je vous remercie de me le faire découvrir.

L'ironie glisse sur le petit homme comme de l'huile sur de l'eau. Imperméable.

– Quant à la citation complète, on pourrait penser que le tueur a voulu s'absoudre. Cette histoire de clairon : il s'est réveillé tueur, il n'y a rien de sa faute. Schizophrénie. Simple hypothèse, évidemment.

– Et la seconde partie ?

– La seconde proposition me paraît un peu moins absconse, poursuit Greimas. « J'habite dans l'absente. » Voilà du concret.

– Quelle absente ? demande Blot.

– Mais, mon bon ami, l'une des deux absentes ! L'absence du verbe *être* et l'absence de la lettre *y*. Personnellement, j'aurais un faible pour la seconde solution. Car voyez-vous, en bas latin, la lettre Y désignait le nombre cent cinquante, qui constitue, Noël vous l'a dit, la clé majeure de la contrainte. Curieux, n'est-ce pas ?

Oxymor réfléchit. Il y a quelque chose. J'habite dans la lettre *y*. Dans l'Yonne, par exemple, à cent cinquante kilomètres de Paris… Il va falloir creuser.

– Je suppose que vous avez investigué les mots commençant par *y* ?

– Bien sûr. Yack, yang, yankee, yaourt, yoga, yourte, yuka, nous les avons tous disséqués au scalpel. Rien pour l'instant. Notez que *y* est également la notation de la prononciation populaire de *il.* « J'habite dans l'*il.* » Dans une île, peut-être ? Cela étant, il ne faut pas négliger la première hypothèse. J'habite dans le verbe *être*. Les pistes sont nombreuses. Au Moyen Âge, par exemple, l'aître désignait le terrain libre qui entoure une église et qui sert de cimetière. L'aître Saint-Maclou, à Rouen, est assez célèbre…

– Voilà où nous en sommes, déclare Noël. Il nous faut encore un peu plus de temps. Mais comme vous le savez, nous entrons dans une période quelque peu troublée. C'est Léon, le foin grasset, tout ça.

– Pardon ?

– Laissez, commissaire, dit Oxymor en se levant. Noël, le foie gras. Je vous expliquerai. Bon. Nous allons déjà réfléchir à tout cela. Je ne sais comment vous remercier, monsieur Greimas, vous et vos fils. Vous avez effectué un travail remarquable.

Blot se lève à son tour.

– Merci également. Une question, s'il vous plaît : l'Oulipo existait-il en 1979 ?

– Absolument. Créé en 1960, par Raymond Queneau et le mathématicien François Le Lionnais. Pourquoi ? C'est important ?

– Je ne sais pas...

Blot semble songeur. À quoi peut-il penser ? se demande Oxymor. Pense-t-il sérieusement que Hamlet aurait pu entretenir des liens avec le premier cercle ?

Les deux hommes prennent congé, quittent l'association, descendent la rue du Temple jusqu'au parking de l'Hôtel de Ville.

– Je rentre porte de Vanves, dit Blot. Je vous dépose ?

– Oui, merci. Vous pouvez me laisser vers la place Saint-Michel, cela ira très bien.

La voiture de Blot, une Civic fatiguée avec boîte automatique, remonte péniblement la pente du parking. Un reliquat de neige fait patiner les pneus.

– Vous pensez quoi de tout cela, Jacques ?

La Civic laisse passer un bus, s'engage difficilement dans la rue de Rivoli.

– Je pense que nous avons avancé d'un tout petit pas. Mais que c'est d'un grand saut que nous aurions besoin. Il y a urgence. Hamlet est de retour.

Oxymor sent sa gorge se serrer. Clara, la jolie Clara. Il se tourne vers Blot.

– Vous aviez entendu les infos, quand je vous ai appelé ?

– Oui, comme vous. J'ai fait le lien immédiatement. Une jeune femme poignardée dans le couloir de son immeuble, ça m'a secoué. Comme si vingt ans de ma vie venaient d'être effacés.

– Et alors ?

– Après votre appel, j'ai tenté de me renseigner, je dispose encore de quelques entrées au 36. Le dossier est pris en charge par Maxence Cathala, commandant Cathala, on l'appelait Catha, à l'époque. Un grand ami de la Taulière, fin carriériste. Impossible de glaner quoi que ce soit. Mais s'il s'avère qu'il y a des traces de chloroforme et une boîte de cigares vide, la messe est dite. Et ça va faire du bruit.

Oxymor tente de mettre de l'ordre dans ses idées. Hamlet, le retour ? Trente ans après, c'est difficilement imaginable.

– Quelqu'un pourrait parfaitement reprendre le mode opératoire…

– Oui, mais qui ? Et pourquoi ? Attendons la suite, on y verra plus clair.

La Civic traverse la Seine, longe la Préfecture de police. Oxymor détaille l'architecture lourde, détourne la tête. Là-dedans, ça doit s'agiter ferme sur l'affaire Bellochi. Le 36, l'ancien royaume de Blot. L'ex-commissaire semble perdu dans ses pensées. Curieux Blot, songe Oxymor. Pourquoi a-t-il insisté pour rencontrer Greimas ? Jusqu'où peut-on lui faire confiance ? Faut-il, après le meurtre de la rue Garancière, tout lui raconter, lui parler de l'homme à la moto, du meurtre du gitan ? Et Clara ? Que penserait l'ex-commissaire s'il lui révélait qu'il la connaissait ? Non, continuer comme ça, en gardant pour l'instant ses informations au chaud. C'est son enquête. Sans compter – un comble – que Blot pourrait se mettre à le suspecter. Oxymor approche ses mains de la buse de chauffage.

– Cette histoire de cent cinquante est intéressante, non ?

– Exact.

– Supposons, poursuit Oxymor, que le tueur habite dans un rayon de cent cinquante kilomètres autour de Paris. Cent cinquante kilomètres, très exactement. On pourrait rechercher toutes les aîtres, toutes les îles à cette distance précise.

– On pourrait. Mais qu'aurait-on de plus ? Il faudrait que Greimas nous trouve quelque chose de plus consistant, un nom, par exemple…

La Civic se gare en double file devant Gibert Jeune. Blot actionne son warning.

– Je me souviens, dit Blot, il y avait un café ici, une grande brasserie à la place du magasin. La Boule d'Or. Barbara y venait chaque soir, elle attendait des heures devant un café, avant son passage à l'Écluse vers minuit. Mon père m'a raconté que Brel y a couché. Sur un billard, sans couverture. C'était dans les années 1952-1953, Brel battait la purée. On dit même qu'il a dormi dans la rue, sur un banc, en face du Cirque d'hiver… Vous savez, Oxy, si ça se confirme, les médias ou les flics ne vont pas tarder à faire le lien entre les meurtres de *A noir* et l'affaire Hamlet. Il va falloir faire vite.

– Je sais. Merci pour le taxi.

– De rien.

– On se tient au courant.

– Bien sûr.

Oxymor suit des yeux la Civic grise qui s'éloigne vers Odéon. J'habite dans l'absente. J'habite dans l'absente. La solution est là, tout près, mais elle reste à trouver.

27

Samedi 23 décembre, 12 h 10

– Monsieur Baulay ?

– Oui ?

– Capitaine Andrieu, lieutenant Gutartz. Veuillez nous suivre, s'il vous plaît.

Sur le palier, cinq ou six policiers attendent pour investir l'appartement. Oxymor examine par principe la carte de police. Et voilà, on y est. Il acquiesce, demande :

– Commission rogatoire ?

– Juge d'instruction Maillard.

– Je peux prendre mon manteau ?

– Faites.

Pendant le trajet, menottes aux poings, Oxymor se prépare à son audition. Témoin ou suspect ? Les rues défilent. De Martignac, Saint-Dominique, de Bellechasse, le pont Royal, les quais à gauche. Pas de doute, on se dirige vers le quai des Orfèvres. Comment ont-ils pu remonter si vite jusqu'à lui ? Aurait-il laissé quelque chose chez Clara ? Paul a-t-il été interrogé ?

La voiture s'arrête devant l'entrée, la cour doit être surchargée. L'escalier, le fameux escalier, un couloir. Les bureaux du deuxième groupe de la Crim sont installés sous les toits. La pièce ne dépasse guère les vingt mètres carrés, quatre bureaux, deux Velux.

Le commandant Cathala examine Oxymor de la tête aux pieds. Dans les quarante-cinq ans. Costume trois-pièces, cravate au délicat camaïeu de bleus et de verts, chaussures Church's ou Lobb. Petites lunettes ovales cerclées d'acier. Visage buriné. Les mains, surtout, retiennent l'attention : longues, fines, des mains de pianiste.

– Le voilà, patron.

– C'est bien, les gars. Gutartz, tu peux disposer. N'oublie pas le proc. Andrieu, enlève-lui les menottes.

Oxymor tend ses poignets. Le commandant Cathala contourne son bureau, s'assied.

– Installez-vous, monsieur Baulay, nous en avons pour un moment. On parle beaucoup de vous depuis un mois. Dans les journaux. À la télé. En bien, me semble-t-il. J'espère que cela va continuer. Avant toute chose, dites-moi : êtes-vous l'auteur de *A noir ?*

– Non, ce n'est pas moi.

Cathala se cale dans son fauteuil, le capitaine Andrieu pose une fesse sur le bureau.

– Parfait. Deuxième chose, monsieur Baulay : d'après vous, les meurtres décrits dans le livre sont-ils des faits réels ou est-ce de la fiction ?

Oxymor n'hésite pas. Terminé, les mensonges.

– Je pense qu'ils ont eu lieu. J'en suis sûr. Le livre est une confession. L'affaire Hamlet.

– Parfait. Troisième question : où étiez-vous le 6 mai 1979, entre vingt-trois heures et minuit ?

– Vous plaisantez ?

Cathala sourit. Les dents sont blanches, parfaitement alignées. Dans un roman de gare, on dirait « carnassier ». Ce doit être, se dit Oxymor, le genre sympa-on-se-dit-tout, on plaisante, on est copains, l'autre abruti jouant le rôle du méchant.

– Mais oui, je plaisante, dit Cathala. Mais nous y reviendrons. En attendant, où étiez-vous mardi 19 décembre, entre vingt-deux heures trente et vingt-trois heures ?

– Elle est morte mardi ?

– Répondez, s'il vous plaît.

Oxymor fond en larmes. C'était donc mardi, le soir où ils devaient dîner ensemble. Et il avait décommandé.

– Pourquoi moi, commandant ?

Les deux officiers se consultent du regard.

– Sur son agenda, répond Andrieu, mardi soir, elle a noté « Oxy dîner ». Et sur le mois de mars, on a trouvé votre nom et votre numéro de portable. Pas très difficile.

Oxymor renifle, s'essuie le nez avec la main.

– Je devais dîner avec elle et j'ai décommandé. Une urgence. J'ai travaillé à la maison, grignoté quelque chose, je ne suis pas sorti.

– Des témoins ? Des appels téléphoniques ?

– Je ne sais pas. Je ne crois pas.

– En effet, nous avons vérifié. Alors, monsieur Baulay ?

– Alors quoi ? Que voulez-vous savoir ?

Le capitaine Andrieu se campe en face de lui, se penche. Oxymor recule son visage : acidité gastro-œsophagienne. Ou stress. Ou les deux. L'OPJ pue.

– Dites-moi, Baulay, Juvisy, ça vous dit quelque chose ?

Évidemment. On n'est plus à l'époque de Maigret. Fichier Stic : ils ont vite fait le lien avec le meurtre de Vaïda.

– Vaïda, c'est cela ?

– Exact. Sauf qu'il s'appelait Alexandre Vergniaud.

– J'avais un alibi, non ?

– Vous savez, fournir un alibi, c'est comme la chanson de Dutronc. On peut toujours retourner sa veste…

Oxymor réfléchit. C'était quoi, son alibi ? Ah ! oui ! Suzy. Il fronce les sourcils.

– La gardienne s'est rétractée ?

– Non. Mais vous êtes quelqu'un de dangereux, Baulay. Il ne fait pas bon vous côtoyer de trop près.

– J'en suis le premier désolé. Sincèrement désolé. C'est vrai, j'avoue, je suis en partie responsable de ces deux meurtres.

– En partie ? demande Andrieu.

Oxymor se tourne vers le commandant Cathala.

– Commandant, si j'ai bien compris, tout à l'heure, vous avez fait le rapprochement entre le meurtre de Clara et le serial killer de l'affaire Hamlet?

– Exact, monsieur Baulay. Comment ne pas le faire ? Même mode opératoire, même arme du crime, un coupe-papier probablement. Comment va notre ami Blot ? Toujours sur le pont, si je comprends bien ?

Oxymor sursaute.

– Comment savez-vous que je connais Blot ?

Andrieu ricane, carnet à la main :

– Votre portable, Baulay. Et votre ligne Internet. Vous l'avez contacté en février dernier, après le meurtre de Juvisy. Il vous a rappelé le mardi douze décembre, à onze heures vingt-deux. Vous avez pris rendez-vous avec lui pour le lendemain quatorze heures trente, au café de l'Écluse, juste en face de chez nous, car il avait, a-t-il dit, un scoop pour vous. Ensuite, vendredi dernier, à douze heures douze, vous l'avez appelé. Souvenez-vous, cette histoire de couleurs…

Bien sûr, les couleurs. Les couleurs de Louise, devant la cheminée, son air détaché en prononçant Auvers-sur-Oise. Les couleurs : Montrouge, Les Lilas, Richard-Lenoir… L'ex-commissaire Blot en était sur le cul.

– Donc vous avez compris ?

– Quoi ? demandent les deux OPJ, simultanément.

– Les voyelles, les lieux.

– Monsieur Baulay, parlons plutôt de Clara Bellochi. Depuis combien de temps la connaissez-vous ?

– Un peu moins d'un an. C'est une amie de mon éditeur.

– Votre éditeur ?

– Je voulais dire l'éditeur de Nemo Nay.

Cathala enlève ses lunettes, les essuie, les examine attentivement.

– Car bien sûr, ce n'est pas vous l'auteur, murmure-t-il sans regarder Oxymor.

– Écoutez, commissaire…

– Commandant…

– Écoutez, commandant, lâchez-moi un peu. S'il vous plaît. Je suis crevé, anéanti, j'aimais cette jeune femme, on l'a tuée. Vaïda aussi, indirectement. J'ai deux morts sur la conscience et quelque chose me dit que Hamlet ou quelqu'un veut ma peau. Enfin, pas la mienne. Celle de mes proches. Alors, je vous le demande, faites-les protéger. Mon entourage est en danger.

Andrieu attrape Oxymor par le col de sa chemise. Furieux.

– Tout doux, ducon ! T'es pas ici pour donner des ordres !

Cathala se lève, toise son numéro 3.

– Capitaine !!!

– Excusez-moi, patron.

– Monsieur Baulay, reprend Cathala en se rasseyant, si vous nous racontiez toute l'histoire dans les moindres détails, du début à la fin ?

Oxymor hoche la tête. D'accord. Ça va lui faire du bien. Cathala met en marche un petit magnétophone.

– Tout commence en février dernier, au cours d'un reportage sur les SDF commandé par *Marianne*…

Les mots sortent libérés, par milliers, hachés. Les épaules lui font mal, il a l'impression de peser cent kilos. Ses mains tremblent. Sa voix, par moments, dérape dans les aigus avant de s'étrangler. Il raconte, raconte, pendant près de trois quarts d'heure. Vaïda, Hamlet, Paul, Clara, Blot, Greimas. Ses découvertes. Et toutes les conneries qu'il a commises.

– Très bien, monsieur Baulay, nous allons vérifier tout ça. Je reviens en arrière, avec le sourire : où étiez-vous le 6 mai 1979, entre vingt-trois heures et minuit ?

Oxymor se détend. Ce type lui plaît bien. Poli, charmeur. Et de l'humour.

– Je pense avoir un alibi.

– Dites.

– Un nommé Pachti, à Kandahar, vous savez, quelque part entre l'Helmand, l'Orozgân et la province de Zâbol.

– En 2 CV, je parie.

– Gagné, elle était verte. Du moins au départ.

– Monsieur Baulay, parlons de l'homme à la moto. Quand vous avez retrouvé votre copain Vaïda, le 4 février, aux Halles, l'a-t-il décrit avec précision ? Était-il jeune ou vieux ?

– Je suis comme vous, commandant. Je me demande depuis le début s'il peut s'agir de Hamlet. Non, désolé, Vaïda n'a pas su me dire. Sauf qu'il était grand. Le type portait un casque et il ne l'a vu que de loin. L'homme peut avoir vingt ans aussi bien que cinquante.

– Mais pas soixante-dix ?

Oxymor réfléchit.

– Qui sait ? Je connais des types de soixante-dix ans, minces comme un fil, qui sont encore de vrais athlètes. L'amplitude est forte : meurtrier à vingt ans, Hamlet est aujourd'hui un gamin de cinquante ans. Meurtrier à cinquante, c'est aujourd'hui un vieillard de quatre-vingts ans.

– Quel âge avez-vous, monsieur Baulay ?

– Cinquante-deux.

– Bien. Je répète ma question initiale : êtes-vous l'auteur de *A noir* ?

– Non. C'est ridicule. Si j'en étais l'auteur, pourquoi aurais-je révélé à Blot la concordance entre les lieux du crime et les couleurs ? Cela ne tient pas debout !

– Peut-être. Peut-être pas. Les serial killers aiment jouer au chat et à la souris. Surtout avec les imbéciles. Et puis, vous le savez bien, il n'y a aucun risque, ces crimes sont prescrits.

Oxymor s'énerve.

– Et mes recherches sur l'Oulipo ? J'enquêterais sur mon propre texte, pour pouvoir m'identifier, c'est cela ? Et vous trouvez que j'ai l'air d'un homme grand, bien bâti, presque athlétique, au visage parfaitement ovale, avec des cheveux châtains et des yeux d'un bleu pâle ? Bordel, on nage en plein délire !

– Calmez-vous, monsieur Baulay. Nous allons tout reprendre depuis le début, une nouvelle fois. Voulez-vous un verre d'eau ?

– Non.

– Alors allons-y, dit Andrieu.

Oxymor ferme les yeux. Un cauchemar.

– On recommence par le commencement, poursuit Andrieu, tout bien dans l'ordre chronologique, sinon pas de messe de Noël.

– Pas d'hystéron-protéron non plus, alors ?

– Pas de quoi ?

– L'hystéron-protéron, c'est quand on met les bœufs avant la charrue. C'est quand une circonstance devant être située en seconde position est située chronologiquement avant.

– Tu te fous de ma gueule ?

– Non. Allons-y.

Pendant une heure et demie, abruti de fatigue, Oxymor renouvelle sa déposition et répond aux questions. Le lieutenant Gutartz est réapparu, les trois hommes, bien rodés, se relaient pour l'interroger. Comment a-t-il connu Clara ? Était-elle sa maîtresse ? Avait-elle d'autres amants ? Quels sont ses rapports avec sa gardienne ? Et ce Paul Mistraki, il est marié ? Pour tenir le coup, Oxymor s'oblige à détailler chaque objet de la pièce. Le Mac flambant neuf, certainement pas fourni par l'administration. Le portemanteau en bois, pas plus de dix euros aux puces. L'affiche d'un syndicat, au mur, déchirée. Le Velux, cadenassé. Est-ce celui par lequel Richard Durn, le tueur fou de Nanterre, se suicida en 2002 ? Il demandera à Cathala.

Le commandant se lève, repousse son fauteuil. Pendant tout l'interrogatoire, il n'a pas desserré son nœud de cravate.

– Bien, monsieur Baulay, nous allons nous arrêter là.

– Je peux m'en aller ?

– J'ai bien peur que non, monsieur Baulay. Pas ce soir en tout cas. Je vous mets en garde à vue. Article soixante-trois du Code de procédure pénale. Dans les trois heures qui suivent, vous pourrez prévenir par téléphone un parent, une personne avec laquelle vous vivez habituellement ou un employeur. Vous aurez par ailleurs le droit de vous entretenir avec un avocat pendant trente minutes. Je vous signale que, de surcroît, vous serez peut-être mis en examen pour entrave à la justice dans l'affaire Vergniaud, faits pour lesquels vous risquez deux ans d'emprisonnement. Avez-vous des questions ?

Oxymor serre les dents. Enfoiré.

– Oui. Une. Si une autre de mes amies est assassinée ce soir, que risquez-vous ? Un avertissement ? Un blâme ?

Andrieu s'approche, mâchoire serrée, main levée.

– Patron ?

– Laisse, Andrieu, laisse. Remets-lui les menottes.

Oxymor tend les bras. Combien de temps peut durer une garde à vue ? Vingt-quatre heures ? Quarante-huit heures ? Et qui appeler ? Louise ? Il appellera Paul, son frère est avocat.

Le capitaine Andrieu le saisit par le bras.

– Allez, viens, Baulay, je vous emmène...

Oxymor se dégage, sourire aux lèvres.

– Mais c'est une énallage, capitaine Andrieu !

– De quoi ?

– Le *vous tu*. Énallage. Une figure de style. Avec un *n* et deux *l*.

– Faites pas chier, Baulay !

– Tiens ! On m'a déjà dit ça !

Oxymor détaille la tête d'Andrieu. Lourde, massive, primaire. Idiote comme une tautologie. Car il est con. Et en plus il est con.

28

Dimanche 24 décembre, 11 h

Putain, il l'a fait ! Maurice n'en revient pas. Mais pourquoi lui a-t-il communiqué les coordonnées de cette fille lorsqu'il s'est rendu au village, il y a quinze jours, cent cinquante kilomètres à se geler les fesses ? En lui tendant l'enveloppe contenant les billets, deux mille euros, le vieux ricanait. Tiens, mon petit Maurice, tu l'as bien mérité. Quel con, mais quel con !

La vieille Honda slalome avec précaution sur le boulevard de Sébastopol. Et *Le Journal du Dimanche* qui tartine grave : « Hamlet, le retour », « Série noire pour *A noir* », « Être ou ne pas être un serial killer ». Et puis l'autre connard qui déboîte sans prévenir. Il se l'était promis : pas un mot au vieux, surtout pas d'adresse. Mais l'autre, avec ses billets verts qu'il faisait crisser entre ses deux doigts ! Et merde ! Quand c'est fait, c'est fait. Sauf que maintenant, il ne sait plus quoi faire. Le dénoncer ? Non, impossible. Il deviendrait automatiquement complice de meurtre. Pas si fou, au fond, le pépé fou : il l'a ficelé comme un rôti. Si Maurice bouge le petit doigt, ils tombent tous les deux.

Maurice tente d'imaginer la scène. La brunette qui referme la porte de l'immeuble, le vieux qui l'attend, poignard à la main. Ou alors dans l'escalier, bien planqué, ou devant chez elle, là-haut. À plus de soixante-dix ans ! Et comment qu'il est venu ? Avec sa vieille Peugeot ? En train ?

À la hauteur de la gare de l'Est, un arbre de Noël s'est effondré, obstruant la chaussée. La Honda emprunte la voie de gauche, monte sur un trottoir, se faufile comme elle le peut entre les piétons effarés.

Ficelé. Le vieux l'a ficelé. Et il a frappé. Pourquoi a-t-il fait cela ? Pour narguer la police, évidemment, pour faire un maximum de pub à son foutu chef-d'œuvre. Et, d'ailleurs, qu'est-ce qu'il en a à foutre, de la police ? S'il est pris, il aura droit à un procès qui passionnera l'opinion publique. Mes respects, monsieur le juge, mes hommages, monsieur l'avocat général. Il pourra pavaner, balader le jury, raconter ce qu'il veut, mon cul, ma vie, mon œuvre. Perpète qu'il prendra, avec le sourire. Merci monsieur, merci madame. Perpète. La belle affaire ! En prison, il vivra mieux que dans sa ferme. Il touchera ses droits d'auteur, continuera à écrire, recevra royalement les journalistes dans sa cellule, négociera la publication de sa tonne de manuscrits, il deviendra Pépé Ier, milliardaire de Fresnes. Et bâti comme il est, il vivra jusqu'à cent ans.

République, Bastille. Maurice roule au hasard, cela l'aide à réfléchir. Non. Il ne faut pas que le vieux aille en prison. Il ne faut pas que la police l'embarque. Conclusion, faut y aller, il y a plus de choix, c'est comme ça. Un beau petit suicide avec une jolie lettre et tout sera terminé. Oui. Faut qu'il crève, l'enfoiré, avant qu'on ne le chope. Il faut qu'il disparaisse. Vite.

29

Mardi 26 décembre, 19 h 35

Chez Marcel Aymé, les rideaux des fenêtres – du gros velours brun – n'ont pas été ouverts depuis des mois. La température ne doit pas excéder huit degrés. Des toiles d'araignées occupent chaque encoignure du plafond. La moquette, décollée, dégage une légère odeur de moisi marin, conséquence d'un ancien dégât des eaux. Pour plus de sûreté, Louise a coupé l'eau et l'électricité. Oxymor s'avance, pousse la porte menant à une chambre nue. Près de la litière d'Aragon, une souris à demi-morte s'agite encore. Cruel, Aragon. Est-ce ainsi que les animaux vivent ? Pas trace du chat.

À chaque fois qu'il s'aventure dans l'appartement fantôme, Oxymor éprouve l'impression d'être un ectoplasme indécis, s'interrogeant sur la légitimité des vivants. Pour s'installer ici, il faudrait tout passer à l'eau de Javel, aérer, abattre une cloison, convoquer un prêtre, asperger d'eau bénite.

– Aragon, tu es là ?

La salle d'eau, les toilettes. Parfois, l'été, par grande chaleur, le chat aime se réfugier dans la fraîcheur des latrines, insensible à l'odeur d'eau croupie. Mais on est en hiver. Où est ce putain de chat ?!

– Oxy, tu es là ? Téléphone !

Oxymor abandonne Aragon à ses ténèbres lucifériennes et retourne avec soulagement vers la civilisation. Il saisit le portable que lui tend sa compagne. À deux mètres de lui, devant la télé, Amphigouri hurle à rendre sourd un troupeau d'éléphants.

– Je ne vous dérange pas ? J'entends des voix…

– Pas du tout, commissaire, mais je ne suis pas chez moi.

– Je venais aux nouvelles. J'ai cru comprendre que vous aviez été interrogé par la police.

– Exact. Garde à vue plus que musclée. Je me demande si je ne vais pas saisir l'IGS. Ils m'ont bien cuisiné, les enfoirés. Commandant Cathala. Et un certain capitaine Andrieu, dont le QI doit correspondre à la pointure de ses chaussures.

Oxymor se marre. Son portable est certainement sur écoute.

– Je connais Cathala, dit Blot, je vous l'ai dit, je crois. Un dur. On n'était pas franchement amis.

– Il vous a contacté ?

– Non. Et je doute qu'il le fasse. Pas de nouvelles de Greimas ?

– Pas de nouvelles, Jacques. Ils sont sur répondeur. Les fêtes…

Oxymor cherche en vain la télécommande. Dans la phase préliminaire de sélection des candidats, Gabrielle, de Metz, a été la plus rapide. Quatre films avec de Funès à classer chronologiquement. Cinq secondes vingt-deux centièmes pour Gabrielle. Applaudissements du public.

– Elle est tarte, lance Amphigouri. Elle va se faire ramasser à la petite fourchette. Et Jean-Pierre, il a mis des questions qu'elles ont pas de réponse, elle peut toujours appeler sa mère, c'est cuit pour les millions !

– Excusez-moi, Jacques. J'ai un ovni à la maison. Une sorte d'extraterrestre qui aurait avalé un pendule de Foucault au milieu du désert de son cerveau marengo…

Oxymor tire la langue à son neveu adoptif puis va s'enfermer dans la chambre en verrouillant soigneusement la porte.

– … je suis là, commissaire. Comme dirait W. C. Fields, un homme qui n'aime pas les enfants et les chats angora ne peut pas être foncièrement mauvais. Pour en revenir à Cathala, je l'ai eu avant-hier au téléphone. Il commence à comprendre. Le retour de Hamlet ne l'emballe pas. Il n'y croit pas. Moi non plus, d'ailleurs.

Silence sur la ligne. Petit bruit de friture.

– Vous êtes là, Jacques ?

– Oui. J'ai découvert quelque chose qui pourrait le convaincre.

Les cigarettes sont restées dans le salon. Oxymor inspecte la chambre.

– Vous avez du nouveau ? demande-t-il.

Rien sur la table de nuit, rien sur le petit bureau.

– Le poème, mon cher.

– Quel poème ?

– Mais « Voyelles », votre poème ! Savez-vous comment s'appelait la rue Garancière, il y a trois siècles ? Elle s'appelait la rue Garance. Cela ne vous dit rien ?

– Pas vraiment.

Oxymor hésite à retourner dans le salon. Les stridences d'Amphigouri l'en dissuadent aussitôt. Chez Jean-Pierre Foucault, la nommée Gabrielle semble avoir franchi une étape décisive.

– Votre histoire de couleurs m'a impressionné, évidemment. Comme vous le savez, il y a dans le poème une voyelle manquante, la dernière, le *y*. Quelle pourrait être sa couleur, selon vous ?

– Je ne sais pas, répond Oxymor, surpris. Dans les orangés ?

– Vous brûlez. Disons une couleur tirant un peu plus vers le rouge, vers le sang, une couleur associée à la guerre, à la mort. Connaissez-vous celle qu'arboraient les pantalons militaires au début de la Première Guerre mondiale ? Garance, cher ami, une couleur rouge vif. Garance, rue Garancière, le poème est bouclé. Toutes les voyelles sont là. Bien rangées, dans le bon ordre.

Oxymor digère l'information.

– Comment avez-vous trouvé cela ?

– Très simple : je possède de nombreux livres sur les couleurs, en rapport avec la peinture. Je les ai tous consultés, afin de voir s'il n'existait pas une passerelle avec le meurtre de Clara Bellochi. Et j'ai trouvé.

Les cris du monstre ont baissé d'un ton. Oxymor en profite pour passer dans le salon, prendre ses cigarettes et retourner dans la chambre.

– Intéressant, commissaire. Cela voudrait dire, selon vous, que la série pourrait être terminée ?

– Celle-ci, oui. Mais qui sait s'il ne va pas en entamer une nouvelle ?

Oxymor médite. A noir, E blanc, I rouge, U vert, O bleu, Y garance… Drôle de truc.

– Merci de votre appel, commissaire. Tous mes compliments pour votre trouvaille. Je vous laisse le soin d'en informer Cathala ?

– Non. Faites-le vous-même.

– Très bien. On s'appelle demain, il faut que je vous quitte, le devoir familial….

Allongé sur le canapé, un doigt dans le nez, Amphigouri joue avec la télécommande. Louise, excédée, lui demande de baisser le son. Le petit monstre proteste, la bouche pleine de pop-corn.

– C'est mon émission ! C'est moi qui décide et après les millions, je veux Robin des Bois. Dans la forêt de Sherwood, ils peuvent pas y aller, mais moi je peux parce que j'ai pas peur du loup et la princesse Marianne, c'est ma copine, j'aime bien quand elle mange le gigot et aussi quand ils se battent dans la rivière à coups de bâton, y a quoi à manger ? J'ai la dalle, hier, la maîtresse a dit qu'il fallait manger des fruits, tatie, y a des fruits ? Mais si y a pas de fruits, je prendrai une glace…

Oxymor se bouche les oreilles.

– Ta gueule, Amphigouri !

Le môme lui tire la langue.

– C'est pas Amphigouri, jette-t-il. C'est Tonin, mon prénom. Et c'est pas joli de dire des mots gros. Et je vais le dire à ma mère !

Dans la cuisine, Louise prépare un rôti aux épices et une montagne de frites.

– Et ma mère, poursuit Amphigouri, elle va me ramener chez moi, parce qu'ici c'est moche, il y a pas d'ascenseur, et le chat, il a des yeux qui louchent qu'on dirait des billes molles et…

Oxymor capitule. Muni d'une précieuse boîte d'allumettes trouvée sur la cheminée, il quitte le salon, va se réfugier à nouveau dans la chambre. Dire qu'il va falloir supporter le marmot pendant toute la nuit. Il s'étend sur le lit, les mains croisées derrière la nuque, tente de faire le point. Pas la peine d'appeler Cathala à cette heure. D'ailleurs, quel intérêt ? Les flics n'ont pas besoin de cela pour privilégier la piste Hamlet. D'après l'autopsie, l'arme du crime est certainement un coupe-papier, avec un seul côté tranchant. L'angle de la blessure indique que l'homme était grand, costaud. Chiffon imbibé de chloroforme, boîte de cigares vide. Une signature avec un grand S.

Malgré la porte close, de l'autre côté du mur, la valse des euros a repris de plus belle. Et ce putain de compteur qui égrène les secondes avant le clong fatidique. Tic tac tic tac.

– Alors, belle Gabrielle, que faisons-nous ? Les Yaciens ? Les Ytistes ? Les Ylotes ? Les Ypsiloniens ? Je vous rappelle que vous jouez pour vingt quatre mille euros. Je vous rappelle également qu'il vous reste un joker.

Le son de la télé a franchi un cap critique. Comme si Jean-Pierre Foucault s'était invité rue Ramey pour partager le rôti et les frites.

– Elle est nulle ! hurle Amphigouri.

– Je vais prendre le 50-50, dit la candidate.

– Pas trop tôt, commente le môme.

Musique lancinante. Plus que deux réponses : Yaciens ou Ypsiloniens ?

– C'est la A, pauvre pomme.

– Qu'est-ce que tu en sais ? demande Oxymor depuis la chambre.
– C'est la A, je te dis !
– C'est quoi, la question ?
– Sais pas. Mais c'est la A.
Oxymor suit vaguement. La candidate hésite.
– Plus que trois secondes…
– Réponse D, dit-elle. C'est mon dernier mot.
– Quelle conne !
Musique glauque, en boucle. Jean-Pierre fait durer le plaisir. Oxymor tend l'oreille.
– Les habitants de Y s'appellent… les Ypsiloniens !
Musique triomphale, applaudissements nourris. Oxymor quitte le lit, se précipite dans le salon.
– Quoi ? Quoi ?
– C'est D que je voulais dire, j'ai empêché mes pinceaux.
Oxymor secoue la tête, se met à rire, lui tend les bras.
– Viens là, que je t'embrasse, petit monstre !
– Mais pourquoi ? J'ai rien fait !
– T'es un petit con, mais ce soir, tu es mon rayon de soleil. Tu illumines mon existence, tu resplendis dans l'azur. Bras armé du hasard, prince des coïncidences, tu es l'oracle de la justice, il y a comme du divin en toi....
Louise entre dans le salon, un plateau dans les mains.
– Il est marteau piqué, lui confie Amphigouri en se tapotant le front. Complètement à la nasse.
Oxymor, hilare, saisit le plateau, le dépose sur le marbre de la cheminée.
– Louise ?
– Oui ?
– Amphigouri a trouvé où habite Hamlet.
– Fastoche ! J'avais trouvé dès le début !
– Hamlet habite dans l'absente, poursuit Oxymor. Dans la lettre absente. La lettre *y*. Dans la ville de Y.
– Y ? Cela existe vraiment ? demande Louise.

– Il faut croire. Allons sur Internet.

Sur l'écran de l'ordinateur installé dans l'entrée, Google, en page deux, crache la réponse de Wikipédia. « Y (prononcer [i]) est une commune de cent habitants située dans le département de la Somme, en Picardie. C'est la commune portant le nom le plus court de France. »

– Bingo, dit Oxymor. On y est. Sur cent habitants, on devrait pouvoir le trouver.

– S'il n'a pas déménagé, fait remarquer Louise. Il a écrit son truc il y a trente ans.

– Tu as raison. Mais avec un peu de chance, on va trouver quelque chose dans l'annuaire.

– Et comment, s'il te plaît ? À la lettre H ?

– C'est lumineux, Klostro, souviens-toi de la phrase : « Je est un autre. » Hamlet est un autre. Un autre Rimbaud. Il s'appelle Rimbaud. Ou Raimbot.

Pages blanches. Oxymor tapote, fébrile. Pas de Rimbaud à Y. Pas plus que dans les communes voisines. Ni Raimbeau. Ni Rimbot. Ni nom approchant.

– Que dalle !

– C'est vieux, tout cela, répète Louise… Et il n'a peut-être pas de téléphone. Ou bien il est sur liste rouge. Essaye Notre. Ou Nautre avec *au*.

Ils passent en revue toutes les combinaisons envisageables. Sans succès.

Oxymor marche de long en large dans le minuscule couloir.

– Il faut y aller, dit-il, avant qu'il ne recommence.

– Oxy, c'est dangereux. Parles-en tout de suite au commandant Cathala.

– Non. C'est mon enquête. Et je ne suis plus suspect. J'irai avec Blot, une simple reconnaissance dans le village, cela ne présente aucun danger. Je lui dois bien cela, cela fait trente ans qu'il attend. Ensuite, selon le résultat, j'informerai mes petits camarades.

– Tu as tort, Oxy, tu refais les mêmes conneries. Et il s'agit d'un tueur.

– Un tueur de femmes, oui, promets-moi de faire très attention. Pour les hommes, je demande à voir. Pas plus dangereux qu'un chat angora. Si Blot est disponible, j'irai demain matin, après avoir ramené le petit à sa mère. On le met sur le canapé ou on l'enferme chez Marcel ?

– Noëlla va passer le chercher tout à l'heure. Elle finit à vingt-trois heures, elle me l'a promis.

La voix du monstre reprend de l'ampleur.

– Hé, pourquoi c'est que la télé elle marche de travers ? Et mon Robin des Bois, c'est pour mercredi ou pour demain ? Et ma mère, qu'est-ce qu'elle fout ?

– J'arrive, dit Louise. Je t'apporte tes frites.

– Il y a intérêt ! Bien dorées, les frites. Avec du ketchup !

Oxymor lève les yeux au ciel. Un jour, le fritivore, il l'étranglera.

30

Jeudi 28 décembre, 11 h

Après avoir emprunté l'autoroute du nord, rejoint l'A29, la Civic s'est engagée sur la D937 pendant trois kilomètres, puis a bifurqué à droite à Croix-Moligneaux. Sous un lourd ciel ocreux, au terme de mille quatre cents mètres sur la D15, elle est entrée dans Y.

Oxymor surveille le totalisateur kilométrique : cent cinquante et un kilomètres, depuis le boulevard périphérique. Disons cent cinquante, pour simplifier. Comme le symbole Y, synonyme du nombre cent cinquante en bas latin. Comme la vague acronymique revenant tous les cent cinquante mots. Cent cinquante et un, au lieu de cent cinquante. Hamlet habiterait-il à un kilomètre du village, en direction de Paris ? Ou le trajet vers Paris est-il légèrement différent si l'on emprunte les petites routes ? L'autoroute n'existait pas, à l'époque. Hamlet est un homme précis. Cent cinquante et un, ce n'est pas cent cinquante. Il en fait la remarque à son compagnon.

– À droite ou à gauche ?

– À gauche, vers la mairie.

La mairie est fermée, le village désert. Oxymor descend de voiture, frappe à la porte d'une maison jaune pisseux. Sans doute un ancien commerce dont ne subsistent que quelques lettres délavées par le temps, indéchiffrables. Un visage apparaît derrière un carreau embué.

– M. Rimbaud, s'il vous plaît, savez-vous où l'on peut trouver M. Rimbaud ?

Le visage secoue la tête. Après trois tentatives infructueuses, Blot propose de faire le tour de quelques fermes, en campagne, en direction de Paris. Ils quittent le village, longent une grande croix blanche faite de faisceaux de tiges de fer réunies par des croisillons. Nature défleurie. Corbeaux gelés. Quelques plaques de verglas, la betterave à perte de vue. L'ombre de Jacques Brel recouvre la campagne, tel un blafard dimanche de décembre.

– Le plat pays, murmure Oxymor.

– La première ferme, on s'arrête, dit Blot.

Au loin, la Somme canalisée barre l'horizon d'un trait horizontal. Les gris clairs se fondent dans les gris sombres. Quelques bâtisses inanimées pleurent de solitude. Des hangars. Des silos. À une intersection, un homme en canadienne, béret et vélo, les dévisage avec méfiance. La Civic s'arrête.

– Bonjour, monsieur, nous cherchons M. Rimbaud. Ou M. Borin.

Dénégation de la tête. Pas de Rimbaud. Pas de Borin.

– Il s'appelle peut-être Nautre. Ou Heinotre… Un homme qui écrit des livres… Qui s'appellerait peut-être Arthur…

Nouvelle dénégation. Ici, on n'écrit pas.

Oxymor lance une dernière tentative :

– Vous étiez déjà là, il y a trente ans ?

La tête ne bouge pas. Ni oui ni non.

– Merci.

La Civic redémarre, Oxymor ressasse. Je est un autre. Je est un autre. Un autre quoi ? Un autre Rimbaud, bien sûr, mais encore ? Qu'est-ce qu'un autre Rimbaud ? La psychologie de Hamlet dénote une structure mentale rigide, logique, précise, voire honnête : il ne peut pas s'agir d'une inversion ou d'une allitération. Il faut que la réponse soit parfaitement en phase avec la phrase « Je est un autre ». Le même, mais un autre. Oxymor sent un frémissement parcourir son épiderme. Comme Gary et Ajar, par exemple. Le même, mais un autre.

– Je pense que j'ai trouvé, dit-il.

– Quoi donc ? demande Blot.

Oxymor ne répond pas immédiatement. Il imagine Louise, accoudée à la cheminée, lui tournant le dos, laissant tomber d'un air détaché : « Oxy, c'est enfantin ! Le même, mais un autre : c'est ce qu'on appelle un pseudonyme. »

– Enfantin, dit Oxymor. Il s'agit d'un pseudonyme.

– Un pseudonyme de quoi ?

– De Rimbaud.

Le commissaire, songeur, hoche la tête.

– Prêtez-moi votre portable, Jacques. Il faut que j'appelle.

– Mais pourquoi le mien ?

– Je suis sur écoute, commissaire. Et je ne pense pas que vous le soyez. Je vous l'emprunte pour la journée.

Oxymor saisit l'engin que lui tend Blot, compose le numéro de Greimas.

– Loup poli, bonjour... Nos bureaux sont fermés jusqu'au...

Oxymor coupe aussitôt, appelle Louise au bureau.

– Louise, tout va bien, j'ai besoin de toi. Je cherche un pseudonyme qu'aurait utilisé Rimbaud. Va sur Google, tape « Rimbaud pseudonyme », c'est urgent.

– Mais c'est qu'il est malin, mon petit mouton frisé. Je te rappelle dans deux minutes.

La Civic s'arrête à nouveau devant la mairie, le portable d'Oxymor se met à sonner.

– Oxy ? J'ai ta réponse. Arthur Rimbaud s'est essayé au journalisme, à l'âge de seize ans. Il signait ses articles du nom de Jean Baudri. Avec un *i*. Ou Baudry, avec un *y*. Sous ce pseudonyme, il produisit notamment un texte intitulé « Le Rêve de Bismarck », article qui fut publié par *Le Progrès des Ardennes* en 1870.

– Merci, chérie.

– Je t'emmerde, Baulay. Et sois prudent.

– Voilà, dit Oxymor en se tournant vers le commissaire. Nous y sommes, dans la Somme. L'homme s'appelle Jean Baudry. Nous trouverons certainement son adresse à la mairie.

– Je l'espère. Et félicitations. J. B., comme Jean Baudry. Les petits cailloux blancs étaient bien à leur place.

La mairie est ouverte, les deux hommes gravissent quelques marches. Le commissaire se présente, sans stipuler qu'il est à la retraite. Deux minutes plus tard, ils obtiennent le renseignement. Jean Baudry, parfaitement. Né à Amiens en 1935. Résidant 124, chemin de la Croix, à un kilomètre du village, en direction de Pargny. Vit seul dans sa ferme, ne fréquente personne. Un grand type, athlétique. Ancien prof à Paris, paraît même qu'il écrit. Pourquoi ? Blot remercie, demande à l'employée de mairie de ne pas faire état, à qui que ce soit, de leur visite.

– Que fait-on ? demande Oxymor.

– On y va, décide Blot. Nous sommes deux, je ne pense pas que l'homme soit vraiment dangereux. Nous nous présenterons comme des agents du recensement. Qu'en pensez-vous ?

Oxymor hésite. Pourquoi pas ? Il sera toujours temps d'appeler Cathala. La Civic sort du village, prend la direction de Pargny, roule durant un kilomètre. La maison de Baudry, une solide fermette entourée d'un jardin bien entretenu, apparaît sur la gauche. Les deux hommes s'approchent, frappent à la porte. Sans réponse. Blot tourne la poignée, pousse la porte.

– Bonjour, il y a quelqu'un ? Monsieur Baudry ?

La grande salle est plongée dans la pénombre. Blot actionne un commutateur, cligne des yeux sous l'intensité de la lumière. La pièce, de grandes dimensions, comprend un coin cuisine et un coin salon. Une grande cheminée, une reproduction de *Guernica*, un large buffet sculpté en chêne sombre.

Oxymor lève les yeux. Sous l'effet du courant d'air créé par la porte, au milieu de la pièce, un corps s'est mis à tourner imperceptiblement sur lui-même, son ombre dessine aux murs d'étranges animaux. Une grosse corde, un escabeau renversé, une lettre sur la table, près d'une boîte de cigares.

– Et merde !

Oxymor examine la feuille, reconnaît la frappe machine désormais familière.

– Ne la touchez pas ! crie Blot. Lisez-la-moi.

Le commissaire contemple avec curiosité le corps dont la rotation s'est arrêtée. L'homme pendu est grand, costaud, environ soixante-quinze ans. À première vue, le suicide remonte à un jour ou deux. Les yeux, ouverts, le fixent depuis l'éternité. Voici donc Hamlet, l'homme qu'il a recherché en vain durant des années, l'homme qui lui a coûté sa carrière.

Oxymor lit à voix haute :

– « Oui c'est Moi, Hamlet. J'en ai marre des mots, j'en ai marre des morts. Je lègue mes droits d'auteur à mon connard de petit-fils et je lègue ma maison aux bonnes œuvres de la police, pour les faire chier. Adieu. Jean Baudry, écrivassassin. »

– Toujours aussi charmant, fait remarquer Oxymor. Cette fois, il faut vraiment que j'appelle Cathala. Suicide indiscutable, commissaire ?

Blot fixe toujours le cadavre de Hamlet aux yeux grand ouverts.

– Je ne peux pas dire. Cela en a l'air. Mais faudra attendre les conclusions du légiste.

– On jette un œil dans la maison ?

– D'accord. Mais sans rien toucher.

Près du buffet en chêne, une porte munie de gros verrous est entrebâillée. Blot enfile ses gants, sort un mouchoir, pousse la porte, cherche à nouveau la lumière.

Les deux hommes s'avancent. La deuxième pièce constitue un grand bureau sans la moindre fenêtre. Murs noirs. Un canapé fatigué recouvert d'un drap et d'une couverture est disposé dans un angle. Une bibliothèque – des planches de coffrage soutenues par des parpaings – occupe tout un pan de mur. Sur une immense table en noyer, au milieu de la pièce, une vieille Remington, une montagne de feuillets, des chemises de couleurs dotées d'étiquettes. Oxymor parcourt les titres : « Haleurs », « Les Poteaux de couleurs », « Trou rouge », « La Quille éclatée ». Il compte les dossiers empilés sur la table. Six. Sans compter ceux qui gisent à terre, gros manuscrits ventrus comme des poissons morts.

– Ce n'est pas Rimbaud, fait-il remarquer. C'est Balzac. Ou Dumas. Il y a dans ce bureau trente années de travail. Si l'ensemble de l'œuvre possède la qualité de *A noir*, Hamlet va se retrouver un jour au Panthéon…

Blot hoche la tête.

– Allons voir la chambre.

La chambre, monacale, ne comporte qu'un lit et une table de nuit. Dans le tiroir, Blot découvre une vieille pipe Gambier, trois boutons de vareuse dorés, le portrait d'un enfant d'environ douze ans. Le cliché, très ancien, comporte les dentelures chères à son enfance. Il retourne la photo, déchiffre le texte, le lit à haute voix :

– « Heureux ceux qui n'ont pas d'enfants ou ceux qui ne les aiment pas. (veuve Rimbaud, 1885). »

Une date, illisible, et une mention du lieu : Le Touquet.

– Vous avez raison, dit Blot. Charmante personnalité. Cela me fait penser à sa lettre d'adieu dans laquelle il lègue ses droits à son petit-fils. À son connard de petit-fils. C'est sans doute lui, ce gamin sur la photo prise dans les années quarante. Je ne pense pas qu'il ait eu une enfance très heureuse…

Oxymor sort le portable de Blot, appelle à nouveau Louise.

– Oxy ?

– Oui. Terminé, ma puce. Nous avons trouvé Hamlet. Au bout d'une corde. Suicide.

– C'est lui ? Tous les meurtres, c'est lui ?

– Oui. On l'a eu. Mais il nous a devancés. Toujours une longueur d'avance. C'est quoi, ce bruit ?

– Le voisin du cinquième. « Les keufs je les kiffe pas », ça va faire un tabac.

– Le petit monstre ?

– Malade. Indigestion de pop-corn. Et il déclare avoir vu une horreur boréale à la télé. Le commissaire est avec toi ?

– Oui. J'appelle Cathala, il appellera les flics du coin, sans doute ceux d'Amiens. Ensuite on rentre, mais cela risque de durer un bon moment.

– Tu viens ce soir ?

– Si je peux. Programme complet : Réunionnais, demande en mariage et cours de kama-sutra.

– Je t'attendrai, chéri.

Louise raccroche avant qu'il ait pu protester.

– J'appelle Cathala, dit-il à Blot. Je vous le passe ?

Le visage de Blot exprime la lassitude. Oxymor contemple les traits tirés, l'affaissement de la bouche, les paupières lourdes, les épaules légèrement voûtées. En à peine un quart d'heure, le commissaire semble avoir vieilli de dix ans.

– Bonjour, commandant, Oxymor Baulay. Je ne vous dérange pas ?

– Dépêchez-vous, Baulay, je n'ai rien de nouveau.

– Moi, si, commandant.

Oxymor déroule le fil des derniers événements. J'habite dans l'absente. L'absence du *y* dans le poème « Voyelles », son enquête au village en compagnie de Blot.

– Vous êtes un trou du cul, Baulay, un fouille-merde ! Et je vous avais ordonné de ne pas quitter Paris !

– Désolé. Oublié.

– Moi je n'oublierai pas !

– Qu'est-ce qu'on fait, commandant ?

– Passez-moi Blot, Baulay.

Oxymor tend son portable à l'ex-commissaire.

– Il veut vous parler.

Blot grimace, prend l'appareil.

– Salut, Cathala…

L'entretien entre les deux hommes dure cinq bonnes minutes, ponctués de oui, non, très bien, je ne sais pas, je lui dirai, d'accord. Blot précise les coordonnées de la ferme, délivre un dernier oui, éteint le portable.

– Alors ?

– Alors il est furieux. Mais ça va lui passer. Il appelle tout de suite la PJ de Creil et d'Amiens, c'est elle qui va prendre le dossier en charge. Mais cela ne veut pas dire qu'il s'en décharge. Il va joindre son proc, lui expliquer que l'affaire est liée à son enquête parisienne. Les procs vont se mettre d'accord entre eux, il va pouvoir ramener sa fraise comme il sait si bien le faire et il prendra ensuite les choses en main. Sans problème : la province est toujours très fière de travailler avec le Quai des Orfèvres.

Suspendu à sa corde, Hamlet s'est remis à tourner sur lui-même, lentement. Il semble les écouter. Oxymor se détourne, fixe les yeux cernés de l'ex-commissaire.

– Alors, Jacques, quel effet cela vous fait, cette fin de parcours ? Vous devriez être heureux d'avoir bouclé votre enquête et, pourtant, vous faites une gueule d'enterrement. Je me trompe ?

– J'ai un petit contentieux avec Cathala. Et ce n'est pas moi qui ai bouclé l'affaire. C'est vous.

– Avec votre aide…

– Si peu, murmure Blot.

– Ce que je ne comprends pas, c'est pourquoi maintenant. Trente ans après l'affaire, il tue une dernière victime et hop, il disparaît, alors qu'il pouvait continuer sa route jusqu'à ce qu'on mette la main sur lui. Ce n'est pas logique.

– Le Y, Oxy, la dernière voyelle… Son œuvre est terminée. Écoutez : « Y, sang pourprin des enfers, bonde lucifernale, / Dans la clameur des chaînes yeux vifs du métal / Se mêlent corps à corps et enfuissement des âmes. »

– C'est quoi, ça ?

– La strophe manquante dans le poème.

– C'est vous qui l'avez écrite ?

– Oui.

– Je ne vous connaissais pas ce talent.

– C'est bien le seul…

Oxymor, gêné, consulte sa montre. Pour la soirée avec Louise, cela paraît compromis. La police n'arrivera pas avant une heure. Heureusement, il fait chaud dans la maison. Hamlet n'a pas cru bon de fermer les radiateurs. Après lui le déluge et les emmerdements.

– Oxy, mon portable…

– Ah oui. Tenez, Jacques. Et merci.

Oxymor s'approche de la reproduction de *Guernica*. Rien d'étonnant à trouver cela ici. Il y a comme du Shakespeare dans ce truc-là. Et du Goya. L'absence de couleur évoque bien sûr la mort, cette mort qui rôde autour de lui depuis maintenant un an, une faux à la main. La mort, songe Oxy, la mort, la mort, toujours recommencée.

31

Jeudi 28 décembre, 11 h

Bien joué, Roger. Ça, c'est du mot d'adieu. Avec plein de significations partout et sans fautes d'orthographe. Et cette idée de legs aux bonnes œuvres de la police pour faire plus vrai ! La classe ! Bien sûr, c'est pas signé avec un stylo, mais c'est encore mieux. Ça change rien à l'héritage et ça peut éloigner les soupçons.

Maurice se marre, allume la télé, cherche un dessin animé. L'a pas fallu longtemps pour maîtriser pépé. Des gants, pour les empreintes. Un bon coup-de-poing américain dans le bide, plié en deux, le vieux. Lui faire boire de force un demi-litre de cognac, suspendre la corde au crochet du plafond. Il rigolait, le pépé, comme s'il s'agissait d'une bonne farce. L'escabeau, un coup de pied, et crac, le cou qui craque, salut vieille ordure, aller simple pour l'enfer. L'a fallu ensuite abandonner la voiture volée dans la banlieue d'Amiens, prendre le bus, le train. Un bon petit plan huilé Lesieur, comme sur des roulettes.

Lorsqu'il est rentré au pavillon, tard dans la soirée, il a écrit la liste sur un papier quadrillé. Un, attendre qu'on découvre le corps. Peut-être trois jours, peut-être quinze. Deux, se présenter chez les flics genre, je suis le petit-fils de Hamlet, j'ai lu dans les journaux, quelle affreuse histoire, j'aimais pas trop mon grand-père, mais quand même, c'est mon grand-père, cela fait un choc, bref, aller aux nouvelles. Trois, prendre contact avec l'éditeur. Quatre, faire miroiter la publication des manuscrits inédits, une œuvre gigantesque, un trésor littéraire. Cinq, s'enquérir du statut des droits d'auteur de *A noir*, revendiquer avec humilité, en s'excusant presque de devoir parler d'argent dans de telles circonstances. Six, trouver un avocat spécialisé dans la propriété littéraire. Maurice se rend dans la salle de bains, fait couler l'eau chaude dans la baignoire. Un bon bain, ça lave tout. Y a pas à dire. Fortiche, le mec…

32

Mardi 2 janvier, 11 h 30

Il neige sur Paris et sur la rue de Bourgogne. Sur son Mac, Oxymor boucle avec rage un nouvel article sur ses douze mois d'enquête. Douze mille signes, douze mille euros. C'est beau, la gloire. Depuis le suicide de Hamlet, sa cote a atteint des sommets himalayens auprès des rédactions – quotidiens et hebdomadaires. Autour de lui bombillent des télés affolées, tel un essaim d'abeilles gourmandes. Des demandes en mariage lui parviennent avec photo. Cerise sur le mille-feuille, son bouquin va sortir début mars. Mais le cœur n'y est pas. Clara, toujours Clara. Il ferme le fichier Word, enregistre une sauvegarde sur la clé USB.

Maurice Baudry… C'est lui, ça ne peut être que lui, cette espèce de fouine qui est tombée du ciel, se pointant comme une fleur chez Herbatim. L'héritier littéraire, l'ayant droit triomphal, accueilli comme un roi par un Paul Mistraki plus obséquieux que Talleyrand. C'est lui, ça ne peut être que lui : l'homme à la moto, son cambrioleur, l'assassin de Vaïda et de Clara. Quel âge a-t-il ? Vingt-quatre, vingt-cinq ans ?

Durant le cocktail, rue de Condé, à l'occasion des huit cent mille exemplaires de *A noir*, il semblait aussi à l'aise qu'un poisson rouge dans un seau à glace. Perdu mais rayonnant, sourire idiot aux lèvres. Petite ordure, songe Oxymor en amorçant une valse lente sur le fauteuil pivotant. Petit-fils d'assassin. Et assassin lui-même. Dire qu'il va falloir lui faire face pendant toute la soirée. Il n'aurait jamais dû accepter cette invitation. Pourquoi Paul a-t-il tant insisté ?

Oxymor se lève, en rage. Le double de la lettre est rangé dans le tiroir de droite. Il relit le texte : « Qui êtes-vous pour décider de ce qui doit *être ?* Publiez et vous verrez le glaive de Dieu se lever à nouveau. Laissez les mots tranquilles, laissez les morts tranquilles. Je vous en prie. »

Il pose la lettre devant lui, songeur. Pas vraiment le genre du jeune Baudry. Il s'agit probablement d'un texte dicté par le grand-père. Le petit-fils aurait-il joué les commissionnaires ? Probable. Maurice a-t-il été, pour des raisons inconnues, le bras armé de son grand-père ? Tout aussi probable. Mais pourquoi les deux ordures auraient-ils fait alliance ?

Il faut, songe Oxymor, tenter de dégager un schéma logique. En partant du début. Le début, c'est le manuscrit. Égaré dans la nature, récupéré par le gitan, échangé contre une cartouche de cigarettes. Hamlet ne souhaite pas qu'il soit publié, il charge son petit-fils de le récupérer, coûte que coûte. Vaïda en fait les frais. Le livre sort. Atteint des tirages fabuleux. Que se passe-t-il alors entre les deux hommes ? Les droits d'auteur, évidemment. Le vieux ne peut pas ou ne veut pas les revendiquer. Reste Maurice, que les droits intéressent au plus haut point. Une montagne d'euros dans les caves d'Herbatim, à portée de main. Si son grand-père disparaissait, il deviendrait l'unique héritier.

Oxymor se lève, marche de long en large. C'est cela, c'est cela. Et le meurtre de Clara ? Forcément lui. Celui qui l'a tuée savait qu'Oxymor la fréquentait. Maurice, donc, qui l'a sans doute suivi pendant un long moment. Mais quelle finalité ? À quelle logique obéit ce crime ? Pourquoi Maurice l'aurait-il tuée, avec tous les risques que cela comporte ? Oxymor ne voit qu'une seule solution. Chantage : Hamlet l'a obligé à le faire, sous la contrainte, par haine du journaliste qui lui a volé son œuvre. Tu punis le mécréant ou je te dénonce pour le meurtre du gitan.

Ou, peut-être, une promesse financière. Ou bien les deux. Le garçon s'est-il présenté aux flics avant de contacter Herbatim ? Sûrement pas. Trop dangereux pour lui. Et Cathala n'aurait pas manqué de le convoquer, lui, Oxy, pour un nouvel entretien très désagréable. Ce dîner, finalement, peut s'avérer utile. Il va le pulvériser, l'abattre en plein vol, devant témoins.

Un cliquetis de clés interrompt ses réflexions.

– C'est moi, monsieur O !

Aujourd'hui, c'est noir. Mme Solidor porte une petite robe parfaitement coupée, probablement signée Chanel, des escarpins bicolores, ses cheveux sont noués par un strict catogan.

– Vous comptez opérer dans cette tenue ?

– Mais non, voyons !

Agacé, il la voit lui tourner le dos, se déshabiller. Un string, naturellement. Et pas de soutien-gorge. Les fesses se tortillent pour enfiler sa tenue de travail, une salopette bleue parfaitement repassée.

– J'ai apporté le courrier, dit-elle en ajustant les bretelles. Je n'ai pas eu le temps de tout lire, il y a plus de vingt lettres. Et un colis de votre éditeur. Il y a aussi deux chèques, avec plein de zéros. Quel effet cela fait d'être une vedette ? Je suis sûre que vous avez maintenant plus de trois mille amis sur Facebook !

Oxymor, agacé, hausse les épaules.

– Nous avons tous dans notre vie nos quinze minutes warholiennes de gloire éphémère, Suzy. Vous les aurez, un jour. Soyez gentille, ne passez pas l'aspirateur. J'ai la tête fragile, en ce moment.

– Je vais repasser les chemises, propose-t-elle.

– C'est cela, repassez. Repassez demain.

– Mais qu'est-ce qu'il a, monsieur O ? Il n'a pas bien fait sa nuit ? Il n'a pas fait son rototo ? Il n'aime pas ma photo ?

Oxymor repense au portrait de Hamlet enfant, trouvée dans le tiroir de la table de nuit. La phrase de la mère. Ce sont parfois les mères qui créent les assassins.

– Enfoiré, murmure-t-il.

– Pardon ? Pardon ? C'est moi, que vous coluchez ?

– Mais non, madame Solidor. Je pensais. Gardez vos néologismes pour vous, je ne suis pas d'humeur.

– Eh bien moi non plus. Je repasserai, comme vous dites.

– C'est cela !

La gardienne enfile ses escarpins, saisit son sac, ses clés et sa petite robe noire.

– À demain, dit Oxymor. Venez quand vous voulez, je ne serai pas là de la journée. Et puis, soyez gentille, n'ouvrez plus mon courrier. Laissez-le dans ma boîte, dans le couloir.

Couloir. Le mot résonne étrangement. Oxymor l'examine sous toutes ses facettes, le retourne, l'ausculte : quelque chose dans la tête cherche manifestement à lui dire quelque chose. Quelque chose. Quoi ? Mécontent de sa prestation devant Mme Solidor, il repense au dîner rue Michel-Le-Comte avec le jeune Baudry. Oui. Il va lui régler son compte. En public. Désolé pour Paul. Et surtout pour Isabelle.

33

Mardi 2 janvier, 20 h 50

Rue Michel-Le-Comte, rien n'a vraiment changé depuis cette soirée de février dernier, lorsqu'il vint les mains vides, sans le moindre bouquet de fleurs, le manuscrit de *A noir* dans sa serviette. Il y avait Clara, ses larmes, son sourire ; cette balade à deux vers le Châtelet, cette odeur de cyprès dans ses cheveux. Du bar, sous l'appartement, monte le même brouhaha feutré, indifférent au temps qui passe. Toujours pas de sonnette, il frappe.

– Salut, mec !

Les mêmes mots, les mêmes bras tendus vers un ami de vingt ans. Ce qu'il y a d'intéressant, chez Paul, c'est cette faculté de recréer les mêmes instants, de se cloner dans le temps sans la moindre gêne. Le tableau représentant Clara est toujours à la même place. On la voit, de dos, s'examiner dans la glace. Clara… Dans le canapé central, flanqué des deux fauteuils orange, Maurice Baudry boit un Martini blanc dans un verre tulipe aux bords baveurs qu'il tente d'apprivoiser. À ses côtés, presque collée à lui, une fausse blonde potelée coiffée à la Jean Harlow ne le quitte pas du regard en souriant niaisement. Inconnue au bataillon de l'armée paulienne. Une semi-pute, pense Oxymor. De luxe, mais une pute. L'impayable Mistraki a engagé une professionnelle pour faire faire des risettes et des battements de cils à son Maurice chéri. Comment peut-il ? Comment sa femme peut-elle accepter de telles pratiques ?

– Tu connais Maurice, je te présente Océane, une amie d'amis.

Oxymor cherche en vain le regard d'Isabelle. Océane. Pourquoi pas Vulcane ou Boréale ?

– Enchanté de vous revoir, dit Maurice Baudry, en se levant et tendant la main.

Oxymor élude la main tendue. Le visage de Maurice se crispe, nerfs et tendons figés lui confèrent une tête de petite hyène. Paul n'a pas remarqué la première passe d'armes. Isabelle, souriante, vient embrasser Oxymor. Paul Mistraki pavane, sert à boire, propose de petits toasts de tapenade à l'œuf de caille.

– Vous savez, confie-t-il à Maurice, vous pouvez le remercier. C'est lui qui est à l'origine du succès de *A noir*. C'est grâce à lui que vous allez pouvoir toucher vos royalties. Lors de la signature du contrat, il n'a pas réclamé un seul centime d'euro. Il a exigé que les droits soient intégralement versés sur un compte bloqué, dans l'attente que l'auteur se manifeste.

– Sympa, dit Maurice, fallait le faire…

– Il y a encore des gens honnêtes, souligne Jean Harlow.

Paul sourit complaisamment.

– Et c'est bien sûr grâce à lui que l'on a pu identifier Hamlet, trente ans après ses… après… son terrible périple. J'espère que vous ne lui en voulez pas, Maurice ? D'une certaine façon, Oxy est à l'origine du suicide de votre grand-père…

Maurice Baudry ne répond pas immédiatement. Il fixe la question comme on fixerait un champignon. Comestible ou dangereux ?

– Ben non, répond-il enfin, je ne peux pas lui en vouloir. C'est un journaliste qui fait son métier. L'autre, le vieux, il ne méritait pas mieux. Je veux dire, c'est ce qui pouvait lui arriver de mieux. Quelle histoire ! J'ai toujours pensé qu'il cachait des secrets. Franchement, je ne suis pas très fier. Un grand-père assassin, ça fait pas propre dans le tableau.

– À propos de tableau, dit Oxymor, que pensez-vous de celui-ci ?

Maurice se retourne, examine le tableau représentant Clara. Son regard se trouble.

– C'est osé, dit-il. Faut le faire.

– C'est un tableau d'Isabelle. Hyperréaliste. Savez-vous qui lui a servi de modèle ?

Maurice hésite.

– Non.

– Il s'agit de Clara Bellochi, la dernière victime de Hamlet, assassinée rue Garancière.

Paul fronce les sourcils. À quoi rime tout cela ? À quoi joue Oxymor ?

– C'est bon, Oxy, ça suffit. Maurice n'a peut-être pas envie qu'on lui rappelle à chaque phrase que son grand-père était un tueur en série.

– Tu as raison. Parlons d'autre chose. De quoi pourrions-nous parler ? dit-il en se tournant vers Isabelle. Du hasard ? Des coïncidences ? De la différence entre métonymie et synecdoque ?

– Oxy !

– Bon, d'accord, je me tais.

– D'ailleurs, nous allons passer à table.

Isabelle a préparé un repas cambodgien. Velouté d'asperges et de homard, terrine de foie gras aux fruits rouges, filets de canard sucré-salé, nems de banane au lait de coco. Oxymor tente de chiffrer. Au moins quatre-vingts euros par personne chez le traiteur de la rue des Francs-Bourgeois.

Fidèle à ses habitudes, durant tout le dîner, Paul mène la conversation. On prend les mêmes et on recommence. Durant les entrées : le prix du mètre carré, le ministre de la Culture qui est complètement con, la rentrée littéraire. Pour accompagner le canard : la piscine qui fuit, la crise de l'édition, les potins du Marais. Devant son feu d'artifice à la noix, Jean Harlow bave d'admiration tandis que le jeune Baudry distille çà et là quelques onomatopées choisies. Bordel, ça traîne, fulmine Oxymor. Quand Paul se décidera-t-il à entrer dans le vif du sujet ?

– Alors, quel effet cela fait-il d'être devenu une célébrité ? demande Isabelle. Il n'y en a que pour toi, Oxymor Baulay. Les journaux, la radio. Paul m'a montré le service de presse. Impressionnant.

– Des fouille-merde, des minus, ça se prétend journaliste, jette Oxymor. À peine vingt-cinq ans, ils savent pas parler français, ne savent pas écouter, malpolis, arrogants. Le métier se perd. Je m'en passerais volontiers, je t'assure.

– Je vous ai entendu sur RTL, dit Jean Harlow. J'ai bien aimé quand vous avez raconté votre expérience dans la rue. Ça faisait vraiment vécu.

Pauvre conne, pense Oxymor. Emmène ton petit cul se geler dans la rue, va mendier à la sortie des églises, tu verras si ça fait vécu.

Paul a sorti un bordeaux de sa cave personnelle. Château Pavie 2001. Une merveille. Deux cents euros, au bas mot. La petite frappe est traitée comme un prince florentin. C'est peut-être le moment : un petit coup de bluff ne peut pas faire de mal.

– J'aime beaucoup le bordeaux, dit Oxymor en fixant Maurice. Il m'arrive parfois d'aller chez Lipp, ou aux Charpentiers, boire un verre de Figeac ou de Château La Dominique. Il me semble d'ailleurs vous avoir croisé dans le coin, vous étiez en moto.

Le regard de Maurice se brouille. L'enfoiré. Que répondre ? Un nouvel adage proféré pompeusement par des lèvres rouge vif le tire de l'embarras.

– Ah bon ? Vous vous connaissez depuis longtemps ? Qui se ressemble s'assemble, remarque.

– Absolument, admet Oxymor. Il y a également « L'appétit vient en mangeant » ou « Bien mal acquis ne profite jamais » ou encore « Apprenti n'est pas maître ». Mais ces nobles aphorismes nous éloignent du sujet. Le sujet est : que faisiez-vous sur votre putain de moto ? Vous me suiviez, c'est cela ?

– Mais Oxy, s'insurge Isabelle, c'est un véritable interrogatoire ! Laisse ce garçon tranquille !

– J'ai quelques doutes sur ce garçon tranquille, comme tu dis. À parler franchement, je me demande s'il n'est pas mêlé au meurtre de Clara.

– Oxy, tu es fou !

Paul, paniqué, cherche un moyen de stopper l'engrenage.

– Monsieur Baudry, dit Oxymor, regardez-moi. Dans les yeux. Êtes-vous mêlé au meurtre de Clara Bellochi ?

Maurice Baudry le contemple calmement. Son visage poupin a des couleurs d'enfance. Il soutient le regard, répond d'une voix nette sans quitter Oxymor des yeux :

– Non. Je suis mêlé à rien. Regardez-moi aussi dans les yeux, monsieur Baulay. Ils mentent pas : j'ai rien à voir avec ce meurtre.

Oxymor le dévisage un long moment. Difficile de décrypter son expression. Un silence pesant s'installe autour de la table. Isabelle se lève, furieuse.

– Je vais chercher le dessert.

– Voyez-vous, Maurice, reprend Oxymor très calmement, mon intuition me dit que Hamlet, votre grand-père, n'a pas repris du service. Trop vieux, trop compliqué. Je vais être franc : j'ai pensé un instant que vous étiez son bras armé. Qu'il vous tenait d'une façon ou d'une autre.

Paul, paniqué, se demande s'il doit intervenir. Provoquer cette rencontre n'était peut-être pas une très bonne idée. Oxy a pété les plombs. Et quand il pète les plombs, c'est toute la soirée qui disjoncte.

– C'est bien d'être franc, monsieur Baulay. Moi aussi je suis franc : j'ai rien à voir avec la fille, rien à voir avec les histoires du pépé. Je ne le fréquentais pratiquement pas. J'ai simplement essayé de l'aider, lorsqu'il m'a demandé de récupérer un manuscrit planqué dans une valise. Avec ce qu'il y avait dedans, il voulait pas que ça traîne dans la nature, normal. C'est ça, toute l'histoire.

– Vous saviez ce qu'il y avait dedans?

Maurice prend son temps. Bien répondre. S'appliquer. Isabelle, qui apporte les nems de banane, s'est immobilisée au milieu de la pièce.

– Oui, plus ou moins. Je m'en doutais. Je suis entré il y a très longtemps dans son bureau, alors qu'il dormait. Il avait oublié de pousser les verrous. Toute l'affaire des meurtres, une dizaine d'articles, était épinglée au mur. C'était pas difficile d'imaginer. Hamlet, c'était lui. Ça fait des années que je vis avec cette idée. Au début, j'étais terrifié. Maintenant, il me fait pitié. Je pouvais pas le dénoncer. Il est fou, c'est tout. C'est pour ça que j'ai accepté de l'aider. Je voulais pas qu'il se fasse choper. Je voulais pas être le petit-fils d'un tueur en série.

– Et Vaïda, le gitan de Juvisy, ça vous dit quelque chose ?

Oxymor perçoit un éclair de rage électrifier le regard du jeune homme. On pourrait lire en lui à livre ouvert. Ce connard ne tiendrait pas deux minutes face à Andrieu. Maurice secoue la tête.

– Connais pas. Non, je vois pas.

Un effluve de world music monte du bar au-dessous. Dans la rue, sur le trottoir, quelques groupes de clients, verre à la main, fument et discutent bruyamment. Isabelle pose son plateau, va fermer une fenêtre. La fureur d'Oxymor commence à s'estomper. Il sert sa voisine en vin, lui sourit :

– Et vous, Océane, que faites-vous de vos journées ? Vous connaissez notre hôte depuis longtemps ?

– Nous nous sommes rencontrés chez Lipp, répond Paul précipitamment.

– Où ? Lipp ? Oh !!!

– Oxy, s'il te plaît, épargne-nous tes mots d'esprit. Océane s'occupe de relations publiques. T'ai-je dit que ton roman sortira en mars ?

– Oui. Et je m'en fous.

– Oxy, intervient Isabelle, tu ne vas pas recommencer !

– Excuse-moi. J'ai vécu deux semaines difficiles. Des histoires de famille sordides en Picardie, les flics, les médias, le fric, les demandes en mariage, je suis à bout de nerfs. J'ai envie de dormir, de faire un break. Je rêve de nada, de vide, d'ennui.

– Toujours tes paradoxes, dit Paul. Tu connais la phrase d'Oscar Wilde : « Il n'est qu'une chose horrible en ce monde, un seul péché irrémissible, l'ennui. »

– Oscar, je l'emmerde. S'il faut mourir à quarante-six ans pour vivre pleinement, je préfère vivre petitement.

– Vous vous appelez vraiment Oxymor ? demande Océane.

– Eh oui, ma chère enfant. Facétie parentale. Mais plus élaborée que les Renault appelant leur fille Clio. Comme vous le savez certainement, le terme « oxymoron » provient du grec *oxus*, qui signifie « aigu », « pénétrant » – comme un coupe-papier par exemple – et de *môros*, terme qui signifie « émoussé », c'est-à-dire un peu con, comme une cervelle de corbeau par exemple. Nous sommes tous fascinés par le choc des contraires, cela nous rapproche de Dieu. Ou du diable pour certains. Si l'insoutenable légèreté de l'être peut s'avérer parfois pesante, si le soleil noir des énigmes obscurcit souvent notre vie, si nous recherchons tous, comme Rimbaud, les splendeurs invisibles aux profanes et aux non-voyants, c'est un peu grâce à moi. Je suis l'oxymoron obscur et rayonnant.

– Vous êtes bien savant, dit Océane. Moi, j'ai arrêté mes études à seize ans. Juste après mon examen du brevet.

Oxymor de la tête acquiesce poliment. Avec l'option shampoing, coefficient dix.

– Passons au salon, propose Isabelle. Je vais faire du café. Oxy, tu peux fumer si cela te dit. Tu as laissé un paquet de George Sand, la dernière fois.

– Vous n'avez pas pensé, demande Maurice, à écrire un roman qui raconterait votre enquête ? Ça ferait un super bon polar. Un roman qui aurait pour thème un roman, ce serait super original.

L'autre ordure a manifestement repris quelques couleurs. Oxymor hésite. Il ne se foutrait pas de lui, par hasard, ce corbeau puantif ? Non. On ne dit pas puantif. Enfin, un corbeau qui pue.

– Pourquoi pas ? répond-il. Mais j'ai un problème avec la fin.

– C'est sûr, la fin, c'est important. D'ailleurs, vous avez raison, il faut parfois laisser les morts tranquilles…

Le sourire moqueur de Maurice Baudry met Oxymor en rage. Le corbeau puantif semble désormais totalement à l'aise.

– Moi, j'aime bien les fins qui finissent bien, intervient Océane, c'est mon côté fleur bleue. Surtout dans les films. Maurice a raison. Je suis sûre que cela se vendrait très bien.

Oxymor soupire. Plus con tu meurs, en remerciant le bon Dieu d'abréger tes souffrances. Abréger, c'est cela. Il consulte sa montre, par courtoisie.

– Il se fait tard, dit-il, je vais devoir vous laisser.

– Oxy, il est minuit, reste encore un moment !

Isabelle s'est levée. Plus belle tu meurs, en remerciant le diable d'avoir inventé le mystère vénéneux de la beauté féminine.

– Ne m'en veux pas, chérie, il faut vraiment que j'y aille. Paul, cela ne t'ennuie pas que je l'appelle « chérie » ?

– Casse-toi, ducon. Tu as fait suffisamment de dégâts.

– D'accord. Bonsoir à tous, merci pour le dîner. Vous êtes venu en moto, mon cher Maurice ?

– Mais oui, monsieur Baulay. Ma vieille moto chérie. Collector, ma bécane.

Paul se lève, prend Oxymor par le bras, le raccompagne vers l'entrée.

– Tu ne crois pas que tu as poussé le bouchon un peu loin ? demande-t-il à voix basse.

– C'est normal, mon cher Paul. Il s'appelle Maurice. Tu te souviens de la pub télé, avec le poisson ? L'envie m'a pris de dépasser les limites des bornes. Je ne sais pas pourquoi tu as organisé ce dîner. Si, je le sais, tu baves comme un crapaud devant le magot littéraire de Hamlet. En attendant, dis-toi une chose : ce garçon, j'en suis sûr, a du sang sur les mains. Je vous laisse tous les quatre, tu pourras parler business avec ton corbeau puantif.

– Puantif ? Ce n'est pas français.

– C'est fait pour. Tu as les coordonnées de ton petit protégé ? J'en ai besoin.

– Pour quoi faire ?

– Fais pas chier. J'en ai besoin.

– Appelle-moi au bureau demain matin. Pour le meurtre de Clara, tu es vraiment sérieux ?

– Très sérieux. Fais attention, Paul, chaussée glissante. Et excuse-moi auprès d'Isa. Je t'appelle demain.

Devant le 25, rue Michel-Le-Comte, les clients du bar ont transformé la rue en salon mondain. Une sauterie masculine, sans la moindre femme. Oxymor sent quelques regards discrets voire concupiscents soupeser sa silhouette, malgré la parka. Que disait Oscar Wilde ? Que l'ennui est un péché irrémissible. Irrémissible : qui ne mérite pas de pardon. Il repense à Maurice, à son sourire narquois. Irrémissible. C'est le mot qui s'impose.

34

Mercredi 3 janvier, 00 h 00

Oxymor descend les marches du métro, sans même penser à composer un petit PDM. Ligne 11, puis ligne 4. Châtelet, Réaumur-Sébastopol, Gare-de-l'Est, Château-Rouge. Dans le grand couloir de la correspondance, il a cru reconnaître son pote l'ingénieur dormant en chien de fusil sous une affiche du Club Med, enveloppé dans son effroyable manteau vert. Un an déjà. Son séjour dans la rue ressurgit par bouffées olfactives. Curieux, songe-t-il en fouillant ses poches. Comment peut-on se souvenir d'odeurs ? Comment, par pure abstraction mentale, peuvent-elles paraître si présentes, si vraies ? Il sort un billet de cinq euros, le glisse dans une poche du manteau vert.

À la sortie de Château-Rouge, le rituel nocturne bat son plein. Les cars de flics bouchent la rue Poulet, ça interpelle dans tous les coins, commandos antidealers, anticartes de séjour, anti pas-de-papiers, anti je-me-débrouille, anti tout ce qui n'est pas visiblement français, c'est-à-dire blanc. Minuit trente. Oxymor presse le pas, rejoint la rue Ramey, monte les six étages en pestant. Louise, seins à l'air, lit le dernier Modiano sur le canapé. À ses pieds, Aragon réfléchit au désordre du monde tandis que sur la minichaîne Debussy délivre en sourdine une pièce pour piano.

– Salut, Klostro.

– Salut, Baulay. Bon dîner ?

D'un coup de pied parfaitement ajusté, Oxymor fait dégager Aragon. Le chat proteste, s'étire, se dirige vers l'appartement fantôme d'un pas nonchalant.

– Tu parles. J'ai été nul. Je n'ai pas pu m'empêcher de lui rentrer dedans. Je suppose qu'Isabelle n'a pas apprécié. Paul avait invité une professionnelle, une semi-pute qui ne cessait de glousser dès que le jeune con ouvrait la bouche. Je me demande vraiment pourquoi Paul m'a invité. S'il comptait sur moi pour attirer cette murène dans ses filets d'éditeur, c'est raté. Pourri, le poisson. Il te reste des cigarettes ?

Louise lui lance un paquet de George Sand passablement entamé. Gabriel, son frère, lui a rapporté deux cartouches de Pologne. Les dernières. Elle tapote un coussin du canapé, referme son livre.

– Tu viens t'asseoir près de moi ?

– Je me demande pourquoi il m'a invité. Il doit y avoir une autre raison qui m'échappe.

– Il a besoin de toi, Oxy. Paul, c'est business business. Tu devrais relire le contrat de *A noir*. Qui sait ? Peut-être es-tu le représentant légal de Nemo Nay, quelque chose dans ce goût-là ? Peut-être a-t-il besoin de ta signature, pour les prochains bouquins du grand-père ?

– Pas bête. Je regarderai ça demain. Il m'a annoncé que *Les Motamorphoses* sortirait en mars.

– C'est bien, Oxy. Ton livre est intéressant, je dirais même utile, c'est important qu'il sorte.

– Je me le demande. J'en ai marre de ce tourbillon germanopratin, ce milieu m'écœure, Paul m'épuise, il me saoule.

– Je ne travaille pas demain, veux-tu que nous allions à Trouville ou à Étretat ? Deux heures de train. Cela te changerait les idées. Des huîtres, de l'iode, des goélands, des galets bien plats pour faire des ricochets à la con sur l'eau...

– Non, désolé. J'ai des trucs à faire. Il faut que je trouve un moyen de coincer cette petite ordure !

– On verra cela demain. Viens t'asseoir, Oxy, j'ai envie.

Les seins de Louise semblent plus gonflés que d'habitude. Elle les prend dans ses paumes, les soulève. Dans ses mains, ils débordent.

– Tu veux ?

– Oui, mais je vais prendre une douche.

La salle d'eau, revêtue de petits carreaux rouges, est contiguë à la cuisine, ce qui est absolument interdit par la loi. Proportionnellement à la taille de l'appartement, ses trois mètres carrés, avec banc intégré, en font un palace. Il se déshabille, pose ses vêtements sur la gazinière, soulève et verrouille la fenêtre de toit. L'eau est bouillante à souhait, la salle d'eau se transforme immédiatement en hammam.

Oxymor se frictionne avec le gant de crin, se lave les dents, en profite pour se raser. De nouveau, il passe en revue les incidents de la soirée, et en particulier son évocation fort peu élégante du meurtre de Clara. Il doit en convenir : Maurice lui a paru sincère dans ses dénégations. Il faudra en parler à Louise tout à l'heure. Ses pensées, par capillarité, lui rappellent sa gardienne, le string, les petits seins. C'était vraiment tout juste. Dieu merci, il ne s'est rien passé.

Quelques phéromones égarées ont dû traverser les murs. Il entend sa compagne entrer dans la cuisine, pousser la porte de la salle d'eau. Nue. Elle fredonne « Singing in the rain ».

– Il faut, dit-il, que je te parle de ma gardienne. Elle m'a dit un truc.

– Tu l'as baisée, ma puce, c'est cela ?

– Non, pas du tout. C'est autre chose. J'ai une idée.

– Moi aussi.

Louise s'assied sur le banc carrelé, son visage à la hauteur du sexe dressé. Le jet d'eau de la douche asperge ses cheveux longs, blonds.

– On va changer le titre de la chanson, dit-elle tendrement. Ce n'est plus « Chantons sous la pluie », mais…

– Louise !

Oxymor s'appuie au mur, abaisse la tête, la regarde faire. Les lèvres sont douces, les dents acérées, juste ce qu'il faut. Deux minutes plus tard, il explose dans la bouche de sa compagne.

– Il faut aussi que je te parle de Clara, dit-il.

Oxymor n'est pas mufle. Simplement obsédé par son enquête. Elle se relève, se colle contre lui.

– Nous parlerons de tes conquêtes tout à l'heure, dit-elle en le caressant. Viens, j'adore me glisser toute mouillée dans les draps. Allez, viens ! Je te raconterai une belle histoire.

Dans le salon, Aragon a repris possession du canapé. À moitié assoupi, les yeux mi-clos, il écoute le piano du *Clair de lune*. Que devient Debussy, songe Oxymor, lorsque l'on perçoit des fréquences de vingt-cinq mille vibrations par seconde ?

Dans l'immeuble d'en face, les rideaux du quatrième n'ont pas été tirés. L'homme et la femme s'ébattent sur le lit. La femme gît sur le dos, les jambes écartées. Au-dessus d'elle, à genoux, l'homme lui présente son sexe. La mort, le sexe. Des animaux, pense Oxymor. Nous sommes tous des animaux.

35

Jeudi 4 janvier, 11 h 30

Le foyer Bara est installé dans une ancienne usine de pianos transformée en centre d'hébergement. Porche toujours ouvert aux voyageurs perdus. De l'immeuble plus solide qu'un château fort cathare s'échappent des sonorités exotiques : Lamine Konté, bien sûr, mais aussi Mamadou Dembele et Pamela Badjogo. Chez Jojo, on appelle ça le petit Bamako. Une annexe du Mali, aussi célèbre au pays que la tour Eiffel ou l'Arc de triomphe.

Oxymor inspecte les numéros pairs. Maurice habite à droite, à une cinquantaine de mètres, un immeuble gris terne. Pas de digicode. Les marches de l'escalier sont couvertes de poussière de ciment, quelques plantes tentent de survivre sur chaque palier, des portes entrouvertes s'échappe l'odeur entêtante du borokhé ou du tukasu. Il gravit les trois étages en se demandant s'il ne fait pas une grosse connerie. Venir seul dans cet antre. L'homme peut s'avérer dangereux. Quant à Cathala, n'en parlons pas.

Oxymor vérifie une dernière fois le petit magnétophone, le range, déglutit. La sonnette sur piles émet un son aigrelet, curieusement accordée à la voix de Maurice Baudry. La porte s'ouvre, lentement. Deux yeux de fouine le scrutent dans la pénombre.

– Bonjour, mon petit Maurice, bonne année, comment va depuis la dernière fois ?

Baudry ne répond pas, le regarde froidement.

– Tu m'invites au salon ? demande Oxymor.

Les rideaux sont tirés, l'appartement exhale une odeur de moisi semblable à celle de l'appartement fantôme de la rue Ramey. Pas de coin salon. Les deux hommes s'installent autour de la table ronde. Oxymor remarque le coup-de-poing américain posé sur une chaussette, une boîte de Banania, une revue de moto.

– Bon, dit Maurice, qu'est-ce que vous voulez ? C'est quoi, ce coup de fil à la noix ?

– Je voulais te parler.

– Eh bien, parle, mon pote.

– Non. C'est toi qui vas parler. J'ai besoin que tu me dises si j'ai raison. J'ai besoin d'un peu de sincérité. Des aveux, par exemple.

Maurice se balance sur sa chaise, ricane.

– Tu déconnes, mec. T'es gonflé de te pointer chez moi comme ça, tout seul. Ça pourrait me donner des idées...

– Tu connais les classiques, Maurice. J'ai évidemment confié à un ami les conclusions de mon enquête. Ma visite d'aujourd'hui. Si je ne rentre pas, une lettre parviendra aussitôt à la Brigade criminelle. Commandant Cathala, surnommé Catha. Je ne te le conseille pas : tomber entre ses pattes, c'est une vraie catastrophe.

Oxymor sort son paquet de Camel, son minicendrier, extrait une cigarette, l'allume calmement avec un petit briquet jaune.

– Maurice, poursuit-il, je connais ton naturel impulsif et violent, mais je sais que tu vas m'écouter. Cela concerne ton avenir. Dont je me préoccupe, je te prie de le croire. J'ai donc le plaisir de t'annoncer deux bonnes nouvelles. La première, c'est la réouverture de l'enquête sur la mort de Vaïda. Les tests ADN ont été lancés. ADN, tu connais ? À l'exception des jumeaux identiques, toute personne possède une empreinte génétique pratiquement unique. On estime aujourd'hui le risque d'erreur à un cas sur un milliard. Tu n'as pas de frère jumeau ?

– Qu'est-ce que tu veux que ça me foute ?

– Faisons un pari : ces bébêtes affolées doivent pulluler dans le labo de l'Identité judiciaire. Elles crient toutes : Maurice, Maurice, pourquoi nous as-tu abandonnées ? C'est pas une bonne nouvelle, ça ?

Maurice encaisse, cligne plusieurs fois des yeux, tel un hibou ahuri.

– Tu parlais d'une seconde bonne nouvelle.

– Absolument. Tu vas être mis en examen pour le meurtre de ton grand-père. Vois-tu, je n'aime pas trop la version officielle. J'ai mené mon enquête personnelle dans le village. Quelqu'un t'a vu rendre visite au vieux le jour de sa mort. Un voisin.

– C'est impossible, j'étais aux courses, avec un copain.

– Ah oui ? Pas de problème. Ton copain pourra partager ta cellule. Si je lance Catha Œil-de-lynx sur le sentier de la guerre, tu es cuit.

Maurice ricane à nouveau. N'importe quoi.

– Écoute-moi bien, Maurice. Tu as tué Vaïda pour récupérer le manuscrit. Tu as tué ton vieux pour toucher l'héritage. Tu as tué Clara par vengeance, pour me punir. Ou sur l'ordre du pépé. Ou peut-être, après tout, parce que tu aimes cela, tuer.

– C'est pas moi, connard. La fille, j'y ai pas touché.

– Que tu dis. Nous laisserons tout cela à l'appréciation de la police. C'est terminé, Maurice. Plus de balades en moto. Plus de courses à Vincennes avec tes potes. Quant aux droits d'auteur, c'est mal parti : on n'hérite pas de quelqu'un que l'on a assassiné. Chez Mistraki, lors du dîner, tu te souviens ? Nous avons évoqué l'hypothèse d'un livre policier sur l'histoire de Hamlet. Je n'avais pas la fin. Désormais, je l'ai.

– Tu bluffes. T'as rien.

– Mais si, tu le sais parfaitement.

Maurice détourne la tête. Il fixe le coup-de-poing américain, jauge son interlocuteur.

– En admettant, je dis bien en admettant que ce soit comme tu dis, ça nous mène où ? Et qu'est-ce que tu fous ici ?

Oxymor respire. Profondément. Première manche gagnée.

– Normalement, répond-il, c'est la case prison. Puis la case cour d'assises. Puis à nouveau la case prison. Tu as de la chance : depuis 1981, on ne guillotine plus les criminels dans ce doux pays de France.

Maurice s'agite de plus en plus. Les paupières se baissent, laissant filtrer un regard rusé.

– T'as dit « normalement ». Et c'est quoi, pas normalement ?

Oxymor éteint consciencieusement sa cigarette, dépose le mégot dans son cendrier de poche.

– La planète, explique-t-il, je prends soin de la planète. Sais-tu que le temps de dégradation biologique d'un mégot peut prendre dix ans ?

– Accouche.

– Bien. Je t'explique : le contraire du normal, c'est l'anormal. Mais parfois, dans certaines situations, l'anormal peut devenir parfaitement normal. Par exemple, je trouverais tout à fait normal d'être récompensé pour tous les efforts que j'ai consentis depuis six mois.

Maurice écoute avec attention.

– Mais encore ?

– Plutôt que la case prison, nous pourrions envisager la case cinquante-cinquante. Cinquante pour cent pour toi, cinquante pour cent pour moi. Sur les droits de *A noir* et sur l'ensemble de l'œuvre de ton grand-père. Je serais, disons, ton agent littéraire. Comme je l'ai été pour Nemo Nay. Rien de plus normal, comme tu le vois.

La main droite de Maurice s'avance vers le coup-de-poing américain, hésite un moment.

– Cela fait beaucoup d'argent...

– Mieux vaut tenir que courir, comme dirait cette chère Océane. Qui doit certainement s'appeler Lucienne ou Solange. Tu l'as raccompagnée sur ta moto ? Jusqu'en bas de chez elle dans un sombre couloir ? Cela ne t'a pas donné des idées ?

– T'es vraiment un mec tordu. Pas étonnant, avec ton prénom à la con. Ton ami Blot, qu'est-ce qu'il dit de tout ça ?

– Comment connais-tu Blot ?

– Ça, mon petit pote, c'est pas compliqué. Je t'ai filé pendant un mois.

Oxymor hausse les épaules.

– Il n'en pense rien. Pour lui, c'est terminé. Hamlet est mort, suicide, son enquête est bouclée, il va vivre une retraite bien méritée.

– Vous n'avez parlé de rien ?

– Rien en ce qui te concerne. Je n'ai pas jugé utile de lui faire part de mes hypothèses. Il te prend pour une petite frappe, ce qui est la stricte réalité, mais tu ne l'intéresses pas. Tu sais, j'ai éprouvé des remords en sortant de chez Mistraki. T'agresser comme ça, en plein dîner. Je suis rentré en métro et je me suis dit qu'on pourrait faire la paix. Agent littéraire, c'est un beau métier…

– J'aime pas ça, dit Maurice. Qu'est-ce qui me garantit, une fois que vous aurez le fric, que vous n'irez pas un jour chez les flics ?

– L'argent, ducon. Les droits vont tomber comme une pluie d'or pendant des décennies. Je dois également surveiller la case prison : en ne te dénonçant pas, je deviens complice de meurtre. Nous sommes toi et moi dans la même barque. Sur le même compte chèque, plutôt, si tu es raisonnable.

Maurice se lève, va jeter un coup d'œil derrière le rideau.

– Faut que je réfléchisse, dit-il sans se retourner.

– Non, c'est tout de suite. Il me faut une confession écrite. Mon assurance-vie, si tu préfères.

– Pas question. On marche à la confiance.

– Tu ne veux pas reconnaître le meurtre de Vaïda ?

Maurice hausse les épaules.

– C'était un accident, il était ivre. Légitime défense.

– Et le vieux ?

– Il était au bout du rouleau. Fou à lier. C'est pas un meurtre que d'aider quelqu'un qui veut en finir.

– Et Clara ?

Maurice se retourne, furieux.

– C'est pas moi ! C'est le vieux. J'ai rien à voir avec cette gonzesse !

Oxymor se lève calmement, attrape son manteau. Deuxième round dans la poche.

– Bon, tu réfléchis. Mais pas trop longtemps.

Il fonce vers la porte, dévale les escaliers. La voix de Maurice lui parvient du troisième.

– Putain, Baulay ! Reviens, Baulay ! On n'a pas fini !

Oxymor claque la porte de l'immeuble, presse le pas, repasse devant le foyer Bara. Mais si, mon petit Maurice, on a fini. Et si tu trouves un drap pour te pendre en prison, ne te gêne surtout pas.

36

Jeudi 4 janvier, 17 h

– Commissaire Blot ?
– Oui…
– Oxymor Baulay. Il faut que je vous parle, c'est important.
– Bien sûr…
– Jeudi quatorze heures quinze à l'Écluse, cela vous va ?
– C'est parfait. À jeudi, Oxy...

37

Vendredi 5 janvier, 15 h 15

Oxymor examine le mur. L'affiche déchirée a disparu, laissant une tache claire, envers d'ombre portée de tous les prévenus qui sont passés ici et qui ne verront plus le soleil.

– Andrieu !

– Patron ?

– Tu récupères Gutartz, tu prends six hommes. Voici l'adresse à Montreuil, troisième étage droite. Le type est dangereux.

– On y va, patron.

Le commandant Cathala a changé de cravate. Rose, horriblement rose. Ses Church's parfaitement cirées reposent sur le bureau à côté du petit magnétophone. À demi allongé, il semble dormir.

– Alors, commandant, vous me mettez au trou ?

L'OPJ se redresse, ajuste ses petites lunettes.

– Vous m'emmerdez, Baulay. Depuis le début. Vous êtes un trou du cul, une vedette d'opérette qui mène son enquête à des fins médiatiques. Qu'est-ce que vous croyez ? Que les flics sont des cons ?

– Je vous apporte le jeune Baudry sur un plateau.

– Oui. Après avoir caché des éléments essentiels à l'instruction. En risquant de vous faire trouer le bide, ce qui m'aurait foutu dans la merde.

– Merci de vous préoccuper de ma santé.

– Ça suffit, Baulay, on n'est pas dans un salon de thé. C'est vrai, vous m'apportez le jeune Baudry. Mais ce n'était qu'une question de temps. J'ai reçu le rapport du légiste. Faux suicide, évidemment. Un travail d'enfant. S'il s'agit bien du petit-fils, on aurait mis la main dessus en deux temps trois mouvements.

– Même deux temps trois mouvements, ça peut compter. C'est un tueur.

– Je sais, je sais.

– Vaïda, Clara Bellochi, son grand-père : il aura du mal à s'en sortir. À propos de Clara, commandant, où en est l'enquête ?

– Elle avançait, Baulay, elle avançait. Avant que vous n'arriviez, nous étions en train d'étudier l'hypothèse du vieux, la fameuse lettre *y* de notre ami Blot. On va laisser tomber. De même que la piste Baulay, qui me convenait assez bien. Dommage.

– Trop aimable.

– Et ce cher Blot, que devient-il ? Il se terre ? Je me demande s'il vous en veut ou s'il vous est reconnaissant. Il passe pour un con, comme d'habitude. Toujours cul et chemise ? Il vous traîne à l'Écluse pour évoquer ses souvenirs ?

– Vous ne l'aimez pas.

– Mon job n'est pas d'aimer ou de ne pas aimer les gens, Baulay. Mais je ne pense pas que ce fût un grand flic. Il a totalement foiré l'affaire Hamlet. Comment va-t-il ?

– Je ne sais pas. Je n'ai plus de ses nouvelles depuis quelques jours.

– Bien, monsieur Baulay. Je vous le dis une dernière fois : restez tranquille. Faites le beau dans les journaux, faites la promo de votre prochain bouquin, étudiez Verlaine, Rimbaud, Baudelaire, retournez chez les SDF, faites ce que vous voulez, mais cessez de m'emmerder. Vous avez compris ?

– Oui, commandant. Merci, commandant.

– Vous vous foutez de ma gueule ?

– Non, commandant.

– Autre chose, monsieur Baulay. Je vais avoir besoin de vous, malheureusement pour moi. Très rapidement. Vous ne franchissez pas le boulevard périphérique. Un pas au-delà de la porte de Clignancourt et je vous coffre.

– J'avais compris.

Oxymor se lève, désigne le Velux.

– C'est celui de Richard Durn ?

– Non, c'est l'autre. Cela vous intéresse ? Vous en avez marre de la vie ?

– Parfois, commandant, parfois.

– Je ne vous raccompagne pas. Vous connaissez le chemin.

Oxymor attrape son manteau, salue poliment et quitte le bureau. Ne reste plus que Blot et tout sera terminé.

38

Vendredi 5 janvier, 23 h 15

– Tu est sûr, Oxy ?
– Oui, c'est sans danger.
– Tu sais que je t'aime ?
– Oui, j'avais deviné.
– Et Cathala, qu'est-ce qu'il va encore dire ?
– On s'en fout, chérie, on s'en fout…

39

Samedi 6 janvier, 14 h 20

L'Écluse est fidèle à elle-même. Paisible. Oxymor est arrivé en avance, il s'est assis au milieu de la salle, sur la droite, a commandé un verre de Château Rouget, le même que la dernière fois.

Blot pénètre dans le bar, repère Oxymor, s'assied lourdement sur la banquette. Son visage exprime toujours la même lassitude, celle qui l'avait saisi devant le cadavre du vieux.

– Bonjour, Oxy.

– Bonjour, Jacques.

– Je parie qu'en m'attendant, vous pensiez à notre première rencontre ici, lorsque je vous ai dit que je commençais à m'intéresser à votre histoire.

– Gagné.

– Je n'y croyais pas, au début. Trop… disons, trop farfelue. Sans cette lettre enfouie dans mes archives, nous ne nous serions jamais revus…

– C'eût été dommage, commissaire, nous avons fait du bon travail. Je parlais de vous avec ma compagne, hier soir. Nous nous refaisions l'histoire, le bateau ivre de Hamlet. Votre couleur garance l'a impressionnée. Il fallait le trouver. Je vous commande un Château Rouget ?

– Volontiers.

Silence. Des fantômes chantants envahissent les lieux.

– J'aime cet endroit, dit Blot. J'y venais, je vous l'ai dit, au début des années 1970, lorsque c'était encore un cabaret, sur la fin. Je me souviens y avoir écouté Jacques Debronckart, Bruno Brel… Il y avait également Baptiste, Jean-Baptiste Thierrée, le père de James, qui faisait du mime... Il avait épousé la petite Chaplin, la plus jeune des filles, Victoria, dans des circonstances abracadabrantesques. Mais je vous ennuie, avec mes souvenirs.

– Pas du tout, commissaire.

– Vous vouliez me voir…

Le garçon apporte un verre de bordeaux, accompagné de toasts recouverts de tapenade. Blot mire, fait tourner. Puis il hume, boit.

– Un poil trop chambré, fait-il remarquer. Je vous écoute.

Oxymor respire profondément, cherche à maîtriser les battements de son cœur. Il aimerait éprouver une haine salutaire qui lui ferait bouillir le sang, mais, curieusement, la tristesse domine.

– Voyez-vous, Jacques, commence-t-il prudemment, lorsque nous avons trouvé Hamlet au bout de sa corde, j'étais beaucoup trop secoué pour réfléchir à quoi que ce soit. Le suicide semblait plus que probable. Quelque temps plus tard, j'ai éprouvé un doute. Un doute sérieux. Je suis désormais persuadé que Hamlet a été assassiné. Le fait que Cathala s'obstine à ne rien me dire me conforte dans mon intuition. Vous avez des nouvelles, de votre côté ?

– Non. Black out. Catha n'aime pas qu'on mette le nez dans ses affaires.

– Mais qu'est-ce que vous en pensez ?

– Du suicide ? Rien.

Blot saisit son verre, le contemple longuement puis le repose. Il semble ailleurs. En dehors des lieux, en dehors de lui.

– Il y a un demi-siècle, murmure-t-il, Brassens est venu auditionner ici, recommandé par le chansonnier Jacques Grello. Il a interprété deux ou trois chansons, vers une heure du matin, après le spectacle. Le bide absolu. Ils n'ont pas jugé bon de le prendre à l'essai pour une semaine.

– Commissaire, s'il vous plaît !

– D'accord, le suicide. Que voulez-vous que je vous dise ? Hamlet est mort, c'est tout ce qui importe.

– Mort, c'est vrai. Après avoir été ressuscité.

– Comment cela ?

Oxymor ferme les yeux. On y est. Il faut sortir le couteau, l'enfoncer lentement dans la cervelle spongieuse de cette pauvre chose.

– Vous le savez très bien, Jacques.

– Je ne vois pas ce que vous voulez dire…

– Mais si, mais si… Ce que je ne saisis pas, c'est comment vous connaissiez Clara. Vous m'avez fait suivre, c'est cela ? Je sais tout, Jacques, je sais que vous avez tué Clara Bellochi…

L'ex-commissaire Blot le contemple fixement, sans ciller. Oxymor croit percevoir dans son regard un réel étonnement. Et – qui sait ? – une forme de soulagement.

– Quand avez-vous compris ? demande-t-il après un très long silence.

– Il y a quelques jours.

– Et alors ?

– Des soupçons. Puis une certitude. J'étais pratiquement sûr que Maurice Baudry n'avait pas tué Clara. Par ailleurs, il me semblait impossible que le vieux ait repris du service. J'ai commencé à m'interroger. Votre obstination à vouloir faire ressurgir Hamlet m'a intrigué. Quant à ce *y* de couleur garance, c'était un peu trop beau pour être vrai. Puis soudain m'est revenue une de nos conversations au téléphone. Souvenez-vous, le jour où la radio a annoncé la mort de Clara. Vers midi, je vous ai appelé. Nous avions entendu le même flash du matin. Je me rappelle très bien, vous avez prononcé une phrase très importante. Vous avez dit : « Je ne peux pas m'empêcher de faire le lien. Une jeune femme poignardée dans le couloir de son immeuble, ça m'a interpellé. »

– Eh bien ?

– La radio n'avait pas fait mention du couloir de l'immeuble. J'ai vérifié, Jacques. Lapsus.

Blot hoche la tête.

– La fatigue, peut-être. J'étais au bord de l'épuisement.

– Racontez-moi, commissaire. C'est fini, maintenant, vous pouvez tout me dire.

Blot regarde son verre avec dégoût, comme s'il contenait une dizaine de mouches mortes. Ses mains tremblent légèrement.

– Vous savez, dit-il, quand j'ai senti que vous pouviez retrouver Hamlet, je ne l'ai pas supporté. C'était trop éprouvant. Et puis ce prix littéraire, c'était trop injuste. Il avait tout et moi rien. Il me narguait, une fois de plus, il me rendait fou, je ne parvenais plus à dormir.

– Vous êtes un malade, commissaire, un dangereux malade ! Bon Dieu, comment avez-vous pu faire une chose pareille ?

– Je ne sais pas…

– Vous ne vouliez pas que l'on retrouve Hamlet, c'est cela ? Hamlet était à vous, à personne d'autre ?

– Oui.

– Si vous n'aviez pas réussi à l'identifier à l'époque, personne n'aurait pu y parvenir ensuite, c'est cela ?

– Oui.

– Et alors ?

– Je ne sais pas…

– Mais si. Vous avez voulu prouver à la Crim qu'elle ne ferait pas mieux que vous ; que Hamlet était tout-puissant, intouchable, immortel. Vous avez cherché une nouvelle victime, la dernière voyelle. Peut-être même avez-vous songé poursuivre les crimes, en inaugurant une nouvelle série. En reprenant le flambeau. Ce que je ne comprends pas, c'est votre choix. Le Y pouvait être rose, comme la rue des Rosiers. Ou bien marron, comme la rue des Marronniers. Pourquoi Clara ? Pourquoi ? Expliquez-moi !

Blot, livide, se cale contre la banquette et cherche une réponse dans la glace qui lui fait face.

– C'est pas moi, je vous jure, dit-il enfin. Vous vous souvenez ? « Je est un autre. » C'est ce qui m'est arrivé.

– Et alors ?

– Je vous ai vu un jour sortir du jardin du Luxembourg, vous étiez avec Clara Bellochi. Vous marchiez dans la rue, main dans la main. Elle portait un châle de couleur rouge vif, ça m'a ébloui. Vous vous êtes engagés dans la rue Garancière et c'est là que j'ai compris. Le *y* ne pouvait être que garance. Rouge comme le sang.

– Mais Clara ? Pourquoi elle, nom de Dieu !? Ce ne sont pas les femmes qui manquent rue Garancière !

– Je ne sais pas. Cela m'a semblé lumineux. Il y avait ce châle, il y avait ce *y* dans votre prénom, c'était indissociable, ça ne pouvait être que vous deux, dans cette rue-là.... Je suis désolé, Oxy, mais je n'étais plus moi. J'étais lui. Je vous promets, elle n'a pas souffert...

– Taisez-vous !

– Vous savez, Oxy...

– Appelez-moi Baulay !

- Oui. Je ne suis plus votre ami, c'est cela ?

Blot se met à pleurer. Oxymor se retient de le gifler.

– C'est cela, pleurez sur vous-même ! Pauvre minable ! Vous étiez médiocre en tant que flic, vous êtes tout aussi minable en tueur de pacotille.

– Vous allez me balancer ?

– Mais non, pauvre cloche, c'est vous qui allez le faire !

Un sourire un peu triste traverse la face de Blot. Les larmes l'ont transformé en Pierrot lunaire, deux petits sillons clairs barrent ses joues. À quoi peut-il penser, songe Oxymor ? À Brassens ? À Clara ? À ses copains de la Crim ?

– Vous avez raison, dit Blot. Je vais le faire. Mais je dois tout d'abord passer à la maison, si vous le voulez bien. Rassurez-vous : je ne vais pas m'enfuir, je ne vais pas me flinguer. Laissez-moi une nuit, la dernière, puis j'irai au Quai dès demain matin. Et je reprendrais bien un grand verre de Rouget. Et un petit quelque chose à grignoter.

Oxymor lève la main pour appeler le serveur. Commande une bouteille et une assiette complète : foie gras d'oie, gésier, magret de canard fumé, salade de mâche et pommes de terre.

– Vous m'en voulez ? demande Blot.

Oxymor le dévisage avec stupeur. Ce type est vraiment fou.

– Vous êtes fou, commissaire. C'est ce que vous allez plaider ?

Blot secoue la tête.

– Fou, qu'est-ce que cela veut dire ? Hamlet, il était fou ? C'est le monde qui est fou. Vous me manquerez, Oxy. J'ai apprécié nos conversations. Peut-être viendrez-vous me rendre visite à la centrale ? Je me tiendrai dans une coquille de noix ; je m'y croirai au large et le roi d'un empire sans limites... J'ai étudié la pièce, vous savez, je connais le texte pratiquement par cœur.

– Oui. Mais je crois qu'il ajoute : « Si je n'ai pas de mauvais rêves. »

Blot détourne la tête, fixe une affiche au mur, se met à chantonner. Absent. Totalement absent.

– Il y avait une chanson, murmure-t-il d'une petite voix, c'était Maurice Fanon ou Pia Colombo, je ne sais plus très bien, c'était vraiment très beau. Ami d'amour, amour d'ami, quelque chose comme ça... J'aimerais bien retrouver cette chanson...

Le serveur a déposé l'assiette sur la table. Foie gras jaune, canard rouge, mâche verte. Blot remercie, saisit un toast, le recouvre délicatement de foie gras. Et continue à chantonner, le regard vide. Ami d'amour, amour d'ami...

Quand survient, se demande Oxymor, quand survient cette étincelle de folie qui fait basculer une vie ? Et comment ? Et pourquoi ? Il faudrait pouvoir ouvrir toutes les boîtes crâniennes, déplier le cerveau comme une carte routière, scruter les carrefours, reconstituer les itinéraires…

Il se lève, vidé. Clara, la jolie Clara…

– Je vais vous laisser, commissaire, le foie gras m'écœure. Tâchez de bien dormir. Moi je vais marcher.

Oxymor jette un billet de cinquante euros sur la table, enfile sa parka. Sans un regard pour Blot, il traverse la salle, ouvre la porte. Il fait froid, très froid, comme il y a un an. Traverser la rue, rejoindre l'eau. Il descend les marches qui mènent au quai. Un Bateau Parisien à moitié vide remonte insouciant vers Notre-Dame. Oxymor s'assied sur un banc de pierre, relève son col, contemple le fleuve. Le niveau de la Seine est étonnamment haut. Au milieu du courant, un ballon dégonflé s'éloigne vers le Pont-Neuf, à moins qu'il ne s'agisse d'un noyé pensif dérivant au fil de l'eau. Dans quelques heures, dans quelques jours, il sera à Andrésy, Mantes-la-Jolie. Puis ce sera Vernon, Rouen, Tancarville. Puis le grand océan.

Que recherchait Hamlet dans sa quête rimbaldienne ? Parvenir à l'inconnu, par un dérèglement de tous les sens ? On ne le saura jamais. Et moi, se demande-t-il, où m'entraînent mes fleuves ? C'était là-bas, quelques ponts plus loin. Vaïda faisait griller des saucisses près de son landau. Un gros paquet de mots contre une cartouche de clopes. Alors, tout d'un coup, quelque part au Brésil, les ailes du papillon se sont mises à battre. Et Hamlet s'est réveillé. Vaïda, Clara… Pourquoi les papillons sont-ils si cruels ? D'où tirent-ils ce pouvoir de déclencher les cyclones ? Il faudra demander à Louise. Louise sait tout. Louise sait tout sur tout.

Du même auteur

Mouloudji

Biographie, L'Archipel, 2009

Nuages

Roman, L'Harmattan, 2009

Le Cabaret « rive gauche » :
de la Rose rouge au Bateau ivre, 1946-1974

L'Archipel, 2006

1 franc ou l'étonnante destinée
de six grammes de nickel

Chronique romanesque, avec Thomas Schlesser,
L'Harmattan, 2001

Trois bulles d'éternité

Roman, Presses de la Renaissance, 1991

Nomade's land

Poésie, Caractères, 1991

La Natchave

Roman, Denoël, 1970

Dans la même collection

Des voisins qui vous veulent du bien (2009)
Caroline Sers

L'Infante du rock (2009)
Romain Slocombe

Aux Malheurs des Dames (2009)
Lalie Walker

COMPOSITION : PARIGRAMME

ACHEVÉ D'IMPRIMER EN FRANCE EN AVRIL 2010
PAR CPI BUSSIÈRE, À SAINT-AMAND-MONTROND (CHER)

DÉPÔT LÉGAL : MAI 2010
N° D'IMPRESSION : 101342/1